U0038306

陶文鵬 注譯

新譯宋詩三百首

三民書局

刊印古籍今注新譯叢書緣起

劉振強

人類歷史發展，每至偏執一端，往而不返的關頭，總有一股新興的反本運動繼起，要求回顧過往的源頭，從中汲取新生的創造力量。孔子所謂的述而不作，溫故知新，以及西方文藝復興所強調的再生精神，都體現了創造源頭這股日新不竭的力量。古典之所以重要，古籍之所以不可不讀，正在這層尋本與啟示的意義上。處於現代世界而倡言讀古書，並不是迷信傳統，更不是故步自封；而是當我們愈懂得聆聽來自根源的聲音，我們就愈懂得如何向歷史追問，也就愈能夠清醒正對當世的苦厄。要擴大心量，冥契古今心靈，會通宇宙精神，不能不由學會讀古書這一層根本的工夫做起。

基於這樣的想法，本局自草創以來，即懷著注譯傳統重要典籍的理想，由第一部的四書做起，希望藉由文字障礙的掃除，幫助有心的讀者，打開禁錮於古老話語中的豐沛寶藏。我們工作的原則是「兼取諸家，直注明解」。一方面熔鑄眾說，擇善而從；

一方面也力求明白可喻，達到學術普及化的要求。叢書自陸續出刊以來，頗受各界的喜愛，使我們得到很大的鼓勵，也有信心繼續推廣這項工作。隨著海峽兩岸的交流，我們注譯的成員，也由臺灣各大學的教授，擴及大陸各有專長的學者。陣容的充實，使我們有更多的資源，整理更多樣化的古籍。兼採經、史、子、集四部的要典，重拾對通才器識的重視，將是我們進一步工作的目標。

古籍的注譯，固然是一件繁難的工作，但其實也只是整個工作的開端而已，最後的完成與意義的賦予，全賴讀者的閱讀與自得自證。我們期望這項工作能有助於為世界文化的未來匯流，注入一股源頭活水；也希望各界博雅君子不吝指正，讓我們的步伐能夠更堅穩地走下去。

序

宋詩的選本，前人和今人已有較多成果。筆者認為，最有特色的是錢鍾書先生的《宋詩選注》和張鳴先生的《宋詩選》。錢先生才高學博，他的選注本以自己的準則挑選詩人和作品。他寫的詩人小傳和注釋都有獨到見解，對唐宋詩歌乃至中外詩藝做了精彩的比較分析，令人擊節讚賞。張鳴先生比筆者年輕，對宋詩卻有深細的研究，他治學嚴謹，一絲不苟，所做選本亦有「夫子」氣質，清晰地呈現宋詩在三百年中的發展脈絡。他對入選作品的簡要評析深中肯綮，頗見功力。這兩個選本儘管都標以宋詩研究的「入門」讀物，其實皆具「平淡而山高水深」的特點，所面向的讀者群，也主要是古典詩歌的專業研究者。

筆者撰寫的這本《新譯宋詩三百首》，主要是面向喜愛古典詩歌的普羅大眾，故以普及性為主要追求，兼顧專業性。首先，藝術性、可讀性是本書選詩的第一標準，思想內容是第二標準。《唐詩三百首》堪稱古代詩選的經典，但其中選入一些藝術性不高、大眾不喜歡的詩，頗令人遺憾。為此，本書嚴格奉行藝術第一的原則，凡是缺乏詩情畫意的篇章絕不選入。在堅持選入藝術水準高的優秀作品前提下，適當注意展現宋詩發展的歷史，兼顧宋詩的大家、名家、小家，各種題材、流派和風格的詩歌。這樣，更能激發讀者的閱讀興味。

其次，本書盡可能彰顯宋詩的特點。在中國古代詩歌發展史上，唐詩與宋詩雙峰並峙，各具風采。繆鉞先生在〈論宋詩〉中說：「唐詩以韻勝，故渾雅，而貴蘊藉空靈；宋詩以意勝，故精能，而貴深折透闢。唐詩之美在情辭，故豐腴；宋詩之美在氣骨，故瘦勁。」《詩詞散論》《唐詩三百首》流傳較早，讀者廣泛，人們多熟悉唐詩，而對宋詩比較生疏。因此，本書盡可能多選能夠鮮明體現宋詩思想藝術特色的佳作，使讀者對繆鉞先生所說「宋詩之美」，以及錢鍾書先生在《宋詩選注・序》中所說宋代詩人「在技巧和語言方面精益求精」，「在詩歌的『小結裏』方面有了很多發明和成功的嘗試」，獲得具體真切的感悟。

最後，本書奉行「雅俗共賞」的原則，多選大眾最喜愛的絕句和律詩，也適當選入一些五七言古體詩，但篇幅太長、語言晦澀、用典過多過僻的古詩不選。將古詩翻譯成白話文，本身便是一件吃力不討好的事。筆者更樂意譯成押韻的白話新詩，但因要遵守這套叢書語譯的體例，只能力求譯文精鍊、自然、流暢，使人讀起來像讀一首首散文詩。「研析」是筆者涵茹品味詩歌的心得，在準確揭示作品意涵的基礎上，更側重對其表現手法、藝術特色以及意象意境之美的賞鑑。根據作品不同的情況，或從一、二個角度切入，或做較全面的把握，對詩篇的構思章法、精妙技巧和點睛之筆做細緻的評析。此外，對某些作品，還做了或縱或橫的藝術比較。因為已有譯文，注釋力求簡明通俗，注明典故的出處。這一切，都是為了提高讀者的詩歌欣賞能力。

筆者水平有限，書中如有不當之處，盼請讀者不吝賜教。

是為序。

陶文鵬

二〇二一年六月二十八日

於北京中國社會科學院文學研究所

新譯宋詩三百首　目次

刊印古籍今注新譯叢書緣起

序

導讀

寒食寄鄭起侍郎……楊徽之　一

雨夜二首（選一）……張詠　三

塞上……柳開　六

柳枝詞……鄭文寶　九

詠白蓮……王禹偁　十一

泛吳松江……王禹偁　十三

村行……王禹偁　十五

過華山……潘閬　十七

九華山……………………潘　閬　一九
訪楊雲卿淮上別墅…………惠　崇　二一
尋隱者不遇………………魏　野　二三
春日登樓懷歸……………寇　準　二五
予頃從穰下移涖河陽泊出中書復領分陝惟茲二鎮俯接洛都皆山河襟帶之地也每憑高極望思以詩句狀其物景久而方成四絕句書于河上亭壁四首（選一）……………寇　準　二八
吳江……………………陳堯佐　三〇
孤山寺端上人房寫望……林　逋　三二
山園小梅………………林　逋　三四
小隱自題………………林　逋　三七
普濟院…………………陳堯咨　三九
偶作……………………劉　筠　四〇
漢武……………………楊　億　四二
湖州作…………………蘇　為　四七
松江夜泊………………鮑　當　四八
行色……………………司馬池　五〇
江上漁者………………范仲淹　五二
野色……………………范仲淹　五四
題西溪無相院……………張　先　五六
無題……………………晏　殊　五八
古松……………………石延年　六一
南朝……………………石延年　六四
朱雲傳…………………宋　祁　六五
書端州郡齋壁……………包　拯　六七
宿甘露僧舍………………曾公亮　六九

陶者……梅堯臣 七一
魯山山行……梅堯臣 七三
書哀……梅堯臣 七四
雜詩絕句十七首（選一）……梅堯臣 七六
小村……梅堯臣 七七
東溪……梅堯臣 七九
雪中樞密蔡諫議借示范寬雪景圖……文彥博 八一
戲答元珍……歐陽脩 八三
春日西湖寄謝法曹歌……歐陽脩 八七
夢中作……歐陽脩 八九
明妃曲和王介甫作二首（選一）……歐陽脩 九一
畫眉鳥……歐陽脩 九五
中秋夜吳江亭上對月懷前宰張子野及寄君謨蔡大……蘇舜欽 九七
淮中晚泊犢頭……蘇舜欽 一〇〇
初晴遊滄浪亭……蘇舜欽 一〇二
北塘避暑……韓琦 一〇四
次韻孔憲蓬萊閣……趙抃 一〇六
憶錢塘江……李覯 一〇九
鄉思……李覯 一一一
蠶婦……張俞 一一二
九日和韓魏公……蘇洵 一一四
天津感事二十六首（選一）……邵雍 一一七
銅雀妓……蔡襄 一一九
秋日……蔡襄 一二一

碧湘門……陶　弼　一二二

治平乙巳暮春十四日同宋復古遊山巔至大林寺書四十字……周敦頤　一二四

下橫嶺望寧極舍……韓　維　一二六

城西書事五首（選一）……韓　維　一二八

怪石……黃　庶　一二九

新晴山月……文　同　一三一

亭口……文　同　一三三

望雲樓三十首（選一）……文　同　一三五

春草……劉　敞　一三六

西樓……曾　鞏　一三八

居洛初夏作……司馬光　一四〇

登飛來峰……王安石　一四二

葛溪驛……王安石　一四五

壬辰寒食……王安石　一四七

明妃曲二首（選一）……王安石　一四八

示長安君……王安石　一五二

題西太一宮壁二首（選一）……王安石　一五四

泊船瓜洲……王安石　一五六

南浦……王安石　一六〇

書湖陰先生壁二首（選一）……王安石　一六一

江上……王安石　一六三

元日……王安石　一六四

采鳧茨……鄭　獬　一六五

新晴……劉　攽　一六七

宿濟州西門外旅館……晁端友　一六九

初泊磁湖……沈　遼　一七一

暑旱苦熱……王 令 一七二
秋日偶成二首（選一）…程 顥 一七五
遙碧亭……楊 傑 一七七
村居……張舜民 一七八
金陵……郭祥正 一八〇
和子由澠池懷舊……蘇 軾 一八二
遊金山寺……蘇 軾 一八五
六月二十七日望湖樓醉書
五絕（選一）……蘇 軾 一八八
新城道中二首（選一）…蘇 軾 一九〇
飲湖上初晴後雨二首（選一）
……蘇 軾 一九二
有美堂暴雨……蘇 軾 一九四
李思訓畫長江絕島圖…蘇 軾 一九七
百步洪二首（選一）……蘇 軾 一九九
題西林壁……蘇 軾 二〇二
惠崇春江曉景二首（選一）
……蘇 軾 二〇四
贈劉景文……蘇 軾 二〇五
泛潁……蘇 軾 二〇七
八月七日初入贛過惶恐灘
……蘇 軾 二〇九
荔支歎……蘇 軾 二一一
行瓊儋間肩輿坐睡夢中得
句云千山動鱗甲萬谷酣
笙鐘覺而遇清風急雨戲
作此數句……蘇 軾 二一六
儋耳山……蘇 軾 二一九
汲江煎茶……蘇 軾 二二一
澄邁驛通潮閣二首（選一）

……蘇　軾　二二三
六月二十日夜渡海……蘇　軾　二二五
次韻江晦叔二首（選一）……蘇　軾　二二七
逍遙堂會宿二首……蘇　轍　二二八
舟下建溪……方惟深　二三一
五鼓乘風過洞庭湖日高已至廟下作詩三篇（選一）……孔武仲　二三三
絕句……王　雱　二三五
臨平道中……道　潛　二三七
霽夜……孔平仲　二三九
寄內……孔平仲　二四一
禾熟三首（選一）……孔平仲　二四二
贛上食蓮有感……黃庭堅　二四三
上大蒙籠……黃庭堅　二四七
登快閣……黃庭堅　二五〇
寄黃幾復……黃庭堅　二五三
題竹石牧牛……黃庭堅　二五六
雨中登岳陽樓望君山二首……黃庭堅　二五八
題落星寺嵐漪軒……黃庭堅　二六一
離福巖……黃庭堅　二六四
書磨崖碑後……黃庭堅　二六五
泗州東城晚望……秦　觀　二七〇
贈女冠暢師……秦　觀　二七二
送董元達……謝　逸　二七五
垂虹亭……米　芾　二七七
病後登快哉亭……賀　鑄　二七九
示三子……陳師道　二八一

登快哉亭……陳師道 二八三
絕句四首（選一）……陳師道 二八四
春懷示鄰里……陳師道 二八六
宿合清口……陳師道 二八八
題穀熟驛舍二首（選一）……晁補之 二九〇
初見嵩山……張耒 二九一
懷金陵三首（選一）……張耒 二九三
夜坐……張耒 二九五
早發……宗澤 二九七
題明王打毬圖……晁說之 二九八
偶成……饒節 三〇〇
張求……唐庚 三〇二
春歸……唐庚 三〇四
棲禪暮歸書所見二首……唐庚 三〇六
瑜上人自靈石來求鳴玉軒詩會予斷作語復決堤作一首……惠洪 三〇八
夷門行贈秦夷仲……晁沖之 三一二
牛酥行……江端友 三一五
春日游湖上……徐俯 三一八
己酉亂後寄常州使君姪四首（選一）……汪藻 三二〇
送胡邦衡之新州貶所二首（選一）……王庭珪 三二二
夜泊寧陵……韓駒 三二四
十絕為亞卿作十首（選一）……韓駒 三二七
雨過……周紫芝 三二八
病牛……李綱 三三〇

兵亂後自嬉雜詩二十九首
（選二）……呂本中 三三二
柳州開元寺夏雨……呂本中 三三五
夏日絕句……李清照 三三七
大藤峽……曾　幾 三三八
蘇秀道中自七月二十五日
夜大雨三日秋苗以蘇喜
而有作……曾　幾 三四一
三衢道中……曾　幾 三四三
東崗晚步……李彌遜 三四五
和張規臣水墨梅五首（選一）
……陳與義 三四七
登岳陽樓二首（選一）……陳與義 三四九
傷春……陳與義 三五一
觀雨……陳與義 三五三
渡江……陳與義 三五六
牡丹……陳與義 三五八
野泊對月有感……周　莘 三五九
己酉中秋任才仲陳去非會
飲岳陽樓上酒半酣高談
大笑行草間出誠一時俊
遊也為之賦……姜仲謙 三六一
元夜三首（選一）……朱淑真 三六四
望太行……曹　勛 三六六
北風……劉子翬 三六七
汴京紀事二十首（選二）
……劉子翬 三七〇
南溪……劉子翬 三七三
池州翠微亭……岳　飛 三七四
遊山西村……陸　游 三七六

風雨中望峽口諸山奇甚戲
作短歌……陸　游三七八
劍門道中遇微雨……陸　游三八〇
金錯刀行……陸　游三八一
關山月……陸　游三八三
楚城……陸　游三八六
初發夷陵……陸　游三八七
過靈石三峰二首……陸　游三八九
書憤……陸　游三九二
臨安春雨初霽……陸　游三九四
初夏行平水道中……陸　游三九七
十一月四日風雨大作二首
（選一）……陸　游三九八
沈園二首……陸　游四〇〇
梅花絕句六首（選一）……陸　游四〇二
秋思……陸　游四〇三
示兒……陸　游四〇四
催租行……范成大四〇六
回黃坦……范成大四〇八
州橋……范成大四一〇
四時田園雜興六十首（選五）
……范成大四一二
舟行憶永和兄弟……周必大四一五
雪……尤　袤四一七
題米元暉瀟湘圖二首……尤　袤四一九
過百家渡四絕句（選一）
……楊萬里四二一
插秧歌……楊萬里四二三
閑居初夏午睡起二絕句
（選一）……楊萬里四二五

小池……楊萬里四二六
虞丞相挽詞三首（選一）……楊萬里四二七
過揚子江二首（選一）……楊萬里四二九
初入淮河四絕句（選二）……楊萬里四三一
過松源晨炊漆公店六首（選一）……楊萬里四三三
登岳陽樓……蕭德藻四三四
古梅二絕（選一）……蕭德藻四三六
題臨安邸……林　升四三八
春日……朱　熹四四〇
觀書有感二首（選一）……朱　熹四四二
醉下祝融峰……朱　熹四四三
九日登天湖以菊花須插滿頭歸分韻賦詩得歸字……朱　熹四四四
水口行舟二首（選一）……朱　熹四四七
秋月……朱　熹四四八
詩一首……志　南四四九
立春日禊亭偶成……張　栻四五一
倦繡圖……王　質四五三
燈花……王　質四五五
遊武夷作棹歌呈晦翁十首（選一）……辛棄疾四五六
詠梅……陳　亮四五八
贈高竹有外侄……葉　適四五九
種梅……劉　翰四六一
立秋日……劉　翰四六三
夜思中原……劉　過四六四

橫溪堂春曉二首（選一）……虞似良 四六六
湖上早秋偶興……汪莘 四六八
同朴翁登臥龍山……姜夔 四六九
除夜自石湖歸苕溪十首（選二）……姜夔 四七一
風雨中誦潘邠老詩……韓淲 四七三
訪端叔提幹……葛天民 四七五
和翁靈舒冬日書事三首（選一）……徐照 四七六
新涼……徐璣 四七八
野望……翁卷 四七九
鄉村四月……翁卷 四八一
悟道詩……某尼 四八二
江村晚眺二首（選一）……戴復古 四八四
夜宿田家……戴復古 四八五
薛氏瓜廬……趙師秀 四八七
數日……趙師秀 四八八
約客……趙師秀 四九〇
寒夜……杜耒 四九一
秋日三首（選一）……高翥 四九三
曉出黃山寺……高翥 四九五
途中……趙汝鐩 四九七
狐鼠……洪咨夔 四九九
泥溪二首（選一）……洪咨夔 五〇一
驟雨……華岳 五〇二
讀渡江諸將傳……王邁 五〇四
村晚……雷震 五〇六
甲午江行……毛珝 五〇八
夜過西湖……陳起 五一〇

蘇堤清明即事……吳惟信 五一二
苦寒行……劉克莊 五一三
戊辰書事……劉克莊 五一五
早行……劉克莊 五一六
鶯梭……劉克莊 五一八
乍歸九首（選一）……劉克莊 五一九
夜過鑑湖……戴昺 五二一
梅花……盧梅坡 五二二
夜書所見……葉紹翁 五二四
遊園不值……葉紹翁 五二五
盱眙旅舍……路德章 五二七
中秋月……葛長庚 五二九
湖上……徐元杰 五三〇
泥孩兒……許棐 五三二
山中六首（選一）……方岳 五三四
春思……方岳 五三六
山行……葉茵 五三七
溪橋晚興……鄭協 五三九
茶陵道中……蕭立之 五四〇
第四橋二首（選一）……蕭立之 五四二
病起行散……蕭立之 五四四
春日田園雜興……連文鳳 五四五
寄題瑞昌簿廳景蘇堂墨竹……道璨 五四七
寄江南故人……家鉉翁 五四九
瘦馬圖……龔開 五五一
武夷山中……謝枋得 五五二
四時讀書樂四首（選一）……翁森 五五四
揚子江……文天祥 五五五

過零丁洋……文天祥 五五七
金陵驛……文天祥 五五九
除夜……文天祥 五六一
秋日行村路……樂雷發 五六三
西塍廢圃……周密 五六四
北山道中……方鳳 五六六
醉歌十首（選一）……汪元量 五六八
湖州歌九十八首（選一）……汪元量 五七〇
題畫菊……鄭思肖 五七二
京口月夕書懷……林景熙 五七三
山窗新糊有故朝封事稿閱之有感……林景熙 五七五
書文山卷後……謝翱 五七七
秋夜詞……謝翱 五七八
杜鵑花得紅字……真山民 五八〇

導讀

西元九六〇年，後周殿前都點檢趙匡胤發動兵變，取得政權，建立宋王朝，結束了晚唐五代割據分裂局面，恢復了中國的統一。

宋詩是中國古典詩歌發展史上僅次於唐詩的又一個高峰。它在繼承唐詩的基礎上力求新變，從而具備了不同於唐詩的風格特色。

一、宋詩發展簡史

(一)北宋初中期詩人對唐詩的沿襲和革新

北宋詩，是宋詩發展的重要階段。它的發展過程，大致可以分為初、中、後三個時期。

初期從宋太祖建隆元年到宋仁宗天聖八年歐陽脩中進士之時（西元九六〇－一〇三〇年），大約七十年。這是宋詩的沿襲期。

宋代開國之初，詩壇承襲晚唐五代遺風，有三個流派，稱為宋初「三體」。其一是「白體」，以王禹偁為代表，有徐鉉、李昉等人。他們學白居易詩的淺易風格，又承襲元稹、白居易諸人次韻唱酬的習氣。其中王禹偁成就最高。他出身貧寒，仕途坎坷，為官清廉，剛直不阿，屢遭貶謫。他不僅學白居易，進而學杜甫。其詩敢於面對現實，關注民生疾苦，表現對國事的憂慮。古體長篇敘事抒情揮灑自如，開宋代以文為詩、以議論為詩的先聲。近體律絕如〈村行〉等詩寫景生動，意境清遠，以杜詩的凝練含蓄修正了白體詩的鬆散、直露、率易，但這類作品為數不多。其二是「晚唐體」，這一派詩人主要是一些在野的山林隱士、下層文人和僧人。代表人物有林逋、魏野、潘閬、和「九僧」。他們以學習賈島、姚合為主，尚苦吟，多採用五言律絕描寫山水景物，表現隱逸情趣。詩境狹小，風格或平淡，或孤峭，或清苦。其中，林逋一生未娶未仕，隱居杭州西湖上的孤山，以賞梅養鶴自娛，人稱「梅妻鶴子」。他的詩五、七言俱佳，其描繪西湖山水風景的詩與詠梅詩尤為人稱道。寇準則是晚唐體詩人中唯一的高官，他的〈予頃從穰下移涖河陽洎出中書復領分陝惟茲二鎮俯接洛都皆山河襟帶之地也每憑高極望思以詩句狀其物景久而方成四絕句書于河上亭壁四首〉等七絕蘊藉深婉，風神秀逸。其三是「西崑體」，因楊億編輯《西崑酬唱集》一書而得名。代表詩人楊億、劉筠、錢惟演都是宮廷的文學侍臣，既有詩才又有學問，其詩學李商隱，欲以李詩之雅麗密緻矯正白體詩的淺俗、鄙俚、平易。他們有少數詠史詩有感而發，借古諷今，但絕大多數作品歌詠宮廷生活或詠物。他們過分在典故、聲律、辭藻上用功夫，濃麗有餘，傷於雕琢，但也顯示了以才學為詩的宋代詩風的端倪。後期的西崑體詩人晏殊與宋庠、宋祁兄弟詩風清麗。

北宋詩的中期，從宋仁宗天聖八年歐陽脩中進士起，到神宗熙寧五年歐氏去世止（西元一〇三〇—一〇七二年），凡四十年。這是北宋詩歌革除舊習、開創新風的革新期。梅堯臣、蘇舜欽、歐陽脩以其詩歌理論和豐富的創作實踐，在確立新的詩歌觀念和開闢宋詩的獨特境界方面，都做出了重要貢獻。梅堯臣強調《詩經》、〈離騷〉的優良傳統，注重詩歌的形象性和意境的含蓄性，主張「意新語工，得前人所未道」，並把「平淡」作為詩歌藝術的最高境界。他的詩歌富於現實內容，題材廣泛，不少作品生動真實地描繪出農村的荒涼景象和農民的貧苦生活，表現了對底層百姓的同情和對殘暴官吏的憤恨。如〈陶者〉詩，簡辣深刻地揭示了貧富懸殊、階級對立的社會本質。他還有不少寫景詩，善於在常人不經意處捕捉詩意，創造出清奇的意象，詩風閒遠平淡，或古硬質樸，卻又顯示出細緻精微的特色，後人稱他是一代宋詩的開山祖師。蘇舜欽與梅堯臣齊名，時稱「蘇梅」。他慷慨有大志，才氣橫溢，認為詩歌應「警時鼓眾」、「致於用而已」。他推崇和學習杜甫，是開北宋學習杜詩風氣的重要人物。他「發其憤懣於歌詩」，寫了許多直陳時弊、揭露統治階級罪惡的作品，寫得大膽直率，痛快淋漓。他又是較早關心宋遼戰爭、抒寫殺敵報國英雄抱負的詩人。他的七言古體雄邁奔放，七律和七絕也有想像奇特、筆力雄健、意境開闊的佳作，但時有語言粗糙之病。英年早逝，使他未能取得更大成就。

在宋代詩歌的革新過程中，蘇舜欽、梅堯臣是前驅者，而將這場革新引向勝利的是歐陽脩。歐陽脩是北宋著名的政治家、文學家、史學家，名重一時的文壇領袖、學者宗師。他宣導古文運動，並將古文運動的精神貫穿到詩歌的革新之中。他大力主張恢復風雅古道，使詩歌緊密聯繫現實，切於實用。他提出「詩窮而後工」的著名觀點，強調生活閱歷在詩歌創作中的重要作用。他作詩追求格調高而命意深，以淵博的學問和卓越的見識去糾正晚唐五代以來詩文的淺薄、晦澀、卑俗。他的詩內容充實，思想性強，或批評時政，譴責朝廷對遼國屈辱求和；或抨擊賦斂、兼併、力役之弊；或指斥小人當道；或表達自己的政治見解；或慨歎人生世態。他還用詩歌評騭人物、品藻詩畫。他的詩因題材和體製的不同而具有多樣風格。近體仍屬唐格，工整流暢，平易自然，多情景交融之作。與蘇、梅一樣，他在古體詩中，更多地「以文為詩」、「以才學為詩」、「以議論為詩」，運用古文章法、句法、字法於詩中，有的學韓愈，有的學李白，並能綜合韓、李，無生僻險怪之流弊，卻多一唱三歎、流動瀟灑的韻致，這是歐陽脩對宋詩新變的重大貢獻。當時，李覯、陶弼、韓維、文同、鄭獬、劉攽、劉敞、呂南公等人，或因與歐、梅、蘇唱和而詩風與之相似。新變派聲勢更加浩大，初步奠定了宋詩的時代風格，推動了以蘇軾、黃庭堅為代表的宋詩高潮的到來。

(二)蘇軾開拓宋詩新境界的巨大功績

北宋詩歌發展的後期，從宋神宗熙寧五年歐陽脩去世，到宋欽宗靖康元年北宋滅亡（西元一〇七二—一一二六年），凡五十年，是北宋詩歌大發展、大繁榮的時期，也是一代宋詩風格成熟的鼎盛階段。

在歐陽脩去世前，王安石、蘇軾、黃庭堅等名家已先後在詩壇崛起，把歐、梅、蘇開始的宋詩變革向前推進。其中，年歲稍長的王安石是介於中期與後期之間的重要詩人。他又是傑出的政治革新家和北宋詩文革新運動的積極推動者，今存詩一千五百多首。其詩歌創作前後兩期以退居江寧為界，在詩風上有很大差別。前期學習杜甫關心政治時事、同情人民疾苦的寫實精神，創作了許多古體的政治詩和詠史詩，突出地代表了宋詩政治色彩濃厚的傾向，也為宋人寫作反映時政民瘼的詩歌做了示範。但除七言歌行〈明妃曲二首〉和七言律絕〈葛溪驛〉、〈登飛來峰〉等極少數作品詩味濃郁外，大多數作品以議論為主，枯燥乏味。後期因革新失敗，退居江寧，放情山水，主要創作寫景抒情的近體律絕詩，在藝術上走上杜甫「老去漸於詩律細」的道路，以禪宗直覺體悟和寧靜觀照方式以及精心的藝術錘煉，回歸重興象、意境的唐風，又「不脫宋人習氣」，推動了宋人宗杜、學杜之風的興盛，對宋詩獨特風格的形成和發展起了較大的推動作用。與王安石交往、以散文馳名的曾鞏，其詩被清人王士禛稱為「荊公之亞」，七絕更有王安石的風致，格調高遠，字句清健，不乏佳篇。

受到王安石大力揄揚的王令，只活了二十八歲。他的詩主要吐露遠大抱負和對當時現實的悲憤不平，想像奇特，氣魄宏偉，表現出鮮明的浪漫主義色彩。

這個時期，最傑出的大詩人是蘇軾。他是繼歐陽脩之後的文壇領袖，中國文學史上罕見的通才，詩、詞、文、賦、文論、書法、繪畫都有很大成就。他一生於詩歌用力最勤，較之詞和散文，詩歌的題材更廣泛，內容更豐富，風格以清雄曠放為主而又多樣化。現存蘇詩共二千七百多首，按其題材和內容，大致可分為政治諷刺詩、詠物詩、寫景紀遊詩、題書畫詩、論詩詩等，他寫了不少反映政治問題的詩，關心國計民生，揭露社會矛盾，痛斥官場黑暗，同情人民疾苦。他還寫了一些關於修堤抗洪、賑濟災民、撫養棄嬰、開辦鄉村醫療、開發煤礦、與嶺南海南島各族人民友好相處的詩歌。蘇軾一生，足跡遍布中國，所到之處飽覽山川的奇景偉觀，故其寫景紀遊及由此生發哲理的詩，數量最多也最膾炙人口。蘇軾才華橫溢，想像豐富，善用比喻，諸如明喻、暗喻、借喻、曲喻、博喻，隨手拈來，無不新穎貼切。蘇軾作詩放筆快意，揮灑自如，卻似行雲流水，姿態橫生，體現出他所主張的「出新意於法度之中，寄妙理於豪放之外」（〈書吳道子畫後〉）的藝術創作原則。在他的筆下，無論是古體、近體，五言、七言，都能駕輕就熟，寫出傑作。

蘇詩是宋詩最卓越的代表。梅、蘇、歐、王所開拓的以文為詩的藝術特點，如在平淡中出新，描寫窮形盡相，運散文的氣勢、章法、句法入詩，以及好議論、尚理趣等，都被蘇軾發揮得淋漓盡致，開拓出嶄新的境界，藝術上也達到了成熟。蘇軾不只是受到梅、蘇、歐、王的啟迪，凡古今詩人之長，他都有所吸收，尤以受陶淵明、王維、李白、杜甫、韓愈、白居易、劉禹錫的影響較大。由於蘇軾具有融合儒釋道的豐富深刻思想，有淵博的學識，有熱愛生活的高曠情懷，以及多方面的藝術天才，因此蘇詩的成就超越了他同時代的詩人。當然，他有些作品矜才炫學、堆砌典故，也有一些反覆步韻應酬之作，但這些小疵不能掩蓋他對宋詩開拓創新的光輝。

蘇軾是宋詩之魂。他在詩歌中所表現出的正直率真的個性，豪放不羈的才情，健康開朗的幽默感，以及這一切所構成的崇高人格，這種人格所具有的獨特魅力與所反映的價值取向，在封建士大夫中有一定代表性，因而為歷代士人仿效並深受景仰，產生了深遠的影響。若論詩歌的天才飄逸浪漫，蘇軾略遜於李白；而論學識的深廣淵博與詩歌的深刻思想，蘇軾則超過了李白。在蘇詩中，突出地體現了才與學、情與理、象與意並重的宋詩特點。由於「東坡體」妙手天成的境界難以企及，所以沒有出現像江西詩派那樣的東坡詩派。蘇門六君子中的黃庭堅、陳師道被歸為江西詩派，秦觀、張耒、晁補之、李廌詩風都不相似。但這六位詩人都得到蘇軾提攜，深受蘇軾影響，並各自從蘇詩中汲取了思想與藝術營養。黃、陳成就較大，下文再談。秦近體工麗精緻，頗得蘇詩講技巧、法度的一面。晁、張學到了蘇詩的平易、自然、雋爽，卻沒學到其雄駿與謹嚴。而李廌詩風的兀傲奔放，頗近於蘇軾。蘇門之外，學蘇軾的尚有「清江三孔」，其中孔平仲尤佳，七言近體律絕很接近蘇詩的風格。張舜民近晁、張。賀鑄以寫長短句的歌詞著稱，但他的詩有風度、氣骨，用筆清剛，也受到蘇詩薰陶。唐庚與蘇軾是同鄉，又都貶謫過惠州。他推崇蘇軾詩「敘事言簡而意盡」（《唐子西文錄》），其人頗有才氣，作詩重錘煉，律絕詩工致精鍊，當時人稱為「小東坡」。可見，蘇軾是以一種解脫束縛、隨心所欲而不逾矩的自由創作精神去影響他的門人弟子、當時和後來的詩人，這種看似無形的精神影響，更加深遠。

㈢黃庭堅和江西詩派對宋詩的影響

黃庭堅是「蘇門四學士」之首，在詩壇又與蘇軾齊名，並稱「蘇黃」。他的詩歌創作總的成就不及蘇軾，但由於他在蘇軾的基礎上繼續求新求變，取得了獨特成就，成了宋詩特徵最典型的代表，被稱為「山谷體」，在宋代詩壇上影響巨大。

黃庭堅關於詩歌的意見，包括了創作論、鑑賞論、批評論，是一個完整、豐富、有特色的詩歌美學理論體系。他評價詩文，與歐、蘇、梅及蘇軾基本立場一致，首先著眼思想內容，主張詩文應以「道」與「理」為主，提倡詩要「興寄高遠」或「興托深遠」。他推崇杜甫詩，首重其憂國憂民的思想內容。但在他生活後期，由於黨爭日熾，詩禍愈劇，蘇軾因作詩諷刺新法被捕入獄，他自己也遭受貶謫，這使他的詩學觀發生變化，由早年稱讚胡宗元詩「忿世疾邪」、蘇軾「嬉笑怒罵，皆成文章」，轉向為反對用詩歌譏刺政治，反對詩人過分發洩怨憤之情並使用過於激烈的言詞，而應當含蓄委婉，遵守儒家「溫柔敦厚」詩教。黃庭堅詩論的精華在創作論，其綱領是強調「不俗」與「獨創」。他說：「士生於世，可以百為，惟不可俗，俗便不可醫也。」（〈書嵇叔夜詩與侄榎〉）稱讚蘇軾詞「筆下無一點塵俗氣」（《山谷題跋》卷二），提出「以俗為雅，以故為新」（〈再次韻楊明叔序〉）。他說「文章最忌隨人後」（〈贈謝敞、王博喻〉）、「隨人作計終後人，自成一家始逼真」（〈以右軍書數種贈丘十四〉），他更進一步強調，詩歌要不俗，首先是詩人的境界不俗，就是要「遠聲利，薄軒冕」、「憂國愛民」（洪炎〈豫章黃先生退聽堂錄序〉），「胸中灑落如光風霽月」（〈濂溪詩序〉）。他還強調詩人要治心養性，多讀前人的書，更要虛心觀萬物。他還為寫詩者提出了學習寫作的兩個步驟：第一步是講求法度和詩藝，講得比王安石、蘇軾都要細密、系統。例如講章法，說「文章必謹佈置」（《潛溪詩眼》引），強調構思的新穎、巧妙，說：「作詩正如作雜劇，初時佈置，臨了須打諢，方是出場。」（《王直方詩話》引）他對詩的句法、字法講得更多。如讚人「用字穩實，句法刻厲而有和氣」（〈跋雷太簡聖俞詩〉），「所寄詩醇淡而有句法」（〈答何靜翁書〉），推崇杜甫〈丹青引〉中的「一洗萬古凡馬空」句格力雄健，標舉「句法俊逸清新」（〈再用前韻贈高子勉〉）。他又提出「句中有眼」，要「安排一字有神」（〈荊南簽判向和卿用予六言見惠次韻奉酬〉）。第二步是擺脫前人的經驗和具體藝術技巧的束縛，達到「自成一家」和「自然高妙」的藝術境界。黃庭堅在〈與王觀復書〉和〈與洪駒父書〉等文中都明確地說，詩歌藝術的最高境界是「不煩繩削而自合」，是「簡易而大巧出焉」，是「平淡而山高水深」。陶淵明的詩，杜甫到夔州以後的詩，就達到了自然高妙的境界。在〈贈高子勉〉（其四）中，他用「拾遺句中有眼，彭澤意在無弦」這兩句詩，對於學詩的兩個步驟、兩層境界做出了精闢的概括。此外，黃庭堅還提出了著名的「點鐵成金，奪胎換骨」（分見於〈答洪駒父書〉與惠洪《冷齋夜話》）之說，其精神實質是活學活用前人作品的辭彙、意象，在學習借鑑中有所變化、發展、創新，但這只是他為初學者指出了學習借鑑前人語言藝術的具體方法，不應當誇大為黃庭堅和江西詩派的詩歌理論綱領。

黃庭堅是一個關懷國事民瘼的詩人。他早期寫了不少譏刺時政、抨擊新法弊端和反映民生疾苦的作品。但晚年編集時，因政敵的迫害，他把有可能給自己帶來政治災禍的詩刪去了。但流傳至今的詩中，仍有歌頌抗敵戰爭勝利、讚美邊將戰功、揭露時政苛虐、同情人民苦難的感人作品。還有一些運用比興手法曲折含蓄地諷刺那些卑俗政客不顧國家安危一味攻擊異己獵取個人名利的詩。黃庭堅寫的更多更好的，是那些抒寫思親懷友、自身生活經歷和生活情趣的詩，題詠書畫、音樂、茶藝的詩。這些作品洋溢著親切的人情味和濃郁的書卷氣息，繼承和發展了蘇軾詩的題材內容和藝術特色，而詩中的人文意象比蘇詩更密集，文化意蘊也更深厚。黃庭堅詩歌創作態度嚴謹，千錘百煉，努力求新求變，這使他的詩具有生新瘦硬的獨特藝術個性。無論長篇短製，都立意深曲，包含多層次意蘊，絕不平鋪直敘，而是起伏跌宕，極盡吞吐騰挪之妙，又章法細密，起結無端，出人意料。他同蘇軾一樣，善於運用新穎奇警的比喻，創造奇妙獨到的意象。他還擅長運用側筆烘托、遺貌取神的方法狀物寫人。他大力發揚杜甫的拗體七律，使音節拗峭挺拔。他晚年的詩風，由生新瘦硬逐漸向清新自然與平淡質樸轉變。總之，黃庭堅將唐詩以豐神情韻取勝，圓融渾成的風格意境，改變成了宋人以筋骨思理為主，拗峭鍛煉的風格意境，以其「山谷體」詩歌完成了宋調的創造，繼蘇軾之後，為宋詩做出了新的突出的貢獻。

被後人列為蘇門六君子之一的陳師道，一生失意，家境貧寒，但為人很有骨氣，尊師重道。早年從曾鞏學文，後燒棄舊作，改學黃庭堅詩，能得之於似與不似之間，故而有「黃陳」之稱。其後又進一步學杜甫。他是一個以「苦吟」著稱的詩人，自云「此生精力盡於詩」，下死力苦思苦煉。其詩思路深刻精細，字句凝練緊湊，學杜有句法逼真之效。但因缺乏杜甫憂國憂民的博大情懷與豐富的生活閱歷，學問才力也不如黃庭堅，作品的題材較狹窄，與杜、黃有較大差距。他抒寫貧困境況和讀書生活、夫婦與父子久別重聚的詩，感情真摯深沉，有一種樸拙生澀的風格。

由於黃庭堅重視詩歌創作的規矩法度，為初學者指出了易於掌握行之有效的途徑；同時他又主張在掌握規矩法度的基礎上變化求新；他自己的詩歌也取得了很高的成就，就連蘇軾也說：「一代之詩，當推魯直。」（黃庭堅〈與王周彥書〉引）可見黃庭堅詩在當時就產生了很大影響，以至於開宗立派，聲勢浩大。一些詩人由學蘇轉學黃，或同師蘇黃，如潘大臨、李彭、韓駒、王直方等。還有大批詩人學黃，經黃親自指導的學生有三洪（洪朋、洪芻、洪炎）、徐俯、高荷等人，更多的人雖未親炙黃庭堅，也通過種種方式學到黃的詩法，如晁沖之師從陳師道，饒節、謝逸、李錞等人都通過與王直方、徐俯交遊，組成不定期的詩社探討詩法。直到崇寧四年黃庭堅逝世，黃門已非常壯大了。

呂本中對於黃庭堅主張在掌握規矩法度基礎上變化創新的詩歌理論作更進一步思考，提出了「活法」之說。所謂「活法」，就是「規矩備具，而能出於規矩之外；變化不測，而亦不背於規矩也」（〈夏均父集序〉）。他以「流轉圜美如彈丸」作為活法的標準，又指出作詩要

「悟入」，「悟入必自功夫中來」。後來，他又作〈江西詩社宗派圖〉，尊黃庭堅為詩派的開創人，下列陳師道等二十五人為詩派成員。其中，除陳師道外，徐俯、韓駒、洪炎、江端友、謝逸、謝薖、饒節、晁沖之、高荷都是比較優秀的詩人，寫出了足以傳世的佳作。後來，宋末元初的方回進一步提出一祖三宗的說法，以杜甫為祖，黃庭堅、陳師道、陳與義為三宗（見《瀛奎律髓》卷二六）。江西詩派是宋代詩派中影響最大的一個，這一派的詩人們，為宋詩的繁榮發展作出了各自的貢獻，為宋詩繼慶曆與元祐兩個高峰之後第三個高峰的到來，做好了準備。

(四)楊萬里的寫景詩和范成大的田園詩

宋欽宗靖康二年（西元一一二七年）四月，北宋王朝被女真貴族建立的金朝滅亡。五月，趙構即位，建立了南宋王朝。

南宋詩的發展，可以寧宗嘉定三年（西元一二一〇年）大詩人陸游去世為界，分為前後兩個時期。南宋前期，以南渡詩人陳與義及其後被稱為「中興四大家」的尤袤、楊萬里、范成大、陸游為代表，開創了宋詩又一個繁榮發展的新局面。

南宋之初，一大批南渡詩人，首先用他們的詩歌反映國破家亡、多災多難的生活，反映貫穿於整個南宋時期的抗敵救國與苟且偷安的矛盾戰爭，表達了人民要驅逐強寇、恢復中原的心聲。一些正直、愛國的將相和士大夫，如李綱、趙鼎、胡銓和民族英雄岳飛等，雖不以文學見長，也創作了不少慷慨悲壯的愛國詩歌。天才的女詞人李清照寫了〈浯溪中興頌詩和張文潛〉、〈夏日絕句〉等或長或短的詩歌，表達她對南宋朝廷命運前途的憂慮思考，頌揚堅決抗敵的英雄氣概，諷刺南宋統治者的怯懦苟安。呂本中、曾幾、汪藻、王庭珪、劉子翬等不同流派、風格的詩人，創作了許多把個人身世之感與家國之痛融合起來的佳篇。在這些詩人中，成就最大的是作為江西詩派「三宗」之一的陳與義。宋室南渡以後，他到處流亡漂泊，體驗了與杜甫經歷相似的戰亂流離生活，因此專意學習杜甫詩憂國憂民的思想內容和沉鬱頓挫的藝術風格，創作出不少感時撫事、慷慨激越、寄託遙深的愛國詩篇，多為七律、七絕，從內容情調、聲律句法與蒼涼沉鬱的藝術風格都逼肖杜詩。可見，陳與義真正從杜詩中吸取了精髓，取得了豐碩的創作成果，成為北宋、南宋之交最傑出的詩人。

稍晚，由高宗紹興三十二年（西元一一六二年）至寧宗嘉定三年（西元一二一〇年），近五十年，宋詩創作隨著時代的巨變而達到了新的高峰，被稱為宋詩的中興期，湧現出了「四大家」尤、楊、范、陸。尤袤一生出處大節，由循吏而諍臣，忠言讜論，載在口碑。他讀書多，學問淵博。其詩馳名當時，可惜詩集焚於兵火，未能流傳下來。從現存作品看，藝術水準似不及陸、楊、范。但其詩平淡圓熟，也是江西詩派施用「活法」以來的新詩風，例如本書所選的五律〈雪〉，詩人見雪而念民之饑，更念邊兵之痛苦，是有為而作。五古〈淮民謠〉揭露官吏豪強借建水寨抗金為名，行奪民肥私之實。七絕〈浮遠堂〉有「盡吞淮海入胸中」的雄豪之句。〈寄友人〉的斷句「胸中襞積千般事，到得相逢一語無」，表現人生的一種情景，語淡意濃。從上述數例亦略可窺其大家風範。

楊萬里一生作詩二萬多首，是中國文學史上寫詩較多的作家之一，今存四千二百多首。他有不少關心國事和憂憤時局的作品，如〈初入淮河四絕句〉、〈過揚子江二首〉等，抒發了他對國土淪陷的哀痛。還有一部分詩歌表現對勞苦百姓的同情。但楊萬里成就最突出的是描寫自然景物和個人生活情趣的詩。他善於從日常生活的平凡景物中捕捉住新鮮的富於詩意的形象，用清新活潑的筆調、淺近通俗的語言表現出來。這些詩大多數是七絕，構思新穎，感受獨到，想像出奇，充滿生活氣息，饒有一種機靈、智慧、幽默、詼諧的情趣，被稱為「誠齋體」。錢鍾書先生在《談藝錄》中指出：「誠齋則如攝影之快鏡；兔起鶻落，鳶飛魚躍，稍縱即逝而及其未逝，轉瞬即改而當其未改，眼明手捷，蹤矢躡風，此誠齋之所獨也。」精闢地論述了楊萬里對景迅速寫生的特點。當然，《誠齋集》中也有不少草率、浮淺、粗疏之作，但詩人以其師法自然、感受真切、意象生新、語言鮮活、天真洋溢、充滿諧趣的「誠齋體」詩歌，在宋代詩壇上獨創一格，為當時和以後詩人們樹立了用「活法」作詩而取得突出成就的典範。

范成大也是一位憂國憂民的詩人。孝宗乾道六年（西元一一七〇年），他奉命使金，在金國君臣面前大義凜然，抗爭不屈，詞氣慷慨，全節而歸，為朝野稱道。他這一次使金途中所作的七十二首七絕組詩，記錄見聞感受，多方面地抒寫淪陷區遺民的苦難和他們盼望收復中原的心情，沉痛悲憤，催人淚下。他的〈催租行〉、〈後催租行〉等詩，揭露古代社會租稅剝削的殘酷，抨擊貪官汙吏的罪行，字裡行間滲透了農民的血淚，也燃燒著詩人滿腔的憤火。他是中國詩史上繼陶淵明後最傑出的田園詩人。晚年歸隱石湖，寫了〈四時田園雜興六十首〉和〈臘月村田樂府十首〉為代表的田園詩。這些詩描繪了江南農村生活的各個方面，首先，全面地描寫了四季的農事活動，表現了農民勞動的艱辛與歡樂，使《詩經・豳風・七月》開始，後來長期斷了線的農事詩傳統得到了新的接續；其次，詩中描繪了四時田園風光和農村風俗人情，充滿了濃厚的生活氣息，散播出沁人心脾的泥土芳香；最後，詩人站在農民的立場上，憤怒揭露和犀利抨擊古代官府、土豪劣紳對農民敲骨吸髓的壓榨與剝削，真切地表現了農民謀生的艱難，抒發了他對農民痛苦的深摯同情，從而給傳統的田園詩以更豐富、深刻的思想內容，賦予它新的生命，正如錢鍾書所說：「使脫離現實的田園詩有了泥土和血汗的氣息。」（《宋詩選注》）范成大不愧是中國古代詩史上田園詩的集大成者，他的農村詩田園詩給宋詩增添了光彩。

(五)陸游的愛國詩和朱熹的理趣詩

陸游是中興四大家中創作最勤奮的，他自言「六十年間萬首詩」，流傳下來的作品也達九千三百多首。他從小就樹立了恢復中原為國雪恥的大志，畢生堅持不懈。他的愛國詩篇對妥協投降派的罪惡予以無情揭露和譴責，表達人民群眾渴望恢復故土、統一祖國的願望，也抒發出詩人殺敵報國的英雄氣概和壯志未酬的悲憤。在國難當頭之時，詩人始終把自己當作一名以身許國的戰士，而他又確有「樓船夜雪瓜洲渡，鐵馬秋風大散關」兩段從軍的戰鬥生活經歷並在詩中予以生動表現，這是他的愛國詩篇高於同時許多人的相同主題作品之處。他的詩唱出了當時抗戰愛國的最強音，也是自北宋以來，詩歌的愛國主義精神傳統最集中強烈和最豐富深刻的體現。

在陸游詩中，憂國與憂民這兩種思想感情常常交織在一起。他有不少深刻揭露古代統治階級對勞動人民殘酷壓迫與剝削，真實地反映農民的悲慘生活的作品。詩人還寫了許多表現農村風光、農民辛勤耕作及其生活風俗的作品，還有詠史、詠物、紀行、讀書、躬耕、酬答等題材的詩。如〈遊山西村〉抒寫他和農民的友誼、農村歡樂的節日以及淳樸風俗，特別是三、四句描繪浙東農村景色，意境明媚秀麗，幽深曲折，又蘊含哲理，歷來膾炙人口。陸游詩集中還有十多首寫他與前妻唐琬愛情悲劇的詩，纏綿悱惻，感人肺腑，是宋詩中罕見的愛情詩珍品。

陸游的詩歌既繼承了杜甫、白居易的寫實傳統，又吸取了李白的浪漫精神和表現手法，並有自己的特色。富於浪漫色彩的詩篇多作於早、中期，晚年的詩歌基本上是寫實的。這些描寫鄉村或京城的詩，正像錢鍾書所說，善於「咀嚼出日常生活的深永的滋味，熨貼出當前景物的曲折的情狀」（《宋詩選注》），從而發掘出新鮮的詩意，營造情景交融的意境。陸游詩歌語言圓熟流轉，精鍊自然，無論寫什麼題材，表達什麼感情，都能駕輕就熟，遊刃有餘。其各體詩俱工，尤以七言詩成就最大。七言歌行氣勢雄偉，豪邁奔放，可與蘇軾頡頏，但比蘇軾悲涼、沉痛，七言律詩數量為宋人第一，風格多樣，精工圓美，對仗工整巧妙。七言絕句精警暢達，情韻深雋。當然，由於寫得太多太快，他的詩也有詞句重複、句法和構思雷同、議論說理淺露的毛病，但這不過是白璧微瑕。在宋代詩壇上，陸游詩的思想成就最高，藝術成就也僅遜於蘇軾。

總括起來說，南宋中興四大家都曾學習江西詩派，後來接受了「活法」，認識到作詩要自出己意，自成一家，對江西詩風作了修正與革新，才取得了大成就。蕭德藻也是這時期的一位著名詩人。楊萬里稱為「尤蕭范陸四詩翁」。他的詩風奇峭古硬，思致精苦，但也有清新小巧、模仿南朝樂府民歌風格的〈采蓮曲〉之類的詩。他因病早逝，其詩風仍較多繼承江西詩派的苦硬新奇，但對江西詩派資書以為詩的作法已有異議。

在這一時期，還有理學大師朱熹和張栻的詩。宋代理學家重道輕文，甚至認為作文害道。但他們中不少人卻喜歡作詩。例如北宋理學家邵雍為了自娛而作詩，今存一千五百首。他的詩不拘詩法聲律，不從苦吟中求工巧，隨手寫來，流暢平易，毫不做作，被稱為「邵康節體」。他的《擊壤集》中既有押韻語錄講義的道學體，也有諸如〈天津感事二十六首〉那樣寫景精彩、景中含情、語淡味長的詩人之詩。另一位理學家周敦頤的詩，借描寫山水體悟自然之道，表現自我的胸襟修養。其弟子程顥、程頤合稱「二程」。弟程頤方巾氣重，激烈反對寫詩；兄程顥卻喜作詩，善以自然平易的語言描寫觀物之樂，表現與天地萬物融而為一的體驗。他的七律〈秋日偶成二首〉、〈郊行即事〉和七絕〈秋月〉，都是歷代廣為傳誦的佳作。南宋的劉子翬是朱熹的老師，一位具有憂國憂民情懷的學者詩人。錢鍾書《宋詩選注》說他「是詩人裡的一位道學家，並非只在道學家裡充個詩人」。他有感慨靖康之變堪稱「詩史」的〈汴京紀事二十首〉，還有〈南溪〉等理趣詩。

朱熹受父親朱松與老師劉子翬的影響很深，堅決主張抗金恢復，也熱衷詩歌創作。他是集宋代理學大成的思想家，又是理學家中文學修養最高的人，對詩文有高超欣賞能力和獨到見解。他的詩同劉子翬的詩一樣。沾染「講義語錄」的習氣很少，但他比老師寫得多，成就也更高。朱熹熱愛大自然，善於以詩人兼理學家的心胸眼光，敏捷地發現並捕捉山水景物之美妙，從而借助景物描寫表現心源的澄淨清明，寄寓學理悟道的心得。他的山水哲理詩有兩種類型：一種諸如〈觀書有感二首〉、〈奉酬九日東峰道人溥公見贈之作〉、〈鵝湖寺和陸子壽〉，讓讀者從題目或詩中說理議論中知道是哲理詩；另一種如〈春日〉、〈偶題三首〉、〈水口行舟二首〉，詩題與詩中無理語，同一般寫山水風景詩並無區別，讀者要深入品味方能悟出哲理。這兩種詩都有形象、感情與意境，哲理蘊含景中，有理趣而無理語更無理障，都能啟迪讀者智慧並給予讀者審美享受。近代陳衍《宋詩精華錄》卷三評云：「晦翁登山臨水，處處有詩，蓋道學中最活潑者。」又指出朱熹多「寓物說理而不腐之作」。評得中肯。朱熹同陳與義、陸游、楊萬里、范成大是南宋成就很高的五位大詩人，朱熹的山水理趣詩是宋代理學家詩派的代表。張栻的詩數量與品質都不如朱熹，但他同樣對生機盎然的景物，善於創造閒淡深幽的意境。

㈥宋詩的夕照餘暉

自嘉定三年（西元一二一〇年）陸游去世，到祥興二年（西元一二七九年）南宋滅亡，近七十年的時間，為南宋詩壇的後期。這個時期的一大批詩人，眼見山河破碎，思想消沉，用寫詩來消磨歲月。在藝術上，他們想在江西派乃至宋詩傳統之外，尋求適合於表現他們思想感情和藝術趣味的詩歌風格。這樣，先後形成了兩個詩人群體：一是「永嘉四靈」，一是江湖詩人，也被稱為「四靈體」和「江湖詩派」。

「永嘉四靈」，是指徐照、徐璣、翁卷和趙師秀四人，他們都是永嘉郡（今浙江溫州）人，他們的字或號裡都有一個「靈」字，故此得名。他們不滿江西詩派以文為詩、以學問為詩和以議論為詩的作法，標榜學習晚唐詩，專門模仿賈島、姚合，強調苦吟，主張白描，偏愛五律，重景聯而輕意聯，主要抒寫個人情懷和山水景物，內容貧乏，題材狹窄，格局小巧，意境淺薄。但四靈也有少數反映時事政治之作。他們一些描寫山水田園風光的七絕，如〈鄉村四月〉、〈野望〉、〈建劍道中〉、〈數日〉、〈約客〉，顯然受了楊萬里「誠齋體」的影響，寫得清新自然，生動靈巧，惹人喜愛。「永嘉四靈」明確打出學習晚唐詩以矯正江西派之失的旗號，順應了詩壇厭惡後期江西派的風氣，在當時產生了一定影響，但由於其詩歌格局境界過於狹小，故而很快就被江湖詩派所代替。

江湖詩派由一批功名不就、政治地位不高的詩人組成。這些詩人處亂世而浪跡江湖，氣味相投，作詩唱和。當時錢塘詩人兼書商陳起將他們的詩作收集起來刊名於世，曰《江湖集》，後來人們便稱入集的詩人為江湖派。江湖派詩人眾多，流品複雜，他們的思想作風、創作主張、藝術風格與成就都不一樣：有對現實政治淡漠的，也有關注國事民瘼的；有清高之士，也有干謁之徒；有反對江西派的，也有受江西派影響較深的；有學「永嘉四靈」的，也有以楊萬里、陸游為師的；有崇尚賈島、姚合的，也有向晚唐其他詩人學習的。嚴格地說，江湖派還算不上真正意義上的詩歌流派。不過他們也有一些共同特點，即是在四靈體和江西詩派之間，大多數詩人更偏重或傾向於四靈，也就是說在唐音和宋調之間，更多側重唐音。但與四靈相比較，江湖詩派無論是詩法對象、詩作題材和風格，還是詩人和作品數量都要廣泛、廣博、廣大得多。例如，詩詞均有名氣的劉過和姜夔，是江湖派早期代表人物。劉過的古體歌行豪宕激越，以氣勢取勝，七律也多有沉雄悲慨，缺點是時見直率過甚，流於粗糙。姜夔多才多藝，其詩在表現愛國情懷上遠不如劉過激烈、雄豪，但在詩境的創造和詩句的錘煉上則遠過之。絕句最佳，達到他所追求的「小詩精深，短章蘊藉」的境界。稍後的戴復古，曾與四靈交往，學過晚唐體，後又登陸游之門。他受了陸游的影響，詩中憂國憂民，感慨國事，指斥朝政。詩風清健明快，自成一家，在江湖派中占有重要地位。高翥也是江湖派中才情較高的詩人，長於七絕，構思新巧，風格清雋。趙汝鐩詩歌內容充實，在描寫農民貧困生活、抒發愛國激情方面均有成就，景物詩饒有意趣。江湖派後期的重要詩人還有葉紹翁，尤擅七絕，將平常的情景寫得曲折跌宕，新警有味。還有方岳，兼工七律與七絕。七律對仗精巧，七絕長於白描，風格清新淡遠。方回稱讚他是「不江西，不晚唐，自為一家」（《瀛奎律髓》卷二七）。劉克莊則是江湖派的領袖人物，曾受「四靈」影響，後又棄而專攻古風，曾仿效李賀，又學陸游，喜楊萬里。他關注現實，作品內容豐富，諷刺黑暗政局，抒發憂時孤憤，同情民病，感傷國事，激動人心。其詩古近體兼備，筆力雄放，但顯著的缺點是貪多求快，率爾成章，有不少拼湊粗濫之作。

南宋亡國的嚴酷現實，使詩壇從低吟沉寂中驚醒。眾多的愛國志士、遺民詩人唱出了一首首悲壯激越的愛國之歌，使漸趨衰落的宋詩煥發出新的生命活力。文天祥代表了這一時期詩歌創作的傾向和成就。他的詩以元人攻陷臨安為界，前後大不相同。前期受江湖派影響，多為應酬題詠之作，藝術上也顯得平庸；後期投身於抗敵救國的激烈戰鬥中，仍堅持賦詩言志，主要學杜甫，抒發愛國情懷，「志益憤而氣益壯，詩不琢而日工」，詩風激越慷慨，悲壯蒼涼。七律〈過零丁洋〉將個人的戰鬥經歷和國家的命運前途緊密聯繫在一起。尾聯「人生自古誰無死，留取丹心照汗青」，表現詩人視死如歸的決心，放射出愛國主義的思想光輝。真所謂詩人烈士，合為一體。這些用熱血丹心和生命寫成的偉大詩篇，沒有他這樣出生入死戰鬥經歷的人，包括陸游在內，也不可能寫出來。五古長篇〈正氣歌〉是他被囚禁在元大都（今北京）的監牢裡寫的。詩人熱情地歌頌了浩然正氣的巨大精神力量，表明自己要向歷史上為正義而鬥爭的烈士們學習，永遠保持和發揚民族的氣節。但這首詩激情充沛，筆墨淋漓，直敘而下，一如磅礴的正氣運行，讀來令人感奮無窮。

其他愛國詩人，有汪元量、鄭思肖、林景熙、謝翱、謝枋得、劉辰翁、蕭立之、周密等。這些人親身經歷亡國之痛，在詩中常把紀實性與抒情性結合起來，事件真實，感情深沉，語言樸素自然，有著震撼人心的力量。民族英雄文天祥和其他愛國遺民詩人的作品，給宋詩的愛國主義傳統作了很好的總結，是宋詩瑰麗蒼茫的夕照和晚霞。

二、宋詩的總體觀照

(一)宋詩的數量、題材與思想內容

綜觀宋代的詩歌創作，其繁榮興盛並不亞於唐代。據《全唐詩》及其補編，今存唐代詩人有二千數百家，存詩近五萬首；而《全宋詩》及其補編，收錄詩人九千數百家，詩作三千七百八十五卷，約二十多萬首，其數量是唐詩的四、五倍以上。就詩人個人創作而言，陸游一生寫詩上萬首，今存詩九千三百多首；蘇軾今存詩二千七百多首，楊萬里共寫了二萬多首詩，今存四千二百多首。唐代詩人中沒有一個人存詩那麼多的。

唐代詩人對唐代的社會生活和詩人的生活體驗、理想志趣等，都作了廣泛、深細的表現。宋代詩人繼承了唐詩的題材，又根據宋代社會生活的特徵和宋代士人立身行事的準則，對唐詩表現過的題材繼續向深處挖掘，或開拓新的題材領域。第一，由於趙宋王朝統治者重

用文人參政，宋代士人大都懷著「以天下為己任」的政治責任感和使命感，努力於經世濟時的功業建樹中，實現自我的生命價值。而宋代士人大都是集官僚、文士、學者三位於一體的複合型人才，因此，宋詩在表現社會政治方面比唐詩顯得更加廣泛、全面、尖銳、深刻。例如王安石在詩中揭示宋代社會最嚴重的經濟問題；蘇舜欽直接指斥朝廷用人不當以致軍事失敗；蘇軾不滿王安石新法，作詩予以諷刺，為此引發一場危及其生命的「烏臺詩案」。有關變法和黨爭的詩，在許多詩人的集子裡並不鮮見。總之，宋詩反映政治鬥爭的詩都具有及時性、針對性和直接性。第二，趙宋王朝軍事上孱弱，外患頻仍，遼、西夏、金相繼騷擾、蠶食、吞併宋地，直至蒙元傾覆了宋室江山。於是慨歎國恥國難、表現愛國主義精神的詩篇內容豐富、充實、多樣。儘管宋代缺少唐代那樣氣勢昂揚意境雄奇的邊塞詩，但詩人們卻把愛國主題弘揚到新的高度，為宋詩注入了慷慨激昂的陽剛之氣。第三，隨著宋代社會階級矛盾的不斷加深，宋詩在反映民生疾苦、顯示貧富懸殊、揭露貪官汙吏、抨擊苛捐重賦等方面，也都比唐詩更多、更犀利、更深刻，反映社會生活面也更為廣闊。宋代的經濟貿易、工業生產和科技發展，人們的文化生活以及民風民俗等，更多地進入到宋詩中。第四，宋代詩人比唐代詩人更深細地品味日常生活，更廣泛地欣賞藝術，這使宋詩的書卷氣與世俗氣更濃郁，文化意象更豐富，文化意蘊也更深厚。典型的一個例子是：今存黃庭堅詩一千八百餘首，約有一百餘首寫田園山水，一百四十多首寫茶、酒、食物，一百五十多首寫佛道，近一百首題書、畫、硯、墨之類，還有下棋、讀書、贈答、應和等不計其數。這是宋詩中寫

「雅」事的，也有寫惡俗的，正如錢鍾書在評論梅堯臣詩的缺點時說：「他要矯正華而不實、大而無當的習氣，就每每一本正經的用些笨重乾燥不很像詩的詞句來寫瑣碎醜惡不大入詩的事物，例如聚餐後害霍亂，上茅房看見糞蛆，喝了茶肚子裡打咕嚕之類。」（《宋詩選注》）

宋詩在題材內容方面，與唐詩相比較，也有不足之處。錢鍾書說：「宋代的五七言詩雖然真實反映了歷史和社會，卻沒有全部反映出來。有許多情況宋詩裡沒有描敘，……譬如後世鬨傳的宋江『聚義』那件事，當時的五七言詩裡都沒有『採著』，而只是通俗小說的題材。」（《宋詩選注・序》）而晚唐詩人韋莊卻寫了長達一千三百六十六字的長篇敘事詩〈秦婦吟〉，飽蘸著他的感受，記述了黃巢起事，大軍攻陷京都時被掠「秦婦」脫身長安前後的親身經歷和所見所聞，反映了唐末波瀾壯闊的社會現實。此外，還有黃巢本人所作的託物言志詩〈題菊花〉和〈不第後賦菊〉。至於雄起壯麗的邊塞詩和哀婉動人的閨怨詩，宋詩中也是寥寥無幾。錢鍾書還說：「宋代五七言詩講『性理』或『道學』的多得惹厭，而寫愛情的少得可憐。宋人在戀愛生活裡的悲歡離合不反映在他們的詩裡，而常常出現在他們的詞裡。……除掉陸游的幾首，宋代數目不多的愛情詩都淡薄、笨拙、套板。」（同上引）

(二)宋詩的藝術特色

關於宋詩有別於唐詩的藝術特色和美學風格，近現代學者作了精闢的論述。繆鉞說：

「唐詩以韻勝，故深雅，而貴醞藉空靈；宋詩以意勝，故精能，而貴深折透闢。唐詩之美在情辭，故豐腴；宋詩之美在氣骨，故瘦勁。」（《詩詞散論・論宋詩》）錢鍾書說：「唐詩多以豐神情韻擅長，宋詩多以筋骨思理見勝。」（《談藝錄・詩分唐宋》）莫礪鋒進一步闡述說：「這種著眼於美學風格的論述，揭示了唐宋詩內在本質的差異。相對而言，宋詩中的情感內蘊經過理性的節制，比較溫和、內斂，不如唐詩那樣熱烈、外揚，宋詩的藝術外貌平淡瘦勁，不如唐詩那樣色澤豐美；宋詩的長處，不在於情韻而在於思理。它是宋人對生活的深沉思考的文學表現。」（袁行霈主編《中國文學史》第三卷第五編〈緒論〉）這三位先生的概括，是幫助讀者認識和把握唐詩與宋詩不同藝術特徵的綱領，值得認真體會。

唐詩和宋詩藝術特徵的差異，主要來自於南宋嚴羽在《滄浪詩話・詩辯》所說，宋人「以文字為詩，以才學為詩，以議論為詩」。善於在學習借鑑唐詩中變革創新的宋人，從以杜甫、韓愈為主，也包括李白、李商隱等人的一些古體詩中，發現了唐詩以文為詩的一種趨向，表現在多敘述議論，善用典故，運用古文章法與句法，採用俗字俚語，追求平淡或奇崛的風格等特徵。他們敏銳地感覺到，這些特徵和趨勢，正符合宋代詩人多是官僚與學者，擅長寫作古文，在文中議論說理，學問淵博，智識高遠等特長，於是他們在繼承唐詩借助意象抒情的同時，從杜、韓等人的詩中汲取以文為詩的經驗，從而更自由、靈活、淋漓酣暢地寫景敘事抒情，增加詩歌的藝術表現手段，追求詩歌的散文美、平淡美與書卷氣，從而創造出被稱為宋調的一代詩風。

繆鉞還指出：「就內容論，宋詩較唐詩更為廣闊。就技巧論，宋詩較唐詩更為精細。」(〈論宋詩〉)錢鍾書也認為：「宋代作者在詩歌的『小結裹』方面有了很多發明和成功的嘗試。」(《宋詩選注．序》)這是很中肯的見解。我們閱讀、欣賞宋詩，應當知道宋詩這些藝術表現的「小結裹」。下面，從用事、對偶、句法、字法、聲律五個方面，舉例略作說明。

(1)用事：據周裕鍇《宋代詩學通論》論述，宋人用事的創新是廣博富贍、天然渾厚、精確深密、靈活變化。例如蘇軾的七律〈賀陳述古弟章生子〉與〈張子野年八十五尚聞買妾述古令作詩〉都是八句詩中用七個典故。前一首全用生子事，後一首全用張姓人風流事。黃庭堅七律〈戲呈孔毅父〉的「管城子無食肉相，孔方兄有絕交書」一聯，巧妙地組合了韓愈〈毛穎傳〉、《後漢書．班超傳》、魯褒〈錢神論〉與嵇康〈與山巨源絕交書〉四個本無關聯的典故，詼諧地表達自己富貴無望的牢騷。就連主張白描的「四靈」之一趙師秀的〈約客〉，看似全篇無一句用典，其實化用了寇準、呂本中、黃庭堅、岑參的句語(參見張鳴選注《宋詩選》〈約客〉注釋)。林逋〈書壽堂壁〉的「茂陵他日求遺稿，猶喜曾無封禪書」，反用《漢書．司馬相如傳》典故，從而新鮮獨創地顯示自己的高尚志節。以上這些用典的情況，在唐詩中是罕見的。

(2)對偶：宋人對偶追求工切、勻稱，如王安石的「含風鴨綠粼粼起，弄日鵝黃裊裊垂」(〈南浦〉)，「鴨綠」代水，「鵝黃」代柳，而「鴨」「鵝」皆鳥名，「綠」「黃」皆顏色，「粼粼」一作「鱗鱗」，其與「裊裊」均形況疊字，而「鱗」從「魚」，「裊」從「鳥」，真是精美巧麗，令人驚歎！我們在極講究對仗的晚唐詩中，也找不到這樣的「多重工對」。反之，宋人又效法杜甫偶用的上下「句意皆遠」的對仗，造成語脈斷裂、給人意外新奇之感，如黃庭堅的「萬里書來兒女瘦，十月山行冰雪深」（〈寄上叔父夷仲〉），「天於萬物定貧我，智效一官全為親」（〈答彥和〉），陳師道的「老形已具臂膝痛，春事無多櫻筍來」（〈次韻春懷〉）。宋人還喜用「假對」、「借對」，如黃庭堅「世上豈無千里馬，人中難得九方皐」（〈過平輿懷李子先時在并州〉）。至於文天祥的「皇恐灘頭說皇恐，零丁洋裏歎零丁」（〈過零丁洋〉），用地名巧對，又妙用諧音雙關，詞語復沓等手法，形象概括了他的起兵始末與忠憤之心。我們在唐詩中就找不到類似的例子。

(3)句法：宋人造句力求生新、深遠、曲折，例如黃庭堅的「桃李春風一杯酒，江湖夜雨十年燈」（〈寄黃幾復〉），上下句共用六個常片語成奇語。宋人又喜造散語，造硬語，如黃庭堅的「石吾甚愛之，勿遣牛礪角。牛礪角尚可，牛鬥殘我竹」（〈題竹石牧牛〉），韓駒的「老樹挾霜鳴窣窣，寒花垂露落毿毿」（〈夜泊寧陵〉）。又喜用濃縮、省略、倒裝、離析、錯綜、辭彙活用等手段，打破正常語法的配合規則，如黃庭堅的「眼中故舊青常在，鬢上光陰綠不回」（〈次韻清虛〉），陳師道的「髮短愁催白，顏衰酒借紅」（〈除夜對酒贈少章〉），蘇軾的「雪乳已翻煎處腳，松風忽作瀉時聲」（〈汲江煎茶〉）。

(4)字法：南宋羅大經總結宋詩下字經驗，提出：「作詩要健字撐拄，要活字斡旋。」作為「健字」的動詞，力求精確、新奇、有力。例如蘇軾的「三尺長脛閣瘦軀」（〈病鶴〉）的

「閣」字，王安石的「江月轉空為白晝，嶺雲分暝與黃昏。鼠搖岑寂聲隨起，鴉矯荒寒影對翻」（〈登寶公塔〉）的「轉」、「分」、「搖」、「矯」四字。宋代詩人還有意追求「句中有眼」、一字之奇，如黃庭堅「雲黃覺日瘦，木落知風饕」（〈勞坑入前城〉）的「瘦」、「饕」二字，蘇軾的「天外黑風吹海立」（〈有美堂暴雨〉）的「立」字。而「活字」，指句中轉折斡旋之字，多為虛詞。詩人巧妙運用，就能傳達出複雜微妙的情感和曲折豐富的意義，如黃庭堅「舞陽去葉才百里，賤子與公俱少年」（〈次韻裴仲謀同年〉）的「才」與「俱」，陳與義「使知臨難日，猶有不欺臣」（〈劉大資挽詞二首〉）的「使知」、「猶有」。

(5)聲律：杜甫嘗試寫了一些拗律，並未引起唐代詩人的重視，宋人黃庭堅學杜，大作拗體七律，計一百五十三首，相當於杜甫全部七律的數量。最典型的如〈題落星寺嵐漪軒〉其一，通篇無一句合律，首句連用六個平聲字，第六句用了三平調，但全詩生硬拗峭的聲律與起伏奇警的詩情有效配合。宋人還在次韻和用窄韻險韻方面因難見巧，超越唐人。

繆鉞分析了宋代詩人注重功力，欲以人巧奪天工的藝術後，也指出宋人這樣做的弊病是缺乏雍容渾厚之美，句雖新奇而意境不深遠，以及求工太過，失於尖巧等。

(三)宋詩在文學史上的地位

宋詩繼承了中國古典詩歌自《詩經》以來的現實主義傳統，尤其是發揚了屈原以來詩歌創作的愛國主義精神。藝術表現方面，在繼承唐詩的基礎上求新變，創造出一代詩風。有宋三百年間，湧現出王禹偁、梅堯臣、蘇舜欽、歐陽脩、王安石、蘇軾、黃庭堅、陳與義、楊萬里、范成大、陸游、朱熹、文天祥等傑出的詩人，形成了在總成就與原創性僅略次於唐詩的另一座高峰。在中國古代詩歌發展史上，唐詩與宋詩雙峰並峙。錢鍾書先生說：「整個說來，宋詩的成就在元詩、明詩之上，也超過了清詩。」（《宋詩選注．序》）筆者的老師吳小如先生說：「在唐詩以後，能在中國詩歌史上獨樹一幟的，只有宋詩；能有資格與唐詩相頡頏，基本上可以分庭抗禮的，也只有宋詩；對於後世，除了唐詩，能給予詩壇以重大影響的，還是只有宋詩。因此，我們可以這樣說，宋詩是唐詩以後在詩歌史上居於僅次於唐詩的重要地位的一代詩歌。」（拙編《宋詩精華．序》）筆者想，這是學術界公認的不刊之論。

本書選錄兩宋詩人一五六家，詩三〇七首。選詩標準，是內容與形式、思想性與藝術性比較統一的名篇佳作。凡思想內容不健康或藝術表現低劣之作一概不選。選錄的作品，兼顧到題材、內容、形式、風格、體裁各個方面。考慮到篇幅的限制，入選作品多為短篇或中篇，只有少數的長篇歌行或古風。宋人七絕成就最高，七律在藝術上也已發展到高度成熟的境地，所以七言律、絕入選數量多於其他體裁的詩。王安石、蘇軾、黃庭堅、陸游、楊萬里、朱熹這幾位大家的作品入選最多，其次是王禹偁、梅堯臣、蘇舜欽、陳師道、陳與義、范成大、文天祥等名家的作品也較多。為了比較全面體現宋詩的全貌，也盡可能地選出更多詩人的佳作。

入選詩人按照生年先後順序排列，生平不詳者，按其卒年或登第之年，或參考其交際、活動時代酌情處理。每位詩人的作品大體上按照寫作年代先後編排，不知寫作年代的，則大致上按古、律、絕的順序排列。

限於選注者的水準，本書不當之處請讀者批評指正。

陶文鵬

二〇一六年九月一日編定於中國社會科學院文學研究所

寒食寄鄭起侍郎

楊徽之

【題解】這首詩是楊徽之寄給異地的鄭起之作，詩中描寫了寒食節的風光景物，向友人傾訴思鄉懷友的愁情。寒食，寒食節。每年冬至後一百零五天，禁火，吃冷食，謂之寒食。鄭起，字孟隆，後周時曾任右拾遺，殿中侍御史等職。入宋出掌泗州市徵。鄭起和楊徽之同屬後周舊臣，入宋後都出為邊遠地方小官，經歷相似。但鄭起為人狂傲，因而後來不顯。題中「侍郎」可能為「侍御」之誤寫。

【作者】楊徽之（西元九二一—一〇〇〇年），字仲猷，建州浦城（今福建浦城）人。後周顯德二年（西元九五五年）進士。入宋，歷任天興與峨眉縣令、全州知州等官，入朝任左拾遺、右補闕。太宗太平興國初年，遷侍御史。因文才出眾，奉詔參與編輯《文苑英華》，負責詩歌部分，真宗時，歷任秘書監、翰林侍讀學士等職。他在宋初頗有詩名。據說太宗很喜歡他的詩，曾挑出十聯寫於屏風，並稱讚他「文雅可尚，操履端正」（《澠水燕談錄》）。有《楊徽之集》五卷，已佚，《全宋詩》錄其詩九首。

清明時節❶出郊原，寂寂山城柳映門❷。水隔淡煙修竹寺，路經疏雨落花村。天寒酒薄難成醉，地迥❸樓高易斷魂❹。回首故山千里外，別離心緒向誰言？

【注　釋】❶清明時節　寒食節後兩日為清明節，故寒食清明常並舉或相互替代。❷柳映門　宋代清明寒食節時有插柳於門上的習俗。《東京夢華錄》卷七、《夢粱錄》卷二都有記載。但這裡不宜以此風俗釋「柳映門」，而看作柳樹掩映門戶較有詩意。❸迥　遠。❹斷魂　形容極度傷心。

【語　譯】清明時節，滿眼柳色青青，我走出寂寥的山城，在郊外原野上漫遊。小河對岸，一座寺廟掩映在竹林中，被淡淡的晨霧籠罩著；我走過一個小村莊，村裡有花，花瓣在疏雨中飄落。天氣仍然寒冷，村酒味薄，很難讓人喝醉；在這荒僻的地方，登上高高的樓頂，最容易觸引人們哀傷斷魂。我回頭眺望千里外的故山，滿懷鄉愁，這離別的心緒，又向誰去傾訴呢？

【研　析】這首詩歷代傳誦，詩評家們很欣賞中間兩聯。元代方回說：「中四句皆美，而下聯世人尤傳。」（《瀛奎律髓彙評》卷四二）近人陳衍也稱讚：「三四句調特別，五六景中情。」（《宋詩精華錄》卷一）讓我們作一些具體分析。三、四句主要寫景，景中含情。所寫的「淡煙修竹」、「疏雨落花」和古寺荒村，緊扣著寒食清明的時令、氣候特點，景色動中顯靜，有密有疏，一迷濛一清晰，遠近有致，層次分明，又都統一在清淡、幽寂的情調氛圍中，自然地透出楊徽之既因郊原景色之美而欣喜，又因思鄉懷友而憂傷的豐富複雜情緒。由於運用了新巧的句法，使這兩聯詩語言精鍊、濃縮。頷聯十四字竟寫出八個景物意象，其中煙、竹、雨、花的意象還分別用

「淡」、「修」、「疏」、「落」作了生動準確的形容與修飾。頸聯側重抒情，情中有景。這兩句寫詩人已回到居處登樓獨酌，本想借酒驅寒澆愁，無奈酒味淡薄，未能成醉，反覺天寒孤寂，樓雖高，但憑欄眺望，感天地之遼遠，自己置身荒僻小縣，內心倍加哀傷。這十四字，有多層次轉折，頗得杜甫七律句法之妙。總起來看，兩聯詩對仗工整精切，勻稱自然，一聯「正對」，一聯「反對」，兩聯又略有「流水對」之意，上句與下句意思流動貫注。

從全篇看，首聯點出時間、地點、山城環境氣氛與獨自出郊原的行為，頷聯寫郊原新鮮景色，頸聯寫他登樓獨酌，尾聯寫望鄉思親、無人訴苦。章法嚴謹，層次清晰，通首情調音節渾整諧婉。所以清代紀昀稱此詩「情韻並佳」，「此種別無深味，純以風韻取之」（《瀛奎律髓彙評》卷四二）是中肯的。北宋僧人文瑩誇讚楊徽之寫詩必定是「以天地浩露滌其筆於冰甌雪椀中」（《玉壺清話》卷五），形容楊詩風格清純瑩潔，此首可見一斑。陳衍批評頸聯「難」與「易」二字對得太死，許印芳說重複用了兩個「山」字，確是微疵，但瑕不掩瑜。

雨夜二首（選一）

張詠

【題解】這首詩大約是張詠出知江南時的作品，抒寫他在秋天雨夜客居中思鄉懷歸的孤寂傷感心情，原詩有二首，這裡選第二首。

【作者】張詠（西元九四六－一〇一五年），字復之，號乖崖，濮州鄄城（今山東鄄城）人。太平興國五年（西元九八〇年）進士。累官樞密直學士，出知益州。真宗時，召為御史中丞，出知杭州，再知益州。後為禮部尚書。卒諡忠定。少年時即有大志，喜擊劍，尚氣節，重然諾。為官剛直廉潔，治才強幹，多有政績。曾兩度出知益州，從嚴治理，遺愛甚遠，備受讚揚。真宗朝後期，朝政日趨混亂，他對權奸丁謂等人陷害忠良、勞民傷財的行徑敢於揭露，當時號為名臣。他不滿晚唐五代詩歌的綺靡，主張恢復古詩「疏通物理，宜導下情」的傳統，所以詩歌大都真率自然，不事雕琢，清麗朗健，很有氣骨。有《乖崖先生文集》十二卷。

簾幕蕭蕭❶竹院❷深，客懷孤寂伴燈吟。無端❸一夜空階雨，滴破思鄉萬里心。

【注　釋】❶蕭蕭　風聲。❷竹院　種有竹子的庭院。❸無端　無緣無故。

【語　譯】秋天的夜晚，在翠竹森森的庭院裡，在我住房門窗的簾幕外，傳來蕭蕭的雨聲風聲。我客居異地，伴著一盞寒燈，深感孤獨寂寞，只好吟詩來排遣憂愁。但秋雨無緣無故地下個不停，空蕩蕩的庭階上整夜發出雨水的滴答之聲。無情的冷雨，把我這一顆思念萬里外家鄉的心，都滴得破碎了。

【研　析】秋窗夜雨最能觸動人們的旅思鄉愁，從六朝到唐代，已有詩人詞家寫出了這種情境的名篇佳句。張詠這首〈雨夜〉的題材和情景並不新鮮，但我們吟誦起來，仍然禁不住心弦震顫，對他的雨夜思鄉愁情感同身受。原因有兩點：第一，張詠所作發自真情實感。他這個北方人，一生多在朝外做官，輾轉江南各地，飽嘗了幽居獨處的孤寂，對於風雨尤其是秋天夜間的風雨格外敏感，這淒清蕭瑟的環境氛圍最容易引發他思念家鄉和親人的愁情。王國維在《人間詞話》中說：「能寫真景物，真感情者，謂之有境界。」「有境界則自成高格，自有名句。」張詠這首詩寫出了真景物、真感情，是有境界的佳作，所以能夠激起讀者的共鳴。第二，張詠這首詩藝術構思頗為嚴謹精妙。他又以樸實凝重的語言，對前人所寫類似情境的名句作了創造性的點化，從而加強了此詩的抒情力度，並拓展了意境深度，詩題為〈雨夜〉，前一聯暗寫「雨」明寫「夜」。首句深深竹院，簾幕蕭蕭，已令人如聞風聲雨聲，並感受到淒清寂寥的環境氣氛，可謂景中含情，次句「客懷孤寂」，點出景中有人，此人即是詩人自我。此刻他正自守寒窗，形影相弔。「伴燈吟」以一「燈」字表明是夜晚，生動簡練地勾勒出他孤吟獨唱的影像，使「客懷孤寂」得到了具體、感性的表現。後一聯則緊扣「雨」字，飽蘸濃墨渲染孤寂乃至痛苦的客懷。前朝梁代詩人何遜的〈臨行與故遊夜別〉詩中，有「夜雨滴空階，曉燈暗離室」一聯；晚唐詩人兼詞人溫庭筠的〈更漏子〉詞，也有「一葉葉，一聲聲，空階滴到明」的名句。張詠此刻的情境，使他自然聯想到何、溫的詩句。因此，他的「無端一夜空階雨」，既是對眼前真實情景的寫照，也兼用了何、溫的詩句。「一夜空階雨」僅五字就已包含了「夜雨滴空階」與「空階滴到明」的意蘊，可見張詠鍾煉語言點化前人詩句的藝術功力。「空階夜雨」的意象，使庭階的空靜與夜雨的淅瀝之聲互相襯托，形成了靜中有聲，以聲襯靜的境界。再加上「無端」二字，正如張鳴先生所說，將前人直敘的語氣「轉換成埋怨的語氣，和下句合在一起，精彩倍出」（張鳴選注《宋詩選》，人民文學出版社，二〇〇四年版，第五頁）。結句「滴破思鄉萬里心」，從唐代詩人孟郊〈秋懷〉詩的「冷露滴夢破」化出。但比較起來，夢是虛幻的，猶如美麗的肥皂泡，很容易滴破；而要有很大的冷雨才能「滴破」實在的心。所以「滴破心」意象更新奇，所抒發的思鄉愁情也更深重。「萬里」二字形容所思故鄉非常遙遠，也加強了「破」字的力量。從音調節奏角度看，「滴破思鄉萬里心」是「仄仄平平仄仄平」的七言律句，以仄聲起，平仄交替，最後以一個平聲字作結，讀來如波濤抑揚起伏，真是深情諧合；而「冷露滴夢破」連用五個仄聲字，則顯得單調、平板。

塞上

柳開

【題解】柳開的《河東先生集》未收此詩，它見於宋人江少虞《宋朝事實類苑》卷三十五引《倦遊雜錄》，當時廣為傳誦。錢鍾書先生《宋詩選注》置此詩於卷首。詩中描寫塞上草原的遼闊壯麗風光和北方遊牧民族青年善於騎射的威武氣概。

【作者】柳開（西元九四七—一〇〇〇年），初名肩愈，字紹先，後改名開，字仲塗，號東郊野夫，補亡先生，大名（今河北大名）人。開寶六年（西元九七三年）進士，歷任常州、全州、桂州、滁州等地地方官，曾從宋太宗攻太原。真宗朝，知代州，徙滄州，病卒。他胸懷復興儒學的雄心大志，較早提倡學習韓愈、柳宗元古文，並以開聖道之途為己任，力圖矯正五代以來的浮弱文風，因此被公認為北宋古文運動的先驅。其文意高辭古，其詩亦高古雄健，可惜今存不足十首。有《河東先生集》十六卷。

鳴髇❶直上一千尺，天靜無風聲更乾❷。碧眼胡兒❸三百騎❹，盡提金勒❺向雲看。

【注釋】❶鳴髇　響箭，又叫鳴鏑。發射時帶響聲，又可用以發布號令。❷乾　乾脆、響亮。❸碧眼胡兒　指塞外少數民族的小夥子。❹騎　一人一馬的合稱。❺提金勒　拉緊韁繩勒住馬。勒，帶嚼口的金色馬籠頭。

【語譯】一枝響箭一直飛上千尺雲天，在這遼闊無邊的塞外草原上，天地寧靜，沒有一絲風，那枝箭的呼嘯聲更顯得乾脆、響亮。這時，三百個碧藍色眼睛的遊牧民族健兒都拉緊韁繩勒住駿馬，一起仰頭向著高遠的雲天凝望。

【研析】宋詩中描寫邊塞的作品數量極少，這首〈塞上〉堪稱宋代邊塞詩的名篇傑作。柳開純熟地掌握絕句篇幅短小、筆墨精鍊、以少勝多、誘人想像的特點，巧妙地展開詩的構思，並用虛實結合的表現方法狀物、寫景和刻畫人物形象，收到了很好的藝術效果。詩的首句就如此奇峰陡起，描寫一枝箭射向高空。「鳴」字點出這是響箭，落筆先聲奪人。「直上」表現響箭風馳電掣般疾速及銳不可當之勢。「一千尺」是藝術誇張，形容響箭射得又高又遠。七個字，狀物生動形象，語言精鍊，可謂筆力千鈞。次句緊承首句，用「天靜無風」襯托「箭聲乾」。因為天空晴明，沒有風吹，四野寧靜，箭的呼嘯之聲更顯得乾脆、尖峭、嘹亮，箭聲也才傳送得更加清晰、遙遠。但「天靜無風」四字，卻不僅是襯托箭聲，而且巧妙地虛寫出塞上風光，使人自然地想像出這「天似穹廬，籠蓋四野」的大草原的遼闊無垠、天高雲淡，以及天地之間那帶點兒神秘的靜謐。在狀物中虛寫出景色，真是用筆巧妙、省淨。但這首詩寫得最精彩傳神的是人物。魯迅說：「要極省儉的畫出一個人的特點，最好是畫他的眼睛。」(〈我怎麼做起小說來〉)這一句先畫「碧眼胡兒」，又是對首句的照應。這三百胡兒勒馬仰視的，正是那枝響箭。能夠將一枝箭射向千尺高空，而且帶著尖厲的聲音，強而有力地吸引了「三百騎」，使他們立即勒住馬，以驚奇、欽羨的目光凝視。而這位臂力最強、技藝超群的射手，可能是這三百胡兒的首領，無疑是整首詩的焦點人物，但他並沒有出場，詩人完全是運用虛筆，通過描寫「鳴髇直上」和三百胡兒勒馬仰視襯托出來的。這個英雄人物形象雖不夠具體、清晰，但更誘人想像。詩歌是時間的藝術，訴諸人們的聽覺；而繪畫是空間的藝術，直接作用於觀者的視覺。因此，詩人善於描寫在時間中連續進行的動作過程；畫家則擅長表現最生動、富於包孕性的瞬間景象。這正是此詩三、四句所寫的。因此，此詩宛如一幅畫，而且是縈響著箭的呼嘯與駿馬嘶鳴的有聲畫。事實上，當時和後世的讀者也多讚賞此詩的繪畫美。宋人江少虞《宋朝事實類苑》所引《倦遊雜錄》就記載太傅馮端曾對人說：「此可畫於屏障。」蔡居厚《詩史》也說「都下（汴京）好事者」將此詩「畫為圖」。明代楊慎《升庵詩話》卷十三亦記載宋人盛稱此詩，「好事者多圖於屏障，今猶有其稿本」。

柳枝詞

鄭文寶

【題解】這首詩，南宋何汶《竹莊詩話》題作〈柳枝詞〉，清代厲鶚《宋詩紀事》題作〈闕題〉。詩的作者，一直有鄭文寶和張耒二說。這裡依照錢鍾書《宋詩選注》，題為〈柳枝詞〉，作者鄭文寶，詩是抒寫友人離別之情的。

【作　者】鄭文寶（西元九五三—一〇一三年），字仲賢，一字伯玉，寧化（今屬福建）人。出仕南唐，官至校書郎。入宋，登太平興國八年（西元九八三年）進士第。任潁州知州，陝西轉運副使等職，對西北地區軍事、經濟頗多策劃。官至兵部員外郎，以病退居襄城別墅。在南唐時從學於徐鉉，後受知於李昉。工篆書，善鼓琴，尤以詩名世，詩帶晚唐遺風，造語警拔，情致深婉。有文集二十卷，已佚。《全宋詩》錄其詩十六首，《全宋文》收其文八篇。

亭亭畫舸繫寒潭❶，直到❷行人酒半酣。不管煙波與風雨，載將離恨過江南。

【注　釋】❶亭亭畫舸繫寒潭　謂畫船繫在潭邊柳樹上。亭亭，高聳的樣子。畫舸，用油彩繪畫裝飾的船。寒，一作「春」。❷直到　一作「只待」，或作「只向」。

【語　譯】高高的畫船，拴在春潭邊的柳樹上。行人與朋友在船上飲酒話別。但人們酒興半酣，意猶未盡，畫船就起航了。它全然不顧千里途中有多少煙波與風雨，載著滿船離恨獨自向江南駛去。

【研　析】在古典詩歌無數傷離別恨的佳作中，鄭文寶這首詩已傳誦千年，在宋代還曾被填入樂府歌唱。它之所以題為〈柳枝詞〉，是因為古代有折柳贈別的風俗，「柳」與「留」諧音，取惜別之意。《竹莊詩話》卷十七引《詩事》說：「終篇了不道著柳，唯一『繫』字是功夫，學者思之。」所以錢鍾書《宋詩選注》說：「『繫』字的意思就包涵著楊柳。」從古至今，對於這首詩的妙處，不少詩評家作了全面、細緻的評析。筆者已說不出什麼新的見解，今將前人與今人所論，作一些綜合概括。第一，藝術構思巧妙。難以計數的古詩，都以詠柳抒別情，此詩獨闢新徑，巧借「畫舸」寫離恨。首句即展現一幅優美的寒潭畫舸圖，以畫舸之靜，反襯離人內心之亂，又以畫舸之華美，反襯離人的孤寂愁苦。畫舸繫於潭邊，遲遲未發，似乎有情，實則無情。以下三句全寫畫舸的冷漠無情：它在人們酒興未盡時就啟航；它不管途程之險與氣候之惡，只顧航行；它更不理會行人的離恨越來越重，一直向江南駛去。詩人以船之無情與人之多情作強烈對比，十分感人。清人吳喬在《圍爐詩話》卷三論「詩意，大抵出側面」的構思法時，就舉此詩為證，評曰「人自別離，卻怨畫舸」，獨具慧眼，發現此詩構思之新妙。第二，章法結構獨創一格。這一點是近人陳衍在《宋詩精華錄》提出的。他說：「此詩首句一頓，下三句連作一氣說，體格獨創。」這獨創的結構，打破了七絕四句詩「起」、「承」、「轉」、「合」的章法，顯得新奇突兀，頓挫有力。

第三，詩的結句說畫舸載著離恨而不是載著行人過江南，把抽象的離恨化為有形體可以被載運的東西，這種寫法前所未見，非常獨特。南宋吳曾《能改齋漫錄》引《泊宅編》說，這首詩是張耒作的，「船載離恨」的寫法本於蘇軾〈虞美人〉詞「無情汴水自東流，只載一船離恨向西州」，其實，蘇軾的詞句「本於」鄭文寶的詩句。後來許多詩人、詞家、戲曲家都仿效這種寫法。錢鍾書《宋詩選注》舉出周邦彥的〈尉遲杯〉詞，「無情畫舸，都不管、煙波隔前浦，等行人、醉擁重衾，載將離恨歸去」，是對鄭詩的改寫；程千帆《宋詞精選》引了李清照的詞〈武陵春〉：「聞說雙溪春尚好，也擬泛輕舟。只恐雙溪舴艋舟，載不動許多愁。」評曰：「你說仇恨載得走，我卻說載不動，舊曲翻新，就別饒韻味了。」可見鄭文寶這種寫法的巨大影響。

詠白蓮

王禹偁

【題　解】白蓮，白色的荷花。據宋阮閱《詩話總龜．前集》卷二引《古今詩話》說，王禹偁五歲已能詩，因為太守賞愛白蓮，有人對太守說王禹偁詩寫得好，太守召王，吟成這首〈詠白蓮〉，又吟詩二句云：「佳人方素面，對鏡理新妝。」太守讚歎說：「天授也。」

【作　者】王禹偁（西元九五四－一〇〇一年），字元之，濟州鉅野（今屬山東）人。出身貧寒，其家以磨麥為業，常靠借貸維持生計。太平興國八年（西元九八三年）進士，歷官左司諫、知制誥、翰林學士等職，後貶知黃州，卒於蘄州。他是宋初著名直臣，居官清正，秉性剛直，關心民生疾苦，多次上書提出改革政治弊端的意見。因直言犯上，前後三次被貶黜。他的詩文都有盛名。為文師韓愈，創作成就在宋初倡導古文的作家中最為突出。詩宗白居易，是宋初白體詩派中成就最高的詩人。後又重視學習杜甫，自言「本與樂天為後進，豈期子美是前身」。他的詩歌關注現實，反映民疾，憂慮國事，內容充實，繼承了杜甫、白居易現實主義詩歌傳統。在西崑體風靡詩壇之時，宛若空谷足音，為宋詩開了新風氣。詩的語言清新精鍊，風格警秀淡遠，避免了白體詩派淺薄與低俗之病，但有些作品也存在議論化傾向。有《小畜集》。

昨夜三更後，姮娥❶墮玉簪。馮夷❷不敢受，捧出碧波心。

【注　釋】❶姮娥　嫦娥，傳說中的月中仙女。❷馮夷　傳說中的水神。《楚辭·遠遊》：「令海若舞馮夷。」

【語　譯】昨晚三更之後，在月宮中酣睡的嫦娥髮髻上的玉簪掉落下來。恰巧被水神馮夷接到。他不敢私自收受，就將這潔白雅致的玉簪捧出了碧波中心。

【研　析】詠白蓮的詩，晚唐詩人陸龜蒙的〈白蓮〉云：「素蘤多蒙別豔欺，此花端合在瑤池。無情有恨何人覺，月曉風清欲墮時。」寫出了一朵淡雅高潔的白蓮，她孤獨寂寞地開著，超凡出俗，有無窮的幽恨，是隱居山林的詩人人格與個性的象徵，千古傳誦。王禹偁早年寫的這首〈詠白蓮〉，是應太守之召即興吟成之作，並無陸龜蒙詩中的情絲意蘊，但卻以新穎的藝術構思和超現實的浪漫奇想獨具一格，異彩奪目。詩人把白蓮想像為月宮中酣睡的嫦娥髮髻上掉落的玉簪，被水神接到，卻不敢收受這從天上掉落的瑰寶，於是將它捧出碧波之心，讓人們都能觀賞。四句詩，寫了兩個神話傳說人物的行為意態，寫了從「昨夜三更後」到今日白天的時間流程，寫出了一朵神奇美麗、飄飄欲仙的白蓮。詩人奇特的幻想力和環環緊扣的聯想力，以及空際著筆的藝術表現力，都令人讚歎！英國浪漫主義詩人雪萊在《詩辯》（西元一八二一年）中說：「在通常的意義下，詩可以界說為『想像的表現』。」想像力是詩人才華最重要的標誌，王禹偁這首具有神話迷人之美的詩就是一個範例。

泛吳松江

王禹偁

【題解】這首詩作於雍熙二年（西元九八五年），當時王禹偁在蘇州長洲縣（故治在今江蘇吳縣）作知縣。吳松江，又名吳江，或松江，源出太湖，在蘇州南四十餘里處。

葦篷❶疏薄漏斜陽，半日孤吟未過江。唯有鷺鷀❷知我意，時時翹足對船窗。

【注釋】❶葦篷　葦草搭蓋的船篷。❷鷺鷀　同「鷺鷥」，水鳥名，又叫白鷺，長頸高腳，羽毛潔白，棲息於水邊。古人常把鷺鷥看作孤高純潔而無機心的動物。南宋蔡正孫《詩林廣記・後集》卷一引《庚溪詩話》云：

「眾禽中惟鶴標緻高逸，其次鷺亦閑野不俗。」又引佚名〈振鷺賦〉云：「翛然其容，立以不倚；皓乎其羽，涅而不緇。」

【語　譯】搭蓋船篷的葦草既疏又薄，漏進斑斑點點的斜陽。我獨自一人在艙內長吟，任小船隨風飄蕩，半天裡還沒有過江。只有一隻鷺鷥知曉我的心意，牠不時翹起長腿，隔著船窗，向我張望。

【研　析】王禹偁於太平興國八年（西元九八三年）登進士，授成武主簿。次年移知長洲縣。這裡是江南水鄉，風光旖旎，三十出頭的年輕詩人於公務之餘，寫出了一批詩歌，人多傳誦。但置身於庸俗的官場，性格剛直耿介的詩人感到孤獨寂寞，喜歡投入大自然的懷抱中尋求詩意與樂趣。此詩前二句寫他乘坐葦篷小船在江上飄蕩，孤吟半日，尚未過江，直到船篷上漏下斜陽。這兩句在寫景敘事中抒發出詩人無人唱和的孤獨與無意過江的茫然。後兩句寫一隻白鷺飛到詩人的船上，靜立不走，時時翹起長足，伸頭探腦，隔著船窗看著、聽著詩人手舞足蹈地吟詩。第三句「知我意」，寫詩人已發現並喜歡上這位不速之客，並用擬人手法，移情於物，寫這隻被歷代文人讚為高潔絕俗的智慧之鳥，知曉詩人的心緒，與之靈犀相通。「唯有」二字，下得明確有力，訴說出詩人在長洲缺少摯友、並無知音的孤寂苦悶。結句僅七字就白描出鷺鷥的動作姿態，生動傳神，活靈活現。而詩人與鷺鷥在船中相互作伴，相知相惜，極富戲劇性，也含蓄地表達了詩人高潔不俗的精神志趣。其後，歐陽脩自滁州徙知揚州時寫了一首〈鷺鷥〉詩云：「激石灘聲如戰鼓，翻天浪色似銀山。灘驚浪打風兼雨，獨立亭亭意愈閑。」運用象徵寄託手法，詠讚一隻在風雨驚濤中獨立亭亭意態悠閒的鷺鷥，表達慶曆新政失敗後頑固守舊勢力的肆意，以及自己堅貞不懼、從容應對的氣度，也是一首傑作，但寫得太過著力，不如王禹偁這首在平易簡淡中趣味盎然。

村行

王禹偁

【題解】淳化三年（西元九九二年）王禹偁謫居商州（今屬陝西）時作。詩人描寫他在馬背上所見到的山村景色，抒發悠閒自在、不以遷謫為意之情，結尾兩句流露出惆悵的相思。

馬穿山徑菊初黃，信馬❶悠悠野興❷長。萬壑❸有聲含晚籟❹，數峰無語立斜陽。棠梨❺葉落胭脂色，蕎麥❻花開白雪❼香。何事吟餘忽惆悵❽？村橋原樹❾似吾鄉。

【注釋】❶信馬　隨馬任意行走。❷野興　野外的遊興。❸壑　山溝。❹晚籟　傍晚時因風吹而從孔穴裡發出的聲音。籟，天籟，即自然界的聲響。❺棠梨　也稱甘棠、杜梨，一種落葉喬木，春天開花，秋季葉落，果實可食。❻蕎麥　草本植物，其籽可磨麵食用。秋初開花，花有紫白二種。❼白雪　形容蕎麥花色白如雪。❽惆悵　傷感；失意。❾原樹　原野上的樹。

【語譯】馬兒穿過山間小路的時候，正是菊花初黃。我任隨馬兒緩緩行走，一邊觀賞山野景物，野遊的興致十分濃厚。深幽的山谷中傳來動人的聲響，這是傍晚風吹孔穴而成的天籟之音吧？幾座峭拔的山峰，在斜陽照耀下默默無言地佇立著。那棠梨樹葉飄然而落，一片片如胭脂般豔紅；蕎麥花卻潔白如雪，在微風裡散發出馨香。不知為什麼，我在吟詠之後，心中忽然生出陣陣惆悵？哦，這村莊、小橋、原野、樹木，都與我的故鄉如此相似。

【研　析】王禹偁因上疏為被誣告的徐鉉辯解而獲罪，罷免知制誥職，從開封貶到商州任團練副使。但他在商州能寄情山水，自我寬慰。這首詩的前三聯就表現出他在山野中賞景吟詩、悠閒自得的感情意態。首聯上句僅七字就畫出一幅秋山旅行圖，詩人騎馬經過山徑的行動和菊花初黃的景象都已躍然紙上。對句寫信馬而行，二疊字「悠悠」與「長」字呼應，節奏舒緩，音韻悠揚，活現詩人閒適從容的氣度和濃濃的郊遊興致。中間兩聯，生動鮮明地描繪山野秋景。頷聯側重寫出山，主要從聽覺感受落筆。萬壑本來無聲，因風吹過而讓詩人聽到了天籟之聲，這一句傳達出詩人真切的感覺；而山峰原是不能語的，詩人看它們在斜陽下靜立著，卻似乎感到它們能語而不語，這一句表現的是詩人的幻覺。動與靜、真與幻相互映照，顯示出一種靜穆而帶點神秘的美。「無語」和「立」將山峰擬人化，它們好像是詩人的知己，默默相看而又心心相印。唐代大詩人李白的五絕名篇〈獨坐敬亭山〉云：「眾鳥高飛盡，孤雲獨去閑。相看兩不厭，只有敬亭山。」寫他與敬亭山相對而視，脈脈含情。王禹偁這兩句詩同樣表現他與山壑、山峰之間深摯的感情，但比李白詩似更含蓄蘊藉，耐人尋味。錢鍾書先生在《宋詩選注》中精闢地評論：「山峰本來是不能語而『無語』的，王禹偁說它們『無語』或如龔自珍〈己亥雜詩〉說『送我搖鞭竟東去，此山不語看中原』，並不違反事實；但是同時也彷彿表示它們原先能語，有語，欲語，而此刻忽然『無語』。這樣，『數峰無語』……就……強烈暗示山峰也有生命或心靈。」頸聯寫視覺感受，主要描繪山野花木的色彩。唐代詩人白居易〈荔枝樓對酒〉詩有「荔枝新熟雞冠色，燒酒初開琥珀香」兩句，王禹偁這一聯句法和喻法都同白詩，顯然是從白詩中化出，但他寫的是兩種植物一「葉落」一「花開」，緊扣著山野秋色，「胭脂色」與「白雪香」，一紅一白，色彩的映襯更為明麗奪目。「白雪香」這一喻象是說蕎麥花香，但從字面上看，白雪竟然有了香味，多麼新鮮奇警！可見，這兩聯是此詩最精彩的筆墨。詩的尾聯，以一問一答陡然點出思念故鄉的淡淡憂傷，使全篇情思意蘊愈益豐富，詩的章法也顯得跌宕生姿。通篇語言清麗凝練。除頸聯點化白居易詩外，沒有用一個典故，風格酷肖白詩，堪稱宋初白體詩的傑作。

過華山

潘閬

【題解】這首詩是潘閬遊歷陝西時作，抒寫他要移家隱居華山的心願。華山，又名太華山，在陝西華陰市南，五嶽中的西嶽。

【作者】潘閬（西元？—一〇〇九年），字逍遙，一說自號逍遙子，揚州（今江蘇）人，一說大名（今屬河北）人。曾居錢塘，遊歷蘇州、長安、汴京等地，賣藥為生。至道元年（西元九九五年），以宦官王繼恩薦，詔賜進士及第，授國子四門助教。未幾，因舉止狂妄而追還詔書。真宗時，曾任滁州參軍。晚年遨遊於大江南北，放懷湖山，後卒於泗州。他以性格疏狂聞名於時，宋代流傳了許多關於他的掌故。兼擅詩詞，作詩頗刻苦，也很自負。其〈敘吟〉云：「高吟見太平，不恥老無成。髮任莖莖白，詩須字字清。搜疑滄海竭，得恐鬼神驚。此外非關念，人間萬事輕。」頗為王禹偁稱賞。其詩孤峭淡遠處，頗得晚唐作者之遺，也有自出胸臆、疏放自然之作。有《逍遙集》。

高愛三峰❶插太虛❷，掉頭吟望倒騎驢。旁人大笑從❸他笑，終擬❹移家向此❺居。

【注釋】❶三峰　指華山的蓮花、明星、玉女三峰。❷太虛　天空。❸從　任從；聽憑。❹擬　打算。❺移家向此　一作「全家向上」。

【語譯】我喜愛這高插雲霄的華山三峰，倒騎著驢子昂頭眺望，吟詩讚美。旁人大笑就任從他們笑吧，最終我打算把家搬到這山上隱居呢。

【研析】首句「三峰」點出了題中的「華山」，「插太虛」簡潔有力地突出華山三峰的高峭險峻。「高愛」二字構詞新奇，置於句首，表達出潘閬對華山三峰的酷愛、讚歎之情。次句寫詩人「掉頭吟望」華山的癡迷行為意態。「倒騎驢」是一個最能凸顯人物獨特性格的精彩細節。詩人潦倒寒酸，卻又狂放不羈的自我形象，栩栩如生。這一筆，有畫意，有情趣，還帶喜劇性。可見，在詩中刻畫人物，細節描寫是十分重要的。尤其是七絕，僅四句二十八字，不可能用更多的筆墨從各個角度對人物作細緻描寫，這就需要作者捕捉、提煉出一、二個生動傳神的細節。三四句，詩人直抒胸臆，以自然真率的口吻語調，表達他要移居華山的心願，也進一步顯現他任情適性、特立獨行的性格。詩歌寫出了詩人的個性，才會打動讀者的心靈。

潘閬寫他「倒騎驢」望華山，使此詩在當時廣為傳誦。詩人魏野〈贈潘閬〉詩說：「昔賢放志多狂怪，若比今來總不如。從此華山圖籍上，又添潘閬倒騎驢。」著名畫家許道寧據詩意畫成〈潘閬倒騎驢圖〉流傳於世（見郭若虛《圖畫見聞志》卷四）。順便說，潘閬還有一首七絕〈題資福院石井〉詩云：「炎炎畏日樹將焚，卻恨都無一點雲。強跨蹇驢來得到，皆疑渴殺老參軍。」這是他移太平州參軍途中所作。詩中寫他騎著一頭跛驢，頂著烈日趕路，經過石井，討得一瓢水，就直灌肚裡，旁人「皆疑渴殺」。由此可見，「騎蹇驢」、「倒騎驢」是潘閬喜歡藉以自嘲的形象。兩首七絕都用白描，語言通俗，如信口吟出，皆有喜劇風調，卻又平仄合律。宋人黃靜評潘閬「隨意吟詠，詞翰飄灑」（〈潘閬酒泉子跋〉）是切實的。

九華山

潘閬

【題解】九華山，在安徽青陽縣南。山有九峰，原名九子山，李白見其狀若蓮花，便改名九華山。

將齊華嶽❶猶多六，若並巫山❷又欠三。好是❸雨餘江上望，白雲堆裏潑濃藍。

【注釋】❶華嶽　見前首題解。❷巫山　即巫峽，在四川巫山縣東，有神女峰等十二峰。❸好是　最好是；好在。

【語譯】九華山啊，你同華嶽一樣雄峻，還比它多出六峰；若與神奇的巫山十二峰相比，又少了三峰。最好是在雨過天晴時從江上仰望你，聳入九天的峰巒，彷彿是雪白的雲堆裡潑上了幾片濃藍。

【研析】同是寫山，潘閬寫華嶽主要不是描繪其壯美，而是著重抒寫對它的酷愛，要隱居其上的心願，並著重顯示他狂放不羈的性格。而這首〈九華山〉，則是致力於摹寫九華山的美，表達詩人獨特的審美感受。此詩藝術構思巧妙。前兩句將九華山同華嶽和巫山相比較，既從山峰的數量上給有九峰的九華山「定位」，更暗示它兼具華嶽的雄奇險峻和巫山的神秘秀美。「猶多」、「又欠」，表達詩人的讚歎、驚奇、風趣。第三句陡然轉折，推出了觀賞九華山的最佳時間、空間與視角，結句以繪畫的「潑彩」手法，畫出雨雪初晴白雲擁簇中九華山顯現的濃藍黝翠，色彩映襯，格外新鮮明麗悅目。一個「潑」字，使人感到自然造化真像一位高明的丹青妙手，他在白雲堆裡任意潑灑濃藍的色彩，從而化真境為畫境。此字用得極生動、活潑、奇妙！顯出詩人超凡的藝術想像力。此句雖是賦筆彩繪，卻可與前人的「白銀盤裡一青螺」（劉禹錫〈望洞庭〉）、「一螺青黛鏡中心」（雍陶〈題君山〉）和後人的「綰結湘娥十二鬟」（黃庭堅〈雨中登岳陽樓望君山〉）等妙用比喻寫山的名句相媲美。

訪楊雲卿淮上別墅

惠　崇

【題解】這首詩描寫友人別墅所在的春野景色，頗有悠閒蕭散的情致。楊雲卿，當是作者的友人，生平不詳。淮，淮河。別墅，一作「別業」。

【作者】惠崇（西元？—一〇一七年），宋初九僧之一，淮南（今江蘇揚州）人，或作建陽（今屬福建）人。工書善畫，「工畫鵝燕鷺鶿……善為寒汀遠渚。蕭灑虛曠之象，人所難到」（《圖畫見聞志》），世稱「惠崇小景」。又擅長作詩。「九僧」詩風相近，善於以五言律詩描繪山水景物和清幽的生活情趣，被認為是宋朝初學晚唐詩最為逼真的一群。惠崇在九僧中詩名最高，交遊也廣。有《僧惠崇詩》，已佚。

地近得頻到，相攜向野亭❶。河分岡勢❷斷，春入燒痕❸青。望久人
收釣，吟餘鶴振翎❹。不愁歸路晚，明月上前汀❺。

【注釋】❶野亭　郊野的亭子。❷岡勢　山脈的走勢。❸燒痕　草地被野火燒過之後留下的痕跡。❹翎

鳥翅和尾上的長羽毛。❺汀　水邊平地。

【語　譯】我的居處與楊雲卿的別墅鄰近，因此可以經常去訪問。一個春日的下午，我們倆相攜向郊野一個亭子走去。我在亭裡縱目遠望，看到綿延的山脈被淮河水分割斷了。春風吹來，那些野火燒過的地面上，小草正在返青。我長久地凝望著別墅主人垂釣，直到他收起釣魚竿。當我吟詩過後，白鶴也對著我抖動翅膀和尾巴上的美麗翎毛。天晚了，我不發愁歸路黑暗，看，一輪皎潔的月亮已升上了水邊的平地。

【研　析】宋初晚唐體的五言律詩多在中間兩聯用功夫，首尾兩聯往往比較草率、平庸。惠崇這首詩算是通首完整、渾成的。首聯點題寫「訪」字，尾聯流露出流連忘返的情意，又添加一筆月照前汀的新景，宕出遠神，饒有餘味。寫得更好的，當然是中間狀景的兩聯。它們使詩中畫面有空間層次感與色彩感，使主與客、情與景契合交融。其中，「河分」、「春入」一聯，境界闊大，句法遒勁，漫溢出春天的蓬勃生機與活力。「分」、「入」兩個動詞使「河」與「春」都有了情意，形容詞「斷」、「青」表現山河的氣勢與春野的青翠色彩，十分精警，所以這一聯當時廣為傳誦。據南宋吳處厚《青箱雜記》卷九載，惠崇自己也很得意，他曾自選「平生所得於心而可喜」的一百聯詩撰為《句圖》，列在首位的就是這一聯。但關於這兩句詩的著作權，也曾引發一場從兩宋一直延續到明清的爭議。司馬光《溫公續詩話》記載說：「時人或有譏其犯古者，嘲之：『河分岡勢司空曙，春入燒痕劉長卿。不是師古多犯古，古人詩句犯師兄』。」此外，《江鄰幾雜志》和劉攽《中山詩話》也有相似記載。明代王世貞《藝苑卮言》卷四抨擊惠崇「剽竊模擬」、「斯醜方極」。

也有為惠崇辯誣的，北宋僧人文瑩《湘山野錄》卷中說，因為這兩句詩盛傳都下，引起九僧中的其他人記恨，「乃厚誣其盜」，九僧之一文兆便作詩譏嘲（其詩與上引司馬光所記大致相同）。文瑩的記載比司馬光、劉攽等人要早，因此，他判斷此事是「厚誣其盜」比較可信。今存《全唐詩》中，並沒有與此二句相同或相近的詩句。其實，即便惠崇這兩句詩是截取唐人司空曙、劉長卿語合成，以狀眼前之景，並與全詩融渾一體，就是帶有創新的活用，不宜說是剽竊。元人方回的評論比較公允：「九僧之七惠崇，最為高者。（此詩）三四雖取前人二句合成此聯，為人所詆。然善詩者能合二人之句居為一聯，亦可也。」（《瀛奎律髓彙評》卷四七）南宋大詩人陳與義就運用惠崇這種手法，在〈傷春〉詩中，寫了「孤臣霜髮三千丈，每歲煙花一萬重」的名聯，上用李白句，下用杜甫句。至於這首詩的頸聯，同頷聯相比，的確顯得小巧，不相稱，但上句寫出了作者對河邊漁人垂釣之樂的長久興致，下句表現白鶴對作者吟詩的熱情回報，使全篇增添了情趣。清人賀裳評「下聯甚佳」（《載酒園詩話》）是中肯的。

尋隱者不遇

魏野

【題解】這首詩是魏野想像自己尋找仙人而不意進入仙境，表現作者對隱居生活的嚮往。隱者，隱居山林的高人。

【作者】魏野（西元九六〇—一〇一九年），字仲先，號草堂居士，先世蜀（今四川）人，遷居陝州（今屬河南），隱於州之東郊，一生未仕。他是宋初著名隱士，為人號稱不求聞達。宋真宗西祀時曾遣使召之，宋人筆記說他閉戶踰垣而遁，其實他只是委婉稱病推辭，並上表真宗，說是「幸逢盛世，獲安故里」，因此真宗詔命地方官對他特加照顧。他死後，被追贈為秘書省著作郎。其詩早年學白居易體，後與寇準往來密切，轉宗晚唐，被後人看作宋初「晚唐體」詩人的代表。但他的詩風主要以平樸閒遠見長，也不乏晚唐體的精思細吟之筆，偶爾有蒼涼壯闊之句。原有《草堂集》，其子重編為《鉅鹿東觀集》。

尋真❶誤入蓬萊島❷，香風不動松花老。採芝❸何處未歸來，白雲滿地無人掃。

【注釋】❶尋真　訪道。道士即稱真人。❷蓬萊島　這裡把隱者居處比喻為傳說中的海上仙山蓬萊。❸芝　靈芝草。歷來被認為是長生不老之藥，長在深山峭壁，採之不易。

【語　譯】尋訪真人，恍惚間似乎誤入了蓬萊仙島，氤氳的清香撲面，風並未吹動，已老的松花靜靜飄落。何處去尋找隱者呢？也許他正在峭壁懸崖間採摘靈芝未歸，空留著這滿地白雲，無人拂掃。

【研　析】這首寫尋隱者不遇的七絕，主要描繪隱者居住的景物環境：青松鬱鬱，白雲悠悠，香風不動，松花自落，其幽僻清寂，真使魏野感到「誤入」蓬萊仙島了。再加上一筆「採芝何處」，隱者的高潔性情、仙風道骨，已宛然在目。詩人自己是隱士，所以才寫得如此真切又神奇。晚唐詩人賈島五絕名篇〈尋隱者不遇〉云：「松下問童子，言師採藥去。只在此山中，雲深不知處。」妙以寓問於答的表現手法，二十個字寫出訪者與童子的三問三答，並從問答中帶出沒有出場的隱者採藥為人治病的行為，及其白雲青松的生活環境，筆簡意豐，饒有戲劇性，似還隱寓哲理，堪稱唐人五絕的精品。魏野此詩無疑學習借鑑了賈詩，其藝術構思、意境、風格與賈詩大體相似。詩中沒有童子，次句寫景較生動具體，第三句也是自問自答，結句「白雲滿地無人掃」，想像奇妙，仙氣氤氳，潔淨無塵，似勝於賈詩「雲深不知處」句。宋人蔡正孫評此詩：「模寫幽致之趣，真所謂蟬蛻汙濁之中，蜉蝣塵埃之表。」（《詩林廣記．後集》卷九七）可謂讚賞備至。此詩確是魏野寫隱逸題材、風格平淡深遠的代表作。

春日登樓懷歸

寇　準

【題　解】這是寇準十九歲進士及第後，出任巴東（今屬湖北）知縣時的作品，廣為傳誦，歷代詩話常見稱引。詩中抒寫他在春日登樓遠望所引發的思鄉懷歸之情。

【作　者】寇準（西元九六一—一〇二三年），字平仲，華州下邽（今陝西渭南）人。太平興國五年（西元九八〇年）進士。太宗朝官參知政事（副宰相）。真宗朝官至同中書門下平章事（宰相），封萊國公。景德元年（西元一〇〇四年）契丹入侵，他力排眾議，堅請真宗渡河親征，促成澶淵之盟，對穩定邊防局勢起了積極作用。為人正直，遇事敢言，後被丁謂讒毀，貶為雷州司戶參軍，卒於貶所。他的詩受唐代王維、韋應物影響，含思深婉，富於情韻，有唐詩風調，尤擅五律與七絕。今存《寇忠愍公詩集》。

高樓聊❶引望❷，杳杳❸一川平。遠水❹無人渡，孤舟盡日橫。荒村生斷靄❺，深樹❻語流鶯❼。舊業❽遙清渭❾，沉思忽自驚。

【注釋】❶聊　姑且。❷引望　抬頭舉目遠望。❸杳杳　深遠遼闊的樣子。❹遠水　一本作「野水」。❺斷靄　斷斷續續的輕煙。❻深樹　茂密的樹木。一本作「古寺」。❼流鶯　黃鶯，以其鳴聲流轉圓潤，故云。❽舊業　指故鄉的家園產業。❾清渭　指渭河，在陝西，古時以水清聞名，寇準的故鄉下邽在渭河邊。

【語　譯】我暫且登上高樓舉目遠望，眼前是一片遼闊深遠的平原。遠處的河流上沒有人過渡，一隻小船整日裡橫在岸邊。荒村中斷續地升起幾縷輕煙，從茂密的樹叢傳來了黃鶯的鳴囀。故園遠在那清清的渭河旁，我沉思著，忽然又感到一陣陣心驚。

【研　析】這首五言律詩，前三聯寫「春日登樓」，尾聯抒「懷歸」，層次清晰，章法嚴謹。首句一個「聊」字，點明寇準在春日登樓，本只是隨便眺望異鄉的景色。首先展現在他眼前的，是一片廣袤的平原，接著，遠水、孤舟、荒村、斷靄、深樹、鶯聲，這些帶著蕭散幽閒意趣的自然景物，一一觸動他的耳目，感到與故鄉的景色很相似，於是不由得懷念起遠在渭水的家鄉來。「遠水」一聯，從他所喜愛的韋應物《滁州西澗》「野渡無人舟自橫」句化出，但擴大為一聯，組成了極其工整的流水對仗，上句與下句意思連貫而下，巧妙而自然，表現出如畫的靜景，又饒有野趣，可謂青出於藍而勝於藍，成為膾炙人口的佳句，受到歷代詩評家的讚賞。宋僧人文瑩《湘山野錄》卷上說這兩句詩「深入唐人風格」。清代王士禛《帶經堂詩話》卷十二也說這兩句詩「為人傳誦」。紀昀稱讚這兩句詩雖本於韋詩，「然不覺其衍」（《瀛奎律髓彙評》卷一〇）。近人陳衍《宋詩精華錄》卷一亦認為「用韋蘇州語，極自然」。可見，這樣的點化，是有創造性的。頸聯承接頷聯，改用正對法，對得字字精工。上句寫荒村輕煙裊裊，以動寫靜，荒僻中顯生機；下句寫深樹黃鶯鳴囀，以聲襯寂，幽深裡流麗。「生」字表現青年詩人對鄉村人家生活的興趣。「語」字把黃鶯擬人化。在詩人聽來，黃鶯好像是用圓潤的歌聲歡樂地交談。如果用的是「升」、「響」二字，也就失去了詩情與韻味。司馬光在《續詩話》中讚揚寇準「才思融遠」是很中肯的，我們在這首詩中還看到了寇準錘煉字句、組織對仗力求清雋渾雅的藝術功力。順便說，這首詩的主題、章法都與王禹偁的〈村行〉相似。王詩首聯寫信馬閒遊的景色、動態、野興，頷聯寫聞壑聲之真與見峰語之幻的交織，頸聯寫秋日花木之色彩與比喻，尾聯以景結情的含蓄筆墨，都勝於寇詩。寇準小王禹偁七歲，但他這首五律卻比王詩早寫了十年。兩人是好友，王詩也許受了寇詩的影響。寇準在巴東任職時年方弱冠，就已創作出了許多好詩，當時即自編為《巴東集》廣為傳誦，所以文瑩《湘山野錄》說「人皆以寇巴東呼之」。由此可見，寇準也是宋初一位頗有成就和影響的詩人。

予頃從穰下移涖河陽洎出中書復領分陝惟茲二鎮俯接洛都皆山河襟帶之地也每憑高極望思以詩句狀其物景久而方成四絕句書于河上亭壁四首（選一）

寇 準

【題 解】景德三年（西元一〇〇六年），因為王欽若的誣陷，寇準被罷相，出知陝州（今屬河南），此詩當作於知陝的二、三年間。原作四首，分詠四季景物，這首寫秋景，抒發遷謫的惆悵感傷。

岸闊檣❶稀波渺茫❷，獨憑危檻❸思何長。蕭蕭❹遠樹疏林外，一半秋山帶夕陽。

【注 釋】❶檣 船的桅杆。❷渺茫 水勢浩淼，迷迷茫茫。❸危檻 高高的欄杆。❹蕭蕭 草木蕭瑟的樣子或秋風之聲。

【語 譯】大河兩岸寬闊，船隻稀少，更顯得波浪浩淼迷茫。我獨自倚著亭樓上高高的欄杆，極目眺望，覺得思緒也像河水一樣悠長不盡。秋風蕭蕭，草木搖落，在遠處那一片稀疏的樹林之外，此刻，一半秋山，正披帶著夕陽的餘暉。

【研　析】前一首〈春日登樓懷歸〉詩，首句先點明登樓，然後在次句至頸聯寫望中之景。而這首詩一落筆就推出大河岸闊檣稀、煙波渺茫的景色，再在次句點出寇準是獨倚亭樓上的欄杆憑高俯瞰，心潮也隨著望中所見的河水翻滾，並觸發出悠悠思緒、綿綿愁情。開篇繪景，起勢突兀，豁人眼目。如果這兩句倒轉過來，就平淡了。絕句比律詩篇幅短小，更講究藝術構思的新奇，於此也可見寇準的詩才，他善於根據不同的詩體起筆。「獨憑危檻思何長」放在第二句，相容前後所寫景色，使全詩章法富於變化，結構緊湊嚴密。全篇第一、第三、第四句，都緊扣著秋景的特色速寫，景物意象相互呼應，組合巧妙，更妙的是景中含情、景中有人。首句，「岸闊」才顯得「檣稀」，又因「岸闊檣稀」，使詩人感覺煙波渺茫。三個意象緊密勾連著，有靜有動，動靜結合，展現出開闊、寂寥、蒼茫、浩渺的黃河秋景，而詩人的失意、孤寂、惆悵之情，已蘊含於這幅景色畫面之中。次句的「獨」、「危」、「思」、「長」，有力地抒發出與首句開闊場景相適應的深遠情思。第三句，詩人的視野向更遠處延伸，描繪大河對岸的樹林。遠樹疏林，秋風蕭蕭，景色蕭瑟，秋意更濃，愁情也更重。畫面上更增添了秋聲，成了「有聲畫」。而一個「外」字，巧妙地把三、四句連結成一句，在遠樹疏林之外的，還可以見到那被夕陽照耀著的一半秋山。「一半」，可以想像另一半已被遠樹、暮靄所遮掩，而在夕照之中的這一半才一片燦亮。詩人最後才畫出秋山夕陽，畫幅的光色明暗全都呈現。他為這美妙的景色所吸引，愁情被消釋了，沖淡了，心中頓添欣賞如畫美景的樂趣。這句景中之情，同那首五律結尾所抒的驀然心驚是相反的。句中的「帶」字，是全篇詩眼，寫出秋山不是被夕陽照耀，而是主動地喜悅地披上夕陽的餘暉，彷彿是向著眺望它的詩人炫耀一襲金色透亮的紗衣。「帶」字生動，「帶」字多情，畫龍點睛，境界全出。但這個「帶」

字並非寇準憑空獨造，而是他向唐詩學習，從中汲取的。寇準推崇王維與韋應物的詩。韋詩「野渡無人舟自橫」句已被寇準妙手點化。王詩「遠樹帶行客，孤城當落暉」（〈送綦毋潛落第還鄉〉）一聯，顯然對此詩三、四句有影響，寇準靈活運用了這個「帶」字。寇準既是堅毅的政治家，更是熱愛並善於發現自然美的詩人，所以，即使在遭受重大政治打擊的逆境中，他仍然能以一顆敏感的詩心和超凡的才華，寫出這首含思深遠，意境闊大，並不一味消沉感傷的佳作。

吳江

陳堯佐

【題　解】這首詩描寫吳江風光景物之美，流露出陳堯佐喜愛流連之情。吳江，水名，即吳淞江，又名松江，太湖支流，經今江蘇吳江區東流入海。

【作　者】陳堯佐（西元九六三—一〇四四年），字希元，閬中（今屬四川）人。宋太宗端拱元年（西元九八八年）進士，真宗朝任壽州、滑州知州，兩浙、京西等路轉運使。仁宗朝任翰林學士等職。景祐四年（西元一〇三七年）拜同中書門下平章事（宰相），後以太子太師致仕，卒諡文惠。南宋晁公武稱其詩文「屬辭尚古，不牽世用，喜為二韻詩（即絕句），辭調清警，雋永可味」（《郡齋讀書志》）。著有文集三十卷等，已佚。

平波渺渺❶煙蒼蒼，菰蒲❷才熟楊柳黃。扁舟❸繫岸不忍去，秋風斜日鱸魚❹香。

【注釋】❶渺渺　形容水波浩淼。❷菰蒲　兩種水生植物。菰，初生嫩芽可食，名為菰菜，又名茭白。至秋結實為菰米，又稱雕菰米，與稻、黍、稷、粱、麥並稱「六穀」。蒲，蒲草，葉狹長，可用來編製包、席等。❸扁舟　小船。❹鱸魚　一種產於太湖一帶的淡水魚，以松江所產味尤美。

【語　譯】波平水靜，江面渺遠，青蒼的寒煙澹澹。江邊菰米熟了，蒲葉也肥了，楊柳條兒逐漸枯黃。一葉小舟繫在岸邊，我真捨不得離開這秀美富饒的水鄉。此刻，夕陽斜照，秋風吹拂，我聞到了膾鱸魚饞人的香味。

【研　析】陳堯佐描寫吳江風物之佳美，注意抓準其季節、地域的特點，層次清晰地表現出來。吳江是江南水鄉，又正值秋天，所以詩的首句就寫秋江。江波渺渺，寒煙蒼蒼，景中透出秋天的涼意。這一句是寫遠景，視野開闊。「平波渺渺」與「煙蒼蒼」句中對仗，兩疊字詞連用，使詩句音節圓轉諧美。次句寫近景。菰蒲與楊柳皆詩人眼中所見，它們都是江南水鄉的常見植物。「菰蒲才熟」與「楊柳黃」表現出時令已是秋天。這一句也是句中對仗，但句法和對仗手法與首句有別，可見詩人筆墨靈動，有變化。詩的後一聯側重敘事抒情。第三句畫出詩人身在繫岸扁舟之上的身影，又抒其不忍離去的心情。這是為結尾警句作鋪墊之筆。結句推出一個最美的鏡頭：夕陽斜照水鄉，一片金黃耀目，在秋風吹拂中，詩人聞到了誘人的松江鱸魚的香味，真令他愈發依戀、流連了。這一句以景結情，情含景中，耐人尋味，句中暗用了「秋風鱸膾」的典故。據《晉書‧張翰傳》載，張翰在洛陽做官，見秋風起，想起了故鄉吳中的菰米、蓴羹和鱸魚膾，於是棄官回家。這個典故用得自然，不露痕跡，使詩人眷戀吳江不忍離去的感情更濃郁，也更有歷史深度。「鱸魚香」，南宋胡仔《苕溪漁隱叢話．前集》卷二十七引張耒語及吳曾《能改齋漫錄》卷五，都作「鱸魚鄉」。而司馬光《續詩話》則引作「香」。筆者認為，「香」字寫出了鱸魚的香氣美味，令人聯想到傍晚水鄉人家做晚飯的生活情景，似較勝。這首詩景美情真，堪稱「辭調清警，雋永可味」，顯示出陳堯佐善於寫絕句的藝術才能。據明代楊慎《升庵詩話》卷七說，當時「和者計百餘人」，末句尤為人傳誦。清代「神韻派」詩人王士禛膾炙人口的名作〈真州絕句五首〉（其四）云：「江干多是釣人居，柳陌菱塘一帶疏。好是日斜風定後，半江紅樹賣鱸魚。」全篇營造出一個充滿詩情畫意的境界。筆者感到，王詩的結句，有可能是學習、借鑑陳詩的。

孤山寺端上人房寫望

林　逋

【題　解】這首詩寫林逋在孤山寺端上人房眺望遠景時，所見所感。孤山寺，佛寺，在杭州西湖孤山上。上人，和尚的尊稱。寫望，寫望見之景。

【作　者】林逋（西元九六八－一〇二八年），字君復，錢塘（今浙江杭州）人。早年曾漫遊江淮間，大約四十歲後，隱居杭州西湖孤山，據說二十多年足跡不到城市。他在孤山草廬周圍種梅養鶴為伴，終生未娶未仕，人稱「梅妻鶴子」。當時名聲很大，士大夫爭相結交拜訪。宋真宗聞其名，詔賜粟帛，還命地方官特加勞問。諡號「和靖」，世稱「和靖先生」、「西湖處士」。《宋史》稱他「性情淡好古，弗趨榮利」。其詩主要描繪西湖山水景物，表現隱居生活和閒適情懷。詩風受晚唐詩影響，清逸幽遠，饒有詩情畫意，詠西湖孤山梅花的詩歌尤廣為傳誦。有《林和靖先生詩集》。

底處❶憑闌❷思眇然？孤山塔後閣西偏。陰沉畫軸林間寺，零落棋枰葑上田❸。秋景有時飛獨鳥，夕陽無事起寒煙。遲留更愛吾廬近，只待重來看雪天。

【注釋】❶底處　何處。❷闌　同「欄」。❸葑上田　即葑田，在沼澤中以木作架，鋪上泥土及水生植物而浮於水上的農田。也稱架田。

【語譯】黃昏時分，在何處憑欄，思緒才這樣高遠飄渺？就在那孤山塔後小閣西邊幽僻的僧房。縱目遠眺，那陰沉樹林間的寺院，黯淡得像一捲退了色的風景畫軸；而塊塊葑田在水面上零星飄蕩，又彷彿是方格子的棋枰。秋色蒼然，萬物蕭條，有時飛過一隻獨歸的鳥兒；夕陽西沉，閒來無事，映照著飄起的淡淡寒煙。我留連遲歸，更愛這裡離我的廬舍很近，等到雪花紛飛之時，還要重來，觀賞那銀裝素裹的美好景致。

【研　析】林逋隱居杭州時，結廬於西湖之孤山。這首七律，便是寫他在秋日黃昏獨上孤山寺端上人房，憑欄遠眺的所見所感。詩的起句先設問：是在何處憑欄，才使他的心境如此高遠飄渺？對句再道出他的幽雅所在——「孤山塔後閣西偏」。接著，詩人在頷、頸二聯依次展開他在「望」中所見的四幅風景畫。頷聯將「林間寺」和「葑上田」分別比喻為「陰沉畫軸」與「零落棋枰」。比喻貼切逼真，生動新鮮，顯示出詩人奇妙的想像力和敏銳的觀察力。清代王士禛評此聯「寫景最工」（《池北偶談》）。錢鍾書先生在《宋詩選注》中說：「從林逋這首詩以後，這兩個比喻——尤其是後面一個——就常在詩裡出現。」可見對後世影響之大。頸聯分別描寫「空中鳥」和「堆裡煙」。鳥是「獨鳥」，煙是「寒煙」，詩人致力於渲染秋日黃昏孤山寺的陰沉、幽深、清寂環境，抒寫自己的恬靜心境、閒逸情致及渺然幽思。既與首聯緊密契合，又自然引出尾聯表示日後重來此地觀賞雪景。全篇章法細密，結構謹嚴，情景渾然一體，意境清幽淡遠，這正是林逋最擅長創構的。

山園小梅

林　逋

【題　解】山園，指孤山下的小園。林逋有八首詠西湖孤山的七言律詩，宋人稱為「孤山八梅」，見方回《瀛奎律髓》卷二十。本篇是其中最著名的一首。南宋周紫芝《竹坡詩話》說此詩「膾炙天下殆二百年」。

眾芳搖落❶獨暄妍❷，占盡風情向小園。疏影橫斜水清淺，暗香浮動月黃昏。霜禽欲下先偷眼❸，粉蝶如知合斷魂❹。幸有微吟❺可相狎❻，不須檀板❼共金尊❽。

【注　釋】❶眾芳搖落　百花凋謝。❷暄妍　形容梅花開得鮮麗明媚。❸霜禽欲下先偷眼　這一句本於唐代齊己〈早梅〉詩的「禽窺素豔來」。霜禽，羽毛潔白的鳥。偷眼，偷看；不敢正視。❹粉蝶如知合斷魂　這一句本於唐代杜牧〈初春舟次〉詩的「梅徑香寒蜂未知」，反其意而用之。合，應當。斷魂，銷魂，為某種心愛之物而神魂顛倒。❺微吟　幽吟，獨自低聲吟誦推敲詩句。❻相狎　相親。❼檀板　用檀木做的拍板，唱歌時用以擊節伴奏。這裡代指音樂歌舞。❽金尊　金酒杯。這裡代指宴飲。

【語　譯】在百花凋零的季節，獨有梅花在晴日裡開得十分鮮麗，小園中的美妙風光都被她占盡了。梅花疏朗的影子，斜映在清淺的水中；清幽的芬芳，飄散在昏黃的月光之下。羽毛潔白的鳥兒想要落下來，先偷看梅花的美好姿容；粉蝶如果能在冬日見到梅花，一定喜歡得魂銷心醉。幸好我能低聲吟誦和你親近，用不著俗人敲檀板歌舞或是捧金杯飲酒來作伴。

【研　析】詩的首聯以冬季「眾芳搖落」反襯梅花凌寒獨放，占盡風情，總體概括梅花的超凡脫俗。頷聯正面具體地描繪梅花的形影和芳香，進一步突出其品格高出「眾芳」之上。頸聯借禽、蝶的被吸引，側面襯托和烘染梅花的清妍莊矜，令人迷戀。尾聯敘議結合將梅花和自己聯繫起來，在兩種賞梅方式的對比中，引梅花為知己，表明自己的隱士身分與雅人高致。全篇運用多種藝術手法，多角度多側面地描繪梅花，章法頗為嚴整縝密。

但細心分析，這首詩首聯起得中規中矩，卻平平無奇。頷聯兩句雖有一實一虛之別，但句意相類，就近似拼湊，犯了「合掌」。尾聯收結倉猝，雖引入自我，卻落入俗套，未能宕出遠神。所以，此詩並非完美佳作。它之所以在當時與後世影響極大，甚至被譽為詠梅詩的千古絕唱，仍在於有如神來之筆的頷聯。這兩句抓準了梅花的自然特徵，並融入詩人人格理想和審美情趣，把梅花放在特定的環境背景中，借清水、月色來襯托。上句寫白晝，側重視覺表現：梅花旁見側出的疏枝包括零星點綴的花朵倒映在清瑩澄澈的水中，令人如見疏影隨水波清漾而搖動。句中的「清淺」，重在寫清，水因其清，一望見底，似淺而並非真淺。梅之疏影，自然與繁密喧鬧的桃杏李之類品格迥異。下句寫夜晚，側重表現嗅覺：梅花的香味，淺淡不膩，似有若無，在昏黃、朦朧的月光下輕微浮動，悄悄地流散。這樣的「暗香」，絕非那種濃得刺鼻的桂花香味。這樣，「疏影」「暗香」兩句就曲盡梅花疏秀清瘦的形態，而且妙傳其幽獨閒淡、不染塵俗的神韻，並令人自然聯想到一種高潔的人格。清初神韻派詩人兼詩論家王士禛說：「詠物之作，須如禪家所謂不沾不脫，不即不離，乃為上乘。古今詠梅花者多矣，林和靖『暗香』『疏影』之句，獨有千古。」（《帶經堂詩話》卷一二）清代錢泳在《履園譚詩》中也精闢論述詠物詩的高境：「詠物詩最難之，太切題則粘皮帶骨，不切題則捕風捉影，需在不即不離之間。」林逋這聯詩詠梅，正是不黏不脫、不即不離、形神兼備、主客交融的完美表現，堪稱出神入化。

明朝李日華《紫桃軒雜綴》說林逋這一聯是化用五代時南唐江為詩：「竹影橫斜水清淺，桂香浮動月黃昏」，遂成千古絕調，並說：「詩人點化之妙，譬如仙丹在手，瓦礫俱金矣。」江為詩僅存這兩個斷句，詩題亦無可考。即使江為有詩在前，但他這兩句分寫竹與桂，筆墨分散，僅描狀竹之影與桂之香，未能傳竹與桂之神，林逋改「竹」「桂」二字為「疏影」「暗香」，集中筆墨以詠梅，曲盡其態，妙傳其神，確是點鐵成金，因而贏得了歷代騷人詞客的稱讚。南宋詩僧居簡在一首憑弔林逋的詩中說：「名字不須深刻石，暗香疏影滿人間。」南宋著名詞人姜夔用「暗香」「疏影」作兩首詠梅詞的詞調名。林逋其他的詠梅佳句，如「雪後園林才半樹，水邊籬落忽橫枝」、「池水倒窺疏影動，屋簷斜入一枝低」（〈梅花〉）等，也很受歷代讀者愛賞。梅花的清幽風韻與林逋的雅潔襟懷正相契合，這正是林逋梅花詩的藝術生命與靈魂。

小隱自題

林逋

【題解】這首詩抒寫詩人隱居之地杭州西湖孤山的幽雅景致與恬適生活情趣，十分真實自然，是林逋的五律名作。小隱，指作者在杭州西湖孤山的隱居之地。自題，指自題小詩。

竹樹繞吾廬，清深趣有餘。鶴閑臨水久，蜂懶採花疏。酒病❶妨開卷❷，春陰入荷鋤❸。嘗憐❹古圖畫，多半寫樵漁❺。

【注釋】❶酒病　猶病酒，謂酒醉如病。❷開卷　讀書。❸春陰入荷鋤　即「荷鋤入春陰」的意思。❹憐愛。❺樵漁　樵夫漁父。這裡指林下水邊的隱士。

【語譯】翠竹綠樹環繞著我的草廬，處處呈現出濃濃的清靜幽深的趣味。久立水邊的仙鶴，是那麼安詳悠閒；稀疏的花間，三兩隻蜜蜂從容的採蜜。酒醉之後，時常妨礙我開卷讀書；我扛著鋤頭去除草，愉快地步入春陰之中，我曾經喜愛古人的圖畫，因為它們多半描繪林下水邊的隱士。

【研析】林逋描繪他在西湖孤山清幽閒靜的隱逸環境，句句貫注著怡然自得的生活情趣，蕩漾著天真喜悅的心聲。中間兩聯，在描寫景物之中融入了詩人的活動與情緒。臨水久，正顯出鶴之閒；採花疏，亦可見蜂之懶。物之閒與人之容的神態一併躍然紙上。清代紀昀說：「三四句景中有人。」（《瀛奎律髓彙評》卷三）「閑」與「久」，「懶」與「疏」，互相關聯，妥帖微妙。「酒病」與「春陰」二句，是詩人對自己小隱生活的愜意品味。上句所寫詩人在酒醒後懨懨如病懶得開卷讀書的狀態，與上文「鶴閑」、「蜂懶」前後映照，趣味盎然。下句似從陶淵明〈歸園田居五首〉（其三）的「帶月荷鋤歸」化出，為了合乎平仄和押韻，倒裝為「春陰入荷鋤」，成了饒有感情與性靈的新奇之句。「春陰」成了詩人的知己，伴著荷鋤的詩人去勞作。全篇筆調輕鬆，語言清淡，涉筆成趣，詩句流轉自如，彷彿不受格律束縛，也不見運用技法的痕跡，卻全篇合律，營造出清逸幽遠的渾成意境。元代方回評曰：「有工有味，句句佳。」紀昀讚云：「可云靜遠。」又說：「拆讀之，句句精妙；連讀之，一氣湧出。興象深微，毫無湊泊之跡。此天機所到，偶然得之，非苦吟所可就也。」（同上）稍嫌過譽，但基本恰當。

普濟院

陳堯咨

【題解】這首詩描繪了寺院周圍的美妙風景，並刻畫了一個與僧閒話的自我形象。普濟院，寺院，在今浙江餘姚。

【作者】陳堯咨（西元九七〇－？年），字嘉謨，其先河朔人，後家閬中（今屬四川）。咸平三年（西元一〇〇〇年）進士第一，歷官翰林學士、武信軍節度使、知河陽，又徙天雄軍，卒贈太尉。其兄陳堯佐累官至參知政事、同中書門下平章事。兄弟皆能詩，尤擅絕句。堯咨今傳作品不多。

山遠峰峰碧，林疏葉葉紅。憑闌❶對僧語，如在畫圖中。

【注釋】❶闌　同「欄」。

【語譯】遠處的山，每一座峰巒都那麼碧綠，漸疏的樹林飄飛著片片紅葉。我靠著欄杆對僧人悠閒談話，好像置身在一幅丹青圖畫之中。

【研析】詩的前兩句寫佛寺周圍景色。遠山碧峰，疏林紅葉。疊用「峰」與「葉」字，更強調了無峰不碧、無葉不紅。十個字描繪秋天山林色彩斑斕而且遠近高低錯落有致，可謂妝景如畫。

後兩句更把憑欄閒話的僧人和自我形象作為這幅彩畫的主體。畫面上有人有聲，就有了生活情趣。這種「自我入畫」的寫法，後來的詩人一再運用。例如蘇軾的「溪上青山三百疊，快馬輕衫來一抹」（〈自興國往筠，宿石田驛南二十五里野人舍〉），將快馬輕衫的自我形象說成彷彿是在青山層疊的畫面上又抹上一筆；又如詩僧惠洪的「個中著我添圖畫，便是華亭落照灣」（〈舟行書所見〉），說華亭落照灣添上我這個浪遊的孤僧，就是一幅天然的有人物美景的水墨圖畫。

偶作

劉筠

【題解】題為〈偶作〉，劉筠抒寫的卻是長期積鬱在他內心中的牢騷。他渴望為國建樹一番功業，不甘於在館閣中舞文弄墨虛度年華，於是嚮往自由自在的隱居生活。

【作者】劉筠（西元九七一－一〇三一年），字子儀，大名（今屬河北）人。真宗咸平元年（西元九九八年）進士。初任館陶縣尉，後因楊億推薦，擢大理評事、秘閣校理，預修《冊府元龜》。大中祥符七年（西元一〇一四年），升太司諫、知制誥、翰林學士等。真宗末年，丁謂等擅權，他遂請求外放，為廬州知州。仁宗即位，復召為翰林學士，拜御史中丞，官至翰林學士承旨兼龍圖閣直學士。史稱「性不苟合，臨事明達」。以文辭優贍馳譽當世，與楊億齊名，時號「楊劉」。為西崑體代表詩人之一、《西崑酬唱集》收錄其詩七十三首，僅次於楊億。其詩精於聲律對偶，多用典故，詞藻豐贍，結構縝密。詠史詩多借古諷今，頗多佳作，也有堆砌雕琢之病。今存《肥川小集》。

殺青❶和墨度流年，飽食無功鬢颯然❷。卻憶侯封安邑棗❸，不能兄事魯褒錢❹。千峰月白猿啼樹，六幕❺風高鶚❻在天。招隱詩成誰擊節❼？願傾家釀載漁船。

【注釋】❶殺青　在尚未發明紙前，古人刻字於竹簡上，先將竹片置於火上炙烤，去其水分，也用以防蛀，此事叫殺青。❷颯然　衰老稀疏的樣子。❸安邑棗　語出《史記．貨殖列傳》：「安邑千樹棗，燕秦千樹栗，蜀漢江陵千樹桔……此其人皆與千戶侯等。」安邑，秦漢時縣名，在今山西運城市北。❹魯褒錢　《晉書．魯褒傳》載，魯褒鄙視世人貪財，寫〈錢神論〉予以諷刺，說錢「為世神寶，親愛如兄，字曰孔方」，後世便以「孔方兄」喻指錢。❺六幕　六合，天（上）、地（下）、與東、西、南、北四方稱六合。❻鶚　鳥名，又叫魚鷹，性兇猛，常飛行於水面捕食魚類。❼招隱詩成誰擊節　意謂我作詩表示歸隱之志，有誰能贊同呢？招隱詩，西晉詩人左思、陸機都有〈招隱詩〉，抒歸隱之志。擊節，打拍子以表示讚賞。

【語譯】長年累月在館閣中揮筆研墨，真是碌碌無為虛度華年。飽食終日，未能建樹一點功業，我的鬢毛也逐漸稀疏衰老了。想到古人還有安邑千樹棗勝過千戶侯的說法，但我寧願貧窮，也不願崇拜錢神孔方兄。常在夢中見到月光如水洗得千峰清亮，這時就能聽見猿猱在樹叢裡啼鳴；天上地下，東南西北，不管風多強勁，大鶚在天空自由自在地翱翔。我在館閣作詩抒寫歸隱情意，有誰能擊節稱讚呢？無論如何我都甘願載著家釀醇酒，泛舟江湖之上，過自由自在的生活。

【研析】這首抒懷詠志詩，首聯「殺青和墨」與「飽食無功」簡潔地敘寫劉筠對館閣中的筆墨生涯、庸庸碌碌的不滿。「度流年」和「鬢颯然」感慨歲月如流，浮生易老，抒情味濃，其真實的生存體驗使人共鳴。頷聯將「安邑棗」與「魯褒錢」兩個典故巧妙地提煉成象並組合為一個流水對仗，表達甘貧守道不談錢財的美好道德品格。借典故言志，半是自嘲，半是刺世，亦不失為佳句。最妙是頸聯，並無虛詞與前一聯銜接和呼應，忽然推出兩幅自然景物畫面：一幅千峰月白，猿猱啼鳴深樹，境界清幽，靜中有聲；另一幅六幕風高，鷹翱翔長空，境界高遠，氣勢飛動。這兩幅畫造語奇警，有象徵意蘊。而猿與飛鶚，正是詩人嚮往自由自在、毫不拘束的人生象徵。七律詩的藝術結構，一般是起、承、轉、合。此詩頸聯轉筆，情思豪逸，是全篇警策，如高峰崛起。尾聯寫他要吟歸隱詩載酒江湖，再以樸素的描寫宕出遠神。凡是真實感人的詩，詩人與詩歌都有互文性，從精神和品格上互相建構。劉筠同楊億一樣性情耿介、頗尚風節，此詩抒發鄙視錢財，不願碌碌無為，希圖功成身退的高尚志趣，顯示了詩人的人格、氣節與個性，是令人尊重的。作為西崑體的代表詩人，劉筠詩確有堆砌典故、雕琢辭藻的毛病，但此詩僅在頷聯用典，首聯和尾聯都以清暢的語言敘事抒情，一同烘托出寓深遠情思於景中的頸聯。全篇立意清超，境界高遠，可謂「西崑體」中別開生面的佳作。

漢武　　楊　億

【題　解】這是一首詠史詩，譏諷漢武帝晚年迷信方士之言，求長生不死之藥等荒誕行徑，其實是借古諷今，諷諫宋真宗祀神求仙，勞民傷財，薄待賢士。漢武，即漢武帝劉徹（西元前一五六

—前八九年）。

【作者】楊億（西元九七四—一〇二〇年），字大年，建州浦城（今福建浦城）人。幼穎悟，七歲能屬文。十一歲時，宋太宗聞其名，召試詩賦，授秘書省正字。淳化三年（西元九九二年）賜進士及第。真宗即位，超拜左正言，時年三十四歲，預修《太宗實錄》，全書八十卷，億獨草五十六卷。景德二年（西元一〇〇五年）與王欽若同總領《冊府元龜》編纂事。官至翰林學士、工部侍郎。卒諡「文」，世稱楊文公。他性格耿介，喜交文士，不附權貴。他支持寇準抵抗契丹入侵，反對朝廷大事祭祀，大興土木，勞民傷財。億文格雄健，才思敏捷，歐陽脩稱之為「一代之文豪」。在秘閣任職時，與劉筠、錢惟演等人以詩歌相唱和，後由他編為《西崑酬唱集》，號為西崑體。詩集中楊億作品最多，占三分之一，因此他應是西崑體的代表人物。西崑體詩人詩藝學李商隱，追求辭藻華麗，大量用典，講求聲律，雕章琢句，但也不乏反映社會現實之作。今存《武夷新集》。

43 武漢

蓬萊銀闕浪漫漫❶，弱水回風欲到難❷。光照竹宮勞夜拜❸，露溥金掌費朝餐❹。力通青海求龍種❺，死諱文成食馬肝❻。待詔先生齒編貝，那教索米向長安❼？

【注 釋】❶蓬萊銀闕浪漫漫 《史記・封禪書》記載，相傳渤海中有蓬萊、方丈、瀛洲三座神山，以金銀為宮闕，住著仙人，還有許多長生不死之藥。遠望神山如一片白雲，漂浮海上；人如果靠近，又風吹遠去，無從到達。漢武帝時，有方士說曾在海上遇到仙人安期生，武帝於是派人入海尋訪。漫漫，無邊無際的樣子。❷弱水回風欲到難 此句意為蓬萊周圍有弱水和旋風，求仙訪道之人想到此處是難上加難。《十洲記》載：「鳳麟洲在西海之中央，地方一千五百里，洲四面有弱水繞之，鴻毛不泛，不可越也。」❸竹宮勞夜拜 《漢書・禮樂志》載漢武帝曾在甘泉宮中作通天臺以等候天神降臨，「夜常有神光如流星，止集於祠壇，天子（指武帝）自竹宮而望拜。」竹宮，漢武帝甘泉宮中的祠宮，以竹築成。❹露溥金掌費朝餐 據《漢武故事》等書記載，漢武帝於建章宮中建金莖，高三十丈，上有金銅仙以手掌托銅盤，以接天上甘露，和玉屑飲之，認為可以長生。東漢張衡〈西京賦〉：「立修莖之仙掌，承雲表之清露；屑瓊蕊以朝餐，必性命可度。」露溥，露水聚集的樣子。《詩經・鄭風・野有蔓草》：「零露溥兮。」❺力通青海求龍種 《漢書・西域傳》載，漢武帝曾在敦煌渥洼水畔得天馬，又派遣十萬兵馬攻伐大宛，得良馬三千匹。漢武帝所得名馬與青海無關，這裡以青海泛指西域。龍種，《北史・吐谷渾傳》稱，青海周圍千餘里，在此放著牝馬，所生之駒號為龍種。《隋書・煬帝紀》：「大業五年，置馬牧於青海渚中，以求龍種。」❻死諱文成食馬肝 《史記・封禪書》載，漢武帝熱衷於求仙，齊人少翁以鬼神方書獻上，被封為文成將軍。後因齊方無效，不能招致神靈，於是被誅殺。後來少翁的同夥欒大又對武帝說，他曾見過仙人，可得不死之藥；但恐怕會像文成那樣被殺，所以不敢說。武帝掩飾說：「文成食馬肝死耳。」古人認為馬肝有毒，食之即死；一說馬肝指馬肝石，一種劇毒之物。諱，掩飾。❼待詔先生齒編貝二句 《漢書・東方朔傳》載，東方朔初次向武帝上書時，自誇說：「臣朔年二十二，長九尺三寸，目若懸珠，齒若編貝，勇若孟賁，捷若慶忌，廉若鮑叔，信若尾生。若此，可以為天子大臣矣。」武帝便令待詔公車（沒有正職，就在公車署即警衛殿中司馬門的官署等候任命）。久之，未得召見，東方朔便用謊言恐嚇武帝的騎從侏儒。被武帝責問，他答道：侏儒長三尺餘，我長九尺，所得卻一樣。故而侏儒飽欲死，臣朔饑欲死。如以我言中用，望與侏儒的禮遇有別；不可用，就罷免我，不要令我在長安索米。武帝大笑，便讓他待詔金馬門（對應徵之士特別優異的一種待遇），稍得與武帝接近。貝，形容牙齒整齊潔白，像編排整齊的細貝殼。長安，漢朝都城，今陝西西安。

【語譯】蓬萊的玉殿瓊樓波浪滔滔，路途遙遠，神仙洲四面弱水環繞，鵝毛不泛，常有旋風驟起，想起求仙真是枉費心機。聽說甘泉宮的竹宮夜裡有神光像流星閃耀，但漢武帝夜夜朝拜也不見天神降臨。他立了這金銅仙人，以掌接甘露和著玉屑在早餐時飲用，想求長生也是徒勞白費力氣。他派遣十萬兵馬遠征西域，只是為了尋求天馬龍種。他殺死了被他封做文成將軍的騙人方士少翁，卻自欺欺人，說文成是吃了馬肝中毒死的。而東方朔身高九尺牙齒整齊潔白，又有才學，為什麼卻得不到武帝的重用，讓他窮餓竟然要在長安城討米呢？

【研　析】這首詠史詩詠漢朝史事，主題是諷刺漢武帝晚年的昏聵虛妄。詩中句句用典。楊億從各種歷史典籍乃至神話故事中選擇有關漢武帝的典故，為適應主題表現的需要，對這些典故作了詩意的提煉，再融入自己的藝術想像。詩的首聯，「蓬萊銀闕」與「弱水回風」是詩人從典故中提煉、營造出的意象，可謂「典象」，而「浪漫漫」與「欲到難」是詩人的想像補充和抒情慨歎，這樣，詩人對漢武帝徒費心力派人入海求不死藥的譏諷情意，也就形象地、含蓄地表達出來了。頷聯展現漢武帝夜拜竹宮，朝餐甘露玉屑兩個場景，上句著一「勞」字，下句用一「費」字，詩句便帶有明顯的嘲諷語氣，使讀者感受到漢武帝的癡心妄想，愚昧昏聵。頸聯更妙，妙在能從複雜的典故中提煉，熔鑄出一聯形象生動、蘊含諷刺、句法跌宕、對仗工巧的佳句。原來漢武帝「力通青海」的壯舉，不過是為了「求龍種」；為了掩飾他誅殺方士的行徑，卻造出「食馬肝」的謊言。詩句前四字與後三字意義的背謬與跌宕，形成了諷刺。「死諱文成」對「力通青海」、「食馬肝」對「求龍種」，字面對得工整，字意又妙含對比映襯，耐人尋味。詩人在前三聯詩中通過典故的運用，已多角度多側面地刻畫出漢武帝晚年昏庸、迷信、驕奢、固執的形象。尾聯兩句卻一反前三聯寫法，從東方朔的角度落筆，內容上前後對比，諷刺漢武帝侈求神仙費盡心機，對待賢士卻刻薄寡恩，豐富並加深了全篇意蘊。

優秀的詠史詩往往不是單純詠史，而是有感於現實，或借古諷今，或以古鑑今，或以古人之酒杯澆自己胸中之塊壘。楊億這首〈漢武〉包含了以上三種意蘊。此詩作於景德三年（西元一〇〇六年）。而在兩年之後的大中祥符元年（西元一〇〇八年），宋真宗聽信王欽若佞言，偽造「天書」，東封泰山，西祀汾陽，勞民傷財。但冰凍三尺，非一日之寒。真宗於咸平年間（西元九九八—一〇〇三年），已日趨奢靡佚樂，曾有召幸樂伶、寵妃荒政之事。尤其是在景德元年十二月（西元一〇〇五年一月）澶淵之盟後，為了掩飾其與遼議和之辱，他就開始了迷信神仙虛報祥瑞的活動。因此，不能否定此詩借漢武帝事諷諫真宗的意圖。又，《宋史・楊億傳》載，景德初年，楊億在知制誥任上，因俸薄家貧，曾請求外調。沈括《夢溪筆談》卷一載其外任的表中有云：「虛忝甘泉之從臣，終作若敖之餒鬼；從者之病莫興，方朔之饑欲死。」與此詩尾聯聯繫起來讀，不難看出，除了隱諷真宗侈求神仙而薄待文士之意外，還有東方朔自況，抒發俸薄家貧的牢騷不滿。清代紀昀評此詩：「此便欲直逼義山。」（《瀛奎律髓彙評》卷三）的確，在諷今抒懷、意蘊幽隱、熔鑄事典、精選詞采、組織精緻、對仗工巧、音節瀏亮等方面，此詩學習李商隱的詠史七律頗能得其神髓風味。

湖州作

蘇為

【題解】這首詩是蘇為知湖州時所作，抒寫他春日泛舟湖上心曠神怡的情景。湖州，即今浙江湖州，在太湖畔。

【作者】蘇為（生卒年與籍貫不詳），真宗大中祥符二年（西元一〇〇九年）為都官員外郎、知湖州，後徙知邵武軍。仁宗天聖四年（西元一〇二六年）以職方郎中知宣州。《全宋詩》錄其詩九首。

野艇❶閑撐處，湖天景❷亦微。春波無限綠，白鳥自由飛。柳色濃垂岸，山光冷照衣❸。時攜一壺酒，戀到晚涼歸。

【注釋】❶野艇　一作「小艇」。❷景　亮光；日光。❸柳色濃垂岸二句　《詩話總龜・前集》卷十五引作「落日孤鴻遠，輕煙古寺稀」。

【語譯】我悠閒地將小艇撐開，但見春陰，湖水和天空微光隱約。瀲灩春波無盡的碧綠，白色的鳥兒自由地飛翔。濃翠的柳條垂在岸邊，冷淡山光映照著衣裳。我時常帶上一壺美酒在湖上漫遊，難捨這醉人的春意，總是到了晚涼時才緩緩歸家。

【研 析】二十幾年前，筆者主編《宋詩精華》（廣西師範大學出版社，一九九六年出版）時，在《宋詩紀事》上讀到了這首詩。詩後錄吳處厚《青箱雜記》評論云：「（蘇）為〈湖州詩〉數十首，惟此篇為絕唱。」筆者感到此詩第二聯美妙無比，於是毫不猶疑就選錄下來，並分給胡曉明譯析。胡曉明現在是華東師範大學中文系終身教授，傑出的詩學專家。當時他很年輕，作為王元化先生的關門弟子，剛獲得博士學位。他以一顆敏感的詩心，並以一支生花妙筆對頷聯作出精彩的解讀：「『春波無限綠，白鳥自由飛』，著色極素淡又極清亮，抒情極含蓄又極明快，音韻亦極美。細吟『無—限—綠』，便有由遠及近的意味，『自—由—飛』三字皆唇齒音，卻有由近而遠的感覺。寫景用顏色字作對偶，始於謝靈運，大盛於老杜。既有謝詩的清麗，又有杜句的硬朗，是為此聯之佳處，亦此詩之所以稱為『絕唱』者，佳句喜逢知音賞。」感謝古人吳處厚和今人胡曉明，讓我們得以感受蘇為這首絕唱之美妙。

松江夜泊

鮑 當

【題 解】這首五絕寫松江夜泊時對人生、歷史、自然、宇宙的沉思，寄慨含蓄悠長。松江，今名吳淞江，又稱蘇州河，源出太湖，流入黃浦江。

【作 者】鮑當（西元？—一〇三八年），字平子，臨安（今浙江杭州）人。景德二年（西元一〇〇五年）進士，為河南府法曹，歷職方員外郎，知衢、湖二州。因獻〈孤雁〉詩，為人稱賞，謂之「鮑孤雁」。著有《鮑當集》一卷，《後集》一卷，均不存。

舟閑❶人已息，林際月微明。一片清江水，中涵❷萬古情。

【注釋】❶舟閑　船停泊不用。❷涵　包含；包容。

【語譯】深夜，小船停泊，萬籟俱寂，人們早已歇息。我獨自佇立船頭，靜觀這水鄉夜色。遠方，樹林的邊際，月光暗淡朦朧；腳下，一片清澈的江奔騰不息。江水中包涵著古往今來多少世事人情啊。

【研析】五言絕句是篇幅極短的詩體，僅二十個字，尤貴以簡潔虛渾之筆寫意傳神。詩人的情思意蘊，不要明確說出來，太明確，就沒有詩味了。這首詩寫夜泊松江的所見所感。首句點題、敘事，中二句寫景，結句抒情寄慨。「林際」句寫仰望、遠眺所見之景，「一片」句寫俯視、近觀之景。詩中舟、林、人、月、江、水六個景物意象，僅用「閑」「已息」「際」「微明」「一片」「清」，略加形容點染，筆墨極省儉，卻已營造出江南水鄉月夜寧靜、朦朧的景色氛圍，這使佇立船頭不眠的詩人觸景生情，發出深長的感慨：這江中包涵的「萬古情」究竟是什麼？詩人不說，讓讀者在被感染中感受、思考、琢磨。如果你讀過唐代詩人一些望月、臨江、登山的名篇、警句，如：「江畔何人初見月？江月何年初照人？人生代代無窮已，江月年年只相似。不知江月待何人，但見長江送流水。」（張若虛〈春江花月夜〉）、「人事有代謝，往事成古今。江山留勝跡，我輩復登臨。」（孟浩然〈與諸子登峴山〉）、「無邊落木蕭蕭下，不盡長江滾滾來。」（杜甫〈登高〉）你從這些詩句中便不難體會到鮑當的「萬古情」，有可能包涵著對歲月流逝的歎息，人生短暫的感傷，對人生意義的追尋，對世事人情（包括朝代興替、社會盛衰和人的生老病死、悲歡離合）的感歎，對大自然和宇宙奧秘的思索等等。總之，這些豐富、複雜、浩瀚、深沉的情思意味，是詩人說不清、道不明，也不必說清道明的。

總之，「觀古今於須臾，撫四海於一瞬」，「籠天地於形內」，「罄澄心以凝思」（陸機〈文賦〉）是詩人必需的靈心妙筆。這首〈松江夜泊〉的作者，已頗得個中三昧。

行色

司馬池

【題　解】這首詩抒寫羈旅行役的愁情。行色，語出《莊子・盜跖》「有行色」，即行旅之人的神色。

【作　者】司馬池（西元九七九—一〇四一年），字和中，陝州夏縣（今山西夏縣）人，景德二年（西元一〇〇五年）進士及第，官至天章閣待制、知河中府、徙知同、虢、杭、晉等州。他是著名史學家司馬光之父，為人謙和寬厚，不慕榮利。早年曾被魏野讚為「文雖如貌古，道不似家貧」（〈貽司馬池〉）。司馬光嘗集其遺文、手書、碑誌、行狀為一櫝，今已佚。

冷於陂❶水淡於秋，遠陌❷初窮❸見❹渡頭❺。猶賴❻丹青❼無畫處，畫成應遣❽一生愁。

【注　釋】❶陂　池塘。❷陌　田間小路。❸初窮　剛剛走完。❹見　一作「到」。❺渡頭　河邊渡口。❻猶賴　幸虧。❼丹青　紅色和青色的顏料，這裡指繪畫。❽遣　使；教。

【語　譯】出門遠行人的神情是怎樣的呢？比池塘水還要清冷，比秋天還要淒涼。你看，他剛剛走完了遙遠的田間小路，前面卻又是一個渡口。幸好這樣的情景丹青無法描畫，如果能夠畫出來，一定會使人終生都憂愁呵。

【研　析】無論是用畫筆還是詩筆來描繪人物，做到形似並不算難，難的是傳神，即要在形象的刻畫中表現出人物的意態、神情來。王安石〈明妃曲〉詩中有句云：「意態由來畫不成。」又在〈讀史〉詩裡說：「丹青難寫是精神。」司馬池這首詩題為〈行色〉，他就是要以詩的語言描畫出辛苦奔波在旅途中的人的神色。詩的首句獨創地以陂水、秋色這兩種人們能夠看見、觸摸和感受到的景物來比喻「行色」，這樣，就使讀者具體地感受到「行色」的冷淡淒涼與悲愁寂寞。所以當時的人們稱讚這句詩「最有味」，能「寫難狀之景如在目前」（見張耒《張右史文集》卷四八〈紀行色詩〉，吳子良《林下偶談》卷二）。近人陳衍在《宋詩精華錄》中評此句「有神無跡」。其實，「冷於陂水淡於秋」，不僅僅是比擬「行色」的喻象，它們首先是行旅之人親眼所見親身經歷的景象，因為下一句補充描寫行人在漫長旅途中餐風飲露、奔波跋涉的具體情狀，讓讀者進一步感受到他們疲倦勞累的樣子和蕭索孤苦的神情。後兩句，詩人進一步用議論、設想和藝術誇張的手法，抒寫「行色」的愁苦。由於設想的是「丹青無畫處」，具體而形象，議論又帶著深沉的感慨，使得「一生愁」的誇張顯得格外真實、真切，從而以觸發出讀者心靈的共鳴。這首詩是司馬池早年監安豐（故治在今安徽壽縣南）酒稅時寫的。在此之前，他曾先後在幾個縣當過縣尉、主簿等下層小官，長年累月地奔波於宦途中，對羈旅行役之苦有很深的體驗，所以他才能寫出這首對「行色」感受獨到、情景交融的佳作。以至於其子司馬光不避親嫌，錄此詩於其《續詩話》，並加以讚揚。

江上漁者

范仲淹

【題　解】詩題又作〈贈釣者〉。這首小詩表面上是寫漁者的艱辛，而更深刻的寓意是揭示宦途的風險。漁者，打魚的人。

【作　者】范仲淹（西元九八九—一〇五二年），字希文，蘇州吳縣（今江蘇蘇州）人。二歲亡父，其母改嫁山東朱氏，他也從其姓，名說。大中祥符八年（西元一〇一五年）登進士第，始復姓范，改名仲淹。天聖六年（西元一〇二八年）因晏殊推薦，任秘閣校理。官至參知政事（副宰相）。曾在西北守邊，抵抗西夏入侵，功績卓著。他是北宋著名政治家，提出「先天下之憂而憂，後天下之樂而樂」，尚節操，厲廉恥，身體力行，激勵士風。慶曆三年（西元一〇四三年）任參知政事時，與富弼、歐陽脩等共同策畫革新，史稱「慶曆新政」，因守舊派的反對而失敗。卒諡文正，世稱范文正公。他的詩文詞都有傳世名篇。詩風清雅質樸，多有議論和寄託，頗能表現其胸襟抱負。有《范文正公文集》。

江上往來人，但愛❶鱸魚❷美。君看一葉舟，出沒風波❸裏。

【注　釋】❶但愛　只愛。一本作「盡愛」。❷鱸魚　頭大鱗細、體扁腹白的魚，又名銀鱸，肉味鮮美，產於吳中松江者尤為著名。❸風波　一作「風濤」。

【語　譯】江岸上來來往往的人們，都只愛鱸魚的肉味鮮美。但請你看那一片落葉似的漁舟，正在狂風惡浪中出沒。

【研　析】范仲淹以質樸淺近如同口語的文字，表現出江上漁舟如一片落葉在風波中沉浮出沒的生動形象。在四句二十個字裡，巧妙而自然地設置了三重對比，即：「江上」和舟中兩種環境、「往來」和「出沒」兩種行為動態、以及吃魚和捕魚兩種生活的對比；在強烈的對比中，飽含了詩人對艱辛漁者的關切與同情，對那些「但愛鱸魚美」的江上人的規勸。如果詩意止於此，也堪稱言近旨遠、含蓄有味了。

然而此詩還有更深刻的寓意。為了揭示此更深寓意，請讀作者另一首五絕名作〈赴桐廬郡淮上遇風〉：「一棹危於葉，傍觀亦損神。他時在平地，無忽險中人。」景祐元年（西元一〇三四年）作者因為力諫廢郭后被貶知州、睦州，赴任途中在淮河上寫了這首詩，作者把他在仕宦中屢遭貶謫，比喻為「一棹危於葉」，即是像江上風波中的一葉扁舟，十分危險。令人不難聯想這個意象正與「君看一葉舟，出沒風波裏」一樣，都是作者對於險惡官場，坎坷仕途如同風浪漩渦的深長感慨。其實，古人早已看出這兩首詩都有深邃寓意。南宋蔡正孫《詩林廣記·後集》卷十引《翰府名談》說：「范希文〈贈釣者〉傳，實寓深意，不徒作也。」又引《文酒清話》說〈贈釣者〉與〈淮上遇風〉兩首詩「語雖同而意各有寓也」。〈江上漁者〉警示人們不要一味羡慕和貪圖官位而忽視官場的險惡；〈淮上遇風〉是作者在風浪中自勉，日後到了平地，不要忘記還有在險境中的人。這就是兩首詩「各有所寓」的「深意」，它們共同傳達出作者在仕途上屢遭貶謫，歷盡艱辛的人生體驗、思考與感悟。

野色

范仲淹

【題解】野色，一般泛指郊野的景色。但這首詩所寫的「野色」，或是雲氣、或是水氣，或是光的折射，浮動蕩漾於春日郊野。范仲淹對這種虛忽縹緲的野色作了饒有詩情畫意的描寫，表現出他對大自然的熱愛和濃厚興趣。

非煙亦非霧，冪冪❶映樓臺。白鳥忽點破，夕陽還照開。肯❷隨芳草歇，疑逐❸遠帆來。誰謂山公❹意？登高醉始迴。

【注釋】❶冪冪　深濃貌。❷肯　豈肯。❸逐　跟隨。❹山公　晉朝竹林七賢之一山濤之子山簡。他曾任征南將軍，鎮守荊襄，常去襄陽著名園林習家池飲酒遊賞，每飲必醉，倒騎著馬回家。這裡作者以山簡自況。事見《晉書．山濤傳》。

【語　譯】不是煙也不是霧，卻深密濃重地掩映著亭臺樓閣。忽然間有一隻白鳥飛起，把這野色點破了；但是在夕陽斜照下，它還是彌漫開來。它似乎在曠野上春草間行走，不肯停歇；我懷疑它是伴隨著船帆，來自遠處江上。誰能理會我像山簡一樣登高觀景的意興呢？在醉眼模糊中看夠了這種野色，我才盡興而回。

【研　析】司馬池的〈行色〉，寫行旅人的神色。彷彿是有意與司馬池爭勝，范仲淹寫了這首〈野色〉。行色是主體的，野色屬客體的，但都是虛的，難以實指，不易描狀與形容。司馬池以實寫虛，將行色表現得宛然在目又「有神無跡」；范仲淹同樣妙用虛者實之的藝術手法，在描繪難以狀寫的野色中揮灑出一幅朦朧迷人的山水畫。

詩的首聯寫野色「非煙亦非霧」，事實上也就是說它似煙又似霧，並且深濃地遮掩著亭臺樓閣。這煙、這霧、這樓臺，以及下面所寫的白鳥、夕陽、芳草、遠帆，都是詩人藉以點染、烘托、表現野色的實物。頷聯尤妙。詩人用鳥羽的白和夕暉的金黃映襯出「野色」灰黑、朦朧的色彩；「忽點破」與「還照開」既用擬人化描繪白鳥與斜陽的調皮、有趣，又借助它們的動態表現野色的忽開忽合，時舒時密，迷離縹緲。因此成了全詩最精彩的兩句。宋代吳子良《荊溪林下偶談》卷二〈行色野色詩〉云：「司馬池詩（指〈行色〉）……前輩稱之。此詩唯第一句最有味，范文正公〈野色〉詩第二聯亦豈下於池詩乎？此梅聖俞所謂狀難寫之景如在目前也。」詩的頸聯借「芳草」、「遠帆」寫出野色的流動與停歇，又用「肯隨」、「疑逐」等字眼暗示他在遊賞中細心觀察，懷疑驚喜的神情意態，也饒有詩味。詩的尾聯，有論者「嫌湊泊」。其實，由寫景到抒情，是十分自然的。何況詩人以山簡自況，寫他登高，醉眼觀景，以自我形象對野色的朦朧恍惚再烘托一筆，從而使讀者感受到詩人熱愛大自然、熱愛生活的豪爽樂觀性情。縹緲的野色與醉眼迷離的詩人相互映照，客體與主體水乳交融，這樣的結尾怎麼是湊泊呢？

題西溪無相院

張　先

【題　解】這首詩描寫西溪無相寺一帶雨後的清幽秋色，表現佛教超塵出俗、物我兩忘的精神境界。西溪，浙江湖州有苕水，分東西二源，流入太湖。西溪就是西苕。無相院，無相寺。

【作　者】張先（西元九九〇—一〇七八年），字子野，烏程（今浙江湖州）人。仁宗天聖八年（西元一〇三〇年）進士。曾任吳江知縣、嘉禾判官等職，官至尚書都官郎中。與晏殊、歐陽脩、王安石、蘇軾均有交往，晚年退居湖杭之間。創作以詞為主，兼工詩。其詞造語工巧，韻味雋永。著有《張都官集》和《安陸詞》。

積水涵虛❶上下清，幾家門靜岸痕平。浮萍破處見❷山影，小艇歸

時聞棹❸聲。入郭❹僧尋塵裏去，過橋人似鑑❺中行。已憑暫雨添秋色，
莫放修林❻礙月生。

【注釋】❶涵虛　指水映天空。涵，包含；包容。虛，太虛；天空。唐孟浩然〈望洞庭贈張丞相〉有「涵虛混太清」。❷破處見　破，一作「斷」。見，現；顯現。❸棹　划船的工具，形狀似槳。一作「草」。❹郭　內城外圍著的城牆，這裡指城市。❺鑑　鏡子。❻林　一作「蕭」。

【語譯】雨過放晴，積水映著天空，天光水色渾融，上下一片清新明淨。與水齊平的溪岸上，多少人家門庭都是那樣安靜。微風吹開了水面的浮萍，顯現出遠山倒影。當小船歸來時，可以聽到船槳的響聲。寺院僧人尋路入城，就像從佛禪淨境走向煩囂塵世；過往小橋的人，宛如在明鏡中行走。西溪已經憑藉這場短暫的雨，增添了幾分秋色；別讓高高的樹木任意勃生，妨礙遊人觀賞這溪中月影。

【研析】這首七律藝術構思相當精妙。詩以寫景為主，將寫景、敘事、抒情、議論熔於一爐，由淺入深地營造出詩的意境。首句從遠處、大處落筆，在寫景中暗示雨後天晴的清幽明淨。次句寫近景，描繪溪畔人家包括無相禪寺的寧靜氣氛。頷聯從小處、近處著墨，上句以浮萍在微風吹拂的瞬間動態襯靜，下句借小船歸來時船槳搖動的聲響襯靜，上下句都表現出一種景物意象的動態引起了一種景物動態的關係。十八世紀法國啟蒙主義思想家、文學家狄德羅說：「美是關係。」新鮮的詩意美也就因此躍然紙上。後兩聯敘事、抒情與議論。頸聯上句以郭中之塵象徵喧囂塵世，

反襯禪院之寧靜清淨；下句用人行明鏡隱喻佛境中人身心空明澄澈。尾聯在議論中寫出溪中月影，更是營造禪境的妙筆。佛教常以「鏡花水月」象徵佛性、佛境。這倒映於西溪中的皎潔秋月，就展示了一個澄明透徹的佛禪境界。有禪理、禪趣而無一禪語，正是此詩構思運筆的高明之處。

張先善寫「影」。據《古今詩話》載，他的詞中有「雲破月來花弄影」、「嬌柔懶起，簾壓卷花影」、「柳徑無人，墮風絮無影」三個寫影佳句，世稱「張三影」（胡仔《苕溪漁隱叢話．前集》卷三〇引）。其實，張先詞中寫到影的約二十多處，有天影、水影、人影、燈影、花影、月影、絮影、秋千影等。寫景物之「影」而不寫其「形」，乃是以虛寫實，藉以表現景物的恍惚迷離、朦朧空濛、清澈透明或閃爍蕩漾等多種狀態，從而避免直露，獲致含蓄蘊藉之美。在此詩中，「浮萍破處見山影」句，七個字中寫了風拂、萍動、水漾以及山影之搖曳，筆墨多麼精鍊生動，誘人聯想。這句山影是明寫。而「幾家門靜岸痕平」、「過橋人似鑑中行」，寫出屋宇、行人在溪水中的倒影，並無「影」字，是暗寫；結句「莫放修林礙月生」，借議論抒情之語寫月影，則是更高妙的虛寫了。在一首律詩中，分別運用了明寫、暗寫、虛寫三種手法描繪山影、屋影、人影、月影，張先堪稱中國古代詩詞藝術史上寫影的高手。

無題　　晏　殊

【題　解】這是一首相思懷人的愛情詩，詩題當是擬晚唐李商隱的〈無題〉詩。詩題又作〈寄遠〉，或作〈寓意〉。

【作　者】晏殊（西元九九一—一〇五五年），字同叔，撫州臨川（今江西撫州）人。七歲能文。景德二年（西元一〇〇五年），以神童召試朝廷，賜同進士出身，授秘書省正字。三十五歲拜樞密副使。慶曆三年（西元一〇四三年）任樞密使、同中書門下平章事（宰相）。四年罷相，以工部尚書出知潁州、徙陳、許州、永興軍。卒諡元獻。晏殊知人好賢，喜獎拔後進，及為相，范仲淹、韓琦、富弼皆用為執政，歐陽脩、余靖、蔡襄、孫沔為諫官，均為一時名臣。他兼擅詩詞文，平生作詩多達萬餘首。人們通常稱他為西崑體詩人，但他年輩較楊億等為晚，其詩風在西崑體的基礎上能有所變化，不堆砌典故，不追求穠豔，而是清辭麗句，珠圓玉潤，猶如其詞。他的詩文集已散失，故其詩名為詞名所掩。《全宋詞》收其詞一百四十餘首，《全宋詩》錄其詩三卷。

寶轂香輪❶不再逢，峽雲巫雨❷杳無蹤。梨花院落溶溶❸月，柳絮池塘淡淡風。幾日寂寥傷酒❹後，一番蕭瑟❺禁煙❻中。魚書❼欲寄無由達？水遠山長處處同。

【注　釋】❶寶轂香輪　一作「油壁香車」。用香木製成，油漆塗飾的車子，女子所乘。❷峽雲巫雨　即巫峽雲雨。宋玉〈高唐賦〉描寫巫山神女，朝行雲，暮行雨，楚王夢中得以與她相會。後世詩文裡「雲雨」變成了男女歡會行為的代替詞。❸溶溶　水流貌，這裡用來形容月光。❹傷酒　飲酒過量。❺蕭瑟　冷落貌。❻禁煙　指寒食節。古代風俗，清明節前二日禁舉煙火，吃冷食，即寒食。❼魚書　書信。魚指裝書信的函，用木板兩塊刻成鯉魚形，將信夾在裡面。古樂府詩〈飲馬長城窟行〉：「客從遠方來，遺我雙鯉魚。呼兒烹鯉魚，中有尺素書。」

【語　譯】她乘坐著香車離去，從此再沒有機會重逢，就像那巫山雲雨來無影去也無蹤。眼前景象同那個晚上一樣，庭院裡梨花盛開，月色朦朧，如水般溶溶流動；池塘畔一陣陣微風吹得柳絮飛舞。幾天來我寂寞無聊，飲酒過量，臉容憔悴；又值寒食時節禁舉煙火，更增添一番蕭瑟冷落的氣氛。想寫封信，但又如何寄到她的手上？無窮無盡的思念之情一如水遠山長無路可通。

【研　析】作為西崑體後期的代表詩人，晏殊寫詩力避其前輩楊億、劉筠「金玉錦繡」的富貴氣、「厚粉濃朱」的脂膩氣，以及堆砌典故的學究氣。他用清新流麗的語言，真幻與虛實結合的藝術手法，適當融化一些常見典故，致力於創造淒迷朦朧的意象與意境，把他要抒發的離愁別恨含蓄婉曲而又層層深入地表現出來，使其詩境與詞境一樣情致纏綿、音調諧婉，從而更能得李商隱詩的韻味。

此詩首聯追憶當年一段情遇，首句巧妙借物寫人，用「寶轂香輪」表現他所懷念的是一位美貌多情的才女，下句即以虛筆轉入迷幻之境，「峽雲巫雨杳無蹤」的縹緲意象就暗含著楚襄王和巫山神女夢中相會的美麗傳說。詩人藉以比喻、象徵情人無蹤，舊情難續。詩的意象有點神祕縹緲感，有一種淒迷、惆悵的情調。

頷聯緊承首聯，既抒寫車去雲飛後他的處境心情，又具體回憶與情人相聚時的景色。這兩句互文見義，語言精鍊。「梨花院落」、「柳絮池塘」，可見詩人居處的秀美和身分的高貴；而月色溶溶，微風淡淡，梨花搖曳，柳絮輕飛，又可想境界之清幽、迷濛。十四個字，將過去之美景幽情與眼下之淒境愁思相融一片，寫得意蘊豐富，深情綿渺。「溶溶」與「淡淡」兩個疊字詞分別形容風月，狀物傳神，音律流美，令人玩味不盡。頸聯具體、深刻地抒寫其愁苦之情。上句先寫伊人去後他的長期「寂寥」，再寫澆愁之酒飲多而傷身；下句先寫他情懷蕭瑟，又以寒食禁煙陪襯一筆，將滿懷愁情分作四層來抒發，可謂力透紙背。尾聯回應首聯，先提出疑問，以示對「再逢」不抱希望，再自我作答，以「水遠山長」形象表達有重重阻隔、處處障礙，書信無法寄達，由極其失望到絕望。作者〈蝶戀花〉詞云：「欲寄彩箋兼尺素，山長水闊知何處？」〈踏莎行〉詞又云：「當時輕別意中人，山長水遠知何處？」都是用山水的長遠表達無緣重逢音訊難通，可見作者的詩境與詞境互相影響。但此詩的「處處同」比詞中的「知何處」，更加沉痛，可謂徹底絕望。全篇無一「愁苦」字面，卻令人感到淚濕透紙，作者的愁恨宛如水遠山長，無窮無盡。

從以上分析，也可見晏殊此詩首尾呼應，句與句、聯與聯之間承接轉合十分緊密，在藝術結構精緻這一點上，深得李商隱詩之妙。

古松

石延年

【題　解】這首詩借詠古松，抒發對正直不屈的人生品格的讚揚。

【作　者】石延年（西元九九四—一〇四一年），字曼卿，又字安仁，祖籍幽州，遷居宋州宋城

（今河南商丘）。累舉進士不中。真宗召以三班奉職，他就任右班殿直，改太常寺太祝。天聖四年（西元一〇二六年）知金鄉縣（今屬山東）。後通判乾寧軍、永靜軍，充館閣校勘，遷大理寺丞。以太子中允、秘閣校理卒於汴京。他在當時被譽為「奇才」，性格豪放，好飲酒任氣。在西崑體盛行之時，他提倡古道與古文歌詩。有《石曼卿詩集》，已佚。

直氣森森❶恥屈盤，鐵衣❷生澀紫鱗❸乾。影搖千尺龍蛇❹動，聲撼半天風雨寒。蒼蘚❺靜緣❻離❼石上，綠蘿❽高附入雲端。報言帝座掄才者❾，便作明堂❿一柱看。

【注 釋】❶森森　繁密、高聳的樣子。❷鐵衣　指古松的樹皮。❸紫鱗　樹皮的皺紋。❹龍蛇　形容松柏在風中搖動的形狀。杜甫〈武侯廟古柏〉：「蜀相階前柏，龍蛇捧閟宮。」❺蒼蘚　蒼苔。❻緣　沿著。❼離　離開。❽綠蘿　菟絲和女蘿，都是蔓生植物，互相糾結，又纏繞在草木上。❾帝座掄才者　為朝廷選拔人才的人。帝座，帝王的座位，喻朝廷。掄，選拔。❿明堂　古代帝王宣示政教的場所，這裡泛指朝廷。古樂府〈木蘭詩〉：「歸來見天子，天子坐明堂。」

【語 譯】挺拔的古松枝繁葉茂氣勢昂然，恥作枝屈根盤。生澀的樹皮宛如堅硬的鐵衣，那皺紋猶似枯乾的紫鱗一般。高聳千尺的身影隨風搖曳，好像龍蛟遊走在雲山之間。枝葉擺動聲響直震霄漢，如暴風驟雨令人膽寒。可笑那長在根邊石上的蒼蘚，只會悄悄地離開岩石緣著樹根往上攀援，還有菟絲和女蘿也夢想依附著古松爬上雲端。我要稟報朝廷裡選拔人才的長官，應把古松看作明堂的棟梁人選。

【研　析】石延年一落筆就寫出古松挺直不屈的品格。「直氣森森」四字，有一股凜然之氣噴薄而出；「恥」字賦予古松生命、感情。次句用「鐵衣生澀」和「紫鱗乾」形容松樹皮及其皺紋，比喻形象、生動、貼切，顯示出古松飽歷霜雪磨難而有蒼鬱遒勁之氣。頷聯極力描繪古松如龍蛇飛動，影搖千尺；其聲勢似狂風驟雨，聲撼半空，真是驚心動魄！這一聯繪影繪聲。「搖」、「撼」二字有力，「寒」字更從觸覺感受表現古松凜然正氣。南宋《王直方詩話》說：「或有稱詠松句云：『影搖千尺龍蛇動，聲撼半天風雨寒』者，一僧在坐曰：『未若雲影亂鋪地，濤聲寒在空。』或以語聖俞（梅堯臣），聖俞曰：『言簡而意不遺，當以僧語為優。』」（胡仔《苕溪漁隱叢話．前集》卷三二引）梅堯臣認為「雲影」、「濤聲」一聯言簡意賅是中肯的，筆者更讚揚此聯表現手法巧妙。然而缺少了「龍蛇」與「風雨」這兩個意象，也就表現不出古松雄壯奇偉的形象特徵及其氣魄力量。從這個角度看，石延年這一聯勝於僧詩。石詩頸聯就地取譬，以蒼蘚、綠蘿附託攀援，反襯古松剛直偉岸、獨立不倚，卻又使卑微草木皆得以託命的品質。尾聯讚揚古松可作朝廷棟梁之材，稍顯直露，但仍是從古松的形象及其材質自然生發出人生的理想抱負。范仲淹稱讚石延年詩：「破堅發奇，高凌虹霓，清出金石，有以見詩力之雄。」（劉克莊《後村詩話．續集》卷一引）這首〈古松〉當之無愧。

頗有意思的是：後來王安石也寫了一首〈古松〉詩云：「森森直幹百餘尋，高入青冥不附林。

萬壑風生成夜響，千山月照掛秋陰。豈因糞壤栽培力，自得乾坤造化心。廊廟乏材應見取，世無良匠勿相侵。」詩人借詠古松希望朝廷要重用、愛惜人才，延續石詩主旨，首句「森森直幹」取自石詩，但其前半刻畫古松不及石詩形象生動、特徵鮮明，氣勢也有所不及；後半純是議論，比石詩更直露。王安石是北宋七絕與七律的高手，其詩歌創作成就勝於石延年，但這一首效仿之作卻遜於石之原作，由此可見石詩也曾影響了王詩。

南朝

石延年

【題解】南朝，東晉以後，中國分裂為南北兩部分，占據南方的宋、齊、梁、陳四朝稱為南朝。若從東晉偏安江南算起，共經歷了二百七十三年。詩中說「三百年間」，是舉其約數。

南朝人物盡清賢❶，不是❷風流❸即放言❹。三百年間卻堪笑，絕無人可定中原❺。

【注釋】❶清賢　清明賢良。❷是　從事；作。❸風流　指行為高遠，不拘禮法，追求名士風度氣派。❹放言　放縱其言。❺中原　指北朝占據的黃河流域廣大地區。

【語譯】南朝人物，都是清明賢良的翩翩君子，他們不是追求名士風度，就是放言空談。三百年來苟且偷安是令後人恥笑，竟沒有一個人出來收復中原失地，完成統一大業。

【研　析】詩人石延年懷有英雄氣性和報國抱負，對趙宋王朝不能收復北方燕雲十六州耿耿於懷，因此創作了這首詠史詩，揭露南朝近三百年來一直屈踞半壁江山，苟且偷安，士人們只知追求風流氣度，說些空洞大話，不務實際，沒有一個人出來平定中原。詩人是借題發揮，以古諷今，表達他對北宋國事的憂慮和對當時士風的不滿。通篇敘事議論，但持論高明，語氣果斷，諷刺犀利，直指要害，一針見血，顯露出詩人洞察形勢的卓識和睥睨前賢的豪情勝概。歐陽脩稱讚石延年「詩格奇峭」（《六一詩話》），劉克莊評此詩「清拔有氣骨」（《後村詩話・續集》卷一）。

朱雲傳

宋　祁

【題　解】全篇詠朱雲事，詩題又作〈詠漢史〉，歌頌朱雲冒死直諫的忠烈氣節，諷刺成帝表彰直諫卻照樣重用佞臣的昏聵虛偽行徑。朱雲，漢代人。漢成帝時，安昌侯張禹執政。槐里令朱雲上書請賜尚方斬馬劍，以斬佞臣張禹。成帝怒，欲誅朱雲，御史將他拉下，猶攀殿檻說：願從比干（被商紂王殺害的直臣）遊於地下。殿檻為之折斷。因辛慶忌勸說成帝，雲方得免死。後成帝命保存殿檻折壞之處，「以旌直臣」，事見《漢書・朱雲傳》。

【作　者】宋祁（西元九九八－一〇六一年），字子京，開封雍丘（今河南杞縣）人。與其兄宋庠齊名，時號「二宋」。天聖二年（西元一〇二四年）進士。曾任翰林學士，史館修撰，與歐陽脩同修《新唐書》，撰列傳一百五十卷。拜翰林學士承旨。卒謚景文。他是北宋早期的古文家之一，又兼擅詩詞。其詩受「西崑體」影響，但在題材、立意、技巧、風格上都有所突破。有《宋景文集》。

朱游❶英氣凜生風，瀕死❷危言❸悟帝聽❹。殿檻❺不修旌❻直諫，
安昌依舊漢三公❼。

【注釋】❶朱游　即朱雲。原注：「朱雲小字。」❷瀕死　臨死。❸危言　直言；不顧危難而直言。❹悟帝聽　使皇帝感悟。❺檻　欄杆。❻旌　表彰。❼安昌依舊漢三公　安昌，指張禹。他是漢成帝的師傅，官至宰相，封安昌侯。三公，輔佐皇帝執掌軍政大權的最高官員，歷代所指不盡同，西漢以大司馬、大司徒、大司空為三公。

【語譯】朱雲的英烈之氣凜凜生風。即使臨死，他也敢於直言，使皇帝感悟。漢成帝不更換被朱雲攀折的殿檻以表彰直諫，卻照樣把佞臣張禹提拔到三公的高位。

【研析】這首詩前聯評讚朱雲冒死直諫。詩句形象又概括，使人感到英氣凜然，風生紙上。三句寫漢成帝不修殿檻，表彰直諫，似是褒揚；但四句寫成帝仍用佞臣並且提拔其位至三公。石延年以簡潔的敘述，擺出兩方面的事實，並使之強烈對照，便形成了辛辣的諷刺，漢成帝寵信佞臣昏聵虛偽的真面目被活畫出來。這種欲抑先揚，明褒暗貶的表現手法是耐人尋味的。晚唐詩人李

商隱的詠史七絕名篇〈賈生〉云：「宣室求賢訪逐臣，賈生才調更無倫。可憐夜半虛前席，不問蒼生問鬼神。」諷刺漢文帝表面敬重賢才實際上不能讓賢任賢、崇信鬼神而不顧民生的腐朽本質，正是成功地運用欲抑先揚、強烈對照與突然轉跌的藝術手段。宋祁可能學習李商隱〈賈生〉詩的寫法。南宋葛立方《韻語陽秋》卷七從〈朱雲傳〉詩引出議論說：「信手去佞如拔山也。」可見此詩諷刺的辛辣、冷雋。

書端州郡齋壁

包拯

【題　解】這首詩直抒胸臆，言清心、直道為做官修身之根本。端州，今廣東肇慶。包拯曾任端州知州。郡齋，郡守的府第。知州亦可稱太守。

【作　者】包拯（西元九九九－一〇六二年），字希仁，廬州合肥（今安徽合肥）人，天聖（西元一〇二三－一〇三二年）進士。歷任監察御史、天章閣待制、龍圖閣直學士、開封府尹，官至樞密副使。知開封府時，以廉潔著稱，執法嚴峻，敢於摧抑豪強，懲辦貪官，關心邊防，關懷民生疾苦，民間稱譽為「包青天」。著有《包孝肅奏議》。詩僅存一首。

清心為治本，直道是身謀。秀幹❶終成棟，精鋼不作鉤。倉充❷鼠雀喜，草盡兔狐❸愁。史冊有遺訓，毋❹貽❺來者❻羞。

【注釋】❶秀幹　好的樹幹。❷充　充實。❸兔狐　與上句的鼠雀均是喻指貪官汙吏。❹毋　不要。❺貽　遺留。❻來者　後人。

【語譯】清心寡欲為治國之根本，正直不阿才能立身長久。挺拔、優秀的樹幹終能成棟梁之材，是精鋼決不做那彎曲的衣鉤。君不見官倉充實鼠雀就歡天喜地，草料乏盡兔狐便歎氣發愁。要牢牢記住史書裡的遺訓，決不留下汙垢讓後人羞辱。

【研　析】被民間稱譽為「包青天」的包拯，並不以詩名世，今存詩僅此一首。是書寫在郡齋牆壁上自勵勵人的。詩的主旨是說謀直道去貪欲是其做人為官的準則。首聯即以對仗句概括清心寡欲為治國之本，人要正直不阿才能立身長久。頷聯以直木終成棟梁和精鋼不作彎鉤兩個形象的比喻，宣示自己的志向。頸聯也用兩個比喻，揭露貪官汙吏縱欲營私的醜惡行徑。尾聯告誡世人也警示自己，務必清廉正直，不要在歷史上留下恥辱汙垢。全篇顯示出作者的高風亮節、磊落胸懷與凜然正氣。詩如其人，質樸剛直，毫不雕琢，但質直中有內涵深警之句，有生動通俗的形象。中兩聯對仗都用難度較大的「反對法」，語言鏗鏘有力，在今天仍有很強的教育與警示意義，值得做官者牢記於心並作為約束自己行為的座右銘。

宿甘露僧舍

曾公亮

【題解】此詩描寫夜宿甘露寺的見聞感受，讚賞長江的浩大氣勢，表現出曾公亮的寬闊胸襟與豪放情感。甘露僧舍，即甘露寺，為著名古寺，在今江蘇鎮江市北固山上，俯臨長江，形勢險要，風景絕佳。

【作者】曾公亮（西元九九九—一〇七八年），字明仲，泉州晉江（今福建泉州）人。天聖二年（西元一〇二四年）進士。嘉祐中，拜吏部侍郎、同中書門下平章事。熙寧二年（西元一〇六九年）進昭文館大學士，累封魯國公，旋以太傅致仕。卒贈太師、中書令，諡宣靖。他曾積極推薦王安石，對其變法也多有支持幫助。他久任文職，文筆條暢練達，魏泰《東軒筆錄》稱其「為文章尤長於四六，雖造次柬牘，亦屬對精切」。著有文集三十卷，又有《元日唱和集》一卷，今已佚。《全宋詩》錄其詩四首。

枕中雲氣千峰近，床底松聲萬壑❶哀。要看銀山❷拍天浪，開窗放入大江來。

【注釋】❶壑　山谷。❷銀山　比喻江上的滔天白浪。

【語譯】夜宿甘露寺，躺臥在僧舍之中，我看見滿屋瀰漫著雲霧水氣，枕頭沁涼潮濕，我彷彿置身於千峰之巔；又聽到床底下陣陣松濤澎湃之聲，好像萬道山壑都在哀號。天要亮了，我想看那銀山奔湧般的拍天白浪，推開窗子，把一條浩浩蕩蕩的大江放了進來。

【研析】詩的首聯寫夜宿甘露寺的情景。曾公亮巧妙地運用了真與幻、內與外、視覺與聽覺相結合的表現手法。「枕中雲氣」與「床底松聲」都是真實之景，不過一是目中所見，一是耳際所聞。而「千峰近」與「萬壑哀」則是詩人因「枕中雲氣」與「床底松聲」所引發的幻覺。因為北固山上並沒有「千峰」與「萬壑」。但這兩個誇張的幻想，表現了甘露寺形勢的險要和環境的幽寂。真與幻、內與外、視覺與聽覺的相互襯托，使情景更逼真，也拓展了詩的境界，並為後面兩句作了有力的鋪墊。詩的後聯所寫不過是開窗觀望江景，然而詩人以大膽驚人的浪漫想像，寫出了如同唐人殷璠在《河嶽英靈集》序中所說「神來、氣來、情來」的佳句，創造了具有雄壯氣勢與強大生命力的長江意象。「銀山」比喻江浪的白亮和高大，接以「拍天」，這一座座銀山就洶湧奔騰起來。「開窗」句更是新奇驚人。在詩人的心目中，白浪滾滾的長江好像是一條飛騰於天地間的銀龍，它不僅能給予人們崇高的美感與力量，而且用甘甜的乳汁哺育一代代中華民族兒女。因此，對它滿懷著熱愛和感恩之情的詩人，不只是他要壯觀它那銀山般的拍天巨浪，還要把窗子打開，把它請進自己的居室。所以這結尾的一筆，更表現出詩人與長江親切、親密的感情。在曾公亮之前，也曾有詩人寫過從窗戶攬景，如南朝齊代詩人謝朓〈郡內高齋閑坐答呂法曹〉云：「窗中列遠岫。」唐代大詩人杜甫〈絕句〉云：「窗含西嶺千秋雪。」其後，宋代大文豪蘇軾〈南堂〉

云：「掛起西窗浪接天。」寫窗中所見山或水，皆為靜景。曾鞏〈西樓〉云：「朱樓四面鉤疏箔，臥看千山急雨來。」寫他捲起窗簾，高臥朱樓，悠然觀賞千山急雨排空捲地而來，頗為精彩，但「臥看」句從句式和韻腳看，都使人感受到了曾公亮詩的影響。南宋詩人周紫芝〈凌歊晚眺〉云：「倚仗獨看飛鳥去，開窗忽擁大江來。」簡直就是襲取曾氏之句。寫得堪與曾氏媲美的，是王安石〈書湖陰先生壁〉的「兩山排闥送青來」，寫的不是主人開窗把大江放進室內，而是峰巒推門而入將青色送給山居主人。曾、王所寫窗外景物生動有氣勢，又傳達出人與山水相親關係，都是膾炙人口的名句。要之，想像奇妙，意象飛動，境界壯闊，情趣深長，是曾公亮這首七絕的特色。僅此一詩，曾氏在宋詩史上就可占一席地位。

陶者

梅堯臣

【題解】這首小詩是景祐三年（西元一〇三六年）梅堯臣任建德縣（今安徽東至）知縣時作的。詩歌通過鮮明的對比，揭示了古代社會中勞者不獲、獲者不勞的殘酷現實。陶者，燒製磚瓦的工人。

【作者】梅堯臣（西元一〇〇二—一〇六〇年），字聖俞，宣州宣城（今安徽宣城）人。宣城古名宛陵，故稱「宛陵先生」。早以詩名，而屢試不第，以叔父梅詢蔭補河南主簿。歷知建德、襄城等縣。皇祐三年（西元一〇五一年）召試學士院，賜同進士出身。嘉祐元年（西元一〇五六年）

任國子監直講。累官至尚書都官員外郎，世稱梅都官。工詩，與蘇舜欽齊名，並稱「蘇梅」。他積極參與歐陽脩所倡導的詩文革新，在宋代詩壇具有很高的地位，被稱為宋詩的「開山祖師」。其詩風或清切深微，或閒遠平淡，或古硬質樸，但都有思深意新語工的特點。有《宛陵先生集》。

陶❶盡門前土，屋上無片瓦。寸指不沾泥，鱗鱗❷居大廈。

【注釋】❶陶　這裡用作動詞，指用土製作磚瓦陶器等。❷鱗鱗　形容屋瓦如魚鱗一樣整齊排列。

【語譯】工人們為了燒製磚瓦，把門前的泥土都挖光了。而那些豪紳富人十個手指頭從未沾過泥，卻住著屋瓦就像魚鱗一樣整齊的高樓大廈。

【研析】梅堯臣出身農家，仕途失意，長期沉淪下僚，生活艱窘，所以他能夠寫出不少針砭時弊、同情民瘼的作品。這首五絕小詩描寫工人辛苦挖土製瓦卻住不上瓦房，而那些富豪十指不沾泥卻住著高樓大廈。詩人將這種不公平的社會現象揭示出來，不動聲色，未加評論，卻使人從勞者不獲、獲者不勞的鮮明對比中，認識到古代社會中貧富的懸殊、階級的對立、剝削的殘酷，也感受到作者對勞動者的同情和對剝削者的憎惡。詩人用近似民謠的古體絕句，語言簡練通俗，卻形象生動，寓意深刻。錢鍾書先生說：「梅堯臣這首詩用唐代那句諺語（指《五燈會元》卷一一所載：『赤腳人趁兔，著靴人喫肉』。）的對照方法，不加論斷，簡辣深刻。」（《宋詩選注》）評得精切。

魯山山行

梅堯臣

【題解】康定元年（西元一〇四〇年）梅堯臣知襄城縣時作此詩。詩中描繪魯山景色，抒發出詩人喜愛山野風光的情趣。魯山，即今河南魯山縣，因山而名，山在縣城東北十里許，接近襄城縣邊境。

適與野情愜❶，千山高復低。好峰隨處改❷，幽徑獨行迷。霜落熊升樹，林空鹿飲溪。人家在何許❸？雲外一聲雞。

【注釋】❶愜　愜意；稱心合意。❷改　變換。❸何許　何處。

【語譯】高低錯落的群山，正好投合我喜愛山野的情趣。美麗的峰巒不斷變換形狀，人獨自走進小路的幽深處，就很容易迷失方向。霜降過後，天氣晴朗，從遠處看，黑熊好像爬到了樹梢；樹葉脫落，山林空曠，我又清晰地見到小鹿在溪邊喝水。山中人家究竟在哪裡呢？只聽見從高遠的雲外傳來一聲雞鳴。

【研析】梅堯臣提出作詩應「意新語工」，「狀難寫之景如在目前，含不盡之意見於言外」（歐陽脩《六一詩話》引）。這首〈魯山山行〉正是他的詩歌藝術主張的成功實踐。詩題為「山行」，全篇所寫都是詩人在山行中所見所聞的新奇、美妙景物。首句即點出「野情」。並把這種喜愛山野風光的情趣融入他所寫的每種景物之中。「千山高復低」與「好峰隨處改」，都是詩人細心觀察後的新鮮發現，用素淡又工致的語言表達出來，可謂「意新語工」。詩人再以「幽徑獨行迷」與「好峰隨處改」對仗，使這兩句轉接又映照，也就傳達出他觀賞好峰的驚喜與迷路於幽徑的困惑。元代方回評這一聯「尤幽而有味」（《瀛奎律髓彙評》卷四）。頸聯寫「霜落」而疑「熊升樹」，「林空」得見「鹿飲溪」，表現景物間的因果關係，筆墨曲折，意象新奇，野趣盎然，確是「狀難寫之景如在目前」。尾聯應是從晚唐詩人杜牧〈山行〉的次句「白雲生處有人家」脫化而出。梅堯臣並不是超越紅塵的僧人道士，他是一位關心現實民生的縣官，他要瞭解山裡「人家在何許」。因為是尾聯，要考慮宕出遠神，「含不盡之意見於言外」，詩人遂採取先問後答，結句以「雲外一聲雞」暗示高遠處仍有人家。這寂中傳音的一筆，使這一幅「魯山山行圖」也就變成了「有聲畫」。「雲外一聲雞」比杜牧直接說出「白雲生處有人家」更含蓄有味。由此亦不難看出這位宋詩的開山祖師對詩歌表現藝術的刻意追求。這首詩歷代傳誦，深得詩評家讚賞。清代查慎行評：「句句如畫，引人入勝，尾句尤有遠致。」（同上）的確說出了此詩的佳處。

書哀

梅堯臣

【題解】慶曆四年（西元一〇四四年），梅堯臣的妻子病故，不久次子夭折，這首詩表達了詩人喪妻失子的沉哀巨痛，非常感人。

天既喪我妻，又復喪我子。兩眼雖未枯，片心將欲死。雨落入地中，珠沉入海底。赴海可見珠，掘地可見水。唯人歸泉下❶，萬古知已矣❷。拊膺❸當問誰？憔悴鑑❹中鬼！

【注　釋】❶歸泉下　古人稱人死後，魂入黃泉之下。❷已矣　完了；全部結束了。❸拊膺　拍胸，古人一種表達哀痛的動作。❹鑑　鏡子。

【語　譯】老天已經要我喪妻，不該又奪走了我孩子的命。我悲傷哭泣，兩眼雖然未到乾枯見骨，但一片心也將要死了。我的賢妻愛子就真的一去不返了嗎？就像雨落入土中，珍珠沉入海底。跳到大海裡，尚可找回那顆珍珠；挖地成井，還能將雨水打出來。而只有人赴黃泉之下，從古到今，都永遠不得復生了。我拍打胸膛，不知該去問誰？對鏡自照，鏡中只見一個憔悴的鬼！

【研　析】梅堯臣用極樸素凝練的語言，以直敘其事的「賦」法並間以比喻，層層深入地抒寫喪妻失子的悲痛。開頭四句是第一層。一、二句直敘老天接連讓他喪妻失子，句式複疊遞進，語氣單調緩慢，並非呼天搶地的奔迸式抒發，卻能傳達出一種痛定思痛、迷惘木然的神情意態。三、四句反用杜甫〈新安吏〉「眼枯即見骨，天地終無情」句意，說自己眼未枯而心欲死，一縱一擒，哀痛更深。中間四句是第二層。詩人用兩個連貫的比喻，以雨落地中、珠沉海底喻指人的離世；進而用雨落難收終可收，珠沉難覓終可覓，反襯人死不可復生。運用比喻又能推開一步，可見詩人思深語奇。最後四句是第三層。先用兩句傾吐出無可奈何的絕望，卻接以一個拍胸欲問的細節，表達仍不甘於絕望、仍有疑惑；結句寫他攬鏡自照，鏡中見到自己形容枯槁，有類於「鬼」，詩於抑揚起伏中用誇張傳神之筆收束，令人震撼。梅堯臣悼念亡妻的詩多首，都寫得哀痛感人，近代陳衍評這首「最為沉痛」（《宋詩精華錄》）。

雜詩絕句十七首（選一）

梅堯臣

【題解】慶曆八年（西元一〇四八年），梅堯臣從故鄉宣城往陳州（今河南淮陽），途經水鄉江蘇寶應縣時，寫下了一組隨行即景絕句詩，共十七首，這是其中的一首，寫度水蜻蜓飛舞動態。雜詩，詩歌雜稿，把並非一時一地寫下的詩編在一起，統稱雜詩。

度水紅蜻蜓，傍人飛款款❶。但❷知隨船輕，不知船去遠。

【注釋】❶款款　輕盈徐緩的樣子。❷但　只。

【語譯】水面上的紅蜻蜓，靠近人輕盈緩慢地飛翔。牠只知跟隨著船飛得輕鬆，卻不知道船已愈走愈遠。

【研析】唐代詩人杜甫〈曲江二首〉中，有「穿花蛺蝶深深見，點水蜻蜓款款飛」一聯。梅堯臣在旅途舟中看見了度水的紅蜻蜓，不禁想起了杜甫這聯詩，便將下句化為兩句。「傍人」二字，寫紅蜻蜓與人親近，表現出物我交親的盎然情趣。而後兩句寫船愈走愈遠，跟隨著飛的蜻蜓卻毫不知曉，即是寫出這個小生物的稚氣悠悠，借傷憐外物而自傷身世，含蓄地表達他仕途奔波，離鄉愈遠之苦。筆墨輕靈，形象生動，韻味深長。

小村

梅堯臣

【題解】慶曆八年（西元一〇四八年）秋，梅堯臣途經淮河，見到那裡的農村水患之後凋敝不堪，寫了這首詩表達他對民生疾苦的深切關心。

淮❶闊州❷多忽有村，棘籬❸疏敗❹謾為門❺。寒雞得食自呼伴，老叟無衣猶抱孫。野艇❻鳥翹❼唯斷纜，枯桑水齧❽只危根❾。嗟哉❿生計一如此，謬⓫入王民⓬版籍⓭論⓫。

【注釋】❶淮　淮河。❷州　水中陸地。❸棘籬　荊棘編成的籬笆。❹疏敗　稀疏破敗。❺謾為門　不成其為門而當作門，形容極其破敗。謾，欺誑。❻野艇　閒泊在村頭、無人照看的船。❼鳥翹　像鳥雀一樣翹著尾巴。❽水齧　指被水侵蝕沖刷。齧，咬。❾危根　被流水長期沖蝕，已鬆動不牢的樹根。❿嗟哉　可歎啊。

⓫謬　荒謬；錯誤。⓬王民　臣民。⓭版籍　戶籍。⓮論　評定；計算。

【語　譯】寬闊的淮河，洪水泛濫，田地變成了許多洲島。我忽然發現一個小小的村子，村裡人家用荊棘編成的籬笆都已稀疏破敗，門戶也是不成樣子了。寒瘦瑟縮的雞，偶然覓得食物，便逕自呼喚夥伴；老人沒有衣穿，懷裡還抱著小孫兒。閒置村頭野地的船像鳥雀一樣翹著尾巴，也只有斷了的纜繩。枝葉乾枯的桑樹，樹根被水沖蝕，看來也沒法活了。可歎小村居民生計艱難到了如此地步，卻還被算作聖明皇帝的子民，列進交租納稅的戶口名簿內，真悲哀啊。

【研　析】這首寫貧苦小村的詩，表現出梅堯臣運用樸素語言白描景物的高超藝術。首句「淮闊州多」四字，極簡練地寫出了淮河大水泛濫以後，田地、丘陵、高處村莊變成了水中洲島的情景。一個「忽」字，顯現詩人意外發現小村時的驚異神態。接下去的五句，詩人便對小村破敗的情狀予以生動、逼真的白描。破籬敗門，覓食寒雞，無衣老幼，斷纜枯桑等景象被詩人一一白描出來，猶如一個個特寫鏡頭，組合成一幅令人觸目驚心的畫面。詩人既重視描寫的真實、生動，也注意在字句錘煉中傳達出他的關注、判斷、同情與憐惜。「疏敗」、「寒」、「斷」、「枯」、「齧」、「危」等實字對景物的形容都極準確、貼切；「鳥翹」的比喻和「水齧」的擬人加強了形象感；而「謾」、「自」、「猶」、「唯」、「只」等虛字，更是詩人表現主觀感情與感受而精心推敲出的句中眼。詩的最後一聯，是詩人目睹小村破敗不堪，村民生計艱難後自然激發的感慨，其中飽含著詩人對民生疾苦的同情，也暗示對統治者的嘲諷與批判，使詩的意蘊深厚，主題昇華。七言律詩在初唐定型時，詩人們多用來歌功頌德、描繪京都宮廷，追求高華典雅的風格。杜甫首先創造性地運用七律抒寫下層人民的災難和痛苦，如〈又呈吳郎〉等名作。晚唐杜荀鶴學習杜甫，創作了〈山中寡婦〉，用七律來表現貧窮寡婦的悲慘命運。梅堯臣傳承杜甫和杜荀鶴，開創了宋代七律詩的新風格。

東溪

梅堯臣

【題解】至和二年（西元一〇五五年）作，時梅堯臣在故鄉宣城居住。這首詩描寫東溪清新明淨的景色，表現詩人閒靜自得的心情。東溪，即宛溪，在宣城，自城東南流至城北與句溪匯合。

行到東溪看水時，坐臨孤嶼❶發船遲。野鳧❷眠岸有閑意，老樹著花無醜枝。短短蒲茸❸齊似剪，平平沙石淨於篩。情雖不厭住不得，薄暮歸來車馬疲。

【注釋】❶孤嶼　水中孤島。謝靈運〈登江中孤嶼〉詩：「孤嶼媚中川。」❷野鳧　野鴨。❸蒲茸　初生的蒲草。梅堯臣〈遊隱靜山〉有「菖蒲花已晚，菖蒲茸尚柔」二句。

【語譯】我走到東溪欣賞水景的時候，就坐在靠近水中孤島的地方，等待船兒緩緩地解纜啟程。

一群群野鴨子，仍在岸邊沙灘草叢中睡眠，牠們的意態多悠閒啊。春意漸濃，溪岸上的老樹也盛開出花朵，這使得它再也沒有一根醜枝。我再凝視孤嶼上的蒲草，長出短短的紫茸，整齊得像被剪過似的；而那灘上平展的沙石，比篩子篩過還要明淨。這樣清爽安靜又生意盎然的東溪春色，雖然我總是看不厭，但又不可能在這裡住下來；直到薄暮蒼茫，我才回到城裡，又不免車馬馳逐，在塵土中身心疲憊。

【研　析】這是梅堯臣寫景詩的代表作，鮮明地體現了他對詩歌創作要「意新語工，得前人所未道」，要「閒遠古淡」的藝術追求。此詩的第二聯十分著名。宋人胡仔《苕溪漁隱叢話・後集》卷二十四說：「似此等句，須細味之，方見其用意也。」《瀛奎律髓》卷三十四方回評為「當世名句，眾所膾炙」，紀昀也認為「此乃名下無虛」。近人陳衍《宋詩精華錄》卷一亦讚：「的是名句。」那麼，這聯詩有何佳處？筆者認為，第一，巧妙化用前人詩句，合成工巧對仗。上句「野鳧眠岸」，出自杜甫〈漫興〉詩「沙上鳧雛傍田眠」；下句「老樹著花」，點化李白〈長歌行〉「枯枝無醜葉」。第二，這聯詩寫出了新景新意，顯示出宋詩迥別於唐詩的意境平淡之美與老境之美。從寫景看，沙上是野鳧眠岸，岸旁是老樹著花，水鄉春天最常見也最有特色的景物意象，被作者準確地捕捉住了。「野鳧眠岸」的閒靜與「老樹著花」的熱鬧，相互對照、映襯，有景趣，有新意。「有閒意」傳達出作者喜愛與羨慕閒靜，嚮往身心清靜自在的意緒；「無醜枝」是作者賦予「老樹著花」的新意，反映出他的特殊個性與心情。歐陽脩曾評讚梅堯臣：「文詞愈清新，心意雖老大。有如妖嬈女，老自有餘態。」（〈水谷夜行〉）「老樹著花無醜枝」，正是梅氏「餘態猶妖嬈」的內心寫照，也是梅氏要在宋詩中追求的一種「平淡美」與「老境美」，這一聯詩，前四字寫景，後三字以判斷、議論之筆寫意。將景、情、意、理融為一體，但也使詩意直露而缺少含蓄。頸聯寫水中洲渚之景，分別以「剪」和「篩」比喻蒲茸之齊與沙石之淨，對東溪春景的明媚秀麗再添一筆，也傳達出作者的喜愛。但同上聯相比較，已失去了新鮮的意味，語調較平靜，對仗也因刻意求工而失於呆板。至於尾聯，仍是直敘其事、直抒其情，說得太盡。

雪中樞密蔡諫議借示范寬雪景圖

文彥博

【題　解】這首詩寫文彥博與友人在雪中同賞范寬雪景圖的詩情雅興。蔡諫議，即蔡抗（西元一〇〇八－一〇六七年），字子直，應天宋城（今河南商丘市南）人。景祐進士。英宗時知諫院，神宗時改樞密直學士。借示，出借展示。范寬（生卒年不詳），字中立，華原（今陝西耀州）人。性豁達大度，人呼為范寬，本名反不顯。他是宋初著名畫家，工山水畫，善畫山，下筆雄強老硬，自成一家，更擅寫雪山，評者以為「得山之骨」、「善與山傳神」。

【作　者】文彥博（西元一〇〇六－一〇九七年），字寬夫，汾州介休（今山西介休）人。天聖五年（西元一〇二七年）進士。歷樞密副使、參知政事，拜同中書門下平章事。因反對王安石變法，出判河陽等地，以太師致仕。前後歷仕仁宗、英宗、神宗、哲宗四朝，任將相達五十年，封潞國公。其詩承西崑，學溫李，注重藻飾，多用典故。著有《潞公集》。

梁園❶深雪裏，更看范寬山。迥❷出關荊❸外，如遊嵩少❹間。雲愁萬木老，漁罷一簑還。此景堪❺延客❻，擁爐❼傾小蠻❽。

【注　釋】❶梁園　即兔園，亦稱梁苑，漢梁孝王劉武建。在汴梁（今河南開封）東南。❷迥　遠。❸關荊　五代畫家關仝和荊浩之並稱，二人皆擅畫山水。關仝師事荊浩，有青出於藍之譽。❹嵩少　嵩，嵩山，在今河南登封市北，為中國五大名山之一的中嶽。少，少室山，為嵩山主峰。❺堪　值得。❻延客　招引、接待客人。❼擁爐　圍著爐子。❽小蠻　酒榼，古時盛酒的器具。

【語　譯】在這積雪深深的梁園中，我們一道欣賞范寬筆下的關山雪景圖。他畫技高明，遠遠超出關仝和荊浩；似乎真的帶我們遊歷在嵩山少室峰間。只見山裡寒雲慘澹，萬木蒼蒼森然，獨有那位剛才獨釣寒江的漁翁，正披簑踏雪歸家。這雄闊幽深的雪景真是合適招引客人留連。讓我們對著畫幅、圍著紅爐傾杯暢飲吧。

【研　析】這首寫與友人賞畫的五律，洋溢著濃醇如酒的詩情畫意。先說詩情。全詩並無一個「喜」字，卻處處點染出一種喜悅之情。首聯點題。冬日與友人同遊風景秀麗的古代名園，欣賞遍野皚皚積雪，已見出文彥博的喜情雅興。而在觀賞梁園雪景中，又得以欣賞著名畫家的雪景圖，真是喜上添喜，雅中增雅。次句一個「更」字，透露出詩人意外的驚喜。頷聯寫賞畫，上句讚范寬畫品之高，下句喻指畫境之真。「迥出」、「如遊」，即傳達出詩人對「范寬山」驚異、歎賞、欽仰的情意，又令人如見他已神遊於畫境之中。尾聯上句更直寫對范寬雪景圖的讚歎，結句則以與友人一道擁紅爐傾杯痛飲的場景細節，將其觀景賞畫的勃勃興致、暢飲情懷點染得淋漓盡致。

再說畫意。首句寫真景如畫，次句真景與畫景結合。「如遊」句寫神遊畫景，以想像中的嵩少喻狀畫中山峰，只是虛寫。頸聯正面展現畫中景象。上句，詩人僅抓住「雲」與「木」兩個意象，再用「愁」、「萬」、「老」三字分別形容、渲染，一幅雄闊高遠又陰冷慘澹的雪山圖畫便歷歷在目。下句，詩人點染出畫中人物：一位簑笠翁正提著魚簍踏雪還家。這個漁翁形象，使范寬的雪景圖有了靈魂，有了動態，有人間的生活氣息，而決非是死寂、寒冷的。在這一聯中，詩情畫意十分濃郁。結尾一聯，雖是敘事抒情之筆，但情中亦有畫意。這畫意不是范寬雪景圖，而是詩人與蔡諫議梁園賞雪景對飲圖了。全篇實景與畫境、真景與幻境、畫意與詩情交織映照，融為一體。文彥博詩學西崑，重藻飾，多用典。但從這首詩以及清代王士禛《池北偶談》卷十七所舉其「雲淡天迷楚，樓高地占秦」（〈見山樓〉）、「楊柳亭臺暮，梨花院落深」（〈深院〉）等詩句看，他也擅以白描手法寫出淡遠或清麗之景。此詩中兩聯，對仗工整而自然，上下句意既相承接，又有對比映照，句法靈活。嘗鼎一臠，可見其詩藝造詣不低。

戲答元珍

歐陽脩

【題解】仁宗景祐三年（西元一〇三六年）五月，歐陽脩因為支持范仲淹言事，上書指責諫官高若訥而觸怒朝廷，被貶為峽州夷陵（今湖北宜昌）縣令。次年，友人丁寶臣（字元珍，其時任峽州軍事判官）寫了一首詩題為〈花時久雨〉的詩給他。歐陽脩便寫了這首詩作答。題首冠以

「戲」字，是聲明自己寫的不過是遊戲文字，其實正是他受貶後政治上失意的掩飾之辭。詩中抒寫他謫居山城夷陵思鄉、歎病、感時等落寞情懷，也表現出他在逆境中自我安慰，豁達樂觀的思想性格。

【作　者】歐陽脩（西元一〇〇七—一〇七二年），字永叔，號「醉翁」，晚號「六一居士」，廬陵（今江西吉安）人。仁宗天聖八年（西元一〇三〇年）進士，任西京（今洛陽）留守推官，赴京試學士院，任館閣校勘。景祐三年（西元一〇三六年），因支持范仲淹，貶為夷陵縣令。慶曆三年（西元一〇四三年）知諫院，拔為知制誥，積極參與「慶曆新政」。至和元年（西元一〇五四年），詔留京編《唐書》（即《新唐書》），遷翰林學士、史館修撰。嘉祐五年（西元一〇六〇年）任樞密副使，次年拜參知政事（副宰相）。熙寧四年（西元一〇七一年）以太子少師致仕。諡「文忠」，世稱「歐陽文忠公」。他是北宋中期的文壇領袖，詩、詞、古文兼長。另外史學、經學方面也都成就卓著。文學成就主要在於古文，詩的成就雖不及散文，但也很有特色。他的一些詩反映民生疾苦，揭露社會黑暗，表現出一個政治家憂國憂民的高尚情操。但寫得更多也更成功的是那些抒寫個人情懷和山水景物的詩。在藝術上，不專主一家，兼學李白、杜甫、韓愈乃至中晚唐、宋初西崑體詩，風格多種多樣，在博採眾長中有創新。總體上以氣概為主，兼帶情韻，意境豐滿敷腴，語言平易流暢，正是古文中的「六一風神」在詩中的體現。有《歐陽文忠公集》。

春風疑不到天涯❶，二月山城未見花。殘雪壓枝猶有橘，凍雷❷驚筍欲抽芽。夜聞歸雁❸生鄉思❹，病入新年感物華❺。曾是洛陽花下客❻，野芳❼雖晚不須嗟❽。

【注釋】❶天涯　極遠的地方。與下句「山城」均指夷陵。❷凍雷　春日之雷，因其時未解凍，故云。❸歸雁　春季大雁北飛，稱歸雁。❹鄉思　懷鄉的思緒。❺物華　美好的景物。❻曾是洛陽花下客　歐陽脩中進士後曾在洛陽做過西京留守推官，寫過《洛陽牡丹記》。丁元珍也在洛陽住過，因此同是牡丹花下客。洛陽，現屬河南，北宋時稱西京，盛產牡丹。❼野芳　野花。❽嗟　感歎。

【語　譯】我疑心春風吹不到這天涯般邊遠的夷陵，二月山城裡還未見有花開。殘雪壓著枝條，樹上還有越冬的零星橘子；早春雷聲顯得寒凍，卻驚起底下冬眠的竹筍，它們不久就要破土抽出嫩芽。夜間聽到北歸大雁的聲聲鳴叫，勾起無盡的懷鄉思緒。我這抱病之身又進入新的年頭，更加感觸自然景物的美好。曾經在洛陽的牡丹花叢中飽享過美麗的春光，山城的野花儘管開得晚些，也不必有什麼遺憾感歎了。

【研　析】這首題目冠以「戲」字的詩，其實是歐陽脩精心結撰並自謂得意的傑作，在寫景、抒情、章法、句法四個方面，都有獨到精妙之處。先看寫景。夷陵是著名的橘鄉和竹鄉，詩人寫的又是這個山城的早春二月，因此頷聯所展現的，都是山城二月最典型、最有特徵的景物。每個意象皆切時切地，清新自然。一繪色鮮明，一摹聲真切；一寫眼見實景，一寫耳中所聞，又兼寫想像。經歷一冬風霜雨雪依然紅豔枝頭的橘子，在凍雷中驚醒正欲破土抽芽的竹筍，都能使人於料峭風寒中見出盎然春意，充滿蓬勃生機。再說抒情，可謂豐富深邃，含蓄微妙。首聯已抒發他被貶遠郡的寂寞情懷。「春風疑不到天涯」點化唐人王之渙「春風不度玉門關」（〈涼州詞〉），隱喻皇恩不到，使他受謗遭貶。頷聯景中蘊含豐厚情思，這就是堅信經受艱難挫折的磨練之後，人的性格將更堅強，生命將更有光彩，未來將更美麗。作者借殘雪壓枝猶存之橘與凍雷驚筍欲抽之芽，表達了他對自然、社會、人生、未來的深刻哲理思考，也使這一聯詩兼具詩情、畫意、理趣。頸聯轉為抒發感慨，詩人又陷入思鄉、歎病、感時的苦悶、抑鬱之中，但「新年感物華」又生發出新的希望。尾聯以曾飽賞過洛陽牡丹自我寬慰和解脫，表達出直面人生挫折的樂觀情懷與豁達氣度。近代陳衍《宋詩精華錄》評云：「結韻用高一層意自慰。」是精到之見。此詩章法嚴謹。首聯破「早春」之題，頷聯繪早春之景，頸聯抒新春思鄉感時之情意，尾聯以從容等待春花晚開收結。四聯詩連接緊密，詩意流暢，首尾呼應。詩以疑問發端，問得新奇，問得突兀，下句答得自然，答得有力。讀後細思，又覺得問得有理有趣。而且，一問一答，含義雙關，以春風不到花開得遲表達傷時不遇被貶天涯的怨情。作者在《筆說．峽州詩說》中說：「若無下句，則上句何堪？既見下句，則上句頗工。」宋人蔡絛《西清詩話》引述這段話為：「若無下句，則上句不見佳處。並讀之，便覺精神頓出。」清人許印芳評曰：「起句妙在倒裝，若從未見花說起便是凡筆。」（《瀛奎律髓彙評》卷四）中間兩聯，對仗既工整，每句詩中都有兩層因果關係，出句與對句詩意既曲折頓挫，又上下連貫。所以清人陸貽典評讚此詩：「句法相生，對偶流動，歐公得意作也。」（同上）是很精準的。

春日西湖寄謝法曹歌

歐陽脩

【題解】這首詩作於景祐四年（西元一〇三七年），歐陽脩被貶為夷陵縣令，謝伯初寄來七言古詩，歐陽脩以這首七言古詩答謝。西湖，這裡指許州（今河南許昌）西湖。謝法曹，指謝伯初，作者的朋友，字景文，福建晉江人，在許州任司法參軍。宋代州府置錄事參軍、司戶參軍、司理參軍、司法參軍等屬官，統稱曹官。司法參軍即稱法曹。

西湖春色歸，春水綠於染。群芳爛不收，東風落如糝❶。參軍春思
亂如雲，白髮題詩愁送春❷。遙知湖上一樽酒，能憶天涯萬里人❸。萬
里思春尚有情，忽逢春至客心驚。雪消門外千山綠，花發江邊二月晴。
少年把酒逢春色，今日逢春頭已白。異鄉物態❹與人殊❺，唯有東風舊
相識。

【注釋】❶西湖春色歸四句　寫想像中許州西湖的暮春景色。歸，回來。春水綠於染，從白居易〈憶江南〉「春來江水綠如藍」化出。芳，花。爛，爛漫；飄散。糝，米粒，引申指散粒狀的東西，這裡形容在春風中飄

零的花瓣。❷參軍春思亂如雲二句 作者原注：「謝君有『多情未老已白髮，野思到春亂如雲』句。」參軍指謝法曹。❸天涯萬里人 作者自指，因被貶在邊遠之地的夷陵，故云。❹物態 風景。❺殊 相異；不同。這裡是生疏的意思。

【語 譯】春色回到許州西湖了。你看，湖上的春水綠得像藍色的染料。各色各樣的花落在地面，四處飄散，無人收拾；而在浩蕩的東風中，還有許多花瓣似米粒般散落。謝參軍啊，你的春思亂如雲，儘管兩鬢白髮，還不忘題詠詩歌，愁送春天。為何你寄詩來安慰，我知道你在西湖上舉樽飲酒時，還沒有忘記被貶謫到天涯萬里外的友人。謝參軍，你萬里思春還是那麼有情誼，我在山城忽然逢著春天來到，更觸引遠在異鄉的客心驚喜交集。我看見門外冰雪消融、千山滴翠，在這二月的晴天中，江邊繁花競發，春濃似酒。我在少年時代，曾經把酒歡送春色；今日逢春歸來，我已滿頭白髮。在這偏遠的異鄉，風光物態處處使人感到生疏，只有東風才是我的舊相識啊。

【研 析】這首七言古詩，也是歐陽脩本人比較得意之作。全篇可以「萬里」一句為界，分為兩部分。前半從謝伯初方面著筆，寫想像中許州西湖的暮春景色及朋友相念之情；後半寫自己客里逢春的新鮮見聞和落寞情懷。程千帆先生指出：「前後兩段，事實上是同心友所見的春景之重疊，和共有的春心之重疊，而銜接無痕，頗和諧，又跌宕。」（《宋詩精選》，江蘇古籍出版社，一九九二年版，第五〇頁）程先生精闢地指出此詩章法的特點及其藝術結構的完整。為了追求全篇接轉自然與回環往復，詩人還用了幾種藝術手段，其一是全篇詩眼「春」字的反覆呈示。前半篇用四個，後半篇用四個。真是神光四射，春色滿紙，流貫全詩。其二是頂真句法。「能憶天涯萬里人」

與「萬里思春尚有情」這兩句，一是前半段的結句，一是後半段的起句。詩人妙用「萬里」兩字頂真，就把這兩大段緊密銜接起來了。其三是用韻。此詩四句一換韻。前四句與結尾四句都用仄聲韻，中間八句用平聲韻，形成「仄平平仄」音韻的回環往復。全篇音節流麗，聲韻和諧又有變化，一唱三歎，情味悠長。

唐代大詩人李白標舉並擅長運用「清水出芙蓉，天然去雕飾」（〈贈江夏韋太守良宰〉）般清新明麗、爽朗流暢的語言，歐陽脩這首詩也頗有李白詩的語言風格，當然，還缺少李白的雄豪與飄逸。歐陽脩曾說「古詩時為一對，則體格峭健」（吳可《藏海詩話》引）。此詩絕大多數是散句，但「遙知湖上一樽酒，能憶天涯萬里人」是寬對句，又是流水對，「雪消門外千山綠，花發江邊二月晴」卻是工整的正對。這兩聯對句，使全篇散中有駢，疏放中有峭健。尤其是後一聯，描寫白雪消融，千山碧綠，花發江邊，僅用一個「綠」字，就畫出了色彩繽紛的畫面，有層次感，意境開闊高遠，堪稱警句。讀到這兩句詩，筆者的感受就是在江邊繁花競放的春野上，突然看見有兩座滴翠的奇峰相對崛起、矗立。

夢中作

歐陽脩

【題解】可能是皇祐元年（西元一〇四九年）的作品，這時歐陽脩在潁州（今安徽阜陽）任知州，未受朝廷重用，心情較抑鬱。這首詩借描寫夢境，含蓄曲折地抒發作者政治失意的苦悶以及既想出世又留戀人間的矛盾意緒。

夜涼吹笛千山月，路暗迷人百種花。棋罷不知人換世❶，酒闌❷無奈客❸思家。

【注釋】❶棋罷不知人換世　《述異記》卷上載，晉時王質入山砍柴，見幾個童子在石室中下棋唱歌，王質被吸引，坐一旁觀看，童子給他一個像棗核的東西，王質含在嘴裡，就不覺得饑餓。等一盤棋結束，童子問他為什麼還不走，王質起身趕路，只見自己的斧柄早已朽爛。回到家，與自己同時的人也都早已去世，人間世事全變換了。罷，結束。人換世，世間人事變遷。❷酒闌　酒盡。❸客　指夢中作者自己。

【語譯】秋夜涼如水，萬籟俱寂中，不知何人吹出淒怨的笛聲。皎潔明月，把遠近無數山峰照得如同白晝。忽然又變成百花爭妍的春天，夜裡道路朦朧幽暗，但繁花盛開，花香飄散，十分迷人。我好像進入《述異記》所寫的仙境，彷彿變成了觀看仙童下棋的王質，等一盤棋結束，才發覺斧柄朽爛，親故都已去世，早就換了人間。我喝乾了酒，心中忽然生出一縷思家的情緒，卻又無可奈何。

【研析】這首〈夢中作〉通首寫夢裡情景。前聯側重寫景。首句將觸覺視覺感受熔於一爐，營造出一個淒涼朦朧、恬靜空闊的境界。次句只寫視覺，將讀者引進繁麗幽暗、縹緲迷離的意境中。後聯側重於敘事抒情。第三句寫歐陽脩夢見一個神話故事，表現他對世事變遷之疾速與生命之短暫的感歎。第四句寫他夢中借酒以澆鄉愁，酒已喝盡而鄉愁仍在。景與情互相映照、烘染、交融，使全詩的情調，是淒涼憂鬱、失意迷茫的。所謂日有所思，夜有所夢。夢中的情調，正是作者當時政治失意、思想苦悶的折射。在「換世」、「思家」的背後似有某種寄託暗示，但又不能實指、確指，這樣的詩，耐人咀嚼、尋味。明代詩人兼詩論家楊慎在《升庵詩話》卷十一指出，此詩體製布局是取法杜甫〈絕句〉（「兩個黃鸝鳴翠柳」）的，都是「一句一絕」，每句各為一個獨立意境，此詩四句，就分別營造出「秋夜」、「春宵」、「棋罷」、「酒闌」四個不同的意境，它們又合成一個恍惚朦朧、清奇迷離的意境。離奇的景象，不連貫的句意，正符合夢境凌亂、飛躍、奇特、無序的潛意識特徵。杜甫那首〈絕句〉通篇對仗，歐陽脩這首〈夢中作〉也是前後兩聯字字相對。對立、並置的對仗句亦有助於切斷句意的連接，加強各句的獨立性。近代陳衍《宋詩精華錄》卷一評讚說：「此詩當真是夢中作，如有神助。」不過，詩中重複了一個「人」字，應是小疵。

明妃曲和王介甫作二首（選一）

歐陽脩

【題　解】詩由胡地習俗之異，寫到了昭君流落之苦，再寫到明妃思歸作曲。然而，明妃飽含悽愴悲哀的思鄉曲，卻被漢宮當作新聲來翻奏。歐陽脩借詠史事，表達對王昭君不幸遭遇的同情，批判漢王朝和親政策，其實是借漢言宋，諷刺北宋王朝統治者腐敗無能，對遼和西夏採取妥協屈服的政策，給國家人民帶來深重災難。〈明妃曲〉，古樂府的曲題。明妃，即王昭君，名嬙，字昭君，漢元帝時宮女。竟寧元年（西元前三三年），漢朝與匈奴和親，元帝以王嬙嫁匈奴王。晉人避晉文帝司馬昭的諱，改稱明君或明妃。和，指依照別人所作詩詞的題材、樣式而寫詩。王介甫，王安石，字介甫，他在嘉祐四年（西元一〇五九年）作了〈明妃曲二首〉，梅堯臣、司馬光、劉敞等名人紛紛和作。歐陽脩也和作了兩首，這是第一首。

胡人以鞍馬為家，射獵為俗。泉甘草美無常處，鳥驚獸駭爭馳逐❶。誰將漢女嫁胡兒❷？風沙無情貌如玉。身行不遇中國人，馬上自作思歸曲❸。推手為琵卻手❹琶，胡人共聽亦咨嗟❺。玉顏❻流落死天涯，琵琶卻傳來漢家。漢宮爭按新聲譜，遺恨已深聲更苦❼。纖纖女手生洞房，學得琵琶不下堂。不識黃雲出塞路，豈知此聲能斷腸❽！

【注釋】❶胡人以鞍馬為家四句　寫胡地狩獵遊牧生活，點出胡、漢習俗之異。《漢書・晁錯傳》：「胡人食肉飲酪，衣皮毛，非有城郭田宅之歸，居如飛鳥走獸，於廣野美草甘水則止，草盡水竭則移，此胡人之生業。」李白〈戰城南〉：「匈奴以殺戮為耕作。」胡人，匈奴人。駭，驚懼。❷漢女嫁胡兒　漢女，指王昭君。胡兒，匈奴人。❸身行不遇中國人二句　此二句說明妃出塞時作琵琶曲寄託哀怨。晉石崇〈王昭君詞序〉云：「匈奴盛，請婚於漢，元帝以後宮良家子昭君配焉。昔公主嫁烏孫，令琵琶馬上作樂，以慰其道路之思。其送昭君，亦必爾也。其造新曲，多哀怨之聲。」中國人，漢人。❹卻手　回手。《廣韻》：「推手為琵，引手為琶。」琵琶本象聲詞，今說「辟拍」，用以為樂器名，漢劉熙《釋名・釋樂器》：「琵琶本出於胡中，馬上所鼓也，推手前曰琵，引手卻曰琶，像其鼓時，因此為名也。」❺咨嗟　歎息。❻玉顏　漂亮的容貌，此代指王昭君。❼漢宮爭按新聲譜二句　這兩句是說，王昭君寄託深悲哀怨的曲調卻被漢宮當作悅耳的新聲來爭相演奏。按，依樂譜演奏。新聲譜，新樂曲的譜子。❽纖纖女手生洞房四句　這四句說宮中爭按新聲的宮女根本不知道出塞之苦，自然不懂琵琶曲中的哀怨。劉長卿〈王昭君詩〉：「琵琶弦中苦調多，蕭蕭羌笛聲相和。可憐一曲傳樂府，能使千秋傷綺羅。」這裡反用其意。纖纖，修長的樣子。多用來形容女子的手。洞房，深邃的內室。下堂，離開堂屋，常用來指婦女被遺棄。《後漢書．宋弘傳》：「貧賤之交不可忘，糟糠之妻不下堂。」黃雲，指塞外漫天的風沙。豈知，怎麼能知道。斷腸，形容悲苦之深。

【語譯】胡人把鞍馬當作了家，把射獵當作了習俗，在泉甘草美的大草原上，他們沒有常住的處所。他們策馬射獵，使鳥兒驚飛，野獸害怕，爭相奔馳。是誰將漢族的宮女遠嫁給北方的胡人？使塞外的狂風沙土無情地摧打如玉的容顏。她抱著琵琶出塞路上遇不到一個漢人，在馬上作了一支思鄉曲寄託滿腹哀怨。她的手時而推前時而引後彈撥琵琶，胡人們一起傾聽著這淒涼樂曲也不禁歎息聲聲。這美麗的明妃流落在塞外死於天涯，琵琶怨曲卻傳入中原漢家。王昭君寄託深深遺恨的悲苦思歸曲，卻被漢朝的宮女們當作悅耳的新聲來爭相演奏。漢家中爭按新聲的宮女們，一雙雙手白玉般纖細，她們生在深邃的宮室之中，學會了演奏新曲，就不會被遺棄了。但她們足不出戶，根本不知道黃沙漫天的出塞路途多麼艱苦，又怎麼懂得這琵琶曲的思歸哀怨聲能使人聽了肝腸斷裂呢！

【研析】趙宋王朝建國以後，即奉行重文輕武、守內虛外的治國方略，造成軍事孱弱、外患頻仍，不僅五代石晉割棄的燕雲十六州未能收復，而且遼、西夏經常騷擾、蠶食、吞併宋地。尤其是景德元年十二月（西元一〇〇五年一月）之盟後，宋真宗與遼聖宗以兄弟相稱，尊蕭太后為叔母。宋每年輸遼銀十萬兩，絹二十萬匹。這使得北方廣大淪陷地區的人民繼續遭受外族的欺壓，國家蒙受巨大恥辱，人民的負擔更加沉重。歐陽脩作為一位滿懷濟世安民、富國強兵遠大抱負的政治家，在吟詠王昭君的故事時，既深切同情王昭君這位英雄奇女子離別漢宮、遠嫁匈奴的悲慘命運，又把矛頭指向了這一歷史悲劇的釀造者漢元帝，而其借古諷今之深微意蘊，即是對宋朝皇帝因循守舊、耽於逸樂、對外妥協屈辱、以和親和歲貢換取苟安的強烈不滿。因此，這首詩詠的是王昭君出塞故事，主旨卻是維護國家民族尊嚴的宏大主題，立意是很高的。這首詩的藝術構思十分巧妙。杜甫詠昭君的七律〈詠懷古跡五首〉（其三），尾聯是：「千載琵琶作胡語，分明怨恨曲中論。」歐陽脩整首詩就從這一聯杜詩展開，緊緊抓住「琵琶曲」，深入細緻地抒寫「怨恨」二字，並將「作胡語」變為漢宮的「新聲譜」，從而小中見大、層層深入，形象生動、情感濃烈地表現出詩的主題。詩人開篇描寫胡地習俗之異，一是要突出胡漢之異、夷夏之辨，二是要渲染王昭君出塞的艱苦。「誰將漢女嫁胡兒」句，矛頭已對準了皇帝，但不直指，而以「誰將」二字明知故問，表現含蓄有味。詩人對琵琶曲的描寫，也是層層深入。先寫昭君馬上悲哀「自作思歸曲」，再寫她彈奏時「胡人共聽亦咨嗟」，繼之寫思歸曲傳入漢家。這支連胡人聽了都感歎唏噓的曲，本來應當是讓漢人尤其是漢皇帝感到難堪的，如今卻被漢宮當作時尚新聲、悅耳娛人之樂來翻奏，這是對杜詩「千載琵琶作胡語」的反用與深化，詩人的諷刺更加犀利、深刻，令人思索、感慨無窮。

這首詩通篇用平易的語言敘事抒情，語調從容委婉，生動地勾勒王昭君冒著風險出塞、滿面愁容的形象，並且深刻地揭示和渲染她悲苦怨恨的內心世界，雖無議論之犀利警闢，卻以悲劇的情緒氣氛而令人感動。清人李子德評讚杜甫〈詠懷古跡〉（其三）：「只敘明妃，始終無一字語涉議論，而意無不包，後來諸家，總不能及。」（清楊倫《杜詩鏡銓》卷一三引）這個評語，用來評讚歐公這首詩，也十分合適。據葉夢得《石林詩話》卷中記載，歐陽脩曾對兒子說：「吾〈廬山高〉今人莫能為，唯李太白能之。〈明妃曲〉後篇，太白不能為，唯杜子美能之。至於前篇，則子美亦不能為，唯我能之也。」不免稍嫌自誇，但認此篇為自己的佳作則是無疑的。

畫眉鳥

歐陽脩

【題解】仁宗慶曆五年（西元一〇四五年），主持慶曆新政的范仲淹等人一齊被罷黜。歐陽脩當時以龍圖閣直學士為河北都轉運按察使。他上書抗爭，被降職知滁州（今屬安徽）。這首詩是慶曆七年春在滁州寫的。詩人借畫眉鳥抒情，表現他對羈束與風險頗多的官場生活的厭倦，和對自由自在的田園山林生活的嚮往。詩題一作〈郡齋聞百舌〉。畫眉鳥，一種供籠養鳴禽，眼圈白色，向後延伸呈蛾眉狀，叫聲婉轉悅耳。

百囀千聲隨意移❶，山花紅紫樹高低。始知鎖向金籠聽❷，不及林間自在啼。

【注釋】❶百囀千聲隨意移　寫鳥鳴聲。囀，鳥兒婉轉地啼叫。隨，一作「任」。移，飛來飛去。❷金籠聽　一作「金籠裏」。金籠，貴重鳥籠。聽，這是從第三者立場說的。

【語　譯】畫眉鳥飛來飛去，鳴聲隨意移動，千嬌百媚。這春天的山林花兒紅紫相映，樹木高低深淺，真是牠表演的好舞臺。我到了滁州的郊野才明白，把畫眉鳥鎖在金籠裡聽牠歌唱，遠不及讓牠在樹林裡自由自在地啼鳴那麼美妙動聽。

【研　析】詩的前兩句描寫畫眉鳥在山林中隨意飛翔、歡聲啼叫的情景，有聲音，有動態，有色彩，畫眉鳥自由自在、活潑暢快的形象已活靈活現；在「山花」句中，讀者可以想像到徜徉春天山林間的歐陽脩，在春色裡心曠神怡、細心觀賞，在「百囀千聲」中也如見詩人在駐足凝神、長時間聆聽；而「隨意移」三字亦如見詩人追隨畫眉鳥飛來飛去的目光。總之，欣賞畫眉鳥的詩人形象也同時躍然紙上。後兩句是詩人自然引發出的感知和感慨。他說他直到這次貶官滁州後，「始知」關在金籠裡的畫眉鳥，遠不如牠在山林中自由自在。歐陽脩雖被貶官，但在山水幽秀、和平安寧的滁州，他彷彿置身於世外桃源，過著隨意疏放的生活，有著澹泊舒適的心境，他感到這是黨爭激烈、風波險惡的朝廷裡無法享受到的。這兩句詩既是他本人這時心境意趣的自然流露，也是他巧借畫眉鳥在「林間」與「金籠」中的對比所悟得的人生哲理：人的精神自由心靈解放，是人高於動物的天性，它比舒適、優裕的生活更能使人有尊嚴，並獲得真正的快樂和幸福。這個哲理，對於人如何生活有很寶貴的啟發意義。順便說，「金籠聽」比「金籠裏」好，因為「聽」比僅標明方位的「裏」字多了一層第三者聆聽、欣賞的意思，「聽」字去聲，與煞尾的「啼」字在聲調配合上更有抑揚和諧之美。更重要的是「金籠聽」還可以引申出「金籠裏」所無的一條審美觀點：人在舒適、華貴狹窄的生活環境中，往往寫不出真正感動人心的傑作；只有把身心全部投入無比廣闊深遼的大自然和社會生活中，人才能如同自由自在的畫眉鳥一樣，唱出最真摯美妙的生命之歌。這樣的美學思想，同作者著名的詩「窮而後工說」，也是有聯繫的吧。俄羅斯詩人普希金在〈致大海〉中，以大海的意象比喻和讚美了自由；匈牙利詩人裴多菲的〈自由與愛情〉把自由看得比生命和愛情更加可貴。歐陽脩比他們早了八百年，巧妙借著畫眉鳥唱出了一支自由的頌歌。

中秋夜吳江亭上對月懷前宰張子野及寄君謨蔡大

蘇舜欽

【題　解】慶曆元年（西元一〇四一年）蘇舜欽因事旅越州（今浙江紹興），此詩是旅途中所作。中秋之夜，作者置身於如歸亭上，自然觸發出望月懷人之情。吳江亭，指吳江縣（今江蘇吳江區）吳江濱的如歸亭。前宰，前任縣令。張子野，張先，字子野，烏程（今浙江湖州）人，著名詞人。天聖八年（西元一〇三〇年）進士，康定元年（西元一〇四〇年）知吳江縣，次年改嘉禾判官。君謨蔡大，蔡襄，字君謨，著名書法家和詩人，仙遊（今屬福建）人，排行老大。天聖八年進士，慶曆初在汴京任著作佐郎，館閣校尉。張、蔡二人均是作者好友。是時都已不在吳江。

【作　者】蘇舜欽（西元一〇〇八—一〇四九年），字子美，祖籍綿州鹽泉（今四川綿陽），生於汴京（今河南開封）。景祐元年（西元一〇三四年）進士，歷任蒙城、長垣縣令和大理評事、集賢校理等職。因支持范仲淹的政治改革，於慶曆四年（西元一〇四四年）被反對改革的一派借事傾陷，受到革職除名的處分。廢黜後流離蘇州，築滄浪亭，讀書閒遊度日。慶曆八年，他上書執政，為自己辯誣鳴冤，朝廷起用為湖州（今屬浙江）長史，未及赴任而病逝，年僅四十一歲。蘇舜欽性格豪邁剛強，有強烈的入世熱情和主動報國之志，故能積極投入政治改革。他才氣橫溢，歐陽脩《六一詩話》評其詩：「筆力豪雋，以超邁橫絕為奇。」蘇舜欽與歐陽脩、梅堯臣一起代表了宋詩的革新方向。他又是著名書法家，工行草，風格亦如其詩，豪放飄逸。有《蘇舜欽集》。

獨坐對月心悠悠❶，故人❷不見使我愁。古今共傳惜今夕❸，況❹在
松江亭❺上頭。可憐節物會人意❻，十日陰雨此夜收。不惟人間重此月，
天亦有意於中秋。長空無瑕露表裏❼，拂拂❽漸上寒光流。江平萬頃正
碧色，上下清澈雙璧❾浮。自視直欲見筋脈，無所逃遁魚龍憂❿。不疑
身世在地上，只恐槎去觸斗牛⓫。景清境勝返不足，歎息此際無交遊。
心魂冷烈曉不寢，勉為筆此傳中州⓬。

【注釋】❶悠悠　憂思的樣子。❷故人　老朋友，指張先和蔡襄。❸惜今夕　珍惜今夜。❹況　何況。❺松江亭　即吳江亭，又名如歸亭。在吳江區東吳淞江口。❻可憐節物會人意　可愛時節的風物能領會人的意願。可憐，可愛。節物，某個時節的風物景色。會人意，如人願；領會人的意願。❼長空無瑕露表裏　長空萬里無

雲，裡外透明。瑕，玉上的疵點，這裡比喻浮雲。露表裏，裡裡外外通透。❽拂拂　微微動的樣子。❾璧　圓形中間有孔的玉，這裡喻月。❿自視直欲見筋脈二句　形容目光極其明亮，可以透視人體的筋絡血脈，以及水中的魚龍。自視，看自己。直欲，簡直就要；即將。遁，逃。⓫只恐槎去觸斗牛　典出晉張華《博物志》卷三，傳說天河與海相通，海邊有人乘槎而去，來到一處，見到許多女子紡織，有一男子牽牛飲水。此人問是何處，牽牛人讓他回去問蜀郡賣卜的嚴君平。後來嚴君平告訴他某年某月日，有客星觸犯牽牛宿。計其年月，正是他乘槎到天河時。槎，木筏。斗牛，二十八宿中的斗宿和牛宿。⓬中州　指汴京，即此時蔡襄所在之地。

【語　譯】我在吳江亭上獨坐對月，心中憂思深長。望不見老朋友子野和君謨，使我無比愁悶。從古到今，人們代代流傳，都對今天的中秋之夜格外珍惜，何況是在這朋友天各一方的時刻。可愛的時節風物景色能領會人的意願，一連十天陰雨綿綿，今夜卻雨停雲散，天晴了。我想，不只是人間看重這中秋圓月，就連天公也對中秋在意。看長空萬里無雲，就如同沒有疵點的美玉，表裡通透。月光閃閃緩緩地升上高空，寒光流動。吳淞江上，平波萬頃，一片碧色。天上和江面，上下清澈，月亮與月影互相照映，宛如兩塊圓璧在沉浮。我看著自己的身體，感覺月光極其明亮，簡直可以透視體內的筋絡血脈，那水中潛伏的魚龍都憂心無處藏身了。置身在這月光之中，我已不覺得身在人世，彷彿乘著神話中的仙槎到銀河上，真怕不小心會觸上斗牛二星。但是，面對這清景勝境我反而產生美中不足的遺憾，因為沒能夠同老朋友相聚。我的心魂凜凜生寒，直到天亮也沒有睡，勉為其難寫下這首詩，寄到老朋友所在的汴京。

【研　析】自古以來，中秋之夜望月懷人就是詩人最愛吟詠的主題。唐代張九齡〈望月懷遠〉詩云：「海上生明月，天涯共此時。情人怨遙夜，竟夕起相思。滅燭憐光滿，披衣覺露滋。不堪盈手贈，還寢夢佳期。」寫得感情深摯，意境清幽，餘韻悠長，令人回味不盡。但全篇細緻地抒寫他在深夜對月不眠的行為動作細節和懷人心緒。除首句點明「海上生明月」之外，篇中對月光的描繪用的是虛筆略作點染，寫得空靈，只是為了襯托人情。蘇舜欽這首詩為七古長篇，故能以大量篇幅描畫月光，使之成為詩的主要意象。而他描畫月色，又善於發揮奇特的想像和幻想，力求創新。詩中不但比喻月光與月影在江天互相映照，有如雙璧浮動，更妙的是寫月光竟能穿透事物，照見人體的筋絡血脈和水中的魚龍，還寫出他在月光中產生的乘槎飛天的幻想。這些描寫避熟就生，發前人所未發，顯得新警深刻。作者本人在七律〈中秋松江新橋對月和柳令之作〉寫中秋月云：「雲頭豔豔開金餅，水面沉沉臥彩虹。佛氏解為銀色界，仙家多住玉華宮。」被南宋劉克莊在《後村詩話》中讚為「極工」，但同這首詩相比，就顯得太著痕跡，也俗。近代陳衍《宋詩精華錄》評：「望月懷人語，數見不鮮矣。此處頗能避熟就生，寫月光澈骨，種種異乎尋常，如自責得隴望蜀，尤其透過一層處。」是很有見地的。

淮中晚泊犢頭

蘇舜欽

【題解】這首詩以景抒情，表現蘇舜欽對宦海沉浮鎮定自若的心態。淮中，淮河。泊，停靠。犢頭，小鎮名，在今江蘇淮陰境內淮河邊上。

春陰垂野❶草青青，時有幽花❷一樹明。晚泊孤舟古祠下，滿川風雨看潮生。

【注　釋】❶垂野　春天的陰雲籠蓋原野。❷幽花　長在偏僻處的深色花。

【語　譯】我行舟淮水之上，但見春天的陰雲密布，垂蓋四野，兩岸草色青青；時而看到偏僻處的一樹樹幽花，在陰沉的背景上閃耀著明亮的色彩。傍晚，我把一葉孤舟停靠古祠下面，站在岸邊。這時滿川風雨刮起來了，我從容地觀賞春潮猛漲，浪花翻滾。

【研　析】這是蘇舜欽七絕的名篇。這首詩在構思、寫景、抒情幾方面都表現出高超的藝術功力。前兩句寫詩人河上觀岸，因「春陰」而凸顯出「幽花」之明，「時有」二字表現舟行水中的動態，可見所寫景色是動中見靜。後兩句寫詩人佇立岸邊，觀看風雨襲來，晚潮洶湧，卻是靜中見動。從全篇看，首句「春陰垂野」正是風雨欲來的前兆，結句「滿川風雨」首尾呼應。前半篇的幽靜與後半篇的動盪又形成強烈對比。

詩人運筆也是變化多樣。「春陰垂野」是淡墨渲染出的暗灰色大畫面，「時有幽花」卻轉為細節刻畫，在畫面上留白使其明亮；「晚泊孤舟」是畫幅下方局部景物的小素描，而結句則是淋漓酣暢、解衣磅礴的大潑墨。並由此完成了整首詩動盪、壯闊意境的創造。而詩的節奏，也隨之呈示出徐疾、輕重、高低、抑揚的變化。

這首詩包蘊著豐厚深邃的思想感情內涵。詩作於革新與守舊兩派在朝中明爭暗鬥之時。詩中的「春陰垂野」和「幽花一樹明」，雖是自然景物環境的生動寫真，但也未嘗不暗示、隱喻著當時的政治氣氛；而詩人佇立岸邊遠觀滿川風雨春潮滾滾，也使人強烈地感受到他渴望投入鬥爭掀起改革春潮的壯烈情懷。筆者反覆吟誦，心上自然地跳出十九世紀俄國傑出詩人萊蒙托夫那首呼喚革命風暴的〈帆〉的最後兩句：「不安分的帆兒卻祈求風暴，彷彿在風暴中才能獲得安詳。」

南宋劉克莊《後村詩話・前集》卷二稱此詩「極似韋蘇州」。他指的是唐代詩人韋應物的〈滁州西澗〉，兩詩取景確有相似之處，但立意和抒情完全不同。近人陳衍《宋詩精華錄》卷一評蘇詩：「視『春潮帶雨晚來急』，氣勢過之。」是的，韋詩以春潮暴漲反襯野渡舟橫的從容悠閒意味，怎能有蘇詩渴望改革春潮席捲汙穢的強大氣勢？

據宋人《王直方詩話》說，晚出的大詩人大書法家黃庭堅非常欣賞蘇舜欽這首詩，累書之，「或真草與大字」。其實，黃庭堅的師友蘇軾，又何嘗不欽敬並受到蘇舜欽的影響。蘇軾詞的名篇〈定風波〉中的「一蓑煙雨任平生」，與「滿川風雨看潮生」的胸襟、抱負和氣概是相通的。

日本學者吉川幸次郎在《宋詩概說》中稱：「〈淮中晚泊犢頭〉被認為是宋代七絕的代表作之一。」洵非虛語。因為這首詩，讓千年以來的無數讀者們記住了淮河邊上的「犢頭」這個小鎮的名字。

初晴遊滄浪亭

蘇舜欽

【題　解】這首詩寫蘇舜欽受誣陷廢黜、流離蘇州後悠閒而又孤寂的生活情趣。滄浪亭，在蘇州城南，本是五代吳越王近戚中吳軍節度使孫承祐的別墅。慶曆五年（西元一〇四五年），蘇舜欽以四十千錢購得，傍水作亭，取〈孺子歌〉「滄浪之水清兮，可以濯我纓；滄浪之水濁兮，可以濯我足」之意命名為滄浪亭。

夜雨連明春水生，嬌雲❶濃暖弄陰晴❷。簾虛❸日薄花竹靜，時有乳鳩❹相對鳴。

【注釋】❶嬌雲　指初晴時的雲，好像還帶些嬌氣。❷陰晴　從陰轉初晴之意。❸虛　疏朗。❹乳鳩　初生之鳩。

【語譯】夜雨連綿，一直下到天亮才停息，滄浪池中春波瀲灩。初晴時的雲，還是濃濃的，但已有暖意，彷彿還帶些嬌媚之氣呢。微薄的陽光射入疏朗的簾子，讓我清晰地看到了園裡寧靜而飽含生機的紅花翠竹。聽，因天晴而興奮的乳鳩，正在花竹叢裡相互呼應地鳴唱呢。

【研析】此詩描繪滄浪亭的春天美景，都圍繞著「初晴」來寫，從夜晚寫到早上，從雨寫到晴，再寫春水滿漲。陽光初照，乳鳩啼鳴。一種景物引出另一種景物，寫出它們之間親密的關係，十分和諧；寧靜優美的詩意，就在景物的勃勃生機與和諧關係中顯出。筆墨自然、清麗。尤其是「嬌雲」句，將初晴的雲擬人化，還表現出他對春雲嬌媚之態和濃暖之氣的獨到感受。後兩句是先寫靜景，再以乳鳩的鳴聲反襯出靜來。而蘇舜欽悠閒之情就滲透在這些自然景物之中。但細細品味，也流露出詩人孤獨寂寞的意緒。乳鳩結伴，相對歡鳴，他卻橫遭罷黜，孤居在外，離開了肝膽相照的戰友。詩人同時還有一首〈獨步遊滄浪亭〉云：「花枝低攲草色齊，不可騎入步是宜。時時攜酒祇獨往，醉倒唯有春風知。」寫他獨遊獨醉，除卻春風，無人得知，比這一首表現出更明顯的孤獨寂寞之感。南宋人胡仔《苕溪漁隱叢話．前集》卷三十二讚曰：「真能道幽獨閑放之趣。」二詩可以並讀。

歐陽脩《六一詩話》評蘇舜欽詩：「筆力豪雋，以超邁橫絕為奇。」這首小詩卻顯出詩人觀察敏銳，筆觸工細，語言清麗，意境清幽，這表明詩人前期與後期的詩風是有變化的，而善於根據不同的心境和景物環境變換筆墨，正顯示出詩人藝術功力高超，不拘一格。

北塘避暑

韓　琦

【題　解】這首抒寫夏日避暑的詩，表現韓琦清高曠達的襟懷。寫作時間，一說是仁宗皇祐年間（西元一〇四九—一〇五四年），作者以資政殿學士知定州（今河北定州）時作；另一說是神宗熙寧元年（西元一〇六八年），作者因反對王安石變法，罷相判大名府（今河北大名）兼河北四路安撫使時作。從詩人著意渲染擺脫塵俗煩惱和詩的表現技法老到成熟看，更似晚年的作品。北塘，北面的水塘。

【作　者】韓琦（西元一〇〇八—一〇七五年），字稚圭，自號贛叟，相州安陽（今河南安陽）

人。天聖五年（西元一〇二七年）進士，授將作監丞，通判淄州，後任陝西經略安撫招討使，與范仲淹共同防禦西夏，世稱「韓范」，入為樞密副使，官至同中書門下平章事（宰相），封魏國公。卒諡忠獻。他是宋初名臣，歷相三朝。善詩文，工小詞。其詩自然高雅，情致婉轉。有《安陽集》。

盡室❶林塘❷滌暑煩，曠然❸如不在塵寰❹。誰人敢議清風價？無樂❺能過白日閑。水鳥得魚長自足，嶺雲含雨只空還。酒闌❻何妨醒魂夢？萬柄蓮香一枕山。

【注釋】❶盡室　全家。❷林塘　山林與水塘，避暑的場所。❸曠然　開闊貌。❹塵寰　塵世；人間。❺無樂　沒有音樂。❻酒闌　酒盡。闌，將盡。

【語譯】全家來到林中水塘，消除盛夏的煩悶。這裡環境幽靜空曠，好像不在人間。清風陣陣，十分涼爽，誰敢用金錢給它標價？沒有音樂演奏，也能夠打發悠閒的白天。看，水鳥捕到一條魚，就長久地自滿自足，嶺上的烏雲帶著雨意飛過山的那邊，又自個兒清爽地飄回來了。我喝醉了酒，拿什麼喚醒魂夢？滿塘荷花蓮葉送來縷縷清香，還有枕邊一抹淡淡青山。

【研析】在炎夏酷暑中，韓琦帶著全家到北塘避暑。這裡林木深秀，水塘澄清，環境空寂，使人感覺已非人間。詩人敞開衣襟，一任清爽的綠風吹拂，對著滿塘的碧蓮紅荷，自斟自酌，喝醉後，怡然入夢。陣陣荷花的清香，沁入詩人夢中，使他清醒過來，撲入眼簾的是滿塘萬柄荷蓮，還有遠處一抹青山如在枕邊。這首詩就這樣營造出一個情景交融的意境，其中蘊含著深濃的哲理意味。頷聯上句的「清風」是象徵性的意象。詩人藉以隱喻清廉高潔的人格精神，是無價之寶。下句以無樂能閒，表現一種簡樸淡泊的人生境界。頸聯，詩人從眼前所見「水鳥得魚」與「嶺雲含雨」的自然景色，妙悟出知足常樂、無心無為的人生態度，使主體和客體、意象與理趣進一步結合。尾聯更以酒醒之後面對心感的「萬柄蓮香一枕山」美景，完成了人與大自然和諧契合的審美境界創造。這首七律也自然地顯示出詩人作為一代名臣政治家詩人的曠達淡泊襟懷與雍容閒適情趣。全篇四聯，表現手法富於變化，頗見詩人的藝術功力。

次韻孔憲蓬萊閣

趙 抃

【題 解】這首詩當是趙抃任杭州知州時作，時間約在熙寧四年（西元一〇七一年）。次韻，依據別人作品的題材和樣式寫作詩歌稱作和詩，和別人的詩並用其原韻原字且先後次序都相同，叫次韻，亦稱步韻。孔憲，孔延之，字長源，臨江軍新淦縣（今江西新幹）人，即詩人孔文仲、孔武仲、孔平仲之父，官至尚書司封郎中，卒於熙寧七年。憲，宋代把各路提點刑獄司簡稱為「憲司」，提點刑獄公事簡稱為「憲」。孔延之曾擔任過荊湖北路提點刑獄公事，所以被稱為「孔憲」。蓬萊閣，這裡指越州（今浙江紹興）的蓬萊閣，在鑑湖之濱。南宋王十朋〈蓬萊閣賦序〉云：「越中自古號嘉山水，而蓬萊閣實為之冠。」孔延之於神宗熙寧四年以司封郎中知越州，在越州編有《會稽掇英總集》，收錄了不少詠蓬萊閣的詩。

【作　者】趙抃（西元一〇〇八－一〇八四年），字閱道，號知非子，衢州西安（今浙江衢州）人。景祐元年（西元一〇三四年）進士。在州縣做官，以政績突出入朝為殿中侍御史。彈劾不避權貴，人稱「鐵面御史」，《宋史》把他與包拯同列一卷。神宗即位，趙抃官拜參知政事，因反對新法，罷為杭州知州，移任青州、成都、越州等地長官，以太子少保致仕。其詩大多語言質樸，較少刻意雕飾，出口而成，工拙隨意。一些作品風格婉麗，是晏殊、宋庠、宋祁詩風的延續。今存《趙清獻公文集》。

山巔危構傍蓬萊，水閣風長此快哉❶。天地涵容百川入，晨昏浮動兩潮來❷。遙思坐上遊觀遠，愈覺胸中度量開❸。憶我去年曾望海，杭州東向亦樓臺❹。

【注　釋】❶山巔危構傍蓬萊二句　寫蓬萊閣地理形勢，並說它與海中蓬萊山相接。山，指臥龍山，在越州城西，清代名興隆山，今名府山。巔，山頂。危構，高大的建築物，這裡指蓬萊閣。傍，靠近。蓬萊，此指傳說中東海三神山之一的蓬萊仙山。越州蓬萊閣之得名，是因為它被認為正對東海蓬萊山。王十朋〈會稽風俗賦〉謂越州「直海中之蓬萊」；自注云：「三山對峙海中央。」水閣，指蓬萊閣。風長，清風暢通的意思。快哉，痛快啊。哉，語氣詞。戰國時楚人宋玉〈風賦〉：「有風颯然而至，王乃披襟而當之，曰：『快哉此風！』」❷天地涵容百川入二句　寫蓬萊閣面對的壯闊海景。涵容，包涵容納。兩潮，指晨昏兩次海潮。古代越境濱海，宋時亦去海不遠。趙抃又有〈次韻前人蓬萊閣即事〉詩云：「濛濛宿靄開湖面，隱隱更潮過海門。」更潮，即指海潮。❸遙思坐上遊觀遠二句　孔延之在越州登蓬萊閣，有詩寄趙抃，所以趙回詩而遙想其在閣中，與賓客觀景開懷情形。坐上，暗用孔融「坐上客恒滿」（見《後漢書．孔融傳》）之語，以孔姓之典詠孔姓之事。遊觀，放眼遠望。度量開，胸懷開闊。❹憶我去年曾望海二句　由越州蓬萊閣想到杭州時的望海樓，由孔延之的登閣覽景想到自己的登樓望海。去年，指熙寧三年（西元一〇七〇年），趙抃因與王安石政見不合，出知杭州。樓臺，作者自注：「杭州有望海樓。」

【語　譯】越州高高的蓬萊閣立在臥龍山頂，它最靠近傳說的海上蓬萊仙島。登上水閣，一股清風從遠處吹來，真令人痛快啊。蓬萊閣面對大海，似乎它也能總匯百川，包容天地。每天清晨和黃昏，兩次海潮浮動洶湧而來。我遙想孔憲與賓客在閣中舉行宴會縱覽遠景，一定愈感覺胸懷開豁宏闊。這使我追憶去年自己也曾經眺望過大海，因為杭州也有一座東向的望海樓臺。

【研　析】趙抃這首七律，打破了首聯起、次聯承、三聯轉、四聯合的成法，根據立意抒情的需要而大膽變化。詩的前兩聯四句寫臨海觀潮，寫得真切，似乎觀潮人是作者自己。第三聯起首用「遙思」二字，極自然地點出觀潮者是孔憲，可以說是「轉」。但尾聯又轉折推宕開去，轉而回憶自己去年亦曾觀海。顯出作者在開合收縱上從容自如、轉折隨意，有章法新奇與音節回環之美。但這首詩最令人擊節稱賞的，是作者不藻飾、不用典，只以質樸語言健筆白描，卻展現出壯闊景象和豪邁氣概。讀者既看到高矗山巔靠近蓬萊的水閣，看到涵納天地百川的大海，看到晨昏浮動的海潮，還能呼吸到令人暢快的水闊長風，更感受到詩人和詩中人物那闊遠的視野與開豁的胸襟。清代詩論家沈德潛《說詩晬語》指出：「有第一等襟抱，第一等學識，斯有第一等真詩。……如星宿之海，萬源湧出。」正是趙抃這位有膽識、不畏權貴、一生清廉、並以杜甫為楷模的「鐵面御史」，才有可能寫出這首堪稱第一等的真詩。陳衍《宋詩精華錄》卷一評此詩三、四句云：「較孟公之『氣蒸雲夢澤』二語，似乎過之；杜老之『吳楚東南坼』一聯，尚未知鹿死誰手。」趙抃這一聯，寫出了大海與海潮的廣闊氣勢，似可與孟浩然和杜甫詠洞庭的名句來相媲美，但趙詩應是從孟、杜詩中吸取了藝術營養。趙詩描寫對象是大海，用宏遠浩大的景象來形容是很自然的；孟、杜寫的是洞庭湖，既要切合地理，還要表現出當時的時代精神和詩人的胸襟抱負，寫作難度更大。所以筆者認為陳衍的評價過高了。

憶錢塘江

李覯

【題解】這首詩寫李覯回憶中錢塘江的氣象，表現詩人恢宏的胸襟。錢塘江，浙江下游流經杭州以下的一段。

【作者】李覯（西元一〇〇九—一〇五九年），字泰伯，建昌南城（今江西南城）人。出身貧寒，十四歲喪父，苦學求知，兩次應舉未中，歸鄉以教授為生，創立盱江書院，學者常數十人，故世稱「盱江先生」。皇祐初，因范仲淹推薦，試太學助教。後為太學直講，故又稱直講先生。他是北宋著名的學者和思想家。胡適先生稱他為「一個不曾得君行道的王安石」、「王安石的先導」。他主張廣開言路，痛斥禍害天下的奸佞貪吏，提出「均田」方案，展示「耕者得食，蠶者得衣」的理想藍圖。他的〈論文〉詩批評時人詩文「意熟辭陳」，故他寫詩就力求意奇語新。但有時過於標新立異，議論迂闊。今存《盱江集》。

昔年乘醉舉❶歸帆，隱隱前山日半銜❷。好是滿江涵❸返照，水仙齊著淡紅衫。

【注　釋】❶舉　高掛。❷日半銜　太陽沉落一半。銜，銜山；與山銜接。❸涵　包容。

【語　譯】當年我乘著醉意，登上了帆檣高掛的客船歸家，隱隱約約見到前面的山頭上仍銜著半個太陽。醉眼朦朧中，滿江白帆都沉浸在夕陽返照中，一片紅光燦爛，好像是無數水中仙女，都穿上了淡紅衣衫翩翩起舞。

【研　析】這首詩寫錢塘江黃昏美景，從回憶著筆，表明昔年那一瞬間醉眼所見，確實給李覯留下鮮明深刻的印象，至今仍歷歷如在目前。接著，才正面描寫當時在船上醉眼迷離中所見滿江白帆幻化成水仙齊著淡紅衣衫的景象，這是詩人醉中的想像和幻覺，朦朧而奇麗，若真若幻，真幻交織，富於浪漫神奇的色彩。此一奇幻意象，是詩人獨創，十分新穎動人。清代王士禛在《帶經堂詩話》卷十一中，先稱讚李覯文章在北宋別成一家，而後說：「予嘗病其不能詩，長夏借讀《盱江集》，絕句乃頗有似義山者。」並舉數詩為例，此詩即其一。王士禛自己作的〈真州絕句五首〉（其四）是清代七絕名篇，詩云：「江干多是釣人居，柳陌菱塘一帶疏。好是日斜風定後，半江紅樹賣鱸魚。」後兩句也以「好是」二字領起，描寫黃昏江上景色，顯然是從李覯詩受到啟發並借鑑了李詩句法，但王詩寫江村景色，是寫實感而非寫幻覺，故神奇不及李詩，卻更富於生活氣息。善於表現並捕捉大自然或平常生活中美的瞬間，表現自己的心靈感受，這是詩人必須具備的才能。在這一點上，李覯與王士禛是相同的。

鄉思

李覯

人言落日❶是天涯，望極❷天涯不見家。已恨碧山相阻隔，碧山還被暮雲遮。

【題解】這首詩從「望鄉」寫起思鄉之情，故鄉望而不得，被重重阻隔，可見李覯思鄉之切。鄉思，思鄉情懷。

【注釋】❶落日　這裡指日落的地方。❷極　盡。

【語　譯】人們都說太陽西落的地方就是地角天涯了。但我望盡天涯，只見到落日，還是看不見我的老家。已經怨恨故鄉為重重碧山所阻隔，沒想到連碧山也被蒼蒼的暮雲遮掩住了。

【研　析】這首詩抒寫鄉思，抓住遊子在落日黃昏時刻眺望家鄉的情景，全篇由「望」字生發，運用層層襯疊的手法，寫他一望落日天涯，二望碧山阻隔，三望暮雲相遮。在這三望中，遊子從感覺空間距離之渺遠再感覺空間的阻隔。李覯於望而不見中委屈盡致地表達出遊子凝重壓抑的思鄉之情，在藝術構思上十分獨到。錢鍾書先生在《宋詩選注》中，引用了李覯同時代人石延年〈高樓〉詩「水盡天不盡，人在天盡頭」，范仲淹〈蘇幕遮〉詞「山映斜陽天接水，芳草無情，更在斜陽外」，歐陽脩〈踏莎行〉詞「樓高莫近危欄倚，平蕪盡處是春山，行人更在春山外」等來類比，認為「詞意相類」，有異曲同工之妙。但細加比較分析，石延年等人都是直言己之所感，李詩卻先引「人言」作陪，就顯得曲折；更值得注意的是，這些作品都只有兩折，而此詩卻有三折，語言更痛切，意境也更有「層深」之妙。美學家宗白華先生說：「藝術意境，不是一個單層的平面的自然的再現，而是一個境界層層的創構。」《美學散步‧中國藝術意境之誕生》在一首僅四句二十八字的絕句中，能夠創構出有獨特視角、有獨特表現手法、有三層曲折的藝術意境，是很不容易的。這首〈鄉思〉，堪稱古今中外同類題材中的傑作。

蠶婦

張　俞

【題　解】這首詩以一個蠶婦的口吻，諷刺了不勞而獲的達官顯貴。蠶婦，農村養蠶的婦女。詩題一作〈憫蠶婦〉。

【作　者】張俞（生卒年不詳），一作張愈，字少愚，又字才叔，號白雲居士，郫縣（今屬四川）人。屢試進士不第，隱居於四川成都青城山白雲溪，是北宋著名的隱士。有《白雲集》，已佚。

昨日到城郭❶，歸來❷淚滿巾。遍身羅綺❸者，不是養蠶人！

【注　釋】❶到城郭　進城趕集市。一作「入城市」。❷歸來　一作「歸途」。❸羅綺　綾羅綢緞一類絲織品。輕軟有孔的叫羅，有花紋的叫綺。

【語　譯】我昨天進城趕集賣絲，歸來卻眼淚撲簌簌沾滿了衣巾。那些全身穿著綾羅綢緞的有錢人，沒有一個是養蠶的人！

【研　析】這首詩寫蠶婦進城趕集賣絲所見的感觸和悲憤，揭露了古代社會「獲而不勞，勞而不獲」的不合理現象。前兩句在敘事中抒情，寫蠶婦入城所見引起悲傷，淚落滿巾。後兩句在抒情中敘事，揭露蠶婦養蠶繅絲卻無衣可穿，而周身穿著綾羅綢緞的人竟都不養蠶，表達了蠶婦的憤慨不平。全篇用蠶婦自敘的口吻，語言樸實，取材典型，形象鮮明，對比強烈，簡練集中，抨擊有力，一針見血。晚唐詩人杜荀鶴有〈蠶婦〉詩云：「粉色全無饑色加，豈知人世有榮華。年年道我蠶辛苦，底事渾身著苧麻？」也是一首感人的佳作，但缺少了張俞詩的強烈對比，也不及張詩典型、集中、簡潔、有力。

九日和韓魏公

蘇洵

【題解】九日，指農曆九月九日，中國古代的重陽節，又叫重九，有登高飲菊花酒的習俗。和，以詩歌酬答。韓魏公，韓琦（西元一〇〇八—一〇七五年），字稚圭，相州安陽（今河南安陽）人，曾為相十載，輔佐過仁宗、英宗、神宗。在英宗朝被封為魏國公，故人稱其韓魏公。著有《安陽集》。韓琦原唱〈乙巳重九〉詩云：「苦厭繁機少適懷，欣逢重九啟賓罍。招賢敢並翹材館，樂事難追戲馬臺。蘚布亂錢乘雨出，雁飛新陣拂雲來。何時得遇樽前菊，此日花隨月令開。」乙巳是英宗治平二年（西元一〇六五年）。這年重陽節蘇洵參加了韓琦家宴，席間韓琦賦詩，當晚蘇洵寫了這首和詩。

【作者】蘇洵（西元一〇〇九—一〇六六年），字明允，號老泉，眉州眉山（今屬四川）人，與其子蘇軾、蘇轍合稱「三蘇」，均被列入「唐宋古文八大家」。據說他二十七歲才發憤攻讀，學業大進，但三次科場都遭受挫折。嘉祐元年（西元一〇五六年），他帶領二子軾、轍到汴京拜見韓琦和歐陽脩。歐陽脩將洵所著《權書》、《衡論》、《幾策》等進獻朝廷，士大夫爭相傳誦。次年二子同中進士，一時蘇門三士名動京師。不久，因夫人病故，他攜二子倉猝返里。朝廷下詔令洵赴舍人院應試，他稱病辭不赴闕。朝廷再次下詔，嘉祐四年他始攜全家赴京。六年，被任為霸州文安縣主簿，留京編纂禮書。費時五載，成《太常因革禮》一百卷，剛奏進朝廷，治平三年（西元一〇六六年）春，病歿於京，追贈光祿寺丞。蘇洵古文多切中時弊之論，語言鋒利，縱橫恣肆。作詩不多，擅長五古，質樸蒼勁。有《嘉祐集》。

晚歲登門❶最不才❷，蕭蕭❸華髮映金罍❹。不堪❺丞相延❻東閣❼，
閑伴諸儒老曲臺❽。佳節久從愁裏過，壯心偶傍醉中來。暮歸衝雨寒無
睡，自把新詩百遍開。

【注　釋】❶晚歲登門　蘇洵謁見韓琦時已四十八歲，年近半百，故云「晚歲登門」。晚歲，晚年。❷不才　沒有才能。❸蕭蕭　頭髮花白稀疏的樣子。❹金罍　飾金的大型盛酒器具，形狀像壺。❺不堪　不能承當、勝任。❻延　邀請。❼東閣　宰相招致、款待賓客的地方。典出《漢書・公孫弘傳》：公孫弘位至宰相，「於時起客館，開東閣以延賢人」。❽曲臺　指太常寺。因《禮記》有〈曲禮〉篇，故稱專掌禮儀制度的太常寺為「曲臺」。蘇洵在嘉祐六年（西元一〇六一年）被命留京師，於太常寺修纂禮書。

【語　譯】我到了晚年才忝列先生門下，可見我是個最沒有才能的人。此刻，金燦燦的酒器映照著我稀疏花白的頭髮。真不敢承當您邀請我來東閣參加家宴；但我只能在清閒中陪伴著諸位儒生老於曲臺。多少回重陽佳節我都在憂愁中度過，雄心壯志只偶然在酒醉中激發出來。日暮冒雨歸來在寒夜裡無法入睡，一次次起來把剛做好的這首新詩打開。

【研　析】蘇洵懷抱濟世安民為國立功的遠大政治抱負，在政治上、軍事上都有高見卓識。例如

他在《幾策・審勢》中論治理天下要審時度勢，用「強政」求「強勢」；又在《幾策・審敵》中主張朝廷改變賂敵方針，實行「蓄全力以待之」的禦敵措施。雷簡夫因此稱讚他為「王佐才」與「帝王師」。但蘇洵仕途失意，一生蹭蹬，不受重用。他在這首詩中流露出自己官卑位低，老大無成，懷才不遇的苦悶與牢騷；同時，在壯志難酬中仍表現了一種「烈士暮年，壯心不已」的豪情。詩的首聯，上句寫他晚歲能登韓門，感懷韓琦賞識拔薦之恩，卻自稱「最不才」，於自謙中曲折表達懷才不遇之感。下句寫當天宴會情景，以自己「蕭蕭華髮」與閃閃金罍相映的意象，生動顯現年老而不得志的情狀。頷聯出句既表示對韓琦宴請的謝意，又說自己不配接受這種禮遇。對句字面上說自己五年來閒伴諸儒，老於曲臺，其實是發牢騷，說自己五年來嘔心瀝血修纂禮書乃是用非所長，虛度年華。這一聯用典貼切，抒情含蓄，耐人尋味。頷聯是全篇警策，為歷代詩論家稱賞。上句抒發多年來的憂愁苦悶，下句表現至今仍有雄心壯志，一抑一揚，形成鮮明對比。上句中的「佳節」與「愁」，下句中的「壯心」與「醉」，也是對比，在對比中表達出詩人豐富、複雜、矛盾、深沉的情思意蘊：詩人長期沉淪下僚，無法施展抱負，每在憂愁裡度過佳節；詩人在未醉時已清醒認識到自己命蹇時乖，壯志難酬，然而在酒醉中仍能激發出雄心，希望暮年能有所作為。這種「老驥伏櫪，志在千里」的豪情勝概，能使讀者為之心弦震動，感歎唏噓。這一聯，「佳節」對「壯心」，「久從」對「偶傍」，「愁裏過」對「醉中來」，字字工對。老健之氣，貫注於十四個字中，做到了「圓轉流美如彈丸」，故而方回讚道：「五、六是佳句。」（《瀛奎律髓彙評》卷一六）尾聯上句寫他暮間衝雨歸來，於寒夜中輾轉難眠，以昏暗、淒冷的環境氛圍烘托出滿腔哀怨、滿懷心事。下句寫他在「寒無睡」中反覆吟詠韓琦的原唱與他的和詩作結，與首句「晚歲登門」呼應。全篇顯示出「精深有味」（葉夢得《石林詩話》卷下評語）、「極老健」（紀昀評語，見《瀛奎律髓彙評》卷一六）的藝術特色。韓琦原唱寫得矜持，不夠灑脫自然。蘇洵和詩是步韻，格律束縛更多，創作難度更大，卻明顯勝於韓琦原唱。

天津感事二十六首（選一）

邵 雍

【題解】《天津感事》有二十六首，都是七言絕句，此為其中之一。邵雍在這組詩中抒寫他在居所的「安樂窩」中恬淡閒適的生活情趣。天津，橋名，在河南洛陽西南洛河上。邵雍居洛陽時，家在附近。

【作者】邵雍（西元一〇一一—一〇七七年），字堯夫，號「安樂先生」，范陽（今河北涿州）人，少時隨父遷居共城（今河南輝縣），從穆修的學生李之才受物理性命象數之學。後遷徙洛陽，終身隱居治學。嘉祐及熙寧間，兩次被徵召，均堅辭不赴。卒諡康節。他是著名理學家，北宋理學五子之一（另四子是周敦頤、張載、二程）。在五人中，只有他未涉足仕途，可謂純粹的學者與隱士。他關心時事，深明世務，但對當時的政見分歧、黨派鬥爭持超越態度，安閒樂道，消極避世，明哲保身。他作詩主要是為了自娛，抒寫一些安時處順的情趣、觀物悟理的感受，語言平易流暢，部分作品近乎打油詩，被宋人稱之為「邵康節體」，代表了理學家詩歌的一種類型。今存《邵堯夫先生詩全集》。

煙樹❶盡歸秋色裏，人家常在水聲中。數行旅雁斜飛去，一簇樓臺峭❷倚空。

【注釋】❶煙樹　雲煙籠罩的樹叢。❷峭　陡直；高出。

【語譯】籠罩在秋色裡的樹叢雲煙迷濛，洛河邊的人家就生活在水聲之中。一行行大雁斜飛著一路南去，一座座樓臺直插入那碧藍的高空。

【研析】作為一個理學家詩人，邵雍的「邵康節體」是〈插花吟〉一類作品，詩云：「頭上花枝照酒卮，酒卮中有好花枝。身經兩世太平日，眼見四朝全盛時。況復筋骸粗康健，那堪時節正芳菲。酒涵花影紅光溜，爭忍花前不醉歸？」這首醉歌稱頌百年無事的太平小康生活，表現自己要在良辰美景中及時行樂的情意，純用口語，風格通俗，略具打油詩味，無道學家的酸迂之氣，但審美價值並不高。邵雍也有少數高雅脫俗的「詩人之詩」。這首〈天津感事〉即是一例。通篇寫景，展現出一幅洛河清秋圖，圖中有朦朧的煙樹、水聲中的河邊人家，有飛翔的大雁和倚空的樓臺，聲色、動靜、遠近、高低，甚至旅雁「斜飛」之姿與樓臺「峭倚」之態，全都布置得那麼巧妙而自然。在這幅秋景圖中，我們彷彿看到站在天津橋上遠觀近看、仰望俯視的詩人，他對呈現在眼前耳際的煙樹、人家、水聲、旅雁、樓臺、碧空是那麼喜愛，那麼感興趣，我們還可以感受到他對這恬淡寧靜、閒適的生活十分愜意與滿足。與〈插花吟〉率真暢快的抒情相反，此詩情隱景中，筆墨清淡有味，語言凝煉。

唐代大詩人杜甫的〈絕句四首〉（其三）云：「兩個黃鸝鳴翠柳，一行白鷺上青天。窗含西嶺千秋雪，門泊東吳萬里船。」晚唐詩人杜牧〈題宣州開元寺水閣〉詩中云：「鳥去鳥來秋色裏，人歌人哭水聲中。」邵雍學了老杜詩一句一景、四句組合成一幅渾成畫面以及通篇對仗的表現手法（邵詩後一聯是寬對），並把老杜詩「兩個黃鸝」、「一行白鷺」置換成「數行旅雁」與「一簇樓臺」；同時，他又從小杜詩中吸取了「秋色裏」與「水聲中」並組織成新的對仗句。可見，邵雍善於從前輩詩人的名作中學習、借鑑，還是頗有詩歌藝術功力的。

銅雀妓

蔡　襄

【題　解】此詩寫作時、地未詳。〈銅雀妓〉，樂府平調曲名。《樂府詩集・相和歌辭六》引《鄴都故事》載：曹操臨死前遺命諸子，將自己葬於鄴之西岡，要妾妓住在銅雀臺上，每月初一、十五日在其靈帳前奏樂歌唱，諸子時時瞻望西陵墓田。銅雀臺舊址在今河北臨漳西南之古鄴城西北角。

【作　者】蔡襄（西元一〇一二－一〇六七年），字君謨，興化軍仙遊（今屬福建）人，天聖八年（西元一〇三〇年）進士，歷知制誥、知開封府等職，兩次出知福州，召拜翰林學士，遷三司使，出知杭州。卒諡忠惠。他除詩文兼工外，又擅書畫，精通茶道，書法是宋四家之一，曾被蘇軾譽為「當世第一」。其詩各體具備，善寫山水，七絕尤佳。有《蔡忠惠集》。

十五燒香繐帳❶前，幾多幽怨入危弦❷。誰知千載臺傾後，何處西陵有墓田？

【注釋】❶繐帳 設在靈前的帳幕。❷危弦 指哀傷的樂曲。

【語譯】每月的初一和十五日住在銅雀臺上的妾妓們，都要在魏武帝曹操的靈帳前燒香祭拜，還要奏樂歌唱，有多少幽愁怨恨，注入了哀傷的樂曲。但誰能知道千載之後，這座堂皇富麗的銅雀臺傾塌毀滅了。古老的鄴城，哪裡還有什麼西陵墓田？

【研析】曹操雄才大略，統一北方，做了魏王，晚年卻不惜黃金萬兩，建成富麗堂皇的銅雀臺，到處收羅美女陪伴他住在臺上，奢侈逸樂。臨死前遺命諸子，將他葬於鄴城的西岡，並修造宏大陵闕，妄想千古不朽。蔡襄是一個關心國事民瘼、要求革新朝政、消除腐敗的詩人。他在這首詩中滿懷正義感與同情心，抒寫被曹操幽禁在銅雀臺上的美麗女子的不幸命運，為她們傾吐出傷心哀怨之情，又以千載以後臺傾陵毀的景象，對曹操的癡心妄想予以冷峻的嘲笑，藉以昭示世道滄桑，古代統治者的威權不可能永存之理。詩人更借古諷今，抨擊當時北宋上層統治者的腐敗風氣。詩只四句，卻內蘊豐厚，寓意深長。詩人善於用簡練生動的筆墨敘寫史事，使之有畫面感，並在敘事中含蓄抒情寄慨，使此詩兼具深沉的歷史感與鮮明的時代感，堪稱懷古詠史詩的佳作。

秋日

蔡襄

【題解】這首詩由秋景寫起，抒發蔡襄送別客人時的依依深情。本篇當作於嘉祐四年（西元一〇五九年）秋，時蔡襄四十八歲，在知泉州任上。

城頭蔓草❶受新霜，天外孤鴻❷叫夕陽。送客情懷楓樹老，著人襟袖菊花香。

【注釋】❶蔓草　爬蔓的草。❷鴻　鴻雁，或稱大雁，一種冬候鳥。

【語譯】城頭蔓草沾滿了新降的雪白秋霜，遠遠的天邊，一隻大雁在慘淡夕陽中哀鳴。我送別客人的感情就像老楓樹葉經霜後那麼火紅熾熱，菊花的清香在你我的襟袖長久不散。

【研析】此詩描寫秋日景物，表達送別客人的深情。前兩句寫城頭蔓草凝掛著雪白的寒霜，遠天孤鴻在暗淡夕照中哀鳴，蔡襄挑選並營構這些給人以蕭瑟、寒涼、暗淡感覺的秋天景物意象，烘托並渲染出朋友別離時依依不捨的愁緒。詩的情調有些低沉。三、四句陡然振起。主客雖別，友誼長存。為了表達友情的真摯熱烈，詩人以眼前老楓樹火紅熾熱的葉片來比喻，又用秋菊清香在主客襟袖經久不散，象徵友誼的純潔深長。「楓樹老」是暗喻，「菊花香」是象徵，意象美好，又蘊含動人情意。全篇幾乎都是寫景，僅以「送客情懷」四字點出主題，但抒情氣氛濃郁，詩境含蓄蘊藉，詩風清麗自然，婉轉流暢，音調悠揚，如泉流石上之聲，體現出蔡襄詩「清遒粹美」（歐陽脩〈端明殿學士蔡公墓志銘〉）的風格。讀完此詩，筆者彷彿能觸摸到詩人那顆重情義的熾熱赤子之心。

碧湘門

陶　弼

【題　解】此詩疑為陶弼在潭州任職時作。碧湘門，在潭州，即今湖南長沙城西門。近處有碧湘宮，五代楚國馬希廣所建。

【作　者】陶弼（西元一〇一五—一〇七八年），字商翁，零陵祁陽（今湖南祁陽）人。慶曆中，以軍功授桂州陽朔縣主簿。遷陽朔令，除大理寺丞、監潭州糧料院。擢知賓州，歷知容、欽二州。丁內艱，服除，起知邕州，移鼎、辰、順諸州，四遷為東上閤門使、康州團練使。在軍中三十餘年，其詩多記述南國風土景物，小詩寫得清新警策。有《陶邕州小集》。

城中煙樹綠波漫❶，幾萬樓臺樹影間。天闊鳥行❷疑沒草，地卑江勢欲沉山。人過鹿死尋僧去，船自新康載酒還。聞說耕桑漸蘇息❸，嶺頭❹今歲不征蠻。

【注釋】❶漫　充滿。❷行　行列。❸蘇息　復蘇，恢復。❹嶺頭　即領頭、首領之意。

【語譯】我站在碧湘門城樓眺望，潭州城裡萬木蔥蘢，好像翻湧著綠色的波浪。幾萬間高樓崇臺，掩映在樹影之間。城外，天穹廣闊無邊，一行鳥兒飛過，彷彿消失在微茫的碧草叢中。浩浩蕩蕩的湘江從高處奔流過來，城附近的山峰像是要沉入水中央。軍隊已把政權安定下來，現在可以去寺廟尋僧去了。商船也從新康運回了酒釀。聽說農業生產已逐漸恢復，首領決定今年不會出國征討敵人。

【研　析】錢鍾書先生讚揚陶弼「擅長寫悲壯的情緒，闊大的景象」（《宋詩選注・陶弼小傳》）。這首小詩雖未見「悲壯的情緒」，卻已顯示出「闊大的景象」。詩寫他站在潭州城樓憑高眺望所見景色。第一、二句寫城內。滿城煙樹，好像綠波漫湧；幾萬樓臺，掩映於樹影之間。這兩句大處落墨，動靜結合，兼用比喻與彩繪，表現出當年潭州城的壯美氣象。第三、四句寫城外。第三句為了顯示蒼穹的遼闊，妙用一行小鳥低飛過去彷彿沒入草叢來反襯，第四句寫潭州城「地卑」，卻用高處奔湧而來的湘江勢欲沉山來映襯。想像奇特，手法新穎，創造出闊遠的意境。唐宋詩有數例以「浮」、「沉」、「撼」等字描狀江邊都市的動盪之景，如王維有「郡邑浮前浦」（〈漢江臨泛〉），孟浩然有「波撼岳陽城」（〈臨洞庭〉），陶弼另有「遠水欲沉城」（〈公安縣〉）之句。此詩的「漫」、「沒」、「沉」三個動詞都用得有如唐人那麼精警、有力。陶弼寫「闊大的景象」，也受了唐人的影響。如中唐詩人暢當五絕名篇〈登鸛雀樓〉云：「迴臨飛鳥上，高出世塵間。天勢圍平野，河流入斷山。」氣象宏闊。筆者感覺到陶弼〈碧湘門〉表現手法與暢當詩極相似。第五、六句開始從寫景轉向了人事。「人過鹿死」寫世事滄桑，「船載酒還」喻新生希望。結句寫向了休戰一事，恢復農業生產，亦顯現了作者關心民生現實的情懷。

治平乙巳暮春十四日同宋復古遊山巔至大林寺書四十字

周敦頤

【題　解】治平乙巳，宋英宗治平二年（西元一〇六五年）。宋復古，宋迪，字復古，生卒年不詳。其兄宋道，兄弟二人皆以進士入仕，皆宋代著名畫家。宋迪尤善平遠山水。山巔，廬山山頂。大林寺，在廬山香爐峰上。

【作　者】周敦頤（西元一〇一七—一〇七三年），原名敦實，避英宗諱改，字茂叔，號濂溪，道州營道（今湖南道縣）人。歷南安軍司理參軍、虔州通判等，有政績。熙寧中知郴州、南康軍。喜讀名理，精於易學，為宋代理學創始人，程顥、程頤從之受業。詩多借景悟道之作，五律、七絕都有佳構。短文〈愛蓮說〉膾炙人口。著有《太極圖說》、《通書》和文集。後人合編為《周子全書》。

三月山方暖，林花互照明。路盤層頂❶上，人在半空行。水色雲含白，禽聲谷應清。天風拂襟袂❷，縹緲❸覺身輕。

【注釋】❶層頂　極高的山頂。❷襟袂　襟，衣襟。袂，衣袖。❸縹緲　高遠隱約；隨風飄揚。

【語譯】暮春三月，廬山剛剛暖和，山上樹林與各色春花互相映照，鮮麗奪目。我同宋復古沿著層層盤曲到山頂的路攀援而上，就感覺是在半空中行走。山上潭水清澈，水中倒映的雲顯得更加潔白，鳥鳴在深幽山谷中的回聲也分外清亮。天風吹拂著我的衣襟和袖口，我感覺身體也隨風揚起，真是飄飄欲仙了。

【研析】周敦頤是傑出的理學家，又有詩人的才情。他曾隱居廬山蓮花峰下並構築濂溪書堂，對廬山的雄秀風光十分喜愛並深有感悟。這首詩寫他在治平乙巳暮春十四日同宋復古遊廬山香爐峰到大林寺的見聞感受。詩人調動了視覺、聽覺、觸覺、錯覺、幻覺等多種感覺，又採取虛實結合的表現手法來表現廬山風景之美和遊山奇趣。首聯點題，點出遊山的時節，起句「暖」字寫觸覺，對句寫視覺。頷聯寫山之高峻奇險，上句寫視覺，下句寫錯覺。頸聯寫山溪水清雲白，禽聲在幽谷回應清亮，一句寫視覺，一句寫聽覺。尾聯上句寫視覺，下句寫幻覺，活畫出詩人飄飄欲仙、超逸不凡的氣度。全篇主要寫景，情融景中，感覺細膩，意象生動，自然流暢，意境渾成，顯示出作者要將自己身心與山水風景融為一體的追求。也許同遊者是著名畫家的影響吧，此詩宛若一軸連續的畫卷，詩情畫意都很濃郁。黃庭堅稱讚周敦頤「人品甚高，胸懷灑落，如光風霽月」

〈濂溪詩序〉）。張鳴先生說：「這首詩的意境，就頗有『光風霽月』般的清朗超逸。」（《宋詩選》，人民文學出版社，二〇〇四年版，第一三〇頁）筆者十分贊同。

下橫嶺望寧極舍

韓 維

【題解】寧極，作者的友人孔旼，字寧極，隱居於汝州龍興縣（今河南寶豐）龍山之滍陽城。韓維知汝州時常相過從。他另有〈送孔先生還山〉詩，中云：「家臨滍水陽，路轉春山曲。」橫嶺，應是從龍興縣城到龍山的一道山嶺。舍，居所。

【作者】韓維（西元一〇一七—一〇九八年），字持國，開封雍丘（故城在今河南杞縣）人。以父韓億蔭入仕。曾任翰林學士，知開封府。神宗欲以韓維輔佐文彥博治樞密院，對維云：「卿東宮舊人（神宗為太子時維任右庶子），當留以輔政。」維對曰：「使臣言得行，賢於富貴，若緣攀附舊恩以進，非臣之願也。」遂出知許州。紹聖中因屬元祐黨人，謫均州安置。元符初復官，卒。維自少喜為詩文，與歐陽脩、梅堯臣多有唱和。鮮于綽稱其文章「典麗溫雅，應用敏妙」，詩歌「句法謹嚴，平淡清遠，有陶淵明、韋蘇州氣格」（〈韓維行狀〉）。其詩佳句甚多。今存《南陽集》。

驅車下峻坂❶，西走龍陽❷道。青煙幾人家，綠野山四抱。鳥啼春意闌❸，林變夏陰早。應近先生廬，民風亦醇好。

【注　釋】❶峻坂　陡坡。❷龍陽　龍山之南。陽，山南面、水北面曰陽。❸闌　盡。一作「閒」。

【語　譯】我驅車越過陡坡，向西行駛在龍山之南的大道上，只見縷縷青煙嫋嫋升起，山林人家若隱若現，碧綠的田野被四周連綿的青山環抱。鳥兒歡快地啼鳴，已是春意闌珊的季節了。叢林中枝葉格外茂密，樹陰清涼，透出初夏的訊息。該是因為靠近孔先生的茅廬吧，這裡的環境才如此寧靜、清爽，民風才這樣淳樸、善良。

【研　析】這首詩的藝術構思十分巧妙。詩的主旨是讚頌自己的好友，隱士孔旼的高風亮節，但詩的前三聯都是寫景，目的都是為了寫人。讀完此詩，讀者也情不自禁地同作者一道渴望拜見這位德高望重的隱者，並在這環境幽美民風醇好的山村中感受他澤被四方的品格。南宋王直方說：「韓持國嘗有詩云：『青煙幾人家，綠野山四抱。』當時無不傳誦。」（胡仔《苕溪漁隱叢話・前集》卷二八引《王直方詩話》）這一聯確是寫景佳句。韓維僅把青煙人家、綠野青山四種景物意象組合，就簡潔鮮明地表現出山村的安寧、靜謐、優美。「抱」字極生動形象，使山人格化、情感化，可與唐孟浩然〈過故人莊〉「綠樹村邊合，青山郭外斜」的「合」、「斜」二字媲美。其實下一聯用鳥聲林蔭再加渲染山村的寧靜，也很清純簡潔。詩風亦與孟詩相近。

此詩為五言古體，卻運律入古，中兩聯字面、句式對仗。但全篇不講平仄格律，「先生廬」還用了古體常見的三平調。前二聯押去聲「道」、「抱」韻，韻聲急促，有利於加強作者急於見到好友的心情；後二聯押「早」、「好」，改為舒徐和軟的上聲，使讀者從音韻上也感受到寧靜、景仰的情緒、氣氛。

城西書事五首（選一）

韓　維

【題　解】這首小詩是韓維任陘州（今河北井陘）通判時作的。詩中描寫北方高原山區的深秋農村景物。城西，陘州城的西邊，太行山區。書事，記事。

蔬畦❶繞茅屋，林下轆轤❷遲。霜蔓已除架，風飄空掛籬。

【注　釋】❶蔬畦　菜園。❷轆轤　安在井上絞起汲水斗的器具。

【語　譯】茅屋的四周環繞著菜地。疏朗的樹林下，井上提水的轆轤在遲緩地轉動。瓜豆已經收摘，棚架也卸除了。那些割下來的藤蔓，黏著銀白的霜花，掛在屋旁的籬笆上，被風吹得飄來飄去。

【研　析】全詩句句寫景，所寫景物都是農村中常見的、帶有深秋季節的特徵，又具有濃厚的地方色彩。韓維從所寫的靜態景物中，巧妙地表現了北方農民們的勞動情景，使讀者如見他們在蕭瑟秋風中從容不迫地汲水澆園、摘瓜割蔓，還可以想像農忙時節他們在田間揮汗耕耘的緊張場面。

詩中無一抒情字面，但詩人對勤勞樸實的北方農民的讚美之情已洋溢在字裡行間。這真是一幅絕妙的農家靜物速寫圖。清人吳之振等《宋詩鈔・南陽集鈔》評韓維詩「古淡舒暢」，此詩可見。

怪石

黃　庶

【題解】此詩是黃庶組詩〈和劉子玉官舍十首〉其七。作者一說是黃庭堅。詩之原文又傳為：「山鬼水怪著薜荔，天祿辟邪眠莓苔。鉤簾坐對心語口，曾見漢唐池館來。」經學者考證，詩作者應是黃庶。

【作　者】黃庶（西元一〇一八—?年），字亞父，一名亞夫，號青社，洪州分寧（今江西修水縣）人。著名詩人黃庭堅之父。慶曆二年（西元一〇四二年）進士。曾任州府從事、康州（今廣東德興）知州等。其文古質簡勁，詩學韓愈，致力於古體，戛戛獨造，不蹈陳因，意象新奇。有《伐檀集》。

山阿有人著薜荔❶，廷❷下縛虎❸眠莓苔❹。手磨心語知許事❺，曾見漢唐池館❻來。

【注　釋】❶山阿有人著薜荔　此句化用《楚辭・九歌・山鬼》：「若有人兮山之阿，披薜荔兮帶女蘿。」山阿，山的曲折角落；山坳幽深處。薜荔，一種常綠的蔓生香草。❷廷　同「庭」。即庭院。❸縛虎　比喻被藤纏繞的怪石。❹莓苔　青苔。❺手磨心語知許事　此句化用韓愈〈鄭群贈簟〉：「手磨袖拂心語口。」手磨，伸手在怪石上摩擦、撫摩。心語，心聲；內心的話。許事，許多事。❻漢唐池館　漢、唐的皇家園林，泛指前朝苑囿。

【語　譯】是幽居深山的女鬼，身著薜荔衣裳，以女蘿為帶？是庭院中被藤縛住的老虎，在草叢青苔上安眠？我伸手在怪石上輕輕撫摩，好似聽到它心中的聲音：我歷經千年歷史滄桑，曾見過漢唐宮殿池館的盛衰興亡。

【研　析】黃庶詠友人柳子玉官舍裡的一塊怪石，寄託深沉的滄海桑田之感。「怪」字為全篇詩眼。前聯推出《楚辭・九歌・山鬼》所寫身著薜荔以女蘿為帶的山鬼、被藤縛住蹲伏的老虎兩個意象，比喻怪石的形狀。這兩個奇譎的意象，使詩一開篇便閃射出神秘、怪異的浪漫色彩。後聯由實入虛、從形到神，用擬人手法，寫他在怪石上手磨袖拂之際，聽見了它的心聲，從而借怪石之聲，含蓄地表達出對王朝興替、時代盛衰的深沉感喟。由於此詩構思奇、出語怪，近人陳衍評讚說：「落想不凡，突過盧仝、李賀。」（《宋詩精華錄》卷一）黃庶避熟就生、避俗求新的奇崛詩風，連同它的拗峭音節，對其子黃庭堅的詩歌創作有很大的影響。筆者由此詩忽然聯想到已故美國現代派詩人保羅・安格爾（美籍華裔女作家聶華苓的先生）曾經寫過一首〈文化大革命〉，詩云：「我拾起一塊石頭，／我聽見一個聲音在裡面吼：／『不要惹我，／讓我在這裡躲一躲。』」（荒蕪譯，見其《紙壁齋說詩》）詩人用怪異的構思，魔幻現實主義的創作方法，對十年浩劫裡社會現實的恐怖情景，作了驚心動魄的藝術表現。詩中人躲藏於石頭裡仍恐懼叫喊，與黃庶此詩怪石自言自語，頗為相似，可謂古今中西詩人的靈犀相通。

新晴山月

文同

【題解】這首詩描繪了高松、月影、蟲唱等景色，寫出山中月夜初晴後的幽美、寂靜，表達作者漫步林下的愉悅之情。新晴，天剛變晴。

【作者】文同（西元一〇一八—一〇七九年），字與可，自號笑笑先生，梓州永泰（今四川鹽亭縣東）人。皇祐元年（西元一〇四九年）進士，歷通判邛州、邠州、漢州。遷太常博士、集賢校理，知陵州、洋州。官至尚書司封員外郎充秘閣校理知湖州。世稱文湖州。他早年以文學受文彥博的讚賞，而司馬光則推崇他的人品，說：「與可襟韻灑落，如晴雲秋月，塵埃不到。」（見范百祿〈文公墓志銘〉）他是著名畫家，尤精工畫竹，主張「畫竹必先得成竹於胸中」。所創寫意墨竹畫法，師法者頗眾，影響深遠。當時有一個以畫水墨為主的文人畫派，即所謂「湖州畫派」，就是以他為首。他是蘇軾的從表兄，兩人關係很親密，蘇軾還是他的學生。就影響而言，他的畫名超過了詩名，其實他的詩也有獨特造詣。當時蘇軾稱他有「四絕」：詩一、楚辭二、草書三、畫四（〈書與可墨竹並序〉），詩列第一。他在詩中擅長以畫家的眼光取景構圖，追求詩的畫意，還喜歡在詩中以繪畫作品比擬風景，為古代詩歌增添了一種新的寫景手法。今存《丹淵集》。

高松漏疏月，落影如畫地。徘徊愛其下，及久不能寐。怯風池荷卷，病雨山果墜❶。誰伴予苦吟？滿林啼絡緯❷。

【注釋】❶怯風池荷卷二句　這兩句寫風雨之後池荷蔫捲、山果墜落的情景。怯風，怕風。病雨，受了雨的損害。❷絡緯　草蟲，一名絡絲娘，俗稱紡織娘。

【語譯】高聳的松枝間，漏出幾絲稀疏的月光，斑駁的光影落在地面，如在地上勾繪圖畫。我喜愛這如畫的境界，在松下徘徊流連久久不能成寐。怕風的池荷，將葉子捲了起來；遭了雨打的山果，紛紛墜落。啊，誰伴著我在夜色裡苦吟呢？只有啼聲滿林的絡絲娘。

【研析】這首詩首聯寫高松漏月、月影瀉地，就是用畫家的眼光和繪畫技法觀察與描繪景物的。「漏」字和「疏」字用得精細，搭配得妙，表現出高松枝葉的繁茂和月光的稀疏，好像水墨畫家在潑灑濃墨中留下幾絲空白格外明亮奪目。次句寫斑駁的樹影，就直接點出「如畫地」了。蘇軾小品名篇〈記承天寺夜遊〉中，「庭下如積水空明，水中藻荇交橫，蓋竹柏影也」三句，以空靈妙筆畫出月影瀉地，可與文同這一聯詩參讀。次聯抒寫他陶醉於高枝疏月天然圖畫中的愉悅之情。上半首畫出一個光和影的境界，詩人意猶未盡，又在下半首以風聲、蟲聲、吟詩聲交織成一首月光曲，使這幅詩中畫奏出了音樂。「怯風」、「病雨」，不僅僅寫池荷、山果怕風吹雨打，更傳達詩人對自然物的深情體貼。全詩以蕭疏的筆墨營造出一個清絕的意境，表現了一種高雅超俗的文人生活情趣。司馬光說文同「襟韻瀟落，如晴雲秋月，塵埃不到」，此詩正如其人。

亭口

文同

【題解】詩是嘉祐元年（西元一〇五六年）前後文同在邠州任靜難軍節度判官時寫的。亭口，今陝西亭口。在邠州（今陝西彬州）城西四十里處，涇水之濱。

林上翩翩雁影斜，滿川紅葉映人家。岩頭孤寺見橫閣❶，有客❷獨來登暮霞❸。

【注釋】❶見橫閣　露出橫閣。見，顯露。❷客　詩人自指。❸登暮霞　謂在晚霞中登臨。

【語譯】在深林的上空，一群大雁翩翩飛過，於林梢留下了牠們斜斜的身影。此時，夕陽西下，照亮了滿山川如火紅葉，還有幾戶人家。在山頂岩頭，顯露出孤零零一座佛寺的金色橫閣。只有我這個客人，獨自從亭口鎮出發，在晚霞中登臨。

【研析】文同在一個秋日到亭口鎮外的山林遊覽，詩中描寫了遊覽的經過和他所欣賞到的寧靜秀麗景色。此詩在藝術表現上有三點很值得我們學習。其一，構思精巧縝密。全篇所展現的美景：林上雁影、滿川紅葉、山野人家，以及岩頭孤寺與橫閣，都是詩人在日暮黃昏登上山寺遠眺俯瞰近觀所見，但到了詩的結尾才點明，使全篇渾然一體，避免平直。其二，作者是著名畫家，他的山水詩善於融繪畫技法入詩，注意構圖布局，表現景物的大小、遠近、高低，使之有空間層次感；還注重表現景物的形態、色彩、明暗，追求詩中有畫。此詩首句所寫林上雁影是高遠之景，滿川紅葉與人家是低處中景，岩頭孤寺橫閣是高處近景。這些景物在夕陽照耀之下，色彩絢爛，但也有明暗、光影。其三，化實為虛，增添詩趣。結句「登暮霞」，其實是詩人在晚霞中登臨橫閣。如果照實寫「登橫閣」，那就是寫散文，缺少詩意。說「登暮霞」，彷彿詩人凌虛蹈空，登上了天空中的晚霞，飄飄欲仙了。晚唐著名詩人李商隱〈閑遊〉詩有「西樓倚暮霞」之句，張鳴兄說：「『倚』字用得十分新鮮。文同此詩的『有客獨來登暮霞』句，可能受了李詩的啟發，但『登』字的運動感更為鮮明，相比之下，此句比李詩更為生動新巧。」（《宋詩選》，人民文學出版社，二〇〇四年版，第一三四頁）筆者總的贊同，但還想補充說：「倚」字之所以新鮮，是因為詩人把它與「暮霞」搭配，說自己倚靠上了其實不可能倚靠的暮霞。文同的確受了李詩的啟發，但他不用「倚」字而改用「登」字，主要是為了避免此句詩犯孤平。因為「仄仄平平仄仄平」的句式，第三字如果改平為仄，必須在第五字改仄為平予以拗救，才能不犯孤平，所以他用了平聲「登」字，並非是「登」字的運動感更為鮮明。筆者認為：靜態的「倚暮霞」同樣富於詩意。後來，黃庭堅的七律名篇〈登快閣〉，其「快閣東西倚晚晴」句，就徑直學李詩，用了「倚」字，乃因「東西」二字都是平聲，不會犯孤平了。

望雲樓三十首（選一）

文　同

【題　解】此詩原題為〈守居園池雜題〉，原詩共三十首，此為第十二首，是文同擱在洋州（治所在今陝西洋縣）任知州時作。望雲樓，作者官宅內的一座樓。

巴山❶樓之東，秦嶺❷樓之北。樓上卷簾時，滿樓雲一色。

【注　釋】❶巴山　又名大巴山、巴嶺，在今四川東北部與陝西、湖北兩省交界處。主峰在陝西南鄭區南、四川南江縣北。❷秦嶺　又名秦山，自今甘肅天水蜿蜒東行，橫亙於陝西南部，直至河南陝州。主峰在陝西長安區南。

【語　譯】我登上望雲樓，東望巍峨巴山，北眺雄偉秦嶺。每當捲起樓上的簾子，雲霧即騰躍而入，樓內樓外都是一色的白雲，這座樓就浮在天邊無際的蒼茫雲海之上。

【研　析】詩寫望雲樓風光。運用水墨大寫意手法，作宏觀把握，不作具體細緻的描繪。首聯寫樓周圍的地理形勢。樓因巍峨巴山與雄偉秦嶺的襯托，顯得氣勢雄渾，境界壯闊。文同以散文句法自然對仗，猶如雙峰對起。後一聯用「卷簾」二字，推出「滿樓雲一色」的畫面，寫出雲霧的濃厚、飛湧、變化，讀者如見山在樓外、樓在雲中，並感受到作者讚歎壯麗大自然的神態和高瞻遠矚的氣度。全詩四句，句句有一「樓」字，竟無重複之感，反而突出了詩中圖畫的主體——樓。

春草

劉敞

【題解】這首詩借詠春草，寄寓了對清高絕俗的人生品格的讚頌。

【作者】劉敞（西元一〇一九—一〇六八年），字原父，世稱公是先生，臨江新喻（今江西新余）人。慶曆六年（西元一〇四六年）進士。歷知揚州、鄆州、永興軍等，累遷知制誥，拜翰林侍讀學士，改集賢院學士判南京御史臺。立朝敢於言事，為官所至多有政績。他以學問淵博稱名當時，上自六經百氏，下至卜醫數術無所不通。歐陽脩比他年長十二歲，卻常在讀書遇到疑難時向他請教。尤長於經學，精於《春秋》，不拘古人傳注，開宋人疑經議經之先聲。古文也有名。與弟劉攽合稱「二劉」。他以文為詩，其詩學究氣和書卷氣濃郁，但也有少數好詩清雅而思致深遠。今存《公是集》。

春草綿綿❶不可名，水邊原上亂抽榮❷。似嫌車馬繁華處，才入城門不見生。

【注釋】❶綿綿　形容草生得茂密，連綿成片。❷抽榮　這裡是指抽芽。榮，本指草本植物的花。

【語　譯】春草長得那麼茂密，連綿一片，人們叫不出它們的名字。它們在水邊原野上亂紛紛抽芽，生機勃勃。好像是厭惡城市車水馬龍的繁華喧鬧，你看，它們一進城門就不願長了。

【研　析】寫詩尤貴在發現。懷著詩心、具有詩眼的人，能夠從如常生活中人們熟視無睹的事物和現象觸動靈感，發現新鮮美妙的詩意。唐代韓愈〈早春呈水部張十八員外二首〉（其一）中，有「草色遙看近卻無」，被譽為空處傳神、妙攝早春之魂的名句。劉敞這首詩也有發現。他看到春草在水邊原野上蓬勃生長，城裡面卻找不到它們的蹤影。他由此揣測、思索春草同人一樣是有感情、有個性、有品格的。它們就像那些遠離城市甘居鄉野的隱者一樣，喜愛清靜，安貧守道。這樣，春草不在城裡長這一普通現象，就被劉敞發現並發掘出詩意。他在前一聯極力渲染春草在城外水邊原野上生機勃勃的景象，與後一聯寫它們一入城門就不再長形成鮮明對比，第三句「似嫌車馬繁華處」將春草擬人化，並揣度其內心活動。這是點睛之筆，點出詩的主旨。這首詩在宋代就受到稱讚。劉克莊說它「有元和意度，不似本朝人詩」（《後村詩話・前集》卷二）。蔡正孫《詩林廣記・後集》卷十說：「原父此詩，是將羅鄴〈賞春〉詩翻一轉，真有唐人意度。」唐羅鄴〈賞春〉詩云：「芳草和煙煖更青，閑門要地一時生。年年點檢人間事，唯有春風不世情。」羅詩前兩句讚揚春草沒有勢利眼，不論貧寒閒門還是豪門要地都願生長。劉敞確實是將羅鄴的詩意翻一轉，不過，如果他沒有見到繁華的城中往往不長草這一現象並引起觸動，他是不可能想到翻轉羅詩的。從寫春草的角度看，劉詩中嫌棄車馬繁華處的春草，寄寓了一種清高絕俗的人格精神，就比羅詩隨處可生的春草可敬可愛。但因為劉詩翻轉了羅詩的詩意就說它「真有唐人意度」、「不似本朝人詩」，也不正確。筆者感到劉詩說理意味強，託物寓意未能做到不露痕跡，這是劉敞「以文為詩」的表現，仍應屬宋詩風調。上文所舉韓愈〈早春呈水部張十八員外〉這首七絕，不僅有「草色遙看近卻無」這一絕妙佳句，而且全篇動人地呈現了早春的美。這才是「真有唐人意度」之作。

西樓

曾鞏

【題解】神宗熙寧十年（西元一〇七七年）八月，曾鞏以直龍圖閣移知福州，兼福建路兵馬鈐轄。此詩作於任上。西樓，即詩中「朱樓」。稱「西樓」，恐與東面大海相對而言。

【作者】曾鞏（西元一〇一九—一〇八三年），字子固，建昌軍南豐（今江西南豐）人，世稱南豐先生。早年有文名，得歐陽脩賞識。嘉祐二年（西元一〇五七年）歐陽脩知貢舉，曾鞏與蘇軾兄弟等同登進士第。歷太平州司法參軍，館閣校勘，集賢校理，英宗實錄院檢討官。知齊、襄、福、亳等州。官至中書舍人。他是著名古文家，「唐宋八大家」之一。對其文，歷代推崇；對其詩，評價不一。有人說他精於詩，也有人說他不能作詩。平心而論，他的古體詩平正質直，雖時有奇句，但少有通篇充實渾厚之作。律詩較為精通，但變法不多，難見抑揚頓挫之致。七絕寫得最好，意格高遠，字句清健，構思也新穎多變，總之，詩的成就不如文，但也不乏佳篇。有《曾鞏集》。

海浪如雲去卻回，北風吹起數聲雷。朱樓四面鉤疏箔❶，臥看千山急雨來。

【注釋】❶鉤疏箔　把樓上四面的簾子都用鉤捲掛起來。鉤，掛起。箔，簾子。

【語譯】烏雲低垂，水天一色，那拍岸的海浪好像雲一樣黑，它疾速奔去，卻又倏忽復回。忽然北風吹過，挾帶震耳欲聾的狂雷。我想暴雨將至，於是用鉤子把朱樓四面窗戶的疏簾高高捲起，悠閒地躺臥在床，觀看樓外千山急雨捲地而來。

【研析】曾鞏的七絕以清雋淳樸為主，也有遒勁壯麗的，這首即是。它在寫景寫人、抒情喻志幾個方面都很成功。在寫景方面，作者善於選擇德國美學家萊辛《拉奧孔》中所說的「最富於包孕性的時刻」，在開頭兩句就寫出海濱夏日雷雨將至時烏雲低垂、海浪排空、北風吹起、狂雷轟鳴的情景，十四個字刻畫了四種意象互相關聯的動態，繪聲繪色，氣氛緊張，令人驚心動魄。而這兩句還只是大自然的一支序曲，結句的「千山急雨來」才是造化演出的威武雄壯的活劇，千山萬嶺急雨飛瀉而下的場景何等氣勢磅礴！作者不僅寫景，還在景中寫人。前兩句在景中已能見出抒情主人公喜悅、驚奇及其細緻觀察風雨欲來的情態。第三句「朱樓四面鉤疏箔」既是全詩結構上的襯墊之筆，使全詩有轉折跌宕之致，但也是刻畫人物形象的一個反常合道達情的細節。按常理，風雨將至，應當閉窗才是，但詩人此刻偏要捲起疏簾，敞開四面窗，因為他要欣賞大自然表演的戲劇，因為他要享受千山急雨驟然而來的壯美境界。「臥看」二字，將詩人不為風雲變化所動的沉靜深穩性格，他的開闊胸襟與雍容氣度，還有力求上進、欲為國為民有所作為的思想境界，全都生動含蓄地表現出來了。曾鞏這首七絕的意境雄奇壯闊，可與曾公亮的〈宿甘露僧舍〉以及蘇軾有「掛起西窗浪接天」句的〈南堂〉媲美。

居洛初夏作

司馬光

【題　解】熙寧二年（西元一〇六九年），宋神宗支持王安石實行變法。司馬光因與王安石政見不合，便於熙寧四年退居洛陽，直到元豐八年（西元一〇八五年）哲宗即位，方歸京任職，其間居洛陽共十五年。此詩即作於客居洛陽的頭一年。陳衍《宋詩精華錄》說「此詩元祐入相時之作」，不確。

【作　者】司馬光（西元一〇一九—一〇八六年），字君實，陝州夏縣涑水鄉（今山西聞喜縣南）人，世稱涑水先生。寶元二年（西元一〇三九年）進士。歷任天章閣待制兼侍講，知諫院，龍圖閣直學士，翰林學士。因反對王安石變法，出知永興軍，旋判西京御史臺，後拜尚書左僕射兼門下侍郎，主朝政，盡廢新法。贈太師、溫國公，諡文正。他是著名的史學家、政治家，著有通史巨著《資治通鑑》。詩風質樸。有《司馬文正公集》。

四月清和❶雨乍❷晴，南山當戶❸轉分明❹。更無柳絮隨風起❺，唯有葵花向日傾。

【注釋】❶清和　清明和暖。❷乍　初。❸當戶　對著門戶。❹轉分明　指天空雨過雲散，南山因此變得更青綠分明。❺更無柳絮隨風起　化用東晉女詩人謝道韞「未若柳絮因風起」（見《世說新語》引）之句。更無，再無。

【語　譯】四月雨後初晴，天氣清明和暖。對門的南山變得歷歷分明。眼前再也沒有柳絮乘風飄飄飛起，只有金燦燦的葵花朝著太陽開放。

【研　析】司馬光以西京留守退居洛陽，在編著《資治通鑑》之餘，建獨樂園，引水浚池，築堂聚書，遊息倘徉其中。有時同洛中不滿新法的耆老舊臣聚宴或遊覽酬唱，名曰「耆英會」、「直率會」，可知他在洛中的心境、情趣，還是愉悅、歡樂、豐富的。這首小詩首句寫四月初夏，雨後初晴，天氣清和。既點醒詩題，又為以下三句寫景作了鋪墊。次句承「雨乍晴」，寫他遠望當戶南山，因為雨過天晴，變得歷歷分明。這一聯，好天氣和好風景，透露出詩人心情暢快，觸發出觀賞美景的情趣。後一聯即寫眼前近景。上句說，眼前已沒有因風起舞撲面而來的柳絮，只見大片金燦燦的葵花，正對著太陽開放。詩人精心組織了這一聯對比鮮明的對仗句，以柳絮的消失和葵花的長成生動地顯示初夏景色特徵；而更主要的，是抒發眼前身畔，再也沒有討厭的柳絮，只有那大片金燦燦葵花的喜悅。聯繫當時神宗不顧司馬光等人反對而大力推行新法的政治局勢，顯然，詩人並非單純寫景，而是有所寓託的。這因風起的柳絮，似是喻指朝廷上那些隨風轉舵、政治投機的變法派人物；而此處的「更無」，正表現了詩人退居洛陽後不再同這些小人打交道而感到輕鬆、愉悅。「葵花向日傾」，則是用以象喻自己對國家君王的一片忠心。蔡正孫《詩林廣記・後集》卷十收有這首詩，詩下附錄〈東皋雜記〉就說：「其愛君，忠義之志，概見於此。」難得的是，此詩景真情真，發自肺腑，其寓意寄託，皆借當前景色，委婉、含蓄傳出，不著痕跡，自然天成。作者學問淵博，但此詩以口頭語寫眼前景，不炫示學問，只有第三句暗用了謝道韞的句意，全篇平實疏暢，景象如畫，清淡可喜，淺中有深。

登飛來峰

王安石

【題　解】皇祐二年（西元一〇五〇年），王安石知鄞縣（今屬浙江）秩滿而歸，路經越州，有〈登越州城樓〉詩。本詩當亦同時所作。有些注本說飛來峰在杭州靈隱寺前，但靈隱飛來峰無塔。宋人李壁《王荊文公詩箋注》已疑此說有誤：「靈隱飛來峰，則無塔，兼所見亦不遠，恐別一處也。」飛來峰，即詩中的「飛來山」，在越州（今浙江紹興）城南。傳說此山從琅玡瀕海處飛來，故名。宋時山上有應天塔，今俗稱塔山。

【作　者】王安石（西元一〇二一—一〇八六年），字介甫，號半山，撫州臨川（今屬江西）人。仁宗慶曆二年（西元一〇四二年）進士。累遷三司度支判官，擢知制誥。神宗即位，知江寧府，召為翰林學士兼侍講。熙寧二年（西元一〇六九年）拜參知政事，次年拜相，主持變法，推行新政。七年，罷相。八年，復相。九年，再罷相，退居江寧（今江蘇南京）半山園。封舒國公，後改封荊國公，世稱王荊公。他是厲行革新的政治家、思想家，也是北宋詩文革新運動的代表之一。他的詩歌政治性、現實性較強，政治家的理想抱負、議政的犀利深刻以及果斷堅毅的性格在詩中有鮮明突出的體現。他的詩歌，前期清朗剛勁，含蓄不足，有散文化傾向，多古體拗律，辭意險，愛用典；後期則多近體，構思精巧，字句精美，詩律精嚴，意境清遠。特別是七言絕句，在宋代詩人中屬第一流。有《臨川先生文集》。

飛來山上千尋❶塔，聞說雞鳴見日升❷。不畏浮雲❸遮望眼，自緣❹身在最高層。

【注釋】❶千尋　古以八尺為一「尋」。此處極言其高。❷聞說雞鳴見日升　暗用唐孟浩然〈越中逢天台太乙子〉詩：「雞鳴見日出，每與仙人會。」❸浮雲　漢陸賈《新語》：「邪臣蔽賢，猶浮雲之障白日也。」唐李白〈登金陵鳳凰臺〉詩：「總為浮雲能蔽日，長安不見使人愁。」這裡寓意或指「邪臣蔽賢」，或指阻礙政治改革的阻力。❹自緣　因為。同義複詞。

【語譯】飛來山上，矗立著高入雲際的應天寶塔。聽說山下遍布雄雞啼鳴，天還未亮時，山上就可以看到太陽升起來了。我不怕浮雲遮擋望遠的眼睛，只因為自己已身在山頂塔上的最高層。

【研析】王安石是一位敢作敢為的政治改革家。少年時代即胸懷「矯世變俗之志」（《宋史》本傳)，入仕後更志高氣盛，初露鋒芒。他任鄞縣知縣，「讀書為文章，三日一治縣事。起堤堰，決陂塘，為水陸之利；貸穀於民，立息以償，俾新陳相易；興學校，嚴保伍，邑人便之。」可見他勤於和善於執政為民，顯示出超卓不凡的政治才能。因此，當他知鄞縣秩滿路經越州時，便滿懷豪情，登飛來峰上應天塔，縱目千里，逸興遄飛，脫口吟出此詩，抒發其銳意變法、推行新政、興國濟時的雄心壯志。詩的前聯緊扣題目，敘寫他攀山登塔的見聞感受。首句以誇張手法極言山與塔之高，次句緊承首句，寫他在塔上已聽到雄雞啼鳴，看見朝陽噴薄升起。後聯抒發豪情，提升詩境。「不畏浮雲遮望眼」，以帶有象徵意蘊的詩句，表達他為了實現遠大政治抱負不畏艱難不懼險阻的勇氣毅力。這一句暗用了陸賈、李白有關「浮雲蔽日」的典故成語，藉以激發讀者的聯想與思考，豐富詩的思想內涵。結句更點明他的勇敢無畏充滿自信來自於他已「身在最高層」。此時王安石仍身居下僚，因此這裡的「最高層」，不是指他位居宰相，執掌大權，而是指他志存高遠，已能高屋建瓴，洞察時政弊端，胸懷變法革新的宏圖。唐詩名篇〈登鸛雀樓〉的「欲窮千里目，更上一層樓」，令人感受到詩人王之渙向上進取的精神與高瞻遠矚的胸襟；〈望嶽〉的「會當凌絕頂，一覽眾山小」，可以看到青年杜甫不怕困難、敢於攀登絕頂俯視一切的豪邁氣概。王安石此詩的三、四句，有可能從這兩首唐詩中汲取了思想與藝術營養，並兼具其情思意蘊。但我以為，王安石的「身在最高層」，在語氣上比「欲窮」、「會當」更豪邁自信，並顯示出他果敢倔強、堅毅不撓的個性與魄力。

葛溪驛

王安石

【題解】皇祐二年（西元一〇五〇年），王安石知鄞縣任滿歸臨川。於秋天，離臨川赴錢塘（今浙江杭州）途經弋陽時作此詩。葛溪，在今江西弋陽。驛，驛站，客舍。

缺月昏昏漏未央❶，一燈明滅照秋床。病身最覺風露早，歸夢不知山水長。坐感歲時歌慷慨，起看天地色淒涼。鳴蟬更亂行人❷耳，正抱疏桐葉半黃。

【注釋】❶缺月昏昏漏未央　寫暗夜情景。缺月，不圓的月亮。漏未央，猶言夜未央。漏，漏壺，古代的計時器。未央，未盡。❷行人　詩人自指。

【語譯】秋天之夜，半圓缺月昏昏暗暗，耳畔傳來計時漏壺的滴水聲音。一燈如豆，忽明忽暗，照著旅舍裡冷清清的臥床。我這有病之身，最早感受到夜間的冷風寒露；夢中彷彿已回到了家鄉，醒來才知道離故鄉山遠水長。想到歲時已晚，國事艱難，我毅然坐起，情不自禁地悲歌慷慨；起身下床，眺望窗外，但見天地間景色淒涼。捱到天明，打算重登旅途，更有一片蟬聲擾亂我的耳膜。唉，這些無知的秋蟬，仍棲身在葉已半黃的稀疏梧桐樹上。

【研　析】王安石涉足仕途後，對人民貧困、國力虛耗、政治上種種積弊，有比較清醒、深刻的認識，希望通過改革來解決社會危機，使民富國強。病中行役，獨臥秋床，寒冷、孤寂、淒涼的旅況觸動他的心弦，自然發興，寫出這首壯懷激烈、悲歌慷慨的佳作。全詩以行客為線索，從半夜寫到天曉，從室內寫到室外，從思鄉寫到憂時憂國，複雜深沉的情緒感慨隨著時空變化推移盤迂而出，發為曲折迴環、沉鬱頓挫的詠唱。詩中情景交織、融合，各種意象如「缺月」、「風露」、「歲時」、「天地」、「鳴蟬」、「疏桐」等，既是作者耳聞目見之興象，又似是具有隱喻象徵意味的比象；詩中既有首聯對旅舍境況的逼真描寫，又有頷聯對詩人心態的細膩刻畫，還有頸聯「坐感歲時」、「起看天地」悲歌慷慨的抒情高潮。全篇運筆雄健，粗細結合，格律嚴謹，針線細密，又一氣貫注，渾然一體。從詩的情調、構思、風格及字句格律來看，都頗得杜甫七律的神韻。如詩裡「風露早」與「山水長」拗句對仗，詩中用疊字「昏昏」，用雙聲連綿詞「慷慨」與「淒涼」相對，押響亮的下平聲陽床韻，都使詩的聲情和諧契合，結句還化用了杜甫〈秦州雜詩〉的「抱葉寒蟬靜」。前人對此詩評價很高。《瀛奎律髓彙評》卷二十九方回評云：「半山詩如此慷慨者少。」紀昀評云：「老健深穩，意境殊自不凡。三、四細膩。後四句神力圓足。」許印芳說：「此旅宿感懷而賦詩也。首聯伏後六句，無一閒字。……後六句緊跟秋床來，而五句又跟三句，六句又跟四句，七句又緊跟五、六來，故用一『更』字，八句則緊跟七句……詩律精細如此，而氣脈貫注，無隔塞之病，加以風格高老，意境沉深，半山學杜，此真得其神骨矣。」

壬辰寒食

王安石

【題　解】壬辰，宋仁宗皇祐四年（西元一〇五二年）。寒食，節令名。冬至後一百五日，在清明節前一日或二日。〈荊楚歲時記〉：「去冬節一百五日，即有疾風甚雨，謂之寒食，禁火三日。」時王安石在舒州（治所在今安徽安慶）任通判。其父王益安葬於江寧（今江蘇南京）牛首山。此詩當為去江寧掃墓時所作。

客思似楊柳，春風萬千條。更傾寒食淚，欲漲冶城❶潮。巾髮雪❷爭出，鏡顏朱❸早凋。未知軒冕❹樂，但欲老❺漁樵。

【注　釋】❶冶城　城名，故址在今南京朝天宮附近。相傳三國時吳冶鐵於此，故名。❷雪　喻白髮。❸朱　形容臉上的容光。❹軒冕　古代卿大夫的軒車和冕服，代指官爵祿位。❺老　終老。

【語　譯】我客居異鄉的羈旅愁思，好似春風中搖漾千萬條的楊柳一樣多。今天寒食節來到江寧掃墓，深切哀悼亡父，淚水如傾，真要使冶城下的江潮也為之陡漲。白髮從我的頭巾下，像雪一樣爭著冒出來；從鏡子裡見到自己臉上紅紅的光澤，也早就凋萎暗淡。至今我還沒有感受到做官的樂趣，只是想著隱退鄉居，與漁人和樵夫一起終老。

【研 析】寫這首詩時，王安石三十二歲，在舒州任通判。他胸懷改革弊政的大志，但身居下僚，難有作為，心情是憂鬱的，加上寒食節悼念亡父，更是愁腸欲斷。詩的首聯以眼前在春風中拂動的萬千條楊柳比喻自己愁思之繁多、紊亂，聯想自然，喻象生動奇警。頷聯點題，緊承首聯寫其悼念慈父的哀痛。說其眼淚傾瀉而下，乃至使江潮陡漲，以極大的藝術誇張表達出悲情之強烈，激發讀者為之共鳴。十個字直貫而下，構成流水對仗，可謂妙手天成。故而查慎行說：「前四句一氣轉折。」紀昀讚曰：「起四句奇逸。」(《瀛奎律髓彙評》卷一六) 頸聯感歎自己壯志難酬而未老先衰，抒情遞進一步，詩意並不新鮮，但詩人能以雄勁筆力變化句法，繼續寫出濃縮、奇崛之句。「雪爭出」三字形容白髮長勢之猛之快，力透紙背，遮掩了下句「朱早雕」的平弱。歷來學界都認為王安石晚年詩格律精嚴，造語用字，間不容髮。但此首早期寫的五律，卻已顯示出其不凡的藝術功力。清人許印芳評讚說：「前半縋幽鑿險而出，既有精思，又行以灝氣，大有盛唐人風味。」(同上引) 近人高步瀛《唐宋詩舉要》卷四選入了此詩，並評論云：「風神跌宕，筆勢清雄，荊公獨擅。」但尾聯平淡，是此詩的缺點。

明妃曲二首(選一)

王安石

【題 解】這兩首詩是王安石的名作，作於嘉祐四年(西元一〇五九年)，時王安石在三司度支判官任上。當時歐陽脩、梅堯臣、曾鞏、司馬光、劉敞等都作有和詩。明妃，即王昭君，名嬙，字昭君，南郡秭歸人，漢元帝時宮女。漢室與匈奴和親，將她嫁給匈奴呼韓邪單于，號寧胡閼氏。

後來晉人避文帝司馬昭諱改稱為明君或明妃。

明妃初出漢宮時，淚濕春風鬢腳垂。低徊顧影無顏色，尚得君王不自持❶。歸來卻怪丹青手，入眼平生幾曾有❷。意態由來畫不成，當時枉殺毛延壽。一去心知更不歸，可憐著盡漢宮衣。寄聲欲問塞南❸事，只有年年鴻雁飛。家人萬里傳消息：「好在氈城❹莫相憶。君不見咫尺長門閉阿嬌，人生失意無南北。❺」

【注釋】❶明妃初出漢宮時四句　這四句本是出於《後漢書．南匈奴傳》：竟寧元年，匈奴呼韓邪單于來朝，漢元帝命賜他五個宮女。昭君入宮已數年，不得進見，遂自動請行。臨行之日，「昭君豐容靚飾，光明漢宮，顧景徘徊，竦動左右。帝見大驚，意欲留之，而難於失信，遂與匈奴。」單于，匈奴稱其國君為單于。春風，指面容，用杜甫〈詠懷古跡〉「畫圖省識春風面」語意。鬢腳，同「鬢角」。低徊顧影，低頭徘徊，顧影自憐。無顏色，因傷心而失去動人的面色。君王，指漢元帝。不自持，不能自我控制而失態。❷歸來卻怪丹青手二句　意謂漢元帝回頭卻責怪畫工沒有把王昭君少見的美貌畫下來而怒殺畫工。當時被殺的畫工當中有一位叫毛延壽。丹青手，指畫工。入眼平生，平生所見。❸塞南　邊塞以南，指漢王朝統治的區域。❹氈城　匈奴單于所居之地。匈奴以氈帳為居所，故云。❺君不見咫尺長門閉阿嬌二句　承上句，也是假託王昭君家人的話。意思是說，曾經倍受寵愛的陳阿嬌，尚且被打入冷宮。失寵之人，無論近在咫尺，還是遠在天涯，遭遇都一樣。

人生既然失意了，也就沒有什麼南北分別。

【語　譯】明妃初出漢宮之時，姣好的面上淚水流淌，還沾濕了下垂的鬢角。她低頭徘徊，顧影自憐，不忍遠去。儘管因為憂傷，面色慘澹，但她驚人的美貌仍然使漢元帝驚訝動情，不能自持。元帝事後責怪宮廷畫工，這樣的美人我平生何曾見過，你為什麼沒有如實畫出來？其實，人的風采神情本來就是畫不出來的，漢元帝當時怪罪毛延壽，把他殺掉，真是冤枉了。王昭君心知既然出了漢宮，再也不可能回來了，但她身在胡庭心在漢，堅持不改漢宮的穿著。天長日久，帶來的衣服都穿完了。她多想託大雁打聽故國的情況啊，但年年只見大雁北來南飛，不見消息傳來。家鄉人萬里外為她傳消息：「你還是安心在匈奴的氈城過日子吧，不要再想念漢宮了。你不見曾經倍受寵愛的陳阿嬌，尚且被打入冷宮，雖離君王很近，卻不許相見。人生失意了，無論近在咫尺，還是遠在天涯，遭遇都是一樣，還分什麼南方北地呢。」

【研　析】有關王昭君的故事記載史籍多，流傳也廣，自漢代以來，以此為題材的詩作不少。大都喜用《西京雜記》昭君不賂畫工的故事，責毛延壽貪贓弄奸，或悲憫王昭君流落塞外之苦。王安石寫了這兩首詩後，當時歐陽脩、梅堯臣、司馬光、劉敞、曾鞏等都有和詩，詩的主旨除上述兩點外，更主要是借古諷今，針砭北宋因為軍事上孱弱，對外政策屈辱妥協。王安石是傑出的政治家，他深知在尚未實行變革消除王朝積弱積貧被動挨打的局面之前，為求得邊疆的安寧，和親尚不失為暫時可行的政策。因此，他在〈明妃曲二首〉詩中不指責和親之策，而獨出新見，為毛延壽翻案，諷刺皇帝的昏庸造成昭君的不幸。詩中以濃墨重彩謳歌王昭君熱愛故土、思念漢室，天長地久、忠貞不渝的愛國精神，十分感人。詩人還由昭君想到更多的女子，由在北的失意聯想到在南的失意，又由美女的失意聯繫到古來才士的不遇，揭示出古代社會「人生失意」的普遍悲劇命運，使詩的主題思想既廣闊又深刻。第一首中的議論警句「君不見咫尺長門閉阿嬌，人生失意無南北」和第二首的「漢恩自淺胡自深，人生重在相知心」，深蘊人生哲理，一掃「失身異域」的客愁舊調，襟懷博大，識度非凡，令人心神開豁。對於這首具有反傳統思想觀念的詩篇，一時毀譽紛紜。黃庭堅評：「詞意深盡，無遺恨耳。」范沖肆意曲解並抨擊此詩「以胡擄有恩，而遂忘君父，壞天下人心術」。李壁也折中說「詩人務一時為新奇，求出前人所未道」，而偶致失言（以上參見宋李壁《王荊文公詩箋注》卷六引）。朱自清先生〈王安石〈明妃曲〉〉一文說：「王安石〈明妃曲二首〉，頗受人攻擊，說詩中『人生失意無南北』『漢恩自淺胡自深』兩句有傷忠愛之道。」針對歷史的曲解，朱先生作了平實貼切的解讀，請讀者參看。文長，茲不錄。從藝術表現的角度評價，王安石這首詩在塑造王昭君形象方面，超越了以前與同時的同題材作品。他用生動的筆墨，刻畫王昭君低頭徘徊、顧影自憐之神態情狀，渲染她淚流滿面，顏色慘澹，仍然不能掩蓋絕代的美麗，更用「可憐著盡漢宮衣」、「寄聲欲問塞南事」等詩句，表達對王昭君思念故國眷眷之心的同情與讚歎，使這個人物形神兼備，躍然紙上。全篇將寫人、抒情、議論熔於一爐，不僅議論新奇，見解高明，而且情味濃郁，音情諧美。而詩句簡潔、精警，也令人擊節，如「意態由來畫不成，當時枉殺毛延壽」兩句僅十四字，為毛延壽翻了案，含蓄諷刺了昏庸帝王，再渲染出王昭君那種無法再現的意態美，又是有關人物寫真傳神的一則畫理，可謂「一石四鳥」。

示長安君

王安石

【題解】嘉祐五年（西元一〇六〇年），王安石出使契丹，臨行前與其妹話別，作此詩。長安君，王安石的七妹王文淑，工部侍郎張奎之妻，封長安縣君。因為是兄長寫給妹妹，故云「示」。

少年離別意非輕，老去相逢亦愴❶情。草草❷杯盤供笑語，昏昏燈火話平生。自憐湖海三年隔，又作塵沙萬里行❸。欲問後期何日是，寄書應見雁南征❹。

【注釋】❶愴　悲。❷草草　指隨便湊合的家常酒菜。❸又作塵沙萬里行　指作者即將出使契丹，遠行萬里。❹欲問後期何日是二句　意思說，你問我幾時回來，到了大雁南飛的秋天，我會寄信回來，告訴你重逢的日期。

【語譯】年輕時與親人離別，心情自然沉重，可是到老來，卻連相逢也令人感到悲愴。這簡單隨便的酒菜，也可供我們兄妹談笑風生；在昏暗的燈光下，推心置腹，漫話平生，是多麼溫暖啊。我自憐過去三年湖海阻隔不能相見，想不到又要冒著風沙遠行萬里。你如果要問我幾時回來，我想，到了大雁南飛的秋天，我會寄信回來，告訴你重逢的日期。

【研　析】這首七律寫兄妹的骨肉親情，真摯深厚，王安石經過高度概括提煉，用十分樸素自然的語言表達出來，所以感人肺腑。王安石的七妹王文淑「工詩善畫，強記博聞，明辨敏達，有過人者」（王安石〈長安縣君王氏墓誌銘〉），她比王安石小四歲，十四歲時出嫁，隨其夫張奎宦遊各地。王安石自少時與她骨肉之情最深，但各自飄零，離多會少。所以詩的首句不僅是表現人之常情，而且是他兄妹倆特殊生活背景與特定心情的寫照。次句高峰陡起，出人意表。「相逢」應喜，為何「愴情」？其因是「老去」，歲月如流，人生已老，大志未伸，與妹妹離多會少，難得相逢，又將匆匆遠別，以後更難見面了。在反常語中蘊含著豐厚深邃的情意，使次句立即扣人心弦。三、四句是全篇最精彩的名句。兄妹二人，一邊吃飯，一邊笑談家常，在燈光之下，再漫話平生聚少離多的經歷，令讀者恍如身臨其境。詩人擅於發現並捕捉住最具體、形象的細節：「草草杯盤」與「昏昏燈火」，把這個場景及其氛圍逼真、細膩地呈現出來。正如今人陳文華所評析：「草草」可見酒菜的簡單，「昏昏」則造成一種神秘感，在這昏暗的燈光下促膝談心，似乎與整個世界都隔絕了，難道還不可以放心地傾吐心中的祕密？王安石在為這位妹妹寫的〈墓表〉裡曾稱讚她「衣不求華，食不厭蔬」，這「草草杯盤」和「昏昏燈光」不正是長安君這種儉樸精神的寫照嗎？（見《宋詩鑑賞辭典》，第二〇五頁）宋人葉夢得《石林詩話》卷上云：「詩下雙字極難，須使七言五言之間除去五字三字外，精神興致，全見於兩言，方為工妙。」王安石這一聯詩的精神興致、感情氣氛，主要藉助「草草」、「昏昏」這兩個疊字詞表現出來。筆者認為，此聯以及唐人王維的「漠漠水田飛白鷺，陰陰夏木囀黃鸝」（〈積雨輞川莊作〉）、杜甫的「無邊落木蕭蕭下，不盡長江滾滾來」（〈登高〉），是唐宋七律詩中下雙字最精妙的警句。詩的頸聯寫相逢又離別，是詩人自我抒情；

尾聯再訂重會之期，卻宛若兄妹的對話。全篇章法結構嚴謹渾成，在煉字、造句、對仗等方面，都體現出高超的技巧。例如首聯有意採用「似對非對」法，使上下句意既緊密連貫又有轉折對比；頷聯用正對，對得極工致，頸聯又改用一氣貫注的流水對，「愴」、「供」、「話」、「自憐」、「又作」等字都精心錘煉，非常準確，卻又不見著意錘煉的痕跡，這是運用藝術技巧最高的境界。

題西太一宮壁二首（選一）

王安石

【題解】這首詩是熙寧元年（西元一〇六八年）王安石奉神宗詔入京後遊西太一宮寫的。太一宮，是供奉太一神的廟宇。當時京都開封有東太一宮和西太一宮，分別在開封城東南蘇村和城西南八角鎮。

柳葉鳴蜩綠暗，荷花落日紅酣❶。三十六陂春水，白頭望見江南❷。

【注釋】❶柳葉鳴蜩綠暗二句　寫在西太一宮中所見所聞夏日景物。蜩，蟬。紅酣，形容荷花紅豔如醉。❷三十六陂春水二句　寫眼前陂水觸引起他對江南的思念。三十六陂，西太一宮附近名叫「三十六陂」的蓄水池塘。陂，池塘。白頭，詩人這年已是四十八歲，距他上次隨父親王益遊西太一宮已過三十年，其父也早已辭世。

【語譯】茂密的柳樹林，知了正隱於濃綠幽暗的枝葉間鳴叫著；在夕陽斜照下，那本來就十分嬌豔的荷花，更宛若醉酒的美人，滿臉漾出紅暈。三十六陂春水瀲灩，不禁使我這白頭老夫思念「千里鶯啼綠映紅」的江南。

【研 析】王安石是撫州臨川人，而他父親王益曾任江寧府（今江蘇南京）通判。他少年時隨父宦遊江寧。父親死後，全家就在金陵長期定居。母親、兄長也都葬於江寧。王安石常回江寧掃墓。金陵及整個江南，可以說是王安石的第二故鄉，是使他魂牽夢縈的一片綠淨土地。這首詩的中心思想，就是抒寫他對江南的思念。詩的前兩句寫西太一宮的夏日黃昏美景，兩句詩對仗工整，純用名詞巧妙組合，使意象自我呈示的表現方法。上句在「柳葉」與「綠暗」之間藏了「鳴蜩」，就使一片熱烈的蟬聲從深綠幽暗的柳林中傳出；下句於「荷花」和「紅酣」中嵌入「落日」，於是夕陽的餘暉，更映照得嬌豔的荷花宛如紅顏酣醉。其實，這一聯寫的雖是汴京西太一宮的景色，字裡行間，已隱隱透出詩人心中無時不在思念的杏花春雨江南。果然，第三句寫陂水，就用了一個「春」字。可能是有人認為「春水」與上聯所寫夏日景色相抵牾，改為「煙水」，故另一本作「煙水」。其實，「春水」妙。因為詩人所寫不僅是眼前的陂水，而且也是他記憶中江南的春水，這一筆由真入幻，真幻結合，詩意濃郁地表現了詩人思念江南的深情。結句直抒胸臆，語樸情深。「白頭」二字慨歎歲月流逝，人生已老，與上面的綠柳、紅荷、碧水形成更強烈的色彩反襯，詩的感情基調由單純的歡樂變為悲喜交集，變為悲涼感傷。在思念江南中，又加入了對父母親、兄長等已逝親人的緬懷，加入了撫今追昔、世事滄桑的浩茫之感。詩的情思意蘊極豐富。六言絕句，每句六字，兩字一拍，音節整齊單調，不如五言、七言那樣節奏多變，故而歷代作者較少，佳作亦不多見。王安石這首詩在句法上前駢後散，前緊後鬆，四句詩有三種句式，顯得靈動活潑，又能以極精美的語言營造出意味深長的意境，所以傳誦較廣，蘇軾、黃庭堅都有和韻之作。陳衍《宋詩精華錄》卷二高度評讚說：「絕代銷魂，荊公詩當以此二首壓卷。東坡見之曰：『此老野狐精也。』遂和之。」我想，將此詩視為宋代六言絕句的「壓卷」之作，也是恰當的。

泊船瓜洲

王安石

【題解】治平四年（西元一〇六七年）九月，宋神宗召王安石為翰林學士。熙寧元年（西元一〇六八年）四月，王安石自江寧府（今江蘇南京）赴汴京（今河南開封）任職，途經長江南岸的京口（今江蘇鎮江），在金山寺與摯友僧寶覺會晤，並留宿一夕。翌日，王安石過江，泊船瓜洲，寫作此詩，向寶覺表明心志。一說，此詩是熙寧八年二月，王安石第二次拜相，奉詔入京，舟次瓜洲而作。泊，停船靠岸。瓜洲，在今江蘇揚州市南，長江北岸，大運河入長江口處。

京口瓜洲一水間，鍾山❶只隔數重❷山。春風自綠❸江南岸，明月何時照我還❹。

【注釋】❶鍾山　即紫金山，又名蔣山、北山，在今南京市東，這裡代指江寧。❷重　量詞，層；座。❸自

綠 通行本多作「又綠」。筆者的老師、北京大學教授吳小如先生在《讀書叢札》中最先指出，南宋洪邁《容齋續筆》卷八所引此詩作「又綠」非是，應依王安石詩集作「自綠」。小如師後來又補充說明此詩「自」字，是用了杜甫〈蜀相〉「映階碧草自春色」中「自」字的含義和用法。今存詹大和《臨川先生文集》、龍舒《王文公文集》、李壁《王荊文公詩箋注》等三個不同版本系統的王安石詩集，均作「自綠」。又，王安石〈與寶覺宿龍華院三絕句〉自注引此詩，也作「自綠」。因此知洪邁所見實為草稿，並非定本。❹還 回到。

【語譯】京口和瓜洲分處在江南江北，不過相隔一水之間；我的家在鍾山下，與京口也只隔著幾座山。春風自管吹綠江南的岸草，明月啊，你幾時才能見我歸還？

【研析】詩的首句，點明金山寺所在的京口與瓜洲距離不遠，含蓄表達與寶覺禪師仍隔江相望，依依不捨。次句，王安石回望的視線從京口延伸到江寧的鍾山，由眷戀友人觸引出思念故鄉之情。第三句的「自綠」寫出春風應該是有情的，卻偏偏無情，一到季節就自管吹綠江南，而不管詩人思歸不得的惆悵。由這句自然引出結句，詩人向寶覺禪師表明：他應神宗之詔赴京，一定要做一番革除社會積弊的事業，然後功成身退，還是要回到江寧來過閒居讀書的生活。而鍾山離京口不遠，日後他還歸江寧，兩人更方便經常來往。由此詩可見，王安石做官，只是為了實現強國富民的政治抱負，並無貪圖富貴榮華的私心。作為一個改革家，王安石具有昂揚進取的精神與堅忍不拔的魄力，其個性剛毅果敢，有時甚至固執專斷。但在這首小詩中，筆者仍能觸摸到他心靈中柔軟的部分。原來，這位被人稱作「拗相公」的偉人，對志趣相投的友人，對他的父母長眠之地，也是給予他無盡詩情畫意的第二故鄉江寧，乃至「千里鶯啼綠映紅」的整個江南大地，懷抱著多麼深摯的眷愛之情呵！這首絕句，同詩人晚年的絕句相比，顯得樸素、平易、自然，但仔細品味，詩中的意象、詞語，大都或明或暗地用了典故或前人詩意與表現手法，卻用得不著痕跡。詩中連用了「京口」、「瓜洲」、「一水」、「鍾山」、「江南」等地名，這使人聯想到李白的〈峨眉山月歌〉，四句詩靈活地用了五個地名來抒發懷念故鄉故人的深情，王詩顯然學習了李詩的藝術手段。而「京口」、「瓜洲」、「一水間」都蘊含著典故或前人詩意，如「盈盈一水間」(〈古詩十九首・迢迢牽牛星〉)、「鐃吹喧京口」(王維〈送邢桂州〉)、「兩三星火是瓜州」(張祜〈題金陵渡〉)。「春風」、「明月」的意象，所蘊含前人的詩情畫意更多，如李白「春風已綠瀛洲草」(〈侍從宜春苑奉詔賦龍池柳色初青聽新鶯百囀歌〉)、「春風何時至，已綠湖上山」(丘為〈題農父廬舍〉)、「舉頭望明月，低頭思故鄉」(李白〈靜夜思〉)、「我寄愁心與明月」(李白〈聞王昌齡左遷龍標遙有此寄〉)、「露從今夜白，月是故鄉明」(杜甫〈月夜憶舍弟〉)等。王安石此詩從京口說到瓜洲，從瓜洲說到鍾山，又由「春風自綠」引出「明月何時」，詩情恰似行雲流水，自然流走，渾然天成，詩的節奏明快，音韻清朗，深情綿邈，使人一唱三歎，回味無窮。但這首詩之所以成為古代詩歌史上的名篇，還因為第三句中的「綠」字。「綠」字是形容詞，在此詩裡作動詞用更生動、精警。據洪邁《容齋續筆》卷八記載，王安石此詩草稿，「綠」字原作「到」、「過」、「入」、「滿」等，前後用過十多個字，最後才定下了「綠」字。錢鍾書的《宋詩選注》等多家宋詩選本都讚賞這個「綠」字，認為是王安石作詩精於修飾錘煉的例子。但現代詩壇巨擘臧克家卻有不同看法。臧老曾與筆者對門居數年，他對筆者說過並不欣賞這個「綠」字，又在〈一字之奇千古矚目——略談詩眼〉一文中說：「我嫌它太顯露，限制了春意豐富的內涵，扼殺了讀者廣闊美麗的想像」，「前人已先用過多次」，「已不新鮮了」，「不用『綠』而用『到』、『過』字，不更蘊藉一點，給人想像的餘地不更寬廣一點嗎？」（《臧克家古典詩文欣賞集》）臧老強調用字要新鮮、含蓄，給人想像的餘地，確是詩家之言，令人信服。但如果對王安石此詩的「綠」字作更具體深入的分析，臧老的意見也有可商之處。筆者認為，王詩的「綠」字同「江南岸」連接，既切合泊船瓜洲之地，又傳達出江南春早的信息。因水岸易於生長春草，故「綠」字暗指春草，於是就與《楚辭・招隱士》的「王孫遊兮不歸，春草生兮萋萋」、王維〈送別〉的「春草年年綠，王孫歸不歸」等前人的詩意聯繫在一起，自然地引出「明月何時照我還」，含蓄地表達出他變法革新功成後即身退歸家的思想，抒寫他對故人和第二故鄉江寧的惜別、思念深情。如果用「到」、「過」等字，就無法呈現出綠色春草的意象，不能引起那麼多詩意的聯想。可見，王詩中這個「綠」字內涵豐富，起到提升和深化意境的作用，與前人用的「綠」字相比較，有超越，有創新，有更多詩味。此外，王安石此詩通篇語言太樸素平淡，缺少色澤，有了「綠」這個顏色字，也就有了一隻靈光四射的「詩眼」，它點染出了生機勃勃、草長鶯飛、滿眼青翠的江南春色。這不是很美妙嗎？十幾年後，王安石又寫了一首七絕〈送和甫至龍安，微雨，因寄吳氏女子〉，詩中有「除卻春風沙際綠」句，這個「綠」字不僅寫出春風吹綠了江邊沙灘上的野草，而且更進一步寫出春風本來就是綠色的。程千帆先生稱讚說：「這是詩人工參造化處。……傑出的詩人不希望重複別人，偉大的詩人則是進一步力求不重複自己。」（《宋詩精選》）

南浦

王安石

【題解】這組詩是王安石晚年退居江寧時作，描繪南浦景物，設色雅麗，是其得意之作。

南浦東岡二月時，物華撩我有新詩❶。含風鴨綠粼粼起，弄日鵝黃裊裊垂❷。

【注釋】❶南浦東岡二月時二句　寫春二月時南浦、東岡美景撩人詩興。南浦，當是半山南邊的河塘。東岡，當是半山東邊的山岡。物華，景色；風光。撩，逗引；引誘。❷含風鴨綠粼粼起二句　寫水和春柳。鴨綠，雄鴨頭部那樣的綠色，這裡借指綠色的春水。粼粼，一本作「鱗鱗」，微波漾動的樣子。鵝黃，雛鵝羽毛顏色黃嫩，這裡借指初春楊柳嫩黃的枝條。

【語譯】早春二月，半山附近的南浦和東岡風景優美，秀色可餐，引得我詩興泉湧，新詩頻頻。那含著和風的鴨頭綠的春水，泛起粼粼的細浪；那逗弄著日光的鵝黃色楊柳枝條，正裊裊地飄垂。

【研析】這首絕句描寫半山早春景物風光之美。前兩句是概括寫法，點出時間，地點，突出其撩人詩興。後兩句具體描繪東風吹拂下春水微波瀲灩，和陽光照耀裡楊柳柔條依依。色彩絢麗，意態嬌媚，充滿了詩情與畫意，王安石不明言水和柳，而分別以「鴨綠」、「鵝黃」來象喻與借代，形象鮮活，誘人想像。這兩句對仗，工細精巧，將漢語言文字形、聲、義的特長發揮到了極致。繆鉞先生在〈論宋詩〉一文中精細地分析說：「『鴨綠』代水，『鵝黃』代柳，而『鴨』、『鵝』皆鳥名，『綠』、『黃』皆顏色，『鱗鱗』、『裊裊』均形況疊字，而『鱗』字從魚，『裊』字從『鳥』，備極工切。」更難能可貴的是，對得如此精工，卻令人讀之初不覺有對偶，只感到言隨意遣，渾然天成，「而字字細考之，皆經隱括權衡者，其用意亦深刻矣」。七言絕句章法結構是起、承、轉、合，為了造成一轉一合，句意含蓄不盡藝術效果，後兩句一般不宜對仗，以免板滯。但王安石偏偏學杜甫，在七絕的後一聯安排精工的對仗句，如「細數落花因坐久，遍尋芳草得歸遲」（〈北山〉）、「繰成白雪桑重綠，割盡黃雲稻正青」（〈木末〉）、「背人照影無窮柳，隔屋吹香並是梅」（〈金陵即事〉）、「縱被春風吹作雪，絕勝南陌碾成塵」（〈北陂杏花〉）、「窺人鳥喚悠揚夢，隔水山供宛轉愁」（〈午枕〉）等，或正對或反對或流水對或用虛字對，或以雙聲對疊韻等，千變萬化，因難見巧，無不銖兩悉稱，備極工巧，顯示出他晚年在詩藝上精益求精，有時過於炫耀技巧的藝術特點。

書湖陰先生壁二首（選一）

王安石

【題解】這是王安石題在楊德逢屋壁上的一首詩。楊德逢，別號湖陰先生，是作者退居金陵（今江蘇南京）時的鄰居和經常往來的朋友。

茅簷長掃靜無苔，花木成畦❶手自栽。一水護田將綠繞，兩山排闥送青來❷。

【注　釋】❶畦　田園中分成的一塊塊小區。❷一水護田將綠繞二句　意思說一條綠色河流圍繞著田野，兩座山峰對門，送來青翠的山色。護田，保護田園。《漢書・西域傳》謂漢代西域置屯田，「置使者校尉領護」，顏師古注云：「統領保護營田之事也。」這裡用其字面。將，攜帶。綠，指水色。排闥，推開門。闥，宮中小門。《漢書・樊噲傳》載，漢高祖劉邦病臥禁中，下令不准任何人進見，但驍將樊噲「排闥直入」，闖入劉邦臥室。此即「排闥」二字出處。

【語　譯】茅屋簷下的庭院時常打掃，清幽潔淨，沒有一點青苔。庭前的花木整齊成行，那是先生您親手栽培。一條小河攜帶著綠色圍護著田野，兩座山峰推開門，將一片青翠送來。

【研　析】這首絕句前一聯描寫茅簷下的清幽、潔淨景色，襯托山居主人的清靜脫俗、樸實勤勞、饒有生活情趣，在讀者的眼前展現出湖陰先生這位高人隱士的形象。後一聯以擬人化的動態描寫，加上青綠的色彩渲染，把山水寫得有生命、感情和性靈，與山居主人交誼深厚，相親相愛。隱士形象更加神完氣足，躍然紙上，全篇字字精警、自然。後兩句對仗極工整。「護田」與「排闥」都用了典故，而且都出自《漢書》。宋人葉夢得《石林詩話》卷中指出是用「漢人語」對「漢人語」，但我們讀時只感覺詩人是採用了擬人手法的生動含情的描寫，而不覺得是用典，這是用典的最高境界。南宋吳曾《能改齋漫錄》卷八說後兩句的句法本於五代詩人沈彬〈題法華寺〉詩中的「地隈一水巡城轉，天約群山附郭來」。但一比較，沈詩缺少王詩的色彩、氣勢和蓬勃生機，句法字法都顯出人工做作，遠不如王詩自然流暢。

江上

王安石

【題解】這首詩題為〈江上〉，其實寫的是離別之情，作年不詳。

江水漾西風，江花脫晚紅❶。離情被❷橫笛，吹過亂山東。

【注釋】❶脫晚紅　謂晚開的花也已經凋零。脫，凋零；脫落。謝莊〈月賦〉：「洞庭始波，木葉微脫。」晚紅，晚開的紅花。❷被　通「披」。這裡是附著之義。

【語譯】西風蕭瑟，江水蕩漾，江邊晚開的紅花也凋零了。我和故鄉離別的愁情，正隨著橫吹的笛聲，一直吹到那亂山簇擁的東頭。

【研析】這首五言絕句詩寫旅途江上的離情別緒，用蕭瑟的西風、凋零的晚花和蕩漾的江水來比喻和渲染，使讀者能夠具體地感受到離情在王安石心中的淒涼、暗淡、波動。第三句點出「離情」，卻把它寫成了一種有形體有動態的東西，它能夠黏附在笛聲中，一直吹過亂山之東。這樣，離情也就有了哀怨的聲音，而縈迴江上，纏繞於亂山之間，一直傳向遠方，久久不絕。宋初詩人鄭文寶〈柳枝詞〉有「不管煙波與風雨，載將離恨過江南」，北宋詞人周邦彥〈尉遲杯〉詞有「無情畫舸，都不管、煙波隔前浦，等行人、醉擁重衾，載將離恨歸去」，寫離恨可以被船裝載；王安石這首詩的離情，不是被裝進船裡，而是主動的披著笛聲傳向遠方。總之，使抽象無形的離情有形象、有動態、有聲音，使之情深意長，餘韻悠揚，是這首詩獨特的藝術創新。詩中「漾」、「脫」、「被」、「亂」這幾個動詞與形容詞，也用得生動、貼切、精警。

元日

王安石

【題解】這首詩通過歌詠元日，表現人民辭舊迎新的美好願望。元日，農曆正月初一，即春節。詩題一作〈除日〉。

爆竹聲中一歲除❶，東風送暖入屠蘇❷。千門萬戶曈曈❸日，爭插新桃換舊符❹。

【注釋】❶一歲除　一年過去了。❷屠蘇　草名。這裡指用屠蘇浸泡的藥酒。古代風俗，農曆正月初一，家人要先幼後長飲屠蘇酒，慶賀新春。❸曈曈　形容初升太陽明亮。❹新桃換舊符　相傳東海度朔山有大桃樹，樹下有神荼、鬱壘二神，能吃百鬼。所以古代習俗在農曆正月初一那天，在桃木板上畫二神像，懸掛在門戶上，以驅鬼辟邪，後來演變為貼門神、貼春聯。

【語　譯】在響亮熱烈的爆竹聲中，一年又過去了。一陣陣春風送來了暖意，溫熱了每人在大年初一都要喝的屠蘇酒。越來越明亮的初升太陽照耀著千門萬戶。在家家戶戶的大門上，人們為了除舊迎新、辟邪祈福，爭相取下舊桃符，換上了新桃符。

【研　析】這首絕句歌詠農曆元日。王安石用飽蘸熱情的筆觸，調動多種感覺，表現千家萬戶歡慶春節的景象，使短短四句詩包含了豐富多彩的內容。首句寫聽覺，借響亮熱烈震耳欲聾的爆竹聲，表達人們辭去舊歲迎來新年的喜悅。次句寫觸覺，陣陣春風把溫暖吹進屠蘇酒，又將春風擬人化、詩意化，從而傳達出人們飲了屠蘇酒，暖洋洋地感到春天到了。三、四句寫視覺，紅燦燦的朝陽照耀著千家萬戶，而家家戶戶的大門上都新換了彩繪著神像的桃木符。視覺、聽覺、觸覺和內心感覺的真切描繪，使春節的歡樂氣氛躍然紙上。而點燃爆竹、飲屠蘇酒、掛桃木符都是古代過春節的民風民俗，詩人在一首詩中作了集中的描寫，充分體現了人民大眾對新春的美好心願。因此，這首詩廣為傳誦，歷千載而不衰。

采鳧茨

鄭　獬

【題　解】鳧茨，野生的荸薺，荒年可以用來充饑。《後漢書·劉玄傳》就有荒年百姓入野澤掘鳧茨而食的記載。

【作　者】鄭獬（西元一〇二三—一〇七二年），字毅夫，安陸（今屬湖北）人。皇祐五年（西元一〇五三年）進士第一。神宗熙寧元年（西元一〇六八年）拜翰林學士，權知開封府，因與王安石政見不合，出知杭州、徙青州。他為官剛直敢言，所作詩歌也多反映民間疾苦，風格爽利，語言質樸。其寫景抒情的近體律絕詩也多清新明快。文瑩《玉壺清話》卷七讚其「詩筆飄灑清放，幾不落筆墨畛畦，間入李、杜深格」。有《鄖溪集》。

朝攜一筐出，暮攜一筐歸。十指欲流血❶，且急眼前饑。官倉豈無粟？粒粒藏珠璣❷。一粒不出倉，倉中群鼠肥。

【注　釋】❶十指欲流血　這句說採掘鳧茨（荸薺）十分艱難，以致十指流血。❷官倉豈無粟二句　說官府倉庫裡的穀物像珍珠一樣圓滿有光澤。豈，難道。粟，小米，這裡泛指糧食。珠璣，珍珠。不圓的珠為璣。

【語　譯】早上提著一只空筐出去，晚上背著滿筐的鳧茨歸來。採掘鳧茨可真不容易，十個指頭都要流血，也只能藉以暫時充饑。難道官倉裡沒有糧食嗎？倉中囤積的穀子粒粒像珠璣。可是一粒也不拿出來救濟饑民，卻餵肥了倉中的群鼠。

【研　析】這首詩前四句寫農民們無糧可食，只好到野外採掘鳧茨來充饑，但朝出暮歸，磨得十指流血，僅得一筐。後四句寫官倉中閉藏著珠璣般的穀子，一粒也不分給饑民，卻養肥了倉裡的群鼠。晚唐詩人曹鄴〈官倉鼠〉詩云：「官倉老鼠大如斗，見人開倉亦不走。健兒無糧百姓饑，誰遣朝朝入君口！」諷刺與揭露吮吸民脂民膏的官吏如官倉的老鼠。鄭獬此詩後四句從曹詩化出，但詩意更精鍊濃縮，且以「一粒不出倉」之句，有力抨擊了官府對饑民的冷酷無情。而將採鳧茨「十指欲流血」與「倉中群鼠肥」鮮明對比，對官民之間矛盾揭示極強烈、深刻，可謂驚心怵目。全篇語言形象生動，明快爽利，有民歌風。清人賀裳《載酒園詩話》說此詩「妙得風謠之遺」，並說這是「一字一淚」之作，十分精切。

新晴

劉攽

【題解】這首詩寫夏日即景，將南風擬人化，寫得活潑生動。新晴，即雨後初晴。詩題一作〈絕句〉。

【作者】劉攽（西元一〇二三—一〇八九年），字貢父，世稱公非先生，臨江軍新喻（今江西新余）人。慶曆六年（西元一〇四六年）與其兄劉敞同中進士，兩人均以博學著稱，並稱「二劉」。曾任兗州（今屬山東）、亳州（今屬安徽）知州，因不奉行王安石新法，貶監衡州鹽倉。官至中書舍人。精於史學，晚年曾協助司馬光編修《資治通鑑》，負責漢代部分。他作詩的才情勝過其兄，風格平易、絕句清新可誦。有《彭城集》，《全宋詩》錄其詩十七首。

青苔滿地初晴後，綠樹無人晝夢餘❶。唯有南風舊相熟，徑❷開門戶又翻書。

【注釋】❶晝夢餘　白天睡覺醒之後。❷徑　直接。

【語譯】久雨初晴之後，滿地都是青苔；我白天睡覺，夢醒後感覺樹木格外濃綠，四周一片空寂，無人共語。只有南風這個老朋友，不打招呼便徑直推門而入，又翻開我的書本。

【研析】這首夏日即景詩寫得幽然風趣，令人喜愛。劉攽把南風當作不拘客套的老朋友。用擬人手法寫風，並非作者首創。唐代大詩人李白〈春思〉詩說：「春風不相識，何事入羅帷。」唐人薛能〈老圃堂〉詩道：「昨日春風欺不在，就床吹落讀殘書。」（一作曹鄴詩）但劉攽卻能在學習前人的基礎上別開生面。他帶著親切感情來看南風，一反李白的「不相識」而變為「舊相熟」；他也不像薛能那樣一本正經地埋怨春風「欺不在」，而說南風推開大門，熱情來訪，又渴望瞭解老友讀什麼書，急切翻開書頁。這就比薛能詩顯得親切、風趣、活潑。「徑」字，一作「偷」。用「偷」字更能寫出南風的詼諧，彷彿有意要和作者開玩笑；用「徑」字則突出南風的急切，更符合「舊相熟」的親密無間，脫略不拘。這兩個字各有妙處。

在劉攽之後，宋代詩人釋顯忠〈閑居〉詩云：「閑眠盡日無人到，自有春風為掃門。」賀鑄〈題定林寺〉詩曰：「昔履舊痕尋不見，東風先為我開門。」句意相近，但所寫的風，都不及劉攽詩那麼細節豐富，生動親切。因此，南宋劉克莊《後村詩話・前集》卷二頗讚賞劉攽此詩，蔡正孫《詩林廣記・後集》卷十也推之為佳作。還應當指出，此詩最精彩的固然是後二句，但前二句寫久雨初晴後滿地青苔之景，寫晝寢夢醒後的「綠樹無人」之感，都為下聯寫南風作了充分的鋪墊，蓄足了筆勢。全篇結構謹嚴，渾然一體。

宿濟州西門外旅館

晁端友

【題解】這首詩是晁端友投宿於濟州西門外旅舍時寫的，表現人生漂泊之情。濟州，今山東鉅野。

【作者】晁端友（西元一〇二九—一〇七五年），字君成，鉅野（今屬山東）人，晁補之父。年二十五進士及第，歷知上虞、杭州新城縣。從仕二十三年，為著作佐郎。長於文辭，喜作詩，其詩為蘇軾、黃庭堅所稱許。有《新城集》，已佚。

寒林殘日欲棲烏，壁裏青燈❶乍有無❷。小雨愔愔❸人假寐，臥聽疲❹馬齧❺殘芻❻。

【注釋】❶壁裏青燈　放在牆洞裡的小油燈。燈芯太小，其光發青，故稱青燈。❷乍有無　忽明忽暗。❸愔愔　安靜無聲。❹疲　一作「羸」。❺齧　咬嚼。❻芻　餵牲口的草料。

【語譯】荒郊野外，林木蕭疏，黃葉零落，寒氣襲人。已是黃昏時候，夕陽將沉，烏鴉在林梢盤旋，要歸巢了。旅館牆洞裡的青燈被風吹得忽明忽暗。夜深人靜，窗外下起了淅瀝小雨，我睡不著，臥聽槽頭那疲倦的馬兒在咀嚼著殘剩的草料。

【研　析】這首詩抒寫冬夜羈旅中的孤寂、落寞情緒，全用景物烘托或反襯。寫法是由室外寫到室內，由黃昏寫到深夜。寒林殘日、青燈明滅是烘托渲染；欲棲烏是對比反襯。第三句「小雨愔愔」再渲染一筆，既轉折又鋪墊，推出結句的特寫鏡頭：「臥聽疲馬齧殘芻。」深夜不眠的疲馬，既是實物，又映襯著中宵不寐的詩人；疲馬咀嚼殘芻，彷彿是孤居旅舍的晁端友在咀嚼他慘淡、淒苦的人生。疲馬齧殘芻，聲音微弱細小，最恰當表現冬夜的深長與環境的空寂，同時表現詩人分外靈敏的聽覺和孤苦落寞的心情。而這樣一個兼具視覺和聽覺的意象，前人在詩中極少營構過，故而尤顯得新鮮獨創，饒有旅館的生活氣息。晁端友的外孫葉夢得在《石林詩話》卷上記載，北宋大詩人黃庭堅〈六月十七日晝寢〉詩：「紅塵席帽烏靴裏，想見滄洲白鳥雙。馬齕枯萁喧午枕，夢成風雨浪翻江。」後兩句是受了晁端友此詩後一聯的啟發，並指出黃詩是「好奇」，而晁詩並非有意求索，乃是「適相遇而得之也」。清代袁枚《隨園詩話》評晁詩為「靜中妙境」，黃詩「落筆太狠，便無意致」。今人程千帆先生《宋詩精選》說葉夢得與袁枚「似乎都沒有注意到兩詩一寫醒，一寫夢，本來就不一樣，因此不免以意愛憎」。蘇軾在〈晁君成詩集引〉中評論晁詩：「清厚靜深，如其為人，而每篇輒出新意奇語。」評得精切，此詩可證。

初泊磁湖

沈　遼

【題解】此詩題下原有小字：時子瞻在齊安（今湖北黃岡）。知此詩作於元豐三年（西元一〇八〇年）至六年（西元一〇八三年），蘇軾謫居黃州時期。磁湖，在今湖北大冶市東北五十里，以岸旁多生磁石，故名。

【作者】沈遼（西元一〇三二—一〇八五年），字睿達，錢塘（今浙江杭州）人，沈括侄，沈遘弟。初試不中第，以兄任為將作監主簿，監壽州酒稅。熙寧初，為審官西院主簿。出監明州市舶司，遷太常寺奉禮郎，後攝秀州華亭令。曾為人書裙帶詩，輾轉為神宗所見，坐次奪官，徙永州。築室秋浦齊山，號雲巢，優遊於山水間。工書法，以文學知名於時。其詩為王安石、黃庭堅讚賞。有《雲巢編》。

歸舟不解洞庭❶帆，舟上騷人❷雪滿簪。小駐武昌❸江北岸，春風今
夜泊江南。

【注釋】❶洞庭　洞庭湖，在湖南岳陽。❷騷人　詩人。❸武昌　今湖北鄂城。

【語譯】回家的航船駛出洞庭湖，一路風帆不收。船上的詩人滿頭如雪的白髮。此時，在武昌

江北稍作逗留。今夜，我將陪著春風，一道停泊在翠綠的江南。

【研 析】沈遼晚年離開官場，小居池州的齊山。此詩寫他乘舟東下回家，途經湖北武昌，想起來曾與之唱和的大詩人蘇軾，正謫居黃州，雖相距不遠卻不能相會，於是在詩題下注上一筆，表達懷念之情。首句頭二字「歸舟」點題，又以「不解洞庭帆」記敘行程，並表現船行之疾與思家之切。次句為自我畫像，稱自己是「騷人」，有自豪之意，「雪滿簪」又寫出年華易逝，人生短促，自己已滿頭霜雪，略帶點傷感，但比起宦海浮沉，身陷囹圄，幾乎丟了性命，至今仍在貶逐中的蘇軾，自己早已是「無官一身輕」了。詩的後一聯繼首句「洞庭」之後，連用兩個地名，任然是表達船行的迅速與自己心情的輕快。李白〈峨眉山月歌〉詩云：「峨眉山月半輪秋，影入平羌江水流。夜發清溪向三峽，思君不見下渝州。」在四句詩中連用五個地名，表現時空的變化，展開一卷連續的千里蜀江行旅圖，抒寫出對峨眉山與蜀地友人的深情。被譽為空靈絕妙、一片神行的傑作。沈遼這首詩就學到了李白的這一表現手法。結尾把「春風」擬人化，不說自己或船「泊」江南，而說是春風「泊江南」，融情入物，借春風泊江南暗示自己回家的喜悅，使詩的意境情趣盎然，這個「泊」字，可謂平字出奇，熟字出新。筆者以為，「春風今夜泊江南」，可與王安石的「春風自綠江南岸」（〈泊船瓜洲〉）媲美。編選宋代絕句，就不應當漏了沈遼這一首詩。

暑旱苦熱

王 令

【題 解】這首詩表現了詩人拯救天下人之苦熱的胸懷抱負，是王令的代表作。暑旱苦熱，即為夏天的乾旱炎熱所苦。

【作　者】王令（西元一〇三二－一〇五九年），字逢原，原籍魏郡元城（今河北大名）。五歲父母雙亡，隨叔祖王乙移居廣陵（今江蘇揚州）。十七歲自立門戶，在天長（今屬安徽）、高郵（今屬江蘇）、江陰（今屬江蘇）等地授徒為生。至和元年（西元一〇五四年），在高郵拜識王安石，受其賞識，從後成為至交。王令詩因此為世人所重。嘉祐三年（西元一〇五八年）王安石將其妻之堂妹嫁給他，次年他便病逝於江蘇常州，年僅二十八歲。其短暫一生，都在貧困交集中度過，自稱「志在貧賤，不願屈就科舉功名」。其詩多哀吟自我與民生的貧苦，揭露社會的黑暗不平。在藝術上受中唐韓愈、孟郊、盧仝等人的影響，想像奇特，詞句生硬，兼具雄邁勁健與沉鬱蒼老的風格。有《王令集》。

清風無力屠得熱❶，落日著翅飛上山。人固已懼江海竭，天豈不惜
河漢❷乾？崑崙❸之高有積雪，蓬萊❹之遠常遺寒❺。不能手提天下往，
何忍身去❻遊其間？

【注　釋】❶清風無力屠得熱　說清風無力，不能消除暑熱。屠，宰殺。這裡是消除的意思。❷河漢　天河；銀河。❸崑崙　山名，在中國西部，因極高，終年積雪不化。❹蓬萊　神話傳說中的海上仙島。❺遺寒　指未被暑熱所浸，還留有餘寒。❻身去　隻身獨往。

【語　譯】清風無力，不能消除暑熱；太陽早該落山了，卻倒像長了翅膀一樣，飛上山頭，不肯下去。這樣酷熱乾旱，人們早已擔心江河海洋將要枯竭，難道上蒼還要繼續熱下去，就不怕天河也為之乾枯嗎？崑崙山高入雲端，有終年不化的皚皚白雪；海上的蓬萊仙島，離人間很遠，經常保存著寒涼。儘管有崑崙蓬萊這樣的清涼世界，但如不能攜天下酷熱之人同往，我怎能獨自去享受呢？

【研　析】王令一生貧困交集，卻始終懷著拯濟天下人出苦海的崇高抱負和廣闊胸襟，在這首詩中表現得十分鮮明突出，正如錢鍾書先生所說：「崑崙山和蓬萊山當然都是清涼世界，可是自恨不能救天下人民脫離火坑，也就不願意一個兒獨去避暑了。」（《宋詩選注》）王令還在別的詩中表達這種為人民排困解難的懷抱，如他的〈暑熱思風〉詩云：「坐將赤熱憂天下，安得清風借我曹。」〈龍池〉詩云：「終當力卷滄溟水，來作人間十日霖。」這樣的思想情操是很能激動人心的。南宋劉克莊《後村詩話・前集》卷二評王令詩「識度高遠」，十分中肯。錢鍾書先生稱讚王令「大約是宋代裡氣概最闊大的詩人」，還說：「這種要把整個世界『提』在手裡的雄闊的心胸和口吻，王令詩裡常有。」（同上書）的確，比王令年長的韓琦有〈苦熱〉詩云：「嘗聞崑崙間，別有神仙宇……吾欲飛而往，於義不獨處，安得世上人，同時生毛羽！」意思與王令此詩相似，但缺乏王令的氣魄。王令同唐代那位早逝的天才詩人李賀都有奇特瑰麗、不同凡響的想像。但李賀的想像更多虛荒誕幻，有時乃至鬼氣蕭森，而王令的想像多雄壯奇崛，並且顯出鋒芒外露的氣勢。李賀偏重於使用幽僻淒麗的詞藻，王令的文字則以生新硬峭為特色，這首詩從清風無力、落日著翅、江海枯竭的人間炎熱，寫到崑崙積雪、蓬萊仙境的高寒，詩人的想像多麼奇特而宏闊，而一個「屠」字，用得尤其生辣狠厲，把詩人對暑熱的憤恨之情表達得極強烈。正如近人陳衍《宋詩精華錄》卷一所評：「力求生硬，覺長吉（李賀）猶未免側豔。」這首詩是古風，但全篇八句雙句押平聲韻，一韻到底，三四句詞意對仗頗工穩，但「人固已懼」與「天豈不惜」又有意運用古文句法和常用的虛字，五六句用排比句式。可見詩人有意從律詩和古文中吸取一些藝術技巧來創作古體詩，力求在詩的藝術形式上有創新。

秋日偶成二首（選一）

程　顥

【題　解】這首詩從秋日之景，寫程顥悟道之感懷。偶成，偶然寫成，多用於詩詞題中。

【作　者】程顥（西元一〇三二—一〇八五年），字伯淳，世稱明道先生，洛陽（今屬河南）人。嘉祐二年（西元一〇五七年）進士。熙寧初，為太子中允、監察御史裏行，因不滿新法，改外任，為簽書鎮寧軍判官、扶溝縣（今屬河南）令。哲宗立，召為宗正丞，未行而卒。他是著名的理學家，與其弟程頤並稱「二程」。二人創立的學說，世稱「洛學」。他自稱「天理」二字是「自家體貼出來」。他為人比較通達，不似程頤那麼方巾氣，也不似程頤那麼反對作詩。他的詩不事雕琢，語言自然。有程顥詩文集。

閒來無事不從容，睡覺❶東窗日已紅。萬物靜觀皆自得，四時❷佳興與人同。道通天地有形外，思入風雲變態中。富貴不淫貧賤樂，男兒到此是豪雄。

【注釋】❶睡覺 睡醒。❷四時 一年四季。

【語譯】閒散的時候，沒有一件事情不可以從容自如地去做的。我一覺醒來，但見東窗上的陽光已經一片嫣紅。宇宙間的萬物，只要我們清靜凝神地觀察，都可以領悟到它的真諦並獲得樂趣。若說那一年四季許多美好的興致，我和別人也大體相同。「道」是廣大無邊的，能夠貫通天地間一切有形無形事物的表裡內外；人的思想深不可測，可以進入到風雲變態之中，人獲得富貴以後，切不可驕奢淫逸；就是身處貧賤時，也必須保持曠達樂觀的胸懷。男子漢如能修養到這樣的道德境界，方算得上是堂堂正正的英雄豪傑。

【研析】據說程顥不除窗前的草，說是要留下來觀察自然生機。他又用小盆養魚數尾，說是觀萬物自得之意。宋代理學家的詩歌，其中比較好的作品大多是表現觀照自然的心得和樂趣，通過自然萬物表達對道的體悟，或抒寫怡然自樂的悟道情懷。程顥這首七律〈秋日偶成〉集中地體現了上述思想特點。詩從閒來無事、東窗高臥、睡醒後見窗上日光寫起，自然引發出他的悟道心得。中兩聯講萬物靜觀之理，講學理之人應與平常人一樣對自然萬物和日常生活懷抱佳興，講宇宙間道理深廣，彼此相通，妙在形相之外，認為人的思想可以深細入微地探求出萬事萬物之理。尾聯把「富貴不淫貧賤樂」作為英雄豪傑評定標準，展示出積極健康的人生態度和高尚純潔的精神境界，對讀者很有啟發教育意義，全篇除第一聯是敘述外，其餘三聯都是議論，但帶著情韻，又不乏經過概括提煉的意象，精闢的見解以警句的形式出之，語言明快凝煉，對仗工整自然，因此兼具詩意和哲理的魅力。堪稱詩的哲學，哲學的詩。

遙碧亭

楊　傑

【題　解】這首詩便是以擬人手法寫西湖之美，應是楊傑提點兩浙刑獄期間寫的。遙碧亭，在杭州西湖。

【作　者】楊傑（生卒年不詳），字次公，無為軍（今屬安徽）人，因自號無為子。嘉祐四年（西元一〇五九年）進士。元祐初，為禮部員外郎，出知潤州，後提點兩浙刑獄。卒年七十。他的詩，平易近白居易，奇崛近盧仝，大致上仍屬「元祐體」。有《無為集》。

幽鳥無心去又還，迢迢湖水出東關。暮雲留戀不飛動，添得一重山外山。

【語　譯】從幽深林中無心飛去的鳥兒，不知為什麼又飛了回來。但見茫茫碧綠湖水，遠遠地流出東關之外。也許是暮雲留戀這秀麗的山水，在山邊不再飛動，好像是山外又添了一重青山。

【研　析】楊傑佇立在遙碧亭前，遙望杭州西湖。他要把西湖山水的明媚秀麗、流動變化表現出來。前人歌詠西湖的詩歌很多，怎樣才能做到新穎別致、不落窠臼呢？他忽然看見一隻飛鳥、一朵暮雲，不由得聯想起陶淵明〈歸去來兮辭〉中的「雲無心以出岫，鳥倦飛而知還」兩句，於是他便想到：用無心飛去的鳥兒又飛了回來，借暮雲留戀飛不動，使遊人望去像是山外又添了一重青山這兩個角度，來表現出西湖山水之美。詩中的幽鳥和暮雲都被詩人擬人化，它們都那麼喜愛並留戀西湖，不忍離去，而要為西湖美上加美。它們成了西湖美的見證者更是創造者。這首詩將自然景物擬人化和以靈動筆致寫錯覺的表現方法，後來在南宋楊萬里的寫景七絕詩得到極大發展，饒有更多的諧趣、奇趣、機趣、理趣。例如：「卻有一峰忽然長，方知不動是真山」（〈曉行望雲山〉），「一峰忽被雲偷去，留得崢嶸半截青」（〈入常山界〉），「一峰忽自雲端出，只見孤尖不見根」（〈明發韶州過赤水渴尾灘〉）等。由此也可見楊傑這首小詩在宋代山水詩發展史上的意義。

村居

張舜民

【題　解】這首詩通過對林景之描繪，表現張舜民村居悠閒的生活情致。村居，住在鄉間。

【作　者】張舜民（約西元一〇三四－一一一〇年），字芸叟，號浮休居士，又號矴齋，邠州（今陝西彬州）人。治平二年（西元一〇六五年）進士。任鳳翔府幕職、襄樂縣令。嘗反對王安石新法。元祐初，司馬光薦為監察御史，累官至直秘閣，遷吏部侍郎，以龍圖閣待制，知定州。坐元祐黨人，謫楚州團練副使、商州安置。後復集賢殿修撰，卒。為人剛直，慷慨喜論事，善為文。作詩筆力豪健，頗近蘇軾詩風。亦擅詞。有《畫墁集》。

水繞陂田❶竹繞籬，榆錢❷落盡槿花稀。夕陽牛背無人臥，帶得寒鴉兩兩歸❸。

【注釋】❶陂田　水田。陂，池塘。❷榆錢　榆莢，形狀似錢幣而略小，色白成串，俗稱榆錢。❸兩兩歸　兩者一同回村。

【語譯】一條潺潺的清溪水環繞著水田流淌，叢叢翠竹也環繞著農家院的籬笆茁長。榆樹下滿鋪著錢串般墜落的榆莢，木槿枝頭只剩下稀疏的幾朵紫紅色花兒。老牛緩緩地在夕陽下踱步，背上不見牧童兒，卻馱著寒鴉一同歸家。

【研析】這首詩展現出一幅悠閒寧靜、饒有鄉村氣息的秋日黃昏牧歸圖。全篇寫景，張舜民恬淡閒適的心情即從景物中透出。前兩句是以靜寫靜，後兩句以動寫靜。步行遲緩的老牛，蹄聲得得，有聲響也有動態，背上馱著的不是常見的短笛橫吹的牧童，而是想歸巢又懶得展翅的寒鴉，一大一小，一動一靜，一樂於載物，一怡然自得，形神生動，趣味盎然。這一富於詩情畫意的場景被詩人發現並捕捉下來，寫成了這首令人喜愛的絕句。宋人張邦基《墨莊漫錄》卷六稱讚這首詩同唐人七絕相比，無愧於前人。在張舜民此詩之前或同時有歐陽脩的「土坡平慢陂田闊，橫載童兒帶犢行」（〈牛〉），有釋道潛的「蕭條一徑無來轍，時見羸牛引犢歸」（〈東園〉），在張詩之後，有賀鑄的「水牯負鴝鵒」（〈快哉亭朝暮寓目〉），有蘇邁的「葉隨流水歸何處，牛帶寒鴉過別村」（〈斷句〉），直到南宋，還有李光的「山行是處田疇美，時有歸牛帶夕陽」（〈行潘峒諸村愛其巖壑之勝田疇之美因成小詩〉）。或對張詩有啟發，或從張詩變化而出，但從意象的生動、豐富、有趣來看，都不及張詩，可見張詩的膾炙人口並非偶然。

金陵

郭祥正

【題　解】金陵，今江蘇南京。胡仔《苕溪漁隱叢話．前集》卷三十七云：「《遁齋閑覽》云：功甫曾題人山居一聯云：『謝家莊上無多景，只有黃鸝三兩聲。』荊公（王安石）命工繪為圖，自題其上云：『此是功甫題山居詩處。』即遣人以金酒盅並圖遺之。」可見此詩曾為王安石所欣賞。

【作　者】郭祥正（西元一〇三五—一一一三年），字功父，又作功甫、公甫，號「謝公山人」、「醉吟先生」、「漳南浪士」、「淨空居士」，當塗（今屬安徽）人。皇祐五年（西元一〇五三年）進士。先後任星子主簿、德化縣尉、武岡縣令、桐城令、汀州通判等職。後在代理漳州知州時，得罪上司，遭構陷入獄。元豐七年（西元一〇八四年）被停職，歸當塗。哲宗即位，冤屈得伸，起為端州知州，有善政。不久歸當塗，至終未再出仕。其人有才氣，詩學李白，風格雄豪，尤以七古見長，曾被譽為「李白後身」，但一味模仿，缺乏獨創，立意粗淺，其詩名在後代一落千丈（參見莫礪鋒〈郭祥正——元祐詩壇的落伍者〉）。有《青山集》及其續集。

洗盡青春初變晴❶，曉光微散淡煙橫。謝家池❷上無多景，只有黃鸝❸一兩聲。

【注釋】❶洗盡青春初變晴　意謂春天久雨初晴。洗盡，指久雨。青春，指春天。❷謝家池　一作「謝家莊」。當指謝家在金陵的山莊故址。❸黃鸝　黃鶯。

【語譯】細雨綿綿，把整個春天都洗盡了，今天才剛剛變晴。晨光微微消散，淡淡煙雲又瀰漫金陵古城。在謝安山莊的池上，一片荒涼破敗，並沒有多少好風景，只有滴翠的樹林中，傳出黃鸝一兩聲啼鳴。

【研析】詩題為〈金陵〉，前句就從大處落墨，寫這座古城陰雨綿綿，好像把一個春天都洗盡了。今天，才剛剛變晴。此句頗佳。「洗盡青春」這短語新鮮、形象、頗有「現代感」。「初變晴」，為以下幾句寫出遊作了鋪墊。次句寫這天早晨，是乍晴又陰，正好出遊。這兩句作寫景都不是平鋪直敘，而是前四字與後三字之間作轉折，寫大景卻筆墨細緻。「洗盡」、「初變」、「微散」、「橫」這幾個動詞都用得精準，可見郭祥正烹煉之功。三、四句推出詩人出遊的處所謝家莊，昔年名相的山莊，此刻早已荒涼破敗，池上靜謐無人。在詩人看來，並無多少好景。正當他失望惆悵之時，卻從綠林深處，傳來黃鸝的三、兩聲啼鳴。黃鸝，這美麗春天的歌手，以牠婉轉曼妙的歌聲，打破山莊的死寂，帶來春天的生機與活力，也給詩人帶來了新鮮的詩情畫意。「題解」中所引王安石命人將此詩繪為圖畫，除了其所寫是金陵半山的謝安故宅外，或許是看中了詩中有畫。至於說詩情，金性堯先生說：「這兩句亦即劉禹錫〈烏衣巷〉詩『舊時王謝堂前燕，飛入尋常百姓家』之意。」（《宋詩三百首》，第一一三—一一四頁）金先生注釋得好！由於郭祥正巧妙地化用了劉禹錫這一聯詩句，使這首〈金陵〉不只是一首遊覽風景詩，而且是一首懷古詠史詩，在寫景中表達出詩人對昔盛今衰、世事滄桑的無限感慨，結句富於含蓄蘊藉之美，耐人尋味。分析結句詩的意象，此前有唐人韋應物的「上有黃鸝深樹鳴」（〈滁州西澗〉），其後有南宋詩人曾幾的名篇〈三衢道中〉，詩中「綠陰不減來時路，添得黃鸝四五聲」，是平中出奇、膾炙人口的佳句。但「添得黃鸝四五聲」，與郭詩「只有黃鸝一兩聲」何其相似！是暗合，還是曾幾有意化用？已難以確知。但先有郭句後有曾句卻是事實。從這一點看，郭詩就更有藝術價值。

和子由澠池懷舊

蘇　軾

【題　解】嘉祐元年（西元一〇五六年），蘇軾與弟蘇轍赴汴京應舉，經過澠池，寄宿老僧奉閑之舍。嘉祐六年十一月，蘇軾因赴鳳翔（今屬陝西）簽判任，蘇轍送行到鄭州。分手後，蘇軾行經澠池，復得蘇轍歸京所寄詩〈懷澠池寄子瞻兄〉：「相攜話別鄭原上，共道長途怕雪泥。歸騎還尋大梁陌，行人已渡古崤西。曾為縣吏民知否？舊宿僧房壁共題。遙想獨遊佳味少，無言騅馬只鳴嘶。」本篇就是對蘇轍詩的和作。和，唱和。子由，作者的弟弟蘇轍，字子由。澠池，今河南澠池縣。懷舊，本篇作於嘉祐六年十一月。

【作　者】蘇軾（西元一〇三七—一一〇一年），字子瞻，號東坡居士，眉州眉山（今屬四川）人。嘉祐二年（西元一〇五七年）進士。曾任大理評事、鳳翔府簽判。神宗熙寧（西元一〇六八—一〇七七年）中，因批評王安石新法，通判杭州，徙知密、徐、湖州。又因作詩譏刺新法下御史獄，貶黃州團練副使。哲宗即位，累遷至翰林學士。元祐（西元一〇八六—一〇九四年）中，又出知杭、揚等州，召遷禮部尚書。哲宗紹興初，被劾譏先朝，累貶至瓊州別駕、昌化軍（今海南儋州）安置。後赦還，病逝於常州，追諡文忠。與父洵、弟轍均以文馳名，稱「三蘇」，三人均列入唐宋古文八大家。軾思想豐富複雜，兼收儒、釋、道三家。熱愛生活、熱愛人民，積極入世，滿懷激情。其人生道路艱難坎坷，飽經憂患，卻能泰然處之，隨緣自適。其立身處世，剛正不阿，光明磊落，胸懷坦蕩。他才華橫溢，學識淵博，工書畫，為宋代四大書家之一。詩、詞、文、賦皆一時之冠，為北宋繼歐陽脩之後的文壇領袖，中國文學史上罕有的通才。蘇軾詩歌題材廣泛，意境高遠，風格清雄曠放，揮灑自如，善用比喻誇張，與黃庭堅並稱「蘇黃」。有《蘇東坡集》。

人生到處知何似？應似飛鴻踏雪泥[1]。泥上偶然留指爪，鴻飛那復計東西。老僧❷已死成新塔❸，壞壁❹無由見舊題❺。往日崎嶇還記否？路長人困蹇驢❻嘶。

【注釋】❶人生到處知何似二句　蘇轍原詩中提到「雪泥」，故蘇軾由之引發，謂鴻雁飛行無定，而踏在雪泥上的爪跡容易消失，以此表示人生的偶然無定。❷老僧　指奉閑。❸新塔　和尚死後不用墓葬，常是火化後築塔來埋葬骨灰。❹壞壁　謂奉閑僧舍牆壁已壞。❺舊題　昔日題詩。❻蹇驢　跛足的驢。作者於詩末自注：「往歲，馬死於二陵，騎驢至澠池。」往歲，指嘉祐元年（西元一〇五六年）赴京應試時。二陵，指河南崤山，在澠池縣西。《左傳・僖公三十二年》：「崤有二陵焉，夏后臯之墓地；其北陵，文王之所避風雨也。」故稱。

【語譯】人生隨處飄泊好比什麼？正好比那飛行途中的鴻雁，暫時歇息踏著雪地。鴻雁偶然在雪泥上留下指爪痕，但轉瞬之間就會消失不存。孤鴻飛去後，任意東西，難尋歸宿。老和尚奉閑已經去世，還可以見到安葬他骨灰的新建佛塔；但他的僧舍已是斷壁殘垣，再也看不見我們以前的題詩。子由啊，你還記得當年在崎嶇道上的困頓情狀嗎？路是那麼遙遠，人是那麼疲憊，我們騎坐的跛驢也在聲聲悲啼。

【研析】這首和蘇轍的詩，前半部分純議論。蘇軾從蘇轍原詩中的「雪泥」引發靈感，創造了「飛鴻踏雪泥」的意象，用飛鴻踏著雪泥，爪痕頃刻滅沒，鴻亦東西飄忽喻指人生無定，際遇偶然，陳跡易消。想像敏捷奇妙，比喻生動新穎。這「雪泥鴻爪」就成了蘇軾有名的譬喻，從魏慶之《詩人玉屑》卷十七、蔡正孫《詩林廣記・後集》卷三引《陵陽室中語》可知，宋代就已為人稱道，後來變為成語。據周裕鍇先生解說，蘇軾還暗用了佛經中比喻空無虛幻或縹緲難久的「空中鳥跡」意象，在語言上也運用了以具象回答抽象問題的禪宗公案形式，故而了悟深沉，禪意盎然（周裕鍇，〈佛法大意知何似？應似春來草自青〉，《古典文學知識》，二〇一六年第三期）。這四句單行入律，不拘於「泥上」與「鴻飛」並不對仗，句意直貫而下，十分自然。後半部分則以敘事為主，寫老僧已死，佛塔新立，僧舍壁壞，舊題無存，再寫當年兄弟倆赴京應舉，奔波於崎嶇長路人困驢跛，這些所見所聞所憶的事件場景，來呼應並且深化人生宛如「雪泥鴻爪」空漠無常、飄忽不定的感觸，使詩的前後兩部分緊密關聯，一虛一實，相映成趣。全篇圓轉流動，渾然一體。

這首和蘇轍詩採用了次韻形式，完全按照原詩先後次序用其原韻原字，格律限制極嚴，寫作難度很大，但蘇軾揮灑自如，似乎完全不受次韻的約束，與蘇轍原詩相比較，原詩感情真摯，質樸自然，「雪泥」意象又激發出蘇軾的新奇想像，但蘇軾和詩感情深沉，比喻奇妙，意象豐富，畫面鮮明，章法流動，意境恣逸，表達出帶有普遍性的人生體驗，蘊含深邃哲理，在以上各個方面，都使蘇轍原詩相形見絀。

遊金山寺

蘇軾

【題解】本篇作於熙寧四年（西元一〇七一年）十一月，時蘇軾赴杭州就任通判之職，經鎮江遊金山寺訪寶覺圓通二僧，夜宿寺中。金山寺，在今江蘇鎮江金山上，舊名澤心寺。金山原為屹立江中的小島，後與陸地相連。

我家江水初發源❶，宦遊直送江入海❷。聞道潮頭一丈高，天寒尚有沙痕在。中泠❸南畔石盤陀❹，古來出沒隨濤波。試登絕頂望鄉國，江南江北青山多。羈愁畏晚尋歸楫❺，山僧❻苦留看落日。微風萬頃靴文細，斷霞半空魚尾赤。是時江月初生魄❼，二更月落天深黑。江心似有炬火明，飛焰照山棲烏驚。悵然歸臥心莫識，非鬼非人竟何物❽？江山如此不歸山，江神見怪警我頑❾。我謝❿江神豈得已，有田不歸如江水⓫。

【注釋】❶我家江水初發源　古人認為長江源頭在四川岷山，蘇軾故稱其家鄉為長江發源地。❷宦遊直送江入海　蘇軾時正赴杭州，故言送江入海。❸中泠　泉名，在金山寺西北。❹盤陀　巨石凸凹不平，形狀怪異。❺歸楫　指返回潤州的船。❻山僧　住在山寺的僧人。❼初生魄　指月初生時的光亮部分。《禮記・鄉飲酒義》：「月者三日則成魄。」孔穎達疏：「謂月盡之後三日乃成魄。魄謂月生，傍有微光也。」❽非鬼非人竟何物　此句下蘇軾自注：「是夜所見如此。」竟何物，到底是什麼東西。❾江山如此不歸山二句　言江山如此美好，而自己猶在仕途，不知退隱，故江神顯示上述靈異以警醒我的愚頑。見，同「現」。呈現；顯示。警，警戒。頑，愚鈍。❿謝　道歉。⓫如江水　有如江水。古人常用以作誓詞，即指水為誓之意。《左傳・僖公二十四年》記晉公子重耳對子犯說：「所不與舅氏（子犯）同心者，有如白水！」《晉書・祖逖傳》：「中流擊楫而誓曰：『祖逖不能清中原而復濟者，有如大江！』

【語　譯】我的家鄉是長江初發源的地方。我離別家鄉，出門求仕，順流而下，一直到將長江送入大海。聽說夏天激浪拍天潮頭湧起一丈多高，此時冬季天寒，眼前尚有沙痕歷歷。金山寺西北的中泠泉南畔，山石巨大而突兀不平，古往今來多少年，它隨著江濤漲落而或出或沒。我登上山頂西望故鄉，只見江南江北青山起伏連綿。羈旅客鄉多愁思，畏懼日暮天晚，要尋找返回潤州的船兒，可是寺僧寶覺、圓通二長老苦苦挽留我觀看落日。微風輕拂，吹動萬頃江波，就像皮靴的皺紋那樣細密；半空中橫出一片斷霞，宛如赤紅色的魚尾。此時一彎新月初生，放射出被稱為「魄」的暗淡的光。到了二更時分，月兒西落，四周的天色一片漆黑。突然，似有燃燒的火把，照亮了江心，飛騰而起的火光照到山間，驚飛了棲宿巢中的烏鴉。這不是鬼，也不是人，究竟是什麼東西？我滿懷惆悵，返回臥房，因為無法獲識而難以入眠。江山這樣奇美，而我卻遲遲不肯歸隱。這一定是江神呈現怪異，來警示我的愚頑。我向江神道歉，從政實在是身不由己。我起誓，讓這浩蕩的江水作證，今後置了田產，就會立即歸隱。

【研　析】這首七言古詩共二十二句，可分三個層次。前八句寫金山寺山水形勝，中間十句寫登眺所見黃昏到深夜奇麗之景。末四句抒發感喟。蘇軾寫他倦於宦遊、渴望歸鄉隱居，反映了他因反對王安石變法被人誣告、不得不自請外調的抑鬱苦悶心情。但詩人開朗的胸襟與曠達的情懷又在觀看江山美景中自然流露而出，使此詩的意象和意境既雄奇瑰麗、波瀾壯闊，又染上一層迷惘、神秘、憂鬱的色彩情調。蘇軾曾說過：「賦詩必此詩，定知非詩人。」（〈書鄢陵王主簿所畫折枝二首〉他寫詩總是避免黏滯題目和落入前人窠臼，力求獨闢蹊徑，別開生面。歷來詠金山寺詩不少，但大多數鋪敘遊程，寫寺中之景。此詩直寫登山頂遠眺的江山景色，在景中融入思鄉之情。詩中描繪薄暮至深夜景色，如寫微風輕拂，萬頃江波如靴紋般細密；寫半空中横出鱗狀晚霞，好像赤紅色的魚尾；寫二更月落天黑，江心似有火炬燃燒，飛動的火焰照得山間棲烏驚飛，都是想像奇特，比喻新穎，色彩絢麗，景象真切生動。詩人運筆靈活矯健，波瀾浩大，跌宕多姿，又首尾呼應，章法嚴謹。詩的首聯，即將遊寺引發鄉思的意旨隱隱逼出，有高屋建瓴之勢，有深意遠韻。正如清人施補華所評：「確是東坡遊金山寺發端，他人抄襲不得。蓋東坡家眉州近岷江，故曰『江初發源』；金山在鎮江，下此即海，故曰『送江入海』。」（《峴傭說詩》）汪師韓說：「起二句將萬里程、半生事一筆道盡，恰好由岷江導江至此處海門歸宿為入題之語。中間『望鄉國』句，故作羈望語以環應首尾。『微風萬頃』二句寫出空曠幽靜之致。忽接入『是時江月』一段，此不過記一時陰火潛燃景象耳，思及江神見怪，而終之以歸田。」（《蘇詩選評箋釋》卷一）對此詩的章法結構特別是起首結尾之妙，作了精彩的評析。

六月二十七日望湖樓醉書五絕（選一）

蘇　軾

【題　解】熙寧五年（西元一〇七二年）六月二十七日，蘇軾在望湖樓與友人飲宴，醉後寫成這組七絕。望湖樓，五代時吳越王錢氏所建，又名看經樓、先德樓，在杭州西湖邊。五絕，此指五首絕句之意。

黑雲翻墨未遮山，白雨跳珠亂入船。卷地風來忽吹散，望湖樓下水如天。

【語　譯】黑雲似潑墨翻湧，還未及遮住山巒；白色雨點驟降，好像珍珠亂紛紛蹦跳入船。驀然清風捲地而來，把雨雲吹散，望湖樓下波光浩渺，水天一碧。

【研　析】寫作這組詩時，蘇軾任杭州通判已半年。他在這組醉後書寫的詩中主要抒發政治失意的情懷和自我開解、隨遇而安的處世態度。這一首描繪西湖夏日的一場暴雨。在詩人筆下，雲起、雨降、風來、天晴、水漲的過程，先是迅疾猛烈，極有氣勢，後轉為輕鬆平靜，真實變幻莫測，雄奇瑰麗。以「翻墨」與「跳珠」分別形容黑雲白雨，兼具形象、聲音、光色與動態，真是妙喻。全篇一句一景，瞬息變幻，緊密連接，一氣呵成，正是蘇軾所提倡的「作詩火急追亡逋，清景一失後難摹」（〈臘日由孤山訪惠勤惠思二僧〉）創作論的成功體現。這由雨轉晴的自然景象，又暗喻著詩人對待政治、人生澹定從容、曠達樂觀的態度。在詩人看來，不管是自然界的還是社會、政治、人生的疾風驟雨，儘管突如其來，氣勢洶洶，然而終究是暫時的、不長久的，風雨過後，照樣是陽光燦爛，山青水碧。這首詩所蘊含的哲理，與作者在〈定風波〉詞中的「一蓑煙雨任平生」、「也無風雨也無晴」，以及朱熹〈水口行舟二首〉詩裡的「今朝試捲孤篷看，依舊青山綠樹多」相似。這首七絕，顯示了東坡七絕清新瀟灑，靈動跳脫，機趣橫生，有尺幅千里之勢的藝術特色。

新城道中二首（選一）

蘇　軾

【題　解】熙寧六年（西元一〇七三年）二月，時蘇軾任杭州通判，巡視杭州屬縣，自富陽往新城道中作。新城，在杭州西南，為杭州屬縣，今為富陽新登。

東風知我欲山行，吹斷簷間積雨聲。嶺上晴雲披絮帽，樹頭初日掛銅鉦❶。野桃含笑竹籬短，溪柳自搖沙水清。西崦❷人家應最樂，煮芹燒筍餉❸春耕。

【注　釋】❶銅鉦　銅鑼。❷西崦　西山。❸餉　用食物款待別人。

【語　譯】東風似乎知道我將循山遠行，吹斷了屋簷間久雨的淅瀝之聲。嶺上白雲繚繞，好像戴著一頂白色絮帽，樹頭初日宛如掛著一個圓圓銅鑼。野桃在短短的竹籬旁含笑盈盈，溪邊的柳樹在清澈的沙水上自在地搖拂。啊，西山的農家該是最快樂的。看，他們正忙著煮芹燒筍送給春耕的人。

【研　析】蘇軾以清新活潑的筆調描寫了春日江南農村的明媚風光和農民們愉快耕作的情景。詩的第七句「樂」字，是照映全篇的「詩眼」。詩中每一句都洋溢著詩人的愉悅之情。首聯點明詩人赴新城是在久雨初晴的春晨。但並非平直地敘述，而是從「東風」落筆，將它擬人化，寫它知道詩人心意，吹斷雨聲。可謂破題巧妙，奠定了全篇輕鬆愉快的調子。歐陽脩七律名篇〈戲答元珍〉首聯云：「春風疑不到天涯，二月山城未見花。」詩評家評為「起得超妙」，「妙在倒裝」，「先問後答」；蘇軾此詩也是寫春風發端，似乎要與恩師爭勝，蹊徑獨闢，妙趣橫生，也獲得了好評如潮。元代方回說：「起句十四字妙。」（《瀛奎律髓彙評》卷一四）清代陸次雲說：「起得最好。」（《唐宋詩本》卷六）紀昀說：「起有神致。」（《紀評蘇詩》卷九）頷聯寫他在山道上早行所見景色，上下兩句都用比喻，「絮帽」與「銅鉦」十分新鮮有趣。但詩評家方回、陸次雲、汪師韓、洪亮吉、趙克宜等人都表示不滿，認為「頗拙」、「未免著相」、「不可為法」、「究非雅字」，甚至評為「惡詩」、「直是小兒語」等。這些詩評家一味追求高雅、典雅，絕對排斥通俗，不能理解蘇軾「以俗為雅」、「雅俗結合」的藝術追求，更忘記了這首詩寫的是農村和農民，因此，他們的指責是偏頗、錯誤的。錢鍾書先生在〈詩取鄙瑣物為喻——滑稽詩一體〉這則箚記中指出：「取譬於家常切身之鄙瑣事物，高遠者狎言之，洪大者纖言之，初非獨遊戲文章為爾。……蘇軾〈新城道中〉：『嶺上晴雲披絮帽，樹頭初日掛銅鉦。』」（《管錐編》第二冊，中華書局，一九七九年，第七四八頁）「絮帽」和「銅鉦」，正是農家日常生活習見的「鄙瑣事物」。嶺上晴雲，詩人喻為絮帽，切身可愛，正是「高遠者狎言之」；樹頭初日，詩人比成小而圓的銅鉦，豈非「洪大者纖言之」？錢先生別具慧心，見解精闢。詩人把這兩種農村常見物寫入詩中，將它們組織成對仗，形成大小、高低、遠近、扁圓、白色和金紅色的對比映照，於是顯出了諧趣與奇趣。流沙河先生讚賞李賀的名句「羲和敲日玻璃聲」，說：「李賀明說太陽有聲如敲玻璃，蘇軾借去，……久雨乍晴，太陽金燦燦的如一面銅鑼掛在樹梢。比喻新鮮，暗示太陽有聲如鳴鑼，更妙。太陽巡天，鳴鑼開道，比敲玻璃又好多了。」（《十二象‧無理的幻聽》）流沙河感受並發掘出「樹頭初日掛銅鉦」句無理有情的幻聽之美，比古代的詩論家高明多了。頸聯用擬人化手法描寫在竹籬邊含笑的野桃和在沙水上搖舞的溪柳，它們怡然自樂，活潑可愛，無限深情，向詩人充分展示它們的美。而且，這兩句詩所寫景物，都蘊含著一種因果關係：因為竹籬短，人們更清晰地看到野桃含笑；由於沙水清澈，溪柳更樂意舞動婀娜的腰肢，自然物之間親密和諧的關係也被詩人巧妙表現出來了。這即是南宋魏慶之《詩人玉屑》卷六引惠洪《冷齋夜話》，謂之「舉果知因」句法。這一聯頗得詩評家讚賞。方回說：「五、六亦佳。」（《瀛奎律髓彙評》卷一四）汪師韓說：「『野桃』、『溪柳』一聯，鑄語神來，常人得之，便足以名世。」（《蘇詩選評箋釋》卷二）尾聯轉筆寫山村農民忙碌、愉快的勞動生活，發自肺腑地表露他希冀歸耕田園的願望。按照敘事與抒情的秩序，「煮芹」句應置於「西崦」句之後，但詩人卻先熱烈讚歎，再具體描寫春耕時節的勞動生活情景，從而避免平直，使詩味含蓄。正如宋人沈義父《樂府指迷》所說：「結句須要放開，含有餘不盡之意，以景結情最好。」

飲湖上初晴後雨二首（選一）

蘇　軾

【題　解】本篇作於熙寧六年（西元一〇七三年）。作詩當天，朝晴暮雨，蘇軾既為酒所醉，亦為美景所醉。湖，杭州西湖。

水光瀲灩❶晴方好，山色空濛❷雨亦奇。若把西湖比西子❸，淡妝濃抹總相宜。

【注釋】❶瀲灩　水滿而波動的樣子。❷空濛　細雨迷茫，若有若無的情形。❸西子　春秋時越國美女西施。

【語譯】湖水浩渺，水光閃爍，晴景鮮豔明麗；山色迷茫，若有若無，雨景也稱得上朦朧神奇。我想把西湖比作越國的美女西施，不管是淡妝還是濃抹，總是那麼適宜。

【研析】本篇寫西湖初晴後雨之美。前兩句白描實寫西湖在晴天和雨天的水光山色。但實中有虛，白描中見色彩。「水光」對「山色」，「瀲灩」對「空濛」，「晴方好」對「雨亦奇」，字字工對，又十分自然。蘇軾用「瀲灩」與「空濛」這兩個疊韻詞分別形容水光山色之美，令人讀之賞心悅目。這兩句極形象地概括了西湖晴雨景色的不同特徵，十分精彩。清代查慎行《初白庵詩評》卷中評讚說：「多少西湖詩被二語掃盡，何處著一毫脂粉顏色？」後一聯由實入虛，把西湖比作越國美人西施，說她無論是「淡妝」、「濃抹」都那麼適宜。這個比喻有「五妙」，一，妙在貼切，西湖與西施同在越地，都有動人之美；二，妙在新穎，以西施比西湖，可謂前無古人，新奇妙麗；三，妙在兼用擬人，在前一聯繪形的基礎上以點睛之筆，活畫出西湖的意態風神，賦予西湖以性靈；四，妙在蘊含美的理趣，它啟迪人們：美在天然本色，又具有豐富多樣的形式。正如程千帆先生所說：「這種由於思考而產生的奇巧比喻，乃是情感與智慧的結合，也是形象思維與抽象思維的統一。」（《宋詩精選》，江蘇古籍出版社，一九九二年版，第一一八頁）五，妙在將晴天的西湖比作淡妝的西子，而雨天的西湖則比作濃抹的西子，從而使前後兩聯詩銜接得緊密自然，渾然天成。近人陳衍說：「後二句遂成為西湖定評。」（《宋詩精華錄》卷二）從此，西子湖成了西湖的別稱，這首七絕也被公認為詠西湖的千古絕唱。

有美堂暴雨

蘇　軾

【題解】有美堂，在杭州城內吳山頂上，遙對海門。嘉祐二年（西元一〇五七年）杭州太守梅摯所建。宋仁宗賜詩，有「地有吳山美，東南第一州」之句，故名曰「有美堂」。

遊人腳底一聲雷，滿座頑雲❶撥不開。天外黑風吹海立❷，浙東飛雨過江來❸。
十分瀲灩❹金樽凸❺，千杖敲鏗羯鼓催❻。喚起謫仙泉灑面❼，倒傾鮫室❽瀉瓊瑰❾。

【注釋】❶頑雲　久聚不散之濃雲。唐代陸龜蒙〈奉酬襲美苦雨見寄〉：「頑雲猛雨更相欺。」❷天外黑風

吹海立　用杜甫〈三大禮賦・朝獻太清宮〉：「九天之雲下垂，四海之水皆水」句意。海立，極言水勢翻騰、巨浪排空情狀。此處海指錢塘江入海處。❸浙東飛雨過江來　用唐代殷堯藩〈喜雨〉詩「浙東飛雨過江來」成句。浙東，浙江之東。江，浙江，其流經錢塘縣境稱錢塘江。杭州在錢塘江之西，故此云「過江來」。❹瀲灩　水滿溢波動貌。❺金樽凸　酒面高出金樽，即將溢出之狀。❻千杖敲鏗羯鼓催　此句以千杖急下之羯鼓聲形容暴雨聲。杖，鼓錘。敲鏗，韓愈〈城南聯句〉有「樹啄頭敲鏗」句。鏗，指啄木鳥啄木聲，此指擊鼓聲。羯鼓，古羯族打擊樂器。❼喚起謫仙泉灑面　此句作者以李白自喻。謫仙，李白被賀知章稱為「天上謫仙人」。泉灑面，《舊唐書・李白傳》載，唐玄宗召李白賦詩，李白已醉，玄宗命人用水灑其面以醒之。❽鮫室　鮫人所居之室，這裡指海。據晉張華《博物志》記載，神話傳說中居於海底的怪人，泣淚成珍珠。❾瓊瑰　珠玉。此處代指佳詞妙語。

【語　譯】遊人的腳底突然響起一聲驚雷，濃雲重重充溢座間無法撥開。黑色巨風似從天外吹起海潮，江水好像直立起來；滂沱暴雨，從錢塘江東面飛過江來。江中水勢浩大，宛若斟滿酒的金樽凸起；雨點驟急，如千杖擊鼓聲催人豪飲。天帝為了喚醒醉中的李白，才下了這場暴雨來潑灑他的面。這雨水傾瀉、江海翻騰的景象，一定激發他寫出珍珠美玉般的詩句。

【研　析】熙寧六年（西元一〇七三年）七月，蘇軾在杭州吳山頂有美堂上觀看錢塘江，恰逢暴雨，寫了這首七律。全篇氣魄宏大，激情充沛，想像豐富，鑄詞瑰麗，用典靈動，意境清雄豪放。程千帆先生指出此詩是「先賦後比」（《宋詩精選》，第一一〇頁），概括精當。開篇先聲奪人，寫驚雷突起於腳下。因為詩人身在吳山最高處，這就寫出了獨特、真切的感覺。疾雷一響，濃雲即起。次句從前人詩中拈出「頑雲」這一人格化意象，又形容其籠罩滿座，遊人無法撥開。這一聯，既寫實，又誇張，有聲響，有動態，有力度和緊張感。頷聯寫風吹海立、飛雨過江的奇觀。「海立」從杜賦中化出，更精鍊、形象，也更有氣勢。從錢塘江入海處吹來的風，被詩人誇張為來自「天外」。風無形無色，竟被以靈視觀物的詩人看成是黑色的。這「天外黑風」竟把江海吹得直立起來，意象極雄奇，具有強大的視覺衝擊力。「浙東」句全用殷堯藩詩，卻切時切地，與「天外」句組合，有駭目之色與飛動之勢，虛實相生，對仗備極工切，句意一氣貫通，形成「流水對」，堪稱自然湊泊，妙手天成，竟使精通詩學的陳衍誤以為「浙東」句是東坡自創（見《宋詩精華錄》卷二）。頸聯推出「十分瀲灩金樽凸」和「千杖敲鏗羯鼓催」這兩個比喻，以喻體直接作本體，喻象新奇雄麗，兼具動態與色彩、聲響和氣勢，給予讀者強烈的美感享受。偌大的西湖，詩人只當作一只金樽，暴雨擊打江水的聲響，也不過是催發人們豪飲的鼓樂。詩人的浪漫氣質和豪情勝概已漫溢紙上。尾聯，詩人營造典象來比喻並塑造自我形象。詩人巧妙地將《舊唐書・李白傳》的典故和張華《博物志》記載南海鮫人的神話傳說結合起來，但他並不停留在提煉典詞的層面，而是致力於營造典象。於是，讀者的眼前躍現出天公特意降下暴雨灑洗李白的臉，被雨澆醒的詩仙揮毫賦詩，就像鮫室倒傾，宛若珍珠美玉般的佳詞妙語在他筆下飛瀉而出。當代詩人兼詩論家流沙河說：「一個成功的典象能夠給讀者以兩次投影。」（《十二象・典象》）蘇軾在詩中勾勒的，既是李白的形象，又是他的自我形象。蘇軾以李白自喻，充分顯示出他的雄心壯志：面對著杭州旖旎的湖光山色，他要像李白一樣寫出瓊瑰般的詩，光照詩史。清人查慎行讚此詩「章法亦奇」（《初白庵詩評》卷下），奇在從疾雷寫到頑雲，從風吹海立寫到飛雨過江，從金樽凸寫到羯鼓催，從寫景到寫人，從實寫到虛寫，從賦到比，八句詩緊密銜接，一氣流注；而一連串動態強烈的動詞和形容詞的運用，使詩的節奏和氣勢亦如疾雷迅電，急風驟雨。清人浦起龍讚美七律〈聞官軍收河南河北〉是老杜「生平第一快詩」（《讀杜心解》），筆者也褒揚七律〈有美堂暴雨〉是坡公「生平第一首快詩」。

李思訓畫長江絕島圖

蘇軾

【題解】此詩是元豐元年（西元一〇七八年）蘇軾任徐州（今屬江蘇）知州時創作的。李思訓，唐宗室，李林甫伯父。官至左（一作右）武衛大將軍，封彭國公。為著名畫家。善畫山水樹石，筆格遒勁，金碧輝映，自成家法。後人畫著色山水，多取其法。〈長江絕島圖〉，此畫今已不存，今存李思訓的〈江帆樓閣圖〉是青綠山水。

山蒼蒼，水茫茫，大孤小孤❶江中央。崖崩路絕猿鳥去，唯有喬木攙❷天長。客舟何處來？棹歌中流聲抑揚。沙平風軟望不到，孤山久與船低昂。峨峨兩煙鬟，曉鏡開新妝。舟中賈客❸莫漫狂，小姑❹前年嫁彭郎❺。

【注釋】❶大孤小孤　均為山名。大孤山在今江西九江市東南鄱陽湖中，一峰獨峙；小孤山在江西彭澤縣北、安徽宿松縣東南，屹立江中，與大孤山遙遙相對。❷攙　刺；直刺。❸賈客　商人。❹小姑　指小孤山。❺彭郎　指彭浪磯，在小孤山對面。當時民間以山擬人，有彭郎是小姑之夫的傳說。

【語譯】山色蒼蒼，水光茫茫，大孤山和小孤山聳立在長江中央。山崖崩塌，山路斷絕，連猿鳥也畏而遠去，只有高大的喬木直刺蒼穹之上。客舟從何處來？江心傳來陣陣搖棹人的歌聲忽抑忽揚。沙岸平曠，微風吹拂，一望無垠；船兒一起一伏，人在船上觀看孤山，也長久地一低一昂。大小孤山的峰巒，在水霧迷濛中好像女子兩個高聳的髮髻，是她倆早晨照著明淨如鏡的江面梳妝。船上的客商啊，你舉止不要輕狂，美麗的小姑早有歸屬，她前年已嫁給了彭郎。

【研　析】這首題畫詩用詩的語言再現了李思訓〈長江絕島圖〉的畫境，熱烈讚美畫家描繪山水的藝術和如畫的江山景色。蘇軾又發揮詩歌善於表現在時間上先後承續的動態，善於表現視、聽、觸、味、嗅、心等多種感覺的特長。他先用「棹歌中流聲抑揚」添加了畫上沒有的悅耳的歌聲，再以「沙平風軟望不到，孤山久與船低昂」二句，表現船與孤山在波浪上長久地高低起伏的動景，用詩筆寫出畫筆所不能到。「峨峨」四句運用擬人與比喻手法先以女子髮髻比喻大小孤山的峰巒，又以「曉鏡開新妝」比喻大小孤山像一對美麗的姊妹對著江面梳妝。接著更妙用民間傳說和諧音雙關，把擬人和比喻再加引申，勸告客商切莫漫狂，小姑已嫁了彭郎，從而使詩的意境增添了地方的生活色彩，開篇兩個三言句，以下兩聯各以一個、兩個五言句起頭，具有活潑的民間歌謠風格。全詩以七言句為主，交織穿插三、五言句，通首押聲音清亮的下平聲陽韻。詩人有意運用「蒼蒼」、「茫茫」、「峨峨」等疊字詞，「抑揚」、「低昂」、「漫狂」等連綿詞，還有「崖崩路絕」、「沙平風軟」句中對仗，重複「大孤小孤」、「孤山」、「小姑」等詞，形成了流麗圓轉、回環往復、舒緩起伏、悠揚和諧的聲韻節奏，使詩歌兼具意境美與音樂美。清人方東樹稱讚此詩：「神完氣足，遒轉空妙」（《昭昧詹言》卷一二）。喜愛此詩的朋友，請閉目凝神，曼聲長吟這首詩，你會覺得自己已追隨東坡公，在客舟上聆聽棹歌抑揚，體驗「孤山久與船低昂」的舒暢。

百步洪二首（選一）

蘇軾

【題解】 元豐元年（西元一〇七八年）十月，蘇軾與友人參寥（即詩僧道潛）於某日放舟百步洪後，作二詩，一以贈參寥，一以贈王定國（即王鞏，工詩，與蘇軾交誼頗厚），此是其第一首。原有序，文長不錄。百步洪，在徐州（今屬江蘇）東南二里，為泗水流經徐州城外之一段，亂石激濤，水勢湍急，最為壯觀，今已不存。

長洪斗落❶生跳波，輕舟南下如投梭❷。水師❸絕叫鳧雁起，亂石一線❹爭磋磨❺。有如兔走鷹隼落，駿馬下注千丈坡，斷弦離柱箭脫手，飛電過隙珠翻荷。四山眩轉風掠耳，但見流沫生千渦❻。嶮❼中得樂雖一快，何意水伯誇秋河❽？我生乘化❾日夜逝，坐覺一念逾新羅❿。紛紛爭奪醉夢裏，豈信荊棘埋銅駝⓫。覺來⓬俯仰⓭失千劫⓮，回視此水殊委蛇⓯。君看岸邊蒼石上，古來篙眼如蜂窠。但應此心無所住⓰，造物雖駛如吾何。回船上馬各歸去，多言譊譊⓱師⓲所呵⓳。

【注釋】❶斗落　陡落。❷投梭　喻疾速。❸水師　舟子；船夫。❹一線　極言水道狹窄曲折。❺爭磋磨　謂兩岸亂石犬牙交錯，與水相磋相磨。❻渦　旋渦。❼嶮　同「險」。❽水伯誇秋河　《莊子‧秋水》說，秋天河水大漲，河面開闊，河伯（河神）得意非凡，向海神誇口說天下壯闊之美皆集於自身。水伯，即河伯。❾乘化　順隨自然之運轉變化。❿坐覺一念逾新羅　蘇軾此句從《景德傳燈錄》「新羅在國外，一念已逾」中化出。逾新羅，過了新羅國。新羅，今朝鮮。⓫荊棘埋銅駝　比喻世事巨變。《晉書‧索靖傳》載：晉人索靖預感天下將大亂，對著洛陽宮門前的銅駝說：「再見到你的時候，你一定被埋在荊棘中！」此處反用其意，認為「荊棘銅駝」的巨變不足道，天下至變就是不變。⓬覺來　猶覺後。⓭俯仰　喻時間短暫。⓮千劫　佛家謂天地成毀之一個週期為一劫。此極言時間久長。⓯委蛇　原形容曲折的樣子，此是自在、自得之意。⓰但應此心無所住　意謂不凝滯於物，心無所執。⓱譊譊　喧嚷爭辯。⓲師　指參寥。⓳呵　斥。

【語譯】湍急陡落的百步洪，跳躍翻滾起巨波。南行的輕舟一下水，就如投入一只疾速的飛梭。船夫猛叫著，驚起大雁、野鴨掠過。飛行在狹窄曲折如線的航道，四周亂石犬牙交錯，與洪水相磋相磨。飛舟呵，就像狡兔在疾跑，像鷹隼從天空直落，像駿馬在千丈高坡狂奔而下，像弓弦崩斷離柱箭斷脫手，像閃電從縫隙中劃過，像露珠在荷葉上翻滾。只覺四面的山巒在眩轉，涼風颼颼吹過耳朵；只見洪流舞泡沫，生出無數個深深的旋渦。險境中得到快感雖說喜悅，但為什麼水伯要誇讚秋河？我的一生順隨自然運轉變化，生命也像川流日夜逝往一息未停。意念不受約束，瞬間已飛到萬里之外的新羅。世上的紛紛擾擾真如夢醉，哪兒知道荊棘會埋住銅駝。覺後俯仰之間的一剎那，已經過了天地毀滅的一個週期那麼久長，頓悟後再看這洪水，竟是如此安閒自得。你看那岸邊蒼石之上，千百年來篙眼多如蜂窩。行舟人呵，只要你稱心而行，無所執著，就算時光急逝，洪濤險惡，又奈你何！不過，還是回船上馬回家去吧，再絮絮叨叨要被我師呵責。

【研　析】這首七言古詩可分為兩大段，由開篇到「何意水伯」句是前一段，寫舟行洪中的驚險與快樂。從「我生乘化」句到結尾是後一段，蘇軾從險中得樂而引發詩興，縱談他對自然、宇宙、生命與人生的哲理思考。由於與王安石變法派政見分歧，蘇軾自請外任，從杭州又移知徐州。這時，儒家積極入世精神仍是他的主導思想，但因政治失意，不時流露出佛老超塵避世的思想情緒。在此詩中，他就百步洪的急流逝水談名理，即切入了道家「乘化」與佛家「無住」的觀念。他認為，自然宇宙運動變化不息，人生世事也急如逝水。但不少人卻如醉如夢，不知道富貴權勢是短暫的。既然人的生命、人事活動轉眼即成雲煙逝水，那麼，人的心靈就不應為外物所役，而要委運任化，隨遇而安。這樣，造物雖駛，自己卻不憂不懼，保持樂觀曠達精神和逸懷浩氣。於是，在本質上是消極的佛老思想，在蘇軾身上卻起了積極的作用（當然還有消極的一面）。而我們在詩中也就領悟了蘇軾對待自然、宇宙和人生辯證、智慧的態度，又感受到他豁達灑脫的胸襟和熱愛自然、險中作樂的盎然生活情趣。因此，這首詩就不只是描寫大自然奇觀險境的山水詩，更是一首思想深邃的哲理詩。詩中哲理既是由前半篇對急浪輕舟的描寫中引發而出，而後半篇「回視此水殊委蛇」等句，又注意照應前文對洪流的描寫。詩人在議論中融入情趣，並盡可能用「水伯誇秋河」、「荊棘埋銅駝」等典象表達出來。尤其是蒼石上狀如蜂窠的「篙眼」這個新奇的興象，把古往今來人事俯仰即成陳跡的意蘊表達得極其生動精警，令人驚心動魄！正如陳衍所評：「就眼前『篙眼』指點出〈禪意〉，真非鈍根人所及矣。」（《宋詩精華錄》卷二）此詩所以成為東坡七古中的傑作，歷代廣為傳誦，更是由於詩中「有如兔走鷹隼落」四句，連用七個動態迅疾的意象來比喻激流起伏跌宕、波浪騰跳、一瀉千里的壯觀與氣勢，令人拍案叫絕！清代趙翼說：「形容水流迅駛，連用七喻，實古所未有。」（《甌北詩話》卷五）紀昀評：「只用一『有如』貫下，便脫去連比之調；一句兩比，猶為創格。」（《紀評蘇詩》卷一七）錢鍾書先生《宋詩選注》讚賞說：「四句裡七種形象，錯綜㑹落，襯得《詩經》和韓愈的例子都呆板滯鈍了。」（百步洪）不愧是蘇軾自稱「清雄奇富，變態無窮」（〈跋蒲傳正燕公山水〉）的山水詩傑作，是中國古詩中妙用博喻的經典。

題西林壁

蘇　軾

【題　解】元豐七年（西元一〇八四年）五月，蘇軾遊廬山作。西林，寺名，一名乾明寺，在江西廬山。

橫看成嶺側成峰，遠近高低總不同。不識廬山真面目，只緣身在此山中。

【語　譯】從橫向看去是山嶺，在側面看又變成山峰。這遠近高低看山，山形各不相同。不認識廬山的真正面目，只因為自身局限在廬山之中。

【研　析】作為一位詩人兼哲人，蘇軾喜歡並且擅長在觀賞山水景物中感悟與寄寓自然、社會與人生的哲理。這一首即是著名的山水哲理詩。詩人身在廬山之中，橫看廬山，像是綿延起伏之嶺；側看廬山，卻又成了直插雲霄之峰。僅遠近高低看山，山形各不相同，這使他突然感悟：身在其中，未必能認識廬山的真面目。如按照人們認識事物的經驗和邏輯，此詩後二句應是「不識廬山真面目，只緣未入此山中」。事實上，蘇軾在同時所作的〈初入廬山三首〉（其一）中，就寫道：「青山若無素，偃蹇不相親。要識廬山面，他年（指以前）是故人。」強調要認識廬山，必須身入廬山。但此理太平常，已盡人皆知，所以此詩並未受到重視。蘇軾提出：「詩以奇趣為宗，反常合道為趣。」（釋惠洪《冷齋夜話》引）〈題西林壁〉詩的後二句，就具有反常合道的「奇趣」。詩人感悟並發現了一個新思想，即身在其中，有時反而不能認識事物的全貌，從而其實人們要全面、深刻地認識事物，既要入乎其內，又要出乎其外，這確是一個關於認識事物的真知灼見，從未經人道過。近人陳衍《宋詩精華錄》卷二說得好：「此詩有新思想，似未經人道過。」此詩顯示出詩人的超凡智慧，其所發明的新思想是他從觀察廬山的實踐中獲得，又以啟迪靈智的警句出之，故而膾炙人口，千古傳誦。

惠崇春江曉景二首（選一）

蘇　軾

【題解】元豐八年（西元一〇八五年）十二月蘇軾作於汴京。惠崇，淮南（一作建陽）人，宋初「九僧」之一，能詩善畫，尤工繪鵝雁鷺鷥和寒汀遠渚小景。曉景，一作「晚景」。

竹外桃花三兩枝，春江水暖鴨先知。蔞蒿❶滿地蘆芽❷短，正是河豚❸欲上時。

【注釋】❶蔞蒿　水草名，也稱蒿蔞，白蒿，既是河豚的食物，又是魚羹的佐料，且能解毒。❷蘆芽　蘆筍。❸河豚　魚名，此魚產於海，春江水發，沿江上行，食蔞蒿則肥，其肉味極鮮美，但卵巢、血液和肝臟有劇毒，宰殺時要格外注意切除並清洗乾淨。

【語譯】竹林外，已有三兩枝粉紅的桃花初放；春江水暖，遊鴨戲水最早感知。蔞蒿長滿遍地而蘆筍初生嫩芽，這正是河豚魚由海入河，逆流上水的美好早春時節。

【研析】這是一首題畫詩。從詩中景物看，惠崇所繪是一幅鴨戲圖。蘇軾以詩筆再現畫境，寥寥二十八字，生動、精鍊地呈示了畫中的竹林、桃花、春江，鴨群、蔞蒿、蘆芽等景物，勾勒出一幅生機勃勃的早春圖，抒發他對早春的喜悅和禮讚之情。詩人更發揮了詩歌不受時間和空間限制、擅長想像和聯想、表現多種感覺的特點，在第二句寫出了憑觸覺才能感知的「暖」意，移情移知覺於鴨，讓牠最先感知水暖，從而生動有趣地描繪出鴨子在春水中愉快嬉遊的活潑情狀，真是詩人的靈心妙筆。但清人毛奇齡卻說：「水中之物，皆知冷暖，必先及鴨，妄矣。」（《西河詩話》卷五）王鶴汀也說：「鴨之在水，無問冬夏，又何知有冷暖，而譏以『先知』予之？……竊恐『先知』之句，於物情有未真也。」（《螺江日記》卷六引）毛氏不理解藝術形象以個別表現一般的特性，王氏則混淆了生活之真與藝術之真，因此他們對這句詩的批評、指責荒唐可笑。詩的結句寫河豚欲上的動態，也是詩人從畫面上蔞蒿、蘆芽等景物自然引發，用想像得之的虛景補充了畫景。全詩筆筆緊扣早春時節，無一字泛設，豐富了畫意，深化詩情。宋人晁補之說過：「詩傳畫外意，貴有畫中態。」（〈和蘇翰林題李甲畫雁二首〉）此詩在再現「畫中態」與傳「畫外意」兩方面都獲得了成功。紀昀《紀評蘇詩》卷二十六評：「興象實為深妙。」汪師韓《蘇詩選評箋釋》卷四讚：「吹畦風馨，適然相值。」

贈劉景文

蘇軾

【題解】這首詩作於元祐五年（西元一〇九〇年）冬，時蘇軾知杭州，而劉景文以左藏副使為兩浙兵馬都監駐杭州，二人時有唱酬。劉景文，名季孫，開封府祥符（今河南開封）人。宋時將門之後，博學，工詩文。蘇詩曾表薦，譽為「慷慨奇士」。

荷盡已無擎雨蓋❶，菊殘猶有傲霜枝。一年好景君須記，正是❷橙黃橘綠時。

【注　釋】❶蓋　車蓋，這裡比喻荷葉。❷正是　一作「最是」。

【語　譯】荷花凋盡，已無遮雨車蓋似的荷葉；菊花漸萎，猶有傲霜的枝。一年中最好的景觀您應記住，就是這橙子黃、橘子綠的秋季。

【研　析】蘇軾借荷、菊、橙、橘四種時物的變化特徵，表現深秋初冬江南的景色，寫得意象鮮明，色彩亮麗，風骨遒勁，生機勃勃。南宋胡仔說此詩詠初冬景致「曲盡其妙」（《苕溪漁隱叢話・後集》卷一〇）。東坡在此詩中託物抒情，抒發自己曠達開朗、不同凡俗的性情和胸襟；又借景喻人，含蓄地讚揚劉景文的品格節操；更即景寓理，暗示時間和人生的寶貴，啟示人們要珍惜美好年華。唐代詩人韓愈〈早春呈水部張十八員外二首〉（其二）詩云：「天街小雨潤如酥，草色遙看近卻無。最是一年春好處，絕勝煙柳滿皇都。」蘇軾此詩的構思、章法以及第三句對韓愈詩有所借鑑，但一寫早春，一寫深秋初冬，意象與意境殊不相同，各有妙處，都是情、景、理交融的佳作。汪師韓《蘇詩選評箋釋》卷五評蘇軾此詩：「淺語遙情。」

泛潁

蘇軾

【題解】元祐六年（西元一〇九一年）九月作於潁州（今安徽阜陽）。泛潁，在潁河上泛舟。

我性喜臨水，得潁意甚奇。到官十日來，九日河之湄❶。吏民笑相語，使君❷老而癡。使君實不癡，流水有令姿❸。繞郡十餘里，不駛亦不遲❹。上流直而清，下流曲而漪❺。畫船俯明鏡❻，笑向汝❼為誰？忽然生鱗甲❽，亂我鬚與眉❾。散為百東坡，頃刻復在茲。此豈水薄相❿，與我相娛嬉。聲色與臭味，顛倒眩小兒⓫。等是兒戲物，水中少磷緇⓬。趙陳兩歐陽⓭，同參天人師⓮。觀妙⓯各有得，共賦泛潁詩。

【注釋】❶河之湄　《詩經・秦風・蒹葭》：「所謂伊人，在水之湄。」湄，水草交際之處，水之岸也。❷使君　對州郡長官之稱。此處軾自指。❸令姿　美好姿態。❹不駛亦不遲　語出陶淵明〈和胡西曹示顧賊曹〉：「蕤賓五月中，清朝起南颸。不駛亦不遲，飄飄吹我衣。」駛，迅速。遲，緩慢。❺漪　微波。❻明鏡　此指清澈明淨之水。❼汝　此處指水中所照自己之身影。❽鱗甲　如鱗甲狀之水波。❾亂我鬚與眉　《莊子·天道》：「水靜則明燭鬚眉。」此句謂水動使水中所映鬚眉搖動、散亂。❿薄相　輕薄；捉弄；開玩笑。⓫聲色與臭味二句　《左傳·昭公元年》：「天有六氣，降生五味，發為五色，徵為五聲，淫生六疾。」又〈昭公二十五年〉：「氣為五味，發為五色，章為五聲。淫則昏亂，民失其性。」臭，氣味。此指香氣。眩，迷惑；迷亂。⓬磷緇　《論語·陽貨》：「不曰堅乎？磨而不磷，不曰白乎？涅而不緇。」何晏《集解》：「孔曰：磷，薄也。涅，可以染皂。」磷，因磨而薄損。緇，因染皂而變黑。後以「磷緇」喻環境影響而起變化。⓭趙陳兩歐陽　趙陳，即趙令畤，字德麟和陳師道，字履常。此時趙以承議郎為潁州簽判，陳為潁州教授。兩歐陽，即歐陽棐，字叔弼；歐陽辯，字季默，皆歐陽脩之子，因母去世，居潁州。⓮天人師　如來十號之一。以其為天與人之師，故名。《五燈會元》卷一：「佛於二月八日明星出時成道，號天人師。」⓯觀妙　《老子》第一章：「故無常欲，以觀其妙。」王弼注：「妙者，微之極也。萬物始於微而後成，始於無而後生，故常無欲空虛，可以觀其始物之妙。」

【語　譯】我的性情是喜愛接近水，而今我得以感受到潁河之奇。我到潁州做官十日以來，有九日是在潁河的岸邊度過的。官吏與民眾笑著說，您這個使君既老又癡。其實我這個使君並不癡，是因為流水有美好的姿態。它繞著郡城十幾里，流得不急也不慢。上流筆直而清澄，下流曲折而有微波蕩漾。當風平浪靜，波平如鏡之時，我在畫船上俯看明鏡，看見自己的影子在鏡中，就笑著問「您是誰」？忽然微風乍起，生出水波如鱗甲，水流波動，於是水中的面影鬚眉搖動、散亂，才一會兒，便分散成上百個東坡；然而水一靜止，頃刻之間，又只有一個東坡在這兒。難道是水相輕薄，愛開玩笑，與我相互嬉戲嗎？世間許多事物的聲色和香味，經常七顛八倒，迷惑小孩子。喜歡水和愛好聲色香味，同樣是娛樂遊戲之事，但玩水不致於沾染不良的習性。趙德麟、陳履常和兩位歐陽先生，同我一起參天人師如來佛，以無欲空虛之心觀物之妙，各有所得，一起來賦泛潁之詩。

【研　析】這首詩寫蘇軾性愛臨水，寫他泛潁河之樂，道出喜歡水和愛好聲色香味都是娛樂之事，但玩水不致沾染不良習性，從而表現他「磨而不磷」、「涅而不緇」、淡泊清潔的個性情操。詩人還從泛舟賞景中悟出帶有禪意的人生哲理：人能做到無欲念、心虛靜，就可以觀物之妙。全篇著意寫一個「泛」字，以細緻的觀察、豐富的想像和舒卷自如、曲折無不盡意的筆墨，把潁河寫得多姿多彩，寫得有情意有靈性。尤其是描寫他的鬚眉、身影在水中忽然分散、忽然凝定的情狀，寫他笑向影子，與水娛嬉，筆筆生動活潑，詼諧幽默，奇趣橫生。清代詩評家對此詩很讚賞。紀昀說「畫船俯明鏡」八句：「眼前語寫成奇采，此為自在神通。」（《紀評蘇詩》卷三四）查慎行說：「遊戲成篇，理趣具足；深於禪悟，手敏心靈。」（《初白庵詩評》卷中）此詩確是蘇軾五言古詩的代表作之一。

八月七日初入贛過惶恐灘

蘇　軾

【題　解】紹聖元年（西元一〇九四年）八月七日，蘇軾在南貶惠州途中初入贛江，過惶恐灘時作。贛，贛江。上流為章、貢二水，會於今江西贛縣區北，始名贛江。曲折向西北流至萬安，折而東北流。惶恐灘，贛江十八灘之一，在今江西萬安縣境，水勢最為險惡。舊說原名黃公灘，是蘇軾在此詩更為「惶恐」以對「喜歡」之後，才稱名惶恐灘。

七千里❶外二毛人❷，十八灘頭一葉❸身。山憶喜歡勞遠夢❹，地名惶恐泣孤臣❺。長風送客添帆腹❻，積雨浮舟減石鱗❼。便合與官充水手❽，此生何止略知津❾。

【注釋】❶七千里　指贛江至蘇軾故鄉之路程。❷二毛人　頭髮黑白相間的垂老之人。時作者五十九歲。❸一葉　指小船。❹山憶喜歡勞遠夢　作者自注：「蜀道有錯喜歡鋪，在大散關上。」❺孤臣　失勢被貶之臣。❻帆腹　船帆受風，一面突出如腹，故云。❼石鱗　淺水流江底石上，波如魚鱗，故稱。❽便合與官充水手　意謂完全可以充當水手為官府駕船。便合，便當。❾知津　曉得渡口在哪裡，言外指自己仍可為朝廷效力。語出《論語・微子》：「是知津也。」

【語譯】我這個頭髮黑白相間的二毛人，而今已遠離故鄉七千里外。在這杳無人跡的十八灘頭，只有我和孤零零的一葉小舟。憶蜀道思故鄉，我常勞神夢遠，卻只是「錯喜歡」而已。聽到惶恐灘這個地名，被貶逐的孤臣就倍感惶恐，不禁悲泣。長久地吹個不停的勁風，送著我這個客人，並吹得船帆鼓脹如大腹；積雨水漲，也就減少了江底石上魚鱗一樣的美麗波紋。我長途行舟，豈是僅僅知道幾個渡口？這一生完全可以充當水手，為官府駕船奔走。

【研析】此詩抒寫蘇軾遠謫惠州途中初入贛經惶恐灘時的處境和心情。前半篇極寫孤獨淒苦。

詩用對起格。首聯連用六個數字，組成四個數量詞，寫出句中自對又上下相對的工巧對句，突出了暮年被謫，遠離故鄉、遠離朝廷、環境險惡與前途渺茫。唐代柳宗元在被貶謫之地柳州，寫了〈別舍弟宗一〉詩，中有「一身去國六千里，萬死投荒十二年」一聯，蘇軾顯然學了柳詩句法、字法，卻青出於藍，後來居上，無論是寫景還是寫人，都更具體、生動、形象，其感人力量，勝於柳詩，也勝於其後黃庭堅的「五更歸夢三千里，一日思親十二時」（〈思親汝州作〉）。頷聯將「黃公灘」改作「惶恐灘」以對「喜歡鋪」，妙用地名諧音雙關對比，藉以抒發因遠離故鄉與朝廷而生發的失望、惶恐。悽楚、怨憤之情，藝術表現手法新穎，詩句濃縮，意蘊豐富。後來宋末文天祥學習、借鑑蘇軾此聯，在〈過零丁洋〉中寫出了「皇恐灘頭說皇恐，零丁洋裏歎零丁」的千古名聯。詩的後半情調轉為曠達、樂觀。頸聯寫舟行所見江景。上句寫仰觀，以長風鼓起帆腹的意象表達隨遇而安的暢快情懷；下句寫俯看，以細緻的觀察和精準的語言表現積雨水大，石鱗減少，可謂「狀難寫之景如在目前」。一「添」一「減」，造成「反對」，對仗工整，尾聯「充水手」與「略知津」仍緊扣舟行抒情寄慨，比與興兼用，寫實與用典結合，既自嘲又反諷，語意雙關，意在言外，顯出詩人對後半生的前途與命運仍然滿懷自信，也體現了東坡豪放兀傲的個性。近代吳汝綸評曰：「縱逸不羈，如見其人。」（高步瀛《唐宋詩舉要》卷六引）誠哉此言！

荔支歎

蘇軾

【題解】此詩是紹聖二年（西元一〇九五年）作。當時蘇軾被貶為寧遠軍節度副使、惠州安置、不得簽書公事，住在惠州（今屬廣東）貶所。荔支，同荔枝。中國特產的一種味道甜美佳果，是惠州名產。

十里一置❶飛塵灰，五里一堠❷兵火催。顛阬僕谷❸相枕藉❹，知是荔支龍眼❺來。飛車跨山鶻橫海❻，風枝露葉如新采❼。宮中美人❽一破顏❾，驚塵濺血❿流千載。永元荔支來交州，天寶歲貢取之涪。至今欲食林甫肉，無人舉觴酹伯游⓫。我願天公憐赤子⓬，莫生尤物⓭為瘡痏⓮。雨順風調百穀登⓯，民不饑寒為上瑞⓰。君不見武夷溪邊粟粒芽，前丁後蔡相籠加⓱。爭新買寵各出意，今年鬥品充官茶⓲。吾君所乏豈此物？致養口體何陋耶⓳！洛陽相君忠孝家，可憐亦進姚黃花⓴。

【注釋】❶置　驛站。❷堠　驛道上記里程的土堆，這裡也指驛站。❸顛阬僕谷　謂死傷後摔倒在坑谷中。阬，同「坑」。❹相枕藉　互相枕著墊著，形容死者之多。❺龍眼　桂圓，亦嶺南佳果。❻飛車跨山鶻橫海　這句是說飛速運送荔枝，車船跨山渡海，飛馳疾速。鶻，鳥名，古代海船上常刻其形以為裝飾，古又以鶻稱船。一說鶻橫海是比喻飛車跨山的速度之快，意思是車子飛快過山，猶如海鶻飛越大海一樣迅速。❼風枝露葉如新

采　此句具體證明運送速度之快。風枝露葉，枝葉猶帶風露，形容極其新鮮。❽宮中美人　指楊貴妃。❾破顏　露出笑容。《新唐書．楊貴妃傳》：「妃嗜荔支，必欲生致之。乃置騎傳送，走數千里，味未變，已至京師。」❿驚塵濺血　形容運送荔枝死者之多，危害之重。⓫永元荔支來交州四句　蘇軾自注：「漢永元中，交州進荔支、龍眼，十里一置，五里一堠，奔騰死亡，罹猛獸毒蟲之害者無數。唐羌字伯游，為臨武長，上書言狀，和帝罷之。唐天寶中，蓋取涪州荔支，自子午谷路進入。」永元，漢和帝年號。交州，漢代地名，今兩廣一帶。天寶，唐玄宗年號。涪，涪州，今重慶市的涪陵，古代盛產荔枝。林甫，李林甫，唐玄宗時的權相，為人「口蜜腹劍」。因他向唐玄宗、楊貴妃獻媚求寵，故人民對他極為痛恨。舉觴，舉杯。酹，澆酒於地表示祭奠。伯游，唐羌，他曾向漢和帝上書諫阻進獻荔枝龍眼。⓬赤子　指百姓。⓭尤物　珍異之物。⓮瘡痏　瘡傷；瘡疤。這裡喻指災禍。⓯登　成。此謂成熟。⓰上瑞　極好的祥瑞。⓱君不見武夷溪邊粟粒芽二句　蘇軾自注：「大小龍茶，始於丁晉公而成於蔡君謨。歐陽永叔聞君謨進小龍團，驚歎曰：『君謨，士人也，何止作此事耶！』」武夷，指武夷山，在今福建省。溪，指建溪，從武夷山流出，經建陽、建甌，至南平市入閩江。建溪一帶是宋代著名的產茶地。粟粒芽，建溪所產的極品名茶，以其芽極嫩極細，故稱，是製小龍團茶的上等材料。梅堯臣〈建溪新茗〉詩：「粟粒烹甌起，龍文御餅加。」丁，指丁謂，真宗時曾任宰相，封晉國公。蔡，指蔡襄，字君謨，精於茶事，著有《茶錄》。丁、蔡先後做過福建路轉運使，丁曾督造龍鳳團茶進貢，蔡則創製小片龍茶，其品尤精。籠加，籠裝加封進貢。⓲爭新買寵各出意二句　蘇軾自注：「今年閩中監司乞進鬥茶，許之。」鬥茶，宋代流行比試茶藝高下和茶品優劣的活動，稱為「鬥茶」，或稱「茗戰」；用來參加鬥試的上品好茶稱為鬥茶或鬥品。官茶，指貢茶。⓳致養口體何陋耶　《孟子．離婁》將奉養父母分為「養志」和「養口體」，認為奉養父母應重「養志」，使之得到精神上的滿足與安慰，而不應只注意「養口體」，這句意思即本此。致養，奉養。口體，口腹、身體，指物質享受。陋，鄙陋；見識低下。⓴洛陽相君忠孝家二句　蘇軾自注：「洛陽貢花，自錢惟演始。」錢惟演，字希聖，曾以使相留守西京洛陽，故此處稱「洛陽相君」。他是吳越王錢俶之子，隨父降宋。宋太宗稱讚錢俶是「以忠孝保社稷」，故這裡稱「忠孝家」。可憐，可惜，帶輕蔑意。姚黃花，牡丹花中的名貴品種。歐陽脩《洛陽牡丹記》：「姚黃者，千葉黃花，出於民姚氏家。」又載錢惟演嘗曰：「人謂牡丹花王，今姚黃真可為王。」

【語　譯】十里一個驛站，快馬疾馳，灰塵飛揚；五里一個驛站，刻不容緩，如兵火相催。馬上役夫，有的跌入土坑，有的摔落山谷，屍體散亂，互相枕墊。路上的人都知道，這是為朝廷趕運荔枝龍眼而來。運送荔枝的飛車跨山，好像鷹隼飛越大海一樣迅速。荔枝傳送到京城，枝葉還帶著風露，那麼新鮮，猶如剛剛採下來的。為了博得宮中美人楊貴妃的歡心，讓她開顏一笑，不知摧殘了多少生命，驚塵濺血，流淌千載。漢和帝永元年間，荔枝來自嶺南的交州；到了唐玄宗天寶時期，歲貢荔枝取於涪州。像李林甫那種向皇帝獻媚邀寵的奸相，直到如今大家還恨不得吃他的肉，可是對唐伯游這樣敢於諫阻進貢荔枝的好官，卻沒有人以酒灑地祭奠他。我希望天公憐憫黎民百姓，不要讓荔枝龍眼這些珍貴物品再生出來禍害他們，我還希望雨順風調，百穀豐登，黎民再不挨餓受寒，這才是最好的祥瑞。您沒見武夷山建溪的極品名茶粟粒芽，丁謂和蔡襄先後籠裝加封進貢朝廷。現在又有官僚想方設法爭新買寵，今年翻出新花樣，用珍貴的鬥品來充當官茶進貢給皇家。我們皇帝缺乏的難道是這些東西？奉養皇帝的口體之欲，竭力滿足皇帝的物質享受，這種用心和行為是多麼鄙陋低下啊！洛陽相君錢惟演被皇帝稱為保社稷的忠孝家，可惜他也向皇帝進貢牡丹名品姚黃花。

【研　析】荔枝是惠州的名產。蘇軾在〈四月十一日初食荔枝〉和〈食荔枝〉等詩中，對荔枝之美稱賞備至。但是他由這鮮美的果品聯想到漢唐兩代進貢荔枝的弊害，進而想到當代貴族官僚向皇帝貢茶貢花的事實，寫了這首七言古詩。詩中揭露帝王的奢侈佚樂生活，指斥官僚向皇帝爭新買寵的可恥行徑，表達了對遭受苦難的百姓的深切同情。詩開篇即突兀而起，前八句以急促的節奏，畫出一幅車馬急馳、塵飛火催、鮮血四濺、屍體枕藉的獻荔圖。「顛阬」句意象、情境驚心動魄。「知是」句反用杜牧〈過華清宮絕句〉「無人知是荔支來」句意，斥責之意鮮明顯露。「美人破顏」從杜牧「一騎紅塵妃子笑」句加以發揮，與「驚塵濺血」對照，詩意更強烈，造語更警策。中間八句以逆筆倒敘史事，加以評論，提出「雨順風調」、「民不饑寒」的政治理想，批判帝王和權貴為了享樂或邀寵不顧人民死活的罪行，詩情激憤昂揚。「君不見」以下八句，由歷史而現實，把批判的矛頭直指本朝的丁謂、蔡襄、錢惟演等官僚貢茶貢花媚上取寵的罪惡行徑。東坡雖以文字之禍屢遭貶謫，此時又是被遠貶海隅戴罪之身的逐臣，卻仍然關注社會現實，憂國憂民，敢以詩筆為民請命，真是正氣凜然，令人肅然起敬！汪師韓評此段：「百端交集，一篇之奇橫在此。詩本為荔支發歎，忽說到茶，又說到牡丹，其胸中鬱勃有不可以已者。惟不可以已而言，斯至言致也。」（《蘇詩選評箋釋》卷六）全篇章法多變，筆勢騰挪，波瀾壯闊，跌宕起伏，深得杜甫即事名篇的七言樂府詩之神髓。正如紀昀所評：「貌不襲杜，而神似之，出沒開合，純乎杜法。」（《紀評蘇詩》卷三九）

行瓊儋間肩輿坐睡夢中得句云千山動鱗甲萬谷酣笙鐘覺而遇清風急雨戲作此數句

蘇　軾

【題　解】紹聖四年（西元一〇九七年）四月，已貶居廣東惠州的蘇軾又被責授瓊州別駕、昌化軍（在儋州）安置、不得簽書公事的誥命，於六月渡瓊州海峽至海南島，在從瓊州到儋州途中作此詩。瓊儋，瓊州（今海南海口）和儋州（今屬海南）。肩輿，轎子。

　　四州❶環❷一島，百洞❸蟠❹其中。我行西北隅，如度月半弓。登高
望中原，但見積水❺空。此生當安歸？四顧真途窮。眇觀❻大瀛海❼，坐
詠談天翁❽。茫茫太倉中，一米誰雌雄❾。幽懷忽破散，詠嘯來天風❿。
千山動鱗甲，萬谷酣笙⓫鐘。安知非群仙，鈞天宴⓬未終。喜我歸有期，
舉酒屬青童⓭。急雨豈無意，催詩走群龍。夢雲⓮忽變色，笑電⓯亦改
容。應怪東坡老，顏衰⓰語徒工。久矣此妙聲⓱，不聞蓬萊宮。

【注　釋】❶四州　指宋時海南島上的瓊州、儋州、崖州、萬安州。❷環　環列。❸百洞　指黎族人所居洞穴。海南島中央為五指山，黎族人居其中。四州在四邊。❹蟠　盤結。❺積水　水所聚積，此指海。《荀子·儒效》：「積水而為海。」❻眇觀　遠望。❼大瀛海　古代傳說中圍繞九州的大海。《史記·孟子荀卿列傳》載，戰國時陰陽家鄒衍認為，中國名叫赤縣神州，赤縣神州內有九州。在中國之外，像赤縣神州這樣的地方有九個，稱大九州。每一州有小海環繞，與別州隔絕。大九州之外，有大瀛海環繞，那裡是天地相交之處。❽坐　語詠談天翁　坐，因；遂。談天翁，指鄒衍。因他善談宇宙天地之事，人稱「談天衍」。❾茫茫太倉中二句　語出《莊子·秋水》：「計中國之在海內，不以稊米之在太倉乎？」太倉，古代京城的穀倉。稊米，小米，比喻其小。稊，草名，形似稗，實如小米。❿詠嘯來天風　說風聲長嘯不止。⓫笙　古代一種管樂器。⓬鈞天宴　群仙的宴會。鈞天，天之中央，傳說天帝居處。⓭舉酒屬青童　讓青童勸酒。屬，屬酒；勸酒。青童，即青童君，神仙名。⓮夢雲　形容雲的形狀變化莫測，如夢一般。⓯笑電　據舊題東方朔《神異經·東荒經》載，神仙在天上投壺（古代一種遊戲，類似現在的投圈），如有投不中的，天帝就會發笑，就是閃電。⓰顏衰　面貌衰老。⓱妙聲　既指因風聲而聯想起天上宴會的仙樂，又是指作者的詩篇。

【語　譯】四州環列在一島之上，無數洞穴盤結在五指山中。我從瓊州到儋州，歷經海島西北，正好走了一條半月弓形的路線。登高北望中原大地，只見海水茫茫一片，我這輩子何時能返回故鄉呢？環顧四周，沒有一條歸路。遠望大瀛海，詠歎起善於談天的鄒衍。他說中國之大，放在四海，不過是太倉中的一粒粟米，有誰來評說它的大小巨細呢。呼嘯不止的天外來風，吹散了我心中鬱結的愁情。風吹起，千山的草木像龍的鱗甲一般扇動；萬谷鳴響，彷彿笙鐘在熱鬧地演奏仙樂。難道不是群仙的天上宴會還未結束，為我北歸有期而高興，讓青童君舉杯勸酒以示慶祝？急雨驟降，豈是無意？群龍飛舞作雨，似乎是在催我作詩。如夢的雲朵忽然變色，似笑的閃電也改變容顏，也是來湊趣催詩的嗎？啊，天仙們也會驚訝我人雖老而詩頗工，蓬萊宮裡，已很久沒有聽到這種美妙的聲音了。

【研析】這首紀行的五言古詩，按詩意可分為四段。前八句是第一段，敘述蘇軾從瓊州到儋州的旅途經歷。從寫景角度看，詩人既善於大處落墨，把握總體形勢；又擅長捕捉具體景物，作生動逼真的描繪。南宋胡仔說：「大率東坡每題詠景物，於長篇中只篇首四句，便能寫盡，語仍快健。」就引了此詩首四句（見《苕溪漁隱叢話．後集》卷二九）清代王文誥評曰：「起四句如繪地圖，接四句如釋地理。」（《蘇軾詩集》卷四一）從抒情角度看，一種身居海角天涯、永無歸路的淒涼感和孤獨感彌漫於字裡行間，令人讀之黯然神傷。接下去的八句是第二段，寫他遠眺大海，思索鄒衍關於中國、九州與大瀛海的言談，思想逐漸通達，愁情得到舒解。「千山」、「萬谷」一聯，是詩人目擊瓊州群山深壑雄奇景色後，夢中獲得的警句，十個字營造出意象奇麗飛動、聲響美妙動人的境界。清代吳仰賢說：「上句從杜詩『石鯨鱗甲動秋風』句化出，下句從杜詩『萬壑樹聲滿』及『疏鐘夾水奏笙簧』句化出。一入鍾爐，便異樣精彩。」（《小瓠庵詩話》卷二）的確，經過蘇軾的錘煉，這兩句精鍊自然，而且都用了借喻，以喻體「鱗甲」與「笙鐘」取代了本體。這正是《詩人玉屑》所讚賞的「比物以意而不指言一物」的「象外句」。這兩個「象外句」，真是奇思妙想的神來之筆！以下的八句是第三段。詩人因「萬谷酣笙鐘」而神思飛揚，奇想聯翩，詩也由前半部基本上「寫實境」轉換、提升為後半部浪漫神奇的「造幻境」。最後四句為一段，詩人換筆代群仙立言，寫群仙對他的新詩的讚賞。紀昀評曰：「結處兀傲得好，一路來勢既大，非此則收裹不住。」（《紀評蘇詩》卷四二）王文誥說：「『妙聲』句雖為找足『群仙』諸語，實乃自為評賞、讚歎欲絕也。」（《蘇軾詩集》卷四二）總之，此詩展現了罕為人識的海南風光的奇麗畫卷，表達詩人對宇宙人生的深刻思考，敢於戰勝災難的樂觀曠達精神，以及對大自然、對詩歌、對一切美好事物的執著追求。詩的感情豐富，氣勢充沛，想像飛騰，造語奇偉，意境雄麗高遠。前人評價很高。汪師韓說：「行荒遠僻陋之地，作騎龍弄鳳之思，一氣浩歌而出，天風浪浪，海山蒼蒼，是當司空圖『豪放』二字。」（《蘇詩選評箋釋》卷六）紀昀云：「以杳冥詭異之詞，抒雄闊奇偉之氣，而不露圭角，不使粗豪，故為上乘。源出太白，而運以己法；不襲其貌，故能各有千秋。」（《紀評蘇詩》卷四二）比起李白詩，蘇詩在氣勢雄偉、意象輝煌流麗及章法變幻不測方面稍遜，也少了些飄逸，卻比李白多了對宇宙人生的睿智思考，也多了一些沉鬱與曠達。

儋耳山

蘇　軾

【題　解】本篇作於紹聖四年（西元一〇九七年）七月初，蘇軾由惠州貶昌化軍（儋州），本年六月十一日渡海，七月二日到達貶所。儋耳山，《儋縣志》：「一名藤山，一名松林山，為儋州主山，白玉蟾修煉於此。」

突兀❶隘空虛❷，他山❸總不如。君看道傍石❹，盡是補天餘❺。

【注　釋】❶突兀　形容山峰拔地而起的氣勢。❷隘空虛　言其高蔽天空。❸他山　《詩・小雅・鶴鳴》：「他山之石，可以攻玉。」❹石　《墨莊漫錄》卷一記此詩謂：「叔黨（蘇軾之子蘇過）云：『石』當作『者』，傳寫之誤；一字不工，遂使全篇俱病。」❺盡是補天餘　《列子・湯問》：「天物亦物也。物有不足，故昔者女媧氏煉五色石以補其闕，斷鼇之足以衛四極。」馮應梅《蘇文忠公詩合注》引何焯云：「末二句自謂，亦兼指器之（劉安世，亦因政爭遭貶嶺南）諸人也。」

【語　譯】儋耳山峰拔地而起，高蔽天空。這裡別的山峰，都不如它那麼崇峻雄奇。你看那道路傍的山石，全都是女媧煉五色石補天後剩餘下來的。

【研　析】此詩前二句讚美儋耳山高聳入雲，超越眾山；後二句感慨散布道旁的岩石，都是女媧補天時剩餘下來的無用之物。顯然，此詩有象徵寄託，意味深長。但到底象徵什麼，蘇軾含而不發，令人費解。紀昀說：「未喻其意。」（《紀評蘇詩》卷四二）老實地承認猜不出詩意。何焯說：「末二句自謂，亦兼指器之諸人也。」認為是喻指詩人自我和亦因黨爭被貶嶺南的「天涯淪落人」，也未說清楚。可見，此詩象徵意蘊不易認知。據我看來，此詩是前讚後歎，全篇詩眼是「補天」二字。儋耳山和道旁石，都是補天之材，卻被棄置不用。儋耳山仍孤峰挺立，高撐天空。一讚一歎，詩人被新黨排擠打擊，無法為趙宋王朝出力立功，壯志未酬，流落天涯，默默無聞，孤寂淒涼，但仍堅貞不屈，保持著剛直獨立的人格氣節——這些複雜、豐富、深厚而又難以言傳的思想感情，便已滲透在這四句詩中。意象的象徵性、情意傳達的暗示性，以及語言的新奇性，使這首小詩突破了不少古典詩歌比興寄託比較直露明確的弱點，成為一首以最簡約的語言暗示出豐富深邃情意的象徵詩。注釋中引蘇過之說，偏頗太過。其實「石」字緊扣「補天」，清晰確切，比

「者」字好。

汲江煎茶

蘇　軾

【題解】本篇作於元符三年（西元一一〇〇年）。蘇軾時在海南儋州貶所。這首詩通過煎茶之事，表現作者恬淡的心境。江，未詳其名。

活水還須活火烹❶，自臨釣石取深清❷。大瓢貯月歸春甕，小杓分江入夜瓶。雪乳❸已翻煎處腳❹，松風忽作瀉時聲❺。枯腸未易禁三碗❻，坐聽荒城長短更❼。

【注釋】❶活水還須活火烹　作者自注此句云：「唐人云：茶須緩火炙，活火煎。」活水，剛從江流中取來之水。活火，有火苗的旺火。❷深清　深處澄清之江水。❸雪乳　煎茶時浮著的白色泡沫。一作「茶雨」，謂煎茶時茶葉飄浮如雨。❹腳　茶腳，又叫雲腳，指煎茶時茶葉在湯中翻滾之狀。❺松風忽作瀉時聲　以松風喻倒茶時聲音。❻枯腸未易禁三碗　唐盧仝〈謝孟諫議寄新茶詩〉：「一碗喉吻潤，二碗破孤悶。三碗搜枯腸，惟有文字五千卷。四碗發輕汗，平生不平事，盡向毛孔散。五碗肌骨清，六碗通仙靈。七碗吃不得也，惟覺兩腋習習清風生。」❼長短更　打更次數多者為長，少者為短。

【語　譯】剛從江流中取來的「活水」，還須有火苗的「活火」來烹煎，所以我自己走到釣石上，汲取深處澄清的江水。我要把大瓢的水倒進甕裡，月映瓢中，就好像將月亮也裝進春甕；我用小杓舀江水入瓶，便如同將江分入夜瓶中。煎茶時，茶葉在湯中翻滾，雪白的泡沫飄浮在湯面上；茶煎後傾入盞中，發出颼颼的松風之聲。可是我的枯腸禁受不起三碗，坐著傾聽這座荒城夜裡報時的長更和短更。

【研　析】煎茶本是生活中的一件日常瑣事。但自唐以後，煎茶也成為一門藝術。宋時的人極喜飲茶，對於煎茶更加著意，吟詠種茶、煎茶、分茶、品茶的詩遠多於唐詩。蘇軾這首詩寫汲江煎茶而飲的全過程，分別按汲、貯、煎、飲順序寫來，寫得真切細膩，但更主要的是表現他當時的心境。因為作此詩時，他已接到獲赦內遷的詔命。懷著對人生未來的希望，帶著幾分豪情逸致，品嘗著自烹的清茶，在荒城的深夜聆聽更鼓聲，等待天明，等待北歸。此詩寫得清新俊逸，自然灑脫，饒有奇趣。南宋胡仔說：「此詩奇甚，道盡烹茶之要。且茶非活水則不能發其鮮馥，東坡深知此理矣。」（《苕溪漁隱叢話‧後集》卷一一）其實，奇趣並不在「道盡烹茶之要」，而在於想像與聯想的奇麗，句法、字法之新奇。頷聯寫夜裡用大瓢往甕裡和用小杓往瓶裡倒水，想像為「貯月」、「分江」，妙狀水之清美，又小中見大，字句雅練，是全篇最精警的一聯。此外，首聯寫「活火」烹「活水」，句法流麗；頸聯用倒裝句法，學杜甫「香稻啄餘鸚鵡粒，碧梧棲老鳳凰枝」（〈秋興八首〉），楊萬里讚為「此倒語也，尤為詩家妙法」（《誠齋詩話》）。清人查慎行在注釋中說楊萬里極賞此詩，謂「一篇之中，句句皆奇。一句之中，字字皆奇」，乃是不合事實的溢美之詞。詩的第二句「自臨釣石取深清」，本是意思清晰連貫之句，楊萬里卻說：「七字而具五意：水清，一也；深處清，二也；石下之水，非有泥土，三也；石乃釣石，非尋常之石，四也；東坡自汲，非遣卒奴，五也。」《誠齋詩話》將這句詩硬是分為五層，太過瑣碎，令人厭煩。宋人羅大經《鶴林玉露》卷十一將杜甫〈登高〉詩的「萬里悲秋常作客，百年多病獨登臺」一聯，細加分析為「十四字內含八意」，那是因為杜甫此聯詩緊縮凝煉，確有多層含意，所以他的分析是切實的，對於讀者深細理解詩意有啟發。

澄邁驛通潮閣二首（選一）

蘇軾

【題解】澄邁，縣名。在今海南北端，北臨瓊州海峽。驛，驛站。通潮閣，一名通明閣，在澄邁縣西，乃澄邁驛之閣。

餘生欲老海南村，帝遣巫陽招我魂❶。杳杳❷天低鶻❸沒處，青山一髮❹是中原。

【注釋】❶帝遣巫陽招我魂　《楚辭．招魂》：「帝告巫陽曰：『有人在下，我欲輔之。魂魄離散，汝筮予之。』」巫陽「乃下招曰：『魂兮歸來！』」帝，天帝。巫陽，古代女巫名。這裡以天帝喻朝廷，以招魂喻召還。

❷杳杳　深遠隱約貌。❸鶻　鷹隼。❹髮　頭髮。

【語　譯】我的餘生以為要老死在海南荒村了，不料天帝派遣巫陽招我魂魄歸來。登上通潮閣向北方遙望，在那深遠隱約鶻鳥飛沒的天盡頭，連綿橫亙的青山細如一根髮絲，那裡就是我晝夜思念的中原大地啊。

【研　析】元符三年（西元一一〇〇年），流放海南三年的蘇軾獲赦北歸，自儋州赴廉州（州治在今廣西合浦），途經澄邁縣作此詩，含蓄深沉地抒寫他萬死投荒遇赦北歸時極其複雜的思想感情。前一聯敘事抒情。首句以平淡的語句出之，但語淡情濃，既包含著詩人曾自料無望生還的悲愴，也流露出此時他對這個荒涼而奇麗的海島依戀不捨。細加品味，我們還可以感受到詩人內心中多少酸甜苦辣。次句用《楚辭・招魂》句意，以天帝喻朝廷，以招魂喻召還，並隱以屈原自況，表現他對朝廷的忠心、怨艾、感激，以及幸得生還的僥倖、欣慰。後一聯寫景，景中寄寓他對中原的深切懷念與急盼歸鄉情意。「天低鶻沒」和「青山一髮」，都是詩人登閣憑欄北望所見景象。前者是賦象，以一隻鶻鳥越飛越遠逐漸消失的動態，襯托出當地荒僻空曠、天空蒼茫之景象；後者是喻象，比喻新奇精妙，表現出極遠的距離感，令人如見青山隱約迷濛、若有若無之狀。更難得的是借景寫人，景中含情，使人如見詩人極目凝望、望眼欲穿、淚眼模糊、神魂飛馳於中原故土的情態。感情之沉鬱深摯，筆墨之生動凝煉，意境的雄闊曠遠，緊扣著讀者心弦，使人由衷擊節歎賞。清代施補華《峴傭說詩》評此聯：「氣韻兩到，語帶沉雄。」紀昀更稱譽為「神來之筆」（《紀評蘇詩》卷四三）。陳衍《宋詩精華錄》卷二說：「虞伯生〈題畫〉詩云：『青山一是江南髮』，全套此詩。」

六月二十日夜渡海

蘇　軾

【題解】元符三年（西元一一〇〇年）六月，蘇軾離儋州赴廉州（州治在今廣西合浦），渡瓊州海峽時作。

參橫斗轉❶欲三更，苦雨❷終風❸也解晴。雲散月明誰點綴，天容海色本澄清❹。空餘魯叟乘桴意❺，粗識軒轅奏樂聲❻。九死❼南荒❽吾不恨，茲遊❾奇絕冠平生。

【注釋】❶參橫斗轉　參、斗，是星宿名，皆屬二十八宿。橫、轉，謂星座位置的橫陳、移動。❷苦雨　即久雨。❸終風　終日刮的風。❹雲散月明誰點綴二句　《世說新語・言語》：「司馬太傅齋中夜坐，於時天月明淨，都無纖翳。太傅歎以為佳。謝景重在座，答曰：『意謂乃不如微雲點綴。』太傅因戲謝曰：『卿居心不淨，乃復欲滓穢太清耶？』」又《東坡志林》卷八：「青天素月，固是人間一快。而或者乃云，不如微雲點綴。乃知居心不淨者，常欲滓穢太清。」此二句言己本清白，政敵之誣陷如蔽月之浮雲，終已消散。❺魯叟乘桴意　《論語・公冶長》：「子曰：道不行，乘桴浮於海。」魯叟，即孔子。桴，竹木做成的筏子。❻軒轅奏樂

聲　這裡形容濤聲，也隱指老莊玄理。《莊子・天運》中說，軒轅（黃帝）在洞庭湖邊演奏〈咸池〉樂曲，並借音樂說了一番玄理。❼九死　多次近於死亡。❽南荒　南方荒原之地。此指海南。❾茲遊　這次海南遊歷，實指貶謫海南。

【語　譯】參星位置橫斜，斗星轉向，將到夜半三更了。長久不停地吹刮的風雨，也懂得要晴而止。天空雲散月明，沒有任何遮蔽，青天碧海本來就是澄清明淨的。我現在已渡海北歸，不必有孔子因道不行、浮舟於海的感歎；聽著猶如黃帝奏樂般的海濤聲，從中粗識老莊忘得失、齊榮辱的哲理。我在南方的僻遠之地飽受磨難，雖九死而不悔。這次南遊，實是平生最為奇妙的經歷啊。

【研　析】蘇軾於老年被遠謫海南，本無生還之望，不料蒼天有眼，使他得以回歸，心情激動，詩興潮湧。此詩前半首寫景，在景色中隱喻政治風雨和漫長災難已經過去，象徵自己心地光明純淨，無論政敵怎樣毀謗汙蔑，都是白費心機。後半首抒寫絕處逢生的喜悅和對人生哲理的深刻體悟。最後更是豪邁地宣稱：此次被貶逐南荒的磨難，是自己一生中最值得紀念的奇妙漫遊。八句詩，凸現出一位氣節堅貞、品格高潔、胸襟闊大、性情超曠的志士兼詩人與哲人的形象。正如清人賀裳所評讚：「如此胸襟，真天人也！」（《載酒園詩話》）全篇緊扣深夜渡海的題旨，大筆揮灑海上月夜的奇麗景色，使寫景敘事與抒情議論水乳交融，用典與寫實深化無跡，更有深邃的象徵意蘊。詩的前四句都是四、三句式，並用四字作疊，但「參橫斗轉」與「雲散月明」是兩個主謂短語相疊；「苦雨終風」和「天容海色」是兩個名詞相疊。作者有意交織穿插，加上氣充力厚，一氣呵成，而不覺其板滯。全詩意境高闊空明，風格清雄曠放，亦堪稱「奇絕」之作。

次韻江晦叔二首（選一）

蘇　軾

【題　解】江晦叔，江公著，字晦叔，桐廬（今屬浙江）人。舉進士，初為洛陽尉。司馬光賞識其詩，由是知名。元祐六年（西元一〇九一年），知吉州，蘇軾有〈送江公著知吉州〉詩贈之。建中靖國元年（西元一一〇一年），知虔州（今江西贛州）。此年，蘇軾由海南北歸，二月抵虔州。故友重逢，因有此唱酬。原作二首，此選其二。

鐘鼓江南岸，歸來夢自驚。浮雲時事改，孤月此心明。雨已傾盆落，詩仍翻水成❶。二江爭送客❷，木杪❸看橋橫。

【注　釋】❶翻水成　意謂才思敏捷。韓愈〈寄崔二十六立之〉：「文如翻水成，初不用意為。」❷二江爭送客　這裡一語雙關。一是指章、貢二水匯合於虔州，雨落則水漲，彷彿爭相送客。一是指江公著兄弟二人送客於江上。客，作者自指。這裡還暗用了《南史・謝朓傳》：「江祏及弟江祀、劉渢、劉晏俱候朓，朓謂祏曰：『可謂帶二江之雙流。』」❸木杪　樹梢。

【語　譯】聽到江南岸的鐘鼓之聲，使我感慨很深。能夠活著從海南北歸，重見江南風物，宛若舊夢驚破。人間世事，猶如浮雲變幻不定；而此心耿耿，宛若孤月磊落光明。此刻，雨水已傾盆而落，我的詩思仍然敏捷如翻水即成。章、貢二江和你們江家二兄弟都爭著送別我這個遠客。看，在高高樹梢，一條橋穩穩地橫跨江天。

【研　析】年老而被貶謫孤島，蘇軾已預料自己要葬身海外了。孰料數年後，竟能重返故土。旁人或為之歡欣鼓舞，或為之愁懷初解，唯東坡能夠澹定從容。詩中「夢自驚」只是形容重見舊時風物，恍惚仍在夢中。頷聯十分精警。杜甫〈哭長孫侍御〉有「流水生涯盡，浮雲世事空」，其〈江漢〉又有「片雲天共遠，永夜月同孤。落日心猶壯，秋風病欲蘇」兩聯。東坡從杜詩中汲取了「浮雲」與「孤月」這兩個意象，並學其喻體與本體並置的句法，寫出了語言濃縮、比喻精妙、對仗工整自然的一聯，抒寫堅貞如玉的氣節和光明如月的心地，這是詩人對自己生命、靈魂的真實概括和總結，感人至深。南宋胡仔《苕溪漁隱叢話．後集》卷二十六評讚說：「語意高妙，如參禪悟道之人吐露胸襟，無一毫窒礙也。」頸聯借傾盆大雨洶湧江水寫敏捷之詩情，後句與其元豐二年（西元一〇七九年）底出御史臺獄時寫的「試拈詩筆已如神」相似，都是詩人本性的自然流露。尾聯情景交融，上句語意雙關又兼暗用典故；下句以景結情，含蓄有味。清人翁方綱讚賞此聯「言外有神」（《石洲詩話》卷三）。東坡五律遜於七律，但晚年所撰五律氣韻清雄，蘊含深厚，其章法、句法、字法頗得杜詩神髓。此詩即是一例。

逍遙堂會宿二首

蘇　轍

【題　解】熙寧十年（西元一〇七七年）四月蘇轍送蘇軾赴徐州任，在徐州住了一百多天。八月十六日蘇轍離徐州，赴南京（今河南商丘）簽判任。這兩首詩作於七月。詩題下原有引言，文長不錄。逍遙堂在徐州（今屬江蘇），即詩中所說的彭城。

【作　者】蘇轍（西元一〇三九－一一一二年），字子由，號潁濱遺老，眉州眉山（今屬四川）人，蘇軾弟。嘉祐二年（西元一〇五七年）與軾同科中進士，嘉祐六年同舉制科。熙寧年間，因反對王安石變法，出為河南府（治所在今河南洛陽）留守推官。元豐二年（西元一〇七九年）因蘇軾「烏臺詩案」的牽連，被貶監筠州（今江西高安）鹽酒稅。元祐初召為秘書省校書郎，官至尚書右丞、門下侍郎，故世稱「蘇黃門」。紹聖以後屢受貶謫。紹聖四年（西元一〇九七年）遠謫化州別駕，安置在雷州（今廣東海康）居住，後移到循州（今廣東龍川）。徽宗即位，遇赦北歸，寓居許昌潁水之濱。閉門獨居十餘年，直到去世。曾作詩說：「府縣嫌吾舊黨人，鄉鄰畏我昔黃門。終年閉戶已三歲，九日無人共一樽。」（〈九日獨酌〉）可見其處境。他與父、兄合稱「三蘇」，散文為「唐宋八大家」之一。但其詩與蘇軾相比，筆力才氣都相對遜色。性格較內向，深通佛老之學，精於內心體驗，故其詩傾向於精微沖淡、平穩和雅。有《欒城集》。

其一

逍遙堂後千章木❶，長送中宵❷風雨聲。誤喜對床尋舊約❸，不知漂泊在彭城？

【注釋】❶千章木　成林的大樹。章，一作「尋」。❷中宵　半夜。❸誤喜對床尋舊約　既喜兄弟相會於逍遙堂，又感慨未能履踐舊日之相約早退。誤喜，錯喜歡。對床，兩人對床而臥。

【語譯】夜色深深，逍遙堂後，成林的大樹，長久地傳送著風聲雨聲。我們兄弟倆闊別七年，而今總算能夠對床夜話。內心喜歡，也可能是錯喜歡啊。昔日相約一起早早辭官去過自由閒散的日子，如今真的實現了嗎？你我為何久久地飄泊，在這遠離故鄉的彭城短暫相聚？

其二

秋來東閣❶涼如水，客去山公❷醉似泥。困臥北窗呼不起，風吹松竹雨淒淒。

【注釋】❶東閣　疑即指逍遙堂，官署的東邊。❷山公　這裡指蘇軾。《晉書・山簡傳》載，山簡為山濤之子，好酒，卻無酒量，置酒輒醉，蘇軾也是如此，故常以山簡自況。

【語譯】秋天要到了，東閣寒涼如水，我就這樣離別了你，而你卻像晉代那位好酒的山公一樣沉醉如泥。看你困臥北窗，怎麼也喚不起。窗外風吹著松竹，秋雨淒淒。

【研析】蘇軾、蘇轍兄弟的情誼是很深摯的，既是手足、骨肉之情，更是志同道合的知己、戰友之情。嘉祐六年（西元一〇六一年），距蘇轍寫此詩十七年前，兄弟倆才二十多歲，住在汴京懷遠驛。當他們讀到唐代詩人韋應物〈與元常全真二甥〉詩中「寧知風雨夜，復對此床眠」之句時，十分感動，便相約早退閒居。故韋氏雨夜對床的詩意在他們倆的詩中反覆出現。在這兩首詩中，也得到了動人的表現。第一首前兩句寫景，後兩句抒情。將逍遙堂的夜雨對床與京師懷遠驛的情景融成一片，抒寫出兄弟久別重聚的溫馨歡喜，舊約未能實現的感傷、悵惘，以及兄弟兩人共同的宦途失意、人生飄泊的悲哀。情思豐富、複雜，深摯感人。後一首想像自己離開徐州後蘇軾的境況。首尾兩句寫逍遙堂秋涼如水、風雨淒淒之景，中間兩句刻畫出蘇軾沉醉如泥、北窗困臥的形象，活靈活現。情與景融為一體，表現出兄弟二人依依不捨的離愁，孤獨、清冷、感傷的情調滲透了字裡行間。蘇軾和詩兩首，其一云：「別期漸近不堪聞，風雨蕭蕭已斷魂。猶勝相逢不相識，形容變盡語音存。」在勉作寬慰中仍流露出深沉的痛苦。

蘇轍性格內向，詩才不如乃兄，其詩寫景不夠生動，抒情往往過於內斂，平實有餘而乏精彩。但這兩首詩無論寫景寫人，都筆墨精鍊，生動傳神，而且情景交融，動人心弦。其友人張耒〈贈李德載〉說：「長公波濤萬頃海，少公峭拔千尋麓。」評蘇軾詩如大海怒濤，洶湧澎湃；蘇轍詩似高山花林，幽深峭峻。這兩句評論語生動精警。蘇轍這兩首七絕，確有清幽峭峻，一唱三歎之致，其根本原因是一片至情，在肺腑中長久醞釀，一時奔瀉而出，自然感人。

舟下建溪

方惟深

【題解】這是寫旅途夜泊的一首小詩。建溪是閩江的北源，在今福建省。

【作者】方惟深（西元一〇四〇－一一二二年），字子通，原為莆陽（今福建莆田）人，父卒葬吳長洲（今江蘇蘇州），因家焉。鄉貢為第一，試禮部不第，遂不復試，與弟躬耕讀書。崇寧中，詔舉遺逸，授興化軍助教。其詩格律精嚴，有晚唐詩人韻致，為王安石所稱賞。有《方秘校集》，已佚。

客航收浦月黃昏❶，野店無燈欲閉門。半出岸汀楓半死❷，繫舟猶有去年痕。

【注釋】❶客航收浦月黃昏　寫泊舟的時間。客航，客船。作者是福建莆田人，但家在長洲（今江蘇蘇州），所以稱自己所乘的船為「客航」，表明是離家遠行。收浦，停船靠岸。浦，水濱。❷半出岸汀楓半死　寫繫舟的楓樹。半出岸汀，指楓樹的根部被溪水沖去了沙土，裸露在近岸的水面上。

【語譯】昏黃的月光灑在平靜的溪水上，我乘坐的客船慢慢地停泊在岸邊。這時我向岸上眺望，只見野店裡已經熄滅了燈火，準備關門歇息了。小船繫在溪邊的一株楓樹上。使我驚奇、哀傷的是，這株根部被沖走了泥沙而裸露的楓樹，已半死了，但偏枯的樹幹上仍留存有去年繫舟的痕跡。

【研析】這首小詩前兩句寫客船剛泊岸時，方惟深眺望岸上所見，營造出荒村月夜泊舟的靜謐境界。「月黃昏」採用了宋初林逋〈山園小梅〉中「暗香浮動月黃昏」的詩語；而「野店無燈欲閉門」則據唐代韋應物〈滁州西澗〉中「野渡無人舟自橫」改造而來。化用前人詩語，自然妥帖，又能另出新意，可見作者功力。但全篇精彩的是後兩句，寫繫舟岸楓的細節和感受。詩人不僅發現這株繫舟的楓樹被溪水沖刷，根部裸露，樹幹偏枯，已經半死；而且他在這株半死的楓樹上辨認出了去年繫舟的痕跡。這是詩意的發現，是前人從未表現過的新鮮意象。這留有去年繫舟之痕的半死岸楓，彷彿在訴說歲月的無情，事物的變化，引起詩人異鄉飄泊的惆悵，人生偶然不定的悲哀，但詩人只是把這個景物的特寫鏡頭凸現出來，並沒有直抒他的感情、感受與思緒，因此詩的意蘊極含蓄蘊藉，韻味無窮。宋人龔明之《中吳紀聞》卷三引王安石稱賞方惟深詩「精純警絕」「深得唐人句法」，此詩可見一斑。清人厲鶚《宋詩紀事》卷三十六引宋代《莆陽文獻》說：「此詩荊公（王安石）愛之，嘗書座右，後人誤入荊公集中。」亦可證此詩確是佳作。

五鼓乘風過洞庭湖日高已至廟下作詩三篇（選一）

孔武仲

【題解】這首詩是孔武仲自岳陽城乘船過洞庭湖至君山所作。五鼓，五更。洞庭湖，在湖南省北部，長江南岸，中國第二大淡水湖，昔日「號稱八百里洞庭」，湖水在今岳陽縣城陵磯匯入長江。廟，指洞庭湖中君山上的二妃廟。二妃，傳說舜之二妃娥皇女英。

【作者】孔武仲（西元一〇四二—一〇九八年），字常父，臨江新喻（今江西新余）人。嘉祐八年（西元一〇六三年）進士。元祐初，歷秘書省正字、集賢校理、著作郎、國子司業。嘗論科舉之弊，排詆王安石經義，請復詩賦取士。後官至禮部侍郎。紹聖四年（西元一〇九七年）坐元祐黨籍奪職，管勾洪州玉隆觀，池州居住。他和其兄文仲、弟平仲同以詩文名世，號為「三孔」，與「二蘇」（蘇軾、蘇轍兄弟）並稱，不過詩歌成就不如「二蘇」。武仲詩各體兼備，寫景秀逸，議論雄健，時有佳篇。有後人所輯《清江三孔集》。

半掩船篷天淡明，飛帆已背❶岳陽城。飄然一葉乘空度，臥聽銀潢❷瀉月聲。

【注釋】❶背　向相反方向離開。❷銀潢　銀河；天河。潢，水深而廣。

【語譯】五更時分，天色微明，半掩篷、帆高掛的小船乘風飛馳；轉眼間，岳陽城已被拋在背後。小船宛如一片樹葉，飄然在萬頃銀波之上，恰似凌空飛度。我臥在船中，彷彿聽到銀河上月光的流瀉之聲。

【研　析】詩的前兩句寫實景，交代時間，點明船行的方向和船體。「掩」、「飛」、「背」三個動詞，表現船行的動感，尤其是「飛」字，誇張地形容船「乘風」而前，疾如飛翔，為下文作了極好的鋪墊。後二句避實入虛，以想像之筆表現自己的錯覺和幻覺：孔武仲忽然覺得自己好像乘著一張葦葉，輕輕飄飄地凌空飛度。這一筆，以「一葉」之小反襯洞庭湖的廣闊浩淼；又以「乘空度」表現月夜洞庭空明澄澈、水天相連的景象。結句不說自己臥「看」銀河瀉月，卻說臥「聽」

銀河瀉月之「聲」，竟然以耳代目，妙用「通感」（感覺的相通和挪移），說他聽到了天上銀河萬頃白波中流瀉著月光之聲。「瀉」字極妙，既傳月之聲，亦狀月光清澈如水流動之形。杜甫〈旅夜書懷〉「月湧大江流」中的「湧」字極富動感和氣勢，但只狀形而不傳聲。孔武仲這句詩可謂「神來之筆」，使全篇意境新奇浪漫、美妙迷人。中唐天才詩人李賀〈天上謠〉開篇有「天河夜轉漫回星，銀浦流雲學水聲」的名句，兼用「通感」和「曲喻」的藝術手法，最先寫出銀河水聲，想像奇麗。孔武仲可能學習、借鑑了李賀詩。但他在詩的前三句表現出由實到虛、由真到幻的感受過程，所以他的這句詩顯得更真切、自然。

絕句

王雱

【題　解】這首詩王雱以「病客」自稱，寫其眼中的春光。春意盎然與病客愁眠之間形成對比的張力。

【作　者】王雱（西元一〇四四－一〇七六年），字元澤，臨川（今江西撫州）人。王安石次子。性敏悟，未冠已著書數萬言，治平四年（西元一〇六七年）進士，歷官太子中允、崇政殿說書、天章閣待制兼侍講。曾受詔撰《詩義》、《書義》。終年三十三，特贈左諫議大夫。善屬文，議論深刻，有決斷，嘗稱商鞅為豪傑之士，對不用命之臣當誅之。兼工詩詞，皆清新婉麗。

一雙燕子語簾前，病客無憀❶盡日眠。開遍杏花人不見，滿庭春雨綠如煙。

【注釋】❶無憀　同「無聊」。

【語譯】一雙燕子在門簾前呢喃低語，我這個病客百無聊賴，只好整日倚枕高臥。後園裡嫣紅的杏花盛開，卻無人前去觀賞；我看到滿庭春雨，翠綠如煙。

【研析】王雱才高體弱，有心疾。詩中以「病客」自稱。因為有病閒居，百無聊賴，所以整日倚枕高臥。儘管高臥，卻始終細心體察簾外的景物。於是，他聽到了簾外燕子呢喃對語，深感庭院的幽靜。他想像後園的杏花如火怒放，惋惜自己因患病未能前往觀賞；然而庭院草樹，使「潤物無聲」的迷濛春雨也被染成了一片綠色的煙霧。紅色杏花與綠色煙霧遠近映照，再加上燕子的對語，組成了一幅清麗恬靜又充滿生機的春光圖，而詩人——「病客」熱愛青春、熱愛大自然、熱愛美的心情意緒也滿溢畫中。王雱擅長七絕，大概受了其父王安石晚年大量創作雅麗精絕的七絕的影響。王安石七絕中，有「春風自綠江南岸」（〈泊船瓜洲〉）和「除卻春風沙際綠」（〈送和甫至龍安，微雨，因寄吳氏女子〉）兩個名句，或寫春風染綠了江南，或寫春風本來就是綠色的，王雱這句寫的是春雨綠，並加上一個「如煙」的比喻，又同上句「杏花」的紅色映照，這是學習其父基礎上的創新。南宋劉克莊評此詩「頗有乃翁思致」（《後村詩話》卷四）是中肯的。一百年後，南宋「永嘉四靈」之一翁卷（字靈舒）的七絕〈鄉村四月〉：「綠遍山原白滿川，子規聲裏雨如煙。」顯然受到王雱此詩的啟示。

臨平道中

道潛

【題解】這首七絕是道潛的名作。《宋詩紀事》卷九十一引《續骫骳說》載：「參寥子（道潛）嘗在臨平道中賦詩云云，東坡一見而刻諸石。」又惠洪《冷齋夜話》卷六謂道潛「嘗自姑蘇歸湖上，經臨平」，作此詩，「東坡一見如舊」。據此，則本篇當是熙寧年間道潛初與蘇軾交遊前所作。臨平，臨平鎮，在今浙江餘杭，境內有臨平山。

【作者】道潛（西元一〇四三—一一〇六年），字參寥，賜號妙總大師，本名曇潛，蘇軾為更名道潛。俗姓何，杭州於潛（今浙江臨安）浮溪村人，自幼出家，於內外典無所不窺，能文工詩。蘇軾為杭州通判時結為詩友。元豐中蘇軾謫居黃州，他不遠數千里往訪，留居期年。元祐中蘇軾知杭州，他卜居西湖智果精舍，與蘇軾唱和往還。紹聖初，蘇軾貶嶺南，他也因作詩諷刺時政得罪下獄，被勒令還俗，編管兗州，徽宗即位，詔重新祝髮為僧。崇寧末示寂。他是北宋著名的詩僧。蘇軾說他「詩句清絕，可與林逋相上下，而通了道義，見之令人蕭然」（〈與文與可書〉）。陳師道曾譽之為「釋門之表，士林之秀，而詩苑之英也」（〈送參寥序〉）。有《參寥集》。

風蒲獵獵弄輕柔❶，欲立蜻蜓不自由❷，五月臨平山下路，藕花無數滿汀洲❸。

【注　釋】❶風蒲獵獵弄輕柔　寫風吹蒲葉。蒲，香蒲，多年生草本植物，生於淺水或水邊，葉形狹長，可以編包等。獵獵，這裡指風吹蒲葦的聲音。❷不自由　身不由己。❸藕花無數滿汀洲　寫臨平山下的臨平湖上荷花遍開。藕花，荷花。汀洲，水邊平地，這裡指水面。臨平湖在宋時又名藕花洲。

【語　譯】和風吹拂著蒲葦，獵獵作響，又像是翩翩起舞，舞姿多麼曼妙輕柔。蜻蜓在蒲葉上搖搖晃晃，想站穩卻身不由己。五月的臨平山下，一路上風光最美，無數紅紅白白的荷花，開滿了洲邊湖上。

【研　析】詩僧道潛儼然是一位高明的畫家，善於把大小、遠近、動靜不同的景物巧妙地組合成一幅富於層次感、空間感的畫面。詩中先推出「風蒲獵獵」和蜻蜓在蒲葉上站立不穩的特寫鏡頭。這兩個鏡頭，有聲響，有動態，更有生機意趣。然後，再拉開鏡頭，展現臨平山下無數荷花開遍湖上的畫面。這是靜態的大背景，對前兩句作了很好的襯托。這樣，敏銳的細節捕捉與渾成的總體勾勒相得益彰。還應當注意的是，全篇的語言質樸生動，沒有一個顏色字面，卻使人感受到滿眼明麗、豐富的陽光和色彩。道潛又有〈觀宗室曹夫人畫〉詩，自注說，曹夫人嘗許諾據此詩作〈臨平藕花圖〉。《續骫骳說》則說：「宗婦曹夫人善丹青，作〈臨平藕花圖〉，人爭影寫。」確實，此詩畫意盎然，正是入畫的好題材。

霽夜

孔平仲

【題解】元祐三年（西元一〇八八年），孔平仲之兄文仲去世，歸葬，朝廷詔令孔平仲為江東轉運判官護理葬事。孔氏在江州德化縣（今江西九江）有房宅，平仲之父孔延之即葬於此地。此詩當即歸葬文仲時在九江故宅作。霽夜，雨霽之夜。霽，雨停。

【作　者】孔平仲（生卒年不詳），字毅父，一作義甫，臨江新喻（今江西新余）人。治平二年（西元一〇六五年）進士，復應制舉。為秘書丞，集賢校理。紹聖中，言官劾其元祐時附和舊黨，貶知衡州，徙韶州，再貶惠州別駕，編管英州（今廣東英德）。徽宗朝初年，曾一度起用，復因名列元祐黨籍罷官。「三孔」詩以平仲最佳，清人吳之振等《宋詩鈔．平仲清江集鈔》序稱其詩「夭矯流麗」。

寂歷❶簾櫳❷深夜明，睡❸迴清夢戍牆❹鈴❺。狂風送雨已何處？淡月籠雲猶未醒❻。早有秋聲隨墮葉，獨將涼意伴流螢。明朝準擬❼南軒望，洗出廬山萬丈青。

【注釋】❶寂歷 寂靜。❷簾櫳 這裡指門窗。簾，門上竹簾。櫳，窗戶上的櫺木。❸睡 一作「搖」。❹戍牆 這裡指城牆。❺鈴 鈴鐸，這裡指城樓懸掛的風鈴。一說指城牆上看守人搖的鈴。❻醒 清醒之意。❼準擬 準備、打算。

【語譯】寂靜的深夜，月色穿過簾櫳，格外清明。陣陣風鈴聲從城牆傳來，驚破了我的夢境。遠去的狂風啊，你已把雨送到何處？淡淡的月亮被薄雲輕掩著，好似酣睡未醒。早有乾枯的樹葉隨風飄落，發出清脆的秋聲；獨將這絲絲涼意，伴隨閃閃爍爍的點點流螢。明天早上，準備要去南軒憑欄遠望，看一場秋雨洗沐後的廬山，欲滴的萬丈蒼翠碧青。

【研析】朝廷詔令孔平仲為江東轉運判官以便護理其兄葬事，這是皇帝特賜的恩澤，沖淡了作者對兄喪的悲哀，所以此詩寫秋夜雨霽的清幽景色，詩人的感情是開朗的，全篇創構了一個高爽明麗的境界，其藝術表現特點是寫景生動細緻和巧妙拓展時空。整首詩都貫穿著對比映襯，首聯扣題，先寫深夜雨霽。中兩聯再把霽前風雨交加、落葉紛墮和霽後淡月籠雲、流螢飄飛作對比描繪，尾聯懸想經過雨洗之後明日廬山的蒼翠景色。這樣，詩的時空就從九江故宅的眼前霽夜拓展延伸到狂風暴雨中以及明日的廬山。這樣，詩境就有曲折層深之妙。為了營造出一個清涼幽靜的霽夜境界，詩人還交叉運用了以視覺和聽覺的動態、聲響反襯的表現手法：淡月籠雲和流螢飛舞的動襯出夜的清靜，卻分別使靜帶有朦朧感與明亮感；而戍牆鈴聲、落葉聲既反襯清靜，又使人感到靜而不寂，靜中洋溢著生機意趣。詩的尾聯，推出想望明朝的美景。詩人巧妙學習借鑑了杜甫〈春夜喜雨〉尾聯「曉看紅濕處，花重錦官城」的寫法，在結句以「洗出」與「萬丈青」巧妙搭配，推出被夜雨洗沐過的廬山猶如萬丈新筍高插雲天青翠欲滴的特寫鏡頭，雄奇秀麗，富於動感與氣勢，完成了清奇高遠的自然境界與精神境界的創造。

寄內

孔平仲

【題解】這首詩借景抒情，寫出孔平仲對妻子深深的依戀之情。寄內，寄給妻子。內，內人，妻子。

試說途中景，方❶知別後心❷。行人日暮少，風雪亂山深。

【注釋】❶方　才。❷別後心　分別後的心情。

【語譯】請聽我試說旅途中的風景，才知道與你分別後我的心情。最難堪那夕陽西墜暮色蒼茫，路上行人稀少；還有那亂山深處，風雪瀰漫，寒冷淒清。

【研析】這首小詩抒寫羈旅途中對妻子的深情思念。全詩無一字直接表達離愁別緒，詩人運用借景抒情的含蓄手法，在詩中描繪夕陽西落，暮色蒼茫，路上人稀直到亂山深處，風雪瀰漫的景色，並用「少」、「亂」、「深」三字暗示，讓妻子從景中感受到他在旅途跋涉中的孤獨寂寞、艱難辛苦、紊亂迷茫、哀愁感傷，從而更真切深刻地感知他對她的親暱與依戀。詩的構思也很巧妙。

詩人不按意思順序先寫「途中景」，再抒「別後心」，而是反轉過來，先說「別後心」，再具體描寫「途中景」。這樣做，避免了平鋪直敘，形成了「以景結情」的結構，更含蓄有味。而且，開篇就對妻子表明「試說途中景」，語調上帶著度過艱辛後的樂觀豁達，彷彿是同妻子逗趣，使這首詩又有一種「喜劇」的情調。晚唐李商隱的七絕〈夜雨寄北〉在藝術構思上被譽為「水晶如意玉連環」而膾炙人口，其後兩句「何當共翦西窗燭，卻話巴山夜雨時」，是期望日後與妻子重聚中追話今夜之苦，而孔平仲此詩則是今夜先向妻子親昵言說旅中之苦，二詩都苦中見樂，在構思謀篇上孔詩受李詩的啟發，細味可知。

禾熟三首（選一）

孔平仲

【題　解】這首詩寫秋收之場景，表現孔平仲對閒適生活的嚮往。禾熟，莊稼成熟。

百里西風❶禾黍❷香，鳴泉落竇穀登場❸。老牛粗了❹耕耘債❺，齧❻
草坡頭臥夕陽。

【注　釋】❶西風　點出秋天。❷禾黍　水稻和穀子。❸鳴泉落竇穀登場　清泉流入潭洞，莊稼收穫後被運到打穀場上。鳴泉落竇，秋天泉水濺落。竇，潭；洞。登場，收穫的莊稼到了打穀場上。❹粗了　大致了結。

❺耕耘債　秋播秋種中繁重的耕作任務。❻齧　咬。

【語　譯】萬里秋風，送來陣陣成熟的莊稼的芳香。淙淙鳴響的清泉，流落進了潭洞裡面。收割回來的穀子，已送到打穀場上。疲乏的老牛，大致了結耕田耘地的債務，細嚼著青草，靜靜地躺臥山坡上，伴著西天的夕陽。

【研　析】首句大筆勾勒出農村金秋季節的圖畫：百里農田，一望無際；稻穀果實累累，在西風吹拂下波翻浪湧，散發出醉人的芳香。詩句中流溢著孔平仲的喜悅之情。次句收筆寫近景：清泉流入潭洞，發出淙淙之音，與打穀場上繁忙的聲響交織。詩人展現的畫面，有聲有色，有香味，還有遠近，生動真切，令人陶醉。後一聯，詩人集中刻畫一頭老牛，帶著繁重勞動後的疲乏，橫臥坡頭，身披夕陽，細嚼青草。老牛的形象，寓意豐富深長。首先，牠是詩人由衷讚美的辛勤勞動的農民的象徵，表達了詩人對民生的關切之情。其次，牠又是對勞碌的仕宦生活深感厭倦的詩人的自我寫照，流露出他要擺脫官場束縛、追求精神自由的心願。這樣，此詩就不僅是一幅饒有濃郁泥土氣息的農村風俗畫，而且寄託了作者豐富深刻的情思意蘊，更耐人咀嚼品味。錢鍾書《宋詩選注》注釋中說，清初著名畫家惲格曾根據此詩畫了一幅〈村樂圖〉，可見此詩兼具詩情畫意之美。

贛上食蓮有感

黃庭堅

【題　解】元豐三年（西元一〇八〇年），黃庭堅知吉州太和縣（今江西泰和）。次年，因公事過虔州，吃蓮子而作此詩。贛上，即虔州，今江西贛縣。

【作　者】黃庭堅（西元一〇四五—一一〇五年），字魯直，號山谷道人，晚號涪翁，洪州分寧（今江西修水縣）人。治平四年（西元一〇六七年）進士，任葉縣（今河南葉縣）尉。熙寧五年（西元一〇七二年）試學官，任大名府（今河北大名）國子監教授。元豐三年（西元一〇八〇年）入京改官，任吉州太和縣令，移監德州德平鎮（今山東德州）。元祐初召為秘書省校書郎，《神宗實錄》檢討官。元祐六年（西元一〇九一年）擢起居舍人。哲宗親政，時局變化，紹聖二年（西元一〇九五年）貶為涪州別駕、黔州（今重慶彭水縣）、戎州（今四川宜賓）安置。徽宗即位，放還。不久又被以「幸災謗國」罪，除名編管宜州（今廣西宜州），卒於貶所。他以詩文受知於蘇軾，與秦觀、張耒、晁補之並稱「蘇門四學士」。在政治上，與蘇軾同命運，共進退。他的性格內向、平和、穩實，與蘇軾不同，但同樣具有「臨大節而不可奪」的精神氣概。他工詩詞，善行、草書，為宋代四大書法家之一。其詩與蘇軾並稱「蘇黃」，總的成就不及蘇軾，但更能代表宋詩的風格。他作詩提倡學杜甫，重視藝術獨創性，強調避熟就生，推陳出新，在詩歌藝術上尤其用功。他的詩講究篇章布局和句法結構的出奇變化，講究錘煉字眼，營構奇特意象，創造新穎比喻，活用典故成語，押險韻，作拗律，形成生新峭硬的風格，在宋詩史上作出了突出的貢獻。他注意培養青年作家，成為宋代最大的詩派江西派的開創者，在當時和後世都產生了巨大深遠的影響。著有《山谷集》。

蓮實大如指，分甘念母慈❶。共房頭戢戢，更深兄弟思❷。實中有么荷，拳如小兒手。令我憶眾雛，迎門索梨棗❸。蓮心正自苦，食苦何能甘？甘餐恐腊毒❹，素食❺則懷慚。蓮生淤泥中，不與泥同調❻。食蓮誰不甘？知味❼良獨少。吾家雙井❽塘，十里秋風香。安得同袍子，歸製芙蓉裳❾。

【注釋】❶蓮實大如指二句　說品嘗蓮子，想起了母親把蓮子分給孩子的情景。蓮實，蓮子。分甘，這裡指分食蓮子。語出晉王羲之〈與謝萬書〉：「修植桑果，今盛敷榮，率諸子，抱弱孫，遊觀其間，有一味之甘，割而分之，以娛目前。」❷共房頭戢戢二句　說看見一顆顆蓮子共生在蓮房中，更加深了兄弟間的思念。房，蓮房，蓮蓬。戢戢，頭角眾多聚集的樣子，這裡形容蓮子露出尖頭聚集在蓮房中的樣子。唐代張籍〈采蓮曲〉：「青房圓實齊戢戢。」❸實中有么荷四句　說蓮心如小兒的手，使我想起孩子們索要梨棗的情形。么荷，小荷，指蓮子中心的胚芽，即蓮心。么，小。拳，蜷曲。雛，本指幼鳥，這裡指幼兒。杜甫〈彭衙行〉：「眾雛爛漫睡，喚起霑盤餐。」❹甘餐恐腊毒　說甜美的東西，吃多了恐怕會中毒。甘餐，食甘美之物。腊毒，極毒。腊，本意指乾肉，乾肉日久易含毒。語出《國語・周語》：「高位實疾顛，厚味實腊毒。」韋昭注：「厚味，喻重祿也。腊，亟也。厚味者，其毒亟也。」❺素食　不勞而獲；白吃飯。《詩經・魏風・伐檀》：「彼君子兮，不素食兮。」❻蓮生淤泥中二句　讚美蓮出淤泥而不染的品格。《維摩詰經・佛道品》：「高原陸地，不生蓮華，卑濕淤泥，乃生此花。」同調，相同的品味、格調。❼知味　語出《禮記・中庸》：「人莫不飲食也，鮮能知味也。」❽雙井　作者家鄉，在洪州分寧縣（今江西修水縣）西。❾安得同袍子二句　同袍，語出《詩經・秦風・無衣》：「豈曰無衣，與子同袍。」這裡指志同道合的朋友。芙蓉，蓮花。屈原〈離騷〉：「集芙蓉以為裳。」象徵以美德修身，這裡亦用其意。

【語　譯】我品嘗著大如拇指的蓮子，便想起了母親把蓮子分給孩子們的慈愛情景。看這一顆顆蓮子共生在蓮房中的樣子，使我更加深了兄弟間的思念。蓮子中小小的蓮心，蜷曲著，就像小兒的手，我不禁想起了每次回家，孩子們迎上來爭要梨棗吃的場面。蓮心本來是苦的，吃著這種苦東西，怎麼會感到甜呢？美味的東西，吃多了恐怕很容易中毒；同樣的道理，如果一個人處於不當處的高官顯位，享受厚祿，精神上就容易腐敗。如果做官不幹事，無勞績白吃飯，更應該自感慚愧。蓮花生於淤泥，卻能出淤泥而不染；吃蓮子的人都能感到它的甘美，但真正能品出它的內在滋味、精神品味的人確實不多。我的家鄉雙井，多池塘，多蓮花，每當秋風吹來，香飄十里。多麼希望能得到志同道合的朋友，一起回鄉隱居，「集芙蓉以為裳」，以美德修身養性啊。

【研　析】中國古代詩史上，寫蓮荷、寫吃蓮子的詩不少，但黃庭堅這首五言古詩由食蓮抒寫出了前人未寫過的鄉思親情，並引發出深警的人生哲理，是一篇構思新、意蘊深、情味長的傑作。想像和聯想是詩歌的靈翼，沒有它們，詩意就飛騰不起來。山谷這首詩的想像和聯想極新奇、天真、優美、豐富。他從食蓮子的分甘，想到母親的慈愛；從共處一房的好多蓮子，想到一家眾多兄弟的親密相處；從蓮心的「拳如小兒手」，想到每逢他回家時，孩子們都在門口迎接，要梨棗吃。借助這一連串生動貼切的比喻，詩人表達了他對母親、兄弟、子女的深切懷念，寫出了動人肺腑的鄉情和親情。這首詩呈示了一個多層次的詩意結構。詩的第一個層次是抒寫鄉情和骨肉親情。接下來詩人從蓮心苦引出食苦而能甘，又由「食苦」、「分甘」，引出生活過分甘美舒適，精神就容易受到毒化；引出當官不辦事白吃飯，那是可恥的。然後，又推出一層，寫蓮花出淤泥而不染，讚頌一種潔身自好的人格情操。「食蓮誰不甘？知味良獨少」，總括收束，提醒人們食蓮要真知其味，即既知它的甘，也知它的苦，更要知分甘、食苦的意義。最後四句，同開篇相呼應，以想像之筆描寫家鄉池塘裡荷花盛開，在秋風中香聞十里，他想與志趣相投的朋友一道去採芙蓉製衣裳。這一筆含蓄地寫出他回鄉隱居的心願，又暗用〈離騷〉中的詩意，表達他要像屈原一樣保持高潔堅貞的精神品格，終生一塵不染。全篇用比興體，但層次清晰，敘述語境透明，詩人的情思脈絡像藕絲一樣越抽越長，詩的意蘊層層深入。歷代詩評家都很稱賞這首詩。宋人曾季貍《艇齋詩話》說：「讀之知其孝悌人也。」清代汪薇《詩倫》卷下評云：「比體入妙，發端在家庭間，漸引入身世相接處，落落穆穆，甘苦自知，人意難諧，歸計遂決。風人之致，悵然遠矣。」黃爵滋《讀山谷詩集》曰：「此興雜陳，樂府佳致，效山谷者誰解為此。」都說得好。

上大蒙籠

黃庭堅

【題　解】元豐五年（西元一〇八二年），黃庭堅任太和縣令，奉命到萬歲鄉山中派銷官鹽，親見官鹽法對百姓的騷擾禍害，作了十來首詩述百姓之苦，此詩即其一。詩題下原注：「乙卯晨起。」乙卯為是年四月四日。大蒙籠，江西太和縣萬歲鄉中的山名。

黃霧冥冥小石門❶，苔衣草路❷無人跡。苦竹❸參天大石門，虎迒兔蹊❹聊倚息。陰風搜林山鬼嘯，千丈寒藤繞崩石。清風源❺裏有人家，牛羊在山亦桑麻。向來陸梁❻嫚❼官府，試呼使前問其故。衣冠漢儀民父子❽，吏曹❾擾之至如此！「窮鄉有米無食鹽，今日有田無米食。但願官清不愛錢，長養兒孫❿聽驅使⓫。」

【注釋】❶小石門　與下文大石門皆為上大蒙籠所經地名。❷苔衣草路　長滿青苔和野草的荒蕪山路。一說「衣」，作動詞用，覆蓋的意思。❸苦竹　竹的一種，其筍味苦。❹虎迒兔蹊　泛指野獸出沒之地。迒，獸跡。蹊，小徑。❺清風源　山谷名。宋玉〈風賦〉：「夫風生於地，起於青蘋之末，侵淫谿谷。」❻陸梁　跳走貌。揚雄〈甘泉賦〉：「飛蒙茸而走陸梁。」引申為囂張、跋扈。《三國志・魏書・高貴鄉公紀》：「蜀賊陸梁邊陲。」❼嫚　凌侮；輕慢；藐視。❽衣冠漢儀民父子　這句說山民們懂得禮儀，並非蠻橫不服教化之人。漢儀，本指漢朝的服飾禮儀制度，後泛指中國文明禮儀的傳統。民父子，謂山民信守尊卑長幼的秩序。父子，這裡表示各種天倫關係。❾吏曹　州縣佐吏僚屬。❿長養兒孫　把兒孫養大。⓫聽驅使　聽從官府使令。

【語譯】昏黃陰暗的濃霧籠罩著小石門，長滿青苔和野草的山路沒有人的蹤跡。我來到了苦竹參天的大石門，在野獸出沒的小路邊暫時倚著樹歇息。陰慘慘的風搜刮著密林，淒厲的聲音好像有山鬼呼嘯，千丈長的寒藤纏繞著似要崩塌的危石。清風源深深的山谷裡有稀落的人家，他們在山上放牧牛羊，又在山下種植桑麻。向來強悍蠻橫，凌侮官府，我試著喊他們走過來詢問緣故。原來他們穿戴著漢族衣帽，溫良有禮，信守尊卑長幼秩序，並不是蠻橫不服教化之徒。他們輕侮官府，全是州縣的貪官汙吏一再騷擾造成的！你聽聽他們向我申訴的聲音：「我們這窮鄉僻壤有米卻沒有食鹽，今日有田連米食也沒有了。但願當官的清正廉潔不貪掠錢財，我們樂意把兒孫養大聽從官府的驅使。」

【研析】詩人黃庭堅是一個懷抱儒家仁政理想、憂國憂民的士大夫。他在任太和縣令時能深入體察民情，對山村農民遭受官鹽法等苛政和貪官汙吏的騷擾禍害有所瞭解。他在這首詩中，以一種可貴的「實錄」精神，真實地反映深山窮鄉人民的生活狀況。他聽說清風源的山民向來強悍，凌侮官府，便輕車簡從，深入到村寨中去，親切地同山村父老談話，由此瞭解這些山民本性溫良，懂得禮儀，也遵守各種倫理秩序，並非蠻橫不服教化之徒。他們輕侮官府，全是貪官汙吏不斷騷擾造成的。他還瞭解到，官鹽法強迫老百姓定額購鹽，百姓為買鹽就得賣糧換錢，陷入了有鹽無米不得溫飽的悲慘境況。儘管掙扎在饑餓線上，他們仍然表示，只要當官的清廉不貪掠錢財，他們樂意把兒孫養大聽從官府驅使。在詩人客觀、真實的描敘中，我們深切感受到詩人的「民胞物與」精神，也感受到他對當時鹽政失誤的憂憤。黃庭堅以杜甫為作詩的典範，尊杜甫為江西詩派之祖，可謂推崇備至。但學術界長期以來總認為庭堅學杜，只學其藝術表現手法、藝術形式，是捨本逐末。筆者認為這是偏見。黃庭堅的〈流民歎〉和這首〈上大蒙籠〉，還有寫於同時的〈勞坑入前城〉，直到晚年寫的〈老杜浣花溪圖引〉、〈書磨崖碑後〉等詩，都是繼承和發展杜甫新樂府詩憂國憂民之情的力作。例如，杜甫的〈兵車行〉抨擊唐玄宗窮兵黷武、連年發動開邊拓疆的戰爭給國家和人民造成了巨大災難，詩用「紀事」和「紀言」相結合的形式，既能展現真實、典型的事件和場景，又可以直接反映人民的情緒和願望。〈上大蒙籠〉就學習了杜詩「紀事」與「紀言」結合的形式。杜詩在藝術上千錘百煉，「語不驚人死不休」。黃庭堅此詩也多有兀傲奇崛的驚人字句。詩的前四句純用白描，已活畫出深山僻壤的荒涼景象。五、六句在白描中添加了誇張和想像，煉字琢句新奇、勁峭：風是「陰風」，恰似那些吏曹搜刮百姓一樣「搜林」，發出山鬼叫嘯般的淒厲之聲；藤是「千丈寒藤」，而且緊緊纏繞著「崩石」。詩人筆下的景物意象如此險惡、可怖，具有強烈的視覺、聽覺、觸覺的衝擊力，令人毛骨悚然、心驚膽寒，從而更有力地襯托深山百姓生活環境的艱難惡劣。此詩堪稱批判現實主義的力作。

登快閣

黃庭堅

【題解】這首詩是元豐五年（西元一〇八二年）黃庭堅任太和縣令時作，在宋代曾刻石碑於快閣上，楊萬里有〈之官五羊過太和縣登快閣觀山谷石刻賦兩絕句〉詩（《誠齋集》卷一四）和〈題太和宰卓士直寄新刻山谷快閣真跡〉（《誠齋集》卷一九）等詩題詠。快閣，在吉州太和縣（今江西泰和）東贛江邊上，「以江山廣遠，景物清華，故名」（《豫章詩話》卷四）。

癡兒了卻公家事❶，快閣東西倚❷晚晴❸。落木千山天遠大，澄江一道月分明❹。朱弦已為佳人絕❺，青眼❻聊❼因美酒橫❽。萬里歸船❾弄長笛❿，此心吾與白鷗盟⓫。

【注釋】❶癡兒了卻公家事　此句典出《晉書・傅咸傳》，夏侯濟寫信給傅咸：「生子癡，了官事。官事未易了也。了事正作癡，復為快耳。」意思說癡人才會去辦理具體事務，能辦妥事情已是傻瓜，以了事為快更是傻瓜。這裡反用其意。癡兒，猶言癡人，作者自稱。了卻公家事，謂辦完官事。公家事，指官事。❷倚　靠。這裡「倚」字的用法，是從晚唐李商隱〈閑遊〉詩「西樓倚暮霞」及〈即日〉詩「高樓倚暮暉」化出。❸晚晴　傍晚時分晴朗的天色。❹落木千山天遠大二句　寫憑欄所見山水風景。落木，枝葉凋零的樹林。澄江，清澈平靜的江，此指贛江，快閣在江邊。二句從杜甫〈登高〉「無邊落木蕭蕭下，不盡長江滾滾來」、白居易〈江樓夕望〉「燈火萬家城四畔，星河一道水中央」、柳宗元〈遊南亭夜還敘老七十韻〉「木落寒山靜，江空秋月高」等句化出。❺朱弦已為佳人絕　《呂氏春秋・本味篇》載，鍾子期聽伯牙鼓琴，最能知音。「鍾子期死，伯牙破琴絕弦，終身不復鼓瑟。」晉嵇康〈贈兄秀才入軍〉：「鳴琴在御，誰與鼓彈……佳人不存，能不永歎？」作者用了這兩處語意。作者〈懷李德素〉亦云：「古來絕朱弦，蓋為知音者。」朱弦，指琴瑟一類樂器。朱，紅色。佳人，指知音、知心朋友。絕，斷。❻青眼　《晉書・阮籍傳》載，阮籍能為青白眼，見禮俗之士，以白眼對之，表示輕蔑；嵇康造訪，乃出以青眼，以示愛重。❼聊　姑且。❽橫　這裡指目光流動。❾萬里歸船　化用杜甫〈絕句〉：「窗含西嶺千秋雪，門泊東吳萬里船。」❿弄長笛　即有寫情怡志、澡雪精神之意。弄，這裡是吹奏的意思。長笛，一種五孔的竹笛。馬融〈長笛賦〉：「可以寫神喻意，溉盥汙穢，澡雪垢滓。」

⑪與白鷗盟　典出《列子．黃帝》，海上有好鷗者，每日從鷗鳥遊，其父云：「吾聞鷗鳥皆從汝遊，汝取來，吾玩之。」次日此人至海上，鷗鳥便不再飛下來。意思說人無機詐之心，則鷗鳥願與為友，人一旦有了機心，便不能與鷗鳥結盟。後來多用「鷗盟」、「鷗友」表示人不存機心，與世隔絕，隱居自樂。

【語　譯】我這個呆子，總算把一天的公事辦完，登上快閣，倚著欄杆，從東面西面觀賞晚晴的美景。遠望群山，落葉紛紛，天空顯得遼遠闊大；澄澈的贛江水從快閣下流過，一彎秋月倒映水中，格外分明。眼前雖無知音佳人可以表達我的愛重之心，但有美酒，值得青眼相待，姑且藉以消悶解憂。啊，我已無心長久混跡官場，多想乘船吹笛，暢遊萬里，歸隱江湖，與鷗鳥結盟而樂。

【研　析】這首七律，以清新自然、流暢爽快為特色，情景俱佳，韻與境諧。首聯寫登閣，主要是敘事，兼對景色略作點染。「癡兒」句用典故中的俗字俗語，卻反用其意，在自嘲中有自得之神、諧謔之趣。次句「倚晚晴」從李商隱詩句化出，但比李詩「倚暮霞」、「倚暮暉」奇妙，這裡倚的已不是具體的實物實景，而是倚著「晚晴」。所以清代方東樹《昭昧詹言》卷二十評曰：「且敘且寫，一往浩然。」吳汝綸也稱讚：「意態兀傲。」（高步瀛《唐宋詩舉要》卷六引）頷聯寫覽景，上句寫山寫天，下句寫江寫月，寫得寧靜、澄明、開闊、高遠，境界真美，令人在景中體驗到詩人高潔坦蕩的胸襟品格，以及不為世故所擾的虛靜淡泊意趣。此意象應屬賦象，但同時又是比象。黃庭堅早年從祖心禪師學道，所作〈次韻十九叔父臺源〉詩云：「萬壑秋聲別，千江月體同。」就用江月來象徵佛性禪理。而這裡所寫澄江月明景色，既是詩人寓目直觀所見，又是詩人以明淨禪心所體悟到的象徵之境。秋月、澄江交相輝映，生發出一種明澈高遠的佛心禪境，卻又不落言筌，空靈圓融。這聯詩的意象，又是典象的妙用，是從杜甫、白居易、柳宗元詩句化出，已無杜甫「無邊落木」那一聯詩的動盪不安、雄渾悲涼。頸聯寫懷友，將俞伯牙破琴絕弦的故事，嵇康贈兄秀才的詩意，阮籍能為青白眼的典故，巧妙地結合起來，意象生動，有詩意，有情趣，「絕」字將恨無知音的失望表達得十分強烈。「橫」字畫出目光流動，也顯示無可奈何的神情。用此字押韻，新奇而妙，能見兀傲之態。尾聯寫懷歸。上下聯化用杜甫詩句、馬融〈長笛賦〉以及《列子・黃帝》從鷗鳥遊的典故，巧妙串聯，融成整體，表現他歸隱江湖的人生願景。從詩意上說，是對首句「了卻公家事」的呼應與延伸，即從日常生活中的一小解脫，發展為人生歸宿的大解脫，借著典象的熔鑄予以詩情畫意的傳達。這首詩意脈貫通，節奏明快，一聯引出下一聯，每聯中上句與下句蟬聯而下，有行雲流水之妙。即使是中間兩個對仗聯，也有一往浩然、對意流行之妙。如頷聯，出句與對句都運用了因果句法，前四字為「因」，引出後三字之「果」，而上下句又隱含有因果關係；頸聯借著「已為」、「聊因」兩個虛詞的聯繫照應，形成了流水對仗，再加上尾聯上下句意承接自然，全篇遂暢達悠揚，音韻諧美。所以方東樹評此詩：「此所謂寓單行之氣於排偶之中者。姚先生（鼐）云：『能移太白歌行於律詩。』」（《昭昧詹言》卷二〇）信然。

寄黃幾復

黃庭堅

【題解】詩題下原注：「乙丑年德平鎮作。」乙丑年為元豐八年（西元一〇八五年）。德平鎮，在德州東北，即今山東商河縣德平鎮。元豐六年十二月黃庭堅從太和縣移監德州德平鎮，至元豐八年五月，一直在德平任職。黃幾復，名介，字幾復，豫章（今江西南昌）人，是詩人早年交遊的好友，當時知廣州四會縣（今廣東四會）。

我居北海君南海❶，寄雁傳書謝不能❷。桃李春風一杯酒，江湖夜雨十年❸燈。持家但有四立壁❹，治病不蘄三折肱❺。想得讀書頭已白❻，隔溪猿哭瘴溪藤❼。

【注釋】❶我居北海君南海　詩人當時居山東德平，地近渤海；黃幾復居廣東四會，地近南海，故稱。《左傳・僖公四年》：「齊侯以諸侯之師侵蔡，蔡潰，遂伐楚。」楚子使與師言曰：「君處北海，寡人處南海，唯是風馬牛不相及也。」這句化用「君處北海，寡人處南海」，而「風馬牛不相及」一語又暗示下句所說兩人通訊之難。❷寄雁傳書謝不能　這句說雁因不能傳書而辭謝。古人有雁足傳書的說法，又相傳大雁飛至衡陽回雁峰而止，因四會在回雁峰以南，大雁南飛不至，所以這裡暗用這兩個傳說。寄，託。謝，辭謝；推辭。❸十年　黃幾復「仕於嶺南蓋十年」（黃庭堅〈黃幾復墓誌銘〉），兩人相別也當在十年以上。❹持家但有四立壁　謂黃幾復清貧持家。《史記・司馬相如列傳》卓文君夜奔相如，「相如乃與馳歸成都，家居徒四壁立。」❺治病不蘄三折肱　這裡「治病」比喻行政才能，說友人黃幾復為官辦事幹練。蘄，祈求。肱，手臂的下部。三折肱，《左傳・定公十三年》：「三折肱，知為良醫。」意謂經過三次折臂之後，就成了高明的醫生了。❻想得讀書頭已白　杜甫〈寄懷李白〉：「匡山讀書處，頭白好歸來。」蘇軾〈書李公擇白石山房〉：「若見謫仙煩寄語，康山頭白早歸來。」這句用杜蘇詩語意。❼隔溪猿哭瘴溪藤　這句想像黃幾復生活環境的艱苦。瘴溪，蒸發出瘴氣的溪水。古代嶺南山水多瀰漫一種有毒的濕悶鬱熱之氣，稱瘴氣。

【語譯】我居住在北海，您居住在南海，想託大雁傳書信，牠都婉言謝絕了。當年，在和煦的春風中我們欣賞著盛開的桃花李花，一起舉杯暢飲，可惜歡聚的時間太短暫了。十年來，您我各自飄泊在江湖上，只能獨對殘燈，寂寞地聽那夜雨淅瀝。您操持著清貧的家計，屋子裡只有四堵空蕩蕩直立的牆壁；但您為官辦事幹練，治療民生的疾苦，不須三次折臂就成了良醫。我想您此時一定還在發奮讀書，頭髮也過早地白了；隔岸瘴氣瀰漫的山溪，那叢林密密的藤蘿中，傳來陣陣猿猴的悲叫聲。

【研析】〈寄黃幾復〉是黃庭堅七律的代表作。這首懷念少時好友的詩，流溢著山谷深沉似海熾熱如火的情誼。詩人憐友並自憐之意、慨歎友人與自己十年蹭蹬、懷才不遇的不平之情，滲透詩行，漫溢紙上，令人讀之心弦震顫。首聯奇氣突兀而來，在典故中提煉出「北海」、「南海」、「寄雁傳書」的字面，構成典象，又妙用「謝不能」將大雁擬人化，使詩句增添情味；同時以否定句使成熟的典故變為生新；頸聯結合運用「四立壁」與「三折肱」的典故，形象地表現黃幾復生活的困苦和理政的才能，又構成工整的對仗。上句是正用典故，下句是反用，並賦予新的含義。四用典故，除「三折肱」外，都有如鹽溶化於水中，不見痕跡，可見山谷用典靈活自如，具有高超的藝術手段。詩的二、四聯基本上是白描寫景抒情。頷聯尤為精彩。詩人用桃李、春風、江湖、夜雨、一杯、十年、酒、燈一連串極普通的名詞，不用一個動詞、連詞，而直接將這些意象名詞和數量詞巧妙搭配起來。營造出兩個對照鮮明強烈的象徵性時空境界，將當年與友人相聚之樂的短暫、此後分離之苦的長久描述出來，並將懷有的深情和蹭蹬的身世之感融入其中，可謂高度概括，詩意濃郁。當時，詩人的好友張耒即讚歎「真奇語」（《王直方詩話》引），釋普聞《詩論》評析說：「春風桃李但一杯，而想像無聊屢空為甚，飄蓬寒雨十年燈之下，未見青雲得路之便，其羈孤未遇之歎真見矣，其意句亦就境中宣出。『桃李春風』『江湖夜雨』，皆境也。昧者不知，直謂境句，謬矣。」指出深情厚意就境中宣出，是頗中肯的。

清人方東樹評黃庭堅七律說：「杜甫七律所以橫絕諸家，只是沉著頓挫，恣肆變化，陽開陰合，不可方物。山谷之學專在此等處。」（高步瀛《唐宋詩舉要》卷六引）此詩即為一例。首聯突兀而起，上下句既相承又有頓挫轉折，平仄合律；頷聯浩然一氣湧出，除「一杯」二字拗外，全聯語言優美，音節流麗；而頸聯「四立壁」與「三折肱」，造語生硬，聲調拗峭，尾聯換以明快曉暢之筆調，結句「隔溪」、「瘴溪」重言錯綜，句中自對。全篇恣肆變化，不可方物。

題竹石牧牛

黃庭堅

【題解】作於元祐三年（西元一〇八八年），時黃庭堅在秘書省任職。詩前自序云：「子瞻畫叢竹怪石，伯時增前坡牧兒騎牛，甚有意態，戲詠。」子瞻，蘇軾。伯時，李公麟，字伯時，號龍眠居士，舒州（今安徽安慶）人，北宋著名畫家，與蘇軾、黃庭堅有深交。由詩人的自序可知，這是為蘇軾與李公麟合作的一幅「竹石牧牛」畫題寫的詩。

野次小崢嶸❶，幽篁❷相倚綠。阿童三尺箠，御此老觳觫❸。石吾甚愛之，勿遣牛礪角❹。牛礪角尚可，牛鬥殘我竹。

【注　釋】❶野次小崢嶸　寫畫中石。野次，野地裡。崢嶸，本形容山的高峻，這裡代指畫中嶙峋特立的怪石。❷幽篁　幽深的竹叢。❸阿童三尺箠二句　寫畫中的牧童與牛。箠，鞭子。御，駕馭。觳觫，牛恐懼顫抖貌。這裡代指老牛。❹牛礪角　牛在石上磨角。礪，磨。

【語　譯】在郊野中，有塊小小的怪石，嶙峋特立，旁邊長著相互倚靠、茂密幽深的翠綠竹叢。放牛娃拿著三尺長的鞭子，駕馭著這匹老牛。娃呀，這怪石，我很喜愛它，你不要叫老牛在石上磨角。牛磨角還不要緊，但牠們爭鬥起來就會傷害我的竹子呵。

【研　析】詩的前四句生動地再現畫面上竹、石、牧童和牛這四種物象。「崢嶸」代石，冠以「小」字，突出了小石的嶙峋怪異。「幽篁」代竹，顯出其茂密幽深；「相倚綠」表明是相互倚靠的叢竹，一片碧綠；又暗用擬人手法，情趣盎然。「阿童」借用《晉書・羊祜傳》中所載吳童謠「阿童復阿童」來稱呼牧童，有親切感，並狀其稚氣可掬。「觳觫」代牛，寫出其龍鍾老態。寥寥二十字，筆墨省淨。人與景物的形象形神畢現，能使讀者想像出一幅有濃厚田園生活氣息的寧靜和諧的圖畫。後四句以囑咐畫中牧童的形式寫自己觀畫的感想。黃庭堅對怪石叢竹的愛惜，象徵著他對田園生活的熱愛與嚮往；而他以畫為真的幻覺，也巧妙表達出他對蘇、李畫藝的高度評讚。聯繫元祐初年北宋激烈的黨派鬥爭局勢，那麼黃庭堅在此詩中所說「牛礪角尚可，牛鬥殘我竹」

二語，是借畫發揮，語意雙關，表達他希望調停黨爭、消弭兩敗俱傷、安定政局的心願。而他對竹石的愛惜、讚美，也很可能寄託著對一種堅強耿直的人格和親密無間的友誼的頌揚。妙的是這些深邃的意蘊，卻用「戲詠」的筆法、生動有趣的形象來表達，使詩味濃郁，耐人咀嚼。黃庭堅本人對這首詩也很得意，據南宋呂本中《童蒙詩訓》記載，當時曾有人稱讚他的「桃李春風一杯酒，江湖夜雨十年燈」二句，以為是「極至」之語。他卻說「桃李」二句猶是「砌合」，須此詩「石吾甚愛之」四句，「乃可言至耳」。但金代王若虛《滹南詩話》卻批評說：「山谷〈牧牛圖〉詩，自謂平生極至語，是固佳矣。然亦有何意味？黃詩大率如此，為之奇峭，而畏人說破，元無一事。」這位詩評家淺嘗輒止，未能看出詩中深蘊的意味。李白〈獨漉篇〉有「獨漉水中泥，水濁不見月；不見月尚可，水深行人沒」之句，宋人韓駒《陵陽先生室中語》認為山谷此詩後四句模仿李白詩。其實山谷只是吸取了李詩的形式，卻翻新了詞意。這四句「牛」字有意疊用三次，用散文化拗體句式，每句節奏都不雷同（「石吾」句上一下四，「勿遣」句上二下三，「牛礪」句上三下二，「牛鬥」句二一二），真有古歌謠風味，是山谷獨創一格之作。

雨中登岳陽樓望君山二首

黃庭堅

【題　解】徽宗崇寧元年（西元一一〇二年），久謫巴蜀的黃庭堅遇赦東歸，經岳陽時作此詩。岳陽樓，在湖南省岳陽城西門上，唐代張說始建，下瞰洞庭湖。宋慶曆五年（西元一〇四五年）巴陵守滕宗諒重修，范仲淹作記。君山，在洞庭湖中，傳說是湘君所遊處，故名。

其一

投荒❶萬死鬢毛斑，生出❷瞿塘灩澦❸關。未到江南先一笑，岳陽樓上對君山。

【注　釋】❶投荒　指貶謫、流放至荒原之地。❷生出　活著走出。一作「生入」。❸瞿塘灩澦　瞿塘是長江三峽之首，在四川奉節縣東，灩澦堆正當其口，突出江心。

【語　譯】我被流放到荒遠之地，經歷了無數生死危難，兩鬢都已白髮斑斑。真沒想到竟能活著走出了瞿塘灩澦險關。今日登上岳陽樓，我對著君山欣然一笑，儘管還未回到家鄉江南。

其二

滿川風雨獨憑欄，綰結湘娥十二鬟❶。可惜不當湖水面，銀山堆裏看青山。

【注　釋】❶綰結湘娥十二鬟　寫風雨中的君山，就像湘夫人頭上的十二個髻鬟。綰結，旋繞打結，將頭髮向上束起。湘娥，《楚辭・九歌》中的湘君、湘夫人，相傳即是帝舜二妃娥皇、女英，君山是她們居住的地方。

【語　譯】在滿天滿湖的風雨中，我獨自倚著欄杆，遙望君山，就好像湘夫人頭上的十二個髻鬟。可惜不能駕著小舟到湖上去，在銀色的浪峰中觀看君山的層層青巒。

【研　析】岳陽樓是古今登臨勝地。自唐代以來，詩人們已為它寫下許多名篇佳作，其中如孟浩然、李白、杜甫、劉長卿的題詠都堪稱絕唱。黃庭堅這兩首七絕別開生面，生動傳神地寫出他久謫遇赦後在風雨中登此樓的獨特感受。第一首在敘事中抒情，表現絕處逢生、悲喜交集的心態。首前兩句今昔對比，一沉痛一欣幸，語氣一抑一揚，以自然界的險惡隱喻官場黨爭的險惡不測。首句化用了柳宗元〈別舍弟宗一〉的「萬死投荒十二年」與杜甫〈涪江泛舟送韋班歸京〉的「天涯故人少，更益鬢毛斑」，展現他漫長艱苦的流放生活和他身心交瘁容顏蒼老，令人驚心動魄。次句用《漢書．班超傳》中班超之語：「臣不敢望酒泉郡，但願生入玉門關。」此詩中「生出」一作「生入」，筆者以為「生出」更貼切，顯出詩人用典的靈活。三、四句寫他在岳陽樓上對著君山「一笑」。這個「一笑」的特寫鏡頭，傳達出他慶幸生還的喜悅，又使讀者想像他即將回到江南故鄉的歡欣，可謂筆墨凝煉，傳神微妙，感人至深。第二首在寫景中抒情。頭兩句寫他在滿湖風雨中獨自憑欄遠望，只見君山彷佛是湘夫人頭上綰結的十二個髻鬟。這既是實景描寫，又巧妙結合當地的神話傳說，實中有虛，虛實結合，意象奇麗動人，還有一種朦朧、神秘的美，寫他在喜悅中略感遺憾，不能駕一葉扁舟到風雨湖面，在銀山般的浪濤中去觀賞君山青翠的風姿。這兩句寫出想像中絢爛壯麗、氣勢飛動的景色，令人心曠神怡，遐想聯翩。更動人的是，這兩句緊承首句的「獨憑欄」，表現出詩人面對著風雨湖山的兀傲神態和豪情勝概。看來詩人寫他觀景的心願和遺憾是有象徵寄託的，他要讓人們感知，他既然在投荒萬死六年後能夠生出瞿塘灩澦關，那麼，他今後也決不會畏懼惡勢力強加給他的狂風暴雨、驚濤駭浪；甚至可以說，他喜歡駕著自己的生命之舟，在狂風惡浪中去觀賞壯美之景，享受險中之樂。宋人葛立方在《韻語陽秋》卷二中說：「詩家有換骨法，謂用古人意而點化之，使加工也。……劉禹錫詩云：『遙望洞庭湖水面，白銀盤裏一青螺。』山谷點化之云：『可惜不當湖水面，銀山堆裏看青山。』」黃庭堅提出的「奪胎換骨」法，就是在點化、活用前人成句中加以創新，此詩是一個妙例。筆者感到，此詩可能還受到曾公亮的「要看銀山拍天浪，開窗放入大江來」（〈宿甘露僧舍〉）的啟發。

題落星寺嵐漪軒

黃庭堅

【題解】落星寺，在江西廬山市鄱陽湖西北落星灣的落星石上，又名法安院。嵐漪軒，作者原注：「寺僧擇隆作宴坐小軒，為落星之勝處。」因為題目都是詠落星寺，後人類聚為一組，作年不詳，說法不一。今人黃寶華選注《黃庭堅選集》說：「崇寧元年（西元一一〇二年）山谷自荊南歸分寧，遂往兗州省其兄元明，五月到江州與其家相會，本詩可能作於此時。」

落星開士深結屋❶，龍閣老翁來賦詩❷。小雨藏山客坐久，長江接天帆到遲。燕寢清香與世隔❸，畫圖妙絕❹無人知？蜂房各自開戶牖❺，處處煮茶藤一枝❻。

【注釋】❶落星開士深結屋　意思說落星寺的和尚在寺的深處建了間小屋。開士，佛家稱能自開悟，又能以法開導他人者，為菩薩之異名，後亦用作僧人、和尚的尊稱。屋，指嵐漪軒。❷龍閣老翁來賦詩　這句是說李常曾為嵐漪軒題過詩。龍閣老翁，指作者之舅李常，他在元祐三年（西元一〇八八年）加龍圖閣直學士。一說是作者自指，非是。❸燕寢清香與世隔　寫嵐漪軒清雅絕塵。燕寢，休息安臥的便室。語出韋應物〈郡齋雨中與諸文士燕集〉詩：「燕寢凝清香。」❹畫圖妙絕　作者原注：「僧隆畫甚富，而寒山、拾得畫最妙。」寒山、拾得是唐朝的詩僧兼畫家。❺蜂房各自開戶牖　比喻落星寺僧房。戶牖，門窗。❻處處煮茶藤一枝　意思說可以拄著藤杖到各處僧房尋訪品茶。藤一枝，指藤杖。黃龍祖心禪師〈退黃龍院作〉詩有「生涯三事衲，故舊一枝藤。乞食隨緣過，逢山任意登」之句，這裡暗用其語。祖心號晦堂，臨濟宗的高僧，是黃庭堅參禪的老師。另一說，藤一枝，意為個個僧房都用一枝枯藤煮著香茗。在詩人看來，上好的香茗，只有用山泉泡，以枯藤文火煮，方可取其真味，亦可通。

【語譯】落星寺中的和尚在寺的深處建了嵐漪軒這間小屋，龍圖閣的老翁曾來這裡題過詩。細雨迷濛，遮住視線，似乎把青山掩藏起來了，客人們安閒地久坐著；遙望長江，接連著天際，遠處的帆船也好像慢慢地駛來。在這裡閒居和休息，都是滿室清香，彷佛與塵世隔絕；還有許多優美絕倫的壁畫，又有誰來欣賞呢？那一間間僧房重疊排比，各自開著窗戶，好像密集的蜂巢。客人們拄著一根藤杖，可以到各處尋訪，看僧人們煮茶，品嘗香茗。

【研析】這首七律首聯以敘述點題，十四字就寫出落星寺座落在山的深處，環境幽深，僧人精通佛法，故而吸引著文人雅士前來悟道、遊賞、題詠。以下三聯都是寫景，但所寫之景色以及描寫手法各異。頷聯寫從嵐漪軒中向外觀望所見之景。「小雨藏山」，將小雨擬人化，它有意將青山掩藏起來。「藏山」二字，暗用《莊子．大宗師》：「夫藏舟於壑，藏山於澤，謂之固矣。然而夜半，有力者負之而走，昧者不知也。」不知此典的，不妨礙欣賞青山在細雨中時隱時現的美，懂得此典的，又可從中悟出浪漫神奇的傳說和大自然的神秘美。「客坐久」寫出寺院清幽，使人流連。下句突然推出「長江接天」四字，表現落星灣的開闊，拓出廣遠的境界；而「帆到遲」三字又收回，從遠距離看空闊江上的帆船，常感覺它們是行駛緩慢乃至靜止不動的，詩中這三個字真切地表達出這種感覺。其實，這一句的詩意，是從唐人韋應物〈賦得暮雨送李胄〉「漠漠帆來重，冥冥鳥去遲」化出，卻不露痕跡，可見山谷點化之妙。頸聯從嗅覺、視覺兩個方面突出渲染軒中雅靜氣息，以見賓主的襟懷不俗，使人不由心生與世隔絕之感。上句「燕寢清香」四字有用韋應物〈郡齋雨中與諸文士燕集〉詩「燕寢凝清香」，用在此處極妥貼，如同己出，增添了詩意。清代方東樹評這兩聯：「筆勢往復展拓，頓挫起落。」（《昭昧詹言》卷一二）所說有理。在筆者看來，頷聯對仗工穩自然，語勢呼應收放，不露斧鑿之痕，堪稱奇妙。但頸聯仍用前四字寫景，後三字改敘為評議，使中兩聯句法缺少變化，實為瑕疵。好在尾聯詩人從軒中小景轉寫山寺大景：僧房在山坡上排比鱗次，層疊攢簇，如同蜂巢。「蜂房」的比喻，生動形象，新奇精妙。結句「處處煮茶」又順勢表現僧人、客人煮茶品茗的風雅生活，令人神往。清人紀昀評此詩：「意境奇恣，此種是山谷獨辟。」方東樹《昭昧詹言》卷十一評云：「腴妙，乃非枯寂。」姚鼐《今體詩鈔》讚曰：「此詩真所謂似不食煙火人語。」皆非虛譽。此詩句句拗，無一句完全合律。「與世隔」、「無人知」竟是三仄與三平相對，頷聯與頸聯又失黏。由於拗字太多，有人將它編到古詩中。山谷有意追求聲調拗峭奇崛，並不都是成功的。但這首七律拗峭奇崛的音調與清奇出俗的意境還是很適應的。

離福嚴

黃庭堅

【題　解】這首小詩作於宋徽宗崇寧三年（西元一一〇四年）春。這時，黃庭堅已被政敵羅織「幸災謗國」之罪，流放宜州（今廣西宜州），途經湖南，離衡山福嚴寺。福嚴，僧寺名，在今湖南南嶽衡山祝融峰前擲缽峰下，原名般若寺，始建於南朝陳光大元年（西元五六七年）；唐玄宗先天二年（西元七一三年），佛教禪宗七祖懷讓在此設道場。寺依山岩架空建築，氣勢雄偉，是有名古跡。

山下三日晴，山上三日雨❶。不見祝融峰❷，還泝❸瀟湘❹去。

【注　釋】❶山下三日晴二句　寫作者在衡山逗留三日所見山上山下雨晴不同情景。衡山主峰祝融峰海拔一千二百九十米，氣象萬千，常常山下晴天，半山和山頂下雨；半山和山頂晴天，山下卻在下雨，舊有「衡嶽三天」之說。❷不見祝融峰　這句反用了唐代詩人韓愈的詩意。韓愈被貶南方，自陽山徙江陵，曾泛舟湘江，往觀南嶽，寫了有名的〈謁衡嶽廟遂宿嶽寺題門樓〉詩云：「我來正逢秋雨節，陰氣晦昧無清風。……須臾靜掃眾峰出，仰見突兀撐青空。紫蓋連延接天柱，石廩騰擲堆祝融。」紫蓋、天柱、石廩與祝融都是衡嶽的主要山峰。

❸泝　逆流而上。❹瀟湘　瀟水和湘水的合稱。瀟、湘合流處，在今湖南零陵，衡山西南方。

【語　譯】我在衡山逗留了三日，這三日裡山下都是晴天，山上卻連著下了三日的雨。山上雲霧迷濛，遮住了祝融峰，我只好悵惘地在瀟湘逆流而上，再向南奔赴桂州。

【研　析】詩的前兩句運用樂府民歌重疊的句式描寫衡山景色，在一山之中，連接三日，山下山上晴雨不同，可見衡山的高大神奇。在平實的敘述中，隱隱流露出一種迷惘若失的情調氣氛，自然引出第三句。第三句「不見祝融峰」，黃庭堅失望鬱悶之情已溢於紙面。因為祝融峰是衡嶽最高最壯麗的山峰，逗留三日而不見其貌，不能給予被貶謫的詩人一些精神安慰，反而使他內心更加苦悶，於是他只得泝瀟湘南去。作為一首遊山詩，全篇不著一「景語」，卻讓讀者從一山上下晴雨迴異和詩人不見祝融峰的悵惘中，想像出此山的高大深遠，神奇莫測。正如前人黃爵滋《讀山谷詩集》所評：「看此外著不得字句，便是五絕勝景。」然而此詩還有更深一層的意蘊。韓愈謁衡嶽廟詩，寫得氣勢雄偉昂揚，後人以為此詩是韓愈南遷得歸的祥兆。而黃庭堅卻反用其意，說自己「不見祝融峰」，暗寓此次被遠貶南荒歸期難卜之意。詩人妙用典故，如鹽溶水，不見痕跡。全篇語言如同民間謠諺，十分質樸，自然天成；不著一「景語」而勝景自見，可謂空靈蘊藉。

書磨崖碑後

黃庭堅

【題　解】崇寧三年（西元一一〇四年），黃庭堅以「幸災謗國」的罪名，被除名羈管宜州（今廣西宜州)。此詩是前往宜州途中經過浯溪時作。詩中抒寫他讀了〈中興碑〉後對唐代安史之亂前後政局的感慨，流露出對已走向衰落的北宋王朝的憂慮。〈磨崖碑〉，又稱〈大唐中興頌碑〉，唐代元結撰，顏真卿手書，刻於湖南祁陽市西南，浯溪邊的石崖上，內容是寫安史亂後肅宗朝唐室「中興」之事。磨崖，亦作「摩崖」。在山崖峭壁上，磨平石面，刻上碑文或題字，稱為摩崖石刻。

春風吹船著浯溪❶，扶藜上讀〈中興碑〉。平生半世看墨本❷，摩挲❸石刻鬢成絲。明皇❹不作苞桑計❺，顛倒四海由祿兒❻。九廟❼不守乘輿西❽，萬官已作鳥擇棲❾。撫軍監國太子事，何乃趣取大物為❿？事有至難天幸爾，上皇⓫跼蹐⓬還京師。內間張后⓭色可否，外間李父⓮頤指揮⓯。南內⓰淒涼幾苟活，高將軍⓱去事尤危。臣結《春秋》二三策⓲，臣甫〈杜鵑〉再拜詩⓳。安知忠臣痛至骨？世上但賞瓊琚⓴詞。同來野僧六七輩，亦有文士相追隨㉑。斷崖蒼蘚對立久，涷雨㉒為洗前朝悲。

【注釋】

❶浯溪　源出湖南祁陽松山，東北流入湘江，唐元結寓居溪畔，其〈浯溪銘〉云：「溪世無名稱者

也，為自愛之，故名浯溪。」❷墨本　從原石上摹拓下來的或刻印的本子，又稱拓本。❸摩挲　撫摸。❹明皇　即唐玄宗李隆基。❺苞桑計　固本之計。苞桑，桑樹幹。語出《易・否卦》：「其亡其亡，系於包桑。」比喻牢靠、鞏固。❻祿兒　安祿山。安曾認做唐玄宗、楊貴妃的養兒，故稱「祿兒」。❼九廟　指祭祀唐玄宗九位祖宗的太廟九室。其中祖廟五、親廟四。❽乘輿西　指安史之亂時玄宗倉惶奔蜀。乘輿，皇帝乘坐的車子。西，向西行。❾烏擇棲　比喻官員們紛紛投靠新主。語出《左傳・哀公十一年》：「鳥則擇木，木豈能擇鳥？」❿撫軍監國太子事二句　指玄宗逃至馬嵬坡時，留太子李亨討賊。李亨在靈武登皇帝位，是為肅宗。上句出《左傳・閔公二年》：「冢子，君行則守，有守則從。從曰撫軍，守曰監國。」冢子，即太子。趣，急促；匆忙。大物，指國家。《莊子・天下》：「天下，大物也。」⓫上皇　指玄宗，肅宗即位後尊稱他為「上皇天帝」。⓬跼蹐　同「局蹐」。行動小心戒懼之狀。語出《詩經・正月》：「謂天蓋高，不敢不局；謂地蓋厚，不敢不蹐。」跼，彎腰屈身。蹐，小步行走。⓭張后　肅宗的皇后。與李輔國勾結，干預政事，牽制肅宗，後來被廢。⓮李父　太監頭子李輔國，肅宗至德二載（西元七五七年）封郕國公，權傾一時。⓯頤指揮　不說話，而用面部的表情來示意指揮。⓰南內　宮城的南邊，這裡指南內興慶宮。玄宗返京之初居此，後被遷至西內。⓱高將軍　高力士，玄宗的心腹宦官，曾封驃騎大將軍。玄宗被幽禁後，高力士被流放巫州（今四川巫山縣）。⓲臣結《春秋》二三策　這句說臣子元結撰寫的〈中興頌〉用《春秋》筆法，文寓褒貶，微詞見意。元結曾任道州（今湖南道縣）刺史，多次上表論政事。這句詩曾被宋人任淵注黃庭堅詩集時臆改「春秋」為「春陵」，其根據是元結任刺史的道州是春陵故地，元結曾寫了有名的〈春陵行〉。但宋人袁文《甕牖閑評》說，他親見黃庭堅寫此詩於磨崖碑後，此句是「臣結春秋二三策」。又，黃庭堅《豫章文集》原作「春秋」。二三策，語出《孟子・盡心下》：「吾於〈武成〉（《尚書》篇名）取二三策而已矣。」意思是所取不過兩三頁罷了。策，竹簡。⓳臣甫〈杜鵑〉再拜詩　這句說杜甫曾作〈杜鵑〉：「我見常再拜，重是古帝魂。」又作〈杜鵑行〉，以杜鵑為喻，對玄宗失位表達哀傷。⓴瓊琚　美玉，比喻元、杜文辭之美。㉑同來野僧六七輩二句　黃庭堅〈中興頌詩引並行紀〉云：「崇寧三年三月己卯（初六），風雨中來泊浯溪，進士陶豫、李格，僧伯新、道遵同至中興頌崖下，明日居士蔣大年、石君豫，太醫成權及其侄逸，僧守能、志觀、德清、義明、崇廣俱來。」㉒涷雨　暴雨。《楚辭・九歌》：「使涷雨兮灑塵。」

【語譯】春風把小船吹到浯溪，我扶著藜杖上岸讀那〈中興碑〉。我半生中只是看到墨拓本，如今才親手撫摸到石刻，鬢髮已經變白了。唐明皇不作固本之計，以致安祿山叛亂，把天下搞得一塌糊塗。國家崩潰，京城陷落，連太廟都失守了，明皇倉惶逃到西蜀。百官像烏鴉揀樹棲止一樣，紛紛投靠新的主子。統率軍隊，守護國家，這是太子本分的事，為什麼急急忙忙地稱帝取天下呢？平治禍亂，本來非常困難，幸得老天爺保佑罷了。這位「太上皇」終於戰戰兢兢地返回了京城。而肅宗皇帝在宮中，要看張后的面色行事；在宮外，要聽從「李父」輔國的頤指氣使。上皇玄宗在宮中南內，淒涼地苟且偷活。到高力士被流放以後，事勢就更加危險了。臣子元結這篇〈中興頌〉，杜甫寫的兩首〈杜鵑〉之詩，誰能懂得其中的深微含義？世人只是欣賞元、杜文詞美如寶玉，怎知他們痛至骨髓的憂國忠忱？同我一起來的有六七位僧人，還有幾個文士相追隨。我對著這斷崖蒼蘚久久地站立著。好像要沖洗掉前朝的悲痛，頃刻之間，暴雨傾盆而來。

【研析】這首七言古詩是黃庭堅晚年的力作，在思想與藝術上都已臻成熟之境。詩人讀〈中興頌〉碑，觸發對唐代玄宗、肅宗兩朝政局從亂起到中興再走向衰落的思考。詩以敘事和議論為主，又融入寫景與抒情。敘事議論，筆墨簡潔老到。首先是章法嚴謹，層次清晰。開頭四句是全詩引子，敘事寫景，表現到浯溪捨舟登岸讀〈中興頌〉碑的經過。中間十六句詠史，每四句一個層次。

「明皇」到「萬官」四句寫玄宗執政時不能居安思危，以固邦本，反而寵信安祿山，釀成大亂，九廟不守，玄宗出奔西蜀。「撫軍」到「上皇」四句寫太子李亨趁機稱帝，奪取天下，玄宗受肅宗所制，言行小心戒懼。「內間」到「高將軍」四句寫肅宗昏懦無能，張后與李輔國勾結，干預政事，頤指氣使，氣燄囂張。玄宗淒涼苟活，在高力士被流放後，處境更加可憐。「臣結」到「世上」四句頌揚元結與杜甫是唐朝的忠臣，一個在〈中興頌〉碑中以春秋筆法對肅宗奪取天下後昏懦無能表達褒中寓貶之深意，一個寫〈杜鵑〉詩對玄宗失位表示深切哀傷；但世人只是欣賞他們優美的文詞。最後四句又回到敘寫詩人遊蹤，與開頭四句呼應。結尾兩句寓情於景，以「前朝悲」微露作者借古諷今之意，含蓄諷刺北宋王朝政治日趨黑暗，黨爭純粹是迫害異己，權臣們結黨營私，造成民不聊生，正重蹈唐朝玄肅兩朝的覆轍，走向沒落衰亡。可見，詩人儘管遭受除名貶謫，仍像杜甫那樣懷抱著憂國憂民之赤忱。借古諷今的寫法，使此詩具有深刻的意蘊。在藝術表現上最突出的是敘事精簡有法又生動形象。例如「顛倒四海由祿兒」、「萬官已作鳥擇棲」，或用典故造象，或用生動比喻。「上皇跼蹐還京師」，「跼蹐」二字活畫出上皇玄宗在兒子肅宗面前彎腰屈身、小心翼翼地走路的樣子。而「內間張后色可否，外間李父頤指揮」，十四個字就生動表現肅宗在宮中要看張后的面色行事，在宮外要聽李父頤指氣使的窩囊形象。詩中的敘事、寫景、議論都挾情韻以行。我們讀這些詩句，能感受到詩人流注入句子中或喜或怒、或諷刺或同情、或悲傷或讚頌的感情。所以明代王世貞說山谷此詩「俯仰感慨，不忍再讀」（《弇州山人四部稿》卷一三六）。清代翁方綱評「臣結《春秋》二三策，臣甫〈杜鵑〉再拜詩」二句「字字沉痛」（《七言詩三昧舉隅》）。宋人張戒將此詩與張耒的同題作品相比較，認為二詩「工拙不可同年而語」，此詩「真可謂入子美（杜甫）之室」（《歲寒堂詩話》卷上）。近代高步瀛也評讚此詩：「沉鬱頓挫。神似杜老而不襲其貌。」（《唐宋詩舉要》卷二）筆者無不贊同。

泗州東城晚望

秦　觀

【題　解】這首詩描寫秦觀傍晚乘船回看泗州城所見山水美景。泗州，州名，州城在今江蘇盱眙縣東北的淮河邊上。清康熙時陷入洪澤湖。

【作　者】秦觀（西元一〇四九—一一〇〇年），字太虛，改字少游，號邗溝居士，學者稱淮海先生，高郵（今屬江蘇）人。元豐八年（西元一〇八五年）進士，授定海主簿。元祐間蘇軾薦之於朝，任秘書省正字兼國史院編修。紹聖元年（西元一〇九四年）坐元祐黨籍為杭州通判，貶監處州酒稅，又削秩徙郴州，繼而編管橫州，復編管雷州。後於放還途中病卒於藤州（今廣西藤縣）。其他還是蘇門四學士之一。蘇軾很賞識他的才華，他還是著名詞人，其詞清新嫵麗，婉約雋永。其寫景抒情短詩情思委婉，纖巧精麗，頗似詞風。有《淮海集》。

渺渺❶孤城白水❷環，舳艫❸人語夕霏❹間。林梢一抹青如畫，應是淮流轉處山。

【注　釋】❶渺渺　形容悠遠的樣子。❷白水　指淮河。❸舳艫　這裡泛指船多，前後相銜。舳，船尾。艫，船頭。❹夕霏　晚霞。

【語　譯】傍晚我乘船向前行進，回看淮河環繞的泗州孤城越來越遠，但見白水茫茫一片。河兩岸帆檣林立，大小船隻前後相銜，人們的說話聲在夕暉晚霞間回響。遠處林梢，是誰畫上一抹青翠之色？想必是淮河轉彎處重疊的山巒。

【研　析】蘇軾說王維「詩中有畫」（〈書摩詰藍田煙雨圖〉），秦觀這首寫景詩真是一幅精心營造的詩中圖畫。孤城、舳艫、山、水、樹林等景物，其遠近、高低、大小、動靜都被詩人以畫家的眼光經營布置。尤其是三、四句，運用繪畫的透視原理入詩，使三維空間的立體景物投像在二維空間平面上，展現出最遠處的青山疊合在其前面的樹林梢頭，這是動態的疊景，富於繪畫的空間層次感。白色的河水，金紅色夕霏以及林梢的一抹青山，多種色彩相互映襯，加上船上人的語聲，更給這幅彩畫增添了音響和江南水鄉的生活氣息。王維有「山橋樹杪行」（〈曉行巴峽〉）、「樹杪百重泉」（〈送梓州李使君〉）、「白水明田外，碧峰出山後」（〈新晴野望〉）等有色彩對照有景物重疊錯覺的詩中畫名句，秦觀顯然是從王維詩中汲取了藝術營養。詩中第三句的「抹」字，此字最早出現在蘇軾的「溪上青山三百疊，快馬輕衫來一抹」（〈自興國往筠，宿石田驛南二十五里野人舍〉）詩句中，後來又出現在秦觀的〈滿庭芳〉詞中，並使他獲得了「山抹微雲君」的雅號。此詩中再用此「抹」字，可見他是有意用畫家的眼光和手法來表現景物。順便說，秦觀被稱為婉約派詞人中的語言大師，他用字的新穎、精妙，在此詩也可見出。例如，用「舳艫」而不用「帆船」，精當地表現出淮河和洪澤湖上船隻繁多、首尾相銜的景象。他用「夕霏」而不用「晚霞」，因為「夕霏」始見於謝靈運〈石壁精舍還湖中〉的「林壑斂暝色，雲霞收夕霏」之句，令人聯想到謝詩中的暮靄山林景色，「夕霏」也比「晚霞」新鮮、雅致。

贈女冠暢師

秦　觀

【題　解】此詩作於元祐四年（西元一〇八九年），詩人四十一歲，任蔡州（今河南汝南）教授。女冠，即女道士。《舊唐書・則天皇后紀》：「僧尼處道士女冠之前。」《宋史・徽宗紀》：「宣和元年，詔改女冠為女道。」宋人蔡正孫《詩林廣記・後集》卷八引《桐江詩話》云：「暢姓惟汝南有之，其族尤奉道。男女為黃冠者，十之八九。時有女冠暢道姑，姿色妍麗，神仙中人也。少游挑之不得，乃作詩云。」這傳說雖未可盡信，但有助於理解此詩。師，對道士的尊稱。

瞳人❶剪水腰如束❷，一幅烏紗裹寒玉❸。飄然自有姑射❹姿，回看粉黛皆塵俗❺。霧閣雲窗❻人莫窺，門前車馬任東西❼。禮罷曉壇❽春日靜，落紅滿地乳鴉❾啼。

【注　釋】❶瞳人　瞳仁；瞳孔。視他人目，因其能映己像，故稱。李賀〈唐兒歌〉：「骨重神寒天廟器，一雙瞳人剪秋水。」❷腰如束　宋玉〈登徒子好色賦〉：「腰如束素，齒如含貝。」謂腰細如束素帛。❸寒玉　玉質清涼，故云。此喻美人形象清俊雅潔，猶冰肌玉骨。貫休〈題淮南惠照寺律師院〉：「儀冠凝寒玉，端居似沃州。」❹姑射　山名。《莊子・逍遙遊》：「藐姑射之山，有神人居焉，肌膚若冰雪，綽約若處子。」後世轉為神仙或美人之稱。❺回看粉黛皆塵俗　白居易〈長恨歌〉：「回眸一笑百媚生，六宮粉黛無顏色。」此用其意。❻霧閣雲窗　喻暢道姑居處高遠深幽，神祕飄渺。此用韓愈〈華山女〉詩：「雲窗霧閣事恍惚，重重翠幔深金屏。」❼門前車馬任東西　用白居易〈琵琶行〉：「門前冷落車馬稀，老大嫁作商人婦。」❽曉壇　指道教之齋戒儀式。❾乳鴉　雛鴉。

【語　譯】你的眼光清澈，像剪裁出的一段秋水；纖細窈窕的腰身，像束著素帛；你容貌清俊雅潔，像一幅烏紗道巾裏著寒玉。你飄然而來，自有藐姑射山女神的仙姿。回眸一笑，頓生百媚，使人間那些塗脂抹粉的美女都顯得那麼塵俗。居住在霧閣雲窗的深幽院落，迷離恍惚，人們難以見到你。任憑門前車馬東西往返，你卻熟視無睹，充耳不聞，絲毫不為所動。在這個寧靜的春日，你照常全神貫注地做完上午的齋戒儀式，任落紅滿地，乳鴉啼鳴，你的內心掀不起一絲波瀾。

【研　析】這首詩是題贈一位姓暢的道姑的。一、二句描寫道姑的美貌。東晉著名畫家顧愷之說：「傳神寫照正在阿堵（眼睛）中。」（《世說新語・巧藝》）魯迅先生也指出：「要極省儉的畫出一個人的特點，最好是畫他的眼睛。」（《南腔北調集・我怎麼做起小說來》）詩人秦觀一落筆就先畫道姑的眼睛。「瞳人剪水」四字化用唐代天才詩人李賀的詩句，畫出她的眼光清澈如剪秋水。再用「腰如束」畫其窈窕身段。次句「一幅烏紗」畫出道姑特有的裝束，「裏寒玉」畫其清俊雅潔的容貌。兩句詩連用四個比喻，喻象生動妥帖，雖是從前人詩句中化出，但也是顯示出作者敏捷美妙的想像力。「一幅烏紗裹寒玉」句，「烏紗」與「寒玉」這兩個意象組合得渾成雅致，可謂字字珠璣。後來，明代徐渭的〈楊妃春睡圖〉詩中有「皂紗帳底絳羅委，一團紅玉沉秋水」二句，也用了兩個比喻，把「皂帳」比作「秋水」，楊妃紅潤的肌膚比作「紅玉」，從而寫絕了楊妃沉睡的美。如果細加比較，徐渭這兩句顯然學習、借鑑了秦觀的「一幅」句。秦詩第三句妙用《莊子・逍遙遊》的「藐姑射之山，有神人居」的典故，把暢道姑形容為從神仙世界中飄然而下的美麗女神。第四句用對比方法，寫她回眸笑看人間，所見到的粉白黛綠美女都顯得輕薄塵俗。第五句寫暢道姑住在霧閣雲窗的深院裡，以客觀環境表現人物不與紅塵相接。第六句寫即使門前車馬喧闐，她的心卻不為所動，進一步表現人物潛心奉道、超塵脫俗的精神境界。至此，詩人已成功地刻畫出一個形神兼備、清麗絕俗的女道士形象，而且抒情十分含蓄。但詩人仍不滿足，他又寫了「禮罷」和「落紅」兩句，運用以景結情的手法，富於詩情畫意地揭示暢道姑真誠奉道、心境坦然寧靜，從未因春光易逝落紅滿地而悲愁悵惘。這個以景結情的結尾蘊含無窮餘味。所以近人陳衍在《宋詩精華錄》卷二評讚說：「末韻不著一字，而濃豔獨至。《桐江詩話》以此道姑為神仙中人，殆不虛也。」筆者還想指出，秦觀此詩學習了韓愈的〈華山女〉詩，又有新的創造。〈華山女〉是一首三十句的長篇七言古詩，詩中描寫華山女道士塗脂抹粉著意打扮以色相吸引民眾到道院聽她講經，騙取金釵銀鐲等貴重飾物，在撈取了名聲後又詭秘地進入宮廷受皇帝接見。韓愈刻畫這個反面形象，藉以揭露和諷刺當時一些道教徒的詐騙活動與淫穢詭祕行徑，筆鋒直指最高統治集團，詩的思想意義高於秦觀此詩。在藝術表現上，〈華山女〉敘事洋洋灑灑，生動曲折，富於戲劇性，人物形象鮮明，有很強的藝術感染力。秦觀刻畫的暢道姑卻是清麗脫俗的正面形象。詩僅八句，在敘事寫景中融入抒情，寫得精鍊濃縮，韻味雋永，有不同於〈華山女〉的藝術風格特色。

送董元達

謝逸

【題解】這是一首送別友人之詩，全詩用「賦」之法刻畫出董元達慷慨負氣、傲骨錚錚的志士形象。送，送別贈行。董元達，作者的友人。

【作者】謝逸（西元？—一一一三年），字無逸，號溪堂，臨川（今江西撫州）人。少孤，博學，屢舉不第，遂以布衣終其身。兼工詩詞，為江西詩派中人，呂本中稱讚其才學「富贍」，並將他與弟謝薖比作南朝詩人「二謝」（謝靈運、謝惠連）。曾作蝶詩三百首，人稱「謝蝴蝶」。有《溪堂集》、《溪堂詞》。

讀書不作儒生酸，躍馬西入金城關❶。塞垣❷苦寒風氣惡，歸來面
皺鬚頰眉斑。先皇召見延和殿❸，議論慷慨天❹開顏。謗書盈篋❺不復辯，
脫身來看江南山。長江滾滾蛟龍怒，扁舟此去何當還？大梁城裏定相
見，玉川破屋應數間❻。

【注　釋】❶金城關　金城，地名，故城在今甘肅皋蘭縣西南。宋時為邊關。❷塞垣　關塞。這裡指西北邊防地帶。❸先皇召見延和殿　神宗時，龍圖閣直學士李柬之致仕，帝特召之對延和殿。延和殿，宋代宮殿名。《宋史・地理志》：「(崇政)殿後有景福殿，西有殿北向，曰延和，便坐殿也。」❹天　指天子、皇帝。❺謗書盈篋　《戰國策・秦策》：「魏文侯令樂羊將，攻中山，三年而拔之。樂羊反而語功，文侯示之謗書一篋。」❻玉川破屋應數間　以盧仝比董元達，謂其清貧自守，只有破屋幾間。語本韓愈〈寄盧仝〉詩：「玉川先生洛城裏，破屋數間而已矣。」

【語　譯】你愛好讀書，但不屑於作一般儒生的寒酸相，不想靠科舉成就功名富貴。所以你早年就躍馬西行，在邊防要地金城關參加軍旅生活。邊塞苦寒，風霜淒緊，你歸來時已經鬚眉斑白，面帶皺紋。你回到京師，曾被先皇在延和殿召見，你議論慷慨，曾使君王為之開顏。你已年歲老大，儘管謗書盈篋，你也不復置辯，慨然脫身隱逸，來看江南碧水青山。而今，你將越過浪濤滾滾、蛟龍怒吼的長江，未知扁舟此去，何時才能歸還？我想將來有幸，在大梁城裡定能相見，而你還是那幾間破屋的主人。

【研　析】這首送別之作，成功地刻畫了董元達豪邁慷慨、高傲自負的志士形象。全詩基本上用賦的表現方法敘事、寫人、抒情。詩十二句，四句一段。第一段寫董元達從軍邊塞，但時機不遇，立功沙場的壯志未酬。第二段寫董生歸京後雖蒙先帝召見並賞識，但遭人嫉忌譭謗，未獲重用。第三段點明送行之意，期望將來重見，勉勵友人保持志節。謝逸屢舉不第，布衣終身，人生失意，故而對於有抱負有才學卻不得志的友人滿懷同情，他用一枝飽蘸深情的筆，簡潔生動地描敘董生投筆從戎，躍馬西行，在苦寒的邊塞搏擊風雪，以至鬚眉斑白，滿面皺紋；繼而描敘董生面對君王，議論慷慨，竟能使龍顏大悅，後遭受誹謗，卻不予辯解，慨然隱遁，自由瀟脫，看山江南。詩人既敘寫人物的行為、動作，刻畫其外貌、心態，還展現其身歷的環境、場面，從而使人物形象鮮活飽滿。詩的最後四句，深寓著詩人對董生的同情、欽敬、勉勵，這種惺惺相惜的情意，頗為感人。「長江滾滾蛟龍怒」一句，於寫景中抒發人生失意，憤懣不平的激情，有象徵隱喻意味，尤動人心魄。全篇押平聲「關」「山」韻，兩句一韻，一氣流走，筆勢奔騰，體現了詩人和友人慷慨磊落、豪言不羈的情懷。盛唐詩人李頎，擅長用五、七言古體，在送別題材的詩中塑造豪放有才華的人物形象，寫出了諸如〈贈張旭〉、〈別梁鍠〉、〈送陳章甫〉、〈送劉十〉等名篇，謝逸這首七古詩和另一首〈寄隱居士〉繼承和發揚了李頎人物素描詩的傳統，堪稱佳作。

垂虹亭

米芾

【題　解】詩寫垂虹亭上所見江南秋色，抒發懷念故鄉摯愛江南風土的情懷。詩題一作〈吳江垂虹亭作〉。垂虹亭在太湖之濱的吳江縣（今屬江蘇）松陵鎮垂虹橋上，始建於宋仁宗慶曆八年（西元一〇四八年）。橋因「環如半月，長若垂虹」而得名。

【作　者】米芾（西元一〇五一－一一〇七年），字元章，號鹿門居士、襄陽漫士、海嶽外史，世稱米南宮。世居太原（今屬山西），徙居襄陽（今屬湖北），後定居丹徒（今江蘇鎮江市）。歷知雍丘縣、漣水軍。以太常博士出知無為軍，召為書畫學博士，擢禮部員外郎出知淮陽軍，卒於任所，葬於丹徒五洲山。他是著名畫家、書法家。繪畫擅長水墨山水，開創了被稱為「米家山水」的新畫法。書法享名尤勝，是宋代四大書家之一，兼擅詩詞。有《寶晉英光集》、《書史》等。

斷雲一葉洞庭❶帆，玉破❷鱸魚❸金破柑。好作新詩寄桑苧❹，垂虹秋色滿東南。

【注　釋】❶洞庭　指太湖中的東西洞庭山。❷破　切開。❸鱸魚　又名銀鱸、玉花鱸，吳江特產的魚，肉質鮮美。❹桑苧　桑樹與苧麻，民間養蠶與紡織所必需，此處用以代指廣植桑苧的家鄉。另一說，指唐代陸羽，字鴻漸，自稱桑苧翁，竟陵人，晚年隱於湖州，精於茶道，著有《茶經》。這裡借指志趣相投的人。

【語　譯】浩渺的太湖上，飄揚著一葉斷雲般的船帆。湖中肥美鱸魚肉白亮好像美玉，那東西洞庭山的樹橘宛如金子黃燦燦。我多想寫一首新詩寄往遍植桑苧的家鄉，告訴親人：這垂虹亭的美麗秋色啊，彌漫了中國的東南。

【研　析】詩題為〈垂虹亭〉，米芾即以垂虹亭作為全篇的聚光點，收攝最具典型特徵的景物意象，精心錘煉字句，拓展時空境界，把太湖秋色寫得格外富饒、明麗、壯闊。前二句連用三個比喻，分別描狀浩渺太湖上一葉白帆如斷雲飄動，切好的鱸魚膾潔白如美玉，剖開的柑橘黃金般璀璨耀眼。句中「一葉」表現船帆飄浮的動感，又以其小反襯出太湖的廣大；兩個「破」字分別與「玉」、「金」搭配，形成「句中對」，使色彩對比更鮮明，音節更流暢明快。第三句用「桑苧」代指家鄉，具體生動，使廣植桑苧的家鄉與盛產鱸魚柑橘的太湖相互映襯。結句以「垂虹秋色」點題、收束，令人自然想像「環如半月，長若垂虹」之形與豐富多彩的秋色。一個「滿」字，表現秋色的彌漫、廣布，詩人摯愛太湖秋色與思念家鄉之情融為一體，全篇詩情畫意濃郁，境界闊大，堪稱江南秋色的絕唱。

病後登快哉亭

賀鑄

【題解】詩題下原注云：「乙丑八月彭城賦。」按乙丑為元豐八年（西元一〇八五年）。這一年賀鑄在徐州任寶豐監錢官，六、七月間患病，八月病癒，登快哉亭作此詩，寫遠望所見景色，抒思念故園之情。快哉亭，在彭城（今江蘇徐州）東南角城隅上，本為唐薛能陽春亭故址，宋李邦直改建，蘇軾知徐州時題名「快哉」。

【作者】賀鑄（西元一〇五二—一一二五年），字方回，衛州（今河南衛輝）人。自稱遠祖本居山陰（今浙江紹興），是唐代詩人賀知章的後裔，故自稱「慶湖（鏡湖）遺老」。據說他「貌奇醜」，色青黑而有英氣，俗謂之「賀鬼頭」（陸游《老學庵筆記》卷八）。初任武職，後改文官，通判泗州，遷太平州。大觀三年（西元一一〇九年）致仕，卜居蘇、常，卒於常州僧舍。他是著名詞人，張耒序其詞集，稱其詞「盛麗」，或「妖冶」、「幽潔」、「悲壯」，不拘一格。因其〈青玉案〉詞有「試問閑愁都幾許？一川煙草，滿城風絮，梅子黃時雨」的佳句，而獲得「賀梅子」的稱號。兼擅詩，詩風也多樣。有《東山詞》、《慶湖遺老集》。

經雨清蟬得意鳴，征塵見處見歸程。病來把酒不知厭，夢後倚樓無限情。鴉帶斜陽❶投古剎❷，草將野色入荒城❸。故園又負黃昏約，但覺秋風髮上生❹。

【注　釋】❶鴉帶斜陽　化用唐王昌齡〈長信秋〉詞「玉顏不及寒鴉色，猶帶昭陽日影來」和溫庭筠〈春日野行〉「鴉背夕陽多」。❷古剎　古寺。❸草將野色入荒城　化用唐白居易〈賦得古原草送別〉「遠芳侵古道，晴翠接荒城」。❹但覺秋風髮上生　寫秋風中的淒涼之感，又暗示頭上已生白髮。古人把秋風稱為霜風，白髮稱為霜髮。

【語　譯】雨過天晴，秋高氣爽，林中的蟬兒歡快地鳴叫。行人漸少，塵土不揚，那通向故鄉的道路顯得分外清晰。病來與酒杯愈加親近，不知滿足地飲酒；夢後登樓倚欄遠望，無限鄉情積鬱心頭。時近黃昏，烏鴉背著夕陽投宿古廟，衰草帶著野色入了荒城。我與故園曾相約黃昏，而今我又負約不能歸去，只感覺到白色的蕭瑟秋風從兩鬢上生出。

【研　析】懷親思鄉是古人詩中常見的題材，此詩能於此常見題材中寄寓自己仕途蹭蹬、懷才不遇的身世之感，這就顯得思致深邃、意蘊豐厚。近人陳衍評曰：「眼前語，說來皆見心思。」（《宋詩精華錄》卷二）全篇所寫確是眼前所見所感情景，但賀鑄善於以一枝靈動之筆將寫景與抒情巧妙穿插與相互映襯。使四聯詩跌宕迴旋，毫不板滯。首聯以蟬聲發興，既點明時令，又以蟬「得意鳴」反襯自己的失意愁。而其思鄉愁情，從遠望「征塵見處」得「見歸程」帶出。「征塵」、「歸程」又為尾聯伏筆。頷聯抒情，情中見景；頸聯寫景，景中含情，對仗俱極工整、自然。頷聯寫其行為動作、神情意態，淋漓酣暢，消沉中顯放逸，豪放中見深婉。頸聯將「鴉」、「斜陽」、「古剎」、「草」、「野色」、「荒城」六個景物意象組合、連綴，「帶」、「投」、「將」、「入」四個動詞，化靜景為動景，化無情為有情，點化前人詩句又能出新。尾聯上句不直說仕宦他鄉難歸故園，而將家園看作故人並言有約而一負再負，語癡情真。下句竟然說秋風是從其髮上生，道人所未道所不敢道，含蓄並富於詩意地寫出自我在秋風中的淒涼之感，暗示其頭上已生白髮，更是句奇意深，神來之筆。

示三子

陳師道

【題解】陳師道家境貧寒，連妻子都無力撫養。元豐七年（西元一〇八四年），他岳父郭概為西川提刑，就把女兒和外孫帶去。他寫了〈送內〉、〈別三子〉等詩，抒發遠別的悲痛。元祐二年（西元一〇八七年），因蘇軾推薦，他出任徐州教授，才得把妻子接回。這首詩抒寫同兒女久別重聚的悲喜交集心情。三子，指陳師道的一女二子。

【作者】陳師道（西元一〇五三－一一〇二年），字履常，一字無己，號後山居士，徐州彭城（今江蘇徐州）人。早年師從曾鞏，後蘇軾等推薦他任徐州州學教授。紹聖元年（西元一〇九四年）被看作蘇軾餘黨而罷歸。元符三年（西元一一〇〇年）召為秘書省正字，不久病卒。他一生不得志，但很有骨氣，尊師重道，不依附權貴。他是蘇門六君子之一，又是江西詩派的重要詩人，與黃庭堅並稱「黃、陳」，又與黃庭堅、陳與義被後人並稱為江西詩派的「三宗」。詩學黃庭堅，後又進一步學杜甫。工於鍛鍊，是宋代著名的苦吟詩人。其詩思路深刻精細，字句凝練緊湊，感情深厚樸摯。有《後山集》。

去遠即相忘，歸近不可忍。兒女已在眼，眉目略不省❶。喜極不得語，淚盡方一哂❷。了知❸不是夢，忽忽❹心未穩❺。

【注　釋】❶略不省　一點也認不出來了。略，全；都。省，認識。❷哂　笑。❸了知　明知；全知。❹忽忽　心神不定的樣子。❺心未穩　心中不踏實。

【語　譯】你們走遠了，我倒也不再惦念；及至歸期臨近，反而無法忍耐。兒女們已站在眼前，但你們的容貌我一點兒也認不出來了。歡喜到了極點，卻不知說什麼好。淚流盡了，才笑一笑。明知這不是在夢中，可我的心仍忽悠搖擺著，總也不安穩。

【研　析】此詩層次清晰地寫離別久遠，逐漸淡忘；歸期臨近，反而難忍；兒女在眼前，容貌難認；喜極而泣，淚盡復笑；最後寫明知非夢，仍心神不定。陳師道運用白描手法，以樸拙無華的語言，將自己與兒女久別重逢的神態、心情刻畫得活靈活現，惟妙惟肖，波瀾起伏，深細入微，感人至深，又耐人尋味。清代潘德輿《養一齋詩話》評：「沛然至性中流出，而筆力沉摯又足以副之，雖使老杜復生不能過。」今人程千帆《古詩今選》讚：「至情無文，卻感人肺腑。」筆者深有同感。

登快哉亭

陳師道

【題解】此詩是元符元年（西元一〇九八年）陳師道因黨禍罷職後困居徐州時作。快哉亭，舊址在今江蘇徐州。亭為北宋李邦直改建，蘇軾名之曰「快哉」。

城與清江曲❶，泉流亂石間❷。夕陽初隱地，暮靄❸已依山。度鳥❹欲何向？奔雲亦自閑。登臨興不盡，稚子故須還。

【注釋】❶城與清江曲　似出自杜甫〈江村〉「清江一曲抱村流」。❷泉流亂石間　似出自王維〈山居秋暝〉「清泉石上流」。❸暮靄　傍晚時山林間的霧氣。❹度鳥　指飛鳥。南朝陳代陰鏗〈渡青草湖〉詩有「度鳥息危檣」句，唐代李白〈代別情人〉詩亦有「天涯有度鳥」。

【語譯】城牆隨著一道清澈的江水曲曲彎彎，泉水潺潺奔流在亂石之間。夕陽剛剛隱沒於地平線下，暮靄像輕紗繚繞在遠山。飛鳥呵，你急急忙忙要向何處去？飄動的雲彩也悠閒地舒卷。我登高的興致絲毫未減，但幼小孩子在家，不能太久流連。

【研　析】這首詩寫登山亭所見所感，表現陳師道恬淡悠閒的心境。前六句分三層寫景，首聯寫水，次聯寫山，三聯寫天。由低到高，層次分明，寫法別致。首聯巧妙地將靜態的「城」與「石」同動態的「江」與「泉」結合，不但畫出了蜿蜒曲折的清江與飛流濺沫的泉水之動態，而且使城牆與亂石也似乎有了動感。次聯寫山，上句寫夕陽隱沒於山腳，下句寫暮靄在山間升起，一落一起，表現出時間的推移，又使兩句詩形成了一氣貫注的流水對仗。「隱」、「依」二字用擬人手法，賦予夕陽與暮靄以人的性情，也就增添了詩的意趣。三聯寫天上的飛鳥與奔雲，上句對飛鳥發出深情的一問，下句羨慕奔雲的悠閒自得，藉以表現自我恬淡平靜、嚮往自由的心情。更深的意蘊，則是以飛鳥象徵人生的短促，用奔雲隱喻無心於爭逐。詩人在寫景中融入了濃情、深意與妙理。杜甫〈江亭〉詩有「水流心不競，雲在意俱遲」一聯，被詩評家譽為物與情融、神與景會、極富理趣的警句。陳師道這一聯很可能受杜詩的啟迪，但理趣似無似有，誘人尋味。尾聯翻出一層新意，以遊興不盡反襯黃昏山水景色之美，又兼寫愛子之情。元人方回評此詩：「『度鳥』、『奔雲』之句，有無窮之味。全篇勁健清瘦，尾句尤幽邃，此其所以逼老杜也。」(《瀛奎律髓彙評》卷一)

絕句四首（選一）

陳師道

【題　解】哲宗元符二年（西元一〇九九年），陳師道困居徐州，沒有官職，生活清貧，以讀書作詩自遣，寫了這組絕句。

書當快意讀易盡，客有可人❶期不來。世事相違每如此，好懷百歲幾回開❷？

【注　釋】❶可人　可心合意的人，指知己朋友。❷好懷百歲幾回開　宋末元初人蔡正孫編撰的《詩林廣記・後集》卷六引謝枋得云：「其化事甚巧。蓋用《莊子・盜跖》之言曰：『人上壽百歲，中壽八十，下壽六十。除病疾死喪憂患，其中開口笑者，一月之中不過四五日而已矣。』不用其語，而用其意，謂之化。」參看杜甫〈秋盡〉詩：「懷抱何時獨好開。」杜牧〈九日齊山登高〉詩：「塵世難逢開口笑。」

【語　譯】讀好書心情暢快，可惜很容易讀完了；期望知心朋友來作客，總也盼不來。世事多與願望相違背，人生百年，開懷歡笑能有幾回？

【研　析】宋詩以意勝。很多詩人能冷靜地體察客觀事物，也喜歡並擅長在感受生活的基礎上作理性的思考與總結，故而詩意新深，富於理趣。陳師道此詩即是一例。詩人困居徐州，生計艱難，仍發憤讀書，刻苦寫詩，希望在文學創作上有大的成就。他非常盼望能同知心朋友交流讀書心得，討論作詩甘苦。然而他的恩師蘇軾和師兄黃庭堅、秦觀、張耒等人都被貶謫遠方，他思念師友心切。這首詩前兩句就表達了他讀書的親身體驗和對知心朋友的深切盼望，說出了人們心中所有而筆下所無的意思，說得直接、簡明、有感情、有味道，使人讀了引起同感，產生共鳴。這兩句都是前四字寫快意，後三字寫失意，實字與虛字巧妙配合，轉折起伏，對仗工整自然。范寧、華岩評析這兩句說：「值得留戀的東西逝去的太快了，而終日盼望期待的卻老是不能得到滿足。」《宋遼金詩選注》，北京出版社，一九八八年版，第一九五—一九六頁）對這聯詩的意蘊作了中肯的概括。三、四句慨歎世事與願望每每相違，人生中開心的日子並不多，把前兩句對讀書、思友的感受提升到更有普遍性的人生哲理高度，詩人的感情也由惆悵、失望轉向曠達和自我安慰。這兩句暗用了《莊子．盜跖》典故、杜甫與杜牧詩句，用得巧妙，可謂之化用。總之，全篇從抒寫讀書體驗、盼友心情進而慨歎世事相違，人生開心日子不多，都出自詩人的親身感受，議論帶情韻以行，所以顯得樸摯親切，有理趣。詩人又寫了一首〈寄黃充〉云：「俗子推不去，可人費招呼。世事每如此，我生亦何娛！」藝術表現上不及此首，但哲理意味相似，看來詩人是頗為得意的。《詩林廣記》就引吳曾《能改齋漫錄》說：「蓋無已得意，故兩見之。」當然，也應當指出：此詩畢竟是以賦筆直寫，缺少生動具體的意象，如同蘇軾〈飲湖上初晴後雨〉、〈題西林壁〉和朱熹〈水口行舟二首〉、〈觀書有感二首〉等在寫景中融入詩情與理趣的詩相比，藝術感染力是顯得遜色一些的。

春懷示鄰里

陳師道

【題　解】元符三年（西元一一〇〇年）春天，陳師道家居徐州，生活清貧，仍以讀書作詩自遣。這首抒寫春日情懷的七律，是他為示鄰居而作的。

斷牆著雨蝸成字❶，老屋無僧燕作家。剩欲❷出門追語笑，卻嫌歸鬢逐塵沙。風翻蛛網開三面❸，雷動蜂窠趁兩衙❹。屢失南鄰春事約，只今容有❺未開花。

【注　釋】❶蝸成字　蝸牛爬過之處，留下粘液痕跡屈曲有如篆字，稱為蝸篆。❷剩欲　頗欲；很想。❸網開三面　語出《史記．殷本紀》，商湯「見野張網四面」，「乃去其三面」。這裡借用其字面，說蜘蛛結網，被風吹破。❹雷動蜂窠趁兩衙　這裡是說蜂群聚集在蜂窠中響聲如雷。一說蜂群為春雷驚起，開始活動。趁，趕；逐。兩衙，群蜂簇擁蜂王，如朝拜屏衛，稱為蜂衙，蜂衙有早晚兩次，故云。宋人陸佃《埤雅．釋蟲》：「蜂有兩衙應朝。」❺容有　或有；也許有。

【語　譯】在雨水淋濕的斷牆上，蝸牛爬行留下了歪斜的文字，我居住的百年老屋沒有遊方和尚，成了燕子的家。很想出門去尋找一點快樂，又怕歸來時兩鬢沾滿塵沙。蛛網被風吹破了，蜂窠仍早晚兩次發出雷鳴般的喧嘩。屢次失約沒與鄰居同去賞春，也許如今郊野上還有未開的花？

【研　析】身居老屋，過著清貧生活的陳師道，並不像一般人那樣，以歡欣鼓舞的心情去描繪山水花鳥，讚美大好春光。他只是用素淡的文字和自嘲的語調，說自己居處破敗潮濕，景物環境冷清蕭瑟。他曾想走出門去，追隨說笑的遊人賞春，又怕塵沙沾染頭髮懶得出門。詩的前二聯對自然景物和詩人內心活動的描寫，活現出一個貧居孤僻、行動遲鈍的寒士形象。「老屋無僧」一語，詩人把自己比作行腳僧，正是自我揶揄的戲筆。然而詩人卻不厭其煩地描寫了蝸成字、燕作家、風翻蛛網、雷動蜂窠這些不為常人注意的小動物。在乍暖還寒的早春中，牠們是那麼生動有趣，顯示出生命的活力。這表明了詩人觀察之細和狀物之巧。元代方回評此詩：「淡中藏美麗，虛處著工夫，力能排天斡地。」前二句評得精妙，後一句誇張過譽。清代紀昀就說「排天斡地」、「推許太過」，但也讚賞此詩「兩聯寫景而不為復。刻意鑱刻，脫盡甜熟之氣」（《瀛奎律髓彙評》卷一〇）。切中肯綮。這首七律足以體現出陳師道詩的這些藝術特色。

宿合清口

陳師道

【題　解】元符三年（西元一一〇〇年）七月，陳師道被任命為棣州（今山東惠民）教授。此詩為赴任途中作。合清口，在今山東梁山縣附近。詩中抒寫奔波仕途的艱辛淒苦，喟歎他外出求職只是為了個人生計，並非為天下百姓。

風葉初疑雨，晴窗誤作明。穿林出去鳥，舉棹❶有來聲。深渚❷魚猶得❸，寒沙雁自驚。臥家還就道，自計豈蒼生❹？

【注　釋】❶棹　划船的用具。❷深渚　這裡指深水。❸得　得意；自得。❹蒼生　天下百姓。《晉書·謝安傳》載，謝安隱居東山，人言：「安石不肯出，將如蒼生何？」

【語　譯】夜宿客舍，被風吹樹葉的聲音驚醒，起初我懷疑是下雨；見到窗紙明亮，我誤以為已是早晨。為什麼有鳥兒穿過樹林飛出去呢？原來是有船兒划來，水上響起棹聲。我想深水中隱伏的魚兒，一定是悠然得意的；而寒沙上的大雁，卻自己心驚飛起。我本來在家裡安臥，卻還是道路奔波，只為自家生計打算，豈是為了天下百姓？

【研　析】陳師道的五七言律詩在學杜甫上用了很大功夫。由於缺乏杜甫憂國憂民的博大胸懷，缺少杜甫同百姓一道經受戰亂災難的生活經歷，其才力、氣魄也不及杜甫，因此，他的律詩學不到杜律的雄渾壯闊與沉鬱頓挫，但在注重表達真切感受、細膩觀察以及字句凝煉緊湊等方面，卻得了杜律的神韻，並形成了感情真摯，狀物精細，風格瘦硬勁峭的特色。這首五律是典型一例。首聯寫「初疑雨」與「誤作明」，即用工整對仗，從聽與看兩方面的錯覺，表現客居夜宿中宵夢醒的真切感受與獨到體驗。頷聯上下句分寫林中飛鳥與水上行船，卻反過來，先寫「見」後寫「聞」，句法是上問下答，上果下因，正如元人方回所說：「所以去鳥穿林而出者，以舉棹者有來聲也。」（《瀛奎律髓》卷一五）頸聯寫想像中的景物。以深水中悠然自得的魚兒反襯寒沙上驚惶飛起的大雁，隱喻自己的境況。尾聯，宋人任淵注云：「言其出處皆以貧故，自為計爾，非為蒼生。」詩人真率、坦誠，不故作高論，贏得了詩評家的讚賞。紀昀說：「後山詩多真語，如此尾句，虛憍者必不肯道。」許印芳也說：「結意沉著，不但真摯。」（同上引）方回還評讚寫於此次赴任途中的〈宿齊河〉是「句句有眼，字字無瑕」，其實那首五律就在不經意間重複使用了兩個「初」字兩個「寒」字，這一首也重複了「自」字。可見，與杜甫晚年五律〈旅夜書懷〉、〈登岳陽城〉等名篇相比，陳師道這些晚年的五律在藝術上仍然有差距。不過，多首詩都是連用三聯對仗，卻與杜詩相同。

題穀熟驛舍二首（選一）

晁補之

【題解】紹聖初年（西元一〇九四年）晁補之被貶為應天府通判，這二首詩當在應天府任職時作。穀熟，縣名，今河南商丘虞城縣西南部。驛舍，驛站，供往來官員歇息的處所。穀熟縣當時屬應天府（治所在今河南商丘）所轄。

【作者】晁補之（西元一〇五三—一一一〇年），字無咎，號歸來子，濟州鉅野（今山東鉅野）人。元豐二年（西元一〇七九年）進士。元祐中任秘書省正字，校書郎、著作郎，出知齊州。紹聖初坐元祐黨籍，屢遭貶謫。徽宗即位，召為吏部員外郎，出知河中府、徙知湖州。崇寧二年（西元一一〇三年）罷免，退居故里，築歸去來園，嘯傲其中，因以為號。他是蘇門四學士之一，兼擅詩、文、詞、畫。詩文凌厲奇卓，骨力遒勁，才華橫溢。有《雞肋集》、《晁氏琴趣外篇》。

驛後新籬接短牆，枯荷衰柳小池塘。倦遊對此忘行路，徙倚❶軒❷窗看夕陽。

【注　釋】❶徙倚　站立。❷軒　有窗的廊或小屋子。

【語　譯】驛舍後新築的籬笆，連接著低矮的圍牆，小池塘裡荷花枯萎，岸邊衰黃的柳樹搖漾。疲倦的宦遊人面對此景忘記了趕路，徘徊在窗邊，呆呆地凝望著冉冉西沉的夕陽。

【研　析】晁補之是詩人兼畫家、畫論家。他在這首詩中運用「借窗觀景」的手法，把驛舍周圍的鄉村黃昏景色——夕陽斜照下的新籬短牆、枯荷衰柳、小小池塘——富於空間層次地組織入畫框般的窗櫺之中。詩的結尾才點出「軒窗」和「夕陽」。詩人立在窗口凝望夕陽的形象，極生動地畫出他疲倦、暗淡的神情心態，含蓄地表現他對無辜被貶的牢騷不平和對仕宦生涯的厭倦淡漠。這種不動聲色的寫景抒情，尤耐人尋味。

初見嵩山

張　耒

【題　解】元豐二年（西元一〇七九年），張耒自淮陽赴壽安（今河南宜陽）任縣尉，途經嵩山作此詩，抒寫他於傍晚雨過天晴突見山峰出雲時的欣喜、新奇感受。嵩山，五嶽中的中嶽，在河南登封市北。

【作　者】張耒（西元一〇五四—一一一四年），字文潛，號柯山，人稱宛丘先生，楚州淮陰（今屬江蘇）人。熙寧六年（西元一〇七三年）進士，授臨淮主簿、轉壽安縣尉。元祐元年（西元一〇八六年）授秘書省正字，居三館八年，擢起居舍人。紹聖初，以直龍圖閣知潤州，坐元祐黨籍謫徙宣州，復貶監黃州酒稅。徽宗即位，起用，又因在潁州為蘇軾舉哀行服，被言官彈劾，貶房州別駕，黃州安置。崇寧五年（西元一一〇六年）放回，寓居陳州宛丘（今河南淮陽）。他是蘇門四學士之一。其詩氣韻雄拔，自然奇逸，晚年趨於平淡，效白居易體。樂府則學張籍。有《張右史文集》，又名《柯山集》。

年來鞍馬困塵埃，賴有青山豁❶我懷。日暮北風吹雨去，數峰清瘦出雲來。

【注釋】❶豁　開豁；拓展。

【語譯】一年來在宦遊中鞍馬困頓、奔走風塵，全賴有青山使我失意的情懷得到短暫的開豁。此時正是日暮，北風吹散了雨，忽見幾座山峰，在雲霧中露出了清瘦的面容。

【研　析】這首七絕在藝術構思上採取層層鋪墊、渲染，直到結句才以點睛之筆使境界全出的方法。首句寫自己長年乘馬奔波，困於世俗塵埃，是反襯。次句寫幸有青山作伴，使他心胸偶能開豁，解脫宦遊的疲憊苦惱，是正襯。三句緊承次句，寫傍晚時北風吹散了雲雨，彷彿有意為詩人一洗煩惱，是過渡。結句高潮陡起，寫幾座山峰，從雲霧繚繞中探出了頭，雖有幾分清瘦，但神采奕奕，生氣勃勃，頓使詩人精神為之一振，不勝欣喜。詩人用「清瘦」二字形容嵩山，將山擬人化，造語新奇，道前人所未道，既表現雨後青山特有的意象與意境之美；藉移情於物，顯示自我清峻超塵的精神氣質，更體現了宋人以清瘦為美的趣尚。後來南宋詞人姜夔的名句「數峰清苦，商略黃昏雨」（〈點絳唇〉）即從此詩的「數峰清瘦」化出，但情調蕭瑟淒清，不同於此詩的清奇開朗。

懷金陵三首（選一）

張耒

【題解】張耒於哲宗紹聖（西元一〇九四－一〇九八年）時曾知潤州（今江蘇鎮江市），此詩可能是官潤州前後，往遊金陵之作。金陵，北宋為江寧府（今江蘇南京），為歷史名城，六朝故都，遊覽勝地。南齊詩人謝朓詩云：「江南佳麗地，金陵帝王州。」

曾作金陵爛漫遊❶，北歸塵土變衣裘❷。芰❸荷聲裏孤舟雨，臥入江南第一州❹。

【注釋】❶爛漫遊　猶漫遊，無拘無束的遊歷。❷北歸塵土變衣裘　陸機〈為顧彥先贈婦〉詩：「京洛多風塵，素（白）衣化為緇（黑）。」這句化用陸詩之意。北歸，指北歸汴京（今河南開封）。❸芰　菱。兩角者為菱，四角者為芰。❹江南第一州　指金陵。

【語　譯】我曾在金陵無拘無束自由自在地漫遊。可是北歸京都，潔白的皮裘衣卻被撲面的風塵染成了黑色。這使我更加懷念昔日愉快的金陵之遊：一葉扁舟，在湖裡蕩漾；我高臥舟中，傾聽著雨打芰荷的美妙音樂，進入了風光旖旎的江南第一州。

【研　析】這首七絕抒寫張耒北歸京師後對金陵舊遊懷念，暗寄宦途失意的感慨。寫此詩時，作者的老師蘇軾仍被貶逐於海南荒島。與張耒同為蘇門四學士的黃庭堅，被貶涪州別駕，黔州安置；秦觀被貶監處州酒稅，削秩徙郴州，繼而編管橫州；晁補之則被貶亳州通判、復貶監處州、信州酒稅。作者深切懷念他們，但遠隔南北，音信難通。他在京師感到失意孤獨、悲愴，也就愈發回憶昔日之遊的美好情景，藉以排遣今日之苦悶。程千帆先生指出：「此詩以結構論，首句平起，次句逆接，後半實寫爛漫游程，又與前句綰合，這樣便突出了題中懷字。」（《宋詩精選》，江蘇古籍，一九九二年版，第一五一頁）說得簡明、扼要，十分精闢。筆者細加分析，首句平起，只是點出昔日曾有「金陵」之遊，以「爛漫」形容「遊」，頗見詩心。「爛漫」，亦作「爛熳」、「爛縵」，乃疊韻連綿詞，有多種意蘊，其中正面含義尤多，諸如形容光彩四射、色澤絢麗、雜亂繁多、草木茂盛、精彩傑出、情感坦率，還有陵替、浩蕩、放浪、豪放、散亂、蔓延等，負面的含義僅有淫蕩、淫佚。因此，「爛漫遊」三字，造語新鮮奇警，包蘊著許多對舊遊的美好回憶，在讀者心中引發出豐富的美妙聯想。後來，辛棄疾〈武陵春〉詞：「喚起笙歌爛漫遊，且莫管閑愁」，即從此句化出。次句頓筆，逆接，宕開，撫今。詩人北歸汴京後，深感北方環境不佳，空氣汙濁，僅寫出衣裘由白變黑這一個細節，便表現出他對京師的厭煩，這就使他不由得時常回憶起曾經作過爛漫遊的江南來，那裡有杏花春雨，纖塵不染；那裡有「江花紅勝火」，「春水綠如藍」。美與醜的強烈對比映襯，使題中一個「懷」字，便躍然而出。後二句，詩人捕捉住一個最令他神怡心爽的場景：江南春日，風柔雨細，詩人高臥舟中，看湖光山色，空翠迷濛，撲入眉睫；雨打芰荷，聲音清脆，使詩人怡然陶醉。第三句，七個字，密集地組合了芰、荷、聲、孤舟、雨五個意象，是詩人精心錘煉的警句，既濃縮又自然。畫面上有人有景，繪聲繪色繪形，甚至令人聞到了芰荷葉飄散出的香味兒。這真是作者曾用優美的散文描繪並讚歎過的「風物天秀，如行錦繡圖畫中」（胡仔《苕溪漁隱叢話・前集》卷三四引）啊！結句緊承第三句，「臥入」補足詩意，「江南第一州」與首句「金陵」呼應、綰合，化濃縮句為行雲流水般的散句，在一收一放中，漫溢著詩人舒爽、神往、陶醉、喜悅、自得的情感。南唐後主李煜〈望江南〉詞云：「閑夢遠，南國正清秋：千里江山寒色暮，蘆在深處泊孤舟。笛在月明樓。」寫南國清秋，「千里」句大處落墨，「蘆花」句寫清幽超塵的湖上美景。張耒的「芰荷聲裏孤舟雨」很可能對李煜此詞有所借鑑，但更加凝煉、豐富。《呂氏童蒙訓》評張耒詩「自然奇逸」。這首絕句，確實清新優美，自然奇逸。

夜坐

張　耒

【題解】張耒晚年因在潁州為蘇軾舉哀行服，被言官彈劾為「徇私而致哀，跡涉背公」，貶房州別駕，黃州安置。崇寧五年（西元一一〇六年）放回，寓居陳州宛丘（今河南淮陽）時作此詩。

夜坐，夜深人靜之時，詩人難以成眠，獨坐秋月下庭院中。

庭戶無人秋月明，夜霜欲落氣先清。梧桐真不甘衰謝，數葉迎風尚有聲❶。

【注釋】❶梧桐真不甘衰謝二句　似從唐代孟郊〈秋懷〉詩「梧桐枯崢嶸，聲響如哀蟬」二句化出。

【語譯】夜深人靜，我難以成眠，獨坐在庭院裡，這空落落的院子，將月色襯托得孤冷寒冽。秋夜寒霜要降落之時，空氣顯得更加清寒。只有院中的那株梧桐樹，真不甘心生命的衰謝，當霜風淒緊之時，它的幾片葉子迎風抖動，發出錚錚的響聲。

【研析】張耒因坐元祐黨籍與公開哀悼蘇軾，被三貶黃州，生活艱困，卻不甘貧賤，表現出剛強堅毅的性格。這首寫景抒情的小詩，就運用託物詠志的手法，表現出積極抗爭的人生態度。詩的首句緊扣詩題〈夜坐〉二字，交代環境，用「庭戶無人」襯托月色的寒冽與秋夜的蕭瑟，起得平穩。次句，自然承接首句，寫夜霜欲降，空氣先清，更顯出月之明。詩人並無一筆寫其深夜不眠，獨坐月下，但從這兩句的寫景中已可見出景中有人，一個孤寂傲岸，默然無語的詩人自我形象已呼之欲出。第三句陡然轉折，突出了真「不甘衰謝」的一株梧桐樹的形象，它的挺拔軀幹，它的枯葉勁枝，都吸引著夜坐的詩人的目光，並觸發他對自己人生和命運的思考。因此，當它幾片桐葉迎著西風抖動並發出錚錚的響聲時，他忽然感悟：這棵不甘凋零迎風發聲的梧桐，就是自己倔強性格與積極抗爭精神的化身。於是詩人與梧桐，合二為一。結句把全詩推向高潮，給人以奮發的力量，和無盡的想像與思索的空間。讀了這首詩，筆者自然地聯想到已故現代詩人曾卓膾炙人口的名作〈懸崖邊的樹〉，此詩也是以樹喻人，託物言志。全詩三節，每節四行，最後一節是：「它的彎曲的身體／留下了風的形狀／它似乎即將傾跌進深谷裡／卻又像是要展翅飛翔……」古今詩人，靈犀相通！

早發

宗澤

【題解】這首詩描寫宗澤率領部隊行軍的情景，全詩瀰漫著肅靜的氛圍。早發，清晨帶領部隊出發。

【作者】宗澤（西元一〇五九－一一二八年），字汝霖，義烏（今屬浙江）人。宋朝著名抗金將領，任用岳飛屢敗金兵。後多次上書奏勸高宗歸還汴京，出師北伐，但為投降派阻撓，憂憤成疾，臨死時還三呼打過黃河去。其詩樸素平實。諡忠簡，有《宗忠簡公集》。

繖幄❶垂垂❷馬踏沙，水長山遠路多花。眼中形勢胸中策，緩步徐行靜不嘩。

【注釋】❶繖幄　將軍的儀仗。繖，同「傘」，指傘蓋。幄，帷幕。❷垂垂　張開的傘有序地移動。

【語譯】傘幄張開著向前移動，戰馬踏過泥沙；水長山遠，路邊開著許多野花。眼觀山川形勢，對戰鬥部署我已胸有成竹，讓戰士們緩緩邁步，堅定沉穩地前進，隊伍靜悄悄而沒一點喧嘩。

【研　析】前兩句都側重用視覺畫面表現出「靜」的聽覺印象。首句「纖幄垂垂」，寫張開的傘。疊字詞「垂垂」是無聲的動態，這二個字讀來就使人產生低音、緩慢的感覺。「馬踏沙」是視覺意象，同時也使人如聞整齊的沙沙聲，襯托出隊伍的嚴整肅靜。次句寫行軍途中所見自然景色。「水長」、「山遠」、「路多花」三個意象疊加，顯出大自然在清晨時分的靜謐，與行軍的肅靜氣氛相映襯，又表明此次是長途跋涉，把艱苦征途寫得美妙、有韻味。更妙的是，此句借景寫人，讀者如見宗澤在征途中觀賞山野景色，一派優雅從容的儒將風度，流露出他對祖國錦繡河山的熱愛和樂觀豪邁的情懷。第三句正面寫他在馬上分析戰爭形勢，思考破敵策略。一位胸有成竹、從容鎮定的老將形象躍然紙上。這一句運用重言錯綜句法，當句對仗，音節流貫而下，從聲情兩個方面都著意表現一種從容不迫指揮若定的風度。結句寫他讓部隊放慢速度，穩步前進，展示名將指揮下正義之師的昂揚鬥志與嚴明紀律，也烘托戰爭之前的肅穆氛圍。作者到此才畫龍點睛，點出一個「靜」字，構思巧妙。此詩語言樸素生動，簡練有力。試將此詩與岳飛〈池州翠微亭〉對照來讀，此詩寫將軍率領清晨出征，全篇著意烘托肅靜之境；岳詩寫他於戎馬倥傯中乘暇尋芳賞景，又匆匆乘馬踏月回營。但二詩都寫出詩人作為抗金大將的風采氣度，真是難得可貴。

題明王打毬圖

晁說之

【題　解】這首詩借唐玄宗沉迷打毬一事，諷刺宋徽宗的荒淫無度。明王，即唐玄宗李隆基。打毬圖，描繪唐玄宗打毬的圖畫，作者不詳。

【作者】晁說之（西元一〇五九－一一二九年），字以道，濟州鉅野（今山東鉅野）人。元豐五年（西元一〇八二年）進士，曾任兗州（今屬山東）司法參軍等職。元符三年（西元一一〇〇年）應詔上書，指摘社會弊端，被列入「邪籍」，貶監嵩山岳廟。後復官任成州知州等。欽宗朝，召為著作郎，中書舍人，因主張抗金被免官。北宋亡後游離南方，建炎三年死於漂泊途中。他寫了大量傷時憫亂之作，開南宋愛國詩歌巨流之先聲。有《嵩山景迂生集》。

閶闔千門萬戶開❶，三郎❷沉醉打毬回。九齡❸已去韓休❹死，明日應無諫疏來。

【注釋】❶閶闔千門萬戶開　皇宮中的千門萬戶大大敞開。暗用唐代杜牧〈過華清宮絕句〉的「長安回望繡成堆，山頂千門次第開」句意。❷三郎　李隆基排行居三，在與伶人一起戲耍時，他常讓人稱他為「三郎」。❸九齡　張九齡，唐玄宗時賢相，以直言敢諫聞名。❹韓休　也是唐玄宗時宰相，為人耿直，玄宗有小過失，常問左右隨從：「韓休知道嗎？」不一會，果然韓休的諫書就送來了。玄宗左右的人說：「自從韓休當了宰相，陛下比過去瘦多了。」

【語譯】驪山頂上，華清宮殿的千門萬戶大開，等待著沉醉在打毬遊戲的「三郎」玄宗李隆基回來。玄宗高興地對隨從說：「張九齡已去，韓休已死了，明日應當沒有諫阻寡人打球的奏疏送來。」

【研　析】這首題畫詩即小見大，借古諷今，從唐玄宗沉醉打毬一事落墨，諷刺宋徽宗荒淫無度，沉醉聲色，熱衷蹋毬。全詩句句寫唐玄宗，其實句句也都是寫宋徽宗。詩的首句就暗用了晚唐詩人杜牧諷刺唐玄宗令驛使騎馬為楊貴妃送荔枝的〈過華清宮絕句〉句意，全詩章法、韻腳又有意仿杜詩，只為引人聯想，寄寓諷刺。次句寫「三郎沉醉打毬回」，其實是說徽宗沉醉打毬回來。三、四句妙用玄宗對隨從的說話或是內心獨白，揭示其不思悔改，卻厭畏賢臣直諫的心理，又影射徽宗朝中只有誤國奸臣，已無直諫忠臣。諷刺尤辛辣、含蓄，意味深長。

偶成

饒　節

【題　解】這首詩寫饒節所居之處的清幽環境，細緻刻畫了蝴蝶、蜜蜂的神態，表現作者清淨閒適的心境。偶成，偶然有所發現，信筆寫成。

【作　者】饒節（西元一〇六五－一一二九年），字德操，臨川（今江西撫州）人。性剛峻，有大志與才學。元符間為丞相曾布館客，因與曾布論新法不合，辭去。崇寧二年（西元一一〇三年）在鄧州（今河南鄧州）香宕寺祝髮出家，法名如璧。名其居室為倚松庵，自號倚松道人。他與呂本中是至交，被列入〈江西詩社宗派圖〉，與詩社中祖可、善權合稱「三僧」。工於絕句，風格蕭散閒遠。呂本中說他為僧後詩「高妙」（《東萊呂紫微詩話》），陸游更稱其詩「為近時僧中之冠」（《老學庵筆記》卷二）。有《倚松老人集》。

松下柴門閉綠苔，只有胡蝶雙飛來。蜜蜂兩股大如繭❶，應是前山花已開。

【注釋】❶大如繭　蜜蜂採集花粉很多，黏附在後腿上，使得兩腿粗大如繭。

【語譯】松陰之下，柴門閉鎖著一院綠苔，只有那蝴蝶成雙成對地飛來飛去。還有蜜蜂，牠兩腿上拖著大如繭的花粉團也飛來了，大概是前山的鮮花已遍野盛開。

【研析】此詩題為〈偶成〉，似是饒節無意為詩，因景興情，脫口成篇，其實細細品味，字字句句，都經過詩人精心構思，巧妙布置。首句以松下、柴門、綠苔三個意象疊加，寫出詩人所居倚松庵清幽僻寂的環境。次句描寫彩色斑斕的蝴蝶雙雙飛來，境界由靜變動，由幽轉麗，並增添了大自然的生機、意趣。「只有」二字，也表明並無人來。第三句，寫飛來的不只是蝴蝶，還有蜜蜂。這些蜜蜂的兩股上都沾著花粉團，大如蠶繭。詩人描寫蜜蜂，觀察細緻，比喻貼切，誇張巧妙。這是一個足以在宋詩史冊上閃光的新鮮美妙意象。如果說上句「胡蝶雙飛來」，是大筆寫意，那麼這句「兩股大如繭」寫蜜蜂就是工筆細描，推出了特寫鏡頭。蜜蜂飛來，發出嗡嗡之聲，境界由動拓展為有聲有色的喧鬧之境，並自然引出第四句：詩人從蜜蜂腿上「大如繭」的花粉團，推測到前山已是一個繁花爛漫的芳菲世界。前三句是實景，最後一句是虛景，即詩人想像之景；前三句寫倚松庵的庭院，最後一句寫前山乃至漫山遍野。四句詩，一句一景，移步換形，一句引出一句，組合成一個幽而麗，靜而動，有聲有色，充滿春意與生機的獨特境界，恰如世外桃源，烘托出詩的抒情主人公——這位自號「倚松道人」的詩僧如璧的形象。他過著遠離塵世、清淨閒逸的生活，他喜愛生機蓬勃的大自然，從其中領悟並享受著禪悅之趣。

張求

唐　庚

【題　解】這首五言古體吸取新樂府首句標其目的作法，以老兵張求姓名為題，塑造了這個窮困潦倒卻又富有豪俠精神的老兵形象，表現唐庚對不良世風與士節的批判。

【作　者】唐庚（西元一〇七一—一一二一年），字子西，眉州丹棱（今屬四川）人。紹聖（西元一〇九四—一〇九八年）進士。徽宗時為宗子博士，宰相張商英薦為提舉京畿常平。大觀四年（西元一一一〇年），商英罷相，坐貶，安置惠州。後遇赦，於歸蜀道中病卒。他與蘇軾是同鄉，又都貶之謫過惠州，加上擅長詩文，時人稱為「小東坡」。其詩刻意鍛煉，不失氣格，保持自然，近體律絕尤工致精鍊。有《唐子西集》、《唐子西文錄》。

張求一老兵，著帽如破斗。賣卜❶益昌❷市，性命寄杯酒。騎馬好事人，金錢投瓮牖❸。一語不假借❹，意自有臧否❺。雞肋❻巧安拳，未省怕嗔毆❼。坐此❽益寒酸，餓理❾將入口。未死且強項❿，那暇顧炙手⑪。士節⑫久凋喪，舐痔⑬甜不嘔。求豈知道者⑭？議論無所苟⑮。吾寧⑯從之遊，聊以激衰朽。

【注釋】①賣卜　舊時為人占卜賺錢度日。②益昌　古郡名，故治在今四川廣元。③瓮牖　以破甕口做窗戶，夏天通風透光，冬天堵死。這裡指窮苦人家。瓮，同「甕」。④假借　虛偽。⑤臧否　褒貶。⑥雞肋　形容張求瘦弱。語本《晉書．劉伶傳》：「嘗醉與俗人相忤，其人攘袂奮拳而往。伶徐曰：『雞肋不足以安尊拳。』其人笑而止。」⑦嗔毆　罵和打。⑧坐此　因此。⑨餓理　古代迷信，人臉上皺紋關聯到命運，延長到口邊的紋，稱餓紋。餓紋入口，就會餓死。《史記．絳侯周勃世家》：「許負指其（周亞夫）口曰：『有從理入口，此餓死法也。』」從理，直紋。⑩強項　性格剛強，不肯低首下人。⑪炙手　燙手。這裡比喻觸犯權勢。⑫士節　士大夫的節操。⑬舐痔　《莊子．列禦寇》說：「秦王生了痔瘡，下令說，凡是來舐痔的，可得五乘車子，居然有人來舐。」⑭知道者　懂得儒家大道理的人。⑮無所苟　不隨便。語本《論語．子路》：「君子於其言，無所苟而已矣。」⑯寧　寧可；願意。

【語譯】有個退伍老兵叫張求，頭戴一頂帽子似破斗。他在益昌市集上賣卜糊口，甘願把性命押給一杯酒。他騎著馬兒做了很多好事，常慷慨解囊把金錢送給貧窮人家。他性情爽直，對問卦人，有好說好有壞說壞，決不虛偽信口胡謅。他的胸脯瘦得像雞肋，卻能巧妙地經得起拳頭打擊。他從不懂得怕人嗔怪發怒，更不畏懼打架鬥毆。就因為處世耿直，他更加寒酸，看他臉上的餓紋快要入口，恐怕不久就會餓成一把骨頭。他說只要在世上活一天，就要硬著脖子做人，絕不向那些炙手可熱的權貴低頭。可歎讀書人長期喪失了氣節，給權貴舐痔瘡反覺甘甜而不嘔吐。這個張求難道是懂得儒家大道理的人嗎？他的議論卻一點也不苟且啊。我寧願跟他交朋友，使自己的暮年能夠激發意氣不再衰朽。

【研　析】在篇幅不長的詩中刻畫人物形象並藉以抒情寄慨，唐代的王維、李白、李頎、杜甫，宋代的蘇軾、黃庭堅、江端友都有名篇佳作。唐庚這首詩描繪一個落魄潦倒以賣卜為生的老兵。詩人僅以兩句詩勾勒他頭戴一頂破斗似的帽子、胸瘦如雞肋的外貌特徵，形象已很逼真生動。但詩人更側重展現他的精神世界，熱烈頌揚他的豪俠義氣、誠實正直、硬骨錚錚、不受嗟來之食的高貴品格。詩人又把這個老兵不向權貴低頭的強項精神同當時士大夫為權貴舐痔的醜惡行徑相對照，抒發出他的社會正義感和對當時士節淪喪的憂憤。程千帆、沈祖棻先生在《古詩今選》中說：「這篇詩給一位身份低微而性格高貴的人畫了一幅生動的肖像，結句點出作意。只有深入生活而不是飄浮在生活的表面的詩人，才會從一般人認為是平庸甚至卑汙的事物中發現出純潔和真誠的美，並且如實地將它反映出來。」評析精到。

春歸　　唐　庚

【題　解】大觀四年（西元一一一〇年）冬，唐庚被貶逐到惠州（今屬廣東）安置。這首詩是寫於貶所之作。詩中描繪南國的爛漫春光，反襯自己被貶的深愁。

東風定何物？所至輒❶蒼然。小市花間合，孤城柳外圓。禽聲犯❷寒食，江色帶新年。無計驅愁❸得，還推到酒邊。

【注釋】❶輒　總是。❷犯　逼近。❸驅愁　庾信〈愁賦〉：「閉門欲驅愁，愁終不肯去。」

【語譯】東風到底是什麼東西？它所到之處總是一片蒼翠。小市集在如錦繁花間開合，綠柳在這孤城外圍成一個圓圈。鳥聲繁密漸漸臨近寒食節；江色碧綠，也帶來了新的一年。我卻沒有辦法趕走愁情，只得將它推到酒杯邊。

【研析】清代詩論家王夫之在《薑齋詩話》中說：「以樂景寫哀，以哀景寫樂，一倍增其哀樂。」唐庚這首五律就是以樂景反襯愁情，使之更強烈動人的佳構。開篇一問一答，寫東風染綠大地，有揮灑千里、鋪天蓋地之氣勢，頗得杜甫〈望嶽〉開篇「岱宗夫何如？齊魯青未了」神髓。頷聯描寫惠州城綠柳如煙、春花爛漫、集市繁華的美景，一「合」一「圓」二字表現出動態感、畫面感、線條感，使人聯想到孟浩然〈過故人莊〉中的「綠樹村邊合，青山郭外斜」。唐庚從孟浩然詩句中點化而出，但所寫乃是花柳相映的城市妍麗春景，而有別於孟詩滿眼青綠的山村清幽夏景。頸聯由景生情，以「禽聲」、「江色」帶出「寒食」與「新年」，既點明時令，又暗寓歲月無情、人生易老、逐客抑鬱無聊之意。這一聯的句法，似從唐人王灣名篇〈次北固山下〉的「海日生殘夜，江春入舊年」中吸取了藝術營養。有了以上三聯的美景反襯和時間過渡，尾聯陡轉，托出滿腹愁情。詩人化用庾信〈愁賦〉的句意，把「愁」擬人化，把濫俗了的「借酒澆愁」寫成無計驅愁，反被愁「推」到酒邊。奇想奇句，匪夷所思，推陳出新，結得精悍，雋永有味。後來，南宋大詞人辛棄疾在〈西江月・遣興〉中寫借酒澆愁：「昨夜松邊醉倒，問松：『我醉何如？』只疑松動要來扶，以手推松曰：『去！』」與唐庚此詩尾聯寫法相似，很可能就是借鑑唐庚的。

棲禪暮歸書所見二首

唐庚

【題解】這兩首五言絕句小詩寫惠州郊野傍晚的湖光山色，是詩人貶惠州期間所作。棲禪，是惠州的一座山，山上有佛寺。

其一

雨在時時黑，春歸處處青。山回失小寺，湖❶盡得孤亭。

【注釋】❶湖　惠州平湖，在城西。

【語譯】雨未下完，天空時時昏黑；春回大地，處處一片碧青。層巒疊嶂，難尋覓山中小寺；走到平湖盡頭，忽然見到一座孤亭。

其二

春著湖煙膩，晴搖野水光。草青仍過雨，山紫更斜陽。

【語　譯】春天降臨，湖上煙霧濃重；晴日照耀，野水波光搖漾。草色青青，又掠過一陣春雨；山色青紫，更映著一抹斜陽。

【研　析】這兩首五絕寫春遊棲禪山暮歸所見的湖煙水光、綠野紫山、驟雨斜陽，展現嶺南春天晴雨不定的天氣和奇妙變幻的景象。忽明忽暗之光，青紫紅黑金黃之色。閃爍跳躍，絢麗濃豔，猶如印象派畫家的對景寫生之作。宋代大詩人蘇東坡詩思敏捷，運筆靈活，語言爽利，尤善於捕捉稍縱即逝、或剎那變幻的自然景象，寫下不少山水詩的經典名篇。唐庚號稱「小東坡」，他學習坡公，也以詩筆描繪出瞬息變幻的妙景奇觀。二詩皆一句一景，似離而合，在寫景中表現出詩人回望或前瞻、仰觀或俯瞰、悵然若失或忽然驚喜的觀景角度、意態與心情。二詩又皆對起對結，但前後聯句式與對仗手法都有變化，故而並不單調板滯。詩人十分注意錘煉、推敲句眼：無論是動詞「在」、「歸」、「失」、「得」、「著」、「搖」，形容詞「黑」、「回」、「小」、「盡」、「孤」、「膩」、「光」、「青」、「紫」，疊字詞「時時」、「處處」，乃至虛詞「仍」、「過」，無不新穎、生動、貼切。

瑜上人自靈石來求鳴玉軒詩會予斷作語復決堤作一首

惠　洪

【題解】這首詩是政和年間惠洪被流放海南島時作。上人，和尚的尊稱。靈石，山名，在浙江江山市境內。一說在江西川東南。鳴玉軒，瑜上人的小軒名。求鳴玉軒詩，指瑜上人來求惠洪為他的鳴玉軒題詩。會，適，剛剛。斷作語，斷絕文字，指不再作詩。決堤，比喻破戒。

【作者】惠洪（西元一〇七一—一一二八年），又名德洪，字覺範，筠州新昌（今江西宜豐）人。俗姓喻，一說俗姓彭。少孤，能詩文。大觀年間遊丞相張商英之門。政和元年（西元一一一一年）張得罪，他亦受累刺配朱崖（今廣東崖縣）。三年後赦還，居筠州大愚山。他是北宋後期著名詩僧，對蘇軾、黃庭堅推崇備至。有詩才，筆力雄健，古體尤挺拔奇警。有《石門文字禪》。

道人❶去我久，書問且不數❷。聞余竄南荒，驚悸日枯削。安知跨大海，往返如入郭。譬如人弄潮，覆卻❸甚自若。旁多聚觀者，縮頭膽為落。僻居❹少過從，閑庭墮鬥雀。手倦失輕紈❺，扣門誰剝啄❻？開關❼忽見之，但覺瘦矍鑠❽。立談慰良苦，兀坐❾敘契闊❿。誰持稻田衣⓫，包此剪翎鶴⓬？遠來殊可念，此意重山嶽。悃愊⓭見無華，語論出棱角。為余三日留，頗覺解寂寞。忽然欲歸去，破衲⓮不容捉。想見歷千峰，細路如遺索⓯。相尋固自佳，乞詩亦不惡。而余病多語，方以默為藥。寄聲靈石山：「詩當替余作。」便覺鳴玉軒，跳波驚夜壑。

【注　釋】❶道人　指和尚，這裡指瑜上人。❷數　多次。❸覆卻　翻覆。❹僻居　居處在荒僻之地。❺失輕紈　絹製的扇從手中滑落。❻剝啄　敲門聲。❼闢　門。❽矍鑠　形容老人精神旺健的樣子。❾兀坐　端坐。❿契闊　猶言聚散，這裡指久別之情。⓫稻田衣　和尚穿的一種有水田格子的衣服，又名水田衣。⓬剪翎鶴　剪去翎毛的仙鶴，這裡比喻瑜上人，形容他有清逸的風度。⓭悃愊　誠懇。⓮衲　僧衣。⓯遺索　隨意丟棄的繩索。

【語　譯】瑜上人和我分別已很久了，來往的書信並不多。但當聽到我被竄逐南荒的消息，他卻非常驚恐，擔心我日漸枯瘦。他怎麼知道我跨越大海，猶如往返於城郭之中，並不在乎。打個比方說，就好像弄潮兒在鯨波巨浪中浮沉翻覆，仍神態自若，而在海岸邊上聚觀的許多人，卻為之驚悸，縮頭落膽。我在遇赦北歸之後，居住在荒僻陋室，平時很少有人過訪。小院裡十分清寂，麻雀兒相鬥，竟落到地上來了。我拿著一把小小的紈扇，也因為手倦而掉在一旁。就在這個時刻，聽到「剝啄」的敲門聲，那是誰呀？打開門，忽然見到瑜上人，雖然清健，但比往日消瘦多了。舊友重逢，先是站著握手交談，互相慰問；隨後又坐定下來，傾吐闊別以後的情況。我端詳著我這位好友，忽然感覺：是誰用這種有水田般格子的僧衣，包裹著一隻剪去翎毛的仙鶴？朋友，我真感激你不辭跋涉之勞，特意遠道而來探望，這種深厚情誼，真比山嶽還重啊。你還是那樣為人誠摯，樸實無華，言論方正不阿，語帶鋒芒。你為了我留住了三天，消除了我的孤獨寂寞。忽然你說要回去了，我想挽留卻留不住你，就像你這件破僧衣捉也捉不住呵。我想像你這一去，又要翻越千山萬嶺，走過像繩索一樣拋在深山幽谷中的彎曲小路。你這回來相尋，情誼固然可貴；而你求詩的心意，也非常美好。可惜我早已斷絕了作詩的念頭，正在用沉默來醫治自己「多語」的毛病。就讓我寄個音信給靈石山，請山靈替我作首詩吧。果然，我彷彿聽到了鳴玉軒下溪流跳波的聲音，驚動了沉睡的千崖萬壑。我想，這就是大自然為你的鳴玉軒題寫的天然的詩歌。

【研　析】有真性情才有真詩，惠洪這首五言古詩又提供了一個有力的例證。詩中抒寫作者和瑜上人這兩位詩僧的深厚情誼，十分親切、動人。當作者被發配朱崖之時，瑜上人非常驚心擔憂；而作者遇赦歸來後，門可羅雀，只有瑜上人遠道前來探望，解除了作者的寂寞，臨走時還要請作者為其鳴玉軒題詩。而作者對瑜上人的來訪非常驚喜感動，一見即立談相慰，隨後才暢敘久別之情。臨別時苦苦挽留，又擔心他歸途艱辛。更感人的是，他早已斷了作詩之念，但為了感謝友人的深情，還是破例實現了友人的心願。作品中生動地刻畫了作者與瑜上人的形象。作者描寫自我形象，著重用虛筆寫心態，略形取神。如他被竄逐南荒，卻若無其事，神態自如；歸來後僻居閉戶，悠閒度日，對過去的遭遇滿不在乎；但對朋友的身體、精神、穿著，乃至朋友的鳴玉軒，都十分關心，並甘心為友人破戒作詩。在他的身上，仍具有一種佛教徒不應有的兀傲不平之氣。而瑜上人的形象，就描繪得更細緻，而且形神兼備。他聽說惠洪被貶「驚悴日枯削」；他來探望惠洪，不先告知，要給友人一個意外的驚喜；他雖清瘦，但精神矍鑠；他為人誠懇樸實，古道熱腸，但語出棱角。雖遁跡林下，仍不失胸中鋒芒。這兩佛教徒有不同的個性，卻都有詩人的氣質，才華橫溢，睥睨俗世。程千帆先生說他們「是兩塊生薑，雖老仍辣」（《宋詩精選》，第一八二頁），是很形象、精當的。這首詩從寫作上看，也如生薑般老辣。全篇先寫瑜上人懷念，次寫其來訪，再寫其言歸求詩，最後以寫詩送別作結，章法嚴謹、層次清晰，卻又詳略得宜，虛實結合，筆墨跳脫，氣勢跌宕，承接突轉，毫不板滯。此詩的細節描寫筆筆精彩：如寫惠洪遇赦歸來後幽居生活的清寂無聊，僅用「僻居少過從，閑庭墮鬥雀。手倦失輕紈，扣門誰剝啄」四句，即令人如聞如見。寫其挽留瑜上人不得，亦只「破袖不容捉」一句，一個細節，既生動又含蓄。此詩最出色的是比喻的運用。英國詩人雪萊說：「詩的語言基礎是比喻。」瑞恰慈也說：「比喻最能把不相干的東西結合在一起。」（王治明編《歐美詩論選》，青海人民出版社，一九九〇年版，第一七六頁、第三九五頁）惠洪這首詩妙喻層出，奇譬絡繹，好像他要同他最崇拜的老師蘇軾在比喻上爭勝。「安知跨大海，往返如入郭？譬如人弄潮，覆卻甚自若。旁多聚觀者，縮頭膽為落」，在比喻中運用對比、誇張，把作者履險如夷的神情動態，摹狀得活靈活現。「誰持稻田衣，包此剪翎鶴」，比喻瑜上人的形貌神態，喻象絕妙。「想見歷千峰，細路如遺索」，用繩索形容山路的細、彎、險，真是新鮮。總之，惠洪此詩的比喻，用人所未用，言人所未言，有陌生感，奇趣橫生！此詩結尾，不直說自己已為瑜上人題寫了鳴玉軒詩，而以想像鳴玉軒「跳波驚夜壑」的景象含蓄表達。這一筆，既有奇趣，又有耐人尋味的妙理，程千帆、沈祖棻先生闡析說：「在詩人的感受中，一切自然所呈現的聲音、顏色、氣味、形態，都可以而且應當是詩。詩人的職能，只不過是對大自然加以虔誠的模仿罷了。這篇詩最後四句，即是此意。當然，事實上詩人不可能不注入自己的主觀意識，而且，只有在這種模仿中，不以人的意志為轉移地注入了詩人所獨有的個性，才顯示出其不可重復的、獨特的美。」（《古詩今選》程、沈二先生獨具慧心，悟出了惠洪此詩結尾蘊含的作詩妙理。

夷門行贈秦夷仲

晁沖之

【題　解】夷門，戰國時魏都大梁城東門，在宋汴京城內。《史記・魏公子列傳》載，魏大梁城夷門監者侯嬴和市屠朱亥等俠義之士，當秦圍趙都邯鄲的危急之際，幫助魏公子信陵君竊符救趙，最後甘為此義舉犧牲。唐代王維曾作〈夷門歌〉詠此史事。行，古樂府詩的一種體裁，即歌行。秦夷仲，一位俠客，可能是作者的友人，生平事蹟不詳。

【作　者】晁沖之（西元一〇七一－？年），字用道，改字叔用，濟州鉅野（今山東鉅野）人。晁補之之堂弟。早年曾遊汴京，經歷過一段肥馬輕裘、酣酒狎妓的浪漫生活。哲宗紹聖初，晁氏兄弟輩多遭貶逐，他出京隱居於陽翟（今河南禹州）北具茨山下，自號具茨先生。十多年後重遊京師，當朝者欲起用之，不理。他雖未中舉，在晁氏兄弟中最是才華橫溢。他的律詩學陳師道，宗杜甫，筆力雅健，又深穩老練。古詩有氣魄，在江西詩派中別具一格。有《具茨集》。

君不見❶夷門客❷有侯嬴風❸，殺人白晝紅塵❹中。京兆❺知名不敢捕，倚天長劍著崆峒❻。同時結交三數公❼，聯翩❽走馬幾馬驄❾。仰天一笑萬事空❿，入門賓客不復通⓫，起家簪笏⓬明光宮⓭。嗚呼⓮！男兒名重太山身如葉⓯，手犯龍鱗⓰心莫懾⓱。一生好色馬相如⓲，慷慨直辭猶諫獵⓳。

【注釋】❶君不見　歌行體詩中常見的提示詞，意為「您可知道」。❷夷門客　指秦夷仲。❸風　風格；風範；遺風。❹紅塵　佛家稱人間為紅塵，也指繁華熱鬧的地方。❺京兆　漢代官名，京兆尹的簡稱，後世用以指京都行政長官。❻倚天長劍著崆峒　寫俠士的威望。語本宋玉〈大言賦〉：「長劍耿耿倚天外。」又杜甫〈投贈哥舒開府十韻〉：「防身一長劍，將欲倚崆峒。」崆峒，山名，在今甘肅平涼。傳說此山是華夏祖先黃帝軒轅氏的發祥之地，故此處用以指稱華夏。❼三數公　三五個志同道合的人。❽聯翩　本是鳥飛之態，此處形容前後相接，連續不斷。❾馬驄　毛色青白相雜的馬。❿仰天一笑萬事空　用李白〈南陵別兒童入京〉：「仰天大笑出門去，我輩豈是蓬蒿人。」萬事空，萬事全了。⓫不復通　不再通報。⓬起家簪笏　由平民而被徵召出任官職。起家，發跡。簪，指簪筆於冠。笏，古代朝官上朝時記事的手板。臣僚上朝奏事，執笏以書事，簪筆以備書，謂為簪笏，後用以指做官。⓭明光宮　漢代宮殿名，後泛指宮殿。⓮嗚呼　感歎詞。⓯男兒名重太山身如葉　意謂男子漢在世應重視名節，其身雖輕如葉，但名節卻重如泰山。此句用司馬遷〈報任少卿書〉語：「人固有一死，或重於泰山，或輕於鴻毛。」太山，同「泰山」。⓰手犯龍鱗　指諷諫皇帝。龍鱗，比喻皇帝或皇帝的威嚴。李白〈猛虎行〉：「有策不敢犯龍鱗，竄身南國避胡塵。」⓱懾 恐懼。⓲馬相如 漢代文學家司馬相如，曾以琴挑卓文君，攜奔成都；又曾作〈美人賦〉，序云：「王問相如：『子好色乎？』」好色，愛女色。⓳諫獵 指司馬相如上〈諫獵書〉，諷諫漢武帝打獵。事見《漢書．司馬相如傳》。

【語 譯】您可知道夷門客有侯嬴那樣的膽識和風操，他敢於為友報仇在白晝中殺人於鬧市；他輕性命，重義氣，京城的長官不敢拘捕，憑著倚長劍於天外的氣概，他馳名於華夏大地。他同時結交了三、五個志同道合的俠士，騎著青驄駿馬聯翩過市，仰天一笑，萬事皆空。他們熱情豪爽，有賓客故舊來訪，都不用通報。他們之中有人身入明光宮，做了朝廷的簪笏顯貴之臣。唉，男子漢把名節看得像泰山一般重，為了扶危濟難，不惜以身蹈義，把生命看得輕如樹葉。即使手犯龍鱗，諷諫皇帝，也毫不畏懼。司馬相如雖然是文學侍從之臣，一生愛好美色，但當漢武帝不理朝政只顧打獵時，他卻能慷慨直言，對皇帝的荒唐行為給予諷諫。

【研 析】唐代詩人王維作〈夷門歌〉，讚頌戰國時代魏國大梁城的夷門監者侯嬴為了幫助魏公子信陵君救趙國之危而不惜犧牲的豪俠精神。晁沖之借用王維詩題，賦詩贈秦夷仲，是為了激發秦氏以夷門俠義之風自勵。此詩最大的藝術成就，就是成功地塑造了「夷門客」這一豪俠的形象：他熱情豪爽，慷慨任俠，重義氣，為友報仇在白晝紅塵中殺人；為了國家和百姓的利益，敢於手犯龍鱗，直言極諫，視名譽重於泰山，將生命看做鴻毛。詩人以充沛的感情和雄放的筆墨，描敘幾個典型事件，展現幾個動人的場景，加上運用典故和熱烈讚歎，就使這位夷門客俠骨錚錚，生氣凜凜，形神栩栩，躍然紙上。詩人高揚這種豪俠意氣，既激勵友人，又針砭時弊。北宋士人雖有淑世情懷，但他們所崇尚的，只是文人的節行，而非古豪俠的剛猛義烈之風。由於趙宋王朝統治者重文輕武，宋代士風愈益趨向文弱，像辛棄疾那樣的文武雙全才可謂鳳毛麟角。特別是紹聖之後黨禍酷烈，一些身居要職的朝臣目睹皇帝昏聵和權奸橫行，卻明哲保身，噤若寒蟬。更多的忠直之士也只是自我守節和超脫，而缺乏大膽抗爭精神。晁沖之這首詩是在紹聖黨禍之後寫的。詩人面對黑暗冷酷的世態人情，意欲振起仗義扶危、直言敢諫、不怕犧牲的豪俠之風。此詩結尾，讚揚「一生好色」的司馬相如直言諫阻漢武帝耽溺狩獵的行為，藉以襯托夷門客的形象，這既是張揚自我風流好色又慷慨仗義的人格個性，也是對當時懦弱畏葸士風的諷刺與批判。全詩情調豪邁慷慨，詩句長短錯落，整散交織，極盡抑揚頓挫之能事。前九句用平聲「風」「中」韻，音聲洪亮，語氣舒緩；「嗚呼」以下四句轉用入聲「葉」、「懾」韻，音聲激越斬截，語氣急促，與詩情的變化配合。南宋劉克莊評晁沖之詩「意度宏闊，氣力寬餘」（《後村詩話》），清范大士稱此詩「雄放無前，真洗窮餓酸辛之態」（《歷代詩發》卷二五），方東樹認為「嗚呼」以下四句，真「神來氣來之筆」（《昭昧詹言》卷一二），都評得中肯。在宋詩中，寫俠客的作品無論數量和品質都遠不如唐詩，晁沖之此詩實屬難得的珠玉。

牛酥行

江端友

【題　解】這首詩辛辣地諷刺北宋末年官場中行賄納賄的腐敗醜惡現象。張鳴先生在其選注的《宋詩選》（北京人民文學出版社，二〇〇四年五月版）中，根據南宋人吳曾《能改齋漫錄》卷十一有關記載考證說，此詩所寫是真人真事；大約在大觀末年到政和初年間（西元一一一〇—一一一二年），宋徽宗寵幸的太監梁師成權傾一時，朝野視之為「隱相」，大小官吏都要向他獻禮行賄以謀升進。當時有個叫鄧洵武的人知河南府（今河南洛陽），向梁師成進獻牛酥。詩人江端友採其事寫了這首〈牛酥行〉。不久，鄧任北京（今河北大名）留守時，又向梁師成進獻山蕷，江端友又寫了〈玉延行〉諷刺其事。鄧洵武就憑著向權臣獻禮行賄，奉承諂佞，最後當了知樞密院事，成了全國最高的軍事長官。牛酥，牛乳經過精煉而製成的酥酪類食品。行，歌行。樂府古詩的一種體裁。

【作者】江端友（西元？—一一三四年），字子我，號七里先生，開封陳留（今屬河南）人。北宋末隱居汴京封丘門外。靖康初為承務郎，賜進士出身。南渡且寓居桐廬。他和其弟江端本都以詩著名，與晁沖之、呂本中交遊唱酬，但呂作〈江西詩社宗派圖〉則只列入江端本。端友詩句律工整自然，感慨深沉悲涼。曾有《七里先生自然集》七卷，已佚。今存逸詩僅四首，其中〈牛酥行〉與〈玉延行〉兩首政治諷刺詩值得重視。

有客有客官長安❶，牛酥百斤親自煎。倍道❷奔馳少師❸府，望塵❹且欲迎歸軒❺。守閽❻呼語「不必出❼，已有人居第一先。其多乃復倍於此，台顏❽顧視初怡然❾。昨朝所獻雖第二，桶以純漆麗且堅。今君來遲數又少，青紙題封難勝前。」持歸空慚遼東豕❿，努力明年趁頭市⓫。

【注　釋】❶長安　漢唐兩代的西京，這裡借指北宋西京洛陽。當時鄧洵武在洛陽做河南知府。❷倍道　日夜兼程。❸少師　檢校官名，這裡借指梁師成。❹望塵　《晉書．潘岳傳》載，潘岳諂媚權臣賈謐，每逢賈謐坐車出來，則望其車塵而下拜。這裡用以形容鄧洵武的諂媚相。❺軒　車子。❻守閽　守門人。❼不必出　不用把牛酥拿出來。自此以下是守門人的話。❽台顏　指梁師成的臉色。台是尊稱之詞，等於說「大人」。❾怡然　高興的樣子。❿遼東豕　典出《後漢書．朱浮傳》。說遼東地方有個人看見一頭白色小豬，認為很稀罕，要拿去進貢，走到河東，卻發現那裡的豬都是白色的，於是掃興而歸。⓫趁頭市　趕早市，搶先第一個到市場去。這是以市場比喻官場。

【語　譯】有客有客鄧洵武，在西京洛陽做知府。他親自動手精心煉製出牛酥一百斤。然後帶著牛酥日夜兼程跑到汴京梁師成府第前面。不巧主人未在家，他眼巴巴望著大路，只待塵頭揚起時，便撲上去在梁師成車前下拜。守門人一聲斷喝：「你不必拿出牛酥了。已經有人趕了第一名。他送的比你百斤還多一倍。梁大人收到第一筆禮本來很喜歡。昨天獻禮的雖然排第二，但裝牛酥的桶塗了純漆，美麗又堅固，裝潢領了先。而今你遲遲才來，數量又少，只用青紙包紮，遠比不上漆桶裝的。」鄧洵武聽了守門人這番話，深感自己的禮物太寒酸，於是帶著牛酥掃興而歸。他暗下決心，明年加倍努力，定要爭個頭市。

【研　析】這是一首敘事諷刺詩，它所諷刺的是真人真事實情。江端友為了取得強烈的諷刺效果，對真實的生活素材作了精心的藝術構思、剪裁與提煉。詩的首句借用《詩經．周頌．有客》的句式，使詩具有一種民間歌謠活潑風趣的風格，突出被諷刺的鄧某以喚起讀者的注意。接著，寫鄧某親自煉製牛酥百斤，表現他巴結權貴的苦心；寫他日夜兼程趕往梁府，在門口恭候梁師成歸來。

「望塵」句用晉代潘岳望賈謐車塵而拜的典故，畫出鄧某的諂媚相。更妙的是梁府守門人一番話，既暗寫出梁師成納賄心安理得、喜形於色的醜態，又連帶寫出已有第一、第二個送禮者先鄧某而行，而且所送牛酥數量更多、包裝更漂亮，這就巧妙有力地揭露當時賄賂公行，已成為官場盛況。守門人這段話，其事可鄙可笑可惡，卻說得冠冕堂皇，十分莊重，這就是諷刺的妙筆。結尾二句寫鄧某聽了守門人這番話，深感慚愧，決心明年加倍努力，爭個頭市。這一筆又暗示賄賂之風早就暢行多年，行賄者與納賄者都不以為恥。全篇僅十四行，卻生動地勾勒了行賄者、納賄者以及家奴三個人物形象。詩人只是寫他們的行為動作或言語口吻，卻在讀者眼前活現出他們的外貌、神態、心理，揭露了他們醜惡的靈魂，從而激發出人們對封建官場腐敗的強烈憎惡之情。這首詩的好處，不僅如錢鍾書先生在《宋詩選注》中所說：「諷刺的事情好像前人詩裡沒寫過」，而且詩人在不動聲色、客觀冷雋的描述中製造諷刺喜劇效果的藝術手法，也是很高明的。

春日遊湖上

徐俯

【題　解】這首七絕抒寫早春遊湖的詩情畫意。詩題中的湖，可能指杭州西湖。

【作　者】徐俯（西元一〇七五—一一四一年），字師川，號東湖居士，洪州分寧（今江西修水縣）人。黃庭堅之甥。以其父徐禧死於國事，授通直郎。紹興二年（西元一一三二年），賜進士出身，兼侍讀，遷翰林學士、端明殿學士，簽書樞密院事，兼權參知政事。後與宰相趙鼎不合。求提舉洞霄宮。出知信州，不理郡事，復奉祠，卒。他論詩自立新意，不偷襲前人，詩風追求自然、平淡。有《東湖居士詩集》。

雙飛燕子幾時回？夾岸桃花蘸水開。春雨斷橋人不渡，小舟撐出柳蔭來。

【語譯】成雙成對掠過湖石飛翔的燕子呵，你們是幾時回到這裡的？桃花夾岸盛開，枝條上還蘸著水珠兒。剛下過一場春雨，湖水上漲淹沒了橋面，行人無法走過。忽見一葉小舟，從柳蔭裡緩緩撐出來。

【研析】詩的前兩句，一問一答，寫燕子雙飛，夾岸桃花蘸水盛開，景色明媚秀麗，傳達出徐俯早春遊湖的盎然興致與欣悅心情。但這首詩妙在後一聯。為什麼呢？詩是發現，也是創造，而發現是創造的前提。後二句寫春雨過後，湖水上漲，淹沒橋面，使人們無法過橋在湖兩岸暢遊飽賞春光。正當詩人為此惆悵時，忽然看見一葉小舟，從柳陰中撐了出來。這情景給人們帶來意外的驚喜，帶來一份別致的野逸之趣，也帶來一種新鮮的詩情畫意美。詩人不僅及時地捕捉住這意外的發現，而且能以一轉一接的句式，生動自然、活潑靈動地從這一份發現中創造出獨特意象與場景，發現與創造就結合起來了，所以此詩一出，即受到人們的喜愛。錢鍾書先生《宋詩選注》說：「一時傳誦，所以趙鼎臣《竹隱畸士集》卷七〈和默菴喜雨述懷〉說：『解道春江斷橋句，舊時聞說徐師川。』……南宋詞家張炎有首描寫春水的〈南浦〉詞，號稱『古今絕唱』，裡面的名句：『荒橋斷浦，柳陰撐出扁舟小』，就是從徐俯這首詩蛻化的。」

己酉亂後寄常州使君姪四首（選一）

汪　藻

【題　解】汪藻這組寄給任常州知州的姪兒的詩，真實沉痛地表現出戰亂後的社會慘象，具有強烈的現實性和高度的藝術概括力。己酉，即南宋高宗建炎三年（西元一一二九年）。這年冬天，金兵過長江，十一月攻陷建康，十二月攻常州，繼而破江東諸郡，宋高宗逃往海上。使君，指州郡長官，這裡指知州。

【作　者】汪藻（西元一〇七九－一一五四年），字彥章，號龍溪，又號浮溪，饒州德興（今屬江西）人。崇寧二年（西元一一〇三年）進士。北宋時官至起居舍人。南宋高宗時任中書舍人，擢給事中，拜翰林學士。知湖、撫、徽、泉、宣等州。紹興十三年（西元一一四三年）罷職居永州。他學問淵博，文才出眾，早年即有聲譽於太學。長於四六制文，當時號為「太手筆」。作詩曾受江西詩派徐俯、洪炎等人賞識。其詩寫景抒情都能揮灑自如，語言或勁爽明快，或坦易清新，與白居易、蘇軾時朋相近。晚年學杜甫，詩風凝重沉鬱。有《浮溪集》。

草草官軍渡，悠悠敵騎旋。方嘗句踐膽❶，已補女媧天❷。諸將爭陰拱❸，蒼生忍倒懸❹。乾坤滿群盜，何日是歸年❺！

【注釋】❶句踐膽　句踐是春秋時越王，越為吳破，句踐臥薪嘗膽，立志復仇，終於滅吳。事見《吳越春秋》。❷補女媧天　用《淮南子・覽冥訓》所載女媧煉石補天的典故。❸陰拱　語出《漢書・英布傳》：「陰拱而觀其成敗。」拱，拱手，意指按兵不動。❹倒懸　比喻難以忍耐的痛苦，語出《孟子・公孫丑》：「民之悅之，猶解倒懸也。」❺何日是歸年　用杜甫〈絕句二首〉「今春看又過，何日是歸年」的成句。

【語譯】宋軍慌慌亂亂渡江向南方敗退，金人騎馬跟蹤追擊不知何年才退回北方。而今高宗已登基重建政府，只要像句踐那樣臥薪嘗膽，立志復仇，就一定能恢復失地挽救國家危亡。可恨江南諸將都按兵不動，全不顧朝廷安危，致使百姓遭受難以忍受的痛苦。眼看天地間到處是如同盜賊的金兵橫行，什麼時候我才能返回故鄉！

【研析】這首五律，飽蘸著汪藻憂國傷時的血淚。首聯以對仗起，上下句分別寫宋軍敗退江南，金兵跟蹤南下。「草草」與「悠悠」兩個疊字詞分別描狀宋軍惶急狼狽和敵兵的趾高氣揚，對比鮮明，詩人的悲憤之情已洋溢紙上。頷聯陡然振起，連用句踐臥薪嘗膽與女媧煉石補天兩個典故，表達南宋朝野與軍民立志報仇雪恥，定能恢復失地，挽救國家危亡，使大地重光。這兩個典故用得形象、貼切、簡練有力。「方嘗」與「已補」上下勾連，形成詩意直貫而下的流水對。語調節奏豪邁昂揚，與上聯的沉痛凝重迴然有別。頸聯情緒又作轉折。上句憤怒揭露與抨擊當時擁兵自重的南宋將領不顧朝廷安危，按兵不動；下句直承上句，寫他們的罪惡行徑導致廣大民眾遭受深重災難與痛苦。「爭陰拱」和「忍倒懸」巧妙運用典故成語，敘事與抒情水乳交融，精闢警拔，令人觸目驚心！尾聯遙接第二句，進一步揭示金兵橫行神州大地的情景，借用杜甫成句，表達自己流亡在外難以回鄉之悲恨。慷慨悲愴，沉鬱頓挫，頗得杜詩神髓，因此在當時廣為傳誦，成為汪藻後期的代表作。

送胡邦衡之新州貶所二首（選一）

王庭珪

【題　解】胡邦衡，胡銓，字邦衡。紹興八年（西元一一三八年）胡銓上書反對和議，並乞斬主持和議的奸相秦檜，朝野為之震動，遂被秦檜迫害，貶為福州簽判。紹興十二年（西元一一四二年）又被除名編管新州（今廣東新興）。當時秦檜大行株連，士大夫大都畏禍噤口，只有張元幹寫了〈賀新郎〉詞一首、王庭珪寫了兩首詩為他送行，顯示出為國為民，不畏強暴的忠肝義膽。這是王詩的第二首。

【作　者】王庭珪（西元一〇七九—一一七一年），字民瞻，號盧溪真逸，吉州安福（今江西吉州）人。早年遊太學即有詩名。政和八年（西元一一一八年）進士，調茶陵縣丞。宣和初年，因不見容於上司，又因見「上下垢玩，無蓋於時」，遂棄官而歸，築草堂於安福盧溪之上，隱居五十年，講學論道，著書立說。在理學方面有較深的造詣。他主張抗戰，痛恨主和派，很有氣節。其詩多關心現實、行旅寫景、酬和贈答之作，極少隱士氣。詩風勁健爽朗，明白曉暢。有《盧溪集》。

大廈元非一木支，欲將獨力拄傾危。癡兒不了公家事❶，男子要為天下奇，當日❷姦諛❸皆膽落，平生忠義只心知。端能飽喫新州飯，在處❹江山足護持。

【注　釋】❶癡兒不了公家事　此句指斥秦檜誤國。作者〈故劉君德章墓誌銘〉云：「胡公得罪貶新州，全作送行詩有『癡兒不了公家事』之句，蓋指檜也。」癡兒，癡人。這裡指秦檜。了公家事，謂辦妥官家政事。❷當日　指紹興八年胡銓上書時。❸姦諛　指朝中奸佞小人。❹在處　到處；處處。

【語　譯】你明知大廈本就不是一根木柱可支撐的，還是要憑一人之力挽救傾危。癡人占據高位誤了國家大事，男子漢要為天下建功傳業。你上書那天一幫奸佞小人嚇破了膽，平生滿腔忠義你我心裡真知。只要像東坡翁那樣胸懷坦蕩隨緣自適，不管你在何處，都能得到江山神靈的護持。

【研　析】王庭珪這兩首送行詩，第一首回憶紹興八年胡銓上書時朝野震動，朝官自愧的情形，並表示胡銓再次被貶「身墮南州瘴海間」，卻是「名高北斗星辰上」。這一首開篇即稱讚胡銓不顧個人安危獨力支撐國家危局的壯舉。中間兩聯，都直截了當地指斥秦檜投降賣國，抨擊朝中奸佞小人被秦檜的淫威嚇破了膽，頌揚胡銓不愧是天下奇男子，對其平生忠義，他是心知肚明，肝膽相照。尾聯安慰和勉勵胡銓只要像當年蘇軾那樣胸懷坦蕩、樂觀開朗，一定能夠得到江山護持，百姓愛戴。這首詩寫得大義凜然，表現出詩人與胡銓舍己為國的忠肝義膽和大無畏鬥爭精神。詩中「欲將獨力拄傾危」、「男子要為天下奇」、「平生忠義只心知」，都是感情與意蘊雄深剛大的警句，猶如金石，擲地有聲，令人振奮。詩人褒忠斥奸，愛恨分明，因此詩中兩聯都用了一反一正的「反對法」對仗，對得工整、流暢，有巨大的思想藝術張力。王庭珪主張作詩「要自胸中出機杼，不須剽掠旁人門」（〈次剖向文剛〉），但他推崇黃庭堅，正如錢鍾書所說：「好些地方模仿黃庭堅的格調，承襲他的詞句，運用經他運用而流行的成語故典。」第三句，是反用黃庭堅「癡兒了卻公家事」（〈登快閣〉）；第七句，也是從黃庭堅的「飽吃惠州飯，細和淵明詩」（〈跋子瞻和陶詩〉）化出。難得的是，化用得自然、恰當，如同己出。

夜泊寧陵

韓　駒

【題　解】南宋初，韓駒出知江州（今江西九江市），這首詩大概就作於赴任途中，寫秋夜月下泊舟所見所感的蒼茫迷離情景。詩題一作〈過汴河〉。寧陵，縣名，在今河南東部，商丘之西，宋時縣治臨汴水。

【作　者】韓駒（西元一〇八〇─一一三五年），字子蒼，仙井監（今四川仁壽）人。學者稱陵陽先生。政和年間賜進士出身，除秘書省正字。宣和五年（西元一一二三年）任秘書少監，遷中書舍人。南渡初知江州，卒於撫州。他與徐俯交遊，遂受知於黃庭堅，也學庭堅詩，為江西派中才情較高的詩人。首開宋人以禪論詩風氣，曾作論詩法的著作《陵陽正法眼》。他強調作詩要廣泛取法，信手拈出，自成一家。在創作上能綜合蘇黃兩家的精神風格，南渡後寫過一些要求抗戰收復失地的愛國詩篇。有《陵陽集》。

汴水❶日馳三百里，扁舟東下便開帆。旦辭杞國❷風微北，夜泊寧陵月正南。老樹挾霜鳴窣窣❸，寒花垂露落毿毿❹。茫然不悟身何處，水色天光共蔚藍。

【注　釋】❶汴水　汴河。在滎陽北出黃河，流經開封、杞縣、寧陵、商丘等地，東南流入淮河。❷杞國　古國名，地在今河南杞縣，北宋時為雍丘縣，在寧陵西北，相距約一百二十餘里。❸窣窣　象聲詞，這裡形容枝葉摩擦聲。❹毿毿　枝葉細長貌。

【語　譯】汴水流急，一日奔馳三百里路；舟行迅疾東下，加上順風，更高張起船帆。清晨離開杞國，風兒微微偏北；夜晚停泊寧陵，月亮已掛在正南。岸邊老樹上結了繁霜，發出窣窣響聲；堤上寒花滴著清露，花枝細長下垂。我茫然不知身在何處，只見水色天光，澄澈清朗，一片蔚藍。

【研　析】這是韓駒的七律名篇。詩中並沒有厚重的現實生活蘊含和思想內容，詩人寫的只是白日行舟月夜泊岸的羈旅情景，但寫景逼真生動，抒情含蓄蘊藉，情景相生，給讀者以美的藝術享受。頸聯兩句寫夜泊所見岸旁近景，一句寫老樹挾霜聲響，一句寫寒花垂露動態，「老」、「挾」、「鳴」與「寒」、「垂」、「落」這六個形容詞和動詞，再加上「窣窣」、「毿毿」兩個疊字詞，都是詩人精心琢煉而出，生動精警，勁峭瘦硬，體現詩人的藝術功力與江西派作風，使秋夜月下景物的形、色、聲、態宛然在月入耳，渲染出一種清冷幽靜的環境氛圍。尾聯上句先直抒自己茫然不知身在何處的心情和感覺，再把此種心情和感覺外化於月下水色天光一片蔚藍的空闊澄明景象中，以景結情收束全篇，構成蒼茫幽渺的意境。這是此詩最動人心弦之處。

韓駒寫詩講究章法結構。南宋魏慶之《詩人玉屑》卷二引《臞翁詩評》說：「韓子蒼如梨園按樂，排比得倫。」同為南宋人的蔡正孫《詩林廣記》載，呂本中十分推重此詩的章法。此詩全篇的起承轉合，極有法度。聯與聯、句與句之間，甚至一句之中，都十分注意承接、頓挫、轉折、呼應，而且很緊密、圓通、自然。首聯起句說舟行一日馳三百里，如駿馬下注，其勢突兀、迅疾。次句緊承，表明扁舟是「東下」、順風「開帆」，可見這一聯是聯翩而下。頷聯為了繼續渲染舟行倏忽與詩人心情輕快，有意用了兩句一氣貫注的流水對仗。這一聯又是首聯詩意的補充和具體化，「夜泊寧陵」四字點醒題目。從全篇看，前三句寫舟行，第四句到結句寫夜泊，「月正南」使以下所寫情景，全都在一片朦朧月光的籠罩之中，其節奏由先前的輕快流走變為從容舒緩。頸聯也由頷聯流水對變為正對。第五句「老樹挾霜」承三句「風微北」，正因有北風，老樹才發出窣窣之聲。六句「寒花垂露」上應四句「夜泊」和「月」。尾聯則回應首聯，大開大合，先動後靜，綰結全詩。由此可見，詩人心思極細，針線極密。

十絕為亞卿作十首（選一）

韓　駒

【題解】據宋人胡仔《苕溪漁隱叢話・後集》卷三十四記載，這組詩一共十首，是韓駒聽了友人葛亞卿講述自己的愛情故事後，為他們三人寫的。葛亞卿，名次仲，字亞卿，陽羨（今江蘇宜興）人，作者的朋友。初隱於吳地，後為海陵（今江蘇泰州）尉。

君住江濱起畫樓❶，妾❷居海角送潮頭。潮中有妾相思淚，流到樓前更不流。

【注釋】❶起畫樓　指葛亞卿在海陵修築別墅。畫樓，以彩色畫裝飾的樓，即華美的樓。❷妾　舊時女子自稱。

【語譯】君住江邊，修起一座畫樓；妾住海角，日日送別潮頭。浪潮中有我的相思淚，流到你的樓前，便不再流。

【研析】這首七絕以女子的口吻抒寫對情人葛亞卿纏綿悱惻的相思之情。女子直抒胸臆，因深情而激發奇想，說自己身居江水入海處，送潮頭逆流而上，並將相思淚灑入潮水中，願潮水流到情人江濱畫樓前再也不流。這一新奇生動的想像，把她渴望與情人團聚之情抒發得十分強烈、急切。詩以淺近自然的語言表達出肺腑深情，頗得民歌的精髓。詩中又用了民歌常見的「頂真格」（次句尾「潮頭」與三句首「潮中」頂真）和重複用字（全詩重複使用「樓」、「潮」、「流」、「妾」四字）等表現手法，使音節回環往復，和諧流暢，饒有民歌風格。但細加品味，又有文人詩歌善於融化前人詩意的特點。例如「潮中」二句，就是從北宋晁元忠〈西歸〉詩「安得龍山潮，駕回安河水，水從樓前來，中有美人淚」化出。結句又參用了唐人孫叔向〈經昭應溫泉〉「雖然水是無情物，也到宮前咽不流」二句的意象。故而清代詩作家潘德輿《養一齋詩話》卷五評讚說：「與唐人聲情氣息不隔累黍。」在宋代，愛情題材幾乎為宋詞所獨占，宋詩中的愛情詩極少，因此韓駒的這組詩宛若南國紅豆串起的項鏈，值得珍視。

雨過

周紫芝

【題　解】這首詩寫夏季雨後的景色，風格清新，表現周紫芝對大自然的喜愛。雨過，雨後新晴。

【作　者】周紫芝（西元一〇八二—一一五五年），字少隱，號竹坡居士，宣城（今屬安徽）人。紹興十二年（西元一一四二年），已六十一歲，始登第。歷官樞密院編修、右司員外郎、知興國軍。他的詩多寫景詠物之作，兼擅各體，風格清新爽朗，不堆砌典故。有《太倉稊米集》、《竹坡詩話》、《竹坡詞》。

池面過小雨，樹腰生夕陽。雲分一山翠，風與數荷香。素月❶自有約❷，綠瓜初可嘗。鸕鷀❸莫飛去，留此伴新涼。

【注釋】❶素月　明潔的月亮。❷自有約　月亮自然會在約定的時間裡升起。❸鸕鷀　水鳥名，俗稱魚鷹。

【語譯】小雨從池面上過去了，樹腰間生出了夕陽。還在天空中飄浮的雲霧，分得了一座山的青翠之色；涼風拂拂，好像與那幾朵剛開的荷花一樣清香。明潔的月亮，自然會在約定的時間裡升起；碧綠的鮮瓜，開始等待著人們來品嘗。水上的鸕鷀啊，請你不要飛去，就留在此地陪伴我一道享受新涼。

【研析】這首五律描寫夏末傍晚雨後新晴的山鄉景色。詩中所呈示的，都是在這個特定時空中最美、最活潑可愛的景物。詩的前兩聯，善於從景物之間的動態關係中捕捉詩意。請看，首聯寫池面小雨剛過，樹腰就生出夕陽。流水對的句子十分生動、流暢、自然。頷聯改用正對，寫雲霧分得一山翠色，涼風與幾朵乍開的荷花一起散發清香。雲與山，風和荷，它們不僅意態生動，而且相互間親密友愛，這種情趣盎然的景象，在前人的詩中較少。後來楊萬里的「芭蕉分綠與窗紗」（〈閑居初夏午睡起二絕句〉），可能就是從此詩的警句「雲分一山翠」脫化而出的。詩的後兩聯，周紫芝運用擬人化手法，抒寫自然的、田園的景物與人互相信任、關懷、體貼：明潔的月亮，信守與人們的約定，準時升起；碧綠的鮮瓜，等待著人們來品嘗。寫到尾聯，詩人更是熱情呼喚鸕鷀莫要飛走，請牠留下來一道享受新涼。全篇洋溢著詩人對山鄉田園、對大自然的親切感和愉悅感。筆調輕鬆，語言明快，風格清新喜人，讀來如沐爽風，如飲甘泉。如果要挑毛病，那就是第六句敷衍少味，與第五句不稱。

病牛

李綱

【題解】李綱力主抗金，遭到投降派迫害，執政僅七十七天，即被罷相。這首詩是紹興二年（西元一一三二年）他落職居鄂州（今屬湖北武漢）時寫的。詩人運用中國古代詩歌託物言志的傳統表現手法，以病牛自況。

【作者】李綱（西元一〇八三—一一四〇年），字伯紀，號梁谿居士，原籍邵武（今屬福建），後居無錫（今屬江蘇）。他是南北宋之際傑出政治家。政和二年（西元一一一二年）進士，累遷起居郎。宣和七年（西元一一二五年），為太常少卿。欽宗即位，除兵部侍郎。靖康元年（西元一一二六年），金兵入侵圍開封，他力主抗戰，勸阻欽宗遷都，並以尚書右丞為親征行營使，擊退金兵。高宗即位，拜尚書右僕射兼中書侍郎，主張用兩河義軍收復失地。但被黃潛善等排擠罷相。後任潭州、荊湖南路安撫大使。屢上疏論時事，反對議和。卒贈少師，諡忠定。有《梁溪集》、《靖康傳信錄》、《建炎時政記》等。

耕犁千畝實❶千箱❷，力盡筋疲誰復傷？但得眾生皆得飽，不辭羸病❸臥殘陽。

【注釋】❶實 充滿。❷箱 車箱。《詩經．小雅．甫田》：「乃求千斯倉，乃求萬斯倉。」❸羸病 瘦弱多病。

【語譯】拉犁呀，耕地呀，千畝萬畝，打下的糧食堆滿了萬車千倉。力盡筋疲了，有誰憐憫、悲傷？只要天下百姓都得溫飽，我甘願瘦弱多病臥倒在殘陽下。

【研析】詩中刻畫的病牛，耕犁千畝，使糧食充滿倉廩，力盡筋疲，無人哀憐；但牠仍然想著為了天下老百姓的溫飽繼續出力，即使病倒在夕陽下也甘心情願。顯然，這病牛的形象，正是李綱一生辛勞、屢建功績、雖遭排擠打擊仍然忠心耿耿憂國憂民的真實寫照與生動象徵。這種「俯首甘為孺子牛」（魯迅詩句）、為天下蒼生鞠躬盡瘁，死而後已的崇高精神，使人內心感動，靈魂昇華。全篇句句寫病牛，同時句句也是寫詩人的人生經歷、道德品格，詠物達到了不即不離、不黏不脫的象徵藝術高境。此詩的情緒悲涼慷慨，格調崇高昂揚，語言樸實沉雄。這也是當時的時代氛圍和作者的性格處境、心態的反映。在李綱這首〈病牛〉之前，北宋詩人孔平仲有一首〈禾熟〉詩云：「百里西風禾黍香，鳴泉落竇穀登場。老牛粗了耕耘債，齧草坡頭臥夕陽。」寫一頭釋卻重負、橫臥坡頭舒閒齧草的老牛，暗示詩人希望儘早結束令人心靈疲憊的仕宦生涯回鄉躬耕的願望，寫得清新自然、含蓄深沉、生活氣息濃郁。錢鍾書先生在《宋詩選注》中說這兩頭老牛「貌同心異」，如從精神境界的角度來評論，李綱的〈病牛〉更高，堪稱清人沈德潛在《說詩晬語》中最推崇的「第一等襟抱，第一等真詩」。

兵亂後自嬉雜詩二十九首（選二）

呂本中

【題　解】靖康元年（西元一一二六年）冬天，金軍攻陷北宋的京城汴京。次年春，擄宋徽宗趙佶、欽宗趙桓父子北去。呂本中回到汴京，目睹亂後淒涼情狀，痛定思痛，創作了這組詩，它好像一幅滲透了詩人血淚的長卷圖，展現金兵入侵後所造成的瘡痍滿目慘象，也表現了詩人憂國憂民的深沉感情。詩題中的「自嬉」，這裡是抒發鬱悶，聊以自慰的意思。

【作　者】呂本中（西元一〇八四—一一四五年），字居仁，壽州（今安徽壽縣）人。元祐宰相呂公著曾孫，以恩蔭授承務郎，紹聖初以元祐黨人子弟被免官。南宋紹興六年（西元一一三六年）召赴行在，賜進士出身，任起居舍人。遷中書舍人兼侍講，權直學士院。上書陳恢復大計，因忤秦檜而罷官。他祖父呂希哲是北宋著名理學家，家風濡染，他也熟諳理學。晚年深居講學，學者稱東萊先生。又因曾任中書舍人，故人稱呂紫微。他作了〈江西詩社宗派圖〉，論詩主張「悟入」，提倡「活法」，在宋代詩史上發生了深遠的影響。早期詩作兼受黃庭堅和張耒的熏染，寫得輕快流轉。靖康之變後詩風悲壯蒼涼，顯然是學習杜甫的成果。有《童蒙訓》、《師友淵源錄》、《紫微詩話》、《東萊先生詩集》等。

其一

晚逢戎馬❶際，處處聚兵時。後死翻❷為累，偷生未有期。積憂全少睡，經劫抱長饑。欲逐范仔輩，同盟起義師❸。

【注　釋】❶戎馬　兵馬，代指戰亂。❷翻　反而。❸欲逐范仔輩二句　作者自注：「近聞河北布衣范仔起義師。」逐，追隨。布衣，平民。

【語　譯】晚年遇上這場戰亂，到處都是烽煙兵馬。活下來反而是受罪，但這樣偷生不知何時到頭。我憂心忡忡，幾乎夜夜不能成眠；遭難以來，經常忍饑受凍。真想追隨范仔那群人，一同舉起殺敵的大旗！

其二十一

閭巷❶經鏖戰，空餘池上亭。簷楹鏃❷可拾，草木血猶腥。雲漢悲鴻雁，郊原媿❸鶺鴒❹。白頭兩兄弟，各未保殘齡。

【注　釋】❶閭巷　里巷。❷鏃　箭鏃；箭頭。❸媿　愧對。❹鶺鴒　鳥名。《詩經・小雅・棠棣》：「脊令（鶺鴒）在原，兄弟急難。」後來便以鶺鴒比喻兄弟。作者原注：「和仲氏。」和，唱和。仲氏，指弟弟。

【語　譯】城中里巷經過一場鏖戰，園林已成廢墟，只剩下池上一個孤零零的亭子。亭中簷楹下還可以拾到箭頭，小草樹木沾著的血散發出腥臭氣味。天空似乎在悲哀離群的鴻雁，郊原也愧對憔悴的鶺鴒。我們兄弟倆都已白髮斑斑，在戰亂中各自都難以保住殘齡。

【研　析】呂本中這組詩基本上都採取直敘、實錄的寫法，力求生動、逼真地表現出汴京戰亂中金兵橫暴，汴京軍民遭受屠戮、饑寒，城中殘破荒涼，哀鴻遍地的慘狀，抒發作者對國破家亡、百姓罹難的憂憤，並表達出他在國家急難之際要追隨義師殺敵報國的志節。每一首詩都蘊含著豐厚的思想內容。第一首帶有序詩的性質。首聯直點兵亂主題，渲染總體氣氛。中間兩聯全從個人的切身體驗與感受落筆，表現出城中百姓悲愁淒苦境況乃至生不如死的徹骨之痛。第二十一首更側重描寫戰亂後汴京城的荒涼殘破景象。前二聯寫里巷一片殘垣斷壁、園林已成廢墟，空餘一個小亭，甚至寫到散落簷楹下的箭鏃，草木上的血腥。詩人運用樸素凝煉的語言表現景物，上下句一小一大，對比強烈，使人讀之如身臨目睹，驚心動魄。「雲漢」一聯，所寫景物既是詩人所見的實景，屬賦象，又是喻象，鴻雁比喻流離失所的百姓，鶺鴒則是他與弟弟相悲相憐的象徵。這一聯句法學杜甫〈春望〉詩的「感時花濺淚，恨別鳥驚心」。清代紀昀評曰：「五首全摹老杜，形模亦略似之，而神采終不及也。」又批第一首云：「三、四好，結太率易，此欲為老杜而失諸。」（《瀛奎律髓彙評》卷三二）呂本中這組詩是他學杜的超水準發揮，紀昀雖肯定不夠，但批評呂氏「神采終不及」，第一首「結太率易」是中肯的。呂本中的思想與藝術概括力終究不及杜甫，即以第一首為例，除了尾聯率易、直露缺少形象與詩味外，首聯上句「戎馬際」與下句「聚兵時」，嚴格地說，字面上也有些犯複。顯然不及杜甫〈春望〉的首聯「國破山河在，城春草木深」。

柳州開元寺夏雨

呂本中

【題解】南宋初年，呂本中從北方流亡到柳州（今屬廣西）避亂，因有所感而作此詩。據方回《瀛奎律髓》卷十七評云：「末句乃是避地嶺外，聞將相驟貴者，亦老杜秦蜀湖湘之意也。」點出了詩人對那些在國家危難中坐享富貴的將相表示不滿，流露傷時憂國的深沉情思，這是有見地的。

風雨脩脩似晚秋，鴉歸門掩伴僧幽。雲深不見千巖秀，水漲初聞萬壑流。
鐘喚夢回空悵望，人傳書至竟沉浮❶。面如田字❷非吾相，莫羨班超封列侯❸。

【注釋】❶人傳書至竟沉浮　《世說新語．任誕》載：殷洪喬為豫章太守，臨赴任，京都人託他帶書信百多封，他悉投水中說：「沉者自沉，浮者自浮，殷洪喬不為致書郵。」這裡是說書信被遺失了。❷面如田字　南齊時名將李安民「面方如田，封侯狀也」（《南齊書．李安民傳》）。❸班超封列侯　東漢名將班超「燕頷虎頸」，相者認為「此萬里侯相也」。後班超立功西域，封定遠侯。典出《後漢書．班超傳》。

【語 譯】風雨瀟瀟，盛夏天氣竟像深秋一樣涼冷。烏鴉已躲進巢中，我也緊閉寺門與僧人作伴。雲氣彌漫，看不見秀麗的群峰；溪水暴漲，千澗萬壑急水亂流。寺院的鐘聲把我驚醒，思鄉美夢破滅我徒然悵望；盼望的書信總也不來真使人憂愁。我生來就沒有富貴相，休要羨慕班超萬里封侯！

【研 析】這首七律，前四句側重寫景，後四句主要抒情感慨。首聯上句寫對夏日風雨竟有「似晚秋」的獨特感受，下句寫呂本中借宿山寺的清幽環境，寄寓著避亂嶺外，飄零冷落的情意。頷聯寫山水遠景，寫得有靜有動，有聲響與氣勢。「不見」與「初聞」上下呼應，構成反對式的對仗。這樣寫的好處是：說「不見千岩秀」比直說看見千岩秀更誘人想像，並使詩句之間形成轉折跌宕，其藝術效果更佳。這一聯詩其實是從《世說新語》所載顧愷之讚美會稽山水「千岩競秀，萬壑爭流」二語化出，但添加了「雲深」、「水漲」的意象和詩人「不見」、「初聞」的意態，就顯得景中含情。頸聯由寫景轉入抒情。對得工整，每句都是四層意思，既凝煉深至，又清新流暢。方回讚「人傳」句「絕佳」（《瀛奎律髓彙評》），錢鍾書也稱：「這一聯極真切細膩的寫出來流亡者想念家鄉和盼望信息的情境。」（《宋詩選注》）尾聯把被認為有富貴之相的兩個名將的典故巧妙地聯綴在一起，饒有詩趣地表達對那些借國難而驟然富貴的將相的激憤，以及對自己流落異鄉無法為國效力的深沉感慨。這種聯綴典故的藝術手段，是呂本中的老師黃庭堅最擅長的。黃詩〈戲呈孔毅父〉首聯「管城子無食肉相，孔方兄有絕交書」，竟然妙聯韓愈〈毛穎傳〉、《後漢書・班超傳》、魯褒〈錢神論〉、嵇康〈與山巨源絕交書〉四個典故，表達自己富貴無望的牢騷，並產生詼諧的情趣。呂本中以其「活法」學得了老師的藝術手段。

夏日絕句

李清照

【題解】這首詩借項羽不肯過江之事，諷刺只顧南渡逃命苟安的南宋小朝廷，約作於李清照流亡期間。

【作者】李清照（西元一〇八四－一一五五？年），號易安居士，濟南章丘（今山東濟南）人。其父李格非是以文章受知於蘇軾的名士，後來也入了元祐黨籍。其丈夫趙明誠精通金石書畫。夫妻遂以考證校勘金石碑銘為樂事，共作《金石錄》。南渡後，趙明誠病卒，她孤身輾轉流徙於江浙一帶，晚境淒苦。她是中國古代最傑出的女詞人，亦擅詩文。其詞語言清新平易而內蘊豐富，形成了獨特的「易安體」，藝術造詣很高。存詩較少，以詠史抒懷為主，風格清健雄放，有慷慨之氣。集已佚，後人輯有《漱玉詞》，有今人王仲聞的《李清照集校注》。

生當作人傑，死亦作鬼雄。至今思項羽，不肯過江東❶。

【注釋】❶至今思項羽二句　《史記・項羽本紀》載，項羽與劉邦爭天下，項羽兵敗垓下，退到烏江，烏江亭長勸他渡江後重振旗鼓，但他深感愧對江東父老，自刎而死。江東，長江下游地區的泛稱，這裡指江南。

【語譯】活著應當做人中的豪傑，死後也要成為鬼中英雄。至今我深深緬懷項羽，就因為他寧死不肯逃往江東。

【研析】靖康二年（西元一一二七年）四月，金兵攻陷汴京，俘虜宋徽宗、欽宗二帝北去。五月，趙構在南京（今河南商丘）稱帝，是為高宗。但這個新建的趙宋王朝卻放棄了守土安民的責任，畏敵如虎，倉皇渡江南逃，使千萬百姓被金兵鐵騎踐踏、蹂躪，蒙受巨大災難，李清照也家破人亡。女詩人對只顧逃命苟安的南宋朝廷懷著強烈的怨憤，寫出了這首懷古詠史詩。前二句熱烈頌揚項羽生作人傑、死為鬼雄的豪氣。語言凝煉警策，對仗工整自然，情緒慷慨激昂，音節高亢響亮，可謂大氣磅礴，擲地有聲，扣人心弦，催人奮發。後二句深深緬懷項羽寧肯悲壯戰死，不願屈辱偷生，不肯退避江東。女詩人針對當時政局，在項羽的故事中突出這一點，發掘出新意，對實行妥協逃跑政策、忍辱偷生的南宋昏君佞臣作了辛辣的諷刺，表達了她希望宋軍北伐恢復中原的愛國思想感情。詩人巧妙地借古諷今，頌古非今，使這首詩短小精悍，筆力千鈞，發人深省，千古傳誦。明代詩論家鍾惺稱讚說：「嶔崎歷落，出人想外，殊不屑為兒女語。」（《名媛詩歸》卷一八）是中肯的。

大藤峽

曾幾

【題解】這首詩是靖康二年（西元一一二七年）金兵攻陷汴京後，曾幾避亂赴廣西時寫的。大藤峽，在今廣西桂平市西。

【作者】曾幾（西元一〇八四－一一六六年），字吉甫，號茶山居士，河南（今河南洛陽）人，祖籍贛州（今江西贛縣）。早年從學於其舅孔平仲，有文名。北宋末曾任秘書省校書郎、提舉淮南東路茶鹽公事等職。南渡後轉徙各地任職。紹興八年（西元一一三八年）因反對秦檜議和，罷兩浙西路提刑任。後客寓上饒茶山七年。紹興二十五年秦檜死，重得起用，召赴行在，除秘書少監，擢尚書禮部侍郎。卒諡文清。他是江西派詩人。詩學杜甫、黃庭堅，又把呂本中「活法」傳給陸游。他的佳作清新活潑，明快流暢，音律和諧。一些憂國憂民之作尤為感人。有《茶山集》。

一洗干戈❶眼，舟穿亂石間。不因深避地，何得飽看山？江潰重圍急，天橫一線慳❷。人言三峽險，此路足追攀。

【注釋】❶干戈　為古代戰爭常用武器，故藉以指戰爭。干，盾。戈，戟。❷慳　省儉；吝嗇。

【語譯】大藤峽的清冽之水，一下子就洗淨了我這對剛看過干戈的眼睛。我的小舟在亂石縱橫的峽中船行，既驚險又喜悅。如果不是深入嶺南躲避戰亂，我哪裡能夠飽看這麼多雄奇幽秀的山峰呢？近觀峽中的江水，像崩潰的雪山猛湧過來，使我恍然如見強敵正重重圍城那麼危急；遠眺峽的上游，兩邊高峰峻立，青天吝嗇得只開了一線，讓峽水從空中懸落，真是奇險無比。人們都說長江三峽是天險，我感到這一路所見足可與三峽媲美。

【研 析】這首山水行旅詩出色地描繪桂東大藤峽的雄奇險峻景色，既表現了曾幾觀覽大好河山的驚喜，又在寫景中折射出戰亂的時代氣氛。首聯起勢突兀，就表現出這兩個方面的詩意。「洗」字，暗示了峽水。「戈」字，表現當時的戰亂。「一」字，作副詞用，並非數詞，加重語氣之意，流露出經過戰亂的詩人陡然見到美景並得到清水洗眼時的喜悅、暢快之情，造句心境動人。「穿」字，寫出舟行峽中的驚喜之狀。杜甫〈聞官軍收河南河北〉詩中有「即從巴峽穿巫峽」句，曾幾的「穿」字即出於杜詩，用得一樣精準。頷聯用了一個流水對仗，抒寫自己因避亂遠至嶺南，意外得以飽覽江山勝景的自寬自慰心態。「不因深避」與「何得飽看」，副詞與形容詞、動詞巧妙搭配，上下對仗極工巧，又很自然流暢。頸聯又是寫景，乃全詩的高潮。剛從兵亂中逃離出來的詩人，竟然用強敵圍城、宋軍突圍潰敗來形容峽江洶湧湍急，又以天開一線極度誇張遠眺所見峽的高峻險狹。一動一靜，一俯一仰，景象觸目驚心。這兩句所寫大藤峽的險象，還似象徵寓意當時詩人所見所感的北宋淪亡南宋危機的形勢。杜甫山水詩與時代風雲及詩人身世遭遇相結合這一個突出的思想藝術特徵，也被曾幾學到了手。全篇運用大寫意手法寫景，意象奇險，筆力雄健，句法凝煉，用字精警，音節響亮，堪稱佳作。但尾聯只寫大藤峽之險，足可與長江三峽相比，稍嫌粗率平弱，未能提升詩境或宕出遠神，猶如強弩之末，令人惋惜。

蘇秀道中自七月二十五日夜大雨三日秋苗以蘇喜而有作

曾幾

【題解】題內「蘇秀道中」，指從蘇州（今屬江蘇）到秀州（今浙江嘉興）的路上。這年夏秋間，久晴不雨，秋禾枯焦。至十月二十五日夜間止，大雨三日，莊稼得救。曾幾歡欣鼓舞，寫了這首喜雨的七律。詩人於高宗紹興年間曾為浙西提刑，此詩可能作於浙西任上。

一夕驕陽轉作霖❶，夢回涼冷潤衣襟。不愁屋漏床床濕，且喜溪流岸岸深。千里稻花應秀色，五更桐葉最佳音❷。無田似我猶欣舞，何況田間望歲❸心。

【注釋】❶霖　大雨或久雨。❷佳音　這裡指雨打梧桐的聲音。❸望歲　盼望豐收年成。歲，指一年農事收成。

【語譯】滿山驕陽，終於變成了一整夜的傾盆大雨。夢中醒來感到好涼冷，衣襟已潮潤了。我不愁屋漏淋濕每張床，高興的是無數溪流水變深。千里稻花，該又恢復那誘人的秀色，五更時雨打桐葉，奏出了最美妙的樂音。我沒有田地，還這樣歡欣鼓舞，何況田間農民們那一顆顆盼望豐收的心。

【研析】唐代大詩人杜甫寫過一首五律〈春夜喜雨〉詩，熱烈讚美春雨無聲潤物、不求人知的精神，藉以表現他對生活的熱愛和高尚的人格。曾幾這首喜雨詩，則是抒寫詩人關心農事、與農民同喜樂的情懷。這兩首詩都以「喜」字為全篇詩眼，詩人的滿腔欣喜之情，洋溢在每一句詩中。此詩首句緊扣詩題，寫久旱得雨，明快簡捷，卻又以似火驕陽忽然轉化為企盼已久的甘霖表出，具象感特強，喜悅之情已溢出字外。次句「夢回」承「一夕」，表現夜間夢醒感到涼冷和衣襟濕潤。一個「潤」字傳出浸透身心的清涼舒適、喜悅愜意。情景與感覺俱出，寫得清新而細膩。頷聯正面寫「喜」字，上下句分別化用杜甫的「床頭屋漏無乾處」（〈茅屋為秋風所破歌〉）和「溪流岸岸深」（〈春日江村〉）。曾幾把這兩句杜詩巧妙組合，上下對比映襯，又在句前添加表達喜悅之情的「不愁」與「且喜」，從而化景物為情思，形成一氣貫注的「流水對」和「床床」、「岸岸」疊字巧對，於是聲情並茂，躍然紙上。化用杜詩自然妥帖，如同己出，又能使讀者感受到他同杜甫一樣體恤民艱捨己忘我的崇高感情。頸聯承「且喜」句，寫出「喜」的緣由，並進一步抒情。上句虛寫，想像千里田疇綠浪起伏稻花一片的喜人畫面。下句實寫當前聽雨情景。古詩詞中常用來表現悲秋傷離之情的雨打梧桐之聲，聽起來竟像是最美妙的樂音。這是曾幾的大膽創新，藉以強烈表達欣喜之情。唐代詩人殷堯藩〈喜雨〉詩中，有「千里稻花應秀色，酒樽風月醉亭臺」一聯。曾幾完全借用了殷的上句，但由於他創造出足以與之媲美乃至更勝一籌的「五更」一句來對仗，上下相互映襯，堪稱珠聯璧合。特別是「最」字，不僅傳達出讚歎喜悅之情，而且使上句原本極平常的「應」字，也表現了詩人精神的舒暢和對豐收的熱烈期盼，遠比原句精彩。這一聯虛實結合，有聲有色，最是清新秀美。元人方回《瀛奎律髓》卷十七評曰：「三、四已佳，五、六又下得『應』字、『最』字有精神。」信然。尾聯緊承前六句，直抒胸臆，點醒與農民同喜樂的主題，將喜悅之情推向高潮。全篇詩情充沛，精神飽滿。同是喜雨，杜甫的五律〈春夜喜雨〉寫景細膩傳神，意蘊含蓄深雋；曾幾這首七律則顯得情景活潑，喜氣如狂。除了詩人的個性與題材、主題有別之外，也與七律每句多二字，更適於淋漓酣暢地抒情有關。而從節奏的流暢輕快來看，曾幾這首七律，同杜甫的「平生第一快詩」——七律〈聞官軍收河南河北〉更相似。

三衢道中

曾　幾

【題　解】這首紀行寫景的七絕，抒寫曾幾對旅途風物的新鮮感受。三衢，即今浙江衢州，因境內有三衢山，故稱。

梅子黃時❶日日晴，小溪泛❷盡卻❸山行。綠陰不減來時路，添得黃鸝❹四五聲。

【注釋】❶梅子黃時　江南一帶，春末夏初梅子黃熟時濕潤多雨，稱黃梅天。❷泛　浮行，此指泛舟。❸卻　又；再。❹黃鸝　鳥名，又稱黃鶯，鳴聲婉轉悅耳。

【語譯】梅子黃時反而天天放晴。泛舟遊盡小溪，再轉向山路步行。山路邊的綠陰和來時一樣濃厚，只是綠陰中增添了幾聲黃鸝的囀鳴。

【研析】這首紀遊詩描繪了浙西山區春末夏初的明媚風光。首句寫時令和天氣。江南黃梅時節，多是陰雨連綿，常被詩人詞人描寫成為名句，如「梅實迎時雨」（柳宗元〈梅雨〉），「梅子黃時雨如霧」（胡仔《苕溪漁隱叢話・前集》卷三七引），「梅子黃時雨」（賀鑄〈青玉案〉），「黃梅時節家家雨」（趙師秀〈約客〉）等。曾幾一落筆便寫難得碰上了梅雨季節少有的好晴天，而且是日日晴，語句中透出欣喜與興致，可謂出其不意，平中見奇。一個「黃」字，又令人如見梅樹枝頭，果實累累，在豔陽下金黃耀目。次句寫他在小溪上泛舟，到了盡頭，又改走山路。這一句不僅寫出了遊程，還表現了浙西山重水複，處處有青黛山光和澄碧水色，令人爽心悅目。三四句描寫山行中一路綠樹成蔭，清幽涼爽，還不時從樹林深處傳來黃鶯婉轉悅耳的叫聲。這裡聲色兼寫，動靜結合，以聲顯寂。以「黃鸝四五聲」收尾，新鮮活潑，餘音嫋嫋。句中「不減」與「添得」對照，省略了寫「來時」的筆墨，暗示了往返期間季節由春入夏的推移，又細微地表達出自己在歸途中對景物變化的留心觀察和喜悅心情。正如今人劉學鍇先生所評：「在構思和剪裁上都頗見匠心。」（《宋詩鑑賞辭典》，第七九九頁）全詩清麗明快，饒有生活韻味，是紀遊詩的精品。兩個「黃」字犯複，是一小點瑕疵，卻很難免。

東崗晚步

李彌遜

【題解】李彌遜晚年被罷黜歸田，隱居於今福建連江的西山。此詩是歸隱期間所作。東崗，當是西山東面的山崗。晚步，傍晚時散步。

【作者】李彌遜（西元一〇八五－一一五三年），字似之，自號筠溪翁，蘇州吳縣（今屬江蘇）人，大觀三年（西元一一〇九年）進士，徽宗時因上疏進諫而落職。南渡後曾任起居郎，又因竭力反對秦檜的投降政策而被免職，晚年隱居連江（今屬福建西山）。他的詩清奇磊落，寄意高遠。有《筠溪集》。

飯飽東崗晚仗藜，石梁❶橫渡綠秧畦。深行徑險從牛後❷，小立臺高出鳥棲❸。問舍誰人村遠近，喚船別浦❹水東西。自憐頭白江山裏，回首中原正鼓鼙❺！

【注釋】❶石梁　石橋。❷牛後　戰國時諺語有「寧為雞口，勿為牛後」，本是比喻之詞，此作實詞用。❸鳥棲　指棲鳥所在的樹梢。❹別浦　河流入水的汊口。❺鼓鼙　古代軍隊中用的小鼓。

【語　譯】傍晚我吃飽了飯，便拄著藜杖漫步東崗。一座石橋橫跨在小河上，兩岸畦田中的嫩綠秧苗隨風蕩漾。我在山間險峻的小路上行走，谷深道狹，只能跟在牛的後面，小心翼翼，緩緩前行。走過險徑，來到一座高臺邊歇歇腳，再登臺四望，覺得棲鳥的樹梢都在腳下。蒼茫暮色中，遠遠近近，散布著幾處村落。不知是誰，在向路人打聽某家的住處；河水的汊口邊，有人在呼喚停泊於對岸的渡船。可憐可歎我髮白身閒，無法報效國家，只能在這如畫的江山中徜徉。回望那遙遠的中原大地，戰鼓正咚咚地響！

【研　析】描寫山鄉田野景色逼真細膩，章法結構出人意料，是李彌遜這首七律的藝術表現特色。詩的首句明點「東崗晚步」，次句描繪跨過石梁所見秧苗新綠。頷聯由平疇而登崗，上下句一寫徑險，一寫臺高，一寫「深行」之動態，一寫「小立」之靜態。作者觀察細緻，善用對照，描狀極真切。「牛後」一詞，將比喻諺語巧作實事實景來用，新俏幽默。「從牛後」與「出鳥棲」，對仗並不追求字字皆對，而取其自然。作者在敘事寫景中含蓄抒情，讓讀者感受其涉險的怵惕情態，登高的曠遠襟懷。頸聯專寫登東崗所見的村民生活場景。「問舍誰人」與「喚船別浦」，都扣合著暮色蒼茫中只能從人的動作推測、想像其行為目的和聲音，動中顯靜，饒有情趣。此聯對仗卻是銖兩悉稱，十分工整。尾聯突作轉折，以逆轉收結。詩人竟在和平寧靜的南方山鄉中聯想並聽見了中原故土的戰鼓之聲，這與前六句的情景形成鮮明對照，從而突出了詩人心繫國事的胸襟、品格，昇華了這首詩的境界，使其思想性勝於詩人寓居山陰時所寫的同題材之作〈雲門道中晚步〉。

和張規臣水墨梅五首（選一）

陳與義

【題解】政和八年（西元一一一八年），張規臣作〈水墨梅〉詩，陳與義和作了這組詩，共五首。宣和中，宋徽宗見這五首詩，很欣賞，陳與義因此擢任秘書省著作佐郎。這裡所選是第三首。張規臣，字元東，陳與義表兄。水墨梅，以水墨畫成的梅花，不施彩色。據宋人曾敏行《獨醒雜志》卷四記載，這幅墨梅為花光仁老所畫。花光仁老指僧仲仁，號花光，又作華光，以畫墨梅著名。

【作者】陳與義（西元一〇九〇—一一三九年），字去非，號簡齋，洛陽（今屬河南）人。政和三年（西元一一一三年）登太學上舍甲科，授文林郎、開德府教授。宣和年間，以〈水墨梅〉詩受到宋徽宗賞識，擢為著作佐郎。後因事謫監陳留酒稅。靖康難起，他自陳留避亂南奔，流轉於襄漢湖湘之間。高宗紹興元年（西元一一三一年）經廣東、福建輾轉抵達臨安（今浙江杭州）。歷任中書舍人、吏部侍郎、翰林學士，累官至參知政事。他是北宋南宋之交最傑出的詩人。南渡前期詩多閒情逸致、流連光景之作。南渡以後，經歷亡國巨痛，親嘗流亡之苦，學習杜甫詩感時傷亂、憂國憂民的精神，其詩具有杜詩蒼涼沉鬱、慷慨悲壯的風格，最得杜詩之真傳。他與黃庭堅、陳師道並稱為江西詩派的「三宗」。有《簡齋集》。

粲粲江南萬玉妃❶，別來幾度見春歸。相逢京洛❷渾依舊，唯恨緇塵染素衣❸。

【注　釋】❶玉妃　比喻梅花。蘇軾〈梅〉詩：「玉妃謫墮煙雨村。」韓愈〈辛卯年雪〉詩：「白霓先啟途，從以萬玉妃。」此沿用。❷京洛　西晉京城洛陽，這裡代指汴京。❸緇塵染素衣　西晉陸機〈為顧彥先贈婦〉：「京洛多風塵，素衣化為緇。」又，謝朓〈酬王晉安〉：「誰能久京洛，緇塵染素衣。」這裡用此典。緇，黑色。

【語　譯】我曾經在江南賞梅，萬樹梅花鮮豔燦爛，就好像萬名玉妃翩翩起舞。別後幾度逢春，我都思念梅花的清姿倩影。今日在京城與梅花相逢，她們的風神依舊，只可惜潔白的衣裳已被塵土染成了黑色。

【研　析】詩詠墨梅，起筆並不寫墨梅，而是描繪真梅。陳與義化用韓愈、蘇軾詩中比擬梅花的「玉妃」這一美麗意象，全篇都把梅花擬人化。首句描繪梅花如萬名妃子亭亭玉立或翩翩起舞，字字皆精，字字俱美，不用一個動詞而呈現出鮮明生動、光彩動人的意象，並使人感到如入神仙之境。次句於敘事中傳達出對梅花的深情思念。三、四句，由寫真梅到寫墨梅。作者巧妙化用陸機詩句，使墨梅與真梅綰合。作者惋惜梅花的素衣已化為緇衣，表達對梅花高潔品格的讚美，對汙染梅花的緇塵之憎惡，使這首題畫詩意蘊頗為深厚。而更動人的，是寫出他同梅花的一段情緣，使這首題畫詩似乎成了一首愛情詩。南宋何汶《竹莊詩話》卷十七引洪邁評此詩云：「語意皆妙絕。」切當。

登岳陽樓二首（選一）

陳與義

【題解】這首七律是建炎二年（西元一一二八年）秋陳與義避戰亂流亡到湖南時作。岳陽樓，在今湖南岳陽洞庭湖邊。

洞庭之東江水西，簾旌❶不動夕陽遲。登臨吳蜀橫分地❷，徙倚湖山欲暮時。萬里來遊❸還望遠，三年多難❹更憑危❺。白頭弔古風霜裏，老木滄波無限悲。

【注釋】❶簾旌　樓上懸掛的帷幔。❷吳蜀橫分地　三國時吳與蜀爭奪蘇州，吳國魯肅率兵萬人駐紮在岳陽，故云。❸萬里來遊　謂自己從中原避亂南來，行程萬里。❹三年多難　指自己從靖康元年（西元一一二六年）開始逃難，三年之間，歷盡千辛；兼指戰亂三年，國家多難。❺憑危　憑高，謂登樓。

【語譯】我登上岳陽樓，面對浩渺洞庭湖，背靠滾滾長江水。這時，夕陽冉冉，餘暉慘澹，樓上帷幔紋絲不動，令人感到清冷寂寞。徘徊在這西蜀、東吳分界處，沉沉暮靄已籠罩湖光山色。我從中原避亂南來，行程萬里，才來到這座名樓望遠；三年之間，國家多難，我歷盡千辛，此刻正憑欄懷古。白髮斑斑的我，孤立於蕭瑟秋風裡，就像古老的樹木、蒼茫的波浪一樣無限悲傷。

【研　析】靖康事變以前，陳與義詩多寫閒情逸致。靖康亂起，陳與義倉皇南奔，經歷了亡國巨痛，親嘗了流亡之苦，於兵荒馬亂中，與杜詩心心相印，發出了「但恨平生意，輕了少陵詩」（〈避虜入南山〉）的創作宣言。他主要學習杜甫感時傷亂、憂國憂民的精神，這種精神貫注在這首詩中。如詩的頸聯，就學杜詩把敘事與抒情結合，既概括了他在三年中避難南奔的流離生活，又於「望遠」中含蓄抒發他關懷顧念中原故土和親友的感情。又如詩的尾聯，上句寫自己「白頭吊古」於「風霜」之中，情景俱哀；下句更用移情手法寫「老木滄波」亦無限悲涼。與杜詩「感時花濺淚，恨別鳥驚心」（〈春望〉）一樣，傾瀉出強烈深沉的家國之恨與身世之悲。此種境界，逼近老杜。其次，陳與義也學習了杜甫律詩擅於表現壯闊悠久的時空意象與境界的特點。此詩首句即推出「洞庭」與長江兩個大意象，次句展現一輪夕陽斜掛在湖邊名樓。頷聯於靈視中表現「吳蜀橫分」之地、「湖山欲暮」之時，都令人想起杜詩中的名聯「吳楚東南坼，乾坤日夜浮」（〈登岳陽樓〉）與「無邊落木蕭蕭下，不盡長江滾滾來」（〈登高〉）。再次，杜詩為了把憂國憂民之情表達得更深沉，十分注意詩聯的鬆緊、疏密、起伏、疾徐變化，以及詩句一層意、二層意、三層乃至多層意的設計。陳與義也學到了杜詩的這一藝術手段。此詩首聯句法是二層意，頷聯一層意，頸聯二層意，尾聯三層意，杜詩〈登高〉有「萬里悲秋常作客，百年多病獨登臺」一聯，每句四層意，二句共八層，陳詩效法杜詩，在頸聯用了「萬里」、「三年」作對，真實地寫出了自己逃難的遙遠路途、逃難的時間。此詩也學到了杜律雄放悲壯又蒼涼沉鬱的風格，如首聯就寫出雄遠、靜穆、淒清、悲涼的夕照湖樓氣象，尾聯的意象，其蕭森悲壯，足以酸人眼目，催人淚下。可見，此詩乃是陳與義在流亡途中學杜而得其真傳的傑作。故而元人方回評：「簡齋〈登岳陽樓〉凡三詩，……近逼山谷，遠詣老杜。」清代紀昀亦讚云：「意境宏深，真逼老杜。」（《瀛奎律髓彙評》卷一）

傷春

陳與義

【題解】這首詩作於建炎四年（西元一一三〇年）春，時陳與義避戰亂於邵陽（今湖南），居紫陽山。傷春，杜甫有〈傷春〉詩，陳與義借用杜甫的詩題，表現憂國傷時的思想感情。

廟堂❶無策可平戎❷，坐使❸甘泉照夕烽❹。初怪上都❺聞戰馬，豈知窮海看飛龍❻。孤臣霜髮三千丈❼，每歲煙花一萬重❽。稍喜長沙向延閣，疲兵敢犯犬羊鋒❾。

【注釋】❶廟堂　朝廷。❷平戎　平定戰亂，此處指擊敗入侵的金人。❸坐使　因此使得。❹甘泉照夕烽　漢文帝時，匈奴入侵，報警的烽火「通於甘泉、長安數月」（《史記·匈奴列傳》）。甘泉，漢朝行宮名。夕烽，夜晚報警的烽火。❺上都　京城。此指北宋都城汴京。❻豈知窮海看飛龍　建炎三年（西元一一二九年）末，金兵渡江南下，破建康、臨安、越州，宋高宗從海上逃跑。次年春，金兵破明州，從海道追高宗，不及。宋高宗泛派海逃至溫州。此句即敘此事。窮海，僻遠的海上。飛龍，指皇帝，這裡指宋高宗。❼孤臣霜髮三千丈 這句用李白〈秋浦歌〉：「白髮三千丈，緣愁似個長。」孤臣，失君之臣，這裡是詩人自指。❽煙花一萬重 用杜甫〈傷春〉詩：「關塞三千里，煙花一萬重。」❾稍喜長沙向延閣二句 建炎三年，金兵圍攻潭州，向子諲率軍民堅守，城破，又督兵巷戰，後突圍而出，繼續率兵抵抗金兵。尾聯二句即指此事。向延閣，向子諲，字伯恭，當時任潭州（今湖南長沙）知州。延閣是漢代皇家藏書處，向子諲曾任直秘閣學士，故這樣稱呼他。犬羊，對金兵的蔑稱。

【語　譯】朝廷昏庸，沒有良策可擊敗敵人的進攻，致使邊庭告急的烽火，直把那皇帝的宮殿照紅。人們起初還驚訝，京城帝都怎會聽到戰馬的嘶鳴？哪裡料到，連僻遠的海上也見到皇帝逃跑的行蹤。我這個失君的孤臣，憂心國運而陡生長長的霜髮，春日的繁花卻不解人意，年年歲歲仍開得密密重重。只有潭州太守向子諲能令人稍感寬慰，他率領疲兵弱旅，竟敢於抵抗金人的兵鋒。

【研　析】陳與義最推崇的杜甫多次借傷春而感傷國事，寫下了「天下兵雖滿，春光日自濃」（〈傷春〉），「國破山河在，城春草木深」（〈春望〉），「花近高樓傷客心，萬方多難此登臨」（〈登樓〉）等動人心弦的名句。陳與義這首詩借用杜甫的詩題，並以美麗的春光反襯他憂憤國事的情思。前四句一氣貫注，抒寫金兵滅北宋後又渡江南下追擊南宋皇帝高宗，國家已到了滅亡的危急關頭。詩一開篇就把批判的矛頭指向南宋最高統治集團，譴責高宗的逃跑政策，指斥奸臣的禍國殃民，使此詩愛國主義思想表現得最為強烈。這四句以敘事為主，但詩人妙用典故，從典故中攝取意象，如「甘泉」、「夕烽」、「上都」、「戰馬」、「窮海」、「飛龍」，使敘事生動、形象，有詩意，內涵豐富。頸聯在傷歎國事中，融入對自我境況與憂國深情的抒寫。詩人化用李白感歎愁情和杜甫傷春憂國的詩句，並將這兩個富於藝術誇張的詩句構成一聯精妙的對仗。他改李詩「白髮」為「霜髮」，使之與杜詩的「煙花」對得更工整，形象也更加鮮明。尾聯轉出新意，稱讚向子諲勇敢抗敵，使全詩精神為之一振。「稍喜」與「疲兵」呼應，表明詩人只是暫時地有所寬慰，他對國家安危的擔憂並未減輕。而這兩句的句法，也是從杜詩「稍喜臨邊五相國，肯銷金甲事春農」（〈諸將〉）學來的。全詩情調悲壯，氣格沉雄，用典靈活，音聲瀏亮。程千帆先生還特別指出：「讀此詩，要細玩其用筆頓挫處，如首聯平敘，而次聯動蕩；三聯方歎煙花之無知，而尾聯又讚疲兵之敢戰。亦憂亦喜，一往情深。」（《古詩今選》，第五一四頁）慧眼卓識，錄以請大家一起品味。

觀雨

陳與義

【題解】本篇作於建炎四年（西元一一三〇年）夏，這時因金兵入侵，陳與義流寓於邵陽（今屬湖南）紫陽山（亦叫貞牟山）中。借「觀雨」抒寫軍事局勢緩和所帶來的振奮心情。

山客❶龍鍾❷不解耕，開軒危坐❸看陰晴。前江後嶺通雲氣，萬壑千林送雨聲。海❹壓竹枝低復舉❺，風吹山角晦還明。不嫌屋漏無乾處❻，正要群龍洗甲兵❼。

【注　釋】❶山客　詩人自稱。❷龍鍾　疲憊貌，又形容老態。❸開軒危坐　作者借當地主人之山居寄住，因就其面勢，開壁置窗，名之曰「遠軒」。危坐，端坐。❹海　指暴雨，雨大而猛，有如翻江倒海，故云。❺低復舉　形容竹枝在雨中的偃仰之態。❻不嫌屋漏無乾處　用杜甫〈茅屋為秋風所破歌〉：「床頭屋漏無乾處。」❼正要群龍洗甲兵　用杜甫〈洗兵馬〉：「淨洗甲兵長不用。」

【語　譯】我借住在山居中，已經老態龍鍾，並不懂得農耕之事，卻喜歡在自己開鑿的軒窗下正襟危坐，關注天氣的陰晴變化。此刻，山居前江上水氣與後嶺陰雲互相連通，萬道溝壑千頃林木送來沉雷與暴雨之聲。這場暴雨猶如翻江倒海，滿山竹林被雨打壓得低伏於地，但雨一停便又挺舉起來。更遠處，風吹雲聚，山影晦暗，當雲雨散去，山角又微露光明，儘管這場暴雨使屋漏得幾乎沒有乾處，我想，一定是上蒼有靈，要群龍為我抗金將士洗滌兵甲，使他們掃除頑敵，讓天下重見光明。

【研　析】陳與義在南渡以後經歷了亡國之痛，飽嘗了流亡之苦，學到了杜甫詩感時傷亂、憂國憂民的精神及其蒼涼沉鬱、感慨悲涼的風格。清人紀昀評陳詩「意境宏深，真逼老杜」（《瀛奎律髓彙評》卷一），此詩又是一例。詩寫山居觀雨，卻內蘊著詩人關注國事的深情。首聯點出山居，關心陰晴，字面上指天時，其實雙關指人事，關心時局。頷聯承上「陰」字寫雲興雨至，有聲威與氣勢。詩人從大處著眼，「前江後嶺」與「萬壑千林」展開了壯闊境界。這八個字既是本句對伏，又是上下對。頸聯承上「晴」字，寫雨止，卻從小處落墨，寫出被暴雨壓得低伏的竹林又重新挺舉，被濃雲遮蔽的山，又在山角處微露光明。詩人表現景物在雨中與雨後的變態，細緻生動，逼真如畫。「海」字形容雨大而猛，誇張，奇壯，動詞「壓」字與「吹」字，還有描狀竹林與山角的「低復舉」和「晦還明」，字字烹煉精妙。這兩聯詩既是寫實景，又有象徵暗示時局的意蘊。詩人寫這首詩的前一年，金兵已攻破了臨安、越州，繼而又從海道追逐宋帝，宋高宗從明州逃到溫州。而在寫詩當年的春天，另一路金兵已進逼到離邵陽不遠的潭州。所以此詩頷聯所寫彌漫於「前江後嶺」的黑雲和衝擊著「萬壑千林」的暴雨，也就暗示著南宋王朝的艱危局勢。這年二月，潭州守師向子諲組織軍民頑強堅守，擊敗了金兵，正是詩人在〈傷春〉詩尾聯所寫：「稍喜長沙向延閣，疲兵敢犯犬羊鋒。」此詩頸聯描寫「竹枝低復舉」與「山角晦還明」，也就隱含著詩人對潭州軍民頑強抗敵精神的讚頌，對局勢暫時光明的欣喜振奮。妙在象徵暗示含而不露，似無似有，耐人尋味。尾聯寫觀雨的感受，借用杜甫的詩句，抒寫自己不顧個人生活艱困，一心渴望著南宋軍民能整頓兵馬，堅持抗金，直到勝利。從觀雨這一日常小事寫出憂國撫時的大主題，狀景細緻與造境闊大相結合，使此詩確實得到杜甫夔州以後七律的神髓。清人許印芳除了讚揚此詩「中四句筆力雄健，五、六尤新」外，還細緻分析了全篇詩聯與聯、句與句、字與字之間的前後承接、呼應，指出此詩「處處藏機法，字字有著落」，可謂「滴水不漏」，並指出此詩微疵是「『山』字、『不』字、『龍』字俱複」（《瀛奎律髓彙評》卷一七）。可謂眼光犀利。

渡江

陳與義

【題　解】紹興三年（西元一一三二年）正月，南宋朝廷的臨時首都從紹興遷到臨安（今浙江杭州）。陳與義為起居郎，隨從高宗皇帝的車駕，此詩題為〈渡江〉，就作於由紹興至臨安渡過錢塘江時。

江南非不好，楚客❶自生哀。搖楫❷天平渡，迎人樹欲來。雨餘吳岫❸立，日照海門❹開。雖異中原險，方隅❺亦壯哉❻！

【注　釋】❶楚客　作者雖是洛陽人，但因避亂而輾轉襄漢湖湘各地，長達五年，故自稱「楚客」。❷搖楫　划槳；行船。❸吳岫　吳山，在今杭州。❹海門　指錢塘江入海處。❺方隅　角落。這裡指江南。❻壯哉　語本《史記・陳平世家》：「高帝南過曲逆，上其城，望見其屋室甚大，曰：壯哉！吾行天下，獨見洛陽與是耳！」

【語　譯】江南地區並非不好，但思念故國，使我這個長期在楚地飄流的客人，無緣無故地生出了哀情。此刻搖槳渡江，遠望水天，連成一片，同在一個平面上；江岸遠處的樹，好似欲迎人而來。雨後初晴，雲霧盡散，吳山更青，高高矗立；紅日高照，金光四射，江面開闊，像是向大海開敞門戶。儘管江南險固有異於中原，但也擅有形勝，能使人感到氣象壯觀！

【研　析】這首五律寫於南宋朝廷由紹興遷都臨安的渡江途中，陳與義抒寫中原淪於金兵的哀痛，但又表示江南形勝也頗壯觀，國事仍有可為。首聯的「哀」字和尾聯的「壯」字，表明了詩的情調由哀痛轉為豪壯的變化。中間兩聯寫渡江情景，首尾兩聯直接抒情議論。「雖異」句和「生哀」句照應，「方隅」句與「江南」句相承，首尾銜接又對比，全篇情緒抑揚起伏，最後以唱歎江南的壯麗形勝結束。章法結構嚴謹，針線細密。中間兩聯寫景出色。詩人捕捉住自己真切的感受，準確地生動地表現槳動船行時產生的錯覺和幻覺，所以景物畫面的動感和立體感都很強。頸聯的吳山、江流、海門、紅日，組合成壯麗的景觀，景物的色彩、形態、線條、層次都大筆勾勒出來，其寫法與王維「大漠孤煙直，長河落日圓」（〈使至塞上〉）、李白「山隨平野盡，江入大荒流」（〈渡荊門送別〉）以及杜甫「星垂平野闊，月湧大江流」（〈旅夜書懷〉）相似，差可媲美，顯示出陳與義善於寫大景、壯景的氣魄和手筆，而有別於更多從精細處學杜的陳師道。

清代陸貽典評這兩聯詩「用意妙絕」，但他理解作者的用意卻是：「所見者東南半壁，不堪回望中原矣。末句反言之而愈不勝其哀也。」（《瀛奎律髓彙評》卷一）似與作者當時身為南宋朝廷扈從之官、隨駕遷都杭州而寫作此詩的背景和心情不合。其實這四句詩中流露出的思想感情，是比較開朗、樂觀的。南宋小朝廷能夠遷都杭州，正是當時宋金對峙局面相對穩定，形勢有所好轉的結果。因此，詩人寫水天相平，遠樹迎人，吳山矗立，紅日照耀，海門開敞，是有象徵隱喻意義的，蘊含著作者期盼並相信國家前景氣象開闊，光明在望的情意。清代馮班批評「立」字欠自然（同上引書），他沒有體會到詩人選擇這個字實屬用心良苦，他是多麼希望遷都的南宋朝廷，也如吳山一樣驅散雲霧，巍然屹立啊！

牡丹

陳與義

【題解】這首詩是陳與義詠物懷鄉的名篇，作於紹興六年（西元一一三六年）春，這時他以病告退，寓居於浙江桐鄉縣北青墩壽聖禪院之無住庵。

一自胡塵❶入漢關，十年❷伊洛❸路漫漫。青墩溪畔龍鍾客❹，獨立東風看牡丹。

【注釋】❶胡塵　指金兵。❷十年　自靖康元年（西元一一二六年）汴京淪陷，至此已過十年。❸伊洛　伊水和洛水，指詩人故鄉洛陽。❹龍鍾客　詩人自指。龍鍾，疲憊貌，又形容老態。

【語譯】自從金兵入侵中原以來，十年了，回望故鄉洛陽，路是那麼漫長。歲月已使我老態龍鍾，今天我流落在青墩溪畔，在煦煦春風中，獨自一人欣賞著盛開的牡丹。

【研析】優秀的絕句詩往往善於小中見大、以少勝多、託物抒懷。陳與義這首七絕就是如此，借詠看牡丹而抒寫憂國思鄉這一重大主題。前一聯回敘金兵入汴，北宋淪亡，他在十年中遠離故鄉，顛沛流離、長路漫漫。在樸實的敘事中已飽含著思鄉之愁、亡國之痛、對敵之恨。後二句只寫一個生活場景：此刻，老態龍鍾的他，在異鄉流寓地忽然看見了牡丹。牡丹是詩人故鄉洛陽的名產，甚至可以說是洛陽的象徵，因此詩人自然把對故國家鄉的深情寄託於牡丹。詩以「牡丹」為題，詩中並未寫牡丹，只在詩的最末才點出「牡丹」二字。然而，衰老的詩人孤苦零丁站立在東風中凝看牡丹的形象，卻如同一座雕塑，永遠佇立在讀者眼前並儲存在他們心中。因為這個場景，這個形象，包蘊著一個皇朝興衰存亡的巨大淪桑變故，也凝聚了一個詩人刻骨銘心的愛國懷鄉深情。全篇感慨蒼涼，掩卷猶令人低徊不已。唐代詩人岑參的七絕名篇〈逢入京使〉云：「故園東望路漫漫，雙袖龍鍾淚不乾。馬上相逢無紙筆，憑君傳語報平安。」陳與義用了岑詩「路漫漫」和「龍鍾」兩個意象，又押同一韻腳，但他抒寫的不只是思鄉之情，更是國破家亡的深悲巨哀，又比岑詩表達得更含蓄深沉。「獨立東風看牡丹」一句，是從北宋張唐英〈題傳舍〉詩「忍向東風看牡丹」化來，但因包含身世之悲與亡國之痛，加之首二句回敘鋪墊得好，第三句自我形象刻畫生動鮮明，故而比張詩深沉悲涼，可謂後來居上。近代大學者沈曾植在《手批簡齋詩集》中評此詩：「含蓄無限，怦怦動心，絕調也。」是很精當的。

野泊對月有感

周莘

【題解】這首詩寫於作者因金兵南侵而流亡的途中，舉頭望月，生發出思鄉、憂國的無限愁思。

野泊，指船停泊於野外。

【作　者】周莘（生卒年不詳），字尹潛，錢塘（今浙江杭州）人。曾為岳州決曹掾，與陳與義等人多有唱和。

可憐❶江月亂❷中明，應識逋逃❸病客情。斗柄❹闌干❺洞庭❻野，角聲❼淒斷❽岳陽城❾。酒添客淚愁仍濺，浪卷歸心暗自驚。欲問行朝❿近消息，眼中群盜⓫尚縱橫⓬。

【注　釋】❶可憐　可惜；可愛。❷亂　指世道動亂。❸逋逃　逃亡；流亡。❹斗柄　北斗柄。指北斗的第五至第七星，即玉衡、開陽、搖光。北斗，第一至第四星像斗，第五至第七星像柄。❺闌干　橫斜的樣子。❻洞庭　即洞庭湖。❼角聲　畫角之聲。❽淒斷　指極其淒涼或傷心。❾岳陽城　今屬湖南，臨洞庭湖。❿行朝　即行在，亦稱行在所，皇帝臨時的居所，這裡代指皇帝。⓫群盜　指入侵的金兵。⓬縱橫　肆意橫行，無所顧忌。

【語　譯】可愛的江上之月，在這世道動亂之中還這樣明亮，它應該懂得我這個流亡在外疲病之人此時思鄉的心情。北斗星斗柄橫斜在洞庭湖上的夜空，淒涼的畫角聲響徹了岳陽古城。美酒增添了羈旅思鄉的客愁，眼淚飛濺而出，浪花好像要漫捲遊子的歸鄉之心，使人暗自吃驚。想要打聽一下皇帝近來的消息，而眼中群盜似的金兵仍然在肆意橫行。

【研　析】北宋滅亡後，金兵繼續南侵，周莘在流亡途中泊船於岳陽城外，舉頭望明月，引發詩興，寫出了這首抒寫思鄉憂國之情的七律。全篇抒愁情，首聯卻描繪江月在世亂中仍然明亮可愛，善解人意。先反襯一筆，詩篇便不平直。紀昀讚曰：「起得超脫。」（《瀛奎律髓彙評》卷三二，下引同此）頷聯寫北斗橫斜於洞庭之野，角聲淒斷在岳陽城中。一寫眼中所見，一寫耳畔所聞，景色情調，給人以悲壯之感。頸聯敘事抒情，一句三折，凝煉緊縮，借眼前景物「酒」與「浪」，觸發出更強烈、深沉的客愁鄉思。虛實結合，句法上頗見杜甫詩之沉鬱頓挫。尾聯以欲問皇帝消息和感歎金兵肆意橫行，表達忠君憂國憤恨外敵之意，也是老杜詩中常見的。所以方回評此詩：「有老杜氣骨」，「結句自可混入老杜集」，紀昀亦稱「深穩之中氣骨警拔，自是簡齋（陳與義）勁敵」，均非過許。

己酉中秋任才仲陳去非會飲岳陽樓上酒半酣高談大笑行草間出誠一時俊遊也為之賦

姜仲謙

【題　解】己酉，中國傳統紀年農曆的干支紀年中一個循環的第四十六年稱「己酉年」。此指宋高宗建炎三年（西元一一二九年）的己酉年，中秋，中國的傳統節日，即農曆的八月十五。任才仲，即任誼，字才仲，宋代著名畫家、書法家。陳去非，即陳與義（西元一〇九〇—一一三九年），字去非，號簡齋，洛陽（今屬河南）人。宋代著名詩人。會飲，聚飲。岳陽樓，雄踞於湖南岳陽西門的城樓，建築精巧雄偉，為中國江南三大名樓之一。半酣，指酒已喝了一半程度，還未盡興的樣子。行草，行書和草書，兩種書法字體。間出，相間而出，交錯而出。城，確實。俊遊，快意的遊賞。賦，作詩。

【作　者】姜仲謙（生卒年不詳），字光彥，號松庵，淄州（今山東淄博）人。宣和三年（西元一一二一年）知濟南府。建炎二年（西元一一二八年）除兩浙轉運副使，移廣南西路，遷湖北轉運使。四年，知建康府。未見有集流傳。

岳陽樓高幾千尺，俯視洞庭❶方酒酣❷。萬頃❸波光天上下，兩山❹秋色月東南。興來鸞鵠❺隨行草，夜永❻魚龍駭笑談。我欲煩公❼釣鼇手❽，盡移雲水❾到松庵❿。

【注　釋】❶洞庭　即洞庭湖。❷酒酣　酒喝得盡興、暢快。❸萬頃　常用以形容面積廣闊。頃，地積單位，一頃等於一百畝。❹兩山　洞庭湖中有君山。這裡兩山不知指哪兩座山，故據字面釋為兩面的山。❺鸞鵠　鸞是傳說中鳳凰一類的鳥，鵠是天鵝，這裡泛指水鳥。❻夜永　夜深。❼公　對人的尊稱，這裡指任才仲。❽釣鼇手　亦作「釣鼇客」，指有遠大抱負或豪邁不羈的人。鼇，傳說是海裡的大鱉。❾雲水　指洞庭湖的雲和水。❿庵　圓形草屋。這裡指詩人的住宅。

【語　譯】登上幾千尺高的岳陽樓，在酒喝得正當盡興的時候俯視洞庭湖。只見湖中波光萬頃水天上下相連，兩面青山呈現出一派秋天景色，明月從東南方升起來了。興致來時，鸞鳥與鴻鵠隨著你筆下的行書草書翩翩飛來；深夜時分，我們的談笑聲驚嚇了水中魚龍。我要麻煩你這位豪邁不羈的奇人，把洞庭湖的雲和水全都移到我用松樹搭建的小屋裡來。

【研　析】姜仲謙與兩位友人於中秋夜會飲岳陽樓，在酒酣中即興寫了這首七律，描寫洞庭壯美景色，抒發豪放超逸之情。前三聯都緊扣著詩題來寫。首聯扣題中「會飲岳陽樓上酒半酣」。起句就誇張岳陽樓高幾千尺，對句寫「俯視」、「酒酣」，真是一種高屋建瓴的氣勢，又使人感覺這三位豪士似已凌雲蹈空，飄飄欲仙。頷聯扣題中「中秋」，具體描繪俯視所見洞庭月夜美景，詩人捕捉住波光、山色、天空、明月這幾個主要意象並巧妙地組合，展現出一個靜謐開闊、空明澄澈的迷人境界。讀之，如見這三位豪士心曠神怡，全然陶醉於其中。頸聯扣題中「高談大笑行草間出」，描繪樓內宴飲後任才仲興致勃勃揮毫書寫行草，三人暢快談笑的情景。前聯是白描實景，此聯則飛騰起神奇浪漫的幻想，描寫鸞鵠翩翩飛來欣賞任公的行草書法，湖水中的魚龍也為他們三人洪亮的笑談聲而驚駭。這兩聯寫景，有實有虛、靜與動、真與幻、單純寫外景與打通內外的轉換變化，詩人用筆靈動自如。兩聯都是銖兩悉稱的工對，但句法迥然有別。尾聯緊承頸聯，延展奇幻的想像，詩人把任公稱為「釣鰲手」，並煩請他盡移洞庭雲水到自己的松庵裡。這一筆，表現了詩人和友人豪放不羈的性格，也表現詩人眷戀洞庭熱愛自然的雲水襟懷。以奇思逸想收結全篇，可謂蹊徑獨闢。紀昀評讚此詩：「氣象雄邁，足稱此題，結亦別致。」（《瀛奎律髓彙評》卷三五）筆者贊同。

元夜三首（選一）

朱淑真

【題解】這組詩共三首，寫朱淑真與情人在元夜幽會，在當時來說是寫得夠大膽的。這裡選第三首。元夜，即元宵，陰曆正月十五夜。這一夜放燈，故亦名燈夕。

【作者】朱淑真（生卒年不詳），號幽棲居士，錢塘（今浙江杭州）人，一說海寧（今屬浙江）人。出身仕宦之家，父親曾官於浙西。幼聰慧，喜讀書，文章幽絕，擅長丹青，通曉音律。後由父母作主出嫁，嘗從其夫宦遊往來於吳越、荊楚間。因與丈夫情趣不合，常抑鬱寡歡，故詩中多憂愁怨恨之語。有《斷腸集》、《斷腸詞》。

火燭銀花❶觸目紅，揭天❷鼓吹❸鬧春風。欣歡入手❹愁忙裏，舊事驚心憶夢中。但願暫成人繾綣❺，不妨常任❻月朦朧。賞燈那得功夫醉，未必明年此會同。

【注釋】❶火燭銀花　語出唐代蘇味道〈正月十五夜〉詩：「火樹銀花合，星橋鐵鎖開。」❷揭天　掀天。❸鼓吹　吹吹打打的音樂聲。❹入手　到來。❺繾綣　纏綿。形容情意深厚，難捨難分。❻任　聽憑。

【語　譯】元宵之夜，火燭燈花耀眼通紅。春風蕩漾，鼓樂聲掀天動地，震耳欲聾。我和他擠在觀燈的人群裡歡樂地相聚了，可又為會晤的時間匆忙而感傷。而驚心的往事，回憶起來恍若一場惡夢。但願能與他一起享受這片刻的纏綿情意，不妨聽憑月色總是朦朦朧朧。我們哪兒還有心思沉醉於觀賞花燈啊，明年未必能像今年今夜這樣歡聚了。

【研　析】這是一闋愛情的小樂章。朱淑真用第一人稱寫法，明媚自然的筆調，大膽地抒寫她與情人相聚的情景，真率細膩地刻畫她豐富、複雜的內心活動。在火樹銀花、燈火耀目、鼓樂喧天、觀燈的人們擠擠擁擁的元宵之夜，她竟然能與情人相聚，感到幸福、高興，但又為會晤的時間如此匆忙、短暫而感傷；憶起夢中驚心的「往事」，不禁感到忐忑和憂愁。他們沉浸在互相傾吐纏綿話的柔情蜜意裡，顧不上觀賞各式絢麗的彩燈，只願月色永遠是這樣朦朧，不讓別人發覺和打擾他們。然而想到明年未必再能相聚，更是愁腸欲斷。作者這些細膩的，矛盾的心理描寫，表現出她追求理想愛情的大膽、熱烈和痛苦不安。唐代女才子崔鶯鶯〈答張生〉寫她與張生幽會，創造的是一個月明花影，恬靜迷人的情境；這首詩卻把與情人的約會，放在喧鬧無比的杭州元宵燈夕中來表現，這是對前人同題材之作的藝術創新。詩人用了一系列動詞形容詞和連接詞，如「愁忙」、「驚心」、「但願暫成」、「不妨常任」、「那得」、「未必」來表達她的曲折微妙心緒，又使詩的中兩聯對仗自然流動。句意婉曲。宋人寫愛情，主要用長短句的詞體，宋詩中的愛情詩極少，出於女作者之手的作品更是鳳毛麟角。比朱淑真更有名成就更大的李清照，只寫愛情詞而沒有留下一首愛情詩。朱淑真這首大膽表白情人的愛情詩是值得珍視的。

望太行

曹勛

【題解】這首詩有「臨老復茲遊」一句，可能是紹興二十九年（西元一一五九年），曹勛第二次出使金國路過太行山時寫的。太行，山名，在山西高原和河北原間，當時是金國統治區。

【作者】曹勛（西元一〇九八—一一七四年），字公顯，陽翟（今河南禹州）人。以父恩蔭補承信郎，宣和五年（西元一一二三年）特命赴進士試，賜甲科。靖康初，除武義大夫，隨徽宗北遷。後受命自燕山遁歸。紹興五年（西元一一三五年），除江西兵馬副都督，累遷昭信軍節度使，加太尉，卒贈少保，謚忠靖。他有兩次到金國出使的經歷，敘寫淪陷區人民痛苦的詩真切感人。有《松隱文集》、《北狩見聞錄》。

落月如老婦，蒼蒼❶無顏色。稍覺林影疏，已見東方白。一生困塵土，半世走阡陌❷。臨老復茲遊，喜見太行碧。

【注釋】❶蒼蒼　灰白色。❷阡陌　田間小路。

【語譯】拂曉時分，落月慘澹無光，如同老婦憔悴蒼老無血色的臉。走了一會兒，稍覺得林影稀疏，已見到了東方既白。我一生困頓在塵世之中，半世都奔走在南北方向的小道上。到老了還舊地重遊。欣慰的是見到巍峨太行山樹林蔥蘢，那一派青翠碧綠生機蓬勃，真是喜人。

【研　析】曹勛在靖康之變中隨宋徽宗被俘北上，逃回江南後，又先後兩次出使金國。每次路過已淪陷於金人鐵騎下的中原故地，內心裡痛如刀絞。這首詩從落月慘澹寫到東方既白。詩人想到自己困頓塵土的一生和奔走南北的半世，更想到國家民族的命運與前途，情緒是消沉悲哀的。所喜的是太行山樹木蔥蘢，給了他一些慰藉。錢鍾書先生在曹勛的一千多首詩中竟然看中了這首詩並選入《宋詩選注》，眼光獨到。他說，南宋出使金國的使者內心中「慚憤哀痛交攙在一起的情緒產生了一種新的詩境，而曹勛是第一個把它寫出來的人」，這是一個很有詩史意義的發現。筆者最讚賞曹勛此詩用老婦的蒼顏描狀月亮，真是前無古人後無來者的奇譬妙喻！筆者以為，能夠創造出這一個映射詩人憔悴面容與慘澹心境的獨特意象，曹勛已可在宋詩史上留下自己的名字。此詩以「太行碧」作結，與開篇落月的「蒼蒼無顏色」對照，尤見詩心。這「太行碧」既是實景，又有象徵寓意。當時太行山是抗擊金兵的義軍的營地，體現著中原民眾不屈不撓的愛國精神，使曹勛精神為之一振。這以景結情的一筆，意味深長。此詩八句，中兩聯對仗。吸收了律詩作法，但不拘平仄，押入聲韻，章法緊湊，字句凝煉，聲情諧合，確是傑作。但「已見」與「喜見」字面犯複，白璧微瑕。

北風

劉子翬

【題　解】此詩大約作於南宋建炎末年。北風，以自然界中的北風暗喻入侵中原的金國軍隊。

【作　者】劉子翬（西元一一〇一｜一一四七年），字彥沖，號病翁，又號屏山先生，崇安（今屬福建）人。以父蔭授承務郎，又通判興化軍。後退居武夷山，以講學為務。通理學，朱熹為其學生。與呂本中、曾幾相唱和。他的詩，道學家的氣味不濃厚，風格明朗豪爽，尤其是那些憤慨國事的作品。有《屏山集》。

雁起平沙晚角❶哀，北風回首恨難裁❷。淮山已隔胡塵斷❸，汴水❹猶穿故苑❺來。紫色蛙聲❻真倔強❼，翠華龍袞暫徘徊❽，廟堂此日無遺策，可是憂時獨草萊❾。

【注　釋】❶角　號角，古代軍中的一種樂器。❷北風回首恨難裁　用李白〈北風行〉：「黃河捧土尚可塞，北風雨雪恨難裁。」❸淮山已隔胡塵斷　說淮河一帶山地已遮斷了金兵的戰塵。宋高宗於建炎元年（西元一一二七年）即位後，隨即渡淮河逃往揚州，欲借江淮屏障避金軍鋒芒。但建炎三年初金兵即進攻淮河流域，宋高宗又倉皇出奔，渡江南逃。這裡說淮山已隔斷胡塵，是作者的反話。❹汴水　汴河，流經汴京，東南流至泗州進入淮河。❺故苑　指北宋汴京（今河南開封）故宮。❻紫色蛙聲　喻指金人於靖康二年（西元一一二七年）所立的張邦昌和建炎四年（西元一一三〇年）所立的劉豫兩個傀儡皇帝。紫色，紅與藍合成的顏色，古人認為紫色非正色。蛙聲，不合正統樂律的淫邪之聲。《漢書·王莽傳贊》：「紫色蛙聲，餘分閏位。」顏師古注：「應劭曰：『紫，間色；蛙，邪音也。』蛙者，樂之淫聲，非正曲也。」後多以紫色蛙聲指邪僻勢力，或形容以假充真。❼倔強　這裡是頑固的意思。❽翠華龍衮暫徘徊　指建炎年間宋高宗被金兵追得到處逃跑。翠華，旗竿上飾有翠羽的旗幟，古代用作帝王的儀仗。龍衮，皇帝的朝服，上繡龍紋。❾廟堂此日無遺策二句　字面上是說朝廷的國策並未失算，僅僅是我一人在為國事憂慮。結尾這兩句都用了反語。廟堂，宗廟明堂，古代帝王遇大事即告於宗廟，議於明堂，因以廟堂借指朝廷。遺策，失策；失算。草萊，田野，喻指草野平民，這裡是作者自稱。

【語　譯】大雁飛起在廣闊的沙原之上，傍晚軍中的號角吹出悲涼的聲音。回頭看著猛烈吹刮的北風，我心中千絲萬縷的遺恨難以剪斷。淮河和高山已經阻隔住金兵的戰塵，汴河之水仍然穿過北宋宮苑流了過來。那兩個紫色蛙聲般邪僻的傀儡皇帝真是頑固不化。大宋天子也只是暫時徘徊在南方，將來一定要打回中原去。朝廷的國策並未失算，憂慮時局的，只有我一個草野平民。

【研　析】首聯以雁起平沙、角聲哀鳴、北風狂吹之景，觸發出纏繞劉子翬心頭總也剪不斷的憂國愁絲恨縷，為全詩定下了悲涼沉鬱的感情基調。張鳴先生評：「屏山詩頗善於發端，此詩首二句意象高遠，音調和諧，悲情難抑，雖借鑑了李白的詩句，但感慨之深，尤有過之。」（《宋詩選》，人民文學出版社，二〇〇四年五月版，第三七一頁）評得精切。以下三聯，詩人主要運用隱喻與反諷手法，婉曲深沉地抒寫對國事時局的憂憤。頷聯上句說淮山已隔斷胡塵，是用反語諷刺宋高宗被金兵緊追，倉皇奔逃。下句寫汴河之水仍向淮河流來，表達對汴京淪陷北宋滅亡的悲哀、痛惜。「已隔」與「猶穿」上下呼應，形成句意貫通的流水對仗，體現出詩人對歷史事件予以詩意描述和概括的藝術功力。頸聯在隱喻和反諷中又加上用典，揭露張邦昌、劉豫這兩個傀儡皇帝的醜惡面目，更為宋高宗被金兵追趕得狼狽不堪乃至漂泊海上憂心如焚。詩人妙用典故，營造出「紫色蛙聲」這個新奇獨創的象徵性意象，與下句「翠華龍袞」組織成工整的對仗，「真倔強」與「暫徘徊」又是兩個反語妙對，使這兩句詩成為全篇形象最鮮明、意蘊最豐富的精警之聯。尾聯繼續運用委婉的反語，說朝廷的國策並未失算，只有我一人在憂慮國事，看來是杞人憂天了。其實，詩人是諷刺朝廷採取逃跑主義的政策，使百姓蒙受巨大的災難，遭到愛國志士們的反對。方回評此詩云：「忠憤至矣。五、六尤精，命意尤切。」紀昀讚結尾二句曰：「沉鬱之至，感慨至深，其音哀厲，而措語渾厚，風人之旨如斯。」（《瀛奎律髓彙評》卷三二）評得中肯。

汴京紀事二十首（選二）

劉子翬

【題　解】這組詩是宋室南渡後作者感慨靖康之難，回思北宋覆亡前後歷史，痛定思痛之作。汴京，汴梁，北宋都城，今河南開封。

其七

空嗟覆鼎❶誤前朝❷，骨朽人間罵未銷。夜月池臺王傅❸宅，春風楊柳太師橋❹。

【注　釋】❶覆鼎　《周易・鼎卦》：「鼎折足，公覆餗」。鼎，古代炊器，多用青銅製成。公，指居上位者。

覆，傾覆。餗，鼎中食物。這裡比喻大臣失職誤國，致使國家覆亡。❷前朝　指宋徽宗趙佶統治時期（西元一一〇一—一一二五年），政治極端腐敗。❸王傅　徽宗時宰相王黼，曾官封太傅楚國公。他貪贓弄權，禍國殃民，當時稱為「六賊」之一。他在汴京有皇帝賜給和他霸占得來的府第周圍數里，極富麗堂皇。欽宗時，王黼被貶誅。❹太師橋　太師，指蔡京，拜太師，封魯國公。徽宗時數次執政，打擊異己，專權誤國，被稱為「六賊」之首。欽宗時，被貶逐，死於途中。他的府第在汴京地東，周圍數十里。府第前的橋名「太師府橋」，在州橋之西，後毀於大火。

【語譯】我徒然歎息權奸的倒行逆施葬送了北宋朝廷。而今，他們的屍骨早已腐朽，老百姓的唾罵聲還未停消。夜晚，明月仍照耀著王太傅宅冷寂的池臺，春風楊柳吹拂著那早已毀於大火的蔡太師橋。

其二十

輦轂❶繁華事可傷，師師❷垂老過湖湘。縷衣❸檀板❹無顏色，一曲當時動帝王❺！

【注釋】❶輦轂　輦是皇帝乘的車，轂是車輪的中心，代指車輪。古人稱京城為輦轂下或輦下。這裡指汴京。❷師師　李師師，徽宗所寵愛的名妓。汴京淪陷後，她曾逃亡到了浙江、湖南等地方。❸縷衣　即金縷衣，用金線繡成的衣。❹檀板　唱歌時用的檀木拍板。❺帝王　指宋徽宗趙佶。

【語　譯】追想汴京當年的繁華真使人心傷，如今李師師垂老之年還漂泊在湖湘。金縷舞衣和檀木歌板早已黯然失色，誰能想到當時她輕唱一曲就可以醉倒帝王！

【研　析】劉子翬這組〈汴京紀事〉詩，多角度、多側面地反映出國家衰亡的大悲劇，感情沉痛，寄慨深遠，構思巧妙，手法多樣，語言精美，歷來得到很高評價，被稱為「詩史」。這裡選錄的第七首，痛斥蔡京、王黼等被稱為「六賊」的權奸，揭露他們不顧國家民族安危，貪贓枉法，打擊異己，大肆搜刮民脂民膏，修建豪華園林宅第，致使國家覆亡，百姓遭殃。前一聯敘議結合，以飽含憎惡之情的筆觸揭露權臣誤國罪行和他們的可恥下場。次句語言犀利，筆力千鈞，令人讀之解恨痛快！後一聯寫景，以王、蔡二家園林池臺、石橋，概括北宋「六賊」生活的貪婪腐朽。這兩句全用名詞意象，對仗工整，互相映照，猶如電影中的兩個「空鏡頭」，讀者在觀賞清寂的美景中自然體會到權奸的窮奢極侈，富貴的如煙似夢，詩人只是冷靜嘲諷。這樣寫，就有詩情畫意，耐人尋味。第二十首選擇北宋名妓李師師作為典型人物，用對比手法，描敘她當年色藝雙絕深得徽宗寵倖；今日衰老憔悴，流落他鄉，貧苦無依。詩人從她的人生巨變，折射出北宋的盛衰興亡，表達了深沉的歷史感慨。第三句借物寫人，以「縷衣檀板」的「無顏色」暗喻李師師色衰藝滅，細節不細，含蓄有味，堪稱妙筆。清代翁方綱評這組詩「精妙非常。……皆有關一代事蹟，非僅嘲評花月之作也。宋人七絕，自以此種為精詣」（《石洲詩話》卷四）。洵非溢美。

南溪

劉子翬

【題解】建炎三年（西元一一二九年）劉子翬通判興化軍，秩滿後以衰病不堪吏事，乞閒，主管武夷山沖佑觀，居屏山潭溪。詩題中的南溪，即屏山的一條溪。此詩作於是時，借摹寫溪水，表達對自然與人生的哲理思考。

聊為溪上游，一步一回顧。悠悠❶出山水，浩浩❷無停注。惟有舊溪聲，萬古流不去。

【注釋】❶悠悠　指水流的速度不疾不徐。❷浩浩　指水流的勢頭無窮無已。

【語譯】閒暇中來到這南溪遊玩，溪水的清澈和曲折變化引得我一步一回頭。這不緊不慢的流水就這樣出山而去，匯成浩浩蕩蕩之勢一刻也不再停留。只有溪聲依然如故，長留舊地，千年萬代也沒有流走。

【研　析】詩的前二句僅以自己閒中遊溪一步一回顧這一動作細節，就表現出南溪的清澈明淨，溪上風光的秀麗，以及劉子翬的迷戀之情。筆墨簡淨、巧妙。三、四句寫溪水悠悠出山，卻終成浩浩之勢奔騰不息。五六句筆一轉，卻反過來寫溪聲長在，詩即戛然而止。詩人對溪水溪聲凝神觀察，有所發現，有所領悟。他似乎想告訴人們：世上既有不停變動的東西，也有萬古不變的東西。然而，這究竟是象徵時間流逝、世事變遷，但自然永恆、信念不移？抑或隱寓某種陳舊停滯不變的社會現象？詩人都沒有說出來，他只是描述出這種自然景象，而讓讀者自己去想像、思索、尋味。這樣的詩，有形象，有情味，無理語，更無理障，卻饒有理趣，是哲理詩的上乘之作。方回稱讚此詩「幽遠淡泊，有無窮之味」（〈讀朱文公書劉屏山詩跋〉）。錢鍾書說：「劉子翬卻是詩人裡的一位道學家，並非只在道學家裡充個詩人。」（《宋詩選注》）此詩即是例證。

池州翠微亭

岳　飛

【題　解】池州，今安徽貴池區。翠微亭，在貴池區南齊山頂，可俯視青溪。

【作　者】岳飛（西元一一〇三—一一四二年），字鵬舉，湯陰（今屬河南）人。出身農家。北宋末投軍，任秉義郎。南宋時，因上書反對南遷被革職。後歸宗澤，為留守統制。建炎三年（西元一一二九年）金兀朮渡江南進，率軍拒之，屢立戰功。紹興十年（西元一一四〇年）授少保，大敗金兵於郾城，進軍朱仙鎮。授河南諸路招討使，進樞密副使。反對與金議和，終為秦檜以「莫須有」之罪殺害。孝宗時追諡武穆。寧宗時追封鄂王。詩詞文兼擅，風格慷慨悲壯。有《岳忠武王集》。

經年塵土滿征衣，特特❶尋芳上翠微。好水好山看不足，馬蹄催趁月明歸。

【注釋】❶特特　猶「得得」，馬蹄聲。唐代溫庭筠〈常林歡歌〉：「馬聲特特荊門道。」或釋作「特意」，亦可通。

【語譯】多年的塵土，沾滿了征衣。今日方得片刻閒暇，登上翠微亭，信馬尋芳。多麼好的山水風光，總叫人看不足，但馬蹄得得又催我回軍營去，趁著月明如霜之時。

【研析】這首登臨詩的突出特色，就是詩中的抒情主人公不是遊山玩水、吟風弄月的騷人雅士，而是一位戎馬倥傯、乘暇尋芳的愛國名將。詩中寫他在輕快的馬蹄聲中登山，又在急促的馬蹄聲中歸營，微妙地表現來時輕鬆愉快、歸時緊張匆忙的心情變化，從而使我們看到了一位熱愛祖國錦繡河山並自覺負起驅逐敵寇還我河山重任的英雄形象。詩中寫景、敘事、抒情融於一爐。一、三句敘事抒情簡潔、生動、真摯，二、四句寫景繪聲繪色。晚唐詩人杜牧與張祜同遊齊山，登翠微亭。杜牧作七律〈九日齊山登高〉，張祜相和。後人遊齊山，多用杜牧詩原韻。此詩也是步杜詩前兩聯韻而成。同杜詩相比，此詩情調樂觀開朗，一掃杜詩悲涼感愴意緒，顯示了大將的胸襟氣度。詩的語言明快流暢，不用典故，不假雕飾，具有豪放爽直的英雄本色。

遊山西村

陸　游

【題　解】這首七律，是乾道三年（西元一一六七年）陸游被投降派以「鼓唱是非，力說張浚用兵」的罪名彈劾罷官回到山陰鄉里寫的。詩中描敘了山村的優美風景和淳樸的風俗，表現出詩人熱愛家鄉、與農民親密無間的思想感情。山西村，是山陰（今浙江紹興）的一個村莊。

【作　者】陸游（西元一一二五—一二一〇年），字務觀，號放翁，越州山陰（今浙江紹興）人。年十二能詩文，蔭補登仕郎。高宗紹興二十四年（西元一一五四年）考中進士，因名次列於秦檜之孫前，被斥落。檜死，赴福州寧德主簿，遷大理寺司直兼宗正簿。孝宗即位，賜進士出身。歷鎮江、隆興、夔州等地通判。乾道八年（西元一一七二年）入四川宣撫使王炎軍幕，參贊軍務。淳熙二年（西元一一七五年）在四川制置使范成大幕中任參議官。言行不拘禮法，人譏其頹放，因自號放翁。後曾知嚴州知府、禮部郎中等職。因堅持抗金北伐，淳熙十六年被投降派彈劾而罷職，罪名之一竟是「嘲詠風月」，於是退居故鄉山陰，並以「風月」二字為小軒命名。此後他長期居住在山陰。嘉泰二年（西元一二〇二年）曾一度出山擔任史官，但不久就失望而歸。卒於山陰。他是中國古代傑出的愛國詩人，在詩中唱出了當時抗戰救國的最強音。他作詩非常勤奮，自言「六十年間萬首詩」，流傳至今也有九千三百多首。詩歌題材豐富，風格以豪邁奔放、沉雄慷慨為主，而又豐富多彩。兼擅詞與散文。有《劍南詩稿》、《渭南文集》等。

莫笑農家臘酒❶渾，豐年留客足雞豚❷。山重水複疑無路，柳暗花明又一村。簫鼓追隨春社❸近，衣冠簡樸古風存。從今若許閑乘月❹，拄杖無時❺夜叩門。

【注　釋】❶臘酒　農曆臘月（十二月）所造的酒。❷足雞豚　宰殺足夠多的雞和豬來招待客人。豚，小豬，泛指豬。❸春社　農民春天祈禱年成的節日。古代以立春後的第五個戊日為春社日，這一天農民們家家吹簫打鼓，祭奠社神（土地神）。❹閑乘月　趁月明之時出外閒遊。❺無時　不定時；隨時。

【語　譯】莫要笑話農家臘酒渾濁。去歲豐收，家家戶戶都宰雞殺豬，有足夠的菜肴招待客人。我向前走，青山碧水重重複複，使我懷疑沒有路了；不料眼前柳暗花明，又顯現出一個山村。一路上人們吹簫打鼓好不熱鬧，噢，原來是春社日已近。父老都是衣冠簡樸，古老的民風依然保存。從今後啊，如果我趁月明之夜出外閒遊，我便拄著竹杖，隨時來這裡拜訪、叩門。

【研　析】此詩首聯寫農家豐年盛情待客，頷聯寫山村境地幽美，頸聯讚美山村古老淳樸的民俗風情，尾聯預為再來之約。全篇感情真摯，結構嚴謹，層次分明，意境渾成，令人讀後欣然神往。尤其是頷聯，既生動逼真地描繪出浙東水鄉山重水複、曲折幽深、在峰迴路轉中常出佳境，也活現了陸游信步而行，疑若無路，忽又發現小村的情感心態，並在情景交融中寓含著豐富深邃的哲理：世間事物的運動發展，往往是曲折的，其規律必是深藏不露的，我們在生活、學習和工作中遇到困難挫折時，要堅定信念，堅持奮鬥，就能遇塞而通，否極泰來，豁然開朗。這聯詩情、景、理水乳交融，句法流走生動，對仗工整自然，成為千古傳誦的名句。

風雨中望峽口諸山奇甚戲作短歌

陸　游

【題　解】這首詩是乾道七年（西元一一七一年）陸游任夔州（州治在奉節）通判時寫的。詩中抒寫平日與風雨中觀賞峽口諸山的不同景象與感受，引發出對自然與社會人生的思考，並表達出他報國殺敵的壯志。峽口，長江三峽口，這裡指三峽西端長江出蜀入瞿塘峽的險隘之處，在今重慶奉節。

白鹽赤甲❶天下雄，拔地突兀❷摩蒼穹❸。凜然猛士撫長劍，空有豪
健無雍容❹。不令氣象少❺渟滀❻，常恨天地無全功。今朝忽悟始歎息，
妙處元❼在煙雨中。太陰❽殺氣橫慘澹，元化❾變態含空濛❿。正如奇材
遇事見⓫，平日乃與常人同。安得朱樓高百尺，看此疾雨吹橫風。

【注　釋】❶白鹽赤甲　瞿塘峽上二山名。白鹽山在奉節縣長江南岸，山崖白色如鹽。赤甲山在奉節縣東南，白帝城故址之東，隔江與白鹽山相對，山岩赤色，當地人說它像人袒露著肩胛，又名赤胛山。❷突兀　高峻奇

險的樣子。❸摩蒼穹　逼近天空。❹雍容　溫雅從容的儀態。❺少　稍稍。❻渟滀　彙聚。❼元　同「原」。原來。❽太陰　極盛的寒氣。❾元化　大自然。❿空濛　朦朧迷茫的樣子。⓫見　同「現」。顯露。

【語　譯】白鹽山和赤甲山可以說稱雄天下，它們高峻奇險，拔地摩天，威風凜凜，就好像猛士手撫長劍。但遺憾只有豪邁雄健的氣勢，卻缺少溫雅從容的風度。自然造化未能將山川的眾多氣象彙聚於一處，使我深感天地萬物常常不是十分完美。今天早上我眺望風雨中的峽口，但見肅殺的寒氣彌漫天地，陰沉慘澹，自然造化在空濛迷茫的雨露煙嵐中顯出變幻多姿的形態，我忽然領悟到山川的奇妙，原來正在煙雨之中。這正如世間具有奇絕才能的人物，平日與常人並沒有什麼不同，但在不尋常的大事和機遇中，他們的卓絕才能就淋漓酣暢地發揮出來，顯出其英雄本色。啊，我真希望有一座百尺高的朱樓，我要登上樓頂，盡興欣賞這吹刮著疾雨橫風的壯景奇觀。

【研　析】蘇軾在論繪畫時說：「山水以清雄奇富變態無窮為難。」《東坡題跋》他在詩中喜愛並擅長描繪清雄奇富，變態無窮的山水景色。陸游入蜀後也努力學習蘇軾，著意表現雄奇變幻的蜀中山水，狀難寫之景如在目前，此詩即是精彩的一例。詩中寫景抒情，作三層轉折，越轉越深。詩人從對山川自然的審美發現，引發出對社會人生的深入思考。詩中「不令氣象少渟滀，常恨天地無全功」、「妙處元在煙雨中」、「正如奇材遇事見，平日乃與常人同」，都是蘊含著自然與人生哲理的詩句，從而使詩的意境昇華到哲理的境界。更獨到的是，詩人把白鹽和赤甲山比擬為手撫長劍的猛士，寄託他要如猛士般投入戰爭風雨揮劍殺敵報國的雄心壯志，在征戰中顯現豪健與雍容氣度，展露雄才大略。這些抒寫，充分展現了這位傑出愛國詩人的創作個性。

劍門道中遇微雨

陸 游

【題解】乾道八年（西元一一七二年）十一月，陸游自南鄭（今陝西漢中）王炎幕府調任成都府路安撫司參議官，此詩作於途中。這首詩抒寫了詩人被迫離開抗金前線，殺敵報國壯志難酬，不甘於只做詩人的情懷。劍門，劍門山，主峰在今四川劍閣縣北面，唐時曾在此處設劍門關，為川北要隘。

衣上征塵❶雜酒痕，遠遊無處不消魂❷。此身合是❸詩人未❹？細雨騎驢入劍門。

【注釋】❶征塵　旅行時身上沾染的塵土。❷消魂　靈魂離散，形容極度的悲愁、歡樂、陶醉、恐懼等。這裡表現的是極度悲愁，黯然神傷。❸合是　應該是；真是。❹未　否；不是。這裡表疑問。

【語譯】在旅途上奔波，衣服上沾染的塵土混雜著斑斑酒痕。遠去宦遊，所到之地沒有一處不令人黯然神傷。我這副樣子，應該算是個詩人了吧？我正迎著迷濛細雨，騎著驢兒走入了劍門關。

【研析】詩的首句，以「衣上征塵雜酒痕」的細節，畫出了陸游在赴任途中孤寂落寞、借酒澆愁愁更愁的頹唐情狀。次句更深入展現詩人失魂落魄、黯然神傷、極度憂愁悲憤的心態。首句「征塵」與「酒痕」句中對仗，加倍抒寫；次句「無處不」用否定之否定句法，把詩人意態心情表達得格外強烈、深沉。第三句的一問，主要是自嘲和自歎，卻也包含著些許的自慰與自喜。「合是」與「未」搭配，微妙地傳達出詩人內心複雜矛盾的心理。更妙的是，詩人問而不答，在結尾句推出一幅「細雨騎驢入劍門」的畫面。這裡化用了唐人李肇《國史補》所載鄭綮詩思在霸橋風雪的驢背上的典故。濛濛細雨和雄險劍門，把獨自騎著驢子——錢鍾書先生在《宋詩選注》中幽默稱之為「詩人特有的坐騎」，將陸游的形象襯托得格外生動逼肖、鮮明突出，又帶著一些滑稽感；而其蘊含的豐富複雜情意也就更加耐人咀嚼、回味。近代詩論家陳衍《石遺室詩話》卷二十七引友人羅掞東評語云：「劍南七絕，宋人中最占上峰。此首又其最上峰者，直摩唐賢之壘。」在宋人七絕中，陸游與蘇軾究竟誰「最占上峰」，尚可商榷；但說這首詩是陸游七絕「最上峰者」，筆者樂意點讚。

金錯刀行

陸游

【題解】這首詩借詠金錯刀，表現陸游欲從軍報國的豪情壯志。金錯刀，刀身以黃金鑲嵌、飾成花紋的一種寶刀。行，七言歌行。

黃金錯刀白玉裝❶，夜穿窗扉❷出光芒。丈夫❸五十❹功未立，提刀獨立顧八荒❺。京華結交盡奇士，意氣相期❻共生死。千年史策❼恥無名，一片丹心報天子。爾來❽從軍天漢濱❾，南山❿曉雪玉嶙峋⓫。嗚呼！楚雖三戶能亡秦⓬，豈有堂堂中國⓭空無人！

【注　釋】❶白玉裝　刀柄用白玉裝嵌。這是形容寶刀的貴重。❷窗扉　窗戶。❸丈夫　大丈夫。《孟子・滕文公》：「富貴不能淫，貧賤不能移，威武不能屈，此之謂大丈夫也。」這是作者自稱。❹五十　陸游此年四十八歲，曰「五十」乃取其整數。❺八荒　四面八方很遠的地方。❻意氣相期　意氣，豪邁英勇的氣概。相期，互相希望和勉勵。❼史策　史書。古代用竹簡寫字，竹簡編在一處稱策。❽爾來　近來。❾天漢濱　漢水邊，指漢中。❿南山　終南山。⓫嶙峋　山石重疊不平的樣子。⓬楚雖三戶能亡秦　戰國時楚國被秦國攻滅，楚人不甘屈服，喊出一句口號：「楚雖三戶，亡秦必楚。」後來起兵推翻秦王朝的項羽便是楚人。⓭中國　這裡指漢族所居之地。

【語　譯】刀身以黃金鑲飾，刀柄用白玉裝嵌，寶刀的光芒透過窗戶，把夜空照亮。大丈夫年已五十，仍功業無成，於是提刀獨立，環顧著四野八荒。京城裡結交的人，盡是豪傑奇士，都有豪邁的氣概，互相勉勵期望，只願同生共死。流傳千年的史策，豈能沒有自己的名字？願以赤膽忠心，報效當今的天子。近來從軍到漢水之濱，遙望終南山的積雪，好像白玉嶙峋。唉！楚國只剩下三戶人家，猶能滅掉強秦，堂堂的大中國，怎能會空無一人！

【研　析】乾道九年（西元一一七三年）陸游通判蜀州（州治在今四川崇慶）攝嘉州（州治在今

四川樂山市）時作此詩。詩人借詠寶刀抒抗金報國壯志與南宋王朝必勝的豪情。開篇兩句讚美寶刀外觀與內質之美，突出其光芒於黑夜中穿透窗戶射出，象徵滅金報國激情強烈，壯志凌雲。繼而由寶刀引出刀的主人。三四句推出一個「提刀獨立顧八荒」的愛國志士形象。刀與人交相輝映，正是作者的自我寫照。形象高大威武，情調慷慨悲壯。以下寫他在京華結交奇士，意氣相期，同生共死，決心報效君國，名垂青史。這四句深入抒寫詩人與奇士們共同的愛國精神。他們同仇敵愾，肝膽相照，豪氣逼人。「爾來」一聯轉為敘事寫景，寫自己近來從軍到漢川之濱，遙望終南山積雪皚皚如同白玉嶙峋。上句暗示有漢中雄壯山川作本根，只要堅持抗敵，定能恢復中原；下句以巍峨南山象徵中華民族的雄偉氣魄，又以山之潔白嶙峋，映襯出寶刀的光芒四射，仍緊扣詩題。結尾二句，昂首浩歎，以「楚雖三戶能亡秦」的古老民謠襯托，再用反詰句式呼喊出定要掃滅胡塵光復河山的時代最強音。全篇僅十二句八十六字，將狀物、寫景、敘事、抒情、議論融於一爐。筆墨精鍊跳躍，語言明快雄放；四句一轉韻，平仄韻交替，又在結尾添加「嗚呼」的慨歎詞，適應詩的情緒節奏變化，從而營構出悲壯恢宏的意境，成為陸游七古歌行的名篇之一。

關山月

陸　游

【題　解】這首詩作於淳熙四年（西元一一七七年），距宋孝宗下詔與金國議和已近十五年，朝廷苟且偷安。此詩正批判當權者不思恢復。〈關山月〉，樂府古題，屬「橫吹曲」。

和戎詔下十五年❶，將軍不戰空臨邊。朱門❷沉沉❸按❹歌舞，廄馬❺肥死❻弓斷弦❼。戍樓刁斗❽催落月，三十從軍今白髮。笛裏誰知壯士心？沙頭❾空照征人骨。中原❿干戈⓫古亦聞，豈有逆胡傳子孫⓬？遺民⓭忍死⓮望恢復⓯，幾處今宵垂淚痕！

【注釋】❶和戎詔下十五年　宋孝宗隆興元年（西元一一六三年），宋軍北伐失敗，孝宗派使臣赴金議和。次年，孝宗下詔，與金人第二次議和，簽訂了屈辱投降的所謂「隆興和議」。從開始議和到陸游淳熙四年（西元一一七七年）寫這首詩時，已有近十五個年頭了。和戎，原意是與北方少數民族和平共處，宋人用以借指對敵國屈服，含有諷刺之意。❷朱門　紅漆的大門，代指豪門貴族。❸沉沉　形容屋宇重深。❹按　打拍子演奏樂曲。❺廄馬　這裡指軍馬。❻肥死　馬兒長期不臨陣，肥胖老死。❼弓斷弦　兵器長久不用，朽壞在庫房裡。❽戍樓刁斗　邊防的崗樓。刁斗，軍中打更報時的器具。❾沙頭　沙場。❿中原　指淮河以北淪陷在金人手裡的廣大地區。⓫干戈　兩種古代的兵器。喻指戰爭。⓬豈有逆胡傳子孫　哪有讓外族長期盤踞中原而不管不聞，聽憑他們傳宗接代的。金自太祖阿骨達建國，其後進犯中原，滅北宋，至此傳國五世。⓭遺民　淪陷區的宋朝老百姓。⓮忍死　挨著命不願死去。⓯恢復　收復失地。

【語譯】自從君王下詔同金人議和，轉瞬間已是一十五年了。將軍們按兵不動，徒然地身老邊關。朱門深院裡，貴族們聽歌賞舞。何等悠閒；軍營中，戰馬肥胖老死，弓也斷了弦！戍樓上的刁斗聲，伴隨著月升月落，年復一年；當年從軍的小夥子，如今已白髮斑斑。羌笛悠悠聲響，誰知道壯士的心願？月光照著征人的白骨，沙場上一片荒寒。中原大地，古時也曾燃起過烽煙；都從不容許敵寇，在我們的故國舊都子孫相傳。淪陷區人民在鐵蹄下掙扎，為的是看到光復的一天；今宵月下，多少人在各處翹首南望，清淚潸潸！

【研　析】當時，朝廷苟且偷安，不圖恢復。陸游撫事傷時，沉痛徹骨。他以清醒的認識、沉鬱的筆觸，將十五年來文恬武嬉不思抗敵的歷史與現實狀況，將上至君主權臣將軍、下至戍邊兵士遺民百姓各式人物的生活境況和心理狀態，連同他們各自身處的環境和背景生動呈現於十二句詩中，從而廣闊深刻地反映出當時南北分裂的中國的社會風貌，使這首詩具有高度的藝術概括力。這種概括，是形象的、典型的、富於詩意的。展示在讀者眼前的，是一幅幅觸目驚心的畫面：將軍不戰，身老邊關；朱門深院，晝夜歌舞；廄馬肥死，戰弓斷弦；戍樓刁斗，只催促月升月落；邊防戰士，早已白髮斑斑；月照白骨，沙場一片荒寒；中原遺民，夜夜翹首南望，對月灑淚。這些突出了反常細節的圖畫，滲透了詩人的悲憤之情。詩人又用兩個「空」字，以及「誰知」、「豈有」等字眼加以渲染，使悲憤之情更加強烈，從而也成功地塑造了詩人憂國憂民愴然獨立的形象。畫面上縈繞著婉轉柔靡的歌舞聲和淒涼哀怨的橫笛聲，又籠罩著慘白寒凜的月光。全詩好像一個個緩緩搖動的電影蒙太奇鏡頭，它們的連接、組合和對照，傳達出豐厚的情思意蘊，營造了渾然一體、沉痛感人的藝術意境，此詩堪稱陸游以古題寫時事的樂府詩傑作。

楚城

陸游

【題解】淳熙五年（西元一一七八年）正月，孝宗召陸游東歸。陸游於二月離開成都，順長江東下，五月初抵達歸州（今湖北秭歸），寫了這首弔古傷今的七絕。楚城，即楚王城，戰國時楚國都城的遺址，在今湖北秭歸縣東，長江南岸。

江上荒城猿鳥悲，隔江便是屈原祠❶。一千五百年間事❷，只有灘聲似舊時。

【注釋】❶屈原祠　祭祀楚國名臣、愛國詩人屈原的廟。在今湖北宜昌。傳說此地為屈原故居所在，位於長江北岸。❷一千五百年間事　從屈原生活的時代（約西元前三四〇—約西元前二七八年）到陸游作此詩時，約有一千五百年。

【語譯】大江東去，波濤洶湧。江邊的荒城，是當時楚國的舊都，如今猿鳥悲鳴，一片蒼涼。江對岸，便是千古為人憑弔的三閭大夫屈原祠堂，與楚城遙遙相望。一千五百年過去了，流去多少悲歡，多少興亡，只有那灘上的波濤聲，仍然嗚嗚咽咽，和過去一樣。

【研析】詩的首句寫楚王城一個「荒」字和一個「悲」字，點染出陸游感慨楚國由興到亡的歷史悲劇，在心中觸發出的無限蒼涼、悲傷之感，為全詩定下了感情基調。次句，詩人的目光從荒廢的楚城轉向隔江的屈原祠。「便是」二字，似虛而實，語淡意濃，點出了楚國興亡與對屈原用捨的密切關係：用屈原則楚國興，捨棄屈原則楚國亡，留給後人慘痛的歷史教訓。而屈原不忘故國而自投汨羅的愛國精神，一直為人民群眾紀念、崇敬、傳揚，千古不朽。第三句「一千五百年間事」，用一句詩高度概括從屈原時代到而今，歷朝歷代多少盛衰興亡，人世間多少滄桑巨變。結句，詩人將對歷史、人世、人生的深沉感慨寄寓於江灘上仍如以前一樣轟響不息的濤聲之中。只有景而情融景中，意在象外。借永恆不變的灘聲，訴說著歷史與人間的盛衰興亡、滄海桑田、成敗悲歡，同時表達著他為愛國詩人屈原被迫自沉的同情與悲憤，也許還包括著為南宋時與屈原有類似遭遇的愛國志士仁人抒憤。這一句詩，「只有」、「灘聲」、「似舊時」，字字下得極有分量，可謂力透紙背，擲地有聲，震撼人心。清代王士禛認為〈楚城〉是「宋人絕句可追唐賢者」（《池北偶談》卷五），弘曆等《唐宋詩醇》卷四十六引張完臣評語：「聲味都盡，而語氣不斷，此之謂詩。」

初發夷陵

陸　游

【題　解】孝宗淳熙五年（西元一一七八年），陸游在度過八年的川陝生活後，奉詔離蜀東歸，往臨安（今浙江杭州）廷對。官船經岷江，過川江，順流而下，端午節過後到達夷陵（今湖北宜昌）。這首詩是船發夷陵時寫的。

雷動江邊鼓吹❶雄，百灘過盡失途窮❷。山平水遠蒼茫外，地闢天開指顧❸中。俊鶻❹橫飛遙掠岸，大魚騰出欲凌空。今朝喜處君知否？三丈黃旗❺舞便風❻。

【注釋】❶鼓吹　擊鼓吹簫。古時放舟出三峽，船夫往往擊鼓吹簫而行，以壯聲威。❷百灘過盡失途窮　是說一旦百灘過盡，來到宜昌，在峽中行船時那種窮途末路的感覺頓然消失。❸指顧　指點回顧。❹俊鶻　矯健的隼。鶻，一種兇猛的鳥，又叫隼，上嘴鉤曲，背青黑色，尾尖白色，腹部黃色。飼養馴熟後，可以幫助獵獸。❺黃旗　作者所乘船上的旗幟。❻便風　順風。

【語譯】大江兩岸，回蕩著如雷的擊鼓吹簫聲。過盡重重險灘，來到夷陵，驚魂平靜，那種窮途末路的感覺頓然消失了。山勢平緩，江面開闊，視野外一片蒼茫景象；指點眼前，回望身後，使人不由驚歎造化開天闢地的神功。俊鶻振翅橫飛過來，又向遠處掠岸而去；大魚突然躍出水面，似要騰飛凌空。有誰知道我此時的喜悅心情？看那船上高掛的三丈黃旗，在順風中獵獵飄動。

【研析】陸游以雄放飛動的筆墨，描繪了夷陵江面上的壯觀景象，景中隱含著詩人奉命回朝的喜悅興奮，更表現出他欲殺敵報國的壯志豪情。首聯先作回溯，追寫出峽途程中簫鼓催舟，船過險灘的情景，氣勢如虹，既狀寫詩人的緊張驚疑，也道出詩人激流勇進的內心衝動。以逆筆開篇，便避免了平直；而雷鼓吹，有先聲奪人之勢。頷聯承「失途窮」而來，描寫山平水遠、天地開闊的景象，表現作者出峽後豁然開朗的喜悅，對造物神奇江山壯麗的驚歎，對人生未來的期望。頸聯凸出描繪「俊鶻橫飛」和「大魚騰出」兩個特寫的意象，神奇、飛動、有氣勢，令人歎為觀止！這既是詩人親眼所見實景，又是詩人此時心理的外化。這兩聯都是寫景，景中含情。寫景由遠及近，由虛而實，互相映襯，筆法句法有變化；每聯字字工對又很自然，出句與對句十分相稱，而且對句又勝於出句，顯示出陸游七律中兩聯對仗的高超藝術。尾聯上句直抒喜悅心情，以設問句蓄勢並引出下句，「三丈黃旗舞便風」以景結情，並作為喜悅心情的象徵。張仲謀先生評析說：「此處特指出『黃旗』，則另有生發。黃旗，本為天子所用，故舊以黃旗紫蓋象徵天子氣象。宋制，凡君主親征或巡遊還都用之（見《宋史．儀衛志一》）。陸游其他詩中有『將軍駐坡擁黃旗』，『大將牙旗三丈黃』等句，都是說隨天子親征。由此可見，在陸游的想像中，船上的黃旗已化為疆場上將軍高牙大帳，而他自己穩坐船頭，也彷彿成了隨天子親征的大將，勝券在握，豪情遊蕩，『今朝喜處』，有如是者。……一首舟過三峽的景物詩，遂於此匯入殺敵報國的主旋律。」（見拙編《宋詩精華》，廣西師範大學出版社，一九九六年版，第六〇〇—六〇一頁）筆者認為，仲謀對尾聯的分析有理、有據、合情，昇華了全詩的意境。錢鍾書先生說：「愛國情緒飽和在陸游的整個生命裡，洋溢在他的全部作品裡。」（《宋詩選注》）陸游在描山畫水中經常藉以抒發為國殺敵立功沙場的壯志，下面選析的〈過靈石三峰二首〉（其二）亦可見出。

過靈石三峰二首

陸　游

【題　解】這兩首詩是淳熙五年（西元一一七八年）十月陸游從山陰去福建建安（今福建建甌）

任通判路過浙江江山縣時所作。靈石，山名，又稱江郎山、須郎山，在今浙江江山市南，險峻壯觀，上有三峰，峰上各有巨石，高數十丈，俗稱江郎三片石。

其一

奇峰迎馬駭❶衰翁❷，蜀嶺吳山一洗空。拔地青蒼五千仞❸，勞渠蟠屈小詩中❹。

【注釋】❶駭　驚懼。❷衰翁　作者自指。❸仞　古代周尺八尺為一仞。❹勞渠蟠屈小詩中　這句的意思是要把靈石三峰寫進自己的詩裡。渠，他，指靈石三峰。蟠屈，盤旋屈曲。

【語　譯】雄險高峻的三座奇峰，迎著馬頭撲面而來，想要嚇倒我這個體衰的老翁。同這靈石三峰相比，巴蜀和江南的山峰都不如它高峻，就好像被一洗而空一樣。你看它拔地而起，色彩青蔥，五千仞高插雲中，而我卻要勞駕它屈身縮小，蟠曲進我這首絕句小詩裡。

其二

曉日曈曨❶雪未殘，三峰傑❷立插雲間。老夫❸合是❹征西將，胸次先收一華山❺。

【注　釋】❶曈曨　太陽初出時暗而漸明的樣子。❷傑　特出卓越。❸老夫　作者自稱。❹合是　應當是。❺華山　指五嶽中的西嶽華山，在陝西境內，當時在金朝占領之下。

【語　譯】朝陽初升，天地由黑暗逐漸明亮，白皚皚積雪尚未融化。遙望靈石山，高超卓越，就好像西嶽的蓮花、朝陽、落雁三峰一樣插入雲間。老夫我應該擔任征西大將軍，在收復北方河山之前，先把眼前這座「華山」收進胸中。

【研　析】篇幅短小的抒情詩，要求詩人有新巧的構思、敏銳奇妙的想像和聯想；要求詩人景物形神兼備，情融景中，借景寫人，託物言志；要求詩人善於運用比喻、擬人、誇張、通感、以小見大、以小制大等藝術手法，使讀者感動、驚奇甚至震撼。陸游這兩首寫靈石山的絕句就體現了上述的藝術特色和功力。第一首，開篇之句就像挾天外奇峰突兀而來。「奇峰」與「衰翁」強烈對比，「迎」字，不說詩人騎馬遠望，而說奇峰迎馬而來，用擬人手法寫出了山的動感，更賦予山以靈性、生命、活力與氣勢。「駭」字抒強烈之情，表達出詩人對靈石山的驚奇、恐懼、敬畏、喜愛等感情與感受。次句把靈石山與蜀嶺吳山作對比，「一洗空」三字筆力千鈞，揚此抑彼，將靈石三峰的雄奇高峻誇張得淋漓盡致。第三句說靈石山拔地五千仞，更是極盡藝術誇張之能事。「青蒼」二字，為靈峰塗染上鮮明的色彩，避免了抽象。這三句層層誇張，似乎此山高不可攀，人只能向它俯伏，對它瞻仰崇拜。不料結句突作轉折，詩人忽發匪夷所思的浪漫奇想，要讓靈石山把身子縮小，蟠曲起來，裝進自己的小詩中。這一震撼靈石山的警句，同首句形成鮮明對比，既表現詩人對靈石山的喜愛之情，更顯示出詩人的廣闊胸襟和恢宏氣度，及其大膽神奇的想像力與詼諧幽默性格。真是奇趣橫生，不同凡響。第二首，詩人在越來越明亮的朝陽中，看著「傑立插雲間」的靈石三峰，立即聯想到仍被金人侵占的西嶽華山的蓮花、朝陽、落雁三峰，於是對天起願說，我應該擔任征西大將軍，先把眼前這一座「華山」收入胸中。詩人從收復北方河山的思想高度立意，在山水詩中寄寓殺敵報國的雄心壯志。詩境之高，亦如靈石三峰，傑立雲間。總之，這兩首小詩，體現出陸游這位愛國志士兼詩人的七絕詩立意高遠、構思新穎、想落天外、詩心獨運的思想藝術特色。

書憤

陸游

【題解】這首七律作於淳熙十三年（西元一一八六年）正月。從淳熙七年冬陸游被政敵彈劾罷官還鄉起，他在山陰家中閒居了五年，已是六十二歲的老人。面對愈發衰敗的國勢，回顧自己的坎坷人生，詩人為山河破碎、殺敵報國壯志難酬而悲憤填膺。

早歲❶那知世事艱，中原北望❷氣❸如山。樓船夜雪瓜洲渡❹，鐵馬秋風大散關❺。塞上長城❻空自許❼，鏡中衰鬢已先斑。出師一表❽真名世❾，千載誰堪伯仲間❿。

【注　釋】❶早歲　年輕的時候。❷中原北望　即北望中原。❸氣　壯志。❹樓船夜雪瓜洲渡　這句和下句，詩人回憶自己曾經歷的兩段短暫的抗金軍旅生活。隆興二年（西元一一六四年）陸游四十歲，在接近抗金前線的鎮江任通判。當時主戰大臣張浚督軍江淮，操練兵馬，曾置戰艦，在建康、鎮江之間的江上巡航。這年三月，張浚視師經過鎮江，對陸游頗為賞識，並欲招陸到其麾下。但不久，張浚軍於符離大敗，次年被罷免，陸游參加北伐的心願破滅。瓜洲渡，在今江蘇揚州境內長江北岸，與南岸的鎮江隔江相望。❺鐵馬秋風大散關　紹興三十一年（西元一一六一年）秋天，金兵攻占大散關。南宋吳璘的部隊與之激戰。次年，收復此關。乾道八年（西元一一七二年）春，陸游在南鄭（今陝西漢中）入四川宣撫使王炎軍幕，積極向王炎陳進取之策。但這年九月，王炎被召回臨安，其幕僚也隨之星散，陸游北伐的心願又成泡影。❻塞上長城　南朝劉宋名將檀道濟英勇抵禦北魏的侵略，自比為國家「萬里長城」（見《南史・檀道濟傳》）。❼空自許　徒然像檀道濟那樣以塞上長城自比。❽出師一表　三國時蜀相諸葛亮出師北伐曹魏前給後主上的章表，稱為〈出師表〉。❾名世　名傳後世。❿千載誰堪伯仲間　意謂千載之下，有誰能與諸葛亮的忠誠智慧相比呢。堪，可以。伯仲間，語出杜甫〈詠懷古跡〉「伯仲之間見伊呂」，是杜甫稱讚諸葛亮的話。伯仲，古時兄弟之間，老大為伯，老二為仲，後遂以「伯仲」評量人物的等差。

【語　譯】年輕的時候，哪裡知道世事如此艱難，北望中原，只想著一定能收復失地，真是豪氣如山。我常常回憶曾登上大宋的樓船，在夜雪紛飛中巡航於瓜洲古渡，又曾騎著披鐵甲的戰馬，迎著秋風馳騁在大散關口。可歎我曾以塞上長城空自相許，如今壯志未酬，攬鏡自照，只見衰鬢先已斑白了。我銘記著的〈出師表〉真足以名傳後世。試問千載之下，有誰能與諸葛亮相比呢？

【研　析】題為〈書憤〉，「憤」是通篇詩眼。首聯即以「奔迸的表情法」（梁啟超〈中國韻文裏頭所表現的情感〉把早年定要收復中原的如山壯氣與而今壯志難酬的悲憤一併傾瀉於紙上，開端即震撼人心。頷聯回憶自己最難忘也最惋惜的兩段抗金鬥爭經歷，同時也就概括了宋、金雙方長達十年以上、在東南與西北兩個戰場的戰事。陸游極高妙地運用純意象組合來表現。他以「樓船」和「鐵馬」這兩個分別表示水戰與陸戰的意象為主體，並分別用「夜雪」、「瓜洲渡」和「秋風」、「大散關」來補充、襯托，於是，六個名詞意象疊加並分別組合成兩幅氣勢豪邁、境界雄渾的畫面。這一聯詩中並無一個動詞，卻極富動感。我們好像見到宋軍的樓船在漫天夜雪中向瓜洲古渡破浪行進，看見身著戎裝的詩人正在樓船上憑欄遠眺；我們也好像見到南宋軍民在大散關頭與金兵浴血鏖戰，見到詩人騎著鐵馬迎著秋風揚鞭馳騁。上下句大幅度跨越時空，又一氣貫注。正由於這一聯詩的意象生動、鮮明、豐富，組合巧妙，才使全篇形成情景交融的意境。正如清代方東樹所評：「妙在三四句兼寫景象，聲色動人。」（《昭昧詹言》卷二〇）詩的頸聯，陡然轉折，變為悲憤蒼涼，沉鬱頓挫。「塞上長城」與「鏡中衰鬢」對比強烈；「空自許」與「已先斑」承接呼應。尾聯復又振起，表達出自己要學諸葛亮，為恢復中原的大業鞠躬盡瘁，死而後已。語調激昂，情緒悲壯，感慨深長，擲地有金石之聲。清人紀昀評得好：「此種詩是放翁不可磨處。集中有此，如屋有柱，如人有骨。」（《瀛奎律髓彙評》卷二二）

臨安春雨初霽

陸　游

【題　解】淳熙十三年（西元一一八六年）春，陸游被任為朝請大夫、權知嚴州（今浙江建德），奉詔自山陰赴臨安覲見皇帝，住在西湖邊上的客棧裡。詩即在此時此地作。臨安，今浙江杭州，南宋於紹興八年（西元一一三八年）建都於此。霽，雨止。

世味❶年來薄似紗，誰令騎馬客京華❷。小樓一夜聽春雨，深巷明朝賣杏花。矮紙❸斜行閑作草❹，晴窗細乳❺戲分茶❻。素衣莫起風塵歎❼，猶及清明可到家❽。

【注釋】❶世味　對世俗情事的興味。❷京華　即京城。❸矮紙　幅面短小的紙。❹閑作草　宋代流行的「事忙不及草書」的諺語，陳師道〈石氏畫苑〉詩也說：「卒行無好步，事忙不草書。」故這裡說「閑作草」。草，草書。❺細乳　烹茶時浮於盞面的細白泡沫，又稱乳花。❻分茶　宋代流行的一種烹茶方法，乃至有烹茶藝術，宋人詩詞裡經常提到。詳參錢鍾書《宋詩選注》、張鳴《宋詩選》。❼素衣莫起風塵歎　用陸機〈為顧彥先贈婦〉詩「宋洛多風塵，素衣化為緇」句意。❽猶及清明可到家　陸游在宋孝宗召見之後，於三月還家鄉山陰小住，至七月始赴嚴州任所。

【語譯】我對世俗情事的興味，近年來已淡薄如紗；誰叫我又騎上馬，作客在這紛紛擾擾的京城。在清寒的小樓上，我聽得下了整夜的春雨，想到明天早上的深巷裡，就有人在叫賣杏花。閒居無聊，在短幅紙上斜寫著草書；晴日窗前，我欣賞杯盞上浮起的細白乳花，試著做分茶遊戲。不要慨歎潔白的衣服已被京師的塵土汙染，還來得及在清明節前，回到我清靜的家園。

【研　析】陸游一生的最大心願是奔赴前線，參加抗金北伐戰鬥。可是，他在山陰故鄉蟄居了五年多，得到的任命卻是到遠離前線的嚴州做一個閒官，他對這次任命不感興趣，但也無可奈何，這首詩就表現出一種不受朝廷重用、百無聊賴的思想感情。首聯一落筆就感慨世態炎涼。一般用「薄如紙」形容人情輕薄，這裡用「薄似紗」，是為了避免與頸聯「矮紙」犯複，卻顯得比喻新穎，切合吳越盛產絲綢的風俗。下句「誰令」，明知故問，問出牢騷，問出豐富意味。「騎馬客京華」，因為已被罷官多年，故而只能獨自乘馬，再加一「客」字，活畫出有點寂寞、落拓，與繁華京城生疏、隔閡的自我形象。頷聯寫景抒情。據劉克莊《後村詩話》，在南宋時此聯已成名句廣泛流傳。吳熊和先生評此聯說：「典型地表現了江南二月的都市之春。小樓聽雨，是一詩境，春雨如絲，杏花繁麗，是一詩境；深巷賣花，又是一詩境。從今夜的雨聲到明朝的賣花聲，正寫出杏花春雨之間的『消息』，寫得形象生動，富於韻味。清舒位〈書劍南詩集後〉：『小樓深巷賣花聲，七字春愁隔夜生』，指出詩的背後還暗寓對春事的關懷和惜花傷春之念。……十四字一氣貫注，自然圓轉。」（《唐宋詩詞探勝》，浙江人民出版社，一九八一年版，第三四九頁）賞析精妙，筆者點讚。而紀昀在《瀛奎律髓彙評》卷十七評云：「格調殊卑，人以諧俗而誦之。」故作酷評，藉以自高，實不可取。頸聯「閒作草」、「戲分茶」，緊承上聯進一步寫他在京華閒極無聊，字面上有景趣、情趣而言外寄無聊之慨，筆法曲折細膩。錢鍾書稱讚陸游善於「咀嚼出日常生活的深永的滋味，熨貼出當前景物的曲折的情狀」（《宋詩選注・陸游小傳》）。此詩中兩聯正是典型的例子。

初夏行平水道中

陸游

【題解】陸游晚年閒居山陰，於初夏某日出東南郊向平水道中走去作此詩。平水，地名，在紹興以東四十餘里，以產茶著稱。

老去人間樂事稀，一年容易又春歸。市橋壓❶擔蓴絲❷滑，村店堆盤豆莢肥，傍水風林鶯語語，滿園煙草蝶飛飛。郊行已覺侵微暑❸，小立桐陰換夾衣。

【注釋】❶壓　指擔子裡的蓴菜數量多多。❷蓴絲　蓴菜絲，可以作羹。❸侵微暑　開始感到暑氣侵人。

【語譯】人老去，便覺得生活中樂事不多。時光一年年地過去，眼下春天又完了。橋頭市集上，賣蓴菜的擔子顫顫悠悠，人們很喜歡這滑膩可口的蓴絲呢。村頭的酒店裡，滿盤的水煮豆莢又嫩又肥。和風吹過水邊的叢林，聽得鶯聲恰恰；滿園茂密如煙的碧草，逗得蝴蝶亂飛。走在郊野，已感覺暑氣侵人，微汗漸出；待我在桐樹陰下小立片刻，用單衣換下夾衣。

【研析】陸游創作了不少憂國憂民、鼓吹抗金復國的詩篇，也寫了更多表現鄉間日常生活、極富情趣的作品，本篇即是一例。詩寫初夏時節平水道上的旖旎風光，但首聯卻以感慨人到老年樂事越少開篇，既以「春歸」點出題中「初夏」時令，更是欲揚先抑，為下面三聯所寫樂事作反襯，並包含著老年要更加珍貴難得的樂事。頷聯寫集市風光。詩人捕捉了村民挑著一擔擔蓴菜過橋來賣和村頭酒店滿盤豆莢又嫩又肥兩個特寫鏡頭，生動地展現出江南水鄉具有時令和地方特色的風物，可見詩人對村民生活的熟悉和親近。這一聯詩，句法濃縮，「壓」、「滑」、「堆」、「肥」四字平常通俗，詩人用來狀物，字字精準細膩，又新鮮活潑。頸聯拓展筆墨，寫村裡村外的自然景色，仍然緊扣著「江南」與「初夏」的特徵：傍水林間，聲聲鶯啼；人家園裡，蝶戲碧草。詩人揮動飽蘸喜悅之情的筆觸繪聲繪形繪色。「鶯語語」與「蝶飛飛」，有意運用疊字相對，節奏舒緩，音調諧美。尾聯上句照應題目，道出詩人郊行已遠，已感覺暑氣微侵。下句是全篇的點睛妙筆。詩人此時遊興絲毫未減，只是要在梧桐樹陰下歇歇腳，乘乘涼。桐陰「為初夏景致增添清涼、清爽、清雅的一筆」。因為「已覺侵微暑」，所以換下夾衣穿單衣。這一個細節，也增添了生活情趣，透露出詩人繼續遊樂的興味和喜悅的心情。首句說「老去人間樂事稀」，全篇生動展現出的卻是「老來人間樂事多」，全篇構思巧妙，清新明麗，生機勃勃，情趣盎然。

十一月四日風雨大作二首（選一）

陸游

【題解】這首絕句是宋光宗紹熙三年（西元一一九二年）冬陸游幽居故鄉山陰時寫的。當時詩人已經六十八歲，仍渴望從軍殺敵，為國立功。

僵臥❶孤村不自哀，尚思為國戍❷輪臺❸。夜闌❹臥聽風吹雨，鐵馬冰河❺入夢來。

【注　釋】❶僵臥　直挺挺地躺著不動。❷戍　守衛。❸輪臺　地名，今新疆輪臺，唐代邊防據點之一。這裡借指宋金邊境地區。❹夜闌　夜深。❺鐵馬冰河　騎上披著鐵甲的戰馬在冰河上馳騁。

【語　譯】我年邁力衰，僵直地躺臥在孤村中並不感到悲哀，仍然渴望著為國殺敵戍守北方邊塞。深夜裡聽見風雨呼嘯似軍號頻吹，我夢見自己騎著披鐵甲的戰馬跨過冰河。

【研　析】詩的前二句實寫自己年邁力衰僵臥孤村的困境，直抒自己並不悲哀，仍然渴望戍守邊疆，為國殺敵。後二句由實入虛，寫夢中之境。陸游僅以四字就創造了「鐵馬冰河」的典型意象，在寒夜風雨聲的襯托下，展現出一個雄奇壯麗的戰地境界，音節鏗鏘，極有氣勢。全篇隔句相承，交錯呼應，章法嚴謹。錢鍾書先生在《宋詩選注．陸游小傳》中說：「愛國情緒飽和在陸游的整個生命裡，洋溢在他的全部作品裡；他看到一幅畫馬，碰見幾朵鮮花，聽了一聲雁唳，喝幾杯酒，寫幾行草書，都會惹起報國仇、雪國恥的心事，血液沸騰起來，而且這般熱潮沖出了他的白天清醒生活的邊界，還氾濫到他的夢境裡去。這也是在旁人的詩集裡找不到的。」此詩即是一個極好的例證。詩人這種烈士暮年壯心不已的愛國精神，動人心弦，催人奮發。重複用了兩個「臥」字，應是小疵。

沈園二首

陸游

【題解】據南宋周密《齊東野語》等書記載與近現代學者考證，陸游於高宗紹興十四年（西元一一四四年）二十歲時與唐琬結婚，夫妻感情很好，但陸母並不喜歡兒媳，逼迫陸游離婚。紹興二十五年春陸游在紹興（今屬浙江）城禹跡寺南的沈園，與已經改嫁的唐琬偶然相遇。不久，唐氏就鬱鬱而死。此後，陸游對唐琬的悲悼之情一直鬱積於心，繼續寫了多首悼亡詩。〈沈園二首〉是其中傳誦最廣的，作於慶元五年（西元一一九九年），是年陸游七十五歲。

其一

城上斜陽畫角❶哀，沈園非復舊池臺。傷心橋下春波綠，曾是驚鴻❷照影來。

【注釋】❶畫角　彩繪的號角。❷驚鴻　受驚飛起的鴻雁，形容女子風姿綽約，體態輕盈。曹植〈洛神賦〉：「翩若驚鴻。」這裡比喻唐氏。

【語譯】黃昏，城牆上斜陽慘澹，號角聲令人感到悲哀。沈園幾易其主，已不是舊日的池臺樓閣。小橋下碧波蕩漾的春水一樣使人傷心，當年，這裡曾經映照我心上人的綽約風姿。

其二

夢斷香消❶四十年，沈園柳老不吹綿❷。此身行作稽山土❸，猶弔遺蹤一泫然❹。

【注釋】❶夢斷香消　指唐氏之死。❷綿　柳絮。❸此身行作稽山土　說自己將不久於人世。行，行將；即將。稽山，會稽山，在今紹興東南。❹泫然　傷感流淚貌。

【語譯】我心愛的人兒已香消玉殞四十多年，即使在夢中我也尋找不到她的芳蹤。曾經牽繫著我倆深情的沈園楊柳，都已老態龍鍾，不再飛花吹綿。眼看我這把老骨頭也將化作會稽山腳的一抔黃土，還來憑弔你的遺蹤，怎能不涕淚潸然。

【研析】第一首回憶沈園重逢，表達對亡妻的憶念，以寫景為主，斜陽、畫角、池臺，都被陸游塗抹上悲涼慘澹的感情色彩，尤其是借春水綠波，映現出心上人翩若驚鴻的美麗身姿。第二首首句敘事，融情於事。次句寫景狀物，以「柳老不吹綿」隱喻自己已是風燭殘年。顧隨先生評讚說：「次句好，真令人消魂、斷腸，樹猶如此，人何以堪。」（顧隨著、葉嘉瑩筆記《中國古典詩詞感發》）三、四句直接傾訴對唐琬堅貞不渝的愛情，真摯、深沉，力透紙背，讓古今讀者的心弦強烈共鳴。近代陳衍《宋詩精華錄》評讚道：「無此絕等傷心之事，亦無此絕等傷心之詩。就百年論，誰願有此事；就千秋論，不可無此詩。」

梅花絕句六首（選一）

陸　游

【題　解】這組詠梅的七言絕句作於寧宗嘉泰二年（西元一二〇二年），時陸游七十八歲，閒居故鄉山陰。組詩共六首，這裡選的是第二首。

聞道梅花坼❶曉風，雪堆❷遍滿四山中。何方❸可化身千億❹，一樹梅前一放翁。

【注　釋】❶坼　裂。指花朵開放。❷雪堆　比喻一簇一簇的梅花。❸何方　何術；什麼辦法。❹千億　極言其多。

【語　譯】聽說梅花已經開放了，迎著破曉的寒風。就像堆堆白雪，遍布四周的群山中。有什麼辦法，能使我化身千億，在每一樹梅花前，都有一個放翁在那裡觀賞呢！

【研　析】宋代詩人喜愛梅花，詠梅詩數以千計，詠梅詞也有近千首。陸游就是宋代詩人中最鍾情梅花的一個。他的詠梅詩計一百六十多首，其中絕句三十一首，還有詠梅詞。放翁常借梅花象徵並讚美一種堅貞孤高的人格氣節。這裡選的一首側重點不是描寫梅花，而是表現詩人狂熱喜愛梅花之情。詩的首句用賦的手法直敘梅花迎著晨風開放，次句比喻一簇簇梅花像堆堆白雪遍布四周的群山。這兩句平淡無奇，卻為後二句作了很好的鋪墊。後二句詩人忽發奇想：用什麼辦法使自己化身千億，使得每一樹梅花前，都有一個放翁相依相伴，他可以盡情地欣賞梅花之美，飽吸梅花的清香。詩人運用奇特的想像和極大的誇張，淋漓酣暢地表達出他對梅花近乎癡迷的喜愛之情。應當指出，詩的第三句化身千億的想像，源出於唐人柳宗元的七絕名篇〈與浩初上人同看山寄京華親故〉詩：「海畔尖山似劍芒，秋來處處割愁腸。若為化得身千億，散上峰頭望故鄉。」柳宗元是與和尚一起在異鄉看山，因而聯想到佛教化身之說，設想自己化身登上千萬個山頭去望故鄉，而陸游設想自己化身千億，是要站在每一樹梅花前；柳宗元的心情是痛苦的，陸游的心情卻是極其喜悅的。陳衍《宋詩精華錄》卷三點評說：「柳州之化身何其苦，此老之化身何其樂！」說出了陸游反用前人的奇麗意象來創新的特點。此詩第三句雖非原創，但在宋代詠梅詩中還是富於奇想奇趣、獨具一格的佳作。

秋思

陸游

【題解】這首絕句是嘉泰三年（西元一二〇三年），陸游七十九歲時在山陰作。詩寫秋景、秋思，表現了詩人在耄耋之年仍然熱愛自然，熱愛生活，詩情快捷。

烏桕❶微丹菊漸開，天高風送雁聲哀。詩情也似并刀❷快，翦得秋光入卷來。

【注釋】❶烏桕　樹名，即「烏臼」。一種落葉喬木，其實如胡麻子，以烏喜食其實而得名。北宋林逋〈水亭秋日偶書〉詩：「巾子峰頭烏臼樹，微霜未落已先紅。」❷并刀　并州剪刀的簡稱。古代并州（今山西太原）所產剪刀以鋒利著稱。杜甫〈戲題王宰畫山水圖歌〉：「焉得并州快剪刀，剪取吳松半江水。」

【語譯】烏桕樹葉稍微變紅，金黃色的菊花也漸次開放。藍天高曠，風吹送來南飛大雁的哀鳴聲。我的詩情也好像并州快剪刀，已把一段秋光裁剪入畫卷來。

【研析】首句寫烏桕微丹，黃菊漸開，是近景。「微」、「漸」二字準確細緻地表現出節令、物候的變化。次句秋日晴空，風送雁聲，寫景已由近到遠，由低到高。這兩句詩捕捉住秋天最有特點的物事，描繪出一幅色彩鮮麗、境界高遠的有聲畫，很美。後兩句以并州快剪比喻詩情之迅捷，已剪裁得一段美好秋光進入詩卷。這兩句兼化用了盛唐賀知章〈詠柳〉的名句「二月春風似剪刀」和注釋中所引杜甫之句。從比喻的角度看，賀用剪刀比喻春風剪出細長的柳葉，新警貼切，但仍是以具象喻具象；陸游以并刀比喻詩情裁剪秋光，卻是以具象喻抽象，將「詩情」具象化，更為奇妙。

示兒　陸游

【題解】這是陸游的絕筆詩，作於宋寧宗嘉定二年（西元一二〇九年）農曆十二月二十九日臨終前。示兒，寫給兒子們看。

死去元❶知萬事空，但❷悲不見九州同❸。王師❹北定中原❺日，家祭無忘告乃翁❻。

【注　釋】❶元　同「原」。❷但　只。❸九州同　指國家統一。古代中國分為九州。❹王師　指宋朝的軍隊。❺中原　指淮河以北淪陷在金人鐵蹄下的地區。❻乃翁　你們的父親，指自己。

【語　譯】我明明知道人死去了，萬事皆空。唯一的悲哀，是見不到中原的江山統一。當大宋的軍隊收復中原的日子，不要忘了，在家祭時把勝利的消息告訴你們的老父親。

【研　析】人之將死，其言也哀。詩人陸游臨終之際唯一悲哀的，是未能見到王師北伐收得中原，實現國家的統一。這種至死不衰的愛國精神和對勝利的堅定信念，令人深深感動。清代賀貽孫《詩筏》評此詩：「率意直書，悲壯沉痛，孤忠至性，可泣鬼神。」錢鍾書先生《宋詩選注》說：「這首悲壯的絕句最後一次把將斷的氣息又來說未完的心事和無窮的希望。」然而事實是南宋小朝廷不僅未能收復中原，最終卻被元朝所滅。陸游的「無窮的希望」永遠無法實現，從而更增強了此詩的悲涼氛圍與其藝術感染力。南宋遺民詩人林景熙再讀此詩時就寫下了令人腸斷的詩句：「青山一髮愁濛濛，干戈況滿天南東。來孫卻見九州同，家祭如何告乃翁！」（〈書陸放翁詩卷後〉）古羅馬時期的文論家朗吉努斯在《論崇高》中說，崇高就是「莊嚴偉大的思想」，就是「偉大心靈的回聲」。〈示兒〉詩正是陸游這顆偉大心靈的回聲，是一首具有「莊嚴偉大的思想」的詩篇。

催租行

范成大

【題解】這是范成大早年寫的一首新題樂府詩，揭露當時催租官吏向農民敲詐勒索的醜惡行徑。樂府詩多題名為「歌」或「行」，「行」是樂曲的意思。

【作者】范成大（西元一一二六—一一九三年），字至能，號石湖居士，蘇州吳縣（今江蘇蘇州）人。紹興二十四年（西元一一五四年）進士。歷著作佐郎、禮部員外郎、起居舍人等職。乾道六年（西元一一七〇年）使金，堅貞不屈，不辱使命，名震海內。還朝後在靜江、成都、建康等地任職。累官至吏部尚書拜參知政事。淳熙九年（西元一一八二年）在建康任上得疾，辭職退居故鄉的石湖。他是南宋著名詩人，與陸游、楊萬里、尤袤合稱中興四大詩人。其詩內容的豐富深刻不如陸游，藝術的獨創性不如楊萬里。但他寫了大量的農村詩歌，將反映農民遭受剝削壓迫、描繪田園風光和四季農事活動結合起來，成為中國古代田園詩的集大成者。出使金國途中所寫的七十二首絕句，抒發強烈深沉的愛國情思。其詩語言流麗明媚，意境清新，兼擅各體，絕句與樂府尤佳。著有《石湖詩集》、《石湖詞》、《攬轡錄》、《桂海虞衡集》、《吳船錄》等。

輸租得鈔❶官更催❷，踉蹡❸里正❹敲門來。手持文書❺雜嗔喜❻：

「我亦來營醉歸耳！」❼床頭慳囊❽大如拳，撲破❾正有三百錢：「不堪與君成一醉，聊復償君草鞋費！」❿

【注　釋】❶鈔　農民交完租後，官府發給的憑據。❷更催　指貪官汙吏銷毀存根，不承認農民手中的租鈔，逼農民再次交納租稅。❸踉蹡　走路歪歪斜斜的樣子。❹里正　里為古時基層行政單位，相當於村，里正為一里之長。❺文書　指農民交給里正看的租鈔。❻雜嗔喜　似生氣又似高興的表情。嗔，怒；生氣。❼我亦來營醉歸耳　這是記述里正的話：「我只是來想喝個醉再回去！」亦，不過；只是。營，謀求。耳，罷了。❽慳囊　錢罐，俗稱「撲滿」。❾撲破　敲爛；打破。❿不堪與君成一醉二句　這兩句是農民的話：「我這三百錢不夠你買酒喝的，就算是補償你的跑腿錢吧！」不堪，不夠。君，你，指「里正」。聊復，姑且。草鞋費，公差敲詐勒索時巧立的一種名目，即草鞋磨損費，意為跑腿錢。

【語　譯】農民想方設法交清了租，拿到了官府給的收據。沒想到官家還要催租，那走路歪歪斜斜的里正敲門來了。他手上拿著農民給他看的收據，似生氣又似高興地說：「交了就好。我只不過是來弄幾杯酒，喝它個醉就回家罷了！」農民的床頭放著一只拳頭大的小錢罐，他敲破罐子正好有三百枚銅錢。捧著三百錢送給了里正，賠著笑道歉說：「這點小意思還不夠你喝一頓酒的，就算是我貼補你的草鞋費吧！」

【研　析】錢鍾書先生在《宋詩選注・序》中說：「宋代作者在詩歌的『小結裹』方面有了很多發明和成功的嘗試。」構思的精巧和敘事生動簡練即原於這種詩歌的「小結裹」。范成大這首詩即是成功的一例。詩的首句就寫農民已交清租拿到了收據，但官差還要再次登門敲詐勒索，這就比前人的作品更深一層地揭露當時貪官汙吏的可惡和農民的悲慘境況。詩中集中描寫里正如何敲詐勒索和農民怎樣應付，這也是前人很少表現的。全篇僅八句五十六字，寫了兩個人物，一個富於戲劇性的場面，還有多個真實生動富於表現力的細節。「踉鏘」走路的樣子、「敲門」的動作，活畫出「里正」的流氓神氣；而他「手持文書」、由嗔變喜的表情和要弄幾杯酒喝它個醉的口吻，更使其奸詐、無賴、無恥的嘴臉躍然紙上。寫農民，僅以放在床頭不過拳頭大的錢罐這一個細節，就已表現出他的家境窮困。他打破錢罐把辛苦積攢的三百錢全部獻上，還要向里正小心翼翼委婉道歉，使人看到了他的膽小怕事、巧於周旋以及內心的無奈、酸楚。人物形象在其行為、動作、說話、神態的細節中活靈活現。詩人不著一字抒情和議論，其憎恨與憐憫之情已流露於字裡行間。詩中敘事大幅度跳躍，留下了不少「空白」和「潛臺詞」，筆墨簡練，誘人想像尋味。全篇兩句一韻，平仄相間，抑揚轉換，也與情節的變化和敘事的跳躍相適應。錢鍾書先生在《宋詩選注》中很賞識此詩，讚曰：「筆墨輕快，口角生動。」

回黃坦

范成大

【題解】此詩是范成大早年在徽州任司戶參軍時寫的。詩中描繪遊賞回黃坦所見山水原野美景，表現詩人熱愛自然、熱愛生活的情思。回黃坦，當時安徽歙縣的一個勝境，當在今黃山風景區內。

渥丹❶楓凋零，濃黛❷柏幽獨。畦稻晚已黃，陂❸草秋重綠。平遠一橫看❹，浩蕩供醉目。落帆金碧溪❺，嘶馬錦繡谷❻。世界真莊嚴❼，造物❽極不俗。向非❾來遠遊，那有此奇矚❿？

【注　釋】❶渥丹　濃厚的紅色，這裡寫秋天的楓葉。❷濃黛　黛青黑色，這裡寫霜後的松柏。❸陂　山坡。❹平遠一橫看　這句說美景像一幅平遠的橫披山水畫。平遠，山水畫中技法有高遠、平遠、深遠，合稱「三遠法」。平遠指因透視關係所見遠處山水漸趨於平遠。橫看，亦名「行看子」，俗名「橫披」。即橫幅的繪畫。❺金碧溪　寫溪水在落日照耀下呈現的金碧色。❻錦繡谷　寫山谷的花木色彩燦爛如錦繡。❼莊嚴　佛家語，在這裡是景色壯麗華美的意思。❽造物　也稱「造化」，古人用以指大自然萬物，如有一個創造者所造化而成，故稱為造物。❾向非　若非。❿奇矚　奇觀。

【語　譯】深紅色的楓葉快要凋零了，經霜後的松柏樹一片青黑的黛色。田畦裡的晚稻已經黃熟，山坡上秋草仍然是重重的綠色。這一幅平遠的橫披山水畫啊，真是開闊浩蕩讓我的雙眼陶醉了。我在夕陽照耀下金碧閃耀的溪邊落下了船帆，又乘著高興得歡叫的馬兒遊歷了花草美如錦繡的山谷。世界可真是壯麗華美啊，自然造化極其非凡不俗。如果我不到這裡來遠遊，怎麼能欣賞到這樣的奇觀呢？

【研　析】這首山水紀行詩以寫景為主，由景色之美引發出抒情讚歎。寫景又以淋漓酣暢的「潑彩」為主要手段。看，范成大先後塗染出渥丹的楓樹，深黛的松柏，黃燦燦的稻穀，重綠的陂草，還有「金碧溪」、「錦繡谷」，色彩豐富紛繁，強烈穠豔，在偏重淡墨素描的宋詩中是很罕見的，這是范成大早年學中唐詩人李賀的藝術探索成果。只要我們對照李賀的〈昌谷詩〉就可以看出。范成大學李賀詩的色彩富豔而棄其神秘詭異與生僻晦澀。讀此詩，如同觀賞一幅金碧重彩的平遠山水橫披。詩中靜態和動態描寫結合，詩人自我也走入詩裡。全篇六聯，每聯上句句尾用平聲，下句押急切短促的入聲韻，揚抑有致，亦有助於加強歡快激動的情緒。

州橋

范成大

【題解】范成大於宋孝宗乾道六年（西元一一七〇年）出使金邦，寫了一本日記《攬轡錄》和七十二首絕句。此詩即是其中之一，表現淪陷區人民年復一年淚眼欲穿盼望大宋皇帝駕回汴京的情景，也表達了作者無限的悲憤和感慨。州橋，正名為天漢橋，因宋稱汴京為州而得名，但因其低平，故不通船。橋下密排石柱，即御路。此詩題下自注云：「南望朱雀門，北望宣德樓，皆舊御路也。」

州橋南北是天街❶，父老年年等駕迴❷。忍淚失聲❸詢使者❹：「幾時真有六軍❺來？」

【注釋】❶天街　即「御路」。❷等駕迴　等待大宋皇帝車駕回汴京。❸失聲　不自禁而出聲。❹使者　即詩人。❺六軍　周代天子統率六軍，每軍一萬二千五百人。後世即以「六軍」指「王師」，此指南宋軍隊。

【語　譯】州橋南北，便是北宋皇城的御路；故都的遺民父老，一年又一年，盼著大宋皇帝的車駕回來。他們忍淚含悲哽咽著問我：「天子的軍隊，幾時才能真的到來？」

【研　析】這首詩用樸實無華的語言白描直敘眼前的景物情事，卻融注入了沉痛徹骨的黍離之悲。首句只平平道出「州橋」、「天街」，但因這都是以前北宋皇帝出巡必經之地，它們無聲地向范成大訴說興亡之感！次句寫出遺民父老年年等候皇帝車駕回來的愛國深情。三、四句「忍淚失聲」的情態和「幾時真有」的疑問，更生動地表現出遺民盼望的深切執著，以及一回回失望的痛苦悲傷。清代潘德輿《養一齋詩話》評讚說：「沉痛不可多讀，此則七絕至高之境。」錢鍾書先生《宋詩選注》說：「這首可歌可泣的好詩足以說明文藝作品裡的寫實不就等於埋沒在瑣碎的表面現象裡。」接著他引用了范成大的《攬轡錄》、樓鑰的《攻媿集》，以及韓元吉的《南澗甲乙稿》中對金邦北宋遺民的記載，說：「可見斷沒有『遺老』敢在金國『南京』的大街上攔住宋朝使臣問為什麼宋兵不打回老家來的，然而也可見范成大詩裡確確切切的傳達了他們藏在心裡的真正願望。寥寥二十八個字裡濾掉了渣滓，去掉了枝葉，乾淨直接地表白了他們的愛國心來激發家裡人的愛國行動，我們讀來覺得完全入情入理。」評析精彩。

四時田園雜興六十首(選五)

范成大

【題解】宋孝宗淳熙十三年(西元一一八六年),范成大在石湖養病,把鄉村生活中的見聞和感受隨時寫成七言絕句,一共有六十首,生動真切地表現了當時農家的景物、風俗、勞動、歡樂、災難等各式各樣的生活場景,這裡選了五首。雜興,隨著詩興寫出,並無固定題材。

其二

土膏❶欲動雨頻催,萬草千花一餉❷開。舍後荒畦❸猶綠秀,鄰家鞭筍❹過牆來。

【注釋】❶土膏　土地的膏澤、肥力。❷一餉　片刻。❸畦　田間分區。❹鞭筍　竹根上的新芽。

【語譯】春天來了,春雨下了好多次,滋潤了泥土,使大地鬆動。千萬種花草,在陽光哺育下片刻間就開放、茁長。就連屋子後方的荒地上也有了新添的綠意,鄰家園裡的竹筍從土牆底下伸到我們院裡。

【研析】寫農村裡春天解凍後泥土滋潤、草木欣欣向榮的景象。范成大從大景寫到小景,從遠處寫到近處,最後寫屋後荒地增添綠意,結尾推出一個來自隔鄰破土而出的筍尖兒的特寫鏡頭,把春天的蓬勃生命力表現得形象鮮活，筆酣墨飽。全篇在樸素平易中見新奇警策。

其十五

蝴蝶雙雙入菜花，日長❶無客到田家。雞飛過籬犬吠竇❷，知有行商❸來買茶。

【注　釋】❶日長　太陽升得很高了。❷竇　牆洞。❸行商　流動商販。

【語　譯】蝴蝶雙雙飛入了金黃的菜花之中，太陽升得老高了，還沒有客人到田家裡來。突然間，雞飛過了籬笆，狗也在牆洞裡不住地汪汪叫，原來是走村串戶的商販來買新茶。

【研　析】全篇著意寫村舍環境之靜，反襯晚春田間農事之繁忙。首句先以蝶穿菜花之景妙狀晚春季候特徵。次句正面寫靜，但字面上又不著一個靜字。後兩句寫雞飛、犬吠、行商來買新茶，以動襯靜，又洋溢出濃厚的農村生活氣息。

其三十一

晝出耘田❶夜績麻❷，村莊兒女各當家。童孫未解❸供❹耕織，也傍桑陰學種瓜。

【注釋】❶耘田　除去田裡雜草。❷績麻　把麻搓成線，這裡泛指紡織。❸未解　不懂得。❹供　從事；參加。

【語譯】白日在田裡耘田除草，晚間開始搓麻紡紗。村莊的兒女們各司其職，人人都在操勞幹活。幼小的小兒雖然不懂得耕田織布，他們也學大人的樣子，在桑樹陰下玩起挖地種瓜的遊戲。

【研析】似以一個老農的口吻寫夏日農村日夜繁忙的勞動景象，展現出一幅田園耕織圖。三、四句寫幼兒在桑陰下也學大人做種瓜的遊戲，表現兒童喜愛勞動及其天真稚氣，尤為生動有趣。

其三十五

采菱辛苦廢犁鋤，血指流丹鬼質枯❶。
無力買田聊❷種水❸，近來湖面亦收租。

【注釋】❶鬼質枯　形容人枯瘦得像鬼一樣。❷聊　姑且。❸種水　指把菱種在水上。

【語譯】雖說不用犁耙鋤頭了，在湖上種菱也很辛苦。手指被菱角刺破，流出殷紅的血，人枯瘦得跟鬼一個樣子。沒有能力買田來耕種，只好靠種菱來謀生計，沒想到官府近來竟宣布湖面也要收租。

【研析】寫官府對農民殘酷的壓榨、剝削。農民無力買田，借種菱勉強維生，非常辛苦。「血指」句刻畫的形象令人觸目驚心。結句寫官府竟連湖面也要收租，揭露深刻。「種水」一詞新鮮，富於創造性。

其四十四

新築場泥鏡面平，家家打稻趁霜晴❶。笑歌聲裏輕雷動，一夜連枷❷響到明。

【注釋】❶霜晴　霜後的晴天。❷連枷　一種打稻脫粒的農具。

【語譯】新築起的打穀泥場，像鏡面一樣平整明亮。農村家家都趁著霜後的晴天趕忙打稻。歡歌笑語伴著打稻聲像輕雷一樣，一整夜脫粒的連枷聲，直響到天明。

【研析】寫出農民秋日打稻，晝夜不停，忙碌緊張，內心充滿了收穫的歡樂和勞動的喜悅。描寫生動，比喻形象，音韻流轉，節奏輕快，生活氣息濃郁。

舟行憶永和兄弟

周必大

【題解】這首詩作於紹興二十三年（西元一一五三年），周必大離開家鄉前往吳地。詩歌通過描寫行舟之景色，表現作者思念兄弟之情。永和，鎮名，在江西廬陵。

【作　者】周必大（西元一一二六—一二〇四年），字子充，一字洪道，號省齋居士，晚號平園老叟，廬陵（今江西吉安）人。紹興二十一年（西元一一五一年）進士，授徽州司戶參軍。曾官至樞密使、右丞相、左丞相、觀文殿大學士，以少傅致仕，卒諡文忠。兼擅詩文。著有《周文忠公大全集》。

一掛吳帆不計程❶，幾回繫纜幾回行。天寒有日雲猶凍，江闊無風浪亦生。數點家山❷常在眼，一聲寒雁正關情❸。長年❹忽得南來鯉❺，恐有音書急遣烹❻。

【注　釋】❶一掛吳帆不計程　這句說舟行向吳地，不曉得走了多少水路。吳帆，指舟行吳地，今江蘇蘇州一帶。❷數點家山　幾座家鄉的山。數點，喻其遠。❸一聲寒雁正關情　以寒雁的鳴聲勾起對兄弟的思念，因古人常以雁行作為兄弟之稱，這裡有雙關義。❹長年　舟師，船工。❺南來鯉　南方來的鯉魚。按作者家鄉廬陵在蘇州以南。❻急遣烹　意即從速尋覓書信。古人常以鯉魚代指書信。古詩〈飲馬長城窟行〉：「呼兒烹鯉魚，中有尺素書」。

【語　譯】一舟小船在吳地掛起了風帆，不知走了多遠的水路。只記得，幾回停舟，幾回解纜。冬日時陽光慘澹清寒，行雲也彷彿凍結，掛在天際。空闊的江面上，無風，波浪仍然洶湧不停。幾點故鄉的青山，常在眼前浮現；一聲雁鳴，使我更加思念家鄉的兄弟。船工提得一條鯉魚，據說是從南方家鄉來的；趕快剖開牠吧，也許魚腹中裝有家書，書中寫著手足的深情。

【研　析】全詩緊扣題目，寫舟行途中所歷之事所見之景，表現憶念家鄉兄弟之情，寫景敘事與抒情交織穿插，又融為一體。首聯敘事。「吳帆」交待去向，「不計程」與下句寫出舟行的漫長、單調、乏味，敘事簡潔生動。主言「憶」，而憶念之情已透露出來。頷聯寫天寒雲凍、江闊浪生之景，景色寒冷、慘澹、動盪不寧，傳達出周必大淒涼苦悶的心緒。上下句用反對法，對得極工整，又用轉折、頓挫句式，使詩意層深而不淺直。頸聯仍是寫景，但與頷聯不同，已將景與情交融起來。上句「常在眼」寫詩人眼中常浮現家山；下句「正關情」，寫雁鳴聲牽動了詩人思念愁情。這一聯用正對，也字字工對，但上句寫視覺，下句寫聽覺，感情也較上聯濃烈。尾聯又轉入敘事，在敘事中巧妙借用古詩中剖魚腹覓家書的典故，結句「急遣烹」三字語氣急切，將情緒推向高潮。「急遣烹」以癡想表癡情，反而顯得真實有味。周必大學問淹博，文勝於詩。其詩風格樸實，不事雕鑿，但狀景警策、情味深永之作不多，這首詩是他難得的佳構。

雪

尤　袤

【題　解】這首詠雪詩，可能是尤袤早年任泰興縣令時作，表現了詩人對饑民和邊兵的悲憫之情。

【作　者】尤袤（西元一一二七—一一九四年），字延之，號遂初居士，常州無錫（今屬江蘇）人。紹興十八年（西元一一四八年）進士，授泰興縣令，改江陰學官。歷國史院編修、著作郎、禮部侍郎，官至禮部尚書兼侍讀。立朝敢言，以憂國事成疾，卒。他是南宋著名詩人，與范成大、陸游、楊萬里並稱南宋四大家。他也是著名的學問家、藏書家。他的詩集未能流傳下來。從現存作品看，藝術水準不及陸、楊、范，但語言圓熟，用典自然，意蘊豐厚。著有《遂初堂書目》，後人輯有《梁溪遺稿》。

睡覺❶不知雪，但驚窗戶明。飛花厚一尺，和月照三更。草木淺深白，丘❷塍❸高下平。饑民莫咨怨❹，第一念邊兵。

【注　釋】❶睡覺　睡醒。❷丘　小山丘。❸塍　田埂。❹咨怨　歎息，嗟怨。

【語　譯】睡醒後不知下了大雪，只是驚奇窗戶特別明亮。推窗一看，飛舞的雪花已在地上積有一尺厚，雪映著月光，使三更時分格外冷清。草木都籠罩在一片白茫茫之中，有的深，有的淺。高的山丘和低的田埂，也都被雪遮蓋得一樣平。饑餓的百姓哪，莫要歎息抱怨了。在這嚴寒的日子裡，首先要想到那些辛苦戍邊的士兵。

【研　析】這是一首五律。首聯寫初睡醒時不知下雪，而驚怪窗戶分外明亮。起得自然真切。「驚」字可見雪之大，因雪大而光明。中間兩聯具體描寫大雪景象。頷聯用「厚一尺」形容雪大，又以「和月照」呼應上面的「明」字。雪月交映，傳出冷冽之感。頸聯進一步開拓境界，寫原野上草木，無論積雪深淺，都是一片白茫茫的；山丘田埂，或高或低，也都被雪遮蓋得一樣平。這兩筆更真切細緻地表現「厚一尺」的雪，亦可見尤袤此時正在細心觀察。尾聯寫他因大雪而念百姓之饑和邊兵之苦。勸饑民莫怨，是為了突出邊兵更苦更可憐。詩從寫景詠物提升到悲時憫民的思想高度，加深了詩的意蘊。全篇使用白描直敘，語言平淺，但景真情深，加之章法緊密，屬實自然，故能感動人心。元代方回評道：「見雪而念民之饑，常事也。今不止民饑，又有邊兵可念。……又豈但描寫物色而已乎？」清代紀昀讚云：「有為而作，便覺深厚。」《瀛奎律髓彙評》卷二一）評得中肯。

題米元暉瀟湘圖二首

尤　袤

【題解】米元暉，米友仁，字元暉，米芾之子，一字尹仁，小字虎兒，自稱懶拙老人。官至兵部侍郎、敷文閣直學士。米芾、米友仁父子都是宋代著名書畫家，世稱大米、小米。〈瀟湘圖〉，即是米友仁的名作〈瀟湘白雲圖〉，現藏上海博物館。尤袤於此畫上有跋有詩，詩後署款為「淳熙辛丑中春十八日，梁溪尤袤觀於秋浦」。淳熙辛丑，即宋孝宗淳熙八年（西元一一八一年），尤袤五十五歲，提舉江東常平。秋浦即今安徽貴池。

瀟湘❸。

其一

萬里江天杳靄❶，一村煙樹微茫❷。只欠孤篷聽雨，恍如身在瀟湘❸。

【注釋】❶杳靄 深遠貌。❷微茫 隱約；不清晰。❸瀟湘 水名，在湖南。

【語譯】萬里江天深遠無際，近處一村煙樹也隱約微茫。我恍然覺得身在瀟湘，只是還沒有坐在孤篷船上，傾聽那滿江雨聲颯颯地響。

其二

淡淡晴山橫霧，茫茫遠水平沙❶。安得綠蓑青笠，往來泛宅浮家❷。

【注釋】❶遠水平沙 謂遠處的江水與岸齊平。何遜〈慈姥磯〉詩：「野岸平沙合，連山遠霧浮。」❷泛宅浮家 以船為家，到處漂泊。《新唐書·張志和傳》：「顏真卿為湖州刺史，志和來謁，真卿以舟敝漏，請更之。志和曰：『願為浮家泛宅，往來苕、霅間。』」

【語譯】淡淡的近山腰纏繞晴雲，遠處茫茫煙水與沙岸齊平。怎能夠披綠蓑衣戴青竹笠，在這江湖上以船為家來往飄蕩一生？

【研　析】米元暉擅長用淡墨漬染、濃墨點簇的技法描畫煙雨雲山，人稱「米點山水」或「米家墨戲」。尤袤這兩首題畫詩，都是前聯寫畫境，後聯抒感受。第一首前聯從大處落墨，展現遠處萬里江天，近景一村煙雨。詩人不用一個顏色字，只在上下句分別用了「杳靄」、「微茫」兩個連綿詞，形容畫中一派煙雨迷濛的景象。把畫景當作真景來寫，又能傳達出小米山水精微奇妙的墨戲。後聯抒感受，說自己好像已置身於瀟湘；只是還沒有坐在孤篷船上聽雨，進一步將畫境幻化成真境，這只是對畫家作品逼真的巧妙讚賞。第二首前聯以淡筆白描畫景，一句寫山，一句寫水，詩人藉以描狀山水的詞，已由連綿詞改換為疊字形容詞「淡淡」與「茫茫」，同樣是米氏煙雨山水的生動再現。後一聯由畫境想到真境，進而抒發自己期望戴笠披蓑、漂泊江湖歸返自然的心願。這既是對小米其人其畫清高絕俗的高度評價，也使詩篇由第一首的表達審美情趣昇華到表達人生理想的境界。在尤袤之前，北宋大詩人黃庭堅有題畫詩〈題鄭防畫夾五首〉，也是六言絕句體，其一云：「惠崇煙雨歸雁，坐我瀟湘洞庭，欲喚扁舟歸去，故人言是丹青！」在化畫境為真境、融入詩人情意方面，黃、尤之作是相同的，但黃作五首議論過多，對畫境的描繪，不如尤詩具體，生動並能顯示畫的風格特色。尤袤讀了山谷這五首題畫詩，並運用六言絕句體來寫有可能是要與前輩較量、爭勝。而結果是，他這二首是後來居上的。

過百家渡四絕句（選一）

楊萬里

【題　解】這組詩作於隆興元年（西元一一六三年）春夏之交，楊萬里任零陵縣丞秩滿，離任之前。共四首，這裡選第四首，寫江南初夏農村插秧之後的景色。百家渡，今湖南零陵湘江上的一個渡口。

【作　者】楊萬里（西元一一二七—一二〇六年），字廷秀，號誠齋野客，吉州吉水（今江西吉安）人。紹興二十四年（西元一一五四年）進士，任零陵（今屬湖南）縣丞。歷吏部員外郎、秘書少監等職。淳熙十四年（西元一一八七年）因忤宋孝宗，出知筠州（今江西高安），復召為秘書監。晚年拒絕韓侂冑籠絡，家居十五年不出。寧宗開禧初（西元一二〇五—一二〇六年），詔寶謨閣學士，不久病卒。贈光祿大夫，諡文節。他是南宋中興四大詩人之一。詩歌總的成就不如陸游。但他也寫了不少憂國憂民的佳篇，而在創新詩體方面成就超過陸游。他寫了大量描摹自然景物的小詩，生機蓬勃，活潑靈動，充滿諧趣、奇趣、理趣，語言通俗淺近，被稱為「誠齋體」，影響很大。著有《誠齋集》。

一晴一雨路乾濕❶，半淡半濃山疊重❷。遠草平中見牛背，新秧疏處有人蹤❸。

【注　釋】❶路乾濕　指鄉村小路一會兒乾一會兒濕。❷山疊重　山巒重重疊疊。❸人蹤　農民插秧時留在水田中的腳印。

【語　譯】天氣一霎時晴一霎時雨，鄉村小路一會兒乾一會兒濕；半淡半濃的山巒重重疊疊。遠遠的草野上，在草平短的地方現出牛的背脊，新秧稀疏之處還有農民插秧時留在水田中的腳印。

【研析】這首詩妙在從景物之間的關係中捕捉住新鮮的詩趣。平平的遠草中忽然出現線條彎曲的牛背移動，密密的新秧稀疏處顯露出農民留在水田中的腳印。眼明手快的楊萬里立即將這新奇的發現白描速寫出來，詩趣自然產生了。通篇對仗，字字工對，卻毫不板滯。特別是首聯用疊字對，又將第五字平仄對調，形成後三字「仄平仄」對「平仄平」，音節峭拔，藉以表現道路的乾濕不同與山色的濃淡變化，也很巧妙。

插秧歌

楊萬里

【題解】這首詩描寫農民雨中插秧的緊張辛勞情景。作年不詳。

田夫拋秧田婦接，小兒拔秧大兒插。笠是兜鍪❶蓑是甲❷，雨從頭上濕到胛❸。喚渠❹朝餐歇半霎❺，低頭折腰❻只不答。秧根未牢蒔未匝❼，照管鵝兒與雛鴨。

【注釋】❶兜鍪　古代打仗時保護頭部的盔甲。❷甲　鎧甲，打仗時保護身體的鐵衣。❸胛　肩胛；臂膀。

❹渠　他，指農民。❺半霎　一會兒。❻折腰　彎著腰。❼蒔未匝　插秧尚未完畢。蒔，移栽，插秧又叫蒔秧。匝，完畢。

【語　譯】農夫拋秧呵農婦接住，小兒去拔秧大兒來插秧。斗笠是打仗的頭盔，蓑衣是護身的鐵甲，大雨劈頭澆下來直濕透肩膀。叫他停歇一會兒用早飯，他低頭彎腰總不回答。半晌卻道：「這秧根未牢，也沒插滿田。要管好頑皮的鵝兒雞鴨，不讓牠們下田糟蹋莊稼。」

【研　析】開篇兩句寫農民男女老幼在田間各司其職，各盡其力，分工合作，忙碌插秧。這兩句白描直敘，兼用句中對仗和上下句對仗，以及重言錯綜手法，有民謠風味，節奏急促，立即傳達出緊張、繁忙的勞動氣氛。三四句寫大雨瓢潑，濕透衣衫，農民插秧也不歇手。楊萬里別出心裁，將「斗笠」比作「頭盔」，「蓑衣」喻為「鐵甲」，在一句中疊用兩個新鮮的喻象，表現農民正像全副武裝的士兵一樣緊張戰鬥，艱苦拼搏。後四句變換手法，用農家夫婦的對話進一步渲染爭分奪秒的戰鬥氛圍。農婦招呼丈夫停歇片刻去用早飯，農夫仍低頭彎腰繼續插秧，半晌才說秧未插完，又叮囑妻子照管好鵝與雞鴨。這樸實的對話，既表現農家夫婦的互相關愛，有親切的生活氣息，又反映出農家的勤儉辛勞，事事操心。全篇情景生動、活潑、風趣，也得力於詩人善於運用諸如「喚渠」、「歇半霎」、「鵝兒」等通俗淺近的口語。句句押韻，用聲音響亮斬截的入聲字做韻腳，也使詩的節奏急促、跳躍，與所寫的緊張勞動情景正相合拍。

閑居初夏午睡起二絕句（選一）

楊萬里

【題解】乾道二年（西元一一六六年）楊萬里在吉水家居時作。寫他在初夏午睡睡起時閒適恬淡的情思和對新鮮有趣景物的發現。

梅子留酸軟齒牙，芭蕉分綠與窗紗。日長睡起無情思，閑看兒童捉柳花。

【語譯】午睡醒來，感到睡前吃過未熟的梅子，還留有酸味在口中，覺得牙齒有些軟。向外望去，只見窗紗是綠色的，大概是芭蕉把綠色分一些給它了吧？初夏的白日是漫長的，使我感到倦怠無情思，於是閒看著淘氣的孩子，在追捉著那風中飄飄悠悠的柳絮。

【研析】前兩句寫剛睡起時口中的感受和眼中的景色。梅子、芭蕉正是初夏時令的風物。錢鍾書《宋詩選注》說：「這首詩裡的『留』字『分』字都精緻而不費力。」一個「留」字，既點明梅子尚未成熟，楊萬里急著嘗新，於是梅子就有意無意把酸味留在詩人的口中，並且軟了他的齒牙，頗見詩趣。「分」字更妙，芭蕉擬人化，它主動把自己濃濃的綠色分給窗紗。使庭院與屋裡的詩人都獲得了清涼和幽靜，好讓日長睡起倦怠的詩人由「無情思」變為「有情思」。果然，心情閒適、舒暢的詩人立即從兒童捕捉柳花的場景中得到了新美的詩趣。據南宋周密《浩然齋雅談》載，楊萬里曾對人說過：「工夫只在一『捉』字上。」「捉」字確是點睛傳神之筆，使天真爛漫、活潑可愛的兒童形象活現紙上，就連飄飛的柳絮也好像有了靈性，在同兒童戲耍，於是全詩也顯得情趣盎然，生氣勃勃。讀此詩，可見楊萬里詩天真、風趣的「活法」。

小池

楊萬里

【題解】這首詩是淳熙三年（西元一一七六年）楊萬里家居吉水時寫的。詩寫的夏日小池的景物，表現出詩人天真好奇的童心。

泉眼無聲惜細流，樹陰照水愛晴柔❶。小荷才露尖尖角，早有蜻蜓立上頭。

【注釋】❶晴柔　晴明柔和。

【語譯】泉眼無聲地讓小水珠緩緩滴落，好像是珍惜泉水不讓它很快地流走。樹陰映照在池水上，它是愛戀夏日的晴明柔和。小小的荷葉剛剛在水面上露出尖尖角，早有一隻蜻蜓飛來，立在它的上頭。

【研析】兒童都愛好細小的事物。楊萬里是一個極富童心的詩人，他喜愛小的事物，並用兒童般天真好奇的眼光觀察它們。這首小詩，題為〈小池〉，所寫景物也都是小巧玲瓏的：泉眼、細流、荷葉的「尖尖角」，還有那隻小小蜻蜓。在詩人的眼中、心上，它們無不具有靈性，泉眼珍惜池水，樹陰愛戀晴柔，新荷剛一出水，蜻蜓就飛過來與它相依相戀。自然界這些小景物多麼天真活潑！它們共同營造出一個和諧的、生機蓬勃的世界。這首詩不僅體現出楊萬里擅長以敏捷靈巧手法「寫生」的本領，還顯示了他善於在對自然景物的描寫中融入理趣的特色。詩的後兩句就饒有理趣：從荷葉看，它蘊含著新生命的美好與可愛；從蜻蜓看，又使人感到牠對新生命的熱情關注，對新鮮事物反應敏銳。

虞丞相挽詞三首（選一）

楊萬里

【題解】虞丞相，即虞允文，南宋著名儒將。紹興三十一年（西元一一六一年），他在采石（今安徽當塗境內）督軍大破金兵，穩定南宋偏安局面，後因力反和議，出為四川宣撫使，未幾拜相。乾道九年（西元一一七三年）再任四川宣撫使，次年卒於蜀。楊萬里與虞允文有交誼，虞的逝世使他悲痛欲絕，作挽詞三首，此為其一。

負荷❶偏宜重，經綸❷別有源❸。雪山❹真將相，赤壁再乾坤❺。奄忽❻人千古，淒涼月一痕。世無生仲達❼，好手未須論。

【注釋】❶負荷　擔負國家重任。❷經綸　又稱經緯，指措置，常用以形容治國治軍謀略。❸別有源　別有淵源。虞以書生出將入相而功業卓著。❹雪山　岷山，在四川。杜甫〈贈左僕射鄭國公嚴公武〉讚嚴武出鎮四川云：「公來雪山重，公去雪山輕。」因虞為四川人，又兩度為四川宣撫使，故借杜甫詩意，以嚴武比虞允文。❺赤壁再乾坤　以三國時孫、劉聯軍大破曹軍的赤壁之戰比虞允文的采石大捷，正如赤壁之戰造成了魏、蜀、吳三國鼎立局面，采石大捷則穩定了宋、金南北對峙之勢。❻奄忽　忽然；悠然。❼生仲達　生，活的。仲達，即司馬懿，三國時曹魏名將。諸葛亮病逝於五丈原後，蜀軍退兵，司馬懿恐有埋伏不敢追擊。當時民諺說：「死諸葛能走生仲達。」這裡以諸葛亮比虞允文。

【語譯】您才學兼富、德高望重，最適宜擔負起國家的重任；您以書生出將入相，功業卓著，治國治軍的謀略別有淵源。您功業如雪山重，像出鎮四川的嚴武；您猶如諸葛亮在赤壁大敗曹軍，以采石大捷穩定了宋、金對峙之勢。沒想到您忽然逝世，名傳千古，但埋骨地下，只有一彎冷月相伴，極其淒涼寂寞。當今世上，已沒有像司馬懿這樣稍可與諸葛亮對壘的人，還有誰稱得上是好手，可與您相匹敵呢？

【研析】這首挽詞，是一首五言律詩。首聯即讚頌虞允文以書生出將入相，有經緯天地之才，故能擔負社稷安危重任。頷聯用兩個典故，營構出「雪山」、「赤壁」兩個意象：白雪皚皚的岷山與赤色如鐵的岩壁巍峨雄偉，氣勢磅礴，色彩鮮明對映，其所蘊含的歷史內容使它們具有象徵性；詩人再以「真將相」與「再乾坤」讚歎評議，從而高度概括了虞允文的采石大捷和經略巴蜀，穩定了宋、金南北對峙局勢，有如再造乾坤。這十個字對仗工穩沉著，句法濃縮遒勁，筆力千鈞。清人陳曾壽在其〈書誠齋集後〉詩的自注中評讚說：「真大手筆，向來無人指出。」頸聯驟然陡轉，寫虞允文奄息之間逝世。只有冷月一痕空照荒野孤墳，辭語沉痛、境界淒涼，傾吐出對虞英年早逝與身後寂寞的無限感愴。這一聯便詩意曲折跌宕，詩情悲傷沉痛。尾聯情調揚起，用諸葛亮和司馬懿的典故，讚頌虞允文才略超人，世上再無人可與之匹敵。此詩氣格渾厚，筆力勁健，感慨深長，風格雄渾悲壯。可見，楊萬里不僅善於以「活法」寫輕鬆活潑的「誠齋體」小詩，也能以扛鼎筆力表現重大題材和主題。

過揚子江二首（選一）

楊萬里

【題解】淳熙十六年（西元一一八九年）九月，楊萬里奉詔還臨安為秘書監，冬，奉命到淮河邊去迎接、陪伴金國派來慶賀新年的使者，這兩首詩和下面選錄的〈初入淮河四絕句〉，都是此行時的作品。揚子江，長江在江蘇揚州以下的別稱。

只有清霜凍太空，更無半點荻花風❶。天開雲霧東南碧，日射波濤上下紅。千載英雄❷鴻去外，六朝❸形勝❹雪晴中。攜瓶自汲江心水❺，要試煎茶第一功❻。

【注　釋】❶荻花風　吹動蘆荻的風。❷千載英雄　既指歷史上的英雄人物，亦暗指南宋初年的抗金將領劉錡、岳飛、韓世忠、張浚等。❸六朝　指以建康（今江蘇南京）為都城的東吳、東晉、宋、齊、梁、陳六個偏安江左的朝代。❹形勝　山川勝跡。❺江心水　指鎮江西北金山上的中冷泉，當時金山在長江中。❻第一功　典出《史記・蕭相國世家》，漢高祖劉邦將沒有汗馬之勞的蕭何列為功臣之首，其功第一，後來便用以指無汗馬之勞、不戰而奪得頭功。宋人又常以這個典故詠茶之功效。據陸游《入蜀記》卷一載，金山頂上有吞海亭，當時「每北使（金國使者）來聘，例延至此亭烹茶」。

【語　譯】清晨，只有嚴霜仍凝結在遼闊江天；江面上波平荻靜，沒有一絲微風。不久，雲開霧散，東南方一片澄碧；旭日東升，光芒似箭，射得波濤上下一片彤紅。千載的英雄們都已隨著飛鴻遠去了；空餘下大江形勝、六朝古跡映照著霽雪晴空。我攜著瓶兒親自去汲取那江心水來為金使煎茶，要借此來試著建立彪炳顯赫的「第一功」。

【研　析】楊萬里在這首七律中聯繫自己作為敵國使者的「接伴使」的屈辱使命，婉曲深沉地抒發感時憂國的情懷。詩的前兩聯寫江上晴朗、平靜景致，色彩絢麗，氣象壯闊，有籠罩全篇，寓意雙關之妙。頸聯慨歎千載英雄們都已隨飛鴻遠去，空餘六朝形勝映照著晴空，其深層含義是慨歎南宋與金已締結和議，以割地、奉幣、稱侄等屈辱條件，換得苟安，使眼前的局勢表現平靜。然而，那些抗金的名將良相都已逝世，偏安江左的南宋小朝廷仍然危弱可憂。詩人借古諷今，巧借一個「晴」字，將前面兩聯所寫晴朗而寒氣猶在的自然氣候同表面平靜卻隱伏危機的政治氣候結合起來，又借一「雪」字與「鴻去」呼應，使寫景與抒情、江山與人事、古與今緊密聯繫，過渡自然，顯出詩人縝密的構思和敏捷的聯想力。尾聯寫他汲水煎茶，乍看似不接續，其實切時切地切事，又有很深的用意。作為一個愛國者，國難當頭，不能赴戰場殺敵，卻要奉命為敵國使者汲水煎茶。如此屈辱的行為或可博得執政者封賞，並被看作「第一等」的功勳。詩人內心國恥身辱、羞憤交加之情見於言外。元人方回評讚此詩：「中兩聯俱爽快，且詩格尤高。」是有見識的。

初入淮河四絕句（選二）

楊萬里

【題解】這首詩與〈過揚子江二首〉作於同時稍後，楊萬里初入淮河之際。宋金自紹興十一年（西元一一四一年）議和以後，淮河中流就成了兩國的邊界線。淮河，發源於河南桐柏山，東流經河南、安徽等地到江蘇入洪澤湖。

其一

船離洪澤❶岸頭沙❷，人到淮河意不佳。何必桑乾❸方是遠，中流以北即天涯。

【注釋】❶洪澤　洪澤湖，在今江蘇西部。作者從這裡乘船入淮河。❷岸頭沙　岸邊沙地。❸桑乾　河名，永定河上游。發源於山西朔城，流經北京西南，至天津入海。

【語　譯】官船離開洪澤湖的沙岸往北行駛，一入淮河我便沒有好的情緒；何必一定要到桑乾河才是遙遠的邊境呢，而今淮河的中流以北竟成了異域天涯。

其四

中原父老莫空談，逢著王人❶訴不堪❷。卻是歸鴻不能語，一年一度到江南。

【注　釋】❶王人　皇帝的使臣，這裡指南宋派到金國去的使節，也包括作者自己。❷訴不堪　傾訴在金統治下不堪忍受的痛苦。

【語　譯】中原父老見著故國的使者，傾訴的全是在金人統治下不堪忍受的痛苦。但這樣的傾訴又有什麼用呢？還不如那不會說話的鴻雁，一年還有一次能飛回故國江南啊。

【研　析】第一首抒寫楊萬里憂國之情。頭一句平起，客觀敘述他行船離開洪澤湖帶頭進入淮河前的情景。第二句直抒胸臆，道出他一入淮河便心情不佳。後兩句揭示心情不佳的原因。詩人從淮河聯想到桑乾河。原來北宋時以桑乾河為宋、遼國界，河以北的燕雲十六州被遼人占領，一直未能收復，宋人已深感恥辱。可是現在宋、金的邊界竟然退縮到淮河來了，詩人只是直敘事實，直抒感慨，但直中有曲，用桑乾河作比較，言外之意是宋朝喪失了中原大片國土；說「中流以北即天涯」，略帶藝術誇張，卻更強烈有力地表達了詩人對中原大片河山淪陷於敵手的滿腔悲憤！詩人並未大聲疾呼，但語意沉痛，催人淚下。第二首為中原父老代言，表達他們不堪忍受金人統治的痛苦，思念故國渴望南歸的熱切情懷。後兩句以物襯人，人與物對比，借鴻雁尚能一年一度回歸江南反襯出中原父老只能長留北方受苦，人不如鳥，命運悲慘，動人心魄！

過松源晨炊漆公店六首（選一）

楊萬里

【題解】這首詩曾收在作者的《江東集》，原為六首，這是第五首。據張鳴《宋詩選》（人民文學出版社，二〇〇四年版），這是紹熙三年（西元一一九二年）楊萬里在江東轉運副使任上，春間行經江西弋陽境內作的。松源、漆公店，均是地名，在江西弋陽與安仁之間。

莫言下嶺便無難，賺得❶行人錯喜歡。正入萬山圍❷子裏，一山放出一山攔。

【注釋】❶賺得　贏得；博得。❷圍　一作「圈」。

【語譯】行人啊，不要說下了嶺便沒有艱難，這暫時的輕快是山故意賺得你錯誤的喜歡。你正陷進萬山設置的包圍圈裡，一山放你出去，一山又把你阻攔。

【研　析】這首小詩寫楊萬里山行途中的經歷和感受。詩人運用擬人化和設置懸念的藝術手法，把層巒疊嶂、峰迴路轉、忽高忽低的群山景觀寫得活靈活現。詩中的山，有生命有性靈，頗為狡黠，會騙人、作弄人，給人設置一重重圈套。詩人字面上寫他對山的厭煩與抱怨，其實是幽默風趣地表現他的登山之樂，他對這千姿百態、紛至沓來的群山驚詫、喜愛之情。此詩的佳處，還在於詩人從山行中發現和領悟到帶有普遍性的人生哲理。詩中啟發人們：人生的行程也如山行一樣，不知要經歷多少次艱苦的攀登跋涉。不要只對一段艱苦的行程要有心理準備，還要對其後出現的更多艱難作好心理準備；不要因為暫時的坦易輕鬆而懈怠，也不要因為障礙重重而喪失前進的勇氣。作者將這些哲理隱藏在山行的景象中，並用通俗生動饒有情趣的詩家語表現出來，因此有理趣而無理障，韻味無窮，惹人喜愛。

登岳陽樓

蕭德藻

【題　解】這首詩大概是蕭德藻知峽州任滿，回臨安（今浙江杭州）述職，途經湖南岳陽時作。岳陽樓，在今湖南岳陽洞庭湖邊，為江南三大名樓之一。

【作　者】蕭德藻（生卒年不詳），字東夫，閩清（今屬福建）人。紹興二十一年（西元一一五一年）進士。乾道中曾為烏程縣（今浙江湖州）令，因徙家於此，以所居屏山千岩競秀，自號千岩老人。淳熙四年（西元一一七七年）為循州（今廣東龍川縣西南）判官，後擢知峽州（今湖北宜昌），官終福建安撫司參議。他嘗從曾幾學詩，又是姜夔的老師，楊萬里把他與尤袤、陸游、范成大並稱為「尤蕭范陸四詩翁」。其詩奇峭古硬，思致精苦，獨具一格。有《千岩摘稿》，已佚。

不作蒼茫❶去，真成浪蕩❷遊。三年夜郎客❸，一柁❹洞庭秋。得句鷺飛處❺，看山天盡頭。猶嫌未奇絕，更上岳陽樓。

【注　釋】❶蒼茫　曠遠無際的樣子。❷浪蕩　放浪遊蕩。❸夜郎客　夜郎，古國名，傳說所在地有多處。一說在今貴州西北桐梓。這裡當指峽州，詩人曾知峽州，地近古夜郎國，故稱「夜郎客」。❹柁　同「舵」。借指船。❺得句鷺飛處　謂從白鷺飛處獲得詩的靈感，寫出妙句。

【語　譯】如果不在這曠遠無際的洞庭湖上好好遊覽觀賞一番，那可真成了毫無意味的浪蕩之遊了。三年來我在荒涼偏僻的夜郎之地做客，今天卻能乘一葉扁舟飽覽瑰麗的洞庭秋色。我在一群白鷺翩翩飛舞之處獲得了詩的靈感，寫出了佳句；遙望隱隱秋山，感覺它們在極遠的地方，彷彿是天的盡頭。但我仍嫌未能見到奇絕的景致，於是捨舟泊岸，乘興更登上岳陽名樓。

【研　析】清代王夫之指出：「情景名為二，而實不可離。神於詩者，妙合無垠。巧者則有情中景，景中情。……情中景尤難曲寫。」（《薑齋詩話》卷二）。景中情是即景抒情，情含景中。情中景就是因情生景，以情攝景，情顯景隱。這首詩就寫出了「尤難曲寫」的「情中景」。詩的首聯即直抒感慨，「蒼茫」二字是在抒情中大筆點染出洞庭湖的浩渺無際。頷聯上句寫三年裡做客夜郎的孤苦，下句寫而今乘一葉扁舟遊覽洞庭湖的暢快，對比強烈，又一氣貫通。兩句都是沒有動詞的名詞短語，對仗工整。下句以「一柁」與「洞庭秋」聯結，造語新奇簡練，留有「空白」，誘人想像。仍是於抒情中得景，寫的是情中景。頸聯兩句寫出洞庭湖上近山遠天和白鷺在碧波上翩飛，更是從詩人發興吟詩和遠矚高瞻中帶出。可見，蕭德藻是以其深沉的感慨、抒情寫意之筆來勾勒洞庭湖的闊大高遠氣象的。寫景筆墨簡潔靈活。這首詩巧妙地學習了杜甫詩。杜甫〈登岳陽樓〉首聯云：「昔聞洞庭水，今上岳陽樓。」用流水對仗。此詩首聯云「不作蒼茫去，真成浪蕩遊」，也是工整自然的流水對，上下兩句一氣流走。而在藝術構思上，此詩更多地學了杜甫〈望嶽〉。杜甫前六句寫望嶽，直到尾聯「會當凌絕頂，一覽眾山小」才寫出登嶽意願，蕭德藻這首詩的構思章法顯然學習、模仿了杜詩。其尾聯兼從王之渙〈登鸛雀樓〉的「欲窮千里目，更上一層樓」翻出。但平心而論，蕭氏此詩儘管感慨深沉，境界闊大，筆墨簡練，卻無王、杜詩的雄心、豪氣與哲理，畢竟盛唐的氣象，在宋詩中是欠缺的。

古梅二絕（選一）

蕭德藻

【題　解】此詩最早見於南宋劉克莊《後村詩話．前集》卷二。後來，又被近代陳衍選入《宋詩精華錄》卷三。古梅，古老的梅樹。

湘妃危立凍蛟脊❶，海月冷掛珊瑚枝❷。醜怪❸驚人能嫵媚❹，斷魂❺只有曉寒知。

【注釋】❶湘妃危立凍蛟脊　這句分別用湘妃和凍蛟脊比喻古梅的花和枝。湘妃，湘水女神，傳說為舜妃娥皇、女英死後所化。危立，高立。蛟，古代傳說中一種像龍的動物，故又稱蛟龍。❷海月冷掛珊瑚枝　這句分別用海月和珊瑚枝比喻梅花與枝。海月，海中一種貝類，圓形，白色。珊瑚，海中動物，因其骨骼相連，形如樹枝，故又名珊瑚樹。❸醜怪　指古梅的姿態、形狀。❹嫵媚　指古梅的精神風韻。語出《舊唐書・魏徵傳》，唐太宗說：「人言魏徵舉動疏慢，我但覺嫵媚。」❺斷魂　銷魂。「斷魂」二字從林逋〈山園小梅〉「粉蝶如知合斷魂」化來。

【語譯】好像湘妃亭亭玉立在蛟龍的背脊，更像是一只只白色海月貝冷清清地懸掛在珊瑚枝上。沒想到醜怪驚人的古梅老枝竟然這樣嫵媚，只可惜，這令人銷魂的風韻唯有凌晨的寒意才能知曉。

【研析】古代詠梅詩多得難以計數，蕭德藻這首〈古梅二絕〉卻以新奇獨特的意象取得「驚人」的藝術效果。詩人詠的不是一般的梅花，而是在曉寒中開放的古梅。屈原〈九歌・湘夫人〉有「蛟何為兮水裔」的句子。蕭德藻想必熟讀過《楚辭》，因此，當他在凌晨凝視著偃蹇蟠屈的梅枝和枝上怒放的雪白梅花時，忽發奇想，眼前浮現出湘妃亭亭玉立在蛟脊上的倩影。以「蛟脊」和「湘妃」分別比喻梅枝與梅花，意象新奇詭麗，發人所未發。詩人意猶未足，繼續飛騰幻想，又從晨光熹微中的梅枝想到海水中隱現的珊瑚枝，於是梅花又在詩人筆下化作一種半月形的白色貝類「海月」掛在珊瑚枝上。詩人在句中先後綴上「凍」、「冷」二字，讚美梅花不畏寒冷的倔強品格。於是，古梅形神兼具，活現紙上。三、四句抒寫由古梅觸發的感慨，第三句說，古梅枝老瘦枯硬，可說是「醜怪驚人」，但點綴上鮮妍的花朵，就顯得嫵媚動人。結句緊承前句說，古梅這種「醜怪」中的「嫵媚」，只有曉寒為之銷魂傾倒。這兩句流露出詩人對知音難遇的慨歎，又彷彿是詩人對其奇怪古硬詩風的自我品評。「醜怪驚人能嫵媚」還道出了一個新穎的美學見解：「醜怪」而能「嫵媚」，便可化醜為美。推崇宋詩的近代詩論家陳衍對此詩推崇備至，他說：「梅花詩之工，至此可歎觀止，非和靖（林逋）所想得到矣。」（《宋詩精華錄》卷三）

題臨安邸

林　升

【題解】 臨安，南宋都城，即今浙江杭州。邸，旅店。這首詩原是題寫在臨安一家旅店牆壁上的，題目當是後人所加。

【作者】 林升（生卒年不詳），字夢屏，浙江平陽人。大約生活在宋孝宗朝（西元一一六三—一一八九年），是一位擅長詩文的士人。《西湖遊覽志餘》錄其詩一首。

山外青山樓外樓，西湖❶歌舞幾時休❷？暖風熏得遊人醉❸，直❹把
杭州作汴州❺！

【注　釋】❶西湖　在杭州內，著名的旅遊勝地。❷休　罷休；停止。❸暖風熏得遊人醉　這句諷刺達官貴人只顧尋歡作樂而不顧國家民族危亡。暖風，本指溫暖的風，這裡暗指「西湖歌舞」的「香風」。熏，熏陶；侵染。遊人，本指遊湖的人，這裡暗指達官貴人。❹直　簡直。❺汴州　指北宋都城汴京，即今河南開封。

【語　譯】青山之外還有青山，朱樓之外還有朱樓。西湖上的歌舞之聲到底幾時會罷休？溫暖的香風吹得「遊人」醉醺醺，簡直就把杭州當作了故都汴州！

【研　析】這首詩前聯描寫西湖畔青山與高樓層層疊疊，歌舞管弦之聲日夜無休無止，形象地揭露了南宋統治階級在杭州這個「銷金窟」歌舞，奢侈淫樂。「幾時休」三字憤慨質問，筆力千鈞。第三句用雙關手法，「暖風」兼指脂粉香風，「遊人」實指達官貴人，進一步諷刺這些人醉生夢死，早把復國雪恥的大事丟到九霄雲外。結句指斥南宋小朝廷簡直把杭州當作了汴州，言外之意是說他們把已淪陷的故都忘掉了。這一句含義深警，表達了林升對國勢的憂慮和對當局的警告。此詩一、四句都用了重言錯綜句法，句中對仗，音韻回環流美。第一句七個字就描繪出西湖畔滴翠青山與金碧輝煌樓閣重疊輝映的畫面，使富有山水園林之美的杭州城宛然在目，顯示出高度的藝術概括力和語言表現力，成為歷代人們用以形容杭州的名句。詩中先後出現西湖、杭州、汴州三個地名，用得十分恰當，頗有象徵意蘊。全篇情緒激憤，形象鮮明，諷刺尖刻，語言明快，音節流暢，讀來琅琅上口，因此膾炙人口。

春日

朱　熹

【題　解】此詩大約作於紹興二十七年（西元一一五七年）前後。題為〈春日〉，其實主旨並非寫春遊，而是講治學心得。

【作　者】朱熹（西元一一三〇—一二〇〇年），字元晦，一字仲晦，號晦庵，別稱紫陽，晚年自號晦翁、遁翁，徽州婺源（今江西婺源）人，生於南劍州尤溪（今屬福建），徙居建陽（今屬福建）考亭。紹興十八年（西元一一四八年）進士。任泉州同安縣主簿。淳熙間知南康軍，改提舉浙東茶鹽公事，時逢浙東大饑，他深入屬縣瞭解災情，救荒革弊，政績很好。光宗時曾知漳州、潭州。寧宗即位，召為煥章閣待制兼侍講，但在朝僅四十多天，便因冒犯權貴而被罷免。卒諡文，世稱朱文公。他是宋代理學大師，又有很高的文學修養，論詩文多精闢見解。今存詩一千二百來首，佳作不少。主要描繪自然景物寄寓學理悟道的情懷，也不乏抗戰愛國的篇章。按其詩歌成就，應入南宋第一流大詩人之列。著述頗豐，有《四書章句集注》、《周易本義》、《詩集傳》、《楚辭集注》。後人編有《晦庵先生朱文公文集》、《朱子語類》。

勝日❶尋芳泗水❷濱，無邊光景一時❸新。等閑❹識得東風面，萬紫千紅總是春。

【注釋】❶勝日　節日或親友相聚的好日子，這裡指春晴佳日。❷泗水　在今山東中部。孔子曾居洙、泗之間，講學授徒，死後葬於泗上。❸一時　當即；即刻。❹等閑　尋常；隨便。

【語譯】晴朗的春日，我尋找、採擷芳花芳草來到了泗水之濱。此時此地，大地回春，風景綺麗，萬象更新。我毫不費力便認識到春風的真面目，春的真諦就在這百花齊放、萬紫千紅之中。

【研析】朱熹大筆濡染出春回大地、萬象更新的景象。特別是三、四句，色彩豔麗，生氣蓬勃，是對美好春天富於詩情畫意的形象概括，使人從這萬紫千紅之中，感覺滿眼春光，滿眼生意，認識到東風的面容，呼吸到濃烈的春天氣息。全篇語言生動流麗，淺顯明白，意境闊大，饒有氣勢。將它看作單純的遊春詩，已是佳作。但此詩其實是表現治學心得之作。詩中的「尋芳」暗喻治學窮理、探求聖人之道。「泗水濱」乃是孔孟之鄉，是孔門學說的象徵，並非實寫。當時泗水所在的山東中部已是金人統治下的淪陷區，詩人不可能真的到那兒去遊春尋芳。朱熹主張「格物窮理」，曾說：「蓋人心之靈莫不有知，而天下之物莫不有理。惟於理有未窮，故知有不盡也。」（《四書集注・大學章句》）又說：「格物窮理，有一物，便有一理；窮得到後，遇事觸物，皆撞著這個理。」（《朱子語類》卷一五）這首詩就具體表現格物窮理。詩人指出，只要到大自然中去探尋，就能從自然的萬事萬物中認識到道理，正如從萬紫千紅中感知到春意一樣。詩講探究聖人之道的學理，卻不用抽象的議論出之，而是蘊含於生動鮮明的景象之中，可見作者構思運筆之妙。詩中的二、四句，常被人們引申來說明個人、事業、國家的美好前途，使這首詩增添了新哲理意蘊，廣為傳誦。

觀書有感二首（選一）

朱熹

【題解】這兩首詩大約作於乾道二年（西元一一六六年）後，寫讀書治學的體會。

半畝方塘一鑑❶開❷，天光雲影共徘徊❸。問渠❹那得清如許？為有源頭活水來。

【注釋】❶鑑 鏡子。❷開 打開。古代銅鏡有鏡袱（巾帕）包著，用時才打開。❸徘徊 來回移動的樣子。❹渠 它。指方塘之水。

【語譯】半畝大的一個方池塘就像打開的鏡子般明亮，天光和雲影一齊反映在塘水裡，隨波晃動。若問它怎麼會這樣清澈？因為有活水從源頭上不斷流淌進來。

【研析】朱熹運用比興手法來寫他的讀書感受。他從自然界中捕捉住生動的形象，借形象來表達哲理。詩中描寫有活水從源頭中不斷注入的半畝方塘，清澈明亮如同一面鏡子，把天光雲影映照得十分清晰，用以比喻讀書能打開人的眼界，有充足的學識，能明辨事理，觸類旁通，遇到疑難稍加思索，便會豁然開朗。由於形象總是大於思想，所以這首小詩所蘊含的意蘊很豐富，可以從不同的角度來領悟。比如，從方塘要不斷有活水注入才能清澈，我們就能領悟人的思想要不斷從生活源泉中汲取營養，使之有新的發展提高，才能活躍，免於停滯、僵化；或者說，為了使我們的思想不枯竭、不陳腐、不汙濁，永遠澄清，永遠活躍，我們就得不斷學習，不斷實踐，研究新問題，吸收新知識，接受新鮮事物。讀者從不同方面獲得的這些思想啟迪，當然超出了朱熹的創作意圖，但又是客觀地蘊含在這首詩的意象和意境中的。這樣的哲理詩有理趣而無理語，使人興味盎然，百品不厭，是哲理詩的上乘之作。

醉下祝融峰

朱　熹

【題解】乾道三年（西元一一六七年），朱熹到長沙訪張栻，一同探討理學。十一月，二人一道冒雪登南嶽衡山，遊覽數日，唱和詩歌一百四十餘首，編為《南嶽倡酬集》。本篇即此次遊衡山時作。祝融峰，衡山七十二峰的最高峰，在衡山縣西北。相傳上古祝融氏葬此，故名。

我來萬里駕長風，絕壑層雲許蕩胸❶。濁酒三杯豪氣發，朗吟❷飛下祝融峰。

【注釋】❶絕壑層雲許蕩胸　化用杜甫〈望嶽〉「蕩胸生層雲」句意。絕壑，深邃的山谷。層雲，疊起的雲氣。許，如此，表示很高的程度。蕩胸，滌蕩胸襟。❷朗吟　高聲吟誦。

【語譯】我駕著長風不遠萬里來到衡山高峰，深邃山谷中升起的層疊雲氣是如此興奮地蕩滌我的心胸。連飲三杯濁酒引起我豪興大發，高聲吟誦著飛下了祝融峰頂。

【研析】這是一首充滿浪漫主義豪情勝概與雄奇飄逸風格的佳作。朱熹不遠萬里，「駕」著長風來遊覽衡山，讓絕壑層雲、奇山秀峰蕩滌了胸襟，然後連飲三杯濁酒，高聲吟誦詩句，「飛」下了祝融峰。一位酷似「詩仙」、「酒仙」李白的詩人自我形象躍然紙上，原來理學大師也有李白、蘇軾一樣的雄風豪氣，題為「醉下」，詩中醉意洋溢，但使作者詩情、酒意、豪氣大發的，並非只是「三杯濁酒」，更多的是衡山的雄奇和秀美。全篇衝口而生，一氣呵成，十分自然，但字字句句無不精妙飛動，洵稱佳作。難怪日本學者吉川幸次郎讚其「頗有豪放之致」（《宋詩概說》，鄭清茂譯），前野直彬和石川忠文也評曰：「氣魄雄偉博大，是一首充滿男子漢英雄氣概的詩。……收尾極妙，氣勢磅礴，與首句對應妥切。」（《中國古詩名篇鑑賞辭典》，楊松濤譯）

九日登天湖以菊花須插滿頭歸分韻賦詩得歸字

朱　熹

【題解】這首詩作於乾道四年（西元一一六八年）秋，這時朱熹在崇安（今屬福建）家中。詩人和朋友們於去年重陽節登高，相約以「菊花須插滿頭歸」分韻賦詩，詩人分得「歸」字，於是作了這首抒發重陽佳節登高思隱居終老於故山的詩。九日，九月九日，重陽節。天湖，山名。菊花須插滿頭歸，唐代詩人杜牧〈九日齊山登高〉詩句。分韻，數人相約賦詩，選擇若干字為韻，各人分拈，依拈得之韻作詩。賦詩，吟詩，寫詩。

去歲瀟湘❶重九❷時，滿城風雨❸客❹思歸。故山❺此日還佳節❻，黃菊清樽❼更晚暉。短髮無多休落帽❽，長風❾不斷且吹衣❿。相看下視人寰小⓫，只合從今老翠微⓬。

【注　釋】❶瀟湘　瀟水和湘江，在湖南境內。乾道三年（西元一一六七年）八月，朱熹曾到湖南長沙訪張栻。❷重九　指農曆九月九日重陽節。❸滿城風雨　用北宋詩人潘大臨詠重陽的斷句：「滿城風雨近重陽。」❹客　客居他鄉之人。這時是詩人自指。❺故山　舊山，猶故鄉。此時朱熹家在崇安，故云。❻佳節　指重陽節。❼黃菊清樽　古代重陽節有登高飲菊花酒的風俗，故云。清樽，清酒。樽，酒器。❽落帽　陶淵明外祖父孟嘉為征西大將軍桓溫參軍，九月九日宴會於龍山，風吹孟嘉帽落而不覺，桓溫命孫盛作文嘲之，孟嘉即時作文以答，文辭超絕，四座歎服。事見《晉書·孟嘉傳》。後遂以落帽作為詠重陽登高的典故，並形容其人風流儒雅的氣度。這裡反用此典。❾長風　暴風；大風。❿吹衣　用陶淵明〈歸去來兮辭〉：「風飄飄而吹衣。」⓫相看下視人寰小　此句暗用《孟子·盡心》所說孔子「登泰山而小天下」之意。人寰，人世。⓬只合從今老

翠微　只應從今隱居終老於故山。只合，只應。翠微，青翠的山色，代指青山。杜牧〈九日齊山登高〉：「與客攜壺上翠微。」

【語　譯】去年在瀟湘之地九月九日重陽節的時候，風雨滿城就使我這個客居他鄉的人想回歸故鄉。故鄉這一天也是重陽佳節，登高有黃菊清酒，再加上傍晚落日的餘暉真美。我頭上的短髮已經沒有多少了，不要讓帽子再被吹落，大風一直不停息地吹拂著我的衣裳。朋友們站在高處一起向下觀看，人間顯得很渺小，我只應從今歸鄉，在青翠的故山中隱居終老。

【研　析】這首七律，寫得情景交融，親切感人。首聯從去歲客居瀟湘在重陽佳節滿城風雨中引起思歸之情寫起。頷聯開始轉入今年重陽情景的描寫。元代方回評三、四句說：「上八字各自為對，一瘦對一肥，愈更覺好。蓋法度如此，虛實互換，非信口、信手之比也。」（《瀛奎律髓彙評》卷一六，以下同）頸聯兩句寫自己登天湖山時的風流儒雅氣度。清代紀昀說：「『落帽』是九日典，『吹衣』不用九日典，而用來銖兩恰稱，此由筆妙。」評得中肯。這首詩化用典故與前人句意甚多，但都用得恰當貼切，生動自然，猶如己出。尾聯同眾人下視人寰，感受到人世渺小，人生苦短，引出終老故山翠微之意。方回說「後四句尤意氣闊遠」，紀昀評全篇「一氣湧出，神來興來」，均非過譽。方回還指出朱熹一些詩「深得後山（陳師道）三昧」。陳師道有七律〈次韻李節推九日登南山〉、〈和李使君九日登戲馬臺〉、〈九日寄秦觀〉等詩，都是寫重九登高之作，寫得感情真摯，自然老健，朱熹此詩顯然受其影響。

水口行舟二首（選一）

朱　熹

【題解】這兩首詩是紹熙二年（西元一一九一年）四月，朱熹自漳州離任回崇安，途經水口時所作，寫舟行閩江上的見聞感受，這裡選了第一首。水口，地名，在今福建古田閩江邊。

昨夜扁舟❶雨一蓑❷，滿江風浪夜如何？今朝試捲孤篷❸看，依舊青山綠樹多。

【注釋】❶扁舟　小船。❷雨一蓑　一件蓑衣都被雨水打濕了。蓑，蓑衣，用草或棕製成、披在身上的防雨用具。❸孤篷　孤舟的篷。篷，車船上遮蔽日光、風、雨的設備，用竹木、葦席或帆布等製成，或掛於船窗，或懸於船艙前。

【語譯】昨夜大雨滂沱，我躲在船裡，身披的一件蓑衣也被雨水打濕了。側耳傾聽滿江風浪聲響，心想不知會把大千世界摧殘成什麼樣子？今早雨停天亮，我試著捲起船篷向外望去，啊，閩江兩岸，依舊是青山滴翠，綠樹蔥蘢，明媚動人。

【研析】朱熹妙用簡筆寫景，僅以「雨一蓑」、「滿江風浪」七個字，就勾勒出一幅黑夜裡風狂雨猛、滿江波翻浪湧的景象，製造出驚險、沉重、壓抑的氛圍。第三句用「今朝」與首句「昨夜」

呼應，而後陡然轉折，展現出青山綠樹、鬱鬱蔥蔥的美麗畫面。有了前三句的鋪墊、映襯和承轉，結句顯得格外明麗開朗。詩的章法結構，也有大開大闔、起伏跌宕之靈敏。詩人還在寫景中抒情。「夜如何」的疑問寫出詩人心中的擔憂；「試捲」準確地刻畫了詩人既抱希望又疑慮不安的心態；「依舊」則透露出詩人無限喜悅之情。詩人更在寫景抒情中融入哲理，啟迪人們不要害怕黑暗和大風大浪，因為黑暗必將消逝，光明一定來到，大自然的美好生機是風浪摧不垮的。近代陳衍《宋詩精華錄》卷三讚朱熹：「晦翁登山臨水，處處有詩，蓋道學中最活潑者。」又評其詩有「寓物說理而不腐之作」，此詩即是一例。「夜」字犯複，但難用別的字代替。

秋月

朱　熹

【題解】這首詩通過寫景而將理趣寓於其中。

清溪流過碧山頭，空水❶澄鮮一色秋。隔斷紅塵❷三十里❸，白雲紅葉兩悠悠。

【注釋】❶空水　指天空與山水。❷紅塵　喻繁華的塵世。❸三十里　虛指，形容相隔遙遠。

【語譯】清澈的溪水越過碧青山峰，飛流直瀉而下。夜空明淨，山水清麗，共染出皎潔秋色。

這樣清幽澄鮮的佳境，只因為隔斷了紅塵滾滾的俗世；真欣羨那白雲與紅葉，在朗朗秋月的照耀下是那麼悠然自得。

【研　析】這一首詩是全篇寫景，不言理而理寓其中。朱熹眼中所見之景物：青溪、碧山、晴空、白雲、紅葉，在皎潔秋月的映照下，是那麼明淨高遠，它們共同烘染出一片秋色。第三句點出如此佳境，是因為隔斷了繁華塵世。第四句推出「白雲」與「紅葉」，是詩人移情於景，以物喻己的象徵性意象，含蓄表達詩人陶醉於秋月秋色中而產生的悠然自得、忘卻塵世的神情，也表達詩人關於「仁者以天地萬物為一體」的思理。詩題為〈秋月〉，詩中並無一字點出，卻令人如見所有景物都在秋月的照映下，真是滿紙月光，似可盈掬，表現手法巧妙。這樣的理趣詩，其理趣深隱於景物中，與一般寫景抒情詩極相類，尤須讀者仔細品味。此詩確是意境澄鮮優美的佳作。但兩個「紅」字在句中相同位置重複，似是小疵。

詩一首

志　南

【題　解】這首詩寫春光之景，顯現志南出塵絕俗的心境。朱熹在〈跋南上人詩〉中就稱舉這首詩的後兩句並說「余深愛之」。

【作　者】志南（生卒年不詳），號明老，會稽（今浙江紹興）人。與朱熹交善，淳熙八年（西元一一八一年）朱熹離南康偕行，同謁濂溪書堂。後住天台國清禪寺。朱熹跋其詩卷，稱：「南詩清麗有餘，格力閑暇，無蔬筍氣。」後作書薦與袁梅岩，袁有詩云：「上人解作風騷話，雲谷書來特地誇。楊柳杏花風雨外，不知詩軸在誰家。」

古木陰中繫短篷❶，杖藜❷扶我過橋東。沾衣欲濕杏花雨❸，吹面不寒楊柳風❹。

【注　釋】 ❶繫短篷　拴住小船。繫，拴住。短篷，小船有篷，借指小船。❷杖藜　即藜杖，用藜木所做的拐杖。❸杏花雨　清明前後杏花盛開時節的雨。❹楊柳風　古人把應花期而來的風，稱為花信風。從小寒到穀雨共二十四節氣，每節氣對應一種花信，稱「二十四花信風」。其中清明節尾期的花信是柳花，這時的風就叫柳花風，或稱楊柳風。

【語　譯】 古木林陰中拴住短篷小船，然後我拄著藜木拐杖走向橋東。似要沾濕衣襟袖口的，是霏霏的杏花微雨；拂面使人不覺寒冷的，是那楊柳清風。

【研　析】 這首描寫春遊的詩，捕捉住古木、短篷、小橋、杏花雨、楊柳風這些最具特徵的景物意象，畫出了江南水鄉清明前後的旖旎春光，具有很濃郁的時令和地方色彩。特別是「杏花雨」和「楊柳風」這兩個意象，本來就新鮮優美，志南又分別以「沾衣欲濕」與「吹面不寒」來形容，形成了以表達觸覺感受為主兼具視聽覺的意象。上下句字字對偶，銖兩悉稱，備極工切，又顯得自然渾成，音韻圓轉流暢，給人豐富的美感享受。詩中還生動刻畫了一位在古木陰中繫舟，杖藜過橋，喜杏花雨沾衣，愛楊柳風拂面的詩人自然形象，表現出一種超塵出俗、物我兩忘的情趣，詩就確如朱熹所讚「清麗有餘，格力閑暇，無蔬筍氣」了。

立春日禊亭偶成

張栻

【題解】立春，節候名。在陰曆二月四日。禊亭，水邊舉行修禊祭祀儀式的亭子。禊，古代風俗，於三月上旬巳日在水邊洗濯以祓除不祥，稱為修禊。偶成，偶爾有感而成。

【作者】張栻（西元一一三三—一一八〇年），字敬夫，一字欽夫，號南軒，綿竹（今屬四川）人，徙居衡陽（今屬湖南）。南宋抗金名將張浚之子。以父蔭授職，歷吏部侍郎、荊湖北路安撫使。他秉承父志，力主抗金，反對和議。曾上疏宋孝宗，要求勵精圖治，誓不言和。他是著名理學家，與朱熹、呂祖謙為講學之友，時稱「東南三賢」。他主張從日用平實之處體悟聖人之道，還特別提倡「平心易氣，優遊玩味」的治學方法。性愛山水，描寫自然風景之作生動活潑，寄意深微，但詩的成就不及朱熹。有《南軒集》。

律回歲晚❶冰霜少，春到人間草木知❷。便覺眼前生意滿❸，東風吹水綠差差❹。

【注　釋】❶律回歲晚　即歲晚律回的意思。律回，古人以十二月令與十二樂律相配，循環輪轉，稱律曆。律曆循環到立春節令，標誌新年的春季開始，故稱「律回」。因這一年的立春是舊年的十二月，故說「歲晚」。❷草木知　草木地下有知，指開始發芽生長。❸生意滿　生機洋溢。❹差差　參差不齊的樣子，這裡形容綠波蕩漾。

【語　譯】十二月間便迎來了立春，冰霜在大地上悄悄地融化，草木最先知道春訊，開始發芽生長。我便覺得眼前春意盎然，生機蓬勃。看那滿湖春水，在東風中早已綠波粼粼。

【研　析】這是在立春時寫的詩，表現張栻對春天的敏感和喜愛。詩以對句開篇。首句敘立春陽氣回蘇，雖仍是舊年歲暮，但天氣日漸暖和，冰霜消融。次句用擬人化手法，從褉亭邊草木露出的點點新綠中，感覺到草木最先知道春到人間。這一句顯然從蘇軾〈惠崇春江曉景〉「春江水暖鴨先知」的名句化出，不及蘇軾詩句具體生動饒有情趣，卻平易自然，集中概括，境界也更開闊。第三句寫他感覺滿眼都是生機勃勃。這一句是對次句「草木知」的拓展、提升。結句推出一個特寫鏡頭：修褉亭下，春風吹拂，河水綠波粼粼蕩漾。這個鏡頭，有形象，有色彩，有動態，向人們展現出最美的春光。作為一位與朱熹交往密切的理學家，這首詩字面上是寫早春物候，其實是表現他感悟「天理」的體驗。但在早春季節，詩人便已覺察出「生意滿」、「綠差差」的盛春景象，從而啟迪人們：要注意新事物的萌芽和發展趨勢，樂觀地展望前景。可見，此詩是詩情、畫意、理趣融合的結晶。

倦繡圖

王質

【題解】倦繡，因懶倦而停繡。古人詩詞中常以此暗喻思婦的懶散情緒。這首題畫詩也是著重表現畫中女子思念遠人的寂寞愁苦之情。

【作者】王質（西元一一三五—一一八九年），字景文，號雪山，其先鄆州（今山東東平）人，後徙居興國軍（今湖北陽新）。紹興三十年（西元一一六〇年）進士。他是陸游的朋友，主張抗戰，敢於發表抗戰言論。虞允文宣撫川陝，辟他為幕僚。後曾任樞密院編修官。虞允文又推薦他擔任諫官，被權貴所沮。此後退居山裡，絕意仕祿。他博通經史，才氣縱橫，詩風雋快爽健，頗似蘇軾。有《雪山集》。

短屏❶小鴨眠枯葦❷，徘徊略住西風指❸。佳人手閑心不閑❹，腸斷
吳江❺煙水寒。淒淒空庭晚苔濕，冷篆❻青煙半絲直。卷簾寂寞滿天秋，
唯見孤楠❼一株碧。

【注釋】❶短屏　短小的屏風。❷小鴨眠枯葦　指繡在屏風上的景物。❸徘徊略住西風指　這句說女子從所繡景物中感到秋風蕭瑟，觸動心事，於是住手停針。徘徊，手往返迴旋的動態。西風，秋風，兼指畫中思婦

所處環境的秋意和她所繡短屏上的秋意。❹佳人手閑心不閑　點出她倦繡是因為心緒不佳。手閑，謂停針不繡。心不閑，指她內心思緒紛紊。❺吳江　又名吳淞江，在江蘇境內，為太湖最大支流。這裡泛指吳地的江村水鄉。❻冷篆　快熄滅的煙。篆，煙篆，焚香的煙縷。❼孤楠　左思〈吳都賦〉：「楠榴之木，相思之樹。」這裡以「孤楠」暗示相思。楠，一種常綠喬木，生於南方，木材堅密芳香。

【語　譯】她在短小屏風上繡出的小鴨子，正在乾枯的蘆葦上睡眠。忽然，她從所繡景物或她所處環境的瑟瑟秋意中有所觸動，停住了往返迴旋的手和針，不再繡了。佳人停針不繡，手閒著了，心卻不閒，而是思緒亂如麻。哦，原來她是思念漂泊在吳地水鄉的心上人而淒苦腸斷。她眼望空空的庭院，傍晚地上的青苔濕漉漉的，屋裡的香爐將要火熄，那像篆字一樣的嫋嫋青煙也冷淡了，只剩下半絲直的。於是，她走向窗口，捲起簾子，只見一株孤寒的碧楠，在滿天秋風下搖曳著。

【研　析】王質從三個方面，把畫中思婦的愁情呈現出來，讓讀者獲得真切的感受。其一是寫思婦的行為動作，正在繡著小鴨的她，忽然停下了抽針引線的手，不繡了；接著她眼望空庭，對著濕漉漉的青苔發呆；繼而又走向窗口，捲起簾子，看見孤楠。這些行為動作既表現她的「倦繡」，又使人感覺到她思緒紛紛，滿懷愁情。其二是直抒她的內心感情。這就是：「佳人手閑心不閑，腸斷吳江煙水寒。」點出倦繡是因為她心緒不佳，思念漂泊在外的心上人而淒苦「腸斷」。其三是用景物環境襯托、暗示，這方面用的筆墨更多些，也更精彩、耐人尋味。「小鴨眠枯葦」是她繡在屏風上的景物，這躺臥在枯葦上，忍受著西風吹刮的小鴨形象，已經襯托出她的孤苦。這既是她的傑作，也是她的化身。還有「吳江煙水寒」，是她想像中情人漂泊地之景，這「煙水寒」使她

「腸斷」。更多的是室內「冷篆青煙半絲直」和室外「淒淒空庭晚苔濕」之景，使她感到淒涼，孤苦。最後是她捲簾後所見的「寂寞滿天秋」，「孤楠一株碧」，更暗示並托出她的滿腔幽恨。全篇無一字提到刺繡，也沒有用「相思」的字眼，卻從「佳人手閑心不閑」，「腸斷」、「孤楠」中暗示出來。詩人王質仰慕蘇軾，他的詩雋快爽健，頗近蘇詩，這首卻寫得細美幽約，深曲要眇，頗有宋代婉約詞之風。可見此人才大、不拘一格。但我們如果讀了蘇軾的題畫詩〈虢國夫人夜遊圖〉，尤其是他題詠唐代畫家周昉畫「背面欠伸」歌妓的〈續麗人行〉，仍不難發現王質對蘇詩的學習與借鑑。

燈花

王質

【題解】這首詩借詠燈花，頌揚了一種不畏強權的精神。燈花，燈心燃燒時結成的花狀物。

造化❶管不得，要開時便開。洗天風雨夜，春色滿銀臺❷。

【注釋】❶造化　大自然萬物的主宰者。❷銀臺　銀質或銀色的燭臺。

【語譯】造化這萬物的主宰，也管束不住燈花，它不管什麼時候，要開放就自然綻開。在狂風暴雨沖洗天地的暗夜裡，銀燭的燈花一朵朵盛開了，好像春色瀰漫了燈架，照亮並溫暖了人間。

【研　析】這首詠物詩題材新穎，立意高遠，具有人巧勝於天工的思想與氣魄。金性堯先生慧眼識珠，在其《宋詩三百首》（上海古籍出版社，一九八六年八月版）中首次選了此詩，並解析說：「狂風暴雨隨著暗夜而來了，園子裡的紅花綠葉都遭到摧折，但只要一燈不滅，春色還是遍留於人間，連至高的造物主亦管不得。」王質詠讚燈花，就是頌揚一種不畏強暴敢於打破束縛的頑強生命力，歌頌一種把春色長留人間為大眾造福的偉大精神。這首託物寄情寓意的象徵詩，可謂小中見大，平中出奇，言淺意深，意境奇麗，振奮人心。讀這首詩，筆者立即聯想到中國兩位現代詩人詠螢的傑作，一首是綠原的〈螢〉：「蛾是死在燭邊的／燭是熄在風邊的／／青的光／霧的光和冷的光／永不殯葬於雨夜／呵，我真該為你歌唱／／自己的燈塔／自己的路」。另一首是周夢蝶的〈四句偈〉：「一隻螢火蟲，將世界從黑海裡撈起──／／只要眼前有螢火蟲半隻，我你／／就沒有痛哭和自縊的權利」。詩人歌詠螢火蟲勇敢頑強地放射微光，同樣給予我們光明、溫暖，給予我們敢於抗擊風雨戰勝黑夜的勇氣與力量。

遊武夷作棹歌呈晦翁十首（選一）

辛棄疾

【題　解】紹熙四年（西元一一九三年）春，辛棄疾在福州任福建提點刑獄，被召赴行在，途中訪朱熹於建陽，同遊武夷山，寫了這組詩。這裡選的是其中第三首。武夷，武夷山，在江西、福建兩省邊境，有九曲溪、臥龍潭、虎嘯岩等風景名勝，為遊覽勝地。棹歌，划船時唱的歌。棹，船槳，代指船。晦翁，朱熹，號晦庵、晦翁。

【作者】辛棄疾（西元一一四〇—一二〇七年），字坦夫，改字幼安，號稼軒，歷城（今山東濟南）人。二十二歲參加耿京的抗金義軍，南歸後任建康府通判，滁州知州。歷任提點江西刑獄、湖北轉運副使、知潭州兼湖南安撫使、知隆興府兼江西安撫使。後閒居近二十年。晚年起用為浙東安撫使、知鎮江府等職。終被誣陷還家，憂憤而死。他是宋代最傑出的愛國詞人，其詞表現了強烈深厚的愛國思想感情，內容廣泛，具有以豪放悲壯、沉鬱蒼涼為主體的多種風格，在藝術上達到了很高的成就。他也擅長詩文。詩風略近其詞，悲壯雄邁，也有一些寫景優美、寓意含蓄委婉之作。著有《稼軒長短句》，今人輯有《辛棄疾全集》。

玉女峰❶前一櫂歌❷，煙鬟❸霧髻動清波。遊人去後楓林夜，月滿空山可奈何。

【注釋】❶玉女峰　在武夷山二曲溪南，與大王峰隔岸相峙。❷櫂歌　行船時所唱之歌。❸鬟　環形的髮髻。

【語譯】玉女峰前，誰唱起一曲清亮的船歌？沉醉了玉女的心，看她的煙鬟霧髻倒映溪中，在清波上微微搖漾。遊人走後，那楓林瑟瑟的夜晚，玉女面對著灑滿月光的空山也深感悵惘，無可奈何。

【研析】辛棄疾把玉女峰描繪成一個美麗多情的少女，她有神姿仙態，聽到遊人（也許就是詩人）的一曲櫂歌，她芳心甜醉，煙鬟霧髻的倒影在溪水清波中搖漾。詩人又以瑟瑟楓林、明月空山襯托遊人走後她的惆悵失意無可奈何的心情，從而含蓄地表現詩人對清幽奇麗的武夷山水的神往和喜愛。詩的構思新穎，想像奇麗，繪聲繪色，極得虛實動靜相生之妙，音韻優美，情味深長。

詠梅

陳　亮

【題　解】梅花，宋代詩人詞人尤喜頌梅花，作品很多，南宋陸游、陳亮、辛棄疾這三位愛國詩人都以梅花的標格自比，陳亮有多首詠梅詞，但只有這首最具特色。

【作　者】陳亮（西元一一四三—一一九四年），字同甫，原名汝能，人稱龍川先生，婺州永康（今浙江永康）人。才氣豪邁，喜談兵。宋孝宗隆興初，曾上〈中興五論〉，力主北伐，不報，退，自修於家。光宗時親策進士，擢為第一，授簽書建康府（今江蘇南京）判官，未赴，卒。他是辛棄疾的摯友，也是南宋著名詞人，詞風豪放，亦工詩，但存詩極少。著有《龍川文集》、《龍川詞》。

疏枝橫玉瘦，小萼❶點珠光。一朵忽先變，百花皆後香。欲傳春信息，不怕雪埋藏。玉笛❷休三弄❸，東君❹正主張。

【注　釋】❶萼　花苞。❷玉笛　玉做的笛子。❸三弄　三曲。琴曲有〈梅花三弄〉。漢橫吹曲有〈梅花落〉曲調，李白〈與史郎中欽聽黃鶴樓上吹笛〉有句云：「黃鶴樓中吹玉笛，江城五月落梅花。」這裡反用其意。❹東君　傳說中司春之神。

【語　譯】疏落的枝頭，橫開著玉潤清瘦的梅花。另一些細小的花萼，好像點綴著珠玉，光潔無瑕。只要一朵梅花首先開放，緊接著各種花兒就爭奇鬥妍，散發出芳香。梅花為了報告春天到來的消息，不怕嚴寒大雪的封蓋。玉笛呵，你不要吹奏這〈梅花落〉的哀曲了，司春之神東君正要梅花盛開怒放呢。

【研　析】陳亮這首〈詠梅〉詩，首聯簡潔、準確地描狀梅花的形態，表現梅花冰清玉潔的品格。中兩聯讚頌梅花不畏嚴寒、先於百花傳報春信的精神。其實詩人是以梅自喻，抒發其志趣抱負。尾聯更以春神東君比喻皇帝，期望皇帝如東君正催開梅花一樣，委以重任，使他在抗擊金兵恢復中原的事業中作出貢獻。全篇詠梅與言志融合為一，奇氣噴礴，豪邁樂觀，情韻義理兼勝。前三聯對仗，首聯正對，頷聯與頸聯都用流水對，對得既工整，又自然流暢，很好地體現出詩人的藝術個性。

贈高竹有外侄

葉　適

【題　解】這是葉適作為岳父贈別遠行女婿的詩。高竹有，生平不詳。外侄，此處指女婿。

【作　者】葉適（西元一一五〇—一二二三年），字正則，溫州永嘉（今浙江溫州）人。南宋著名哲學家，人稱水心先生。淳熙五年（西元一一七八年）進士第二，授平江節度推官，累官至兵部侍郎。力反「和議」，開禧北伐失利後，曾受命知建康兼沿江制置使，捍衛江防，阻止了金兵南侵。他在哲學、史學、文學、政論諸方面均有建樹。亦工詩，詩風精嚴高古。有《水心先生文集》。

娶女已為客❶，參翁❷又別行。相隨小書卷，開讀短燈檠❸。野影❹晨迷樹，天文❺夜照城。須將遠遊什❻，題寄老夫❼評。

【注　釋】❶已為客　指高竹有客中娶妻。❷參翁　參拜岳父。翁，即詩人自己。❸燈檠　燈檯；燈架。此處借指燈。❹野影　曠野中樹林等各種陰影。❺天文　指月亮星辰之光。❻遠遊什　遠遊途中寫的詩文篇章。❼老夫　詩人自謂。

【語　譯】你在客中與我女兒成親，又匆匆告別岳翁繼續遠行。我贈些書卷相隨著你，還有一盞小燈伴你夜晚開讀。你早起趕路，曠野晨霧迷濛，樹林籠罩著陰影，想來一定艱苦；但晚上寄宿旅舍，星月的清輝照耀城樓，頗能催發詩情。遠遊途中，你一定會有許多詩文篇章，請一一抄寫寄回給我老夫品評。

【研　析】作為一位大學者和詩人，這首贈別女婿的詩，突出表達的是對晚輩讀書求學和寫詩作文的特別關注。對於女婿剛與自己的女兒成親就遠行，葉適看得開，毫無埋怨、責怪之意，這也體現出他豪爽開朗的胸襟。全詩寫得真摯、樸實。前三聯都用了對仗，首聯、頷聯是流水對，頸聯是正對，尾聯幾乎也是流水對，故而全詩十分流暢，一氣呵成。中兩聯寫他贈女婿些許書卷和短燈一盞，並設想女婿旅途中雖辛苦卻能激發詩文興會的情景，尤為親切感人。

種梅

劉翰

【題解】這首詩是劉翰於宋亡之後，避居武夷山中十年之久，重返故里長沙時所作，在種梅中寄託清高堅貞的民族氣節。

【作者】劉翰（生卒年不詳），字武子，號小山，長沙（今屬湖南）人。紹興間遊於張孝祥、范成大之門，詩聲日著。久客臨安，無所成就，作〈秋風思歸歌〉以自寓。慶元中，吳琚留守金陵，劉翰與「一時之彥」儲用、項安世、周師稷、王輝、王明清等從其遊，在江湖詩壇上頗得詩譽。王士禛謂其詩步武四靈，成就不高，但也不乏佳作。著有《小山集》。

淒涼池館欲棲鴉，采筆無心賦落霞❶。惆悵後庭風味薄❷，自鋤明月種梅花。

【注釋】❶落霞 晚霞。既是眼前實景，回應首句「棲鴉」，又暗用唐王勃〈滕王閣序〉以「落霞與孤鶩齊飛，秋水共長天一色」兩句贏得大名的典故。❷惆悵後庭風味薄 這句意謂宋末醉生夢死的淫靡之風使他悲憤。惆悵，悲傷失意的樣子。後庭，暗用陳後主〈玉樹後庭花〉的典故。陳後主不理朝政，奢淫無度，常集狎客作樂，並自製〈玉樹後庭花〉。後來詩詞中常用〈後庭〉一曲作為亡國之音來譏刺。如劉禹錫〈臺城〉：「萬戶千門成野草，只緣一曲〈後庭花〉。」杜牧〈夜泊秦淮〉：「商女不知亡國恨，隔江猶唱〈後庭花〉。」

【語譯】初春的孤館池臺寂寞淒涼，三兩隻烏鴉想要歸巢，又驚惶不定地飛上飛下。我獨宿在孤館裡，無心賦詩作文，不想像王勃以「落霞」「秋水」句顯露才華贏得大名。我常悲憤南宋君臣沉湎於〈後庭花〉的靡靡之音中，醉生夢死導致亡國。我無力回天，只有在明月下鋤地栽種梅花。

【研析】詩題為〈種梅〉，前三句抒寫劉翰孤居故園中的心情，是種梅的原因。起首「淒涼」二字定下全詩的基調。作者運用明寫實景與暗用典故的表現手法，含蓄地表達他對南宋君臣奢淫無度不圖恢復導致亡國的悲憤，也表達出他不願屈節事元，而要堅持忠於宋室的民族氣節。結句就以「自鋤明月種梅花」的行為，含蓄地、富於詩意地表達他的清高節操。「自鋤明月」四字最妙，明明是在月下鋤地，卻說成「鋤明月」，想像空靈，境界全出。陶淵明有「帶月荷鋤歸」（〈歸園田居〉），陸游有「從今若許閑乘月」（〈遊山西村〉），還未見有人寫過「鋤明月」的。難怪這一句為楊萬里稱引（《誠齋詩話》），而元代詩人薩天錫更是全句搬用：「今日歸來如昨夢，自鋤明月種梅花。」（〈贈答來復上人〉）

立秋日

劉　翰

【題解】立秋，二十四節氣之一。在陽曆八月七、八或九日，農曆七月初。清代王相選注《千家詩》，此詩題作〈立秋〉。

乳鴉❶啼散玉屏❷空，一枕新涼一扇風❸。睡起秋聲無覓處，滿階❹梧葉月明中。

【注　釋】❶乳鴉　幼小的烏鴉。❷玉屏　有玉石裝飾的屏風。❸一枕新涼一扇風　這句說已感到有涼風吹來。《逸周書・時訓》云：「立秋之日，涼風至；又五日，白露降；又五日，寒蟬鳴。」❹滿階　一作「滿街」。

【語　譯】乳鴉的噪鳴聲終於消散，玉石屏風裡外，頓時顯得空曠、清靜，我倚枕搖扇，感覺涼風習習吹來，一絲絲秋意沁入心間。朦朧中聽得窗外草木蕭颯，好像淅瀝小雨灑落庭院。披衣出屋，尋覓不到秋聲來自何處，但見一天明月，飄落的梧桐葉已把臺階鋪滿。

【研　析】這是一首節令氣候詩。詩僅四句，二十八字，卻生動、清晰地展現出從鬧到靜，從熱到涼，從煩躁到清爽的景與情變化，使讀者感觸到秋的到來，也見到了詩的抒情主人公從入睡到睡起、從室中到室外的行為動作。筆墨簡潔凝煉。「立秋日」是一個抽象的概念，被劉翰具象化、情感化了。結句「滿階梧葉月明中」，清空如畫，造語自然，意境很美，是典型的秋夜之景。讀之，使人想起南唐後主李煜〈相見歡〉一詞的名句：「月如鉤，寂寞梧桐深院鎖清秋。」

夜思中原

劉　過

【題　解】劉過雖以布衣終身，但一直以恢復中原、報效國家為己任。這首詩是他在一個夜裡思念中原淪陷大地，愛國感情在胸中激蕩，揮筆而作。

【作　者】劉過（西元一一五四—一二〇六年），字改之，自號龍洲道人，吉州太和（今江西泰和）人。屢應舉不第。光宗年間曾上疏朝廷，提出匡復中原之略，不為採納，遂流落江湖間。為陸游、辛棄疾所稱賞，與陳亮為友，同為辛派詞人。其詞風格豪放慷慨，稍顯粗豪。其詩風格與詞相近。有《龍洲集》、《龍洲詞》。

中原邈邈❶路何長，文物❷衣冠❸天一方。獨有孤臣❹揮血淚，更無奇傑叫天閽❺。關河❻夜月冰霜重，宮殿❼春風草木荒❽。猶耿❾孤忠思報主❿，插天劍氣夜光芒⓫。

【注釋】❶邈邈　遙遠的樣子。❷文物　指國家的禮樂，典章制度及古代留傳下來的器物。❸衣冠　指士紳、世家大族。❹孤臣　詩人自指。❺天閶　傳說中的天門。此指宮廷的大門，語出〈離騷〉「吾令帝閽開關兮，倚閶闔而望予」。❻關河　此指北方中原的山河大地。《史記・蘇秦列傳》：「秦四塞之國，被山帶渭，東有關河，西有漢中。」❼宮殿　此指故都汴京的宮殿。❽春風草木荒　語出杜甫〈春望〉：「國破山河在，城春草木深。」❾耿　正直；剛直。❿報主　報效皇帝。⓫插天劍氣夜光芒　這句用寶劍的光芒直穿雲霄，比喻詩人耿耿報國的壯氣。劍氣，寶劍的光芒。晉代張華夜觀天象，見牛斗二星之間有一股異氣，即詢問雷煥見到否？「煥曰：此謂寶劍氣。」（《太平御覽》卷三四三引《雷煥別傳》）

【語譯】中原遙遠，路途多麼漫長，文物衣冠散落在天一方。獨有我這個孤臣為國家揮灑血淚，更沒有豪傑到宮廷大門前大聲疾呼。在月夜裡中原到處冰霜，寒氣濃重；春天來了，汴京故宮卻是草木蕭瑟一片荒涼。我仍然懷著耿耿孤忠日夜想著報效皇帝，就像沖天劍氣在黑夜裡閃射出凜冽光芒！

【研析】劉過在這首七律中抒發憂國憂民的激情和恢復中原的壯志，十分慷慨感人。首聯即緊扣題意，抒寫對中原大地和汴京文物衣冠的懷念，筆調沉痛。「路何長」、「天一方」寄慨深沉，悲歎南宋君臣畏敵如虎，忍辱偷生，使淪陷了的中原國土數十年不能收復。頷聯上句追想自己早年曾揮血淚向朝廷上書力陳恢復大計，然而一腔孤忠，卻被冷漠置之。下句慨歎當今再也無奇傑之士叩擊宮門大聲疾呼抗金救國了。言外之意是，由於南宋朝廷最高統治集團對抗戰派竭力壓制迫害，已使人噤若寒蟬。這一聯「反對法」對仗。今昔對比，忠憤之氣噴礴而出，帶著批判的鋒芒，震撼人心又引人思索。頸聯具體展現中原山河冷月映照霜濃冰重，汴京故宮在春風中草木蕭瑟一片荒涼的景象，詩人悲痛悽楚之情融入景中。與前聯不同，此聯用精工的正對，意象直接組合成兩幅觸目驚心的畫面，十四個字自然流暢，渾然一氣。尾聯筆墨轉回自身，情調也由悲轉壯。上句直抒自己依然懷著耿耿孤忠日夜想著報效君王；下句直點題中「夜」字並照應上聯「夜月」，將張華、雷煥見劍氣的典故，化為「插天劍氣夜光芒」這一雄奇瑰麗的意象，象徵自己的愛國壯志直沖雲天，永不衰退。這是全篇的點睛之筆，以景結情，詩味濃郁，激勵人心。全詩感情激越，氣勢酣暢，開闊變化，音節鏗鏘，堪稱佳構，但一首詩中重複了兩個「孤」字，兩個「夜」字，三個「天」字，可見詩人對字句錘煉不夠，失之粗豪。

橫溪堂春曉二首（選一）

虞似良

【題 解】這首詩寫江南水鄉農民趕在春雨中插秧的情景，表現虞似良對田園生活的喜愛。橫溪堂是作者在臨海的居室，舊址在今浙江省天台山附近。

【作 者】虞似良（生卒年不詳），字仲房，號橫溪真逸，又稱寶蓮山人，餘杭（今屬浙江）人。西元一一八〇年前後在世。宋孝宗淳熙（西元一一七四—一一八九年）中曾任兵部郎官、成都府轉運判官，官至監左藏東庫。後寓居臨海（今屬浙江）。南宋書法家，兼擅詩。著有《篆隸韻書》。

一把新秧趁手青❶，輕煙漠漠❷雨冥冥❸。東風染盡三千頃❹，白鷺⑤飛來無處停。

【注釋】❶趁手青　隨手插下田就長活了。❷漠漠　瀰漫無際的樣子。❸冥冥　陰暗的樣子。❹三千頃　極言秧田面積之廣大。❺白鷺　白鷺鷥，有一部分是候鳥，夏天飛來江南湖沼水田，覓食小魚等水生動物。

【語譯】一把新稻秧，隨手插下就能成活。煙霧迷濛，瀰漫無邊。不停地飄落霏霏細雨，使天地陰沉沉的。但東風很快把三千頃秧田都染成綠色，幾隻白鷺飛來，再也無處落腳。

【研析】首句寫一把稻秧插下水田就能成活泛青，「趁手」二字用俗語，極生動活潑。次句渲染春雨綿綿，煙霧迷濛的山野環境氛圍。用兩個疊字詞「漠漠」與「冥冥」，以瀰漫天地的雨霧陰暗色調為後二句作鋪墊。前二句音調節奏十分和諧優美。第三句「染」字，把東風擬人化，它好像一位畫家，淋漓盡致地揮灑出無邊無際的綠色。「三千頃」，誇張水田面積之大，拓展詩境。結句再想像到了秧苗茁壯成長季節，白鷺從遠方飛來，再也無處落腳。虞似良在大片青綠秧田上點綴幾隻白鷺，畫面開闊、美麗，生動有趣，全篇從當前寫到將來，從實景引出想像之景，藝術構思頗具匠心。詩的意象色彩鮮麗，生機蓬勃，浸透了詩人對田園勞動生活的喜愛之情。全詩顯然學習借鑑了唐代詩人王維〈積雨輞川莊作〉的「漠漠水田飛白鷺，陰陰夏木囀黃鸝」一聯，又有自己的創新。

湖上早秋偶興

汪　莘

【題　解】汪莘早秋在湖（未詳何湖）上賞景，偶發詩興，吟成此詩。

【作　者】汪莘（西元一一五五—一二二七年），字叔耕，號柳塘，休寧（今屬安徽）人。隱居黃山。南宋寧宗嘉定（西元一二〇八—一二二四年）間，三上書朝廷，陳述民情及行陳之法，不報。開禧三年（西元一二〇七年）徐誼知建康，欲薦之，未如願。晚年自號方壺居士。醉酒浩歌，賦詩言志，仍不忘國事。兼擅詩文詞，排宕有奇氣，多意外驚人語。著有《方壺存稿》。

坐臥芙蓉❶花上頭，清香長繞飯中浮。金風玉露玻璃月，併❷作詩人富貴秋。

【注　釋】❶芙蓉　荷花。❷併　一齊；一起。

【語　譯】早秋之夜乘船在湖上飄遊，就好像坐臥在滿湖荷花的上頭。蓮葉清香長時間地縈繞、飄浮在飯香之中。金風拂玉露，還有宛若玻璃球的明月，一併合成清雅而富貴的詩人之秋。

【研　析】首句不說他坐臥湖上而是荷花之上，表現荷花之多之盛。次句寫荷花的清香與飯香融成一片，陶醉於其中的汪莘心曠神怡已不言自明。第三句將描繪秋夜的「金風玉露」與新奇的「玻璃月」直接組合，又用「併作」二字將「金風玉露玻璃月」與「詩人富貴秋」綰合，表明如此美景是自然造化特地為詩人設置的。這兩筆表現出詩人自豪、自傲、自得，鄙視世俗的精神。真是構思新奇，想像超凡。近代陳衍稱讚說：「玻璃月三字湊得好。秋上加以富貴，富貴上又加以詩人，讀之但覺其奇而確，此十四字可以千古矣。」（《宋詩精華錄》卷四）信然。

同朴翁登臥龍山

姜　夔

【題　解】宋光宗紹熙四年（西元一一九三年）姜夔旅居紹興。與友人朴翁同遊臥龍山作此詩。朴翁，即葛天民，字無懷，一字朴翁，姜夔的詩友，初為僧，後還俗，居杭州西湖。臥龍山，又名種山，在今浙江紹興。因越國大夫文種葬於此，故名。

【作　者】姜夔（西元一一五五？—一二二一？年），字堯章，鄱陽（今屬江西）人。自幼隨父宦居漢陽。三十多歲時在長沙結識詩人蕭德藻，蕭以侄女妻之，遂隨居湖州，卜室於弁山白石洞下，因自號白石道人。一生不仕，飄零湖海，與楊萬里、范成大、尤袤、辛棄疾、張鎡等人交往，後死於杭州。他多才多藝，擅長書法，精通音律，詩詞兼工，能自度曲，詞格律精嚴，字句凝煉，風格清空峭拔，格調頗高，在詞史上有重要地位。詩名在當時僅次於尤、楊、范、陸、蕭。其詩意境亦清剛勁健，小詩尤精深蘊藉。有《白石道人歌曲》、《白石道人詩集》等。

龍尾❶回❷平野，簷牙❸出翠微❹。望山憐❺綠遠，坐樹覺春歸。草合平吳路❻，鷗忘霸越機❼。午涼松影亂，白羽❽對禪衣❾。

【注釋】❶龍尾　指臥龍山的尾部。❷回　曲折。❸簷牙　樓閣的飛簷。❹翠微　青縹色的山岡霧氣。❺憐　愛。❻草合平吳路　此句意謂當年句踐攻滅吳國時所經過的道路已長滿荒草。合，合攏。❼鷗忘霸越機　意謂鷗鳥全不理解越國爭霸中原的機詐之心。鷗，水鳥。忘，忘機，就是與世無爭，心無機謀。霸，霸業；獨霸為王的事業。❽白羽　鷗鳥的白色羽毛，兼指「白衣之士」，即作者自己。❾禪衣　僧服；和尚的袈裟，這裡指朴翁。

【語譯】臥龍山尾，在平闊的原野上盤曲紆回。樓閣的飛簷，從青翠的山岡中高高翹起。我遙望群巒疊嶂，深深憐愛伸展到遠處的綠帶；坐在樹下，看見落花滿地，這才察覺春天漸已遠去。當年句踐攻滅吳國時所經過的道路，如今已經長滿荒草；鷗鳥自由自在飛翔，牠們全然不會理解當年越國爭霸中原的機詐之心。亭午時分，涼風吹亂了松樹的影子，我這個穿白衣的，與穿袈裟的友人相對而坐，悠閒觀賞景色。

【研析】這首五律是姜夔與朴翁同遊臥龍山的寫景抒懷之作。詩人觀賞眼前草青山翠、松林清涼的初夏景色，想到吳越爭霸的舊事，早已成陳跡，流露出與世無爭、意欲歸隱、返回自然、超塵出俗的情思。詩中寫景極生動真切，扣合時地，很有層次，在寫景中融入感情。首聯寫景點出登上臥龍山。首句寫低處景色，次句寫高處景色，「回」與「出」二字化靜景為動景，煉字精妙。

頷聯寫景寓情，上句寫遠景，下句寫近景。「憐綠遠」、「覺春歸」，不僅是對眼前景色的感情、感受、感覺，而且寄寓著對自己身世飄泊、歲月流逝、人生前途渺茫的感歎，意蘊頗深。頸聯在寫景中引出懷古詠史之情思，並借鷗鳥忘機含蓄表達自己與世無爭、意欲隱居之情。尾聯總合點題。「午涼」句寫山中松樹被風吹動，日光下松影在地上搖曳，使詩人在午間還能感到涼爽。五個字竟能表現出如此生動微妙，訴諸多種感覺的景色，令人擊節歎賞，結句寫他同朴翁在松蔭下對坐，用「白羽」和「禪衣」代指，也是形象、含蓄、有味。姜夔在《白石道人詩說》中概括「詩有四種高妙」，尤讚「知其妙而不知其所以妙」之「自然高妙」，這首五律是比較接近「自然高妙」的。

除夜自石湖歸苕溪十首（選二）

姜　夔

【題解】紹熙三年（西元一一九二年）冬，姜夔拜訪友人范成大後，乘舟返吳興途中寫了這組七絕，共十首，這裡選了第一、第七首。除夜，除夕。石湖，在江蘇蘇州西南，范成大退居於此，建有別墅。苕溪，這是浙江吳興（湖州州治）的別稱，因境內有苕溪而得名，姜夔住家於此。

其一

細草穿沙雪半銷，吳宮[1]煙冷水迢迢[2]。梅花竹裏無人見，一夜吹香過石橋。

【注釋】❶吳宮　蘇州有春秋時吳國宮殿的遺址。❷迢迢　縹渺遙遠的樣子。

【語譯】小草穿過沙地，露出頭來，積雪已融化了一半。我乘的船經過一片寒煙籠罩的吳宮遺址，河水不停地向遠方流去。梅花在竹林深處幽靜地開放著，無人看見，終夜幽香飄過一座座石橋。

其七

笠澤❶茫茫雁影微，玉峰❷重疊護雲衣❸。長橋❹寂寞春寒夜，只有詩人一舸❺歸。

【注釋】❶笠澤　吳松江、太湖支流。這裡指太湖。❷玉峰　太湖的群山。❸護雲衣　形容山峰雲霧繚繞。❹長橋　指垂虹橋，在江蘇吳縣，吳松江上，始建於北宋。❺舸　小船。

【語譯】在迷茫廣闊的太湖上，依稀飄過大雁的影子。雪峰重疊，被灰白色的雲霧披覆著。七十二孔的垂虹橋，在寒冷的春夜裡一片寂靜，只有我這個詩人乘坐的歸船，獨自在湖上飄。

【研析】第一首寫除夕夜行船的旅途情景。姜夔在四句詩中描寫了細草、沙地、殘雪、吳宮遺址、煙水、梅花、竹叢、石橋八種景物。意象是繁密的，但詩人對這些景物意象作了精心的布置和巧妙的構思。首句寫「細草穿沙」和「雪半銷」，是工筆細描；次句寫「吳宮煙冷水迢迢」，是水墨渲染。但這一聯只是為後一聯寫梅花這個主景作了環境氣氛的鋪墊。後一聯寫梅花，妙用遺貌取神的虛筆，先寫她在竹叢深處開放，無人看見，再寫其幽香，終夜飄過座座石橋，使詩人沉醉其暗香幽韻之中。他對梅花的鍾愛、留戀，體現其淡泊孤清性格和蕭散自得情趣。清人劉熙載《藝概・詞曲概》評姜夔詞：「幽韻冷香，令人挹之無盡。」可移用來評論這首詩。

第七首寫夜渡太湖。湖水茫茫，雁影依稀，雪峰重疊，雲霧迷濛。詩人好像一位高明的水墨畫家，在前二句揮灑出一幅寒山煙水圖，意境清冷寂寥。三、四句再畫出太湖的地標性景物垂虹橋，還有飄浮在湖上的詩人之舟，從而傳達出他在歸家途中的寂寞惆悵。姜夔這組七絕饒有詩情、畫意、音韻之美，集中體現了詩人的藝術才情。楊萬里十分賞愛，稱讚為「有裁雲縫月之妙思，敲金戛玉之奇聲」（陳振孫《直齋書錄解題》引）。

風雨中誦潘邠老詩

韓淲

【題解】潘邠老，即潘大臨，字邠老，湖北黃岡人，江西派詩人。詩，指潘邠老馳名詩壇的斷句「滿城風雨近重陽」。

【作者】韓淲（西元一一五九－一二二四年），字仲止，號澗泉，信州上饒（今屬江西）人。韓元吉之子。以父蔭入仕，任主簿，又嘗官貴池。慶元六年（西元一二〇〇年）於臨安府的藥局官滿，還家。嘉泰元年（西元一二〇一年）秋，入吳。未幾，辭官歸隱上饒，家居二十年。與趙蕃（號章泉）齊名，並稱「二泉」。其詩才華橫溢，風格雄放。有《澗泉集》。

滿城風雨近重陽❶，獨上吳山❷看大江。老眼昏花忘遠近❸，壯心軒豁❹任行藏❺。從來野色供吟興，是處秋光合斷腸。今古騷人❻乃如許，暮潮聲捲入蒼茫。

【注　釋】❶重陽　農曆九月九日重陽節，又稱重九。❷吳山　又名胥山。俗稱城隍山。在今浙江杭州西湖東南。❸老眼昏花忘遠近　歎惜自己已有龍鍾老態。此詩作於寧宗慶元四年（西元一一九八年）秋，時作者約四十歲，於臨安（今杭州）太平惠民藥局任職。古人四十歎老，本是常事。❹軒豁　軒昂，寬廣。❺行藏　用孔子「用之則行，舍之則藏」（《論語・述而》）句意，指出仕和隱居。❻騷人　憂愁失志的文人。

【語　譯】滿城風雨飛揚，已近重陽時節。我獨自登上吳山，俯瞰滾滾大江。我已是老眼昏花，遠近情事常忘，但不論出仕還是休官，我仍然壯志不衰，意氣軒昂。從來山野景色，都可供人們吟賞；此處的秋天風光，真使我愁斷肝腸。古今的騷人墨客，都有共同的命運，我默默地聆聽江潮聲聲，捲入蒼茫的暮色中。

【研　析】潘大臨這一句「滿城風雨近重陽」，引起宋代及後世許多詩人的感情共鳴，並用這句領起賦詩，其中韓淲這首七律頗為傳誦。首聯下句即引出頂著風雨登山俯瞰大江的詩人自我形象，其獨立不倚高瞻遠矚的氣魄與開篇的潘句接得自然，恰似天生此句相配合。十四字一氣呵成，有風雨驟至籠蓋全篇之勢。因為秋風秋雨中吳山大江景色已包入首聯之中，故而中間二聯換筆側重抒情詠志，只以「野色」、「秋光」映帶實景，便與前後意脈貫通。頷聯用「反對」法對仗。「壯心」句寫得神采飛揚，胸襟開朗，將上句略帶傷感的情調氣氛隨手掃抹。頸聯宣洩騷人情懷，遊子身世，賞景吟詩之興致，悲秋傷時之愁情，意蘊極豐富。第七句收束住中間四句，第八句回應首句，以景結情，將全詩引入「暮潮聲捲入蒼茫」的遠大境界，有「意愜關飛動，篇終接混茫」（杜甫語）之妙。通篇感情充沛，壯懷激烈，軒豁痛快，淋漓酣暢，卻又抑揚起伏，頓挫跌宕。元人方回稱讚它是「感極而無遺」的「入神」之作（《瀛奎律髓彙評》卷一二），信然。

訪端叔提幹

葛天民

【題解】端叔，詩人之友，其他不詳。提幹，官名，即提舉，提點刑獄司幹辦公事的簡稱。

【作者】葛天民（生卒年不詳），字無懷，山陰（今浙江紹興）人，後徙居台州黃巖（今屬浙江）。初為僧，名義銛，號朴翁，後還俗，居杭州西湖，築室蘇堤，自號柳下。與江湖名士如姜夔、葉紹翁等人交往，性格狂放，不守禮法。善詩，有《無懷小集》。

月趁潮頭上，山隨柁❶尾行。大江中夜❷滿，雙櫓半空鳴。雁冷來
無幾❸，鷗清睡不成❹。平生師友❺地，此夕最關情❻。

【注釋】❶柁　舵。❷中夜　半夜。❸無幾　沒有多少；很少。❹鷗清睡不成　謂夜裡清冷，白鷗難眠，

實際是說自己也像鷗一樣不眠。❺師友　指端叔。❻關情　牽情；動情。

【語　譯】月亮趁著潮水的浪峰升起，山巒隨著船的舵尾行走。大江在半夜漲滿了水，雙櫓在半空中發出了響聲。大雁在這寒冷的時候很少飛來，白鷗也因為夜裡清冷很難入睡。這裡是我一生的師友居住之地，這個晚上最能牽動我的情懷。

【研　析】詩寫月夜拜訪好友的情景。首句寫出水天空闊和月潮湧動的奇景，次句寫出山巒伴隨舵尾行走，巧妙地傳達出船向前行進的動態。第三句寫半夜裡江水漲滿，緊承起句「潮頭上」，第四句寫雙櫓在半空鳴響，表現出潮漲浪高，葛天民產生船行天上的感覺。這四句寫景筆筆真切，傳達出獨到的感覺體驗。境界壯麗。所以元代方回評三、四句「有盛唐風味」，清代紀昀也稱讚「前四句雄闊之至」（《瀛奎律髓彙評》卷一五）。五、六句借「雁冷」、「鷗清」表現月夜思友情懷，並自然引起尾聯，點題並抒發「此夕最關情」。全篇從途中的雄闊與清幽景色中含蓄表達友人清高脫俗性情與二人的深厚情誼，構思巧妙，耐人尋味。

和翁靈舒冬日書事三首（選一）

徐　照

【題　解】這首詩寫徐照冬日鄉居的貧寒生活狀況，表現其安貧樂道之志趣。和，依據他人詩歌的題材和體裁寫作，酬和。翁靈舒，翁卷，「永嘉四靈」之一。書事，記事。

【作　者】徐照（西元？—一二一一年），字道暉，一字靈暉，自號山民，永嘉（今浙江溫州）

人。布衣終身，家甚貧窮。嗜茶，喜遊山水，行跡及今江西、湖南、廣西等地。作詩宗唐代賈島、姚合，好苦吟。與徐璣、翁卷、趙師秀唱和，共倡一種清苦野逸的詩風。因他們的字號裡都有一個「靈」字，又都是永嘉人，故被稱為「永嘉四靈」。徐照是四靈中存詩最多的。除幾首反映民生疾苦的古詩外，主要擅長五律，題材多是山水景物、個人生活情趣、寄友詠物之類。藝術上雕刻工巧，但格局狹窄。有《芳蘭軒集》。

石縫敲冰水❶，凌寒❷自煮茶。梅遲思閏月❸，楓遠誤春花。貧喜苗新長。吟憐鬢已華❹。城中尋小屋，歲晚欲移家❺。

【注　釋】❶敲冰水　敲冰化水。❷凌寒　冒寒。❸閏月　農曆三年一閏，五年兩閏，十九年七閏，每逢閏年所加的一個月叫閏月。閏月加在某月之後就稱閏某月。❹鬢已華　頭髮已花白。❺移家　一作「還家」。

【語　譯】清晨我冒著寒冷，在石縫間敲冰化水，自個兒煮茶，見梅花開得很遲，我才想到這一年裡的閏月，年遲歲長；楓樹在遠處，讓我看來誤認作春花了。因為家裡窮，看到田園裡禾苗長勢甚好而歡喜，於是興致勃勃地吟詠推敲詩句，卻發現自己兩鬢已花白，不禁又自我憐惜、感慨一番。我在城中找到了一間小屋，打算在過年前把家搬過去。

【研　析】這首酬和翁卷的五律，抒寫徐照在冬日鄉居生活中的貧寒孤清境況和自喜自憐情趣。首聯「石縫敲冰」，點出冬日嚴寒；「自煮茶」，可見其清貧孤居和嗜茶如命的生活習性。頷聯表現他在漫長冬日渴望梅花盛開，企盼春天早來的心意。方回在《瀛奎律髓彙評》卷十三中評：「『思』字、『誤』字，當是推敲不一乃得知。」這兩個字確實比較貼切地傳達出他的內心活動。頸聯寫他因貧窮而喜苗長，由苦吟而引出自憐衰老的感慨，與上聯一樣，都是努力在平淡的生活細節中發掘詩意，用因果句式曲折地表現出來。紀昀評此詩：「故為寒瘦之語，然有別味。」《瀛奎律髓彙評》是很確當的。但詩的格調不高，意境淺狹，尾聯收得草率，都顯出捉襟見肘的窘態。

新涼

徐璣

【題解】這首詩寫初秋清晨的田野和山水帶來的新涼，表現徐璣親近自然的樂趣。

【作者】徐璣（西元一一六二—一二一四年），字文淵，一字致中，號靈淵，永嘉（今浙江溫州）人。以蔭入仕，歷官建安主簿、永州司理、龍溪縣丞、武當縣令等職。他是永嘉四靈之一。詩學賈島、姚合，五律清苦寒瘦，七絕清通流暢，靈秀生動，饒有情趣，但題材狹窄。有《二薇亭集》、《泉山集》。

水滿田疇❶稻葉齊，日光穿樹曉煙低。黃鶯也愛新涼好，飛過青山影裏啼。

【注釋】❶田疇　田地。

【語譯】清清的水溢滿田畦，嫩綠的稻葉整整齊齊。日光穿過樹叢，早晨的煙霧時高時低。黃鶯兒也喜愛這清新的涼意，飛過青山，在山影裡歡快地鳴囀。

【研析】初秋清晨新帶來的涼爽，這種肌膚的觸覺和內心的感覺，是很難用語言表現出來，並使讀者親切地感受到的，詩人徐璣巧妙地以人們看得見、聽得真的景物來表現。溢滿田疇的清水，給人以涼爽感；「稻葉齊」，表明已是初秋節候；「日光穿樹」，可見樹林濃密，有樹陰，自然涼爽；「曉煙低」，能遮擋住早晨的陽光。詩的前二句，涼意已在字裡行間蕩漾。三、四句特寫一隻黃鶯，飛過濃綠幽幽的山影裡歡樂地啼鳴、歌唱。詩人借黃鶯這隻美麗精靈，傳達出自己在新涼中舒心的愜意，於是涼意遂漫溢滲透了，令人讀來有清風拂面、涼意潤膚之感。但筆者認為，第三句如不直說出「新涼」，詩意將更含蓄有味。

野望

翁卷

【題解】詩寫的是翁卷家鄉浙南山水。野望，在山野裡遊覽、眺望。

【作者】翁卷（生卒年不詳），字續古，一字靈舒，永嘉（今浙江溫州）人。布衣終身，永嘉四靈之一，在四靈中最晚去世。詩尚賈島、姚合，五律中二聯錘煉精緻。七絕清通完整，生動而有野趣，顯然受了楊萬里「誠齋體」的影響。有《葦碧軒詩集》。

一天秋色冷晴灣❶，無數峰巒遠近間。閑上山來看野水，忽於水底見青山。

【注　釋】❶晴灣　晴日之下的水灣。

【語　譯】秋意漫天，連晴日下的水灣也凜凜生寒。無數峰巒高高低低矗立在遠近間。我悠閒步上稍矮的山來欣賞野水的澄澈，忽然在水底見到遠近的青峰翠巒。

【研　析】這首詩寫深秋山水景色之美。前聯鋪墊，後聯著重寫出瞬間對山水美的新鮮發現。首句寫水。「一天」，兼寫出天空和一整天兩重意，時空俱現，比只能表現空間的「滿天」自然簡妙。「冷」字，形容詞用作動詞，從杜牧〈秋夕〉的「銀燭秋光冷畫屏」化來，恰到好處地既表現了訴諸視覺的秋色，也傳達出訴諸觸覺的寒意。次句寫山，抓住了永嘉丘陵地貌的特點，寫出秋色中無數峰巒遠近高低地重疊。我們感覺到翁卷的目光從近處的晴灣延展到遠方的山，點出了題目「野望」二字。三、四句寫他上山想看野水，忽然在水底看見無數青山，這意外的發現使他驚喜，感到新奇有趣；而藉著水中群山的倒影，既表現出水的清澈透明，又表現了山的蒼翠秀美，可謂「一石三鳥」。這首詩構思巧妙，運筆自然活潑，確實具有錢鍾書先生所說的「靈秀的意致」《宋詩選注》。

鄉村四月

翁卷

【題解】這首詩寫農忙時節的景色，及人們勞動的場景。鄉村，翁卷家鄉湖南永嘉的農村。四月，農曆四月，是每年的農忙時節。

綠遍山原❶白滿川❷，子規❸聲裏雨如煙。鄉村四月閑人少，才了❹蠶桑又插田。

【注釋】❶山原　山岡平原。❷川　河流；田渠。❸子規　杜鵑鳥的別稱，常在暮春啼叫。❹了　完結；結束。

【語譯】樹林、芳草、秋苗綠遍了山岡平原，白水溢滿了河流與田渠。在杜鵑的啼鳴聲中，霏霏細雨如煙似霧。四月的鄉村，閒人很少見，農民們才結束蠶桑之事，又趕忙冒雨下田插秧。

【研析】前兩句寫浙南暮春山野農田景色。翁卷突出「綠」與「白」這兩種色彩，再分別在這兩個字後用「遍」與「滿」字描狀，在讀者眼前呈現出綠樹、芳草、秧苗所彙聚成的漫山遍野的綠，而白色的水則溢滿了所有河流和田垌。綠白二色，對比映襯，明麗動人。大詩人蘇軾有「黑雲翻墨未遮山，白雨跳珠亂入船」（〈六月二十七日望湖樓醉書〉）的名句，用「翻墨」和「跳珠」喻「烏雲」「白雨」，突出黑白二色，非常精彩。翁卷這一句很可能學習借鑑了蘇詩，但以白描手法直寫印象，似更樸素、簡妙。次句，詩人以煙喻雨，把那如煙似霧的霏霏細雨描摹得非常傳神；又在迷濛細雨中添加了催耕使者杜鵑鳥的啼鳴之聲。詩人宛如一位高明的丹青畫手，用大潑彩大寫意的筆法揮灑出一幅山鄉的美麗圖景。「綠」「白」二色給人的感覺是寧靜的，但加入了「子規聲」，靜中有動態，有聲響。後二句寫繁忙農事。鄉村四月，正是大忙季節，村裡見不到一個閒人。村民們剛剛忙完蠶桑之事，又冒雨下田插秧。寧靜秀美的山野田園景色同農民緊張繁忙的勞動構成了強烈對比，卻又和諧統一。詩人用樸素、自然的語言，讚美了田園，讚美了農民們辛勤的勞動。詩的一、四句，分別用重言錯綜和排比遞進句式，使詩的節奏歡快，首尾迴旋往復，在詩情、畫意美中又有音樂美。從而更好地襯托出農忙時節熱烈緊張的勞動情景。

悟道詩

某　尼

【題　解】這首詩出自南宋羅大經《鶴林玉露》丙編卷六。作者是一位尼姑，詩寫她悟得佛理的經過。

【作　者】某尼，這位出家修行的女佛教徒的姓名、生平皆不詳。

盡日尋春不見春，芒鞋❶踏遍隴頭雲❷。歸來笑撚梅花嗅，春在枝頭已十分。

【注釋】❶芒鞋　草鞋。❷隴頭雲　暗用南朝陸凱〈贈范曄詩〉：「折花逢驛使，寄與隴頭人。江南無所有，聊贈一枝春。」隴頭，即隴山，在今陝西隴縣西北。

【語譯】整日尋春，卻找不到春。我足登草鞋，踏遍了隴頭的青山白雲。歸來後撚起梅花嗅了嗅，笑道：原來春在這枝頭，已有十分。

【研析】作者經歷了很長時間，走了很多地方尋找春天，都不得消息；歸來後笑撚梅花一嗅，清香沁脾，忽然醒悟，春天就在凌寒先開的梅花之中，就在自己的身邊。作者以這一段生活經歷和獨到體會啟迪人們：道不遠人，不應道在身旁而向遠方求取。說理悟道，卻不用理語，將抽象的道理寄寓在生動、具體、形象的情景事的描寫中，讓人們自己品味出來，這是哲理詩的上乘之作。

如果把此詩當作一首單純的尋春詩看，也是饒有詩情畫意的佳構。詩中這位尼姑，竹林芒鞋，不辭勞苦，出入於青山白雲之間，風神飄逸，她歸來時忽見梅花，喜不自勝，笑撚梅花，嗅其幽香，人花相映，在讀者面前活現出一個天真活潑、熱愛春天、熱愛生活的少女形象，這不是一幅栩栩傳神的人物寫生畫嗎？

江村晚眺二首（選一）

戴復古

【題解】這首詩寫戴復古眺望江村傍晚的景色，顯現出他閒適而富有逸趣的心境。晚眺，眺望傍晚的風光。眺，遠望。

【作者】戴復古（西元一一六七—一二五二？年），字式之，號石屏，黃巖（今屬浙江）人。紹定五年（西元一二三二年）曾任教職。其後浪跡江湖，晚年隱居於故鄉南塘石屏山下，布衣終生。以詩負盛名五十年，曾與永嘉四靈交往，後又登陸游之門。詩多憂國傷時之作。詩風雄健，境界闊大，是江湖派中才華較高成就較大的詩人。有《石屏詩集》、《石屏詞》。

江頭落日照平沙❶，潮退漁舠❷閣❸岸斜。白鳥❹一雙臨水立，見人
驚起入蘆花。

【注釋】❶平沙　平坦的江邊沙灘。❷漁舠　小漁船。❸閣　同「擱」。擱淺。❹白鳥　泛指水邊白色羽毛的飛禽，如沙鷗、白鷺之類。

【語譯】江上的夕陽映照著一片平坦的沙灘。潮水退落了，小漁船擱淺在岸邊橫斜。一雙白鳥悠閒地在水邊並立著，見到人忽地驚起直飛入蘆葦花。

【研　析】此詩寫江村傍晚景色。前三句都是寫恬靜無人之景，由遠景寫到近景，再推出「白鳥一雙臨水立」的特寫鏡頭，雖是簡筆白描，卻活現出白鳥臨水照影、悠閒自得之態。結句寫白鳥見人忽地驚起，飛入白色蘆花，融為一體。我們彷彿見到戴復古仍在極目眺望，尋覓這雙白鳥的蹤影。這一筆由靜入動，給這幅江村晚景增添生命活力，極富景趣與情趣，與楊萬里「兒童急走近黃蝶，飛入菜花無處尋」（〈宿新市徐公店〉）寫黃蝶飛入金燦燦的油菜花地詩意相似，可見戴復古詩也受到楊萬里詩的影響。

夜宿田家

戴復古

【題　解】戴復古以布衣終身，曾漫遊閩甌、吳越、襄漢、淮南諸地，常奔走山野，夜宿田家。

簦笠❶相隨走路岐，一春不換舊征衣。雨行山崦❷黃泥坂❸，夜扣田家白板扉❹。身在亂蛙聲裏睡，心從化蝶夢中歸❺。鄉書十寄九不達❻，天北天南雁自飛❼。

【注　釋】❶簦笠　雨傘和草帽。❷山崦　山坳；山曲。❸坂　山坡；斜坡。❹白板扉　貧苦農家不施油漆的木板門。扉，門。❺心從化蝶夢中歸　化用唐崔塗〈旅懷〉「蝴蝶夢中家萬里」句意，謂夢中回到家裡。化蝶，用《莊子‧齊物論》莊周夢裡化為蝴蝶的典故。❻鄉書十寄九不達　化用杜甫〈月夜憶舍弟〉：「寄書長不達。」❼天北天南雁自飛　鴻雁在古代是傳寄書信的象徵，此句意謂只是鴻雁飛，卻不見家書的到來。

【語　譯】到處漂泊不定，只有雨傘和草帽同我形影不離。整個春天，都沒有換過風塵僕僕的舊衣裳。白天，冒雨行走在山坳黏滑的黃泥坡上；夜晚投宿，就輕扣田家的白木板門。一躺下身，就伴著池塘裡的陣陣蛙聲酣然入夢；一顆思鄉的心，在夢裡化為蝴蝶飛回到家裡。可是寄回家鄉的信，十封有九封都沒寄到親人手中。大雁啊，你們在天上只顧南來北去地飛，卻不願為我傳寄一封書信。

【研　析】清代詩人袁枚讚查慎行的詩：「一味白描神活現。」（〈仿元遺山論詩〉）戴復古這首詩，也主要是用白描手法，通過敘事寫景，含蓄表達羈旅辛苦與思鄉愁情。運用白描，就得有真實、生動、富有特徵的細節描寫。這首詩的細節描寫豐富、精彩。首句「簦笠相隨」就活畫出一個漂泊者的形象；「走路歧」又表現其行跡無定。次句寫舊征衣一春不換，令人想到他在一春之間奔走道途之久且遠。頷聯突出白天和夜晚兩個場景表現羈旅艱辛，仍然有「雨行山崦」與「夜扣田家」的生動細節。「黃泥坂」黏滑難行，可見其困頓狼狽之狀；「白板扉」顯示所寄宿田家之貧困，在此作客，只是聊勝於露宿曠野而已。頸聯寫他能在亂蛙聲裡酣然入夢，其旅途勞頓和極度疲乏已不言而喻。下句用莊子化蝶典故並化用前人詩句，但仍用賦筆直敘出來。尾聯緊承第六句寫鄉思，上句直敘鄉書十寄九不達，下句以仰望鴻雁在高天自顧自飛來飛去收束。全篇無一語直接抒情，無一「愁」字「苦」字，將羈旅愁情都融注入寫景敘事之中，故而真切感人。

薛氏瓜廬

趙師秀

【題解】薛氏，指薛師石，字景石，永嘉人，隱居在會昌湖面，名其室為「瓜廬」，因號瓜廬翁。他是「四靈」的朋友，常在一起吟詩。

【作者】趙師秀（西元一一七〇—一二一九年），字紫芝，號天樂，又號靈秀，永嘉（今浙江溫州）人。紹熙元年（西元一一九〇年）進士，曾做過上元主簿、筠州推官。他是永嘉四靈中比較出色的一個。五律、七絕俱工，還能作一些七古。有《清苑齋集》。

不作封侯❶念，悠然遠世紛❷。唯應種瓜事，猶被讀書分。野水多
於地，春山半是雲。吾生嫌已老，學圃❸未如君❹。

【注釋】❶封侯　指出仕做官。❷遠世紛　遠離塵世的紛爭。❸學圃　學習種蔬菜，語出《論語·子路》：「樊遲請學稼，子曰：吾不如老農。請學為圃，曰：吾不如老圃。」❹君　指薛師石。

【語譯】你已沒有追求功名利祿的念頭了，悠悠然地遠離了塵世的紛爭。忙著種瓜，還要分出時間來讀書。這樣的生活貴比千金。從你的瓜廬向遠處望去，原野上河流湖沼多於土地，春天的山峰半掩著浮雲，我這一生嫌已老了，不能像你那樣懷著隱居的高致種瓜。

【研　析】此詩抒寫對友人薛師石隱居不仕的高情逸致的欽慕。首聯寫友人不追求功名利祿，遠離塵世紛爭。落筆平穩、簡潔。「悠然」二字頗能傳達友人的胸襟性情。頷聯表現友人半耕半讀的隱居生活。語本陶淵明〈讀山海經〉「既耕且已種，時還讀我書」。但將陶詩的散句組成對仗句，用「唯應」、「猶被」兩個虛詞上下呼應，並表達出一種羨慕之情，化用前人詩句而有創新。頸聯寫友人瓜廬四周的湖山景色，與友人超然世外的隱士情懷十分契合，表現當地的地理環境和景色特點十分逼真生動，充滿野趣；語言平淡而有味，對仗工整而自然，確是精心鍾煉卻不見斧鑿之痕的佳句。南宋魏慶之《詩人玉屑》卷十九說是化用姚合「驛路多連水，州城半在雲」（〈送宋慎言〉），元人方回《瀛奎律髓彙評》卷三十五說是本於白居易「人家半在船，野水多於地」。平心而論，趙師秀這一聯意象更生動，詩味更濃郁，造語更工致，可謂「點鐵成金」，青出於藍而勝於藍。所以清人紀昀評曰：「此首氣韻渾雅，猶近中唐，不但五六佳也。」（《瀛奎律髓彙評》）是中肯的。

數日

趙師秀

【題　解】這首詩通過秋景的描繪，展現了萬象生滅的祥意。數日，幾日，以詩的頭二字作題目。詩題一作〈絕句〉。

數日秋風欺病夫，盡吹黃葉下庭蕪❶。林疏放得遙山出，又被雲遮一半無❷。

【注　釋】❶庭蕪　庭院裡的雜草。❷林疏放得遙山出二句　這一聯所寫景象，與楊萬里〈入常山界〉的「一峰忽被雲偷去，留得崢嶸半截青」和張栻〈晚晴〉的「晚來風卷都無跡，突兀還為紫翠重」相似，可參看。

【語　譯】連續幾日的秋風，好像是欺負我這個病夫，吹得黃葉漫天飛舞，又飄落到我的庭院雜草叢中。原本繁茂的林木，被秋風剪得稀疏，將枝葉遮蓋的遠山放了出來；沒想到卻又被秋雲遮住，半有半無。

【研　析】患病的趙師秀，面對著秋風黃葉的衰颯景象，卻寫出這首充滿景趣、情趣、理趣的詩。近人陳衍說此詩「似誠齋」（《宋詩精華錄》卷四），很中肯。楊萬里（誠齋）最擅長把自然景物擬人化，性靈化，又善於對景寫生，正如錢鍾書《談藝錄》所說，「有如攝影之快鏡」，捕捉住那些「稍縱即逝而及其未逝，轉瞬即改而當其未改」的景物。趙師秀這首詩也是有「誠齋體」的特色。詩中寫秋風「欺」他這個「病夫」，有意將黃葉吹得漫天飛舞，又飄落到他的庭院，而被秋風吹得稀疏的林木，剛剛把遠山「放」出來，卻又被「雲遮一半無」。似乎是有意捉弄和為難眺望中的詩人。一「欺」一「吹」，一「放」一「遮」，把風、林、山、雲都寫活了，寫得情趣盎然。詩人還從林放山出、雲遮山沒這一轉瞬即逝的景象中，暗寓萬象生生滅滅、世事一無常境的禪理。趙師秀常與僧人交往，他自己也很重視禪悟的體驗，他寫出這樣一首帶有禪趣的詩是很自然的。

約客

趙師秀

【題解】這首詩寫雨夜候客不至的情景。約客，約友人來作客。詩題一作〈有約〉，一作〈絕句〉。

黃梅時節❶家家雨❷，春草池塘處處蛙。有約不來過夜半，閑敲棋子落燈花。

【注釋】❶黃梅時節　春末夏初梅子黃熟時節。❷家家雨　言雨水之多。

【語譯】梅子黃熟時節，整天都在下雨，家家簷下雨水滴落。長滿春草的池塘裡，到處都是青蛙的鳴叫聲。我約好了朋友晚上來作客，但過了夜半還不見他來。在寂寞無聊的等待中，我敲著棋子，一聲聲，震落了點點燈花。

【研析】前兩句寫戶外，梅雨不停地淅淅瀝瀝，池塘處處群蛙亂鳴，何其喧鬧；後兩句寫室內，一燈如豆，只有趙師秀獨自枯坐著，多麼寂靜。鬧與靜鮮明對照，把詩人候客不至的落寞無聊表現出來了。特別是結句敲棋子震落燈花的細節，既寫出燈芯燃久，候客時長，更傳神微妙地刻畫出詩人焦躁不安的心情。全篇純用白描，看上去沒有用一個典故，可謂一空依傍。但據張鳴《宋詩選》（人民文學出版社，二〇〇四年版）的注釋，此詩前二句的意境和句法，是從呂本中〈春晚郊居〉「低迷簾幕家家雨，淡蕩園林處處花」二句套用。「黃梅」一句原本寇準〈句〉（其九）「梅子黃時雨如霧」之句。「春草」一句則從黃庭堅〈病起次韻和稚川進叔倡酬之什〉「池塘夜雨聽蛙鳴」化出。而「閑敲」句，又化用了唐代岑參〈與獨孤漸道別長句兼呈嚴八侍御〉的「彈棋夜半燈花落」。張鳴指出，〈約客〉歷來被公認是四靈詩中最清新乾淨的作品，其實也襲用了前人的句法和構思，值得我們注意。不過，此詩的前聯，對仗工致，以典型的意象表現出江南梅雨時節的風光，富有時令感和地方特色，常為後人廣泛傳誦。第四句「閑敲棋子落燈花」雖是用了前人寫過的景象細節，卻別出心裁地用來襯托「有約不來過夜半」的情事，還是具有「點鐵成金」之妙的。

寒夜

杜耒

【題解】此詩以首二字為題，最早見於南宋羅大經《鶴林玉露》乙編卷三，清人王相編選入《千家詩》中。

【作者】杜耒（西元？—一二二七年），字子野，號小山，南城（今屬江西）人。曾官主簿。嘉定間，為淮東安撫制置使許國幕客。寶慶三年（西元一二二七年），姚翀辟為楚州幕客，死於忠義軍首領李福之亂中。詩學「永嘉四靈」，與趙師秀、戴復古等人唱和。其詩卷已佚。

寒夜客來茶當酒，竹爐❶湯沸火初紅。尋常一樣窗前月，才有❷梅花便不同。

【注　釋】❶竹爐　金性堯選注《宋詩三百首》注釋說：「據清鄒炳泰所編的《紀聽松庵竹爐始末》所記，明初的竹爐形狀是：上圓下方，織竹為郛（外殼），築土為質（底子），土甚堅密。鎔鐵為柵，橫截上下。」❷才有　意即一有、剛有。

【語　譯】寒冷的夜晚，客人來訪，權且以茶代酒，用以接風。促膝談心之際，竹爐上茶湯滾沸，爐裡炭火通紅。窗外明月皎潔，和往常一樣，只是梅花剛剛開放，疏影暗香，便覺得景致比起以前大不相同。

【研　析】這首詩寫寒夜客至的暖融融氛圍和喜悅心情。客人不邀自至，主人以茶當酒，可見客是熟客、老友，主人不拘禮節，首句已表現出主客之間「君子之交淡如水」的親密無間情誼。次句寫竹爐湯沸，炭火通紅，真切尋常的室內生活小景中，洋溢著老友相聚的融洽熱烈氣氛，令人如見兩人把盞相邀，促膝暢談。至此，「寒夜」已變成暖夜。詩寫到此，後二句很難續筆。不料杜耒移筆窗外，拓開詩境，寫以往常見的一輪明月，再寫一株剛剛開放的梅花，月照梅花，疏影暗香，使詩人感到尋常明月一有梅花便大不相同。這二句加倍表現了詩人歡迎老友寒夜來訪的喜悅。「梅花」既是詩人眼前實見，又是對友人的暗喻。有了如此知心的風雅朋友相伴，寒夜成了饒有詩情畫意的春夜。宋人黃昇《玉林詩話》引此詩三、四兩句後云：「蘇召叟（蘇泂）詩（題為〈金陵〉）『人家一樣垂楊柳，種在官牆自不同』二聯一意。」（《詩人玉屑》卷一九）筆者認為，此兩聯句法字面雖有些相似而詩意判然有別。白居易五絕名篇〈問劉十九〉云：「綠蟻新醅酒，紅泥小火爐。晚來天欲雪，能飲一杯無？」詩人以詩代柬，招客飲酒，寫得自然隨意，但情景交融，極有韻味。杜耒顯然學習了白詩，卻反過來以茶代酒，又在三、四句寫出月光與梅花相映，茶香和花香交融，在借鑑中有創新，於是同白詩一樣，成了古今傳誦的佳作。

秋日三首（選一）

高翥

【題解】這是一首節令詩，是高翥在夏末秋初漫步小院時的即興之作。

【作者】高翥（西元一一七〇—一二四一年），字九萬，號菊石間，餘姚（今屬浙江）人。終身布衣，浪跡江湖。晚年歸隱杭州西湖，與文友詩酒相樂。他是「江湖派」詩人中才情較高的一位。其詩與陸游、楊萬里頗有淵源，構思巧妙，語言流麗樸素，風格清雋。有《信天巢遺稿》、《菊石間小集》。

庭草銜❶秋自短長，悲蛩❷傳響答寒螿❸。豆花似解通鄰好，引蔓❹殷勤❺遠過牆。

【注　釋】❶銜　含。❷蛩　蟋蟀。❸寒螿　寒蟬。螿，蟬的一種。❹引蔓　伸長蔓條。❺殷勤　情意殷切。

【語　譯】庭院裡的小草最先感受到秋天，各自長長短短的葉尖上有點枯黃。牆角邊樹梢頭的蟋蟀和寒蟬發出互相唱和的鳴聲。那豆莢藤蔓上綴著的朵朵小花，好像也懂得溝通鄰居間的友好，情意殷殷地將藤蔓遠遠伸過了短牆。

【研　析】高翥運用擬人手法，表現初秋庭院中花草昆蟲的不同意態，並將自己的主觀感情注入對它們的描寫中。物態與人情融合為一，讀來饒有興味。首句寫小草，用「銜」與「秋」，組合成動賓結構的詞組，從而將抽象無形的秋具象化，饒有詩意地表現出小草葉尖上最先感染上早秋的黃色。這種具象與抽象銜接的表現手法，是中西現代詩常用的。中國古典詩歌中偶爾見到，如唐代詩人岑參的「孤燈燃客夢，寒杵搗鄉愁」（〈宿關西客舍寄東山嚴許二山人〉）。今人詹杭倫、沈時蓉賞析這句詩說：「彷彿是小草伸長脖子首先銜住了秋的衣角，而且秋才會張開它金色的翅膀去擁抱整個庭院以至世界。」（《宋詩鑑賞辭典》，第一一五五頁）想像與辭采很美。次句寫悲蛩和寒螿互相唱和，給畫面配上秋聲。但這兩句只是陪襯，詩的主角豆莢花在第三句才出場。詩人寫豆莢花似乎也懂得鄰里間要和睦友好相處，情意殷殷地將藤蔓遠遠伸過了短牆，從而表達出自己對鄰居的情誼，表達了溝通人際間友好關係的美好願望。古代節令詩不少，但很少從這個角度表達這種令人感到親切溫暖的情思落筆的，所以此詩構思巧妙，意境新鮮，「銜」、「傳」、「引」等字都刻意錘煉，但並不影響全篇的流麗自然。抒寫鄰居情誼的詩，有唐代白居易的名句：「明月好同三徑夜，綠楊宜作兩家春。每日暫出猶思伴，豈得安居不擇鄰？」（〈欲與元八卜鄰先有是贈〉）

白居易是實寫直抒，高翥卻是託物寓意，小中見大，更含蓄，也更有情趣。

曉出黃山寺

高翥

【題解】這首詩描繪高翥下山時所見之景色。黃山，未詳何處。寺，佛寺。

曉上籃輿❶出寶坊❷，野塘山路盡春光。試穿松影登平陸❸，已覺鐘聲在上方。草色溪流高下碧，菜花楊柳淺深黃❹。杖藜❺切莫匆匆去，有伴行春❻不要忙。

【注釋】❶籃輿　竹轎。❷寶坊　寺廟的美稱，此指黃山寺。❸平陸　平坦的陸地。❹草色溪流高下碧二句　草在岸上（高）綠，水在岸下（下）碧。菜花黃得濃（深），楊柳黃得淡（淺）。❺杖藜　拄著藜莖做的拐杖。泛指扶杖而行。❻行春　漢代制度，太守於春季巡視所管轄的州縣，督促民眾耕作。此指遊春賞景。

【語譯】清晨，我坐上竹轎出了山寺。寺外池塘邊和山路上，處處都是明媚的春光。沿山而下，穿越過松樹的影子來到平地，便覺得寺廟的鐘聲在山頂飄蕩。溪岸的春草和溪中的流水一高一低，都是一樣的碧綠；那爛漫的菜花黃得深濃，初綻的楊柳卻黃得淺淡。下了轎扶杖縱情漫步，切莫匆匆離去啊，與人結伴來遊賞春景，就不應急急忙忙。

【研析】詩人多寫登山入寺，此詩卻反過來寫出寺下山，構思已別具一格。高翥寫下山路上所見所聞的景物，按行程和時間的順序來寫，努力表現他在天剛破曉和天已大亮，在山半腰與山腳下田野上對景物的不同感覺。首句寫他清晨乘竹轎出山寺，點明詩的題意。次句寫他經過寺邊池塘和山路，已感覺到春風撲面，春意撩人，春光爛漫。因為當時晨霧未散，景物朦朧，觀景尚不清晰，所以詩人僅以「盡春光」三字概括。頷聯「試穿松影」，表明松林茂密深邃，樹影婆娑，轎夫也在試探道路。待「登平陸」後，遙聞鐘聲已在上方，可知此時已經到了山腳。這一聯分別繪「影」傳「聲」，對視覺和聽覺感受的傳達十分真切。頸聯寫「草色溪流」，「菜花楊柳」，可知詩人已來到了田野上，此時朝陽普照，遠近景物歷歷在目。於是，詩人欣喜地觀賞到高處春草與低處溪水的碧綠，爛漫菜花與婀娜楊柳的金黃。這一聯全寫色彩，不僅寫出春日田野的碧綠與金黃兩種主要色彩的相互映照，而且細緻地表現色彩的濃淡相間、深淺相配，十分協調和諧，真是一幅美妙的水彩畫。尾聯寫他下轎扶杖，漫步田野，勸同行者從容閒適地細細欣賞體味春光。整首詩，給人以景美情暢之感。錢鍾書指出：「(五、六句) 句法仿唐鮑溶〈春日〉：『徑草漸生長短綠，庭花欲綻淺深紅』(《全唐詩逸》卷上)。(七、八句) 參看陸游《劍南詩稿》卷十七〈聞傅氏莊紫花笑開，急棹小舟觀之〉：『漫道閑人無一事，逢春也似蜜蜂忙。』」(《宋詩選注》) 確實。但高詩五、六句比鮑詩多寫了兩種景物，七、八句對陸游句意是反用，在學習中有變化創新。唐韓愈山水遊覽詩名篇〈山石〉，寫他黃昏到山寺直到天明出寺的見聞感受，寫出寺下山的幾句是：「天明獨去無道路，出入高下窮煙霏。山紅澗碧紛爛漫，時見松櫪皆十圍。當流赤足踏澗石，水聲激激風吹衣。」筆者感覺高翥學了韓愈這一段詩的表現技法，學得高明，學得巧妙靈活。

途中

趙汝鐩

【題解】這首七律寫春日出行時路途中的所見美景。

【作者】趙汝鐩（西元一一七二—一二四六年），字明翁，號野谷，袁州宜春（今江西宜春）人。宋太宗八世孫。嘉泰二年（西元一二〇二年）進士。官至刑部郎中。他是江湖派中筆力比較雄放的詩人，寫了不少反映當時民生疾苦的作品，多是古體，著名的有〈耕織歎〉、〈憩農家〉等。其近體律詩也頗精工。著有《野谷詩稿》。

雨中奔走十來程，風卷雲開陡❶頓❷晴。雙燕引雛❸花下教，一鳩❹喚婦❺樹梢鳴。
煙江遠認帆檣影，山舍微聞機杼聲❻。最愛水邊數株柳，翠條濃處兩三鶯。

【注釋】❶陡　突然。❷頓　頓時；很快。❸雛　幼鳥。這裡指乳燕。❹鳩　斑鳩。喜在雨後啼鳴。❺喚婦　指雄鳩覓偶。婦，指雌鳩。❻機杼聲　織布機發出的聲音。

【語譯】我在雨中奔走了十來里路，忽然陣風起處，剎時雲開天晴。只見雙雙燕子引導著雛燕在花叢下練習飛翔，一隻雄斑鳩上樹梢呼喚雌鳩，表達春情。遠眺煙霧籠罩的江上，認出了點點帆影；又隱約聽見從山中農舍傳來織布機的聲音。我最愛水邊這幾株柳樹，濃翠長枝條間，有兩三隻鳴囀撲跳的黃鶯兒。

【研析】這首描寫春日出行途中美景的七律，從在雨中奔走十來里路後忽然風捲雲開雨霽天晴落筆。中間兩聯寫雙燕花下引雛，枝頭一鳩喚婦；寫遠處江面帆影依稀可辨，山中農舍的機杼聲隱約可聞，都是視覺和聽覺交錯描繪。最後一聯則集中突出展現水邊翠柳濃密之處，兩三隻黃鶯婉轉歌唱、時藏時現的鏡頭，用視聽結合、繪聲繪色的最美景象結束全詩。趙汝鐩準確地捕捉住春日江南雨後山野這一特定時空中最有代表性的景物，予以動態的、細膩傳神的刻畫。這一個個畫面，有仰望俯視、高低上下，遠景近景，不斷轉換變化，使讀者感到詩人是在「途中」遊賞行吟，筆筆都是美的發現，句句都洋溢著他的驚喜愉悅之情。錢鍾書《宋詩選注．趙汝鐩小傳》中說這位詩人「近體不但傳『四靈』的家法，也學楊萬里，都很暢快伶俐」，此詩尤其是頷聯中已可見出。唐代大詩人白居易的寫景七律名篇〈錢塘湖春行〉云：「孤山寺北賈亭西，水面初平雲腳低。幾處早鶯爭暖樹，誰家新燕啄春泥？亂花漸欲迷人眼，淺草才能沒馬蹄。最愛湖東行不足，綠楊陰裏白沙堤。」趙詩顯然著意學習了白詩的藝術構思和表現手法。但趙詩中的意象都出自其獨到的觀察與感受，與白詩的意象並不雷同。宋代詩人善於在學習，借鑑唐詩中創新，趙氏這首詩又為我們提供了一個例證。

狐鼠

洪咨夔

【題　解】狐鼠，城狐社鼠的省語，典出《韓非子》，本指城牆上的狐狸，土地廟裡的老鼠，比喻仗勢作惡之人。這裡指貪官汙吏。

【作　者】洪咨夔（西元一一七六－一二三六年），字舜俞，號平齋，於潛（今浙江臨安）人。嘉泰二年（西元一二〇二年）進士，授如皋主簿，後為龍州知州。理宗朝，累官刑部尚書、翰林學士、知制誥，加端明殿學士。他是抨擊當時黑暗政治的著名人物，集裡常有諷刺貪官、同情人民的作品。詩風接近江西詩派，也受了楊萬里的影響，景物描寫生動細膩。有《春秋說》、《平齋文集》、《平齋詞》。

狐鼠擅一窟，虎蛇❶行九逵❷。不論天有眼，但管地無皮。吏鶩❸肥
如瓠❹，民魚爛欲糜❺。交徵❻誰敢問？空想素絲詩❼。

【注　釋】❶虎蛇　語出李白〈蜀道難〉：「朝避猛虎，夕避長蛇。」李白用以比喻據險叛亂、殘害人民的軍閥。這裡指貪官汙吏。❷九逵　指都城四通八達的道路，又稱九衢。❸鶩　野鴨子。❹瓠　瓠子，也叫葫蘆。
❺民魚爛欲糜　這句化用《春秋公羊傳》「魚爛而亡」語和「何不食肉糜」語。錢鍾書《宋詩選注》注釋說：

「把『吏抱成案，雁鶩行以進』（韓愈〈藍田縣丞廳壁記〉）、『肥白如瓠』、『魚肉良民』、『魚爛』、『糜爛』等成語聯合在一起，是地道的江西派手法。」❻交徵 上下交加徵稅。語出《孟子・梁惠王上》：「上下交徵利而國危矣。」❼素絲詩 指《詩經・召南・羔羊》「羔羊之皮，素絲五紽」。這首詩是讚美清廉之官的，這裡用來代指清官。

【語　譯】狐狸和老鼠各據一個洞穴，猛虎毒蛇橫行都城大街。不管老天能否有眼看見，只管把土地的皮都搜刮乾淨。貪官汙吏像野鴨子和葫蘆瓜那樣又肥又白，貧民百姓則似刀俎上的魚肉，任他們搗爛做羹湯。誰敢質疑上下交加的徵稅？像《詩經・羔羊》讚美的清廉之官再也找不到了。

【研　析】洪咨夔滿腔怒火，用劍鋒般的筆，在這首五律中揭露了南宋朝廷大批貪官汙吏殘酷搜刮人民的罪行。這種揭露是層層深入的。首聯是第一層，比喻貪官汙吏是竊據權勢的城狐社鼠，更是橫行都城的老虎毒蛇。頷聯是第二層，以藝術誇張抨擊貪官汙吏囂張到不管天是否有眼，恨不得把每一塊地皮都搜刮淨盡。頸聯是第三層，用漫畫手法和強烈對比，把靠榨取人民致富的貪官描繪成肥胖的鴨子和瓠瓜，活現其醜態；而貧民百姓竟成了刀俎上的魚肉，任人宰割、砸爛如糜，形象鮮明，令人觸目驚心！尾聯是第四層，指出老百姓對從上到下的殘酷壓榨掠奪敢怒而不敢言，對這個腐敗的朝廷已經徹底失望，顯示了詩人清醒的頭腦與深刻的見識。詩中融化了許多典故，靈活運用，把其中有生命力的詞語信手拈來，營造出猶如「興象」般的「典象」。詩的前三聯都是對偶句，對得工整又氣機流動，「不論」與「但管」，「如」與「欲」等虛字斡旋句中又上下呼應，使人讀之感到自然流暢，不覺是律詩。總之，詩人明刺暗諷，揮灑自如，針針見血，筆酣墨飽。錢鍾書先生說：「也許宋代一切譏刺朝政的詩，要算這一首罵得最淋漓痛快，概括周全。」《宋詩選注》評得真好！

泥溪二首（選一）

洪咨夔

【題解】這首詩寫山鄉旅途的情景。泥溪，可能是洪咨夔經過的一個地名。

沙路緣❶江曲，斜陽塞❷轎明。晚花酣暈❸淺，平水笑窩❹輕。喜陰時休駕❺，疑昏屢問程。誰家剛齊❻餅，味過八珍❼烹。

【注釋】❶緣　因；隨著。❷塞　充滿。❸酣暈　美人臉頰的紅暈，喻花色。❹笑窩　笑靨，俗稱酒窩，這裡指水波。❺休駕　指停轎。❻齊　通「劑」。調和味道叫劑。❼八珍　水上和陸地出的八種珍貴食物，這裡泛指美味。

【語譯】一條沙路隨著江岸曲折蜿蜒，西下的夕陽把轎子裡外照得金光燦燦。晚霞裡，路邊的野花像姑娘臉上淺淺的紅暈；微風中，水面上的漣漪又像少女甜甜的笑窩。這綠樹濃蔭的美景，吸引我時時停轎觀看；可又擔心天黑，不斷詢問路程還有多遠。啊，是哪一家剛剛烙好了炊餅？飄過來的香味真要勝過世間的珍饈玉饌。

【研析】看一位詩人是否傑出，有一個衡量的標準，就是看他能否創造出豐富多樣、新鮮獨特、富於藝術個性的意象。洪咨夔是一位傑出詩人，他在這首五律中運用新巧的比喻和「平中見奇」的語言，創造出多個鮮活美妙的意象。請看，首句「緣」、「曲」二字，妙寫沙路沿江邊蜿蜒、隱現之狀，又傳達出人在轎中行進的動態。下句用「塞」字而不用「照」、「射」、「滿」等字，把注入轎中的斜陽寫成是有形有質之物，又配一「明」字，形成相反相成的藝術效果。第三句用美人臉上的紅暈比喻花，很貼切，但還不算獨創；而第四句以美人臉上的笑窩來形容水上波紋，再加上一個「輕」字，真是婉媚輕盈，發人所未發。後兩聯寫喜愛樹蔭不時停轎流連風景，擔心天黑又屢屢向人打聽路程，都能細緻微妙地刻畫出詩人貪看美景又急欲趕路的矛盾心理和神態，極真切，有生活氣息。全篇風格歡快輕盈，清新活潑，不用典故，頗近楊萬里誠齋體風格，但又有自己的藝術個性。與趙汝鐩的〈途中〉相比較，此詩是「宋調」，而非趙詩的「唐風」。

驟雨　華岳

【題解】這首詩寫華岳所見牧童遇驟雨的場面。驟雨，急速而來又急速停止的雨。

【作者】華岳（西元?—一二二一年），字子西，號翠微，貴池（今屬安徽）人。為武學生，輕財好使。開禧元年（西元一二〇五年），上書請誅韓侂冑，下大理獄，編管建寧獄中。侂冑誅，放還，復入學。嘉定十年（西元一二一七年）中武科第一，為殿前司官屬，鬱鬱不得志。十四年，任殿前司同正將，謀去丞相史彌遠，事覺，下臨安獄，杖死市中。華岳是愛國志士，不肯附和浮議，勇鬥權奸。詩詞文兼擅。詩風雄豪灑脫，內容充實，富於變化。有《翠微南征錄》、《翠微北征錄》。

牛尾烏雲潑濃墨，牛頭風雨翩車軸❶。怒濤頃刻卷沙灘，十萬軍聲吼鳴瀑。牧童家住溪西曲❷，侵早❸騎牛牧溪北。慌忙冒雨急渡溪，雨勢驟晴山又綠。

【注　釋】❶翩車軸　車，指水車。水車戽水，軸翻水湧，發出聲音，這裡用來形容風雨之聲。一說形容風雨急猛能把車子掀翻。❷曲　指溪水邊的彎曲地帶。❸侵早　近曉；清早。

【語　譯】牛尾的烏雲如濃墨潑灑，牛頭的風雨已如水車戽水波湧軸翻。頃刻之間，怒濤洶湧捲上了沙灘。大雨中山洪暴發就像千軍萬馬鏖戰急，陣陣吼聲又像飛瀑雷鳴令人心寒。牧童家住在溪西灣，清早騎牛放牧在溪北原。慌忙中冒雨急急渡溪趕回村裡，沒想到暴雨驟停，又綠了群山。

【研　析】這首詩寫牧童在夏日山野遭遇的一場驟雨。全篇緊扣著一個「驟」字來寫。為此，開篇不寫牧童，而是突兀而起，寫風雨驟至，用「潑濃墨」狀雲色之黑，「翩車軸」喻風雨兇猛之聲勢。「牛尾」、「牛頭」分別置於「烏雲」、「風雨」之前，以二者相距極短，表現風雨與烏雲幾乎同時而至，又暗示烏雲風雨都是牧童目見耳聞。造語新奇，手法巧妙。第三句先用白描速寫怒濤在頃刻間捲沒沙灘，第四句再用「十萬軍聲」和「吼鳴瀑」形容大雨中山洪傾瀉潮水洶湧的壯觀宏聲。至此已用了四個比喻，這是繼蘇軾〈百步洪〉後宋詩妙用「博喻」的又一例子。五、六、七這三句正面寫牧童，先補敘他家住溪西，清早放牧溪北，突遭驟雨；再寫他在溪流猛漲時冒雨騎牛過溪，又寫他「慌忙」、「急渡」，但其勇敢、機靈、敏捷的形象仍活靈活現。以上七句，將雨之「驟」至寫得淋漓酣暢。不料結句寫牧童過溪，山雨驟止，雲開日出，群山又綠，展現出一個新美的境界。華岳成功地運用博喻、白描、彩繪的手法，視象與聽象不斷轉換，活躍跳脫的節奏，短促響亮的入聲韻腳，把這場驟雨寫得扣人心弦。與蘇軾的七絕〈六月二十七日望湖樓醉書〉相比，同是描寫夏日驟雨驟晴的奇觀，蘇詩語言精鍊自然，在寫景中有政治寄託，並寓人生哲理，華詩意蘊不如蘇詩深邃，但從牧童在山野的遭遇來寫驟雨，視角新，又多用清新活潑的口語，富於鄉村生活氣息，是其獨到之處。

讀渡江諸將傳

王　邁

【題　解】《渡江諸將傳》，可能指章穎的《南渡十將傳》，是南宋名將韓世忠、張浚、劉光世、劉錡、吳玠兄弟等人的傳記。

【作　者】王邁（西元一一八四—一二四八年），字實之，一作貫之，號臞軒，仙遊（今屬福建）

人。嘉定十年（西元一二一七年）進士，為潭州觀察推官，改浙西安撫司幹官。紹定三年（西元一二三〇年）為考試官，以指責詳定官被誣罷官，調南外睦宗院教授。後通判潭州，遷知邵武軍。卒贈司農少卿。邁直言敢諫，劉克莊稱「其文字膾炙萬口，其論諫雷霆一世」。其詩古近體皆清拔壯麗，有風骨。著有《臞軒集》，已佚。

讀到諸賢傳，令人淚灑衣。功高成怨府❶，權盛是危機。勇似韓彭❷有，心如廉藺❸希。中原豈天上？尺土不能歸！

【注釋】❶怨府　怨恨集中的所在。❷韓彭　指漢劉邦大將韓信、彭越，均以武功著稱。❸廉藺　指戰國時趙國的大將廉頗和相國藺相如。二人能捐棄私嫌，共禦外敵而傳「將相和」的佳話。

【語譯】讀到南渡諸將的傳記，淚水打濕了衣襟。我歎息他們功高勳著，卻惹來了眾多怨忌；權盛時頭腦不清醒，怎麼知道隱伏著危機？他們有韓信、彭越的勇猛，卻缺乏廉頗、藺相如捐棄私嫌的心志。難道淪陷的中原遠在天上？竟不能收回尺寸土地！

【研析】這首詩從讀《渡江諸將傳》的感受，揭示南宋朝廷不能收復中原的一個重要原因。首聯直抒王邁讀傳時心情悲愴，淚灑衣襟。中間兩聯以「功」、「權」、「勇」、「心」四個方面為著眼點評議諸將。頷聯感歎諸將功高勳著，卻惹來眾多怨忌；權盛時頭腦不清醒，不知道暗伏著危機。針砭犀利，見識深刻，又有普遍的概括意義，足以警醒後人。頸聯上下句分別用韓彭與廉藺的典故，批評諸將雖勇猛卻挾私嫌，不能精誠團結抗敵。其中暗指張浚等忌賢妒能，排擠劉錡，又被奸相秦檜利用，殺害了岳飛，罷免了韓世忠。詩人用歷史人物典故生動有力地說理，正反對比，令人信服。尾聯與首聯呼應，再發感慨，指出正由於諸將互相傾軋，自毀長城，導致並非難於上青天的恢復事業成了泡影，中原大地竟然尺土都不能收回。「天上」與「尺土」的藝術誇張與強烈對照，傳達出詩人內心極度惋惜、悲愴的憂國之情，有很強的感染力量。宋詩多說理之篇，但只要見解精闢，議論生動、形象、有情韻，仍然可以成為佳作。

村晚

雷震

【題解】這首詩寫江南農村傍晚景色。

【作者】雷震（生卒年不詳），江西南昌人，度宗咸淳元年（西元一二六五年）進士。

草滿寒塘水滿陂❶，山銜❷落日浸寒漪❸。牧童歸去橫牛背❹，短笛
無腔❺信口吹。

【注釋】❶陂　池塘。這裡指障水的堤岸。❷銜　含。❸漪　漣漪；水的波紋。❹橫牛背　橫坐在牛背上。❺腔　曲調。

【語　譯】青草長滿了池塘，碧水漲滿了堤岸。遠山銜著半個夕陽，倒影在寒涼的水波中閃耀。牧童歸來了，他悠然地橫坐在牛背上；信口吹著一支短笛，卻吹不成一個完整的曲調。

【研　析】從文同等人的詩歌中我們知道，宋代文人普遍主張詩歌與繪畫相結合。蘇軾說過：「詩畫本一律，天工與清新。」（〈書鄢陵王主簿所畫折枝二首〉）並稱賞唐代王維「詩中有畫」、「畫中有詩」（〈書摩詰藍田煙雨圖〉）。因此，宋代詩人常融畫技畫法入詩。尤其是宋詩中寫景的七絕小詩，有不少是詩人以語言文字著意描繪的一幅幅水彩畫或水墨畫。雷震這首〈村晚〉，就是一幅江南水鄉秋日傍晚的風景畫。詩的前兩句展現村野景物：青草長滿寒塘，水漲滿了堤岸，山峰銜著落日，它們的倒影在寒涼的水波中微微蕩漾。這兩句寫了草、寒塘、水、陂、山、落日、寒漪七種景物，意象豐富，卻無堆砌之感，它們組成了一幅遠近有致、光色絢麗、靜中有動的畫面，已使讀者為之心醉神怡。後兩句，詩人在畫面上添上了作為主體的人物形象：一個牧童橫坐在牛背上，手拿短笛，信口而吹，緩緩歸村。靜態的風景中突出了這一個天真爛熳、無憂無慮的牧童，使畫上有了靈氣，又有濃厚的勞動生活氣息。而那不成曲調的短笛聲，使這幅畫成了有聲畫，不但在村野上空，而且在讀者的耳際心上迴響。詩情畫意交融，趣味盎然，神韻悠然，流露出詩人對純樸恬靜的田園生活的嚮往。這首詩有唐詩風味，後二句寫牧童悠然自得的動作神態，比晚唐杜牧名篇〈清明〉中的「借問酒家何處有，牧童遙指杏花村」毫不遜色。

甲午江行

毛　珝

【題　解】甲午，即宋理宗端平元年（西元一二三四年）。這一年，宋將孟珙會同蒙古兵攻入蔡州，金亡。理宗下詔出師北伐，收復三京。江行，在江中乘舟而行。

【作　者】毛珝（生卒年不詳），字元白，號吾竹，三衢（今浙江衢州）人。曾多次赴試，均未及第。一生漂泊江湖，豪於詩，有聲於端平間（西元一二三四—一二三六年）。有《吾竹小稿》。

百川無敵大江流，不與人間洗舊讎。殘虜自緣他國❶廢，諸公空負
百年憂❷。邊寒戰馬全裝鐵❸，波闊征船❹半起樓。一舉盡收關洛❺舊，
不知銷得幾分愁？

【注　釋】❶他國　指蒙古。❷諸公空負百年憂　這句說，南宋的執政大臣們沒能消除國家陷於危機的政治憂患。暗用西晉王衍的典故。王衍，字夷甫，任尚書令、司徒等大官，喜歡清談，不理國政，終於導致了西晉王朝的覆滅。後來東晉桓溫說：「遂使神州陸沉，百年丘墟，王夷甫諸人不得不任其責。」百年，北宋王朝於靖康二年（西元一一二七年）傾覆，到這時已經過了一百年。❸裝鐵　披上鐵甲。❹征船　戰船。❺關洛　關，關中，泛指今陝西一帶。洛，洛陽，泛指今河南一帶，都是從靖康二年以後，就被金國侵占了的中原地區。

【語　譯】在神州大地上，有上百條無與倫比的河流和浩瀚長江在日夜奔流，卻不能洗雪人們過去被侵略欺凌的仇恨。隨著金國被蒙古滅國，其殘餘的勢力也被消滅殆盡，當朝的王公大臣們空負了一百年的亡國深憂。而今邊塞寒冷，戰馬都披上了鐵甲，廣闊的江面波浪洶湧，大半戰船已揚帆起航，就像移動著的高樓。然而此次北伐，即使能一舉收復關中洛陽故地，不知能消除掉幾分人們長期鬱積的憂愁？

【研　析】毛珝這首感慨時事的詩，是在宋理宗下詔出師收復三京、舉國上下精神無比振奮之際寫的。全篇以「讎」開篇，以「愁」收結，感情悲壯又沉鬱，寫得波瀾起伏，跌宕頓挫，使人讀來心潮激蕩難平。首聯上句描繪百川與大江洶湧奔流之壯景，氣勢磅礴，不料下句逆接，陡然跌落，說滔滔江水未能替宋室洗雪刻骨怨仇。頷聯上句點出甲午金國之亡，卻又指出乃是依賴蒙古兵力；下句暗用王衍等人清談亡國典故，批判南宋諸臣懦弱無能，未能親雪國恥，空負百年之憂。至此，詩人滿腔悲憤之情已漫溢紙上。頸聯振起，描繪江上舟行所見宋軍準備北伐景象：戰馬披甲，戰船橫江，加上「邊寒」與「波闊」渲染戰鬥氣氛，生動形象地表現即將出征將士的鬥志，也表達了當時廣大人民報仇雪恥的心聲。這一聯，令人聯想到陸游〈書憤〉詩中的「樓船夜雪瓜洲渡，鐵馬秋風大散關」，都是意象鮮明、境界雄闊、聲色動人的佳聯。尾聯上句直承頸聯，從詩人的心中迸發出一舉收復關洛北定中原的激昂呼聲，把全詩推向高潮。不料結句再次跌落，慨歎即使盡收失地，心中的愁恨又能消得幾分？細加品味，此詩的頷聯和結句，都透露出詩人頭腦十分清醒，他已感受到強悍蒙古軍的巨大威脅。因此，對宋室的前途既滿懷希望，又焦慮憂愁，使這首詩的風格雄壯激昂又悲涼沉鬱。近人陳衍說：「不圖晚宋尚有此壯往之作。」（《宋詩精華錄》卷四）僅看到此詩「壯往」，還是片面的。

夜過西湖

陳　起

【題　解】這首詩寫陳起夜過西湖的情景，描繪了其間之美景，以及作者之逸趣。西湖，即今杭州西湖。

【作　者】陳起（西元？—一二五六年），字宗之，號芸居，又號陳道人，錢塘（今浙江杭州）人。寧宗時，鄉貢第一，時稱陳解元。寓居杭州，以開書坊為業。與江湖派詩人廣有交往，曾選刊他們的詩作，題為《江湖集》。宋理宗寶慶元年（西元一二二五年），因江湖詩禍而遭流配。紹定六年（西元一二三三年）始得歸還。他集詩人、選家、書商於一身，對江湖詩派的形成和發展有著重要作用。其詩在當時頗受稱讚，但今存諸作成就平平，僅七言絕句尚有情韻。有《芸居乙稿》、《芸居遺詩》。

鵲巢猶掛三更月，漁板❶驚回一片鷗。吟得詩成無筆寫，蘸他春水畫船頭。

【注　釋】❶漁板　即鷗板。漁民用鷗板敲打船舷來趕魚入網，多用於夜間捕魚時。

【語　譯】夜半三更，鵲巢枝頭仍掛著一彎明月；漁板聲聲，驚醒湖畔熟睡的鷗鳥，又成片地競相飛回。我突然觸發詩興，吟成一首詩，卻沒有紙筆來書寫，急中生智，就用手指蘸著春水畫在船頭。

【研　析】陳起乘船夜過西湖，先後目睹耳聞了鵲巢弦月、漁板響、鷗鳥驚起又飛回之景，觸發了詩興並且吟成了詩，卻無紙筆，急忙手蘸春水寫於船頭。寫好後，詩人突然感到，手蘸春水畫船頭這個動作本身，才是最新鮮、最自然美妙的詩，於是，他廢棄了原先寫成的詩句，直寫他急中生智的這個動作。「吟得詩成無筆寫，蘸他春水畫船頭」，真是語意新穎，妙手偶得，發人所未發，饒有景、事、情、理之趣的奇。唐代詩人岑參赴邊的〈逢入京使〉云：「故園東望路漫漫，雙袖龍鍾淚不乾。馬上相逢無紙筆，憑君傳語報平安。」全篇尤其是三四句，用口頭語寫眼前景事，成了千古絕唱。陳詩可能受到岑詩的啟發，「無筆寫」與「無紙筆」頗相似。但第四句，筆者認為陳的「蘸他春水畫船頭」，寫得更具體、真切、有趣，勝於岑的「憑君傳語報平安」。蘇軾有「作詩火急追亡逋，情景一失後難摹」（〈臘月遊孤山訪惠思惠勤二僧〉），強調詩興一經觸發，就得迅速及時捕捉，不可輕易放過，見解精闢，卻是以議論明確說出；陳起能以新穎有趣的動作細節描寫來啟迪人們，比蘇詩含蓄有味。元人韋居安評此詩：「語意殊不塵腐。」（《梅磵詩話》卷中）其實何止「殊不塵腐」？應是獨出心裁。陳起此詩堪稱宋人七絕的上乘佳篇。

蘇堤清明即事

吳惟信

【題　解】蘇堤，杭州西湖上的一道堤。元祐四年（西元一〇八九年），蘇軾任杭州太守時所築，又稱蘇公堤。清明，二十四節氣之一，在四月四、五或六日。民間習慣在這天掃墓、踏春。即事，就眼前事物寫詩。

【作　者】吳惟信（生卒年不詳），字仲孚，號菊潭，湖州（今屬浙江）人。寓居嘉定（今屬上海）白鶴村。布衣終身，以詩名著江湖間，與施樞、趙善湘、高似孫等多有唱酬。其詩多蕭散清潤，與施樞相伯仲。清代翁方綱稱其小詩「極有意味」（《石洲詩話》卷四）。著有《菊潭詩集》。

梨花風起正清明，遊子❶尋春半出城。日暮笙歌❷收拾❸去，萬株楊柳屬流鶯❹。

【注　釋】❶遊子　遊人。❷笙歌　指音樂歌舞。笙，一種管樂器。❸收拾　意為結束、散去。❹流鶯　飛來飛去的黃鶯。

【語　譯】當春風吹起雪白的梨花，這裡正是清明佳節。為了採芳尋春，一半以上的居民都已漫步出城。西湖蘇堤上笙簫歌舞，喧騰熱鬧，直到傍晚才漸漸平靜。遊人散盡了，堤上那萬株金絲搖漾的楊柳，只屬於飛來飛去、婉轉鳴唱的黃鶯。

【研　析】此詩運用對比手法描寫西湖清明日的景象，前三句寫西湖的白天景象：遊人如織，笙簫追隨，歡樂歌舞，極喧鬧熱烈。第四句才寫黃昏景象：那時遊人們都已散去，只有在暮靄中金絲輕輕搖漾的萬株楊柳，成了無數黃鶯自在飛鳴的家園。在這兩種景象的對照中，吳惟信含蓄地表達了他討厭西湖白日的繁鬧、喧囂、世俗，而喜愛西湖日暮清幽寧靜之美，詩意含蓄，結句七個字，展現出一幅有動態、聲音、色彩而意境幽美的畫面，景中含情，意在言外，「屬」字尤精妙。作者的詩友施樞（西元？—一二四四年）有〈贈湖邊柳〉詩：「亂撒鵝黃拂曉晴，天涯多少故人情。遊船空逐輕陰轉，半屬春風半屬鶯。」究竟誰學誰，難以查明。北宋歐陽脩晚年居住在潁州（今屬安徽阜陽）西湖畔，寫了十首著名的〈采桑子〉詞，其四云：「群芳過後西湖好，狼藉殘紅，飛絮濛濛。重柳闌干盡日風。　笙歌散盡遊人去，始覺春紅，垂下簾櫳。雙燕歸來細雨中。」吳詩明顯學習、借鑑了歐詞，但更濃縮精鍊，故而廣泛傳誦。後來明代小品文高手張岱〈西湖七月半〉一文，就把吳詩厭棄繁囂、庸俗，愛好自然清靜的情懷，表現得淋漓盡致。

苦寒行

劉克莊

【題　解】苦寒行，樂府舊題，屬〈相和歌辭・清調曲〉。劉克莊以舊題寫時事。

【作　者】劉克莊（西元一一八七—一二六九年），字潛夫，號後村，莆田（今屬福建）人。嘉定二年（西元一二〇九年）以蔭補將仕郎。曾知建陽縣。因作〈落梅〉詩獲罪，閒廢十年。理宗朝賜同進士出身。官至工部尚書兼侍讀，以龍圖閣學士致仕。卒諡文定。他是江湖詩派的領袖人物，作詩先後學四靈、陸游、楊萬里。詩詞均多憂時念敵反映民生疾苦之作。詩兼擅古近體，題材與風格多樣；詞風豪邁疏宕，多散文化議論化。有《後村先生大全集》。

十月邊頭❶風色惡，官軍身上衣裘薄。押衣敕使❷來不來❸，夜長甲冷睡難著。長安城中多熱官❹，朱門❺日高未啟關❻。重重幃箔❼施屏山❽，中酒❾不知屏外寒。

【注　釋】❶邊頭　邊境上。❷敕使　皇帝派下來的使臣。❸來不來　該來不來。❹熱官　權力極大的官。❺朱門　高官家的大門，多為朱色。❻未啟關　未開門。❼幃箔　布質的帷幕和竹質的簾幕。❽屏山　屏風。❾中酒　醉酒。

【語　譯】十月的邊境朔風怒號，可憐官軍的身上仍穿著薄薄的單衫。運送寒衣的使者何故不來？長夜裡鐵甲冰冷很難睡著。京城裡居住著許多有權有勢的官，太陽老高了還未開朱門。屋裡掛著一重重帷幕又圍著屏風，喝醉了美酒渾身暖熱怎會知道屏外的嚴寒。

【研　析】這首詩運用對比手法，描寫南宋戍邊士卒的饑寒艱苦與統治集團的奢侈逸樂，揭露了南宋朝廷對國家存亡置之不理的醜惡行徑。詩中的對比是多方面多層次的，有前四句士卒生活與後四句權貴生活的對比，有士卒的「冷」與權貴的「熱」的對比，有士卒「夜長甲冷難睡」與權貴「醉酒朱門不啟」的對比，有邊頭「風色惡」與士卒「衣裘薄」的對比。這些貫串全篇的具體對比和照應，形成了形象鮮明、令人觸目驚心的情景，讀者很自然地感受到劉克莊蘊含在「客觀描寫中的強烈愛憎褒貶之情。這樣的寫法，既明朗，又含蓄，比大聲疾呼更有藝術的震撼力。

戊辰書事

劉克莊

【題解】戊辰，農曆戊辰年即宋寧宗嘉定元年（西元一二〇八年）。開禧二年（西元一二〇六年），南宋權臣韓侂胄為了「立蓋世功名以自固」，謀劃不周而貿然出兵，結果大敗於金人。南宋朝廷歸罪於韓，把他殺了，而後函封其首，派人送往金廷乞和。嘉定元年和議告成。從此，宋尊金為「伯父」（原為「叔父」），每年向金增納白銀三十萬兩，細絹三十萬匹。這是繼「隆興和議」之後南宋的又一大國恥。

詩人安得有青衫❶？今歲和戎❷百萬縑❸！從此西湖休插柳，剩栽❹

桑樹養吳蠶❺。

【注釋】❶青衫　古代讀書人常穿的青色衣服。❷和戎　指與金人議和。❸縑　雙絲的細絹。❹剩栽　全都栽。剩，盡；全；都。❺吳蠶　吳地（指江南地區）素以養蠶著名，故稱良蠶為吳蠶。

【語譯】詩人們哪裡還有一件青衫可穿呢？因為今年朝廷與金人議和就賠了百萬匹絹！以後杭州西湖邊再也不要插柳了，全都栽種桑樹，好養蠶抽絲，織成絹帛貢獻給金人吧。

【研析】這首詩諷刺和抨擊南宋朝廷在嘉定和議中屈辱求和，向金人大量納絹賠款，弄得民窮財盡，民怨沸騰。諷刺常常離不開誇張、反語、諧謔等藝術手段，此詩用得很成功。首句說詩人們連添置一件青衫的衣料也無處可買，就是誇張，卻以問語出之，明知故問，一是為了收到令人震驚的藝術效果，二是為了引出下句的回答。次句直接指斥南宋朝廷在和議中用百萬匹縑去討好金人。語句斬釘截鐵，明確有力。三、四句從次句的「縑」引發出機智幽默的設想，說從此西湖不要種柳，只栽桑養蠶用以織縑拿去媚敵，用反諷與諧謔抨擊南宋統治者搜刮民脂民膏，賣國投降政策。諷刺辛辣，諧中有火，笑裡藏刀。

早行

劉克莊

【題解】這首詩寫劉克莊早行時的所見之景及切身感受。早行，早上離開旅店繼續上路。

店嫗❶明燈送，前村認未真。山頭雲似雪，陌❷上樹如人。漸覺高星少，才分遠燒❸新。何煩看堠子❹，來往暗知津❺。

【注釋】❶店嫗　旅店裡的女主人。嫗，婦女的通稱。❷陌　田間的小路。❸遠燒　遠方的煙火。❹堠子　標記里程的土堆。❺知津　知道路程的意思。津，本指渡。

【語譯】旅店的老板娘打著燈籠送別我。天色還早，前面的村莊看起來隱約不清。覆蓋山頭的雲彷彿是皚皚白雪，田間小路旁的樹好像人在步行。我漸漸覺得高天上的星星稀少了，這才分得出遠處煙火是剛升起來的。我時常來往在這條路上，不用去看那路邊的堠子，心裡已知道了里程。

【研析】以早行為題的詩，晚唐詩人溫庭筠的〈商山早行〉歷代傳誦最廣。詩中「雞聲茅店月，人跡板橋霜」一聯，全用名詞意象組合，表現出清寂寒冷景色和早行人道路辛苦，羈旅愁思，是膾炙人口的名句。宋代早行詩更多，如黃庭堅〈早行〉：「失枕驚先起，人家半夢中。聞雞憑早晏，占斗辨西東。轡濕知行露，衣單覺曉風。秋陽弄光影，忽吐半林紅。」情景生動、逼真、細緻，章法嚴謹。其後，陳與義〈早行〉云：「露侵駝褐曉寒輕，星斗闌干分外明。寂寞小橋和夢過，稻田深處草蟲鳴。」同樣全篇運用視覺、聽覺、感覺交替、打通與綜合，描繪出一幅獨特的、耐人尋味的早行圖。劉克莊這首詩，首聯寫早行出發時情景，又寫出風俗人情。頷聯承首聯「認未真」而來，用貼切的比喻寫錯覺，來表早行的真景，意象新鮮，詩味濃郁。頸聯由「認未真」轉到「漸認真」，表現出天色將曉，景物歷歷在目。尾聯筆鋒一轉，出人意料地寫他多年來往奔走，對路程早已認真。真是跌宕起伏，情趣橫生。結句「來往暗知津」，蘊含人生深意。詩人暗用

《論語・微子》所載孔子於旅途中向隱士長沮、桀溺問津的典故，寄寓他在險惡官場中已深知人生應以隱居終老的真諦。蘇軾「便合與官充水手，此生何止略知津」(〈八月七日初入贛過惶恐灘〉)，也用了此典抒發被貶謫仍豪放達觀之情。劉克莊此句詩意卻有些消極。清人紀昀說：「後村老境頹唐，此語有意。」(《瀛奎律髓彙評》卷一四) 他看出劉克莊此詩於老境頹唐中徹悟人生之意，別具隻眼。

鶯梭

劉克莊

【題　解】這首詩通過寫黃鶯，來描繪春天之景色。鶯梭，比喻春天黃鶯飛鳴迅速，其態其聲如紡織機的梭子。

擲柳遷喬❶大有情，交交❷時作弄機聲。洛陽三月春如錦，多少工夫織得成？

【注　釋】❶遷喬　遷於喬木之上。喬，喬木，高大的樹木。《詩經・小雅・伐木》有「伐木丁丁，鳥鳴嚶嚶。出自幽谷，遷於喬木」句。❷交交　象聲詞，擬狀黃鶯的鳴聲。《詩經・秦風・黃鳥》有「交交黃鳥，止於棘」句。

【語　譯】黃鶯在樹林裡飛來飛去，一忽兒投入楊柳蔭中，一忽兒又遷移到高大的喬木枝上，看，牠們多麼有感情。聽，牠們交交不斷、嚶嚶不停地鳴叫著，又好像是織布機機杼的聲音。三月的洛陽城，春光明媚，百花開得像錦繡斑斕。這麼巨大的一幅錦繡呵，真不知黃鶯們費了多少工夫，才能夠織成？

【研　析】此詩讚美春天的使者——黃鶯，進而讚美洛陽城的錦繡春光，藝術構思新巧。劉克莊見黃鶯來往飛鳴，聯想到織機之穿梭與機杼之聲音，進而想像洛陽春色如錦，正是這些多情的黃鶯辛勤地織成。詩人把「鶯」與「花」、「鶯」與「梭」富於詩情畫意地聯繫起來，營造了一個從未有過的獨特意象——鶯梭；又運用「曲喻」，將喻象「錦」坐實，認假作真，妙想聯珠，說是鶯梭織出這幅錦繡，從而獨闢蹊徑地展現出洛陽春光之美。靖康元年（西元一一二六年）金兵南下，汴京、洛陽淪陷，北宋滅亡。過了六十二年，詩人劉克莊才出生，他在這首詩中以想像之筆描繪他不曾親眼見到的洛陽錦繡春色，藉以表達他對盛產牡丹的北宋西都洛陽和已落金人手中的中原大地的感念之情。所以，這首優美的寫景詩是蘊含著詩人的故土之思、哀郢之痛的。

乍歸九首（選一）

劉克莊

【題　解】這首詩通過寫故鄉之景，隱喻劉克莊對金兵入侵的憤懣。乍歸，初歸。劉克莊長年在外做官，致仕後才回到家鄉。

絕愛❶牆陰❷橘，花開滿院香。鄰人欺不在，稍❸覺北枝傷❹。

【注釋】❶絕愛　極愛；深愛。❷牆陰　牆院的北角背陰處。❸稍　有「稍微」、「剛剛」、「但」、「只」等含意，這裡意為「很」、「甚」。❹傷　悲傷。

【語譯】我最愛那牆角陰處的橘子樹，開花時滿院洋溢著清香。鄰人欺我遠行不在家，竊取了橘樹上的北枝，這讓我為此內心無比悲傷。

【研析】詩貴含蓄。含蓄的詩，有的含不盡之意見於言外，有的具有表層和深層兩種意蘊。劉克莊這首詩即是蘊含兩重意的一例。詩的前二句直抒他最愛故居的橘樹，因為它一開花就帶來滿院清香。三、四句說他一回到闊別多年的故居，就去看望橘樹，發覺它的北枝被鄰人趁他不在時竊取了，這使他極其悲傷。這就是詩的表層義，表達了他對舊居牽掛、懷戀的深情。詩的深層義是象徵義。第三句的「鄰人」暗指與南宋北境相鄰的金兵。第四句的「北枝」，常被南宋愛國詩人藉以隱喻被金兵侵占的北方故土，詩人們對「北枝」特別敏感，把深沉的愛國之情寄寓其中。楊萬里〈瓶裏梅花〉就有「膽樣銀瓶玉樣梅，北枝折得未全開」之句，寄託、象徵濃郁的故國之思，

劉克莊此詩三四句，蘊含著詩人對北方中原大好河山被金兵蹂躪的悲憤，這就是詩的深層的象徵義。元代楊載《詩法家數》說：「詩有內外意，內意欲盡其理，外意欲盡其象，內外意含蓄，方妙。」這首詩即是「內外意含蓄」的佳作。

夜過鑑湖

戴昺

【題解】這首詩寫戴昺乘坐篷船夜過鑑湖的見聞與感受。鑑湖，一稱「鏡湖」，在浙江紹興市西南。

【作者】戴昺（生卒年不詳），字景明，號東野，天台（今屬浙江）人，戴復古從孫。嘉定十二年（西元一二一九年）進士，授贛州法曹參軍。寶祐初官池州，公餘獨喜登覽吟詩。戴復古稱其詩「不學晚唐體，曾聞大雅音」，「體格純正，氣象和平」（〈題昺侄東野農歌〉）。其七言絕句體物真切，詩中有畫。著有《東野農歌集》。

推篷❶四望水連空，一片蒲帆❷正飽風。山際白雲雲際月，子規❸聲

在白雲中。

【注釋】❶推篷　推開篷門走出船頭。❷蒲帆　蒲草織成的薄席所做的帆。❸子規　杜鵑鳥。

【語譯】我推開低矮的篷門，走到船頭四望，只見湖上水天相連，浩淼空濛。一片蒲草編織的帆正兜滿了風。湖岸的山繚繞著白雲，雲中露出了明月。在那白雲深處，傳來了聲聲子規的啼鳴。

【研　析】戴昺用極清淡的筆墨，白描出船、帆、山、水、天、雲、月等意象，展現出橫幅的水墨寫意畫。中國山水畫布局，有所謂「三遠」——高遠、平遠、深遠的技法，這幅畫應屬高遠山水。畫中景物有高低遠近，還富於動態感。如次句寫蒲帆兜滿了風，就可見船行之疾速。畫中的詩人推開篷門走到船頭眺望「山際白雲雲際月」，欣賞著月光下山影、雲影搖漾的鑑湖，景色如此清幽、空濛、高遠，身心俱爽。驀然聽到子規啼鳴，使他更加怡然陶醉。或許，子規「不如歸去」的鳴聲，也會多少觸動他的思鄉之情吧？子規聲打破了寂靜，使這幅美景成了有聲畫。此詩的語言，於沖淡中顯出凝煉與警策。如次句的「飽」字，應是從蘇軾的「風來震澤帆初飽」（〈次韻沈長官〉其三）脫胎。但蘇詩的「飽」字是形容詞、謂語，戴詩的「飽」字已用作動詞，後面還有賓語「風」字，形象、精警、獨特，在化用中有創新。詩的第三句疊用「山際」與「雲際」，以重言錯綜、句中自對的技法，造成輕快節奏，有助於表現船行之快。結句有意重複「白雲」，與上句緊密勾連，又有回環往復的音樂美。

梅花

盧梅坡

【題　解】這首詩以梅雪爭春的視角，寫出梅花的品格。此詩見南宋劉克莊《後村千家詩》卷一。

【作　者】盧梅坡，生平事蹟皆不詳。

梅雪爭春未肯降❶，騷人❷閣筆❸費平章❹。梅須遜❺雪三分白，雪卻輸梅一段香。

【注釋】❶未肯降　不肯投降，誰也不肯服輸。❷騷人　詩人。❸閣筆　即擱筆。❹平章　辨別明白。這裡指評定梅與雪的高下。❺遜　謙讓。這裡是不如的意思。

【語譯】梅花與雪花爭春，誰也不肯退讓。詩人難分高下，只得擱下筆細細思量。他的裁判是：梅應當遜讓雪三分潔白，雪卻輸給梅花一段幽香。

【研析】在古代詩人的筆下，梅花和雪花彷彿是親密的姊妹。雪因有梅，才能透露春天的訊息；梅因有雪，方顯得格外美麗、精神。她們相互映襯，相得益彰。這首詩的作者卻忽發奇想，說梅和雪要爭個高低，道前人所未道，立意構思新奇。首句即把梅和雪擬人化，說她們相互爭春，彼此不讓，表現出梅與雪天真好強性格，饒有情趣。次句把詩人拉出來作評判員。這就掀開了這齣小喜劇的幕布。但梅雪各有優長，難分高下，詩人只好把筆擱下，搔頭沉思苦想。這一句七個字頓挫有致。最後兩句，才正面寫出梅雪「未肯降」和詩人「費平章」的原因。詩的章法結構採取因果倒置手法，有引人入勝之妙。詩人對梅雪作出公平、客觀、中肯的評價，既讚美了雪的潔白無瑕，又頌揚了梅的冷香幽韻。這齣小喜劇落幕了，但引發觀者思考，給予哲理的啟迪：人應當謙虛，貴有自知之明。那種只見己長不見己短或以己之長比他人之短的態度，是可笑的，不可取的。詩的喜劇性，就來自景趣、情趣與理趣的交融。此詩語言淺易，「不肯降」、「費平章」生動詼諧。「三分白」、「一段香」以數量詞衡量雪色梅香，造語新鮮。詩中反覆出現「梅」、「雪」二字，音節回環，讀來琅琅上口。後兩句用對仗收結，也精工自然。

夜書所見

葉紹翁

【題　解】這首詩寫秋夜行舟的見聞與感受。

【作　者】葉紹翁（西元一一九四？—？年），字嗣宗，一字靖逸，祖籍建安（今福建建甌），自署龍泉（今屬浙江）人。曾在朝任職。嘗從著名學者葉適學，又與真德秀交往。後居杭州西湖，與葛天民、許棐相唱酬。博學工詩，七絕尤佳。有《靖逸小集》。

蕭蕭❶梧葉送寒聲，江上秋風動客情。知有兒童挑促織❷，夜深籬
落❸一燈明。

【注　釋】❶蕭蕭　風聲。❷挑促織　挑燈捉蟋蟀。❸籬落　籬笆。

【語　譯】梧桐葉蕭蕭瑟瑟，送來了寒意秋聲。江上秋風，觸動了我羈旅行客的思鄉愁情。我想一定是有孩子挑燈在捉蟋蟀，你看那鄉村的籬笆牆邊，一盞燈火在深夜裡移動，閃射著光明。

【研　析】葉紹翁秋夜行舟，江上蕭蕭秋風，吹刮著梧桐葉，發出令人身心俱冷的聲音，從而強烈地觸動他那思鄉懷歸之心。這時，江岸鄉村籬笆邊閃動著一點燈光，他知道這一定是孩子們挑燈捉蟋蟀。此種景象，是詩人十分熟悉的，他在童年時也曾在自己家園的籬落邊「挑促織」，於是，引起他對童年生活的美好回憶，對溫馨家園的深深眷戀。這一景象的捕捉和表現，使原先是慘澹、孤寂、淒寒的情調，一下子變得光明、溫暖、活潑、歡快起來。本來第三句是由第四句情景引出的推測判斷，詩人卻採用因果倒置句式，將「所見」放在結尾。以景結情，推出一個生動的畫面，詩避免了平直淺露，給人以無窮的想像和回味。錢鍾書在《宋詩選注》中說：「這種景象，就是姜夔〈齊天樂〉詠蟋蟀所謂：『笑籬落呼燈，世間兒女。』葉紹翁在秋夜行舟中親見此景，自然地化用了姜夔的詞句。

遊園不值

葉紹翁

【題　解】想入園遊玩，而沒有遇到小園主人。不值，即不遇。

應憐❶屐齒❷印蒼苔，小扣柴扉久不開❸。春色滿園關不住，一枝紅杏出牆來。

【注　釋】❶憐　愛惜。❷屐齒　指木製鞋底下兩道防滑的齒。❸小扣柴扉久不開　此句一作「十扣柴扉九不開」。十扣九不開，當有一開，與下文「關不住」詞理相悖，不取。小扣，輕輕地敲。

【語　譯】我輕輕地敲著花園的柴門，許久不開。猜想大概是主人愛惜園中的青苔，怕被來人的木鞋給踩壞了。但滿園爛漫的春光怎麼能關得住呢，看，一枝鮮豔的紅杏已伸出了牆來。

【研　析】錢鍾書《宋詩選注》中指出：葉紹翁這首詩脫胎於陸游的〈馬上作〉：「平橋小陌雨初收，淡日穿雲翠靄浮。楊柳不遮春色斷，一枝紅杏出牆頭。」並說葉詩的第三句比陸詩寫得新警。讀了錢先生的注釋，起初筆者想：葉詩中最精彩的第四句幾乎可以說是照搬陸詩的，似不必選這種模擬抄襲之作。後來把葉詩與陸詩反覆比較品味，感到葉詩確有「青出於藍而勝於藍」的高妙之處，故而還是選入。陸詩寫他在馬上觀賞春光，一句一景，筆墨分散，結構平板，結句也不夠醒豁，給人感覺只是一首詩意不深的寫景之詩。而葉詩藝術構思巧妙：前三句曲折跌宕，最後用一枝紅杏出牆來表現春光關不住的意趣，從而產生了平中出奇，新警有味，蘊含哲理的藝術效果，所以遠遠超越陸詩，成為宋代七絕名篇，古今傳誦。中唐詩人賈島五絕傑作〈尋隱者不遇〉云：「松下問童子，言師採藥去。只在此山中，雲深不知處。」筆者認為二詩皆寫訪人不遇，題目相同，葉詩學習借鑑了賈詩。賈詩在二十個字中寫出了不辭艱辛尋訪隱士的「我」、活潑調皮的童子，更寫了不出場的品德高潔的隱士。吳戰壘先生評云：「不僅寫出隱者的品格，抒發了未見其人的悵惘之情和敬慕之意，而且從中還可以引申出某種哲理性的意蘊：人們在探尋真理或追求理想的過程中，往往會感到某種困惑，即直覺地感到所探尋和追求的事物就在近處，卻由於種種原因而不能發現或得到。」（《中國詩學》，人民出版社，一九九一年版，第九一頁）而葉詩寫了熱愛生活，熱愛春天的「我」，他能理解與尊重主人對青苔的愛惜；他小扣柴扉，文雅有禮；門久不開，他雖失望卻未匆匆離去，終於發現了伸出牆頭的一枝紅杏，收穫了意外的驚喜。葉詩更寫了不出場的園主人。門雖設而常關，可見他喜清靜獨處，愛惜園內外的青苔，故閉門謝客。門雖常關，滿園春色卻溢出牆外，令人遐想其怡情園庭花木的風神，與王安石筆下那位「茅簷長掃靜無苔，花木成畦手自栽」（〈書湖陰先生壁〉）的湖陰先生相類。葉詩後兩句，能使讀者領悟到一切有生命力的美好的人和事物，常受到種種限制，但最終要衝破阻礙，顯露其生機活力；讀者還可以從中認識世間萬物見微知著、小中顯大、以少勝多之理。中國古典詩歌中，有不少以短小篇幅寫景抒情、敘事寫人又蘊含理趣的佳作，賈島的〈尋隱者不遇〉和葉紹翁的〈遊園不值〉即是。

盱眙旅舍

路德章

【題解】盱眙，今江蘇盱眙縣（一度曾屬安徽），在淮河南岸。

【作者】路德章，約宋寧宗嘉定十三年（西元一二二〇年）前後在世，生平事蹟已不可考。《宋詩紀事》編其詩在葉紹翁後。

道旁草屋兩三家，見客擂麻旋點茶❶。漸近中原❷語音好，不知淮水是天涯❸！

【注釋】❶見客擂麻旋點茶　盱眙一帶，宋時有待客喝擂茶的習俗，泡茶時放入研碎的芝麻。擂麻，把芝麻研碎。旋，馬上；立刻。點茶，泡茶。❷中原　泛指淮河以北淪陷在金人手中的北方。❸淮水是天涯　淮水，即今淮河。當時是南宋控制地域的北方邊界，故稱天涯。

【語譯】道路邊有茅屋草房兩三家。主人見到客人來訪，馬上過來研碎芝麻，泡茶招待。我漸漸走近被金人占領的中原地區，忽然覺得語音十分美好動聽，卻不知淮水已經是海角天涯！

【研析】南宋小朝廷割地求和，以淮河為界，苟且偷安，不思收復中原大地。因此，南宋時的江淮地區，往往觸發詩人的憂國傷時之感，寫出沉鬱悲憤的佳作。路德章這一首，前三句寫他在淮河南岸的旅舍見到當地人家用擂茶熱情招待客人，又聽到美好的中原語音。筆調樸素親切，使讀者以為這一首純是讚美江淮地區風土人情美的詩。不料結尾陡轉，寫出一句「不知淮水是天涯」，表達出他對淮河以北淪陷於敵的悲憤之情。楊萬里〈初入淮河〉寫道：「何必桑乾方是遠，中流以北即天涯。」戴復古〈江陰浮遠堂〉云：「最苦無山遮望眼，淮南極目盡神州。」朱繼芳〈淮客〉說：「說與南人未必聽，神州只在欄干北。」哀中原淪陷，歎無人恢復，都是將滿腔悲憤蘊含於一針見血正面直抒的詩句中。路德章卻以否定句式，用「不知」寫「已知」的嚴峻現實，再加上前三句寫邊界上風土人情美的反襯，其所要表達的哀傷、懷念、同情、悲憤的感情，就顯得格外強烈、豐富，既撼人心魄又耐人尋味。魏慶之《詩人玉屑》卷十九〈諸賢絕句〉條引黃昇

《玉林詩話》評此詩：「匠意琢句皆精絕，非苟作者。」

中秋月

葛長庚

【題解】本篇又題作〈得月樓〉，為中秋之夜在錢塘江邊登樓賞月之作。

【作者】葛長庚（西元一一三四—一二二九年），字如晦，閩清（今屬福建）人。七歲能詩賦，十歲應童子科。嗜酒，善書畫。父亡母嫁，棄家遊海上，號海瓊子。至雷州，繼白氏後，改名白玉蟾，字白叟，長期在武夷山、羅浮山修道。嘉定中，詔赴闕，命館太乙宮，賜號紫清明道真人，卒年九十餘，全真教尊為南五祖之一。詩文集有《海瓊集》、《武夷集》、《上清集》。

千崖爽氣❶已平分，萬里青天輾❷月輪。好向錢塘江❸上望，相逢都是廣寒❹人。

【注釋】❶爽氣　涼爽的秋天、秋色。❷輾　輪子滾動。❸錢塘江　舊稱浙江，浙江省最大河流，源出浙、皖、贛邊境的蓮花尖，流經杭州，入杭州灣。❹廣寒　傳說中的月宮名。

【語譯】涼爽的秋氣已平分給上千座山崖，一輪明月滾動在萬里青天。我站在高樓上向錢塘江上望去，看到的都是廣寒宮裡的神仙。

【研　析】古代描寫中秋明月的詩詞不勝枚舉。葛長庚這首七絕很有藝術特色。前兩句寫千崖爽氣平分，表明時節已到中秋；萬里青天玉輪轉動，表明月的圓滿和清光普照。這一聯已將詩題「中秋月」寫足。「千崖」、「萬里」，境界開闊高遠，饒有氣勢。說千崖「平分」了爽氣，將「千崖」擬人化。「爽氣」、「青天」、「玉輪」，兼寫視覺與觸覺，氣溫之涼爽，天地之光明澄澈，都真切地表現出來，令人感覺中秋月夜之美好。以「玉輪」喻狀月亮，其渾圓之形狀、銀白之光色，以及玉般溫潤一併呈示。用「輾」字而不用「轉」字，更能顯出玉輪的重量與力度。第三句點出前兩句的景象是詩人在江畔高樓上望中所見所感。有了人物、地點、視點，景象便不浮泛而有實感。「江」的意象，又使人如見月灑江上，水天一色。這一句承上啟下，結句提升詩境就如水到渠成：詩人在眺望中彷彿已置身於明月之中，眼前身邊所見所遇，都是玉潔冰清、衣衫飄飄、自在飛翔的廣寒宮仙人。這一句以奇想寫幻象，由實入虛，展現出一個瑰麗、神奇浪漫境界，令人神往。詩人作為一個「真人」，他對超塵出俗的神仙世界的嚮往追求也在此境中自然流露出來。

湖上

徐元杰

【題　解】這首小詩描寫春日西湖的美好風光和遊人的歡快之情。湖，指浙江杭州西湖。

【作　者】徐元杰（西元一一九四－一二四五年），字仁伯，一字子祥，號梅野，信州上饒（今江西上饒）人。紹定五年（西元一二三二年）進士第一，授鎮東軍簽判。嘉熙二年（西元一二三八年），任秘書省正字。後知南劍州，兼崇政殿說書，累遷權中書舍人，拜工部侍郎。暴病卒，謚忠愍。他是真德秀學生，南宋後期著名理學家，工詩能文，詩頗清新。原有集，已佚。

花開紅樹❶亂鶯啼，草長平湖❷白鷺飛。風日晴和人意好❸，夕陽簫鼓❹幾船歸。

【注　釋】❶紅樹　開著紅花的樹。❷平湖　風平浪靜的廣闊湖面。❸人意好　人的心情愉快美好。❹簫鼓　吹簫擊鼓。

【語　譯】在開滿紅花的樹叢中，黃鶯自由飛躍，四處啼鳴。綠草長得很高了，廣闊平靜的湖上碧波微微瀲灩，白鷺歡快翩飛。春風和煦，天氣晴暖，遊人的心多麼暢快、舒坦，直到夕陽西沉，那些滿載著簫鼓的遊船，才一路吹吹打打地回還。

【研　析】前兩句寫景，先寫湖岸，再寫湖上，在寫景中化用了南朝梁代丘遲〈與陳伯之書〉中的寫景名句：「暮春三月，江南草長，雜花生樹，群鶯亂飛。」攝取其草、樹、花、鶯四個意象，再添加了平湖之闊與白鷺之姿，從而以六個意象組合成一聯對仗工致的詩句，展現出一幅色彩絢麗、豐富，又有聲音與動態的西湖春光圖。後兩句寫遊湖賞春之人。第三句概括描述春風駘蕩，陽光和煦，天氣晴暖，遊人心情歡暢，遊興濃郁，十分精鍊。其後，不再直寫人們遊湖賞春的情景，卻巧妙地推出一幅夕陽下簫鼓聲聲的歸遊圖，使詩的畫意更濃，又帶著人情風俗與歡樂氣氛，韻味悠長不盡。倪其心、許逸民先生在《宋人絕句選》（傅璇琮選《宋人絕句選》，齊魯出版社，一九八七年版，第三七二頁）的評語中指出，此詩化用了丘遲文中的措詞用語，是「有感慨，有興寄」的。筆者認為：詩人化用丘遲文句，無非是為了形象、典型、富於詩情畫意地概括江南春色。從全詩所營造的歡樂、祥和氣氛來看，完全有別於林升〈題臨安邸〉的質問與諷刺，並無感慨興寄。

泥孩兒

許棐

【題解】泥孩兒，即泥塑兒童像。宋時亦叫作「磨喝樂」。孟元老《東京夢華錄》卷八記載，「乃小塑土偶，悉以雕木彩裝欄座，或用紅紗碧籠，或飾以金珠牙翠，有一對直數千者」。可見，這是富貴人家才能玩賞的昂貴侈麗之物。

【作者】許棐（生卒年不詳），字忱夫，海鹽（今屬浙江）人。嘉熙間（西元一二三七—一二四〇年）隱居秦溪，種梅數十樹，構屋藏書數千卷，懸掛白居易、蘇軾像，自號梅屋。能詩，多有憂國憂民之作，詠物寫景詩尤佳。有《梅屋詩稿》、《獻醜集》、《融春小綴》。

牧瀆❶一塊泥，裝塑恣❷華侈。所恨肌體微，金珠載不起，雙❸罩紅紗廚，嬌立瓶花底❹。少婦初嘗酸❺，一玩一心喜。潛乞大士❻靈，生子願如爾❼。豈知貧家兒，呱呱❽瘦於鬼。棄卧橋巷間，誰或顧生死！人賤不如泥，三歎而已矣！

【注　釋】❶牧瀆　牛喝水的溝渠。❷恣　恣意。❸雙　指成對。❹瓶花底　指飾有花紋的底座。❺初嘗酸　指剛懷孕而喜吃酸食。❻大士　菩薩的通稱。這裡指送子觀音。❼爾　代詞，這個，指泥孩兒。❽呱呱　嬰兒啼聲，這裡指剛出生。

【語　譯】郊野飲牛河底的一塊泥，塑造成一對小孩兒，裝飾得如此華豔奢侈。可惜這泥孩兒肌體太小，載不起滿身金珠，但成對用紅色宮紗罩起來，讓他們嬌立在飾有花紋的底座上。剛懷孕的少婦越玩越心喜。暗地裡祈求觀音菩薩顯靈，就送我這樣一個兒子。但少奶奶你哪裡知道，貧家的孩子正餓極啼哭，乾瘦如鬼；或被丟棄在橋頭陋巷間，又有誰去管他的生死！活生生的人賤得還不如泥，只能令人長歎而已！

【研　析】這首詠物詩詠泥孩兒，題材新穎，饒有宋代生活風俗氣息。許棐借物寫人，人物對照，層層深入，構思巧妙。詩的前十句極力形容泥孩兒的華豔奢侈，由泥孩兒引出富家少婦，她喜愛泥孩兒，祈求觀音顯靈讓她生出像泥孩兒那樣的兒子。在把泥孩兒的富貴寫足之後，筆鋒陡轉，寫貧家嬰兒饑餓乾瘦，呱呱啼哭，父母無法養活他，不得不忍心將他遺棄在橋巷之間。在強烈的對比中，許棐滿懷義憤，喊出了「人賤不如泥」的聲音，一針見血地針砭了貧富對立的不合理不人道的社會現象。全篇採用白描，語言質樸，形象生動，比興深警。詩人對白居易極為仰慕，此詩是對白居易新樂府諷諭詩優秀傳統的繼承和發揚。

山中六首（選一）

方岳

【題解】方岳被罷黜後，在家鄉的山村隱居務農，作有六首題為〈山中〉的詩，這是其中的一首。

【作者】方岳（西元一一九九—一二六二年），字巨山，號秋崖，祁門（今屬安徽）人。七歲能賦詩。紹定五年（西元一二三二年）進士。曾知南康軍，以觸犯權貴賈似道而調官。後知袁州，因得罪權貴丁大全而被劾罷官。性格剛直，故數遭罷黜，坎壈終身。其詩初入江西派，後受楊萬里、范成大影響，風格疏朗淡遠，語句清新，時喜作新巧對偶。有《秋崖先生小稿》。

半塢❶幽深近物情，一筇❷老健愜❸山行。月於水底見逾好，風打松邊過便清。鶴睡不驚舂藥臼，鳥啼時作讀書聲。山翁❹兩手渾無用❺，只把犁鋤做太平❻。

【注釋】❶塢　四面高而中間低的山地。❷筇　筇竹手杖。❸愜　愜意；暢快。❹山翁　作者自指。❺渾無用　全無用。❻只把犁鋤做太平　意謂只好隱居務農，就算是處在太平之世。把犁鋤，指隱居務農。做，權當作；就算是。

【語　譯】我居住在幽深山塢的中間，所以能與大自然親近而得其精神。拄著一根節竹杖在山中行走，真是愜意。有時見到倒映在水底的明月，感到更加美好可愛，風打從松林邊吹過，令人覺得格外清涼爽快。幾隻白鶴在屋畔睡得很甜，我在石臼中搗藥也不能把牠們驚醒；鳥兒們在樹叢啼鳴，也像讀書聲一樣動聽。我這個深山老翁已全無用處了，只好隱居務農，就算是安享太平吧。

【研　析】方岳的七絕如〈農謠五首〉寫得清新自然，饒有鄉土氣息；而其五律與七律卻精心刻琢，句律流麗。這首七律寫山居生活，兼具其七絕的一些特色。首聯即點題，寫他居住在幽深山塢，故與大自然親近而得其精神。「愜」字從梅堯臣「適與野情愜，千山高復低」（〈魯山山行〉）化出。「一筇」與「老健」連接，亦凝煉新警。頷聯寫山居環境清幽秀麗。上句「月於水底見逾好」，七個字表現出水的清瑩，月的皎潔；下句「風打松邊過便清」，可見山塢松林之森秀碧綠，山風給予詩人的清涼爽快。這一聯語言樸素自然，好像脫口而出，顯示出詩人善於在對仗中襯以「於」、「逾」、「打」、「便」等虛字，造成句律流麗的藝術本領。頸聯以鶴眠不驚與鳥啼如書聲，進一步襯托山深地幽，並且傳達出他與大自然的親近，他在隱居中的耕讀生活。「鶴睡不驚」對「鳥啼時作」，靜與動對；「舂藥臼」對「讀書聲」，聲與聲對，對得精巧，有趣。尾聯說自己老邁無用，只好隱居務農，安享太平，其實是反語，曲折含蓄地表達在抗金衛國之際，自己卻有才無處施展，內心充滿憤懣不平。

春思

方岳

【題解】這首詩以擬人手法來寫春思，新奇活潑。春思，春日的思緒，春日的情懷。

春風多可❶太忙生❷，長共花邊柳外行。與燕作泥蜂釀蜜❸，才吹小雨又須晴❹。

【注釋】❶多可　許可、寬容隨和之意。❷太忙生　十分忙碌。生，語助詞，有加強語氣的作用。❸與燕作泥蜂釀蜜　替燕子準備了做窩的春泥，幫蜜蜂釀成了蜜糖。與，是替、幫、協助的意思。❹又須晴　又須吹晴的省說。

【語譯】多情的春風總是不肯安閒，十分忙碌。它行色匆匆，在花邊柳外時而小駐時而穿行。為了幫銜泥壘窩的燕子舒潤泥土，它剛剛吹送來一陣小雨；可一想到蜜蜂在雨天沒法釀蜜，它又忙著吹出晴天，招來一片陽光。

【研析】詩題為〈春思〉，通篇卻是用擬人手法描寫春風，寫它寬容隨和，總是忙碌不停，愛撫花柳，給它們披紅掛翠，使它們煥發生機。它還吹來小雨，替燕子造出春泥，吹出晴日，幫蜜蜂釀成蜜糖。方岳筆下的春風，有生命，有靈性，格外熱情。詩人用清新活潑的語言，幽默風趣的口吻，以及三、四句因果倒置的手法，使春風更富於動感，詩篇更有韻味。詩人通過春風，把花、柳、燕、蜂、雨、晴等景物串聯起來，畫出一幅萬象更新、到處欣欣向榮的春光圖。詩題為〈春思〉，還透露出詩人對大自然與人生哲理的思考。他讚美化育萬物的春風，其實也是謳歌一種隨和處世、熱情勞動、樂於助人、甘於奉獻的高尚人格。這是方岳受到詩人兼理學家楊萬里富於理趣的詩歌影響的體現。唐代「詩聖」杜甫的五律名篇〈春夜喜雨〉云：「好雨知時節，當春乃發生。隨風潛入夜，潤物細無聲。野徑雲俱黑，江船火獨明。曉看紅濕處，花重錦官城。」表現了「好雨」的詩人的、也是一切「好人」的高尚人格。筆者感到方岳此詩也受了杜甫詩的影響。可貴的是，方岳筆下同具高尚人格的「春風」，卻顯得更活潑、更靈慧、更可愛。

山行

葉茵

【題解】山行，在山中行走遊覽。唐宋詩中以〈山行〉為題而膾炙人口的作品，有杜牧的〈山行〉、梅堯臣的〈魯山山行〉。

【作者】葉茵（西元一二〇〇－？年），字景文，笠澤（今江蘇蘇州）人。仕途失意，隱居姑蘇，築順適堂，吟弄風月。與林洪、孫惟信、陳起等往來酬唱，屬江湖派詩人，擅以淡語寫真景、抒深情。有《順適堂吟稿》。

青山不識我姓字，我亦不識青山名。飛來白鳥❶似相識，對我對山三兩聲。

【注釋】❶白鳥　泛指鷗鷺之類長著白羽的鳥。

【語譯】我在山間踽踽獨行，眼前是一派陌生的風景。青山不識我的姓字，我也不知青山的名稱。這時飛來幾隻白鳥，好像曾經相識，對著我又對著山啼鳴三兩聲，立刻使青山變得熟悉可親。

【研析】此詩寫山行，藝術構思與表現手法極新奇，葉茵並不描繪山中景色，而是一落筆就把青山擬人化，前兩句寫青山與「我」因為彼此陌生，都想互通姓名，相結為友，卻苦於無人從中介紹。三、四句寫這時正巧飛來幾隻白鳥，對山對「我」發出幾聲啼鳴，充當了「我」與山的熱心介紹人，為他們溝通感情。全篇好像是由青山、詩人、白鳥三個角色聯合演出的一齣小喜劇，使讀者從中感受到山野由寂靜到活躍的氣氛，感受到詩人在山行中由孤寂到快樂的心情，更體悟到人與大自然性靈相通的哲理。這首〈山行〉詩，堪稱葉茵靈心妙思的藝術結晶。順帶說，與葉茵同時的詩人羅與之（西元一一九五—?年），也有一首七絕〈山行〉云：「煙草淒迷露未晞，一筇伴我立晴暉。丹楓雖老猶多態，散作漫山野蝶飛。」藝術構思與詩的情趣韻味略遜於葉詩，但後兩句將老丹楓的多態，比喻為漫山飛舞的野蝶，喻象新鮮獨創，亦堪稱佳作。

溪橋晚興

鄭協

【題解】鄭協傍晚在溪橋上即興之作。

【作者】鄭協（生卒年不詳），號南谷。宋理宗景定元年（西元一二六〇年），為廣東轉運使。三年，為秘閣修撰，嘗為趙蕃請諡。其詩收入謝翱編的《天地間集》，多抒發亡國之痛，淒涼哀傷。

寂寞亭基❶野渡邊，春流平岸草芊芊❷。一川晚照人閑立，滿袖楊花聽杜鵑。

【注釋】❶亭基　亭子的基礎，借指亭子。❷芊芊　草木茂盛貌。

【語譯】亭基寂寞，野渡無人。春水平岸，綠草芊芊。傍晚我獨自立在溪橋上，凝望著一川斜陽，任楊花撲滿衣袖，聽杜鵑鳥那「不如歸去」的哀鳴聲在天空中久久縈響。

【研析】這首七絕通篇寫景。表面上看，所寫的溪橋、亭基、野渡、碧草、楊花等意象，組合成一幅暮春郊野靜謐、優美的黃昏景色。但細加品味，詩的開首「寂寞」加上「野」字，還有第三句的「晚照」，卻給畫面塗染上寂寞、荒涼、暗淡的感情色調。第三句寫鄭協在溪橋上「閑」立眺望一川晚照，勾勒出他孤獨的身影和百無聊賴的神態。結句是全篇的神來之筆！「聽杜鵑」三字，使詩的境界全出。杜鵑相傳是古蜀帝杜宇魂魄所化，牠泣血哀鳴，鳴聲宛若「不如歸去」，在古代詩詞中，杜鵑的哀鳴聲常隱喻著詩人的思鄉之愁或亡國之痛。這首詩的「聽杜鵑」既是實象又是虛象，既是賦象又是比象，詩人把自己在宋朝滅亡後浪跡江湖、思鄉哀國的痛苦溶入其中，並且使上句的「晚照」也帶有暗示國家滅亡、個人衰老淒涼的象徵意義。全篇情思淒涼哀婉，意境含蓄不露。詩人巧妙地融化了前人的詩句，如首句「野渡邊」，點化了韋應物的「野渡無人舟自橫」(〈滁州西澗〉)；「一川晚照人閑立」，出自五代馮延巳「獨立小橋風滿袖」(〈鵲踏枝〉)；結句「滿袖楊花聽杜鵑」，令人想到李白的「楊花落盡子規啼」(〈聞王昌齡左遷龍標遙有此寄〉)。難得的是融化得妙，靈活運用，不露痕跡。由於從唐詩中汲取了藝術營養，此詩頗有唐人絕句含情微妙、「不著一字，盡得風流」(司空圖《二十四詩品・含蓄》)的韻致。

茶陵道中

蕭立之

【題　解】此詩作於蕭立之官止辰州(今屬湖南)通判，宋亡後歸隱寧都蕭田老家時。茶陵，縣名。在今湖南省東部。漢置縣，以位於茶山之陰，故名。宋升為軍，元為州。

【作　者】蕭立之(西元一二〇三—?年)，原名立等，字斯立，號冰崖，寧都(今屬江西)人。

淳祐十年（西元一二五〇年）進士，歷官南城知縣、隆興府推官、辰州通判。宋亡，歸隱故鄉。謝枋得稱其詩宗江西派。其古詩俐落簡勁，律絕詩清勁奧妙，頗有特色。有輯本《冰崖公詩拾遺》。

山深迷落日，一徑窅❶無涯。老屋茅生菌，饑年竹有花❷。西來無道路❸，南去亦塵沙❹。獨立蒼茫外，吾生何處家❺。

【注　釋】❶窅　深遠貌。❷竹有花　竹子開花結實，民間看作荒年之兆。又竹實即竹米，荒年可用來充饑。❸西來無道路　這句暗用《穆天子傳》：「天子觴西王母於瑤池之上，西王母為天子謠曰：『白雲在天，山陵自出；道里悠遠，山川間之』；將（請）子無死，尚能復來。」西來，猶西行。❹塵沙　化用「蟲沙」的典故，喻戰死的將士。語本《太平御覽》卷九百一十六引《抱朴子》：「周穆王南征，一軍盡化，君子為猿為鶴，小人為蟲為沙。」❺獨立蒼茫外二句　暗用杜甫〈樂遊園歌〉「此身飲罷無歸處，獨立蒼茫自詠詩」之意。

【語　譯】極目遠眺，但見慘澹的落日餘暉下，叢山交疊，遮天蔽日，羊腸曲徑，綿亙無涯。我在崎嶇的山路上步履維艱，內心迷茫沉重，老眼昏花。一間破敗無人的老屋旁，茅草上已生長出菌來；枯竹也開花結實，可以想見這是百姓靠竹米充饑的荒年。我真想飛升西土，可是登天乏術；我欲南下為國奮戰，可惜為時已晚。到而今日暮途窮，只有獨立蒼茫之外，後半生不知何處可以找到我的家。

【研　析】蕭立之這首五律寫他當年奔竄茶陵（今屬湖南）道中所見、所聞、所思，抒發黍離之悲、亡國之痛。詩的前兩聯寫景，後兩聯因景生情。同是寫景，首頷二聯多有變化。首聯所寫景象蒼茫黯淡，烘托出詩人迷茫淒苦的心境。而「落日」之昏暗，「一徑」之窅冥，又似在隱喻宋王朝衰亡與前途黑暗。寫的是大景遠景，實中有虛，筆墨凝重，有象徵寓意。頷聯寫老屋破敗，茅草生菌，荒年之兆，竹子開花，純為寫實，是近景特寫，體物指事，筆觸明快，意象具體鮮明。同是抒情，頸聯歎無處可投，無路可走，生死兩難，將眼前景與心中事融為一體，上下句皆活用典故而無痕跡。尾聯總攝一筆，慢聲長歎無處安身立命的悲愴，卻借用杜甫詩句，表現他在絕境中的堅貞氣節，悲中有壯。錢鍾書在《宋詩選注》中說蕭立之「五言律詩偶然模仿陳師道」，此詩語言錘煉精湛，似平而深，似癯而腴，是逼近後山五律的上乘之作。

第四橋二首（選一）

蕭立之

【題　解】第四橋，又稱甘泉橋，在江蘇吳江區松江上。宋范成大《吳郡志》：「松江水在水品第六，世傳第四橋下水是也。」松江即今吳淞江。

自折孤樽擘蟹斟❶，荻❷花洲渚❸月平林。一江秋色無人管，柔櫓風前語夜深❹。

【注　釋】❶自折孤樽擘蟹斟　此句意出自《世說新語・任誕》。晉人畢卓曾說：「一手持蟹螯，一手持酒杯，拍浮酒池中，便足了一生。」折，傾倒。樽，酒杯。擘，同「掰」。剝開。斟，倒酒。❷荻　水草名。與蘆同為禾本科而不同種，其葉較蘆稍闊而韌。❸洲渚　《爾雅・釋水》：「水中可居者曰洲，小洲曰渚。」❹柔艣風前語夜深　賀鑄〈生查子〉：「雙櫓本無情，鴉軋如人語。」羅椅（蕭立之的友人）〈清平樂〉：「明虹收雨，兩槳能吳語。」柔艣，輕柔的搖櫓聲。艣，同「櫓」。划船工具。語，指櫓聲如人自語。

【語　譯】端著酒杯，掰開蟹，自斟自飲。此刻，荻花洲上，月灑平林，一江秋色無人拘管，唯我獨賞。只聽得輕柔的櫓聲咿呀，好像幽人在風前悄聲絮說著夜已深沉。

【研　析】詩題為〈第四橋〉，並無一語道及橋，其實是抒寫蕭立之乘舟經過第四橋所見所聞的秋江夜景和澹泊悠然的心情。首句寫他孤樽擘蟹，自斟自飲，自得其樂。從注釋中所引《世說新語》晉人畢卓之言來看，持蟹佐酒，本是魏晉名士理想生活的風範，此時卻成了蕭立之這位抗元志士、愛國遺民排遣亡國之痛、自得其樂的寫照。次句寫秋江月色之美，狀景如畫。第三句言外之意是「一江秋色我獨賞」。此時，聽到輕柔的櫓聲，就覺得它如風前的悄聲人語，正好應和著自己獨賞秋江月色之美的恬靜澹泊心音。錢鍾書很欣賞此詩第四句，他在《宋詩選注》中列舉唐代李白、劉禹錫、韋莊在詩中描寫櫓聲，或比喻為各種鳥兒的叫聲，或用象聲詞摹擬，然後指出：「宋代詩人的描寫卻更細膩，想像櫓是在咿啞獨唱或呢喃自語」，並認為蕭立之這一句「把當時的景色都襯出來，不僅是個巧妙的比喻」。之所以能這樣，正是因為櫓聲、詩人心音和恬靜柔美的秋江月色和諧契合，形成了一個清曠幽美、靜中有動，超塵出世的意境。

病起行散

蕭立之

【題解】病起，患病初癒，起床。行散，魏晉人服五石散後，出門散步以散發藥性謂之「行散」，這裡泛指服藥後外出散步。

分得紅腰半日晴❶，蒼苔蠟屐❷竹間亭。平疇❸白水斜陽外，都在黃梅雨❹裏青。

【注釋】❶分得紅腰半日晴　意謂下半日雨霽天晴，可以在夕陽下的山路上散步。分得，因為是「半日晴」，所以說「分得」。紅腰，陽光照射下的山腰。❷蠟屐　用蠟塗屐，易耐潮濕。屐，木底有齒的鞋子，古人亦用於遊山。❸平疇　平坦的田地。❹黃梅雨　春末夏初梅子黃熟時多雨，稱黃梅雨。

【語譯】病起漫步，慶幸分得半日晴天。看斜陽照射下的山腰一片紅色霞光，我的精神格外爽朗。腳著塗過蠟的木屐走過蒼苔，登上山頂的竹間亭極目遠望，只見平田白水斜陽之外，這黃梅雨後的大地上到處都是青翠喜人。

【研析】蘇軾讚揚王維「詩中有畫」（〈書摩詰藍田煙雨圖〉）。蕭立之這首〈病起行散〉，就是一幅色彩鮮麗、豐富的畫。詩人在四句詩中用了五個顏色字。首句寫下半日久雨天晴。「分得紅腰」

從楊萬里「芭蕉分綠與窗紗」（〈閑居初夏午睡起〉）化出，楊詩是芭蕉分綠，蕭詩是詩人分紅。「紅腰」一詞，尖新而凝煉。此句已透露出詩人病癒又見久雨天晴的愉悅心情。次句寫他漫步山徑到了山上竹林間的亭子。「蒼苔」，為結句點明的「黃梅雨」預作伏筆，正因黃梅雨下個不停，才使山徑上處處滋長蒼苔。「蠟屐」，正是耐潮濕、宜登山的木鞋。「竹間亭」為全篇點睛的「青」字先做了鋪墊。這句疊用三個名詞意象，不用動詞，卻寫出詩人山行的情景，有用字省儉、造語濃縮之妙。三、四句是營造全篇意境的秀句，十四個字流瀉而下，畫出他腳下近處的平疇白水，還有在黃梅雨霽後顯得格外碧青喜人的山林和天穹，猶如詩人在點染出紅、白、金黃的顏色之後，又大筆揮灑出作為這幅山水畫色彩主調的青色。於是，令人討厭又常在詩裡扮演可憎角色的「黃梅雨」，在蕭立之筆下卻顯得可喜可愛，它滋潤了萬物，使天地間到處都是生機勃勃的青綠之色，這是此詩詩意的新鮮之處。杜甫〈絕句四首〉（其三）有「兩個黃鸝鳴翠柳，一行白鷺上青天」的佳聯，用了四種鮮明的顏色映襯對照，展現出一幅絢麗動人的春景。蕭立之此詩五種顏色有虛有實地交錯顯示，組織工巧而自然，不讓杜甫專擅於前。

春日田園雜興

連文鳳

【題解】雜興，有感而發，隨事吟詠的詩篇。

【作者】連文鳳（西元一二四〇—？年），字百正，號應山，三山（今福建福州）人。咸淳間太學生，曾出仕。宋亡，漫遊江湖，常與宋遺民唱酬。至元二十三年（西元一二八六年），浦江吳渭、方鳳、謝翱等結月泉吟社，徵集詩篇，連文鳳投詩署名為羅公福，入選獲第一名。

老我無心出市朝❶，東風林壑自逍遙。一犁好雨秧初種，幾道寒泉藥旋澆。放犢曉登雲外壟，聽鶯時立柳邊橋。池塘見說生新草，已許吟魂入夢招❷。

【注釋】❶市朝　此指鬧市。市，本指交易買賣的場所。朝，指官府治事的場所。❷池塘見說生新草二句　南朝劉宋詩人謝靈運〈登池上樓〉有「池塘生春草，園柳變鳴禽」句，清新自然，歷來傳誦。相傳謝作詩終日不成，夢族弟惠連，即得此二句，他自稱「有神助」。這裡化用了謝句。

【語譯】老朽我不想置身於喧囂的名利場，卻樂於在東風拂煦的山林獨自逍遙。春耕時節趁著好雨犁地種下秧苗，當幾道清冽泉水湧出立即澆淋藥草。清早放牧小牛犢登上白雲外的田埂，常愛閒立在楊柳邊小橋上聆聽黃鶯歌唱。聽說池塘裡已長出新綠的草，我已許願在夢裡把詩魂招來。

【研析】這首詩抒寫田園隱居生活之樂。首句說自己年歲老大不願入鬧市進州府，含蓄婉曲地表達絕不為名利而俯首新朝的民族氣節，使詩一開篇就有了高格調。次句字字點醒題意，運筆自然。「自逍遙」三字恰當地表現出隱於田園山林的宋朝遺民自在逍遙的心態，並領起以下三聯。中間兩聯描寫冒雨插秧，引泉澆藥，放犢雲外，聽鶯橋上，使人感受到他在勞動中的愉悅和休閒時的愜意。每一句都富於詩情畫意、鄉村生活氣息以及文士優雅高華的情調。尾聯上句化用謝靈運「池塘生春草」句意，為春日田園美景再添加生機勃勃的一筆，引發出吟魂詩興，結句扣題並點明是應徵賦詩。全篇語言清新爽朗，寫景敘事情趣盎然，對仗工穩而不造作，氣脈流轉，意境渾融。加上四聯句式無一雷同，亦無尖新生硬之詞，這都顯示作者純熟的藝術技巧。因此，在「月泉吟社」的賽詩活動中，計有二千七百三十五篇來稿，此詩被評為第一。當時擔任評委的詩人方鳳、謝翱、吳思齊評曰：「眾傑作中，求其粹然無疵，極整齊而不窘邊幅者，此為冠。」（《宋詩紀事》卷八一引）清代王士禛《池北偶談》卷十九認為「皋羽（謝翱）所品高下，未盡當意」。確實，稱此詩為傑作之冠未免過譽，但應當說是一首較優秀的詩。

寄題瑞昌簿廳景蘇堂墨竹

道璨

【題解】詩前自序云：「東坡以黃移汝，別潁濱於高安，過瑞昌亭子山，題字石巖，點墨竹葉上，至今環山之竹葉葉有墨點。王北麓主瑞昌簿，移植廳事，扁其堂曰景蘇。蓋簿廳東坡夜宿地也。」蘇軾在元豐七年（西元一〇八四年）調離黃州貶所，路過瑞昌，在亭子山的崖石上題了字，墨汁灑落在竹子上。相傳此後亭子山周圍的竹子，每一片葉上都有墨點。景定年間（西元一二六〇—一二六四年），王景琰任瑞昌主簿，把亭子山的竹子移植到蘇軾當年住處的廳堂前，掛上「景蘇堂」匾額，以表仰慕之情。一時前來瞻仰、賦詩者甚眾。簿廳，主簿辦公的官署。景蘇堂，在今江西瑞昌。景，景仰。蘇，蘇東坡。

【作者】道璨（西元一二一三—一二七一年），字無文，俗姓陶，南昌（今屬江西）人。弱冠，入白鹿洞書院，師事晦靜湯先生。以應舉不利，遂出家。從育王堪得法，曾侍徑山無準禪師。遊方十七年，涉足閩浙。寶祐間（西元一二五三—一二五八年），為江西饒州薦福寺僧。前人稱其詩宗江西派，識議超卓，格調清迴。有《柳塘外集》。

一葉復一葉，世道幾翻覆。一點復一點，書脈❶要接續。親見長公❷來，一節不肯曲。見竹如見公，北麓❸能不俗。回首熙豐❹間，幾人愧此竹？翰墨直❺枝葉，點化到草木。長公有深意，此事付❻北麓。

【注釋】❶書脈　作品的精神、氣韻。❷長公　指蘇軾，古人稱長兄為長公，蘇軾排行老大，故稱蘇長公。❸北麓　景定年間瑞昌主簿王景琰的號。❹熙豐　指熙寧、元豐兩個年號。熙寧元年（西元一〇六八年）至元豐八年（西元一〇八五年），宋神宗在位，正是王安石為首的變法派與司馬光為首的反變法派激烈鬥爭的時期。❺直　使……直。❻付　付與。

【語譯】一枝竹葉又一枝竹葉，好像在說經歷過多次世道的翻覆。一個墨點又一個墨點，作品的精神要代代相傳，永不褪去。這些墨竹當年曾親眼見過蘇長公的風度人品，所以也同他一樣剛直不曲。王景琰見到竹子並移栽到廳堂前，就好像見到蘇長公一樣，因此他也能夠免於淺俗。回顧熙寧、元豐年間的黨派鬥爭，有多少人能不愧對這傲岸挺拔的翠竹？蘇軾在崖上題字時，墨汁灑落在竹子上，點化了草木。蘇軾是有深意的，其中的玄機只有王景琰悟得了。

【研　析】這首詠物詩詠讚景蘇堂前之竹，藉以表達對蘇軾的崇敬。全篇章法嚴謹，層次清晰。開篇四句寫竹葉，先以竹葉「翻覆」暗喻北宋年間的世事變化；再以書脈「接續」，象徵蘇軾剛直不阿的品格長傳人間。五六句寫竹身，因為見過蘇軾，深受感染，故能一節不曲。說眼前之竹在數十年前「親見長公來」，這並非事實，卻是藝術之真、詩之真。七八句又由蘇軾引出王景琰，他見過竹又栽過竹，所以能夠免俗。這四句分兩個層次借竹以寫蘇軾的高節和對蘇軾的景仰。「回首」兩句，用反問句嘲諷熙寧、元豐年間黨派鬥爭中假公濟私的投機者，從反面襯托了蘇軾的正直秉性、坦蕩胸懷以及不屈不阿的品格。最後言只有王景琰懂得了蘇軾的深意，亦即繼承了蘇軾的精神品格。這首詩不像一般詠物詩那樣隱晦曲折，而是借物起興，率直而言，愛恨分明，溢於言表，但道璨表達情意的藝術手法仍有變化：前四句以比興暗寫東坡，次四句用想像明寫東坡，再次二句以小人反襯東坡，最後四句以發感慨讚美東坡。此詩言淺情深，語直而佳，簡潔明快，乾淨俐落，全篇一韻到底，押短促有力的入聲韻，聲情諧美。元代吳師道評云：「語雖直致而意佳。」（《吳禮部詩話》）是精當的。

寄江南故人

家鉉翁

【題　解】這首詩是家鉉翁被拘留燕京時作。江南，此泛指長江以南。故人，老朋友。

【作者】家鉉翁（西元一二一三－一二九五年），號則堂，眉州（今四川眉山市）人。南宋愛國詩人。官至端明殿學士、簽書樞密院事。元軍圍臨安，丞相吳堅等人簽署降令，他拒不署名。旋充祈請使赴元，被拘留燕京。宋亡，拒絕在元朝做官，被安置於河中府十九年，以教書為生，給弟子講宋興亡之故。成宗即位，他才被放回南方，不久病逝於家鄉。有《則堂集》。

曾向❶錢唐❷住，聞鵑❸憶蜀鄉。不知今夕夢，到蜀到錢唐？

【注釋】❶向　在。❷錢唐　這裡指南宋都城臨安（今杭州），作者曾經在南宋朝廷做官，兼臨安知府，浙江安撫使。❸鵑　杜鵑鳥。傳說杜鵑的叫聲近似「不如歸去」，容易引起遊子的鄉思。又，杜鵑一名杜宇，相傳為古代蜀國望帝死後所變。作者為蜀鄉（四川眉山市）人，所以聽到杜鵑叫聲而懷念故鄉。

【語譯】我曾經遠離家鄉客居在錢唐，聽到杜鵑鳴聲不由得思念蜀中故鄉。不知今夜我飄飄悠悠的夢魂，是要歸返故鄉蜀地，還是故都錢唐？

【研析】身陷敵營，心繫家國，瀝血嘔心，迸落紙上，凝聚成一首沉痛悲涼、感人肺腑之作。通篇語言樸素自然又極其凝煉。首聯是憶昔，昔日身在錢唐而思念蜀鄉。「聞鵑憶鄉」的典故用得極貼切。後聯寫今夜在敵營而思念故鄉與故國。「不知」句，正寫出日日思夜夜夢的情狀；只說「夢」而不說「歸」，可見其被敵拘押不得歸來，言外有國亡家破的沉痛與堅貞不屈的悲壯。結句疊用兩個「到」字，將對家鄉與故國的思念打成一片，言簡意賅。「錢唐」與「蜀」的有意重複、首尾呼應，在迴旋往復的音韻節奏中更加強了眷念深情的抒發，使人吟味不已。

瘦馬圖

龔　開

【題解】這是龔開題寫在其畫作〈瘦馬圖〉上的詩。大約寫在宋亡後，是詩人晚年之作。

【作者】龔開（西元一二二二－一三〇四年），字聖予，號翠岩，又號龜城叟，淮陰（今江蘇淮安）人。景定間，與陸秀夫同入兩淮制置司李庭芝幕。宋亡後，潛居不仕。精於經術，善書工畫，尤擅畫人物、山水，晚年好畫瘦馬。有《龜城叟集》輯本。

一從雲霧降天關，空盡先朝❶十二閑❷。今日有誰憐瘦骨？夕陽沙岸影如山。

【注釋】❶先朝　指已淪亡的趙宋王朝。❷十二閑　指皇家馬廄。《周禮．夏官．校人》：「天子有十二閑，馬六種」。閑，馬廄。

【語譯】想當初這匹神馬從天空騰雲駕霧來到人間，牠的雄駿之姿和非凡氣概，使宋朝皇帝的御馬都形神慘澹。今日有誰來愛憐牠的嶙峋瘦骨呢？夕陽下、沙岸上，牠孤獨的身影仍然像一座峻拔的山。

【研析】這首詩前後兩聯對比強烈。前聯以寫意、誇張手法，把這匹瘦馬設想為神馬，牠從天上乘雲來到人間。在先朝時，牠使皇帝的御馬都相形見絀，隱喻龔開自己在宋朝時才華出眾，得到皇帝賞識。後聯實寫這匹馬已變得瘦骨嶙峋，無人憐惜，牠孤苦地佇立在夕陽沙岸，但身影仍如挺拔的山。這一聯寫得形神兼備，實有中虛，意蘊深厚。「瘦骨」令人想像寧願餓死也不願屈節仕元，決不食元粟；「夕陽沙岸」是實景也是象徵，隱喻宋亡，遺民們已處於日暮途窮境地。「影如山」與「瘦馬」相互呼應，在「夕陽沙岸」的襯托下，更顯得風骨崢嶸，顯示出詩人堅貞不屈的民族氣節，極其悲壯感人。全篇將對比、虛實、象徵寄託手法結合起來，曲折含蓄地抒情詠志，使畫意詩情相互補充相得益彰，是一首短小精悍之作。方回評龔開詩「老筆有骨」（〈錢純父西征集序〉），此詩即是一例。元代畫家湯垕在《畫鑑》中讚：「此詩膾炙人口，真有盛唐風致。」

武夷山中

謝枋得

【題解】武夷山，福建山名，在今武夷山市城南三十里，閩贛邊境。

【作者】謝枋得（西元一二二六—一二八九年），字君直，號疊山，弋陽（今屬江西）人。寶祐四年（西元一二五六年）與文天祥同科中舉。曾任考官，因指責賈似道奸政，黜居興國軍。德祐元年（西元一二七五年），以江東提刑、江西招諭使知信州（今江西上饒），率兵抗元。元軍破城，謝氏妻兒被擄，他改名換姓逃入閩贛邊境的武夷山脈北段諸山，過著賣卜為生，「朝遷暮徙，崎嶇山谷間」的生活，抗節隱居，長達十年之久。元朝屢召出仕，均堅辭，逃亡。至元二十五年（西元一二八八年）被強制送往大都（今北京），遂絕食而死。門人私諡文節。其詩多寫亡國之痛，多有寄託。有後人所輯《疊山集》。

十年❶無夢得還家，獨立青峰野水涯。天地寂寥❷山雨歇，幾生修得到梅花❸？

【注　釋】❶十年　德祐元年（西元一二七五年），詩人抗元兵敗後入閩，隱居於武夷山一帶，這首詩約作於至元二十一年（西元一二八四年）前後。❷寂寥　寂寞，寥落。❸幾生修得到梅花　意謂幾世才能修煉到梅花那樣玉潔冰清的精神境界。修，修煉，佛、道二家用語。

【語　譯】十年隱居武夷山中，就連還家的夢也不曾有過。我就像一座青峰，獨立在野水之涯。空山雨歇，天地沉寂寥落，我不知道要修煉幾世，才能修到梅花那樣傲雪凌霜的堅貞品格？

【研　析】作為一位忠於南宋的遺民，謝枋得絕不向元朝統治者妥協。他逃入武夷山中，抗節隱居，長達十年。他何嘗不思親思家？在〈春日聞杜宇〉中，他寫了「杜鵑日日勸人歸，一片歸心誰得知」的詩句。這首詩的首句是決絕之詞，表達出他對國亡家毀、早已無家可歸的悲憤。以下三句，詩人即景抒懷，託物言志，使筆下的景物亦實亦虛，有隱喻象徵意味。武夷山有九曲清溪，沿溪聳立著座座丹崖翠峰，蔚為奇觀。詩的次句，既是描繪武夷山景色，又以巍然獨立於野水涯的青峰比喻自己堅貞不屈的政治品格與民族氣節。第三句既實寫空山雨過、天地寂寥之景，也隱喻各地抗元的武裝鬥爭已漸歸沉寂。詩人儘管感到失望、孤清，但並不因此消沉喪志，而是以梅花凌霜鬥雪的堅貞品格和高潔情操自礪，願意在嚴酷的環境中堅持磨煉，哪怕修持幾生幾世，也一定要達到梅花那樣的精神境界。全篇意境淒寂而高遠，具有沉摯感人的藝術力量。

四時讀書樂四首（選一）

翁　森

【題　解】〈四時讀書樂〉四首，分別描寫春、夏、秋、冬四季讀書的樂趣，這裡選第一首。

【作　者】翁森（生卒年不詳），字秀卿，號一飄，又號此廬，仙居（今屬浙江）人。南宋末理學家，博通經史，時稱翁書櫥。宋亡後，隱居鄉里，創安洲鄉學，教授以終。仰慕陶淵明高風遠韻。有《一飄稿》，已佚。

山光照檻水繞廊，舞雩歸詠春風香❶。好鳥枝頭亦朋友，落花水面皆文章。蹉跎❷莫遣韶光❸老，人生唯有讀書好。讀書之樂樂何如？綠滿窗前草不除。

【注　釋】❶舞雩歸詠春風香　這句化用《論語·先進》中曾點的話：「莫（暮）春者，春服既成，冠者五六人，童子六七人，浴乎沂（河），風乎舞雩，詠而歸。」作者在此形容隱居時的快樂情形。舞雩，雩祭中的舞。雩，古代為求雨而舉行的祭祀。❷蹉跎　光陰白白流失。❸韶光　美好的時光。

【語　譯】青山的嵐光照著欄杆，碧水環繞回廊。在河裡游泳、在原野上舞蹈歸來，吟詠春風夾帶著草木的芬芳。樹枝頭歡鳴的美麗鳥兒是我的朋友，水面上飄浮的落花都是我要寫的文章。不要讓美好的時光白白地流走，人生唯有讀書最舒暢。讀書的快樂究竟像什麼呢？請看綠滿窗前的春草綿延無際，真令人神怡心曠。

【研　析】寫讀書之樂，在古典詩歌中並非常見的題材。不過，南宋詩人陸游寫讀書的詩篇是很多的。翁森這首詩寫他不僅愛讀刻印在紙上的書，而且善於讀大自然這部大書。他把讀這兩類書的樂趣寫得生氣勃勃，躍然紙上。范寧、華岩先生說：「詩的三、四句語出天然，形象生動，饒有意趣，一向為人們所稱道。」（《宋遼金詩選注》，北京出版社，一九八八年九月版，第四六二頁）筆者認為，這兩句固然是全篇最精彩的，但第二句化用《論語．先進》中曾點的話，貼切美妙，增添了詩意美，「春風香」用了「通感」，意象既新且美。結尾用綠滿窗前的不盡春草來比喻讀書樂趣無窮，更是發人所未發的大膽聯想。讀這首詩，自然能激發我們讀書的興致。

揚子江

文天祥

【題　解】這首詩是德祐二年（西元一二七六年）二月，文天祥赴敵營談判被拘北行，至鎮江脫險，繞道海上，南歸途中所作。詩前原有序說：「自通州至揚子江口，兩潮可到。為避渚沙，及許浦，顧諸從行者，故繞去，出北海，然後渡揚子江。」揚子江，長江在今儀徵、揚州市一帶，古稱揚子江，因揚子津及揚子縣而得名。近代通稱長江為揚子江。

【作　者】文天祥（西元一二三六—一二八三年），字履善，一字宋瑞，號文山，吉州廬陵（今江西吉安）人。寶祐四年（西元一二五六年）進士第一。德祐元年（西元一二七五年），組織義軍入衛臨安。不久被任為丞相兼樞密使。德祐二年出使元營談判被拘留，後於鎮江脫逃，從海上轉到溫州擁立端宗，轉戰福建、廣東一帶。祥興元年（西元一二七八年）十二月兵敗被俘，自殺未死。次年，宋亡，被押至大都（今北京），囚禁四年，屢經威逼利誘，皆不屈，作〈正氣歌〉，大義凜然，終在大都柴市口從容就義。他是宋末著名的民族英雄。其詩學杜甫，抒愛國情懷，激昂慷慨，沉鬱悲壯，感人至深。有《文山先生全集》。

幾日隨風北海❶遊，回從揚子大江頭❷。臣心一片磁針石❸，不指南方不肯休。

【注　釋】❶北海　指長江口以北的海口。❷回從揚子大江頭　向北繞行後再回到揚子江口，從這裡出海南下福州。❸磁針石　即用作指南針的磁石，這裡借代指南針。磁石是一種帶磁性的礦物，也叫吸鐵石，天然磁鐵。指南針為中國古代四大發明之一，常用於航船定向。作者作北海遊，渡揚子江，出海南下，日夕居航船上，對指南針的作用十分熟稔。所以此詩以指南針明志。

【語　譯】多少天了，一直在北海隨風飄流。如今向北繞行後，再回到揚子江頭。我的心就像那一片磁針石，不指向南方，永遠也不肯罷休。

【研　析】詩的頭兩句以簡潔生動的語言，敘述文天祥自鎮江脫險，繞道北行，在海上隨風飄流，又回到長江口的艱險經歷。後兩句抒情，以指南終不轉向的磁針石，比喻忠於宋朝的一片丹心，表明自己一定要戰勝千難萬險，回到南方，再興義師，抗擊元軍，重整山河。全篇激情充沛，賦中有比，語氣堅定，凸現出這位堅貞不屈的愛國英雄的形象。作者多日飄流海上，指南針不離手，隨手拈來磁針石作喻象以明志，真是現成妙譬。作者在寫此詩的同時，把自己的詩集命名為《指南錄》，並寫了〈指南錄自序〉，可見此詩的主題尤其是指南針的比喻在其詩文中的重大意義。因為文天祥這首小詩，從此作為中國古代四大科技發明之一的指南針，在中國人民的心中，就帶上了愛國精神的詩意。

過零丁洋

文天祥

【題　解】此詩作於祥興二年（西元一二七九年），文天祥已兵敗被俘，押經零丁洋，時任元軍都元帥的漢奸張弘範逼他招降堅守崖山的抗元將領張世傑。文天祥即作此詩以明志。零丁洋，在今廣東中山南，珠江口。

辛苦遭逢起一經❶，干戈寥落四周星❷。山河破碎風拋絮，身世飄搖雨打萍。皇恐灘頭說皇恐❸，零丁洋裏歎零丁❹。人生自古誰無死，留取丹心照汗青❺。

【注釋】❶辛苦遭逢起一經　意謂自己由於科舉而得到君主信用。遭逢，遭際；遇合。起一經，由於精通經書而走上仕途。文天祥於寶祐四年（西元一二五六年）中明經第一。一經，指儒家經典。❷干戈寥落四周星　意謂與元兵苦戰了四年，現在戰爭逐漸平息。干戈，盾和戟，兩種古代兵器，借指戰爭。寥落，寂寥冷落。一作「落落」，多貌，指戰爭頻繁激烈。四周星，四年。自德祐元年（西元一二七五年）作者起兵抗元，至兵敗被俘，共歷四年。❸皇恐灘頭說皇恐　表示對艱難時局感到惶惑憂懼。皇恐灘，在今江西萬安，急流險灘，贛江十八灘中最險的一個。景炎二年（西元一二七七年），文天祥在江西空坑兵敗，經皇恐灘退往福建。❹零丁洋裏歎零丁　此句歎兵敗被俘，飄流在零丁洋上，感到孤苦零丁。零丁，孤獨；孤苦，也寫作「伶仃」。❺汗青　史冊。古代記事用竹簡，製簡時須用火烤去竹汗（水分），叫汗青，後來也以「汗青」稱史冊。

【語譯】我辛苦攻讀，以明經進士及第，得到朝廷的信用。四年來與元軍激戰，現在戰爭已逐漸平息。山河破碎，如同被狂風拋捲的飛絮；身世飄搖，就像驟雨擊打的水中萍草。我曾在皇恐灘頭，訴說對國勢艱危的惶恐之情；而今在零丁洋上，不禁感歎自身孤苦零丁。自古以來，有誰能長生不死？我願留下一顆丹心，在史冊上永遠光芒閃耀。

【研析】文天祥在前三聯用形象而概括的語言，追述他艱苦奮戰的一生經歷與心情。首聯敘述自己從中進士起，就把個人命運和民族安危緊密聯繫起來，在宋朝瀕於危亡的嚴重關頭，力挽狂瀾，支撐殘局，與敵人激戰了四年，直到兵敗，戰爭逐漸平息。次聯用「風拋絮」與「雨打萍」兩個自然景物意象，分別比喻「山河破碎」和「身世飄搖」，生動貼切，感情沉痛，每一個動詞和形容詞都錘煉得極精準有力，動人心弦。第三聯在前面概括描述以後，選擇自己一生戰鬥經歷中最為驚心動魄的兩件事來抒情。上句追述前一年被元兵打敗，曾由皇恐灘撤退，當時形勢非常危急，心情無比惶惑憂懼；下句敘寫而今隻身被俘，飄流於浩渺的零丁洋上，不禁深感孤苦零丁。「皇恐灘」、「零丁洋」兩個地名，本身是巧對，皇恐、零丁又語意雙關，既表明當地當時形勢之險惡，又抒發出自己危苦境況與心情，重言錯綜句法使「皇恐」與「零丁」在句中復沓，形成回環往復的音節，真是情景交融，寄慨深沉的天然妙對。巧用地名構成對仗，前有蘇軾的「山憶喜歡勞遠夢，地名惶恐泣孤臣」（〈八月七日初入贛過惶恐灘〉），文天祥學習借鑑了蘇軾這一聯，又有創新，可謂後來居上。尾聯直抒胸臆，表示自己甘於為國獻身，死後一顆丹心將永遠光耀史冊。筆力千鈞，擲地有聲。全篇也由悲而壯，由抑而揚。此詩沉鬱悲壯，激昂慷慨，表現出詩人深厚的愛國感情和崇高的民族氣節，成為一曲千古不朽的愛國詩歌。

金陵驛

文天祥

【題　解】此詩是祥興二年（西元一二七九年）文天祥被元兵押解北上途經金陵時作。此時南宋已亡。金陵，即今江蘇南京。驛，驛站，古代出差投宿和換馬的所在。

草合離宮❶轉夕暉，孤雲飄泊復何依？山河風景元無異❷，城郭人民半已非❸。滿地蘆花和我老❹，舊家燕子傍誰飛❺！從今別卻江南路，化作啼鵑帶血歸❻。

【注釋】❶離宮　行宮；皇帝的臨時住所。❷山河風景元無異　說南北都已淪陷，再無任何區別。反用劉義慶《世說新語‧言語》載王導語：「風景不殊，正自有山河之異。」元，同「原」。❸城郭人民半已非　說人民已成了元朝的臣民。化用《搜神後記》卷一載丁令威句：「去家千年今始歸，城郭猶是人民非。」❹滿地蘆花和我老　暗用唐人劉禹錫〈西塞山懷古〉「金陵王氣黯然收」、「故壘蕭蕭蘆荻秋」句意。❺舊家燕子傍誰飛　暗用劉禹錫〈烏衣巷〉中「舊時王謝堂前燕，飛入尋常百姓家」句意。❻從今別卻江南路二句　暗用《楚辭‧招魂》「魂兮歸來哀江南」語意和古代蜀王望帝死後化為杜鵑常悲啼以至血出的傳說，表示北上必殉國，忠魂將歸南土的決心和意願。

【語譯】荒草長滿了離宮，夕陽的餘輝在緩緩移動。天上孤雲飄泊不定，又向何處歸依？山河風景並沒有什麼變化，城郭人民卻大半面目全非。滿地的白色蘆花伴我一起老去，舊家大族的燕子不知去哪裡築造新巢！從今以後，我永別了江南路，我的忠魂終將化作啼血的杜鵑飛回。

【研析】文天祥被俘北上，路過金陵。這座六朝故都和宋高宗南渡後最初的行在所，而今已淪陷於敵手，滿目瘡痍，激起詩人內心的亡國之痛，寫出了這首滲透血淚的悲壯之歌。詩中四聯，每一聯都緊扣著有關金陵城興亡的典故和前人的詠歎來寫景抒情。首句就描寫高宗駐蹕過的離宮斜陽慘澹，野草叢生，一片破敗荒涼，景中蘊含著無限的黍離之悲，觸引出次句寫自己一身已如孤雲，到處飄泊，無所歸依。中間兩聯暗用四個有關金陵的典故和前人語句，組織成極其精工的對仗，抒寫眼前景、心中情，或移情入景，或借景寫情，每一句都是情景交融，如從其肺腑中自然流出，使讀者不覺得是用典，顯示了高超的藝術。尾聯上句「從今別卻江南路」，表達對古都故國的眷戀不捨，如見詩人無限深情向金陵投去最後一瞥。結句妙用典故，創造出魂化杜鵑啼血歸來的意象，表達自己以死殉國、忠魂終歸南土的心志，柔中有剛，境界全出，沉摯感人。順便說，「杜鵑啼血」的意象，在文天祥被俘後的詩詞中一再出現，如七律〈和中齋韻〉（過吉作）：「啼血南飛望帝魂。」〈酹江月〉詞：「故人應念，杜鵑枝上殘月。」

除夜

文天祥

【題解】元至元十八年（西元一二八一年）除夕，文天祥被關在燕京（今北京）牢獄裡寫的詩。次年十二月他在燕京市英勇就義。因此，這是他在世的最後一個除夕夜。

乾坤❶空落落❷，歲月去堂堂❸。末路驚風雨，窮邊❹飽雪霜。命隨年欲盡，身與世俱忘。無復屠蘇❺夢，挑燈夜未央❻。

【注　釋】❶乾坤　天地，即空間。❷落落　廣大之意。❸堂堂　大貌，這裡指元大都燕京。❹窮邊　荒僻的邊遠地區。❺屠蘇　這裡指用屠蘇草浸泡的藥酒。古代風俗，元旦日全家團聚，飲屠蘇酒。❻夜未央　指長夜漫漫無窮盡。

【語　譯】乾坤廣大，一片空空蕩蕩；歲月流逝，江山易主，我的情思浩浩茫茫。雖是人生末路，但抗元救國的鏖戰曾如驚風驟雨；而今在荒遠的邊地，又飽嘗了寒雪凍霜。生命隨著年終即將結束，我對自身和世道都已淡忘。不再有新年喝屠蘇酒的夢想了，我默默地挑燈，深感到黑夜的漫長。

【研　析】文天祥被元朝統治者囚禁在狹小、幽暗、汙濁的土室，三年來備嘗艱苦，仍懷著愛國赤忱和民族浩氣，毅然拒絕了元統治者多番的利誘威脅，堅定了捨生取義的節操。在除夕之夜，他面對即將到來的死亡，思緒聯翩，化而為詩，抒發出對自己勤王抗元戰鬥的回憶，對故國山川大地的眷戀，對元廷的輕蔑，對死亡的坦然平靜。如此豐富、深沉的情思浸透在八句詩四十字中，既形象又概括、既濃縮又酣暢、既慷慨又從容。詩的首聯突兀而起，大處落筆，以對句開篇，引領讀者隨他一起遨遊於廣闊空間與綿長時間之中。「乾坤」與「歲月」的大意象對舉，「空落落」與「去堂堂」一抑一揚，音韻鏗鏘。頷聯主觀情思與客觀環境景物融為一體。「驚風雨」與「飽雪霜」，有暗喻象徵，耐人尋味。頸聯敘事抒情，對仗工整自然，虛字與實字巧妙搭配，「健字撐拄，活字斡旋」（羅大經《鶴林玉露》）。尾聯今昔強烈對比，最後以默默挑燈的動作細節和「夜未央」的景色描寫作結。全詩悲壯蒼涼的情調和濃郁頓挫的句法字法，都深具杜甫五律的神髓。

秋日行村路

樂雷發

【題　解】這首詩描寫秋日行走在村路上的見聞感受，應是樂雷發歸隱故鄉雪磯後之作。

【作　者】樂雷發（生卒年不詳），字聲遠，號雪磯，寧遠（今屬湖南）人。累舉不第。門人姚勉登科，上疏讓第其師。理宗召之親試，賜特科第一人，授翰林館職。然數議時政，指斥權臣，未受重用。後歸隱雪磯。其詩舊列《江湖集》中。詩風清遒瀏亮，七絕尤擅風情。有《雪磯叢稿》。

兒童籬落❶帶斜陽，豆莢薑芽社肉❷香。一路稻花誰是主？紅蜻蜓伴綠螳螂。

【注　釋】❶籬落　籬笆；籬牆。❷社肉　祭土地神的肉。

【語　譯】我行走在秋日的村路上，看不盡淳樸優美的風光。籬笆前有天真爛漫的兒童嬉戲，籬笆內高高懸掛著飽滿的豆莢，還有冒出地面的茁壯薑芽上下相映，真是青翠喜人。一股濃濃的香味飄來誘人流涎，原來村裡人家在烹煮祭祀土地神的社肉。我緩步走到了村外，那路兩旁怒放的稻花，展示著豐收的年景。誰是它們的主人呢？仔細看看吧，在稻花上相依相伴的，是那紅色的蜻蜓和綠色的螳螂。

【研　析】詩題為〈秋日行村路〉，寫的是行走中所見的村莊田園景物。一般詩人為了寫得生動，都採取以動寫動或以動寫靜的表現方法，這首詩的作者卻有意反過來，以靜寫靜或寫動。詩的一、二、四句幾乎純用名詞意象組合，僅用了「帶」、「伴」這兩個動態並不強烈的動詞，他所展示的，好像是一幅靜物畫。省略動詞和連接詞，多作靜態的素描，是為了渲染出鄉村一派和平靜謐的氛圍，也為了在有限的篇幅裡表現更多的鄉村景物，並誘發讀者去想像它們的狀態。但我們讀這首詩，在感受鄉村的寧靜時，也同時感受到鄉村生活的動態、生機與活力：看到兒童嬉戲，斜陽移動，社肉飄香，稻花搖曳，蜻蜓螳螂或飛或停。錢鍾書《宋詩選注》在注釋第四句時指出「古人詩裡常有這種句法和顏色的對照」，並引陸游〈水亭〉的三、四句：「一片風光誰畫得？紅蜻蜓點綠荷心。」他認為：「樂雷發的第三句比陸游的新鮮具體，全詩也就愈有精彩。」此說卓有見地。「一路稻花誰是主」的設問，融入了詩人的欣悅之情，也顯露出他行走的身影，而設想紅蜻蜓與綠螳螂是稻花的主人，極富於詩意情趣。南宋大詞人辛棄疾〈西江月〉詞，有「稻花香裏說豐年，聽取蛙聲一片」兩句，寫群蛙在稻田中齊聲歡嚷，爭說豐年。構想奇妙，情趣洋溢，可與樂雷發這兩句媲美。

西塍廢圃

周　密

【題　解】西塍，地名，即西馬塍。五代吳越國有東、西馬塍，為養馬的處所，在浙江杭州錢塘門外西北。塍，田間的土埂子。廢圃，荒廢的園圃。

【作者】周密（西元一二三二—一二九八年），字公瑾，號草窗，又號蕭齋、蘋洲。祖籍濟南（今屬山東），後居湖州（今屬浙江），置業於弁山之陽，遂號弁陽老人，居臨四水，又號四水潛夫。早年隨父來往閩、浙。景定間，為臨安府幕僚，後監和劑局、豐儲倉，為義烏令。宋亡不仕，居杭州，以輯錄故國文獻自任。兼擅詩詞、書畫。詩多絕句。有《草窗詞》、《武林舊事》、《癸辛雜識》、《齊東野語》等著作，還編有《絕妙好詞》。

吟蛩❶鳴蜩❷引興長，玉簪❸花落野塘香。園翁莫把秋荷折，留與遊魚蓋夕陽。

【注釋】❶蛩　蟋蟀。❷蜩　蟬。❸玉簪　花名，夏秋間開花，花蕊如簪頭，色潔白如玉，頗清香。這裡泛指秋花。

【語譯】蟋蟀和寒蟬鳴叫聲，引起我悠長的興致。潔白的玉簪花紛紛飄落在野塘裡，使野塘不時散發出縷縷幽香。一大片秋天的荷葉有點枯黃了。園翁呵，千萬不要折掉它們，還是留著給游魚遮蓋夕陽吧。

【研析】詩人周密在宋亡以後隱居於杭州，經常到城外的西塍廢圃漫步吟哦，借以抒懷遣興，有時也曲折隱晦地流露憑弔故國的感傷。這首七絕以秋天的蟲鳴聲引起興致發端。次句寫他步入野塘廢圃，見到玉簪花紛紛飄落，空氣中彌漫著花的幽香。這兩句側重寫聽覺和嗅覺，描繪出西朦的時令、景物、環境、氛圍，還表現了詩人的興致。但這只是鋪墊。三、四句才突出傳達他在這清寂荒涼的秋天廢圃中發現和領略到的新鮮詩意美。詩人面對著野塘中的大片枯荷，感覺到儘管它們已有點枯黃，仍然像一柄柄張開的傘，為魚兒遮著夕陽，於是他對園翁發出鄭重的叮嚀。錢鍾書在《宋詩選注》中說：「晚唐鄭谷〈蓮葉〉：『多謝浣溪人不折，雨中留得蓋鴛鴦。』後人詩裡就常把荷葉說成是鵝鴨等的雨傘，例如跟周密年輩相接的許棐《梅屋詩稿・枯荷》：『萬柄綠荷衰颯盡，雨中無可蓋眠鷗。』周密說它是魚的陽傘……坐實『荷蓋』的字面，貼切荷葉的形狀。」錢先生細心地勾稽出周密這兩句詩對前人詩意的繼承與翻新，是中肯的。周密在此詩中流露出他對自然界中花鳥蟲魚等細小生命的親切同情與關懷，使我們感受到這位心境孤寂的南宋遺民詩人對人世間爭奪殘害的厭惡和渴望與大自然身心契合的情意，或許他對秋荷還懷著同病相憐之感。總之，後兩句的詩意是耐人尋味的。但這樣的作品畢竟格局狹窄，沒有宏大氣象，正是周密詩學晚唐體的局限。錢鍾書說：「周密的詩更使人想到精細的盆景。」（《宋詩選注》），評論準確形象。

北山道中

方　鳳

【題　解】北山，指金華山（在今浙江金華）。山多洞穴。相傳是仙人赤松子得道處，也是歷代隱士喜居之地，南宋遺民也往往聚會於此山。道中，方鳳及其子摽，偕同謝翱、陳公凱等遺民於元至元二十六年（西元一二八九年）正月遊金華山，十一日啟行，十五日至寶積觀，觀前為臥羊山，即皇初平叱石成羊處。詩蓋寫於此時。因為北山之遊，並未終止（此遊直到二十五日始返），所以題為「道中」（據方鳳《金華遊錄》）。

【作　者】方鳳（西元一二四〇—一三二一年），字韶卿，一字景山，一作韶父，號岩南，浦江（今屬浙江）人。屢試不中，後特授容州文學，未赴任而宋亡。歸鄉，隱居金華山，名其齋曰存雅堂。後又與吳思齊、謝翱等結為月泉吟社。其詩幽憂悲思，多亡國之音。有《存雅堂遺稿》五卷，並編選《月泉吟社詩》二卷。

起犯春霜一徑寒，清遊乘興約吟鞍❶。眼中最恨友朋少，塵外❷頻聞山水寬。溪落舊痕枯野埠❸，樹浮空翠濕危欄。岩頭幾處懸冰白，已作群羊化石❹看。

【注　釋】❶吟鞍　騎馬吟詩。❷塵外　塵世之外，指隱逸。❸埠　碼頭；渡口。❹群羊化石　用皇初平叱石成羊典故。據晉葛洪《神仙傳》說，牧羊兒皇初平性情良謹，被道士帶到金華山石室中修道。四十餘年後，哥哥找到他，問他所牧羊在何處。初平指著白石說，羊在此。哥哥不信。於是初平叱道：「羊起！」白石即變成數萬頭羊。後兄弟倆都成了仙，初平改字為赤松子。

【語　譯】啟程時冒著遍地晨霜一路春寒，約好了乘興遊覽騎馬吟詩。最遺恨志同道合的友朋越來越少，常聽說世外山長水闊風光無限。溪水枯落，只剩舊日痕跡和荒蕪渡口；樹林飄浮在晨霧中，濃綠沾濕了高高的欄杆。岩頭那幾處懸掛的白冰，不就是化成白石的羊群滿山？

【研　析】南宋遺民詩人如方鳳、謝翱、汪元量、梁棟等人，堅持民族氣節，拒不與元朝新政權合作。他們隱居於山林田園，寄情山水，吟風詠月，但內心裡鬱積著懷念故國江山、仇恨異族侵略者的情愫，並常在不同題材的詩作中流露出來。這首吟詠山水的七律便是典型一例。首句字面上是點出旅遊的時間、氣候，但有意用「犯」字並貫「霜」「寒」，語意雙關，隱喻象徵他們敢於冒犯元統治者的傲世不羈性格。頷聯一句抒情一句敘事。「眼中最恨友朋少」，就是感慨忠貞宋朝的同志越來越少，一種憤激不平、不甘的情緒漫溢句中。「塵外頻聞山水寬」，在敘事中表現要與越來越少的同志一起，乘興遨遊故國秀麗河山。頸聯寫途中之景，但溪落舊痕、枯寂野岸和樹浮空翠、沾濕危欄，卻是荒涼乾枯、缺乏生機和陰沉黯淡、迷濛潮濕之景，帶著一種感傷情緒，似無似有地寄寓著興亡之感。到了尾聯，更推出一個岩頭懸冰的特寫鏡頭，把「叱石為羊」的典故有意改為「岩頭懸冰」即是石化之羊。這一聯寓意極豐富，可謂「一石三鳥」：其一，照應了詩的首句「犯寒春遊」；其二，切合叱石成羊這一北山勝跡；其三，暗喻元朝不過是春來即將融化的冰山，表達了宋遺民對於這個政權的蔑視與詛咒。可見，此詩並非單純吟詠山水，而是有政治寄託的佳作。

醉歌十首（選一）

汪元量

【題　解】醉歌，這組七絕敘寫德祐二年（西元一二七六年）襄陽失守，元兵直逼臨安，宋朝派大臣向元丞相伯顏上傳國璽和降表，伯顏接管政府，告示安民等事。這是其中第五首。

【作者】汪元量（西元一二四一—一三一七年後），字大有，號水雲，晚號楚狂，錢塘（今浙江杭州）人。初為南宋宮廷琴師。宋亡，隨謝太后北行入燕。在大都屢至囚所探視文天祥，文曾為其詩作序。至元二十五年（西元一二八八年），向元世祖乞以黃冠道士的身分南歸，於次年抵達杭州，後曾遊歷湘、蜀等地。其詩〈醉歌十首〉、〈湖州歌九十八首〉等以七絕聯章體式，紀實亡國情景，悲涼激楚，被稱為「宋亡詩史」。有《水雲集》、《湖山類稿》。

亂點連聲殺六更❶，熒熒庭燎❷待天明。侍臣已寫歸降表，臣妾僉名謝道清❸。

【注釋】❶亂點連聲殺六更　這句是說到了六更，已是百官入朝的時候。亂點連聲，指更鼓聲和梆子聲短促而緊密。殺，收煞；結束。六更，通常每夜分五更，每更分五點。宋初有民謠云：「寒在五更頭。」統治者忌諱這句話，所以宮中在五更之後，又敲梆子打鼓，叫做蝦蟆更，禁門這時才開，百官隨即進入。這也就是六更。❷熒熒庭燎　宮廷中微弱的照明之光。熒熒是光微弱貌，庭燎是宮廷中照明的火炬。❸臣妾僉名謝道清　謝道清是宋理宗的皇后，帝㬎的祖母，即所謂太皇太后，當時宋宮裡最尊貴的人物，所以由她在歸降表上簽名。僉，同「簽」。古代風習，在被敵人打敗後，屈膝投降，男為人臣，女為人妾。故謝道清在降表上稱臣妾。

【語譯】敲梆打鼓的聲音緊密而紊亂，這時六更已盡；宮殿裡大燭光微弱昏黃，天色已經微明。侍臣已寫好對元朝的歸降表。堂堂國母太皇太后，也只能在表上簽名「臣妾謝道清」。

【研　析】汪元量的〈醉歌十首〉與〈湖州歌九十八首〉記敘南宋亡國史實，善於捕捉住目睹耳聞的真實、具體、生動的場景和細節，白描出來，卻使人讀後感受到詩人椎心刺骨的深悲巨痛，彷彿字字血淚，驚心魂。這首寫南宋朝廷向元朝投降。前兩句寫當日早朝時的宮廷景象。首句以槲鼓聲緊密紊亂，渲染宮中驚惶氣氛。這句出自陳師道〈早起〉「殘點連聲殺五更」句，化用得妙。次句用宮燭熒熒微光，暗示局面的淒慘。可謂繪聲繪色，將讀者帶進歷史現場。第三句敘侍臣已寫好歸降表。第四句推出一個謝太后在歸降表上簽署「臣妾謝道清」的特寫鏡頭，真實地再現了這場歷史悲劇中最動人心弦的高潮場面。作為宋朝尊貴的太皇太后，卻在降表上簽署「臣妾」和自己的名姓，可見當時她的無奈和悲痛之情。詩人曾以琴藝入宮供奉謝太后，對這位國母本是很尊敬的，而在此詩中他竟不尊上避諱，從而含蓄地表達出對謝太后輕信投降派、不戰而降的不滿，也抒發出他自己對宋室滅亡的絕望哀痛。這是運用了直書其事，而其義自見的「春秋筆法」。近代陳衍《宋詩精華錄》卷四說得好：「有議水雲詩，不應稱太后名姓者（按，當指《四庫全書總目提要》）。不知僉名降表，當日實事，無可諱者，斥言之正以見哀痛之極也。」

湖州歌九十八首（選一）

汪元量

【題　解】德祐二年（西元一二七六年）二月，伯顏從臨安東北的臨皋山進駐湖州，派人向宋朝索取降表，解散宋朝政府，迫令三宮北遷。汪元量這組詩記錄了上述情事，以〈湖州歌〉為名。這裡選的是第六首。

北望燕雲❶不盡頭，大江東去水悠悠。夕陽一片寒鴉外，目斷東南四百州❷。

【注釋】❶燕雲　宋曾設燕山府路和雲中府路，簡稱燕雲，包括今河北、山西兩省北部地區。燕山府（今北京）後為元都所在地。❷東南四百州　宋全盛時，號稱「八百軍州」。南宋以後，失去北方土地，減去一半，為「四百軍州」。這裡「四百州」泛指南宋國土。東南，一作「東西」。

【語譯】亡國的君臣被押乘船北赴元都，我眺望燕雲在遙遠天邊不見盡頭。大江東去，流水悠悠洗不盡難言的屈辱。殘陽如血，在那一片翻飛噪叫的寒鴉之外，就是我望不到的故土東南四百州。

【研　析】汪元量的〈醉歌十首〉記元軍逼宮之事，〈湖州歌九十八首〉則記元軍押解宋室君臣北上之事。〈湖州歌〉基本上是每首敘寫北上途中一個鏡頭、一樁情事，但有時也作一些變化。這一首就不是具體紀事，而是寫所見所思，狀景抒情。全篇之眼是一個「望」字。首句寫北望：極北的燕雲，渺遠迷茫，不見盡頭，流露出對前途未卜的擔憂。次句寫東望：但見大江東去，流水悠悠，流不盡的屈辱和離恨。第三句是西望：夕陽西下，在詩人眼裡，如滴血淚；滿天寒鴉，翻飛聒噪，更觸發出詩人的亡國之痛、淒涼之感。結句是東望：那裡有四百州的故土，而今卻越離越遠，望之「目斷」，已在視線中完全消失，可能永遠也不能歸去了。這更使詩人肝腸欲裂。通篇寫景，詩人的浩茫心事都蘊含景中。詩的意境廣闊深遠，情調慷慨蒼涼，令人讀之心弦震顫。

題畫菊

鄭思肖

【題　解】這是一首題畫詠菊詩，以菊花喻堅貞不屈之品格。

【作　者】鄭思肖（西元一二四一—一三一八年），原名不詳，宋亡後，改名思肖，以示思念趙宋。字憶翁，號所南，以示不忘故國。連江（今屬福建）人，鄭起之子。宋末太學生，嘗應博學鴻詞試。元兵南侵，曾上書論國事。宋亡，隱居蘇州，終生不娶。坐不朝北，畫蘭不畫土，以寓失國之痛。其詩抒故國之思，悲痛激楚。有《所南翁一百二十圖詩集》、《鄭所南先生文集》、《國香圖卷》。《鐵函心史》或說亦其所作。

花開不並❶百花叢，獨立疏籬❷趣未窮。寧可枝頭抱香死，何曾吹墮北風中。

【注　釋】❶不並　不合；不靠在一起。❷疏籬　稀疏的籬笆。自從陶淵明的「采菊東籬下，悠然見南山」傳誦開來之後，菊花與籬落便分不開了。如元稹「秋叢繞舍似陶家，遍繞籬邊日漸斜」，王建「晚豔出荒籬，冷香著秋水」。

【語　譯】你在秋冬凌寒開放，從不與百花為叢。獨立在稀疏的籬笆旁邊，你的志趣一點兒也不消滅。寧可在枝頭上懷抱著清香而死，絕不被凜洌北風吹落地上。

【研　析】這是一首詠物詩。優秀的詠物都是重在傳揚其神而不是僅狀其形，貴在借物喻人，託物詠志。此詩所詠乃畫中之寒菊，不描繪其花容葉貌，卻緊緊抓住菊花經秋乃開、耐寒不落的秉性，句句寫菊之品格，句句喻詩人之志趣。首句寫菊花不與百花為叢，表現菊花和詩人不同流俗、卓然超群。次句寫菊獨立疏籬，並不感到孤寂，反而「趣未窮」，暗用陶淵明詩意，讚頌菊的孤高堅貞志趣，也表達詩人忠於故國、隱居不仕、決不向新朝俯首的意志。三、四句更推進一步，是寒菊也是詩人的自誓：寧可在枝頭抱香而死，絕不被北風吹落。「抱香」，喻指堅守高潔的情操，「北風」，象徵北方來的元朝統治者的威逼。第三句是決絕語，第四句是反問語，「寧可」與「何曾」上下呼應，賦予菊花強烈的戰鬥性和堅韌性，表達詩人寧死不屈的民族氣節。這兩句使寒菊與詩人、具象與抽象、明快與含蓄融為一體，寫得大義凜然，壯烈激昂，音韻鏗鏘，擲地有聲，因而傳誦人口，成為激勵人們堅守民族氣節的警句。

京口月夕書懷

林景熙

【題　解】京口，今江蘇鎮江。月夕，月夜。書懷，抒寫情懷。

【作　者】林景熙（西元一二四二—一三一〇年），字德陽，號霽山，平陽（今屬浙江）人。咸淳七年（西元一二七一年）進士，為泉州教授，歷禮部架閣、從政郎。宋亡後，歸隱故鄉，往來吳越間，以風節文章，為時所重。其詩多故國之思，悽愴幽惋。有《霽山集》，一名《白石樵唱》。

山風吹酒醒，秋入夜燈涼。萬事已華髮，百年❶多異鄉。遠城江氣❷白，高樹月痕蒼。忽憶憑樓❸處，淮天❹雁叫霜。

【注　釋】❶百年　此指一生。❷江氣　江上的霧氣。❸憑樓　倚樓；在樓上憑欄遠眺。❹淮天　長江以北、淮河一帶地區的上空。

【語　譯】山風把我從醉鄉中吹醒，秋氣入窗孤燈更添淒涼。世間萬事已使我早生白髮，人生百年大多在異鄉漂泊。遠方的城市籠罩著白茫茫的江氣，高處的樹梢映出蒼蒼月痕。忽然記起又在何處憑樓遠眺，那是江淮的天空，孤雁哀鳴，滿地白霜。

【研　析】這是林景熙在宋亡以後的作品，抒寫國破家殘老年漂泊的淒涼苦楚。詩人抓住酒醒後一剎那間的印象和感受落筆，描繪秋夜江上蒼白、迷濛、淒清、冷寂的景色。例如頸聯寫遠方城市籠罩著白茫茫的江氣，高處樹梢映出蒼蒼月痕。這一幅蒼涼迷濛的景色，即是詩人朦朧醉眼之所見，更是詩人心境的外現。為了讓讀者更鮮明強烈地感受他的形神與心情，詩人還有意在詩中點醒「涼」、「蒼」、「白」等字眼。詩中的二、三、四、八句採取了特殊的句式，把抽象與具象、虛與實，或看似毫不相關的事物巧妙地聯繫、組接在一起，使詩句凝煉新警，言少意豐。如次句說秋「入」夜燈，使之更添淒涼；三、四句只用虛字「已」和數量詞「多」字，而省略了動詞，卻表達出萬事使白髮早生，言外是事事皆不如意；人生百年苦短，又多在異鄉，可見長期漂泊之艱辛。這都是意象組合新奇、語言極度省儉濃縮的詩句。杜甫的五律尤擅長此道，林景熙學到了手。尾聯以景結情，展現高天孤雁鳴叫滿地白霜之景，繪聲繪色，將淒涼孤寂、漂泊無依之情融於景中。甚至令人想到杜甫的「飄飄何所似？天地一沙鷗」（〈旅夜書懷〉），亦有以孤雁自喻的意味。而故意用「淮天」二字，亦使人聯想到詩人昔日曾在宋金交界的淮河上憑欄灑淚，而今，南宋已亡，整個神州已淪於敵手，怎能不令詩人為之潸然落淚呢！

山窗新糊有故朝封事稿閱之有感

林景熙

【題解】故朝，舊朝，指已亡的宋朝。封事，內有機密要事的奏章。古代臣子上書奏機密事，用皂囊密封呈進，以防洩露，故稱封事。

偶伴孤雲宿嶺東，四山欲雪地爐紅。何人一紙防秋疏❶？卻與山窗障北風。

【注釋】❶防秋疏　即詩題中說的「故朝封事稿」，是有關防禦元軍南侵的奏章。防秋，古代北方遊牧民族南侵，總選擇秋高馬肥時節，以利於騎兵作戰。故每到秋天，北方邊境就要加強防備，稱作防秋。疏，即奏事稿，也即封事稿。

【語　譯】偶然伴著一朵孤雲，借宿在這山嶺之東；環繞四面的山像要下雪，這裡地爐的炭火燃得通紅。不知是何人何時上奏宋帝的一紙防秋封事稿？竟被新糊在這山窗之上，至今仍阻擋著強烈的北風。

【研　析】林景熙是一位很有民族氣節的宋朝遺民。這首詩是他在宋亡後投宿在一個山村時寫的。天寒欲雪，屋裡地爐正紅。詩人踱步窗邊眺望山景，驀然發現新糊的山窗紙，竟是不知哪一個宋朝臣子上奏皇帝的防秋封事稿，這個一般人見到不以為然的小景象，卻觸動了詩人的心弦，使他啼笑皆非，感慨萬端。但他只是將防秋疏做了糊窗紙這個景象如實記錄下來，只做一個設問，並未發表任何抒情議論，卻使此詩產生了狀平常小景於眼前，含不盡之意於言外的藝術效果。元代章祖程說得好：「此詩工在『防秋疏』、『障北風』六字間，非情思巧道不到也。然感慨之意，又見於言外。」（《霽山集》注）讀者可以從中感受到這真是對昏聵無能導致亡國的南宋統治者的極大諷刺，可以引發對外敵入侵、國破家亡的悲憤或對世事滄桑之感。這就是詩人運用託物寄興、含而不露表現方法的妙處。程千帆先生對此詩意蘊作了精到的闡發，他說：「防秋的奏稿，在政權顛覆以後，卻用來做了糊窗紙，詩人看了，感慨無窮，是完全可以理解的。但詩人同時也告訴了我們，即使是一張紙，也還在抵擋著北風，何況千百萬人民呢？」（《古詩今選》，鳳凰出版社，二〇一〇年版，第五六八頁）

書文山卷後

謝翱

【題　解】這是文天祥就義後不久，謝翱為其詩文集題寫的詩。詩人以飽蘸血淚的文字，抒發哀悼文天祥之深悲與家國淪亡之巨痛。文山，文天祥，號文山。卷，指文天祥的詩文集。

【作　者】謝翱（西元一二四九—一二九五年），字皋羽，號晞髮子，長溪（今屬福建）人，徙浦城（今屬福建）。咸淳間（西元一二六五—一二七四年）試進士不第。元兵南侵，曾率鄉兵投文天祥抗元，任諮議參軍。文天祥就義後，曾過嚴陵，祭西臺，設文天祥神位祭奠。後漫遊兩浙，晚居杭州西湖。其詩構思新穎，琢句奇奧，頗似孟郊、李賀，但更沉摯悲涼。有《晞髮集》。

魂飛萬里程，天地隔幽❶明。死不從公死，生如無此生。丹心渾❷未化，碧血❸已先成。無處❹堪揮淚，吾今變姓名。

【注　釋】❶幽　指陰間。❷渾　全。❸碧血　《莊子・外物》：「萇弘死於蜀，藏其血，三年化為碧。」後常指忠臣義士之血。❹無處　因已亡國，領土盡屬元朝，故云。

【語　譯】為了和你相見，我的魂魄飛越了萬里路程。無奈生死之間宛如天地相隔一幽一明。真遺憾不能跟你一起去死，而今活著也如同沒有了生命。你的一顆丹心仍鬱結不散，你灑落的熱血已化為碧玉。找不到一塊地來盡情揮灑我的淚水呵，而今我只好遁跡山林隱姓埋名。

【研　析】起句寫謝翱的精魂飛越千山萬水，到北國去和文天祥見面。這劈空而來的奇句，表現出他乍聞英雄被殺害後內心極度的痛苦與迷亂。次句陡轉，寫精魂猛然省悟，原來英雄已為國捐軀，幽明隔絕，再無相見之日。於是詩人悲痛欲絕，從肺腑深處迸出了頷聯。這兩個散文式的詩句，以「死」、「生」二字復沓對仗，強烈宣洩出自己未能同文天祥一起為國獻身、至今苟且偷生的憾恨。頸聯讚歎文天祥壯志未酬而血沃大地，耿耿丹心將長存世間，永照汗青。尾聯寫自己無處揮淚，將隱姓埋名，遁跡山林，發揚文天祥的堅貞氣節，決不與元蒙統治者合作。詩人滿腔悲痛之情噴礴而生，一氣傾瀉，故而中二聯對仗自然形成句意蟬聯而下的流水對，但各聯之間、各句之間，又有轉折頓挫，使所抒之情沉摯鬱勃，催人落淚。作者的詩風近似孟郊、李賀，想像瑰麗、琢句奇奧，但本篇卻不假雕鑿，直抒胸臆，別具一格。

秋夜詞

謝　翱

【題　解】這首詩是宋亡以後謝翱孤身漂泊東南時寫的。

愁生山外山，恨殺❶樹邊樹。隔斷秋月明，不使共一處。

【注釋】❶殺　一作「煞」。

【語譯】一座又一座山峰引起我不斷的憂愁，一株又一株樹木觸發我刻骨的仇恨。就是這些山和樹將秋夜的明月隔斷，不讓我和秋月同在一處。

【研析】謝翱在這首詩前一聯直寫山多、樹多引起他的滿腔愁恨。他將「愁生」和「恨殺」置於句首，又用「山外山」和「樹邊樹」的視覺意象表現山多、樹多。這兩個造語奇特的對仗句具有強烈的抒情效果，使讀者感到作者是字字咬牙、句句切齒地宣洩他的深愁大恨。後一聯，作者才說出山和樹引起他滿腔愁恨的原因，那就是山和樹將秋夜的明月隔斷了，使他置身在黑暗之中，不僅未能沐浴到月光，甚至望不見月影。為什麼望不見明月會使他引發出強烈、深刻、永不休止的愁恨呢？錢學增先生說：「秋月，暗喻宋君。宋恭帝投降元朝後，被留在北，而作者則在南方。」又說，這首詩是抒寫「思念宋朝故君的淒苦心情」（錢仲聯選、錢學增注《宋詩三百首》，浙江古籍出版社，一九八七年版，第二九三頁）。筆者十分贊同。其實，此詩後兩句象徵寓意的表現手法，是創造性地學習了李白的「總為浮雲能蔽日，長安不見使人愁」（〈登金陵鳳凰臺〉）。李白用「浮雲」隱喻奸邪的權臣，以「日」象徵帝王；而謝翱是用「山外山」、「樹邊樹」，形容被元蒙軍隊占領的一片黑暗世界，用秋月象徵宋君。與李白詩相比，謝翱此詩以血淚之筆，抒亡國思念宋君之痛，更顯得感情強烈，構思巧妙，造語幽冷奇峭，堪稱宋代五絕的佳作。

杜鵑花得紅字

真山民

【題解】杜鵑花，常綠或落葉灌木，葉子橢圓形，花多為紅色，供觀賞，也叫映山紅。得紅字，指詩人和朋友分韻賦詩，分到的是「紅」字，「紅」屬「東」韻，這首詩押的即為「東」韻。

【作者】真山民（生卒年及真名均不詳），或云本名桂芳，括蒼（今浙江麗水市）人，宋末進士。宋亡，遁跡山林，所至好題詠，自稱山民。後有李生喬說他不愧為真德秀之孫，因知其姓真。但以上所說都無確證。有輯本《真山民詩集》。

愁鎖巴❶雲往事❷空，只將遺恨❸寄芳叢❹。歸心千古終難白❺，啼血萬山都是紅。枝帶翠煙深夜月，魂飛錦水❻舊東風❼。至今染出懷鄉恨，長掛行人望眼中。

【注釋】❶巴　指巴蜀之地，即今四川。❷往事　指「望帝春心托杜鵑」（李商隱〈錦瑟〉）之事。據《華陽國志》、《蜀王本紀》等書記載，周代末年，七國稱王，杜宇也在蜀稱帝，號曰望帝。望帝後來效法上古帝王禪讓之例，讓位給鱉泠。他歸隱後精魂化為杜鵑，杜鵑啼鳴出血，啼聲恰似在說「不如歸去」，表達思念故國之情，這裡用此傳說，語義雙關，既指望帝歸隱化為杜鵑鳥的「往事」，更指宋王朝昔日的昌盛繁榮景象。❸遺

恨　既指杜鵑鳥背井離鄉、日夜思歸之恨，更指南宋王朝覆滅的家國之恨。❹芳叢　指杜鵑花。❺白　既指白色，又指表白。❻錦水　濯錦江，在今四川成都。❼舊東風　昔日和暖的東風。

【語　譯】巴蜀大地愁雲密布，天空黯淡。望帝精魂化為杜鵑啼血等往事已化為煙塵，空無所有。但是這種亡國之恨和思歸之愁，永遠也不可磨滅，只有將它寄託在滿山怒放的杜鵑花上。杜鵑鳥不息地啼叫「不如歸去」，牠思念家國的一片苦心，千年以來，能向誰傾訴？又有誰能理解？牠啼出的血，染紅了萬山，開出了遍野的紅杜鵑。在深夜月光照射下，青翠的霧靄縈繞著杜鵑花叢生的枝條；但杜鵑的精魂早已乘著昔日和暖的東風，飛回到朝思暮想的錦水之濱。至今杜鵑花上還帶著懷鄉恨血，長使漂泊天涯的遊子觸目驚心。

【研　析】在南宋亡國之際，用「杜鵑啼血」的典故意象表達亡國悲痛的作品很多，如文天祥〈金陵驛〉。但這些作品都是將杜鵑作為局部的意象嵌入詩篇中。真山民這首詩則是通篇吟詠杜鵑花寄託故國之思，屬整體性而非局部的象徵。此為第一點創新。詩人利用杜鵑啼血開出滿山紅杜鵑的傳說，在詩中由杜鵑鳥引出杜鵑花，並將二者交融合一，使詩的神奇色彩更豐富、濃郁。此為第二點創新。詩人又進而飛騰想像的靈翼，從虛實兩方面著筆，創構出巴雲、翠煙、夜月、錦水、東風等意象，用以烘托杜鵑鳥與杜鵑花這兩個象徵性的核心意象，並將它們置於「千古」與「萬山」的悠長廣闊時空之中，從而營造出一個淒美、悲壯、奇瑰、深遠的意境，表達思念故國的深長愁怨和沉重遺恨。此為第三點創新。第四點創新是：詩人學習了唐代李商隱詩歌的一個藝術表現特點，即是以色彩濃豔的語言抒寫深長纏綿的悲怨之情。詩人很注意字句和聲調的推敲、錘煉。

頷聯「歸心千古終難白，啼血萬山都是紅」，「歸心」對「啼血」、「千古」對「萬山」、「終難」對「都是」、「白」對「紅」，對得精工又流暢自然，加之色彩映照，景象悲壯，情意深長，堪稱佳聯。尾聯說「懷鄉恨」是用杜鵑所啼之血「染出」，進而說這帶血的「懷鄉恨」將「長掛」於行人的望眼中，使抽象的「懷鄉恨」變成有形質有色彩的具象，煉字琢句新穎奇妙，有現代感。又如第四句第三字應作平聲，卻用了仄聲「萬」字，第五字則用平聲「都」字補救，避免孤平，又使對仗工穩，聲調拗折，詩句奇崛挺拔，有助於抒發兀傲悲涼之情。

古籍今注新譯叢書

書種最齊全
注譯最精當

【哲學類】

新譯四書讀本　謝冰瑩等編譯
新譯學庸讀本　王澤應注譯
新譯孝經讀本　賴炎元等注譯
新譯論語新編解義　胡楚生編著
新譯易經讀本　郭建勳注譯
新譯周易六十四卦經傳通釋　黃慶萱注譯
新譯乾坤經傳通釋　黃慶萱注譯
新譯易經繫辭傳解義　吳怡著
新譯禮記讀本　姜義華注譯
新譯儀禮讀本　顧寶田等注譯
新譯孔子家語　羊春秋注譯

新譯老子讀本　余培林注譯
新譯帛書老子　趙鋒注譯
新譯老子解義　吳怡著
新譯莊子讀本　黃錦鋐注譯
新譯莊子讀本　張松輝注譯
新譯莊子本義　水渭松注譯
新譯莊子內篇解義　吳怡著
新譯列子讀本　莊萬壽注譯
新譯管子讀本　湯孝純注譯
新譯墨子讀本　李生龍注譯
新譯公孫龍子　丁成泉注譯
新譯晏子春秋　陶梅生注譯
新譯鄧析子　徐忠良注譯
新譯荀子讀本　王忠林注譯

新譯尹文子　徐忠良注譯
新譯尸子讀本　水渭松注譯
新譯鶡冠子　趙鵬團注譯
新譯鬼谷子　王德華等注譯
新譯韓非子　傅武光等注譯
新譯呂氏春秋　朱永嘉等注譯
新譯韓詩外傳　孫立堯注譯
新譯淮南子　熊禮匯注譯
新譯春秋繁露　朱永嘉等注譯
新譯新書讀本　饒東原注譯
新譯新語讀本　王毅注譯
新譯潛夫論　彭丙成注譯
新譯論衡讀本　蔡鎮楚注譯
新譯申鑒讀本　林家驪等注譯

新譯人物志　吳家駒注譯
新譯張載文選　張金泉注譯
新譯近思錄　張京華注譯
新譯傳習錄　李生龍注譯
新譯呻吟語摘　鄧子勉注譯
新譯明夷待訪錄　李廣柏注譯

【文學類】

新譯詩經讀本　滕志賢注譯
新譯楚辭讀本　林家驪注譯
新譯楚辭讀本　傅錫壬注譯
新譯文心雕龍　羅立乾注譯
新譯六朝文絜　蔣遠橋注譯
新譯世說新語　劉正浩等注譯
新譯昭明文選　周啟成等注譯
新譯古文觀止　謝冰瑩等注譯
新譯古文辭類纂　黃　鈞等注譯
新譯樂府詩選　溫洪隆注譯
新譯古詩源　馮保善注譯
新譯千家詩　邱燮友等注譯
新譯詩品讀本　成　林等注譯
新譯花間集　朱恒夫注譯
新譯南唐詞　劉慶雲注譯

新譯絕妙好詞　聶安福注譯
新譯唐詩三百首　邱燮友注譯
新譯宋詩三百首　陶文鵬注譯
新譯宋詞三百首　汪　中注譯
新譯宋詞三百首　劉慶雲注譯
新譯元曲三百首　賴橋本等注譯
新譯明詩三百首　趙伯陶注譯
新譯清詩三百首　王英志注譯
新譯清詞三百首　陳水雲等注譯
新譯唐人絕句選　卞孝萱等注譯
新譯唐才子傳　戴揚本注譯
新譯拾遺記　石　磊注譯
新譯搜神記　黃　鈞注譯
新譯唐傳奇選　束　忱等注譯
新譯宋傳奇小說選　束　忱注譯
新譯明傳奇小說選　陳美林等注譯
新譯容齋隨筆選　朱永嘉等注譯
新譯明散文選　周明初注譯
新譯明清小品文選　鄭　婷注譯
新譯人間詞話　馬自毅注譯
新譯白香詞譜　劉慶雲注譯
新譯幽夢影　馮保善注譯
新譯菜根譚　吳家駒注譯

新譯小窗幽記　馬美信注譯
新譯圍爐夜話　馬美信注譯
新譯郁離子　吳家駒注譯
新譯歷代寓言選　黃瑞雲注譯
新譯賈長沙集　林家驪注譯
新譯揚子雲集　葉幼明注譯
新譯曹子建集　曹海東注譯
新譯建安七子詩文集　韓格平注譯
新譯阮籍詩文集　林家驪注譯
新譯嵇中散集　崔富章注譯
新譯陸機詩文集　王德華注譯
新譯陶淵明集　溫洪隆注譯
新譯江淹集　羅立乾等注譯
新譯庾信詩文選　歸　青注譯
新譯初唐四傑詩集　李福標注譯
新譯駱賓王文集　黃清泉注譯
新譯王維詩文集　陳鐵民注譯
新譯孟浩然詩集　楊　軍注譯
新譯李白詩全集　郁賢皓注譯
新譯李白文集　郁賢皓注譯
新譯杜甫詩選　張忠綱等注譯
新譯杜詩菁華　林繼中注譯
新譯高適岑參詩選　孫欽善等注譯

新譯昌黎先生文集　周啟成等注譯
新譯劉禹錫詩文選　閻　琦注譯
新譯柳宗元文選　卞孝萱等注譯
新譯白居易詩文選　陶　敏等注譯
新譯元稹詩文選　郭自虎注譯
新譯李賀詩集　彭國忠注譯
新譯杜牧詩文集　張松輝注譯
新譯李商隱詩選　朱恒夫等注譯
新譯范文正公選集　王興華等注譯
新譯蘇洵文選　羅立剛注譯
新譯蘇軾文選　滕志賢注譯
新譯蘇軾詞選　鄧子勉注譯
新譯蘇轍文選　朱　剛注譯
新譯曾鞏文選　高克勤注譯
新譯王安石文選　沈松勤注譯
新譯唐宋八大家文選　鄧子勉注譯
新譯柳永詞集　侯孝瓊注譯
新譯李清照集　姜漢椿等注譯
新譯陸游詩文集　韓立平注譯
新譯辛棄疾詞選　聶安福注譯
新譯歸有光文選　鄔國平注譯
新譯唐順之詩文選　馬美信注譯
新譯徐渭詩文選　周　群等注譯
新譯薑齋文集　平慧善注譯
新譯顧亭林文集　劉九洲注譯
新譯納蘭性德詞　馮　乾注譯
新譯方苞文選　鄔國平等注譯
新譯鄭板橋集　朱崇才注譯
新譯袁枚詩文選　王英志注譯
新譯李慈銘詩文選　潘靜如注譯
新譯聊齋誌異選　任篤行等注譯
新譯閱微草堂筆記　嚴文儒注譯
新譯浮生六記　馬美信注譯
新譯弘一大師詩詞全編　徐正綸編著

歷史類

新譯史記　韓兆琦注譯
新譯漢書　吳榮曾等注譯
新譯後漢書　魏連科等注譯
新譯三國志　吳樹平等注譯
新譯資治通鑑　張大可等注譯
新譯史記—名篇精選　韓兆琦注譯
新譯尚書讀本　吳　璵注譯
新譯尚書讀本　郭建勳注譯
新譯周禮讀本　賀友齡注譯
新譯逸周書　牛鴻恩注譯
新譯左傳讀本　郁賢皓等注譯
新譯公羊傳　雪　克注譯
新譯穀梁傳　顧寶田注譯
新譯春秋穀梁傳　周　何注譯
新譯戰國策　溫洪隆注譯
新譯國語讀本　易中天注譯
新譯說苑讀本　左松超注譯
新譯說苑讀本　羅少卿注譯
新譯新序讀本　葉幼明注譯
新譯吳越春秋　黃仁生注譯
新譯西京雜記　曹海東注譯
新譯列女傳　黃清泉注譯
新譯越絕書　劉建國注譯
新譯燕丹子　曹海東注譯
新譯東萊博議　李振興等注譯
新譯唐六典　朱永嘉等注譯
新譯唐摭言　姜漢椿注譯

宗教類

新譯金剛經　徐興無注譯
新譯高僧傳　朱恒夫等注譯
新譯碧巖集　吳　平注譯
新譯百喻經　顧寶田注譯

新譯楞嚴經　賴永海等注譯
新譯梵網經　王建光注譯
新譯圓覺經　商海鋒注譯
新譯法句經　劉學軍注譯
新譯六祖壇經　李中華注譯
新譯禪林寶訓　李中華注譯
新譯維摩詰經　陳引馳等注譯
新譯經律異相　顏洽茂注譯
新譯阿彌陀經　蘇樹華注譯
新譯無量壽經　邱高興注譯
新譯無量壽經　蘇樹華注譯
新譯妙法蓮華經　張松輝注譯
新譯景德傳燈錄　顧宏義注譯
新譯大乘起信論　韓廷傑注譯
新譯釋禪波羅蜜　蘇樹華注譯
新譯八識規矩頌　倪梁康注譯
新譯永嘉大師證道歌　蔣九愚注譯
新譯華嚴經入法界品　楊維中注譯
新譯地藏菩薩本願經　李承貴注譯
新譯悟真篇　劉國樑等注譯
新譯无能子　張松輝注譯
新譯坐忘論　張松輝注譯
新譯列仙傳　張金嶺注譯

新譯抱朴子　李中華注譯
新譯神仙傳　周啟成注譯
新譯性命圭旨　傅鳳英注譯
新譯老子想爾注　顧寶田等注譯
新譯周易參同契　劉國樑注譯
新譯道門觀心經　王　卡注譯
新譯養性延命錄　曾召南注譯
新譯樂育堂語錄　戈國龍注譯
新譯沖虛至德真經　張松輝注譯
新譯長春真人西遊記　顧寶田等注譯
新譯黃庭經・陰符經　劉連朋等注譯

【軍事類】

新譯司馬法　王雲路注譯
新譯尉繚子　張金泉注譯
新譯三略讀本　傅　傑注譯
新譯六韜讀本　鄔錫非注譯
新譯吳子讀本　王雲路注譯
新譯孫子讀本　吳仁傑注譯
新譯李衛公問對　鄔錫非注譯

【教育類】

新譯爾雅讀本　陳建初等注譯

新譯顏氏家訓　李振興等注譯
新譯聰訓齋語　馮保善注譯
新譯曾文正公家書　湯孝純注譯
新譯三字經　黃沛榮注譯
新譯百家姓　馬自毅等注譯
新譯幼學瓊林　馬自毅注譯
新譯增廣賢文・千字文　馬自毅注譯
新譯格言聯璧　馬自毅注譯

【政事類】

新譯商君書　貝遠辰注譯
新譯鹽鐵論　盧烈紅注譯
新譯貞觀政要　許道勳注譯

【地志類】

新譯山海經　楊錫彭注譯
新譯水經注　陳橋驛等注譯
新譯佛國記　楊維中注譯
新譯大唐西域記　陳　飛等注譯
新譯洛陽伽藍記　劉九洲注譯
新譯徐霞客遊記　黃　珅注譯
新譯東京夢華錄　嚴文儒注譯

◎新譯唐詩三百首

邱燮友／注譯

唐詩如群星耀眼，繁英滿林，是中國詩歌的黃金時代。想要摘星採英，一睹唐詩精華，最膾炙人口的選本，要算清人蘅塘退士孫洙編選的《唐詩三百首》了，本書依據章燮注本《唐詩三百首》篇次，並跟《全唐詩》和《四部叢刊》本逐詩校訂，能取各版本之優點。每首詩皆依作者、韻律、注釋、語譯、賞析逐項詮釋，是您涵詠唐詩的最佳讀本。

三民網路書店 會員
獨享好康大放送
通關密碼：A5415

憑通關密碼
登入就送100元e-coupon。
(使用方式請參閱三民網路書店之公告)

生日快樂
生日當月送購書禮金200元。
(使用方式請參閱三民網路書店之公告)

好康多多
購書享3%~6%紅利積點。
消費滿350元超商取書免運費。
電子報通知優惠及新書訊息。

三民網路書店
www.sanmin.com.tw
超過百萬種繁、簡體書、原文書5折起

國家圖書館出版品預行編目資料

新譯宋詩三百首／陶文鵬注譯.－－初版一刷.－－臺北市：三民，2022
面；　公分.－－（古籍今注新譯叢書）

ISBN 978-957-14-7234-8（平裝）

831.5　　110010699

古籍今注新譯叢書

新譯宋詩三百首

注譯者　陶文鵬
責任編輯　王姿云
美術編輯　李唯綸

發行人　劉振強
出版者　三民書局股份有限公司
地址　臺北市復興北路 386 號 (復北門市)
臺北市重慶南路一段 61 號 (重南門市)
電話　(02)25006600
網址　三民網路書店 https://www.sanmin.com.tw

出版日期　初版一刷 2022 年 2 月
書籍編號　S030290
ISBN　978-957-14-7234-8

著作權所有，侵害必究
※ 本書如有缺頁、破損或裝訂錯誤，請寄回敝局更換。
三民書局